中国比较文学30年

与国际比较文学新格局

Thirty Years of Comparative Literature in China and
New Orientations of Comparative Literature in the World

李凤亮◎主编
钱超英　江玉琴◎副主编

暨南大學出版社
JINAN UNIVERSITY PRESS

中国·广州

图书在版编目（CIP）数据

中国比较文学30年与国际比较文学新格局/李凤亮主编；钱超英，江玉琴副主编．—广州：暨南大学出版社，2017.3
ISBN 978-7-5668-2017-4

Ⅰ.①中…　Ⅱ.①李…②钱…③江…　Ⅲ.①比较文学—文学研究—中国、西方国家　Ⅳ.①I0-03

中国版本图书馆CIP数据核字（2016）第291716号

中国比较文学30年与国际比较文学新格局
ZHONGGUO BIJIAO WENXUE 30 NIAN YU GUOJI BIJIAO WENXUE XINGEJU
主　编：李凤亮　副主编：钱超英　江玉琴

出 版 人： 徐义雄
策划编辑： 苏彩桃
责任编辑： 苏彩桃　李大强
责任校对： 刘雨婷　李林达
责任印制： 汤慧君　周一丹

出版发行： 暨南大学出版社（510630）
电　　话： 总编室（8620）85221601
营销部（8620）85225284　85228291　85228292（邮购）
传　　真：（8620）85221583（办公室）　85223774（营销部）
网　　址： http://www.jnupress.com　http://press.jnu.edu.cn
排　　版： 广州市天河星辰文化发展部照排中心
印　　刷： 湛江日报社印刷厂
开　　本： 787mm×1092mm　1/16
印　　张： 18.5
字　　数： 462千
版　　次： 2017年3月第1版
印　　次： 2017年3月第1次
定　　价： 56.00元

序 1　变异学与国际比较文学发展新理论与新格局

曹顺庆

1985 年，中国比较文学学会在深圳大学成立。2015 年，在中国比较文学学会成立三十周年之际，我们比较文学学者云集深圳大学，召开了“中国比较文学三十年与世界比较文学新格局”学术研讨会，回顾、总结了中国比较文学事业的发展历程，同时也探讨、展望了国际比较文学发展的新理论与新格局。今后的比较文学发展，将打破西方学术话语一统天下的局面，实现东西方平等对话，形成以比较文学中国学派参与的，欧、美、中及世界其他地区多元发展的新地域格局；在学科理论的建构上，比较文学中国学派及其方法论体系的不断完善壮大，尤其是变异学创新理论的提出，必将有效解决国际比较文学理论所面临的困惑，促成国际比较文学发展形成新的、更加科学合理的知识格局。新的地域格局与新的知识格局相结合，将推动比较文学学科朝着更加健康的方向发展。这便是比较文学学科由“死”的危机到“生”的转机途径。

比较文学学科自发轫起，就不断面临各种各样的挑战。各种挑战贯穿于比较文学学科不断发展、逐步完善的历史进程中，既有圈外人的攻击与质疑，又有圈内人的反思与探索。从客观上说，这些挑战和攻击、反思与质疑恰是促使比较文学不断壮大的重要推动力。迄今为止，作为一门学科的比较文学已经经历了三次大的危机：第一次是早期克罗齐对比较文学的攻击，经学者们的反思，最终形成比较文学法国学派学科理论。第二次是美国学者威勒克对法国学派的批判，经雷马克、韦斯坦因等人的建构，形成美国学派学科理论。第三次危机是从 20 世纪 90 年代苏珊·巴斯奈特提出的比较文学之死开始的。她认为：“比较文学作为一门学科已经过时，女性研究、后殖民主义理论和文化研究中的跨文化研究已经从总体上改变了文学研究的面目。从现在起，我们应该把翻译视作一门主导学科，而把比较文学当作它的一个有价值的，但是处于从属地位的研究领域。”再到斯皮瓦克的专著《一门学科之死》，提出比较文学作为一个学科的死亡，敲响了比较文学死亡的丧钟，揭开了比较文学的第三次危机。

纵观国际比较文学学科发展史，可以说：比较文学学科经历了一轮又一轮的危机与转型。每一次比较文学学科危机的出现都没有造成比较文学真正的“死亡”，而是促成了比较文学新的转型与探索；每一次大的转型都改变着国际比较文学发展的旧有格局，形成新的格局和新的理论；要想使比较文学科学转型，形成合理的新格局，就不能仅仅绕开或回避圈外人的挑战与圈内人的忧虑，而是要直面问题、正视问题，立足学科史与问题本身，探索新路。

对于比较文学学科的构成与发展存在着两种错误倾向，一种是片面认为法国学派的影响研究和美国学派的平行研究就可以统摄一切，比较文学的学科理论大厦就已经完满了。另一种倾向是注重女性研究、后殖民理论、文化研究，倡导泛文化与不比较，导致比较文学学科的危机长久存在并难以得到解决，甚至导致该学科逐渐式微，以致最终消亡（亦即不再作为一门独立的学科存在）。这两种错误倾向有其背后的深层原因，一是连我们本土的不少学者也是西方中心主义的积极拥护者，不能正视比较文学中国学派及其理论的作用和力量；二是近年来纯文学研究的相对没落和解构主义思潮的持续发展，使不少研究者质疑“比较文学”作为一门学科究竟有无存在的必要。最终的结果往往以否定告终，原因是未能提出有效的解决方案，不能正视问题，而是逃避问题。其实，对于影响研究与平行研究的盲目乐观情绪也会加深比较文学学科的危机。不跳出西方比较文学旧有研究模式思考问题，就不能找到切合实际的解决办法。

当前及今后国际比较文学发展的新区域格局，可以概括为：以比较文学欧、美、中及其他国家与地区多元发展的新格局。

从20世纪90年代以来逐渐形成的比较文学发展新区域格局，与几个方面的事实密切相关。一是比较文学中国学派的研究实绩丰富突出，高质量的学术成果不断涌现，且具有自己突出的方法论特征；二是当前新的国际格局（经济全球化、政治多极化、文化多元化与一体化）朝着纵深方向不断发展，中国的综合国力不断增强。比较文学作为一门世界性、前瞻性的学科不能不受到影响，并改变旧有格局。当前国际比较文学界已经有学者提出了积极的意见，例如：康奈尔大学乔纳森·卡勒（Jonathan D. Culler）主张强调回归比较文学，哈佛大学大卫·达姆罗什（David Damrosch）大力倡导不同文明共同构成的世界文学，芝加哥大学苏源熙（Haun Saussy）教授主张关注全球性的比较文学，等等。

在世界多极化的影响下与国际比较文学地域格局的作用下，国际比较文学的发展亦将形成新的知识格局。这种知识格局将打破以法国学派和美国学派相关学科理论与方法论一统天下的局面，从而走向国际比较文学研究形成新的、更加科学规范的多元知识格局。对这种知识格局的简要表述，便是以“文学”为研究核心，以跨国、跨学科与跨文明文学的可比性为研究特征，以实证性影响研究、类同性平行研究、异质性变异研究为三大比较文学研究方法，以多元文化共同体为载体，形成文学跨越学、文学关系学、文学变异学与总体文学学四个领域相互影响、共同发展的新局面。

（曹顺庆，中国比较文学学会会长，四川大学文科杰出教授，北京师范大学教授，长江学者特聘教授）

序 2　深圳大学与中国比较文学

李凤亮

深圳大学与中国比较文学有着特殊的缘分。

作为改革开放、建立深圳经济特区的基础工程之一，深圳大学始建于 1983 年，首任校长由时任清华大学副校长张维院士出任。次年，由北京大学援助师资，乐黛云教授、胡经之教授（轮流）、李赋宁教授分别受聘组建中文系和外文系。随着两系的建立，比较文学研究所也相继成立。1985 年，得益于深圳的风气引领与开放包容，中国比较文学学会成立大会暨首届年会在这所刚刚成立两年的新兴大学举行。自此，作为"特区大学、窗口大学、实验大学"的深圳大学与中国比较文学及其学会的发展结下了不解之缘。

2005 年夏，中国比较文学学会成立 20 周年之际，深圳大学借地蛇口海上世界（今属深圳前海—蛇口自贸区地域）举办了中国比较文学学会 20 周年纪念暨第八届学术研讨会。2009 年深圳大学承办了中国外国文学学会外国文论与比较诗学研究会成立大会。2015 年恰逢中国比较文学学会成立 30 周年，中国比较文学界多位重要学者再次汇聚于深圳，召开"中国比较文学三十年与国际比较文学新格局"学术研讨会，借此回顾中国比较文学 30 年的发展历程，前瞻国际比较文学研究的未来路向。事实上，与中国比较文学发展密切相关的深圳大学，也正借助建设高水平大学的契机，加快推进比较文学学科的新一轮发展。

30 年来，深圳大学的比较文学阵地有了大幅扩展。除原初的教学直接相关部门中文系、外文系相继扩展为文学院、外国语学院，还增设了国际交流学院、印度研究中心、海外中国学研究中心、移民文化研究所等。它们都始终把比较文学与比较文化作为核心课程和重点领域。中文系还一度赋名"国际文化系"，原比较文学研究所已更名为"比较文学与比较文化研究所"。中文系的外国文学教研室、比较文学与世界文学学位点内部则形成了东方文学中心、加拿大中心、澳大利亚中心、英美汉学中心、犹太基督教文化文学中心、诺贝尔文学中心、现代影视中心等研究组合，外国语学院则形成了门类较为齐全的外国语言文学诸系，同时还发展了全球文明研究等影响力较大的领域。

30 年来，中国比较文学的许多老中青学人，在深圳大学留下了鲜明的足迹。如乐黛云教授在此组织成立学会并多年关注深圳大学的发展，是深圳大学比较文学发展的原创动力；李赋宁教授建立了深圳大学外国语言文学及其对中国影响的教研架构；胡经之教授多年担任中文系领导，并以文艺美学介入比较文艺学研究，对深圳大学比较文学的持续发展倾注了心力；郁龙余教授长年主持印度文化文学与中国关系的研究，成果产出至今源源不断；刘洪一教授持续进行的犹太基督教文化文学典籍解读是这一领域的重要成果；刘小枫教授20世纪80年代在发展的德国浪漫派诗学研究影响长远；李凤亮教授的米兰·昆德拉小说诗学与海外华人学者批评理论研究，体现了比较文学跨学科的时代活力；钱超英教授的澳大利亚华文文学研究，丰富了流散诗学的理论建构；吴俊忠教授的俄苏文学研究、阮炜教授的英国小说史和全球文明比较研究、周明燕教授对诺贝尔奖相关作家作品的推介品鉴、江玉琴教授的美国黑人音乐与跨文化研究等，也构成了深圳大学的重要特色。此外，海外汉学、文化产业、移民文化、比较文化等也正在成为深圳大学拓展的新边疆。

30年来，尤其是近10年来，深圳大学比较文学相关机构注入了大量新鲜血液，除全国各高校的博士和博士后外，还从国际比较文学重镇荷兰莱顿大学（张晓红教授）、英国爱丁堡大学（阮炜教授）、美国加利福尼亚大学（柴婕博士）、日本爱知大学（阮毅教授）等引入了人才，美国、澳大利亚、加拿大、印度、中国港澳台地区等，也是深圳大学中青年比较学人的访学之地。他们的研究，正承先启后，焕发出新锐的朝气。

2016年，在维也纳举行的国际比较文学协会（ICLA）第21届学术大会上，经中国比较文学学会推荐，深圳大学有幸成为2019年ICLA第22届学术大会的举办单位。深圳，这座年轻的国际化城市，将再次迎来五湖四海的宾朋。深圳大学，这所年轻的开放型大学，也将再次为中外比较文学学者打造一个交流对话的平台。

深圳大学是中国比较文学的港湾之一，中国比较文学则是深圳大学的一片养护的绿荫与一面前进的旗帜。深圳大学与中国比较文学，正日夜兼程，走向未来。

本书收录的，既有“中国比较文学三十年与国际比较文学新格局”学术研讨会的参会论文，也有关心、支持、参与深圳大学比较文学学科发展的学界同仁们的力作。我们期待读者们见到的，不只是一本普通的比较文学论文集，而且能够从中感受到中国比较文学30年发展的跫跫足音。

是为序。

（李凤亮，深圳大学副校长、教授、博士生导师、“百千万人才工程”国家级人选）

Contents 目录

三 比较文学中国学派的建构

Contents

Part Two Progress and Challenge: Thirty Years of Comparative Literature in China

Part Three Chinese School for Comparative Literature

一

中国比较文学发展与国际比较文学新格局

当代中国比较文学发展中的几个问题

北京大学 乐黛云

改革开放30年来中国比较文学取得了极大的进展。关于这30年的发展，学术委员会将有全面的总结，我在这里不再重复，仅想谈谈我所察觉到的当代中国比较文学发展中的几个问题。

一、开展跨文化对话的紧迫性

当代比较文学就是跨文化、跨学科的文学研究。这一看法已得到国内学者的广泛认同。最近，我们高兴地看到曾宣告“比较文学作为一门学科气数已尽”的英国学者巴斯奈特又重新宣告：“比较文学未来发展之道”，就“在于放弃以任何规定性的方法来限定研究的对象，而聚焦于最广泛意义上的文学观念，承认文学流传所带来的必然的相互联系”。其具体途径就是“放弃对术语和定义的毫无意义的争辩，更加有效地聚焦于对文本本身的研究，勾勒跨文化、跨时空边界的书写史和阅读史”。① 我们欢迎这样的改变，这说明欧洲学者与中国学者对比较文学这一研究领域的看法越来越接近了。

最近，我们特别感到作为比较文学根基的全球跨文化对话的进行比任何时候都更加紧迫。因为：

第一，全球互联网、移动通讯使人与人之间的紧密沟通成为可能。转基因、干细胞、克隆等生物工程技术使生命可能通过人为的手段复制、改写、优选。而纳米技术使人类能够实现对微观世界的有效控制。这些革命性的新知识、新技术贯穿到人类生活的每一细节，导致人类对时间和空间都有了和过去根本不同的看法，也导致了对地球资源的空前消耗和争夺。人类所面对的现实，不是对抗，就是对话。对抗引向战争和毁灭，对话引向和平。

第二，20世纪的两次世界大战给人类留下的惨痛记忆，德国的反犹太法西斯集中营、俄国的“古拉格群岛”、中国的“文化大革命”等残酷经验都要求我们对20世纪的经验进行反思，重新定义人类状况，重新考虑人类的生存意义和生存方式。这种重新定义只能在全世界各民族的对话中进行。

---

① 巴斯奈特. 21世纪比较文学反思. 黄德先，译. 中国比较文学，2008（4）.

第三，文化冲突越来越严重地影响着全球人类的未来。由“文化霸权主义”和文化封闭主义发展而来的文化原教旨主义的尖锐对立已经使全球处于动荡不安的战争边缘。要制止这种冲突，不能通过暴力，只能通过对话。

第四，哲学的转向。20 世纪前后，现象学和以怀特海为代表的过程哲学相继扭转了主体和客体可以互不参与的二元对立的倾向，使西方哲学进入了一个主体与客体互动的新阶段。中国传统哲学从来强调客观世界与主体不可分离，但由于强调“合一”，缺少将客体充分对象化而产生了众多缺陷。今天，西方哲学与中国哲学互为他者，重新反观自己，通过对话而生成进一步的互识、互证和互补并将其推延至全球，必将是人类相互理解，构建和谐社会，造就人类新的世界观和人生观的起点。

二、跨文化对话的矛盾和难点

对话并不只是为感情和兴趣，它首先是为了能共同生存下去，能解决共同遭遇的挑战和难题，这样的对话必然生成新的思想和新的举措。进行这样的生成性对话不能不碰到以下的矛盾和难点：

1. 普世性和差异性的关系

中国古话说：“物之不齐，物之情也”，可以说，没有差异就不成其为世界。但是差异在世界上并非各不相干，而是由普世性联结在一起的。20 世纪殖民体系瓦解后，一部分新独立国家的人民急于构建自己的身份认同，强调了不同文化之间的差异，以抵制某些强势文化以“普世价值”为旗帜覆盖其他各族文化的企图，这是完全必要的；但是也有一些国家坚持不与外界沟通，片面强调不同文化之间的绝对差异，即“不可通约性”。既无共同点，又“不可通约”，这就否定了对话和沟通的可能，最后演变为封闭停滞的文化原教旨主义。

那么，文化的普世价值，文化交往中的普世性，也就是“同”的因素究竟是否存在，或者说占一个什么地位呢？

中国哲学早就强调“易有三义——变易、不易和易简”①。“变易”就是指因时、因地而变的特殊性，“不易”则是指不依时、地而变的普世性。黑格尔在《逻辑学》第 118 节中关于同—异的思考对我们很有启发，他的意思是：如果坚持不可通约性、只谈相异而无视相同，则一切人文活动（例如宣讲相异性理论本身）就都失去了意义。因为没有相通之处，就没有接受的可能。事实上，没有共同的目标，就没有对话的必要和可能。21 世纪的生态危机、能源危机、道德危机、文化冲突危机……正是这一系列共同危机迫使我们必须共同协商面对，这才有了文化对话、文学对话的迫切需要。

俄国思想家别林斯基在其《文学的幻想》一文中说得最清楚。他说：“只有遵循不同的道路，人类才能够达到共同的目标；只有通过各自独特的生活，每一个民族才能够对共同的宝库做出自己的一份贡献。”事实上，没有共同的目标（普世价值）就没有对话的必

---

① 《周易正义·卷首》引郑玄云：“易一名而含三义：易简一也，变易二也，不易三也。”十三经注疏·周易正义. 北京：北京大学出版社，1999：5.

要和可能；没有各自独特的生活，也就没有了对话的内容，无话可对。

事实上，普世性寓于差异性之中，正是有了差异性，普世性才有意义，反之亦然。只强调差异，把差异变成了各个互不相干的孤立存在，而排除了作为差异之间对话、沟通、互补的共同基础，结果只能是既取消了普世性又取消了差异性。中国古代提出的“和而不同”的精髓首先是强调一种动态的发展。西周末年（约公元前七世纪），伯阳父（史伯）同郑桓公谈论当年政局时，曾对“和实生物，同则不继”的思想作了较详尽的解释。他说：“以他平他谓之和，故能丰长而物归之。若以同裨同，尽乃弃矣。”作为“和”的定义的“以他平他”是什么意思呢？“平”，古代与“辨”“辩”通假，意谓辨别、品评。唐代称宰相为“平章”，就是指对事物辨别、品评，并加以抑扬的人。因此，“以他平他”就是不同事物在突显和消长中，互相比评，互相超越而达到新的境界。这种“以他平他”，而能使物“丰长”的对话不是“各说各话”，也不是一方压倒另一方，而是一种能产生新的理解和认识，从而为双方带来新的发展的“生成性对话”。用今天的话来说，就是一种互识，互动、互为主观的发展之道，也就是通过差异的对话而得到发展。人为地使差异性和普世性之间发生深刻的断裂，片面强调差异之间的“不可通约”显然是不可取的。特殊性与普世性之间的断裂影响了各方面的和谐，使对话难以进行，社会难以发展。重新沟通和弥合这种断裂，回返普遍与特殊的正常关系是发展多元文化，保护文化生态，缓解文化冲突，更是使比较文学得以蓬勃发展的重要环节。

2. 坚守传统文化与接受外来影响的关系

文化包含两个层次：一是传统文化，即民族文化传承下来的“已成之物”，如经典文献、各种古器物等，这是全然不可更改的，只能原封不动，永远保存；另一个层面是文化传统，这是一种对“已成之物”不断进行重新诠释和更新的“将成之物”，如不同时代对同一经典文献的不同解读。这种解读因时因地而变，不断发展，构成新的谱系。

不区分这两个层次，就会片面强调文化越“纯粹”、越“守旧”越好。中国长期以来流行着一种说法，即“越是民族的，越是世界的”。如果是针对第一个层面来说，这无疑十分正确；但如果从第二个层面来看，就会发现所谓“民族的”远非封闭的，更不是一成不变。它必然在与他种文化的互动中得到发展。“民族”和“世界”也不是割裂、互不相干的，“民族的”有时会变成“世界的”，“世界的”有时也会变成“民族的”。况且，“民族的”要得到“世界的”认可和喜爱，在突出自身特点的同时，还必须考虑其受众的期待视野和接受方式。总之，对于文化的第一层面必须保持其纯粹，对于文化的第二层面则必须通过对话和沟通，力求其变化和发展。

那么，不同文化之间不可避免地渗透和吸收是否有悖于保存原来文化的特点和差异呢？这种渗透交流的结果是不是会使世界文化的差异逐渐缩小，乃至因混同、融合而消失呢？从历史发展来看，一种文化对他种文化的吸收总是通过自己的文化眼光和文化框架来进行的，也就是要通过自身文化的过滤，很少会全盘照搬而多半是取其所需。例如佛教传入中国，佛教经典曾“数十、百倍于儒经”，但佛藏中“涉及男女性交诸要义”的部分，“惟有隐秘闭藏，禁止其流布”①。这说明本土文化在文化接触中首先有自己的选择。同

① 陈寅恪．寒柳堂集．上海：上海古籍出版社，1980：155.

时，一种文化对他种文化的接受也不大可能是原封不动的移植。一种文化被引进后，往往不会再按原来的轨道发展，而是与当地文化相结合产生出新的，甚至更加辉煌的结果。印度佛教传入中国，产生了禅宗、华严宗和宋明理学，希腊文化和希伯来文化传入西欧，成为西欧文化的基石。这种文化异地发展，滋生出新文化的现象，在历史上屡屡发生。由此可见，两种文化的相互影响和吸收不是一个“同化”“混一”的过程，而是一个在不同环境中转化为新物的过程。其结果不是“趋同”，而是各自提升，在新的基础上产生新质和新的差异。有如两个圆形在某一点相切，然后各自沿着自己的轨道再发展。

3. 自我与他者的关系

对话中的他者与自我也是一个十分复杂的问题。我们常从自我出发，将对方设想得和自己一样，总想同化对方，结果是牺牲对方的特色而使他者和自我趋同。如果想双方都在自己的基础上，沿着各自的方向发展，形成生成性对话，那就需要如勒维纳斯所特别强调的，应该从他者出发，关注他者最不清楚，甚至最不可能理解的那一面。因为“他者”是我所“不是”，不仅仅是因为其性格、外貌和心理，更重要的是因为其相异性本身。“正是由于这种相异性，我与他人的关系才不像通常所认为的那样是一种‘融合’，而是一种‘面对面’的关系。”[①] 只有充分显示这种“面对面”的相异性，“他者”才有可能成为可以反观自我的参照系。然而，只强调相异性，往往就会“各不相干”，难于达到理解和沟通的目的；不强调相异性，又会牺牲对方的特色而使他者和自我趋同，对话也就不再存在。理想的状况应是双方都从他者受到启发，发展出新的自我。这种他者与自我的悖论正是产生“生成性对话”的最有意义，也最困难之处。

4. 不同文化对话的话语问题

平等对话的首要条件是要有双方都能理解和接受，可以达成沟通的话语。对话时，双方都要遵守某些规则，形成最基本的认同，否则，对话就无法进行。正如我们不能用下象棋的规则来下围棋一样，规则不同，游戏就无法进行，对话只能终止。

在跨文化对话过程中，最困难的是要形成一种不完全属于任何一方，而又能相互理解和相互接受的话语。目前，发展中国家所面临的，正是多年来发达世界以其雄厚的政治经济实力为后盾所形成的，在某种程度上已达致广泛认同的一整套有效的概念体系。这套话语无疑促进了欠发达地区各方面的进步；然而，不可否认，也压制了该地区本土原有的生活方式和思维方式以及本土话语的发展。近来有关“失语症”的提出有一定道理，但以此否定数百年来，以西方话语为核心形成起来的当代话语，代之以前现代的“本土话语”，或某种并不存在的“新创的话语”，是不现实的。某些人主张去“发掘”一种绝对属于“本土”的、未经任何“污染”的话语，但他们最后会发现这种话语根本就不存在，因为文化总是在与其他文化的相互作用中发展的。况且，即便有这样的完全“本土”的话语，它也既不能用来诠释现代生活，也不能被对话的另一方所理解而达到沟通的目的。事实上，西方话语本身经过数百年积累，汇集了千百万智者对于人类各种问题的思考，并在与不同文化的交往中得到了丰富和发展，抛弃这种话语，生活将难以继续；然而，只用这套话语及其所构成的模式去诠释和截取本土文化，那么，大量最具本土特色和独创性的、活

---

① 勒维纳斯．时间与他人．香港：三联书店，1994.

的文化就会因不能符合这套模式而被摒除在外，果真如此，所谓对话就只能是同一文化的独白，无非补充了一些异域资料而已，并不能形成真正互动的生成性对话。

如何才能走出这一困境？最重要的是要寻求一个双方都感兴趣的“中介”，也就是一个共同存在的问题，从不同文化立场和角度进行讨论。要做到这一点首先要在对话中保持一种平等的心态。不少西方人不了解，也不愿意了解他种民族的文明，而是固执地、也许并不带恶意地认为自己的文化就是比其他文化优越，应该改变和统率其他民族的文化。要改变这种心态，远非一朝一夕可以做到。意大利一位研究跨文化文学现象的学者——罗马知识大学的阿尔蒙多·尼兹（Armando Gnisci）教授特别指出，要改变这种“西方中心”思想，必须通过一个他称为“苦修”（askesis）的过程。他说：“我们必须确实认为自己属于一个‘后殖民世界’，在这个世界里，前殖民者应学会和前被殖民者一样生活、共存。它关系到一种自我批评以及对自己和他人的教育、改造。这是一种苦修。”① 另一方面，许多过去被压抑的民族，由于十分敏感于捍卫自己固有的文化，以至保守、封闭，拒绝一切对话，结果是自身文化的停滞和衰竭。要消除这样的心态，同样是一个“苦修”的过程。只有在这样的基础上形成新的话语，对话才能进行。

三、作为跨文化对话前沿的比较文学及其发展的第三阶段

在跨文化对话中，文学可以起很大的作用。

首先是文学的伟大凝聚力。历史证明，伟大的文学或艺术作品总是较少功利打算，而体现着人的生、死、爱、欲等古今人类共同的话题。如佛教提出的“人生八苦”（生、老、病、死、憎厌聚、爱别离、求不得、五蕴盛）。这些共同话题使读者产生共鸣，同时又是作者本人的个人经验、个人想象与个人言说。伟大作品被创造出来，不管作者是否愿意，总是从自身文化出发的，就不可避免地带有自身文化的色彩；在被解读时，读者一方面带有自身的文化先见，一方面又因人们对共同经验的感知和理解而突破了不同文化之间的隔阂，产生了新的阐释。事实上，每一部伟大的作品都是根据自己不同的生活方式、思维方式，对共同问题做出自己的回答。这些回答鸣响着一个民族悠久的历史传统的回声，同时又受到属于不同时代、不同群体的当代人的解读。不同文化的人们通过这样的解读，可以互相交往，互相理解，得到共识，形成共同的话语。

陈寅恪曾总结说：“真能于思想上自成系统，有所创获者，必须一方面吸收输入外来之学说，一方面不忘本来民族之地位。此二种相反而适相成之态度，乃道教之真精神，新儒家之旧途径，而二千年吾民族与他民族思想接触史之所昭示者也。”② 百年来中国文学在古今中外文化激烈冲撞中推进，文学研究积累了丰富的经验，今天的文学研究将在这个基础上参照世界文化当前语境，回归原点再出发。正如勒维·斯特劳斯所说：一种纯粹和整体的知识不能从特定的政治现实以及时代状况中获得，而只能借助于追本溯源，回到“尚未损害，尚未败坏的自然”。中国文学研究也是如此，恰如中国著名作家格非从他自身

① 阿尔蒙多·尼兹．作为非殖民化学科的比较文学．罗恬，译．中国比较文学通讯，1996（1）：5.

② 陈寅恪．冯友兰中国哲学史下册审查报告//金明馆丛稿二编．上海：上海古籍出版社，1990：252.

的创作实践所总结的，“整个中国近现代的文学固然可以看成是向外学习的过程，同时也是一个更为隐秘的回溯性过程，也就是说，对整个传统的再确认过程”①。一方面是空间性坐标，即在费孝通先生所说的“机械文明”和“信息文明”两个文明重叠的挤压下，与世界的情愿和不情愿的交往；另一方面是时间性的坐标，也就是格非所说的那个更隐秘的，向传统回归的过程。中国文学发展的百年历史亟须在这个纵的和横的坐标上来进行总结。

事实上，无论是文学研究还是文学创作，现代人从传统文化的土壤中生长出来，同时又过着现代生活，受着现代教育，从物质到精神都或多或少受着外来影响；中国文化百余年来，无时无刻不与外来文化发生种种接触。古今中外纵横交错，表现为非常复杂的循环往复，现在到了在新的形势下，根据新的需要，更系统、更深入地进行诠释的时候。这一切都为当下文学的发展提供了新的思路和条件。由此可以看出，在当前世界的大变局中，在形成全球性的文化多元格局中，文学是一个十分重要的环节；同时，这个进程又将给文学研究的发展和更新带来新的契机，从而根本改变当前文学研究的格局。在古今中外的坐标上为文学研究重新定位，让跨文化文学研究的根本精神贯彻于文学研究的各个领域，这就是当前中国比较文学，也就是跨文化文学研究所面临的形势和任务。

进一步考察当今比较文学存在的语境，就会发现我们正处于一个后现代思潮的转型时期。20 世纪 60 年代兴起的后现代解构思潮轰毁了过去笼罩一切的“大叙述”，使一切权威和强制性的一致性思维都黯然失色，同时也使一切都零碎化、离散化、浮面化，最终只留下了现代性的思想碎片，以及一个众声喧哗的、支离破碎的世界。后现代思潮夷平了现代性的壁垒，却没有给人们留下未来生活的蓝图，未提出建设性主张，也未策划过一个新的时代。

到了 20 世纪末 21 世纪初，人们反思了“解构性后现代思潮”的缺陷，提出以“过程哲学”为基础的“建构性后现代主义”，主张将第一次启蒙的成绩与后现代主义整合起来，召唤“第二次启蒙”。如果说第一次启蒙强调的是解放自我、个人自由，其方法论核心是工具理性，其根本追求是“重塑”自然以符合人类需要；那么，第二次启蒙则是强调尊重他者、尊重差别、多元互补，强调责任和义务，揭示自由与义务的内在联系。他们认为工具理性使人们难以摆脱以功利为目的的行为动机，人类必须大力增强以真善美的和谐统一为旨归的审美智慧；他们号召超越“人类中心主义”，高扬生态意识，提倡抛弃人类可以操纵环境的想法，而重在根据环境的需要调整自身。第二次启蒙的这些主张与中国文化的传统价值有很多相通之处，如“和实生物，同则不继”，“欲遂其生，亦遂人之生”，“道始于情，情生于性”，“天人合一”等，这些都为打通中外古今的跨文化文学研究提供了新的理论基础和广阔空间。

回首历史，中国比较文学在 20 世纪初发轫，20 年代后作为一个学科开始孕育。80 年代后，作为最具开放性、先锋性的学科之一，得到了迅猛发展。90 年代前后，世界更深入地进入全球化时代，与此同时，单向度的、贫乏而偏颇的全球主义意识形态的弱点随之暴露无遗，而以多元文化为基础的另一种全球化的诉求被强有力地提了出来。这种诉求大

① 格非．汉语写作的两个传统．文汇报，2005－12－03.

大促进了比较文学的发展，使之超越以法国比较文学为核心的第一发展阶段和以美国比较文学为核心的第二发展阶段，进入以不同文化体系文学的“互识”“互证”“互补”为核心的比较文学发展的第三阶段。

中国比较文学之所以能成为全球第三阶段比较文学的积极倡导者：第一，中国作为发展中国家，坚决反对帝国文化霸权，始终如一地全力促进多元文化的发展。第二，中国具有悠久的文化历史，为异质文化之间的文学研究提供了取之不尽、用之不竭的源泉。长期以来，中国和印度、日本、伊朗以及欧洲各国都有过深远的文化交往。第三，近百年来，中国人对外国文化和外国语言勤奋学习，不断积累，使得中国人对外国的了解一般来说要远胜于外国人对中国的了解。这就使得中国比较文学有可能在异质文化之间的文学研究这一领域，置身于前沿。第四，中国比较文学以“和而不同”的价值观作为现代比较文学的精髓，对各国比较文学的派别和成果兼收并蓄。20世纪30年代初，梵·第根的《比较文学论》、洛里哀的《比较文学史》都是在出版后不久就被中国名家译成中文。到20世纪末，中国翻译、编译出版的外国的比较文学著作、论文集（包括欧美、俄罗斯、日本、印度、韩国、巴西）已达数十种，对外国比较文学评价分析的文章数百篇，绝大多数的中国比较文学教材都有评介外国比较文学的专章。可以说任何一个国家的学者，都没有像中国学者这样，如此重视对外国比较文学的介绍与借鉴。第五，中国传统文化一向文史哲不分，琴棋书画、舞蹈、戏剧相通，这为第三阶段的跨学科文学研究提供了全方位的各种可能。

可以说，中国比较文学既拥有深厚的历史基础，又具有明显的世界性和前沿性。它接受了法国学派的传播与影响的实证研究，也受到了美国学派的平行研究与跨学科研究的影响；它既总结了前人的经验，又突破了法国比较文学与美国比较文学的西方中心的狭隘性，使比较文学能真正致力于沟通东西方文学和学术文化，从各种不同角度，在各个不同领域将比较文学研究深入导向崭新的比较文学发展的第三阶段。

总之，人类无可避免地面临着全球跨文化对话的紧迫性。促进对话，避免对抗是每一个当代人的责任。以跨文化对话文学研究为己任的比较文学与比较文化更是位于前沿。在即将到来的21世纪的第二个十年我们要张开双臂，敞开胸怀，摆脱任何派别和地域的局限，站在时空的最高点，观察全球，理解世界，探索人类；打通古今中外各民族的文学，沟通人的灵魂，塑造对宇宙、对人生的新的观念，参与构建适合于21世纪人类生存的共同伦理；特别是在普遍与特殊、纯粹与更新、自我与他者、本土话语和外来话语等关系上，积极开拓，寻求新的突破。让我们弥缝精英和大众的断裂、思想理论研究和作品细读的断裂，团结一致，携起手来，迈向21世纪第二个十年的新台阶。

跨文明文论的异质性、变异性及他国化研究

四川大学 曹顺庆

跨文明文论的异质性是指基于不同文明而产生的从根本质态上彼此相异的文论。例如，就中国文论与印度文论、西方文论而言，它们是三种从不同的文明中孕育出来的，在基本文化规则和文论话语上根本相异的理论。异质性的文论话语，在互相交流、对话时，就会产生相互激荡的态势，形成互识、互证、互补的文论杂语共生态，并产生变异甚至他国化，进一步催生新文论话语。如果不能清醒地认识并处理跨文明文论的异质性，则很可能会促使异质性的相互遮蔽，并最终导致某种异质性的失落；如果能够明确认识到跨文明文论的异质性、变异性及他国化规律，对于各国文论建设，乃至世界文论建设，皆有重要的学术意义。

因此，文学变异学研究十分注重跨文明文论的异质性研究。跨文明文论的变异性是指一种文论经过文化传播抵达另一种异质文化后所发生的理论变异，认为一种理论从此时此地文化语境向彼时彼地文化语境的传播都会产生一定程度的变异。一种理论“进入新环境的路绝非畅通无阻，而是必然会牵涉到与始发点情况不同的再现和制度化的过程”。[①] 文学理论变异学通过研究不同文明文学理论交流的变异状态，以及研究不同国家、不同文明文学理论在同一个范畴表达上存在的差异，从而探究文学理论变异以及他国化的内在规律。

一、文论的他国化规律

如何实现异质文论的交流与融汇，需要研究出切实可行的方法和路径。这一方法与路径应是在总结人类文化交流的总体规律，总结各国文学理论发展规律的基础之上得出来的，而不应是闭门空想、人为设计出来的。在中国数千年的历史上，实际上存在着若干次的中外文化“融汇”与文化的“转换”和“重建”。例如，仅魏晋南北朝至唐代，中国文化与文学、文论就遭遇了两次大的异质文明的交流融汇和转换重建。一是南北文化的碰撞与融汇，二是印度文化与中国文化的交流、转换与禅宗的建立。魏晋南北朝时期，印度佛教传入中国，予中国文化以巨大冲击，曾一度威胁中国文化之根本。这就是“中国的佛教化”。这个时期，有点类似于中国现当代时期的全面西化状况，中国文化在欧美文化的强

① 赛义德．理论旅行//赛义德自选集．北京：中国社会科学出版社，1999：138.

烈冲击之下，几乎完全断裂，中国文化之根已经很虚弱了。这种虚弱状态，就是当今文化与文论的“失语”状态。目前这种状态可能有两个发展方向；其一是继续“西化”（在古代是用西来的佛教来化中国，在当今是用西方文化来化中国）；其二是将西方文化中国化。而佛教虽然“西化”了中国（或曰中国佛教化），同时也逐渐走上了中国化的道路。“西来”的佛教在经历魏晋南北朝的“化中国”之后，自唐朝始，经过文化调整，佛教开始加快了中国化的步伐，使中国文化度过了危险期，终于走向了融汇西（印度）中的“转换”与“重建”之路，形成了中国化的佛教——禅宗，禅宗已经不是印度佛教，而是中国佛教。“中国的佛教化”和“佛教的中国化”最关键的问题和最根本的区别就是以什么东西为主来“中国化”。如果以印度佛教文化为主来“中国化”，那只会适得其反，只能是印度佛教“化中国”；正确的道路是以中国文化为主，以中国文化话语规则为主来实行佛教的中国化，才可能真正实现“转换”与“重建”。从“中国佛教化”与“佛教中国化”的历程中，我们可以总结出一条文论发展的基本规律，即“文论的他国化规律”。无论文化还是文论，在一定的历史文化条件下，都是可以“转换”的，这种“转换”就是“他国化”。“中国佛教化”与“佛教中国化”都是一种“他国化”现象，这是一条文化与文论发展的规律，是不以人们意志为转移的客观事实，我们如果掌握了这一规律，就找到了中国当代文论“重建”的可靠方法。中国当代文化与文论的重建任务，就是在实现古代文论现代转化的同时，要利用“他国化”的规律，实现“西方文论的中国化”。而要实现“中国化”，首要的不是处处紧追西方，而应处处以我为主，以中国文化为主，来“化西方”，而不是处处让西方“化中国”。①

理解“文论的他国化”规律，首先必须正视：当一种理论在不同的文化背景中被跨语际译介和传播后必然被不同程度地“他国化”，这是“他国化”的初涉阶段。初涉阶段是由文化传播和语言翻译的“他国化”决定的。在不同的文明体系中，当一种文化传播到另一种文化中，必然会面对过滤、误读、理解后的再创造过程。这主要是因为文明的差异“是历史的产物，不会很快消失。它们比政治意识形态和政治制度的差异更为根本”②。文学理论作为文化的重要载体，在译介传播时同样会有“他国化”的特点。无论是被传播的原理论还是传播后的理论，都必然带上不同文化的品质，很难通过译介就消除文化间固有的差异。从语言译介的角度看，当一种语符转化成另一种语符时，不仅很难追求形似，更难追求和把握的是蕴涵在语言后面的民族文化心理、不同语言之间的理解，必然带有误读和再创造的过程。从阐释学的角度来看，翻译者对文本进行解读和阐释时，他的“前理解”会先行占有文本，他与文本之间的对话，也就是两个文化之间的对话，当两个特殊的视界融合时，组成的是一个新的“视界”。这样，经过翻译后的文本已经是对原文本的超越，前后两个文本不可能是完全相同的，不同之处正是在一定程度上被“他国化”的部分。西方文论在中国被译介后，由于受到文化和语言的过滤与误读，已经在不同程度上有异于原创理论，这是西方文论“中国化”的初涉阶段。其次，西方文论中国化的根本阶段是以中国的学术规则为主来吸收西方文论，这才是真正意义上的“中国化”。文化的传播

---

① 曹顺庆. 文学理论的“他国化”与西方文论的中国化. 湘潭大学学报（哲学社会科学版），2002（5）.

② 亨廷顿. 文明的冲突. 张林宏，译. 国外社会科学，1993（10）.

和理论的翻译绝不仅仅是语言的转换问题，必然会遇到隐藏在文本之后的学术规则，是在不同学术规则中进行话语的切换。一旦某种理论离开自己的学术规则，很难说还具有最初的意义生成，因此我们必须从根本上结合中国的学术规则，以中国的运思方式、话语习惯为主，来吸收与改造西方文论。中国学术规则与西方学术规则代表着不同的文化传承和文明特点，它们在文化机制和话语方式等方面存在着根本的差异。两种不同学术规则决定了中国传统文论话语与西方文论话语（以及被“西化”的中国现当代文论话语）之间的异质性。只有意识到我们有着自己的文化传统和文化身份，以平等的姿态投入到与西方文论的对话中，并且以自己的话语习惯和学术规则为准则，逐步在互证、互补的多元视角下形成杂语共生态，并进一步催生新的文论话语，才能将中西文化和诗学以不同的路径走向更高层次的融合。那么，我们又该如何以中国学术规则为主，来使西方文论中国化呢？一方面我们必须充分意识到中国传统学术规则的重要性。中国现代学术话语积极主动地采纳了西方的逻辑语势，而弃绝了传统的学术规则。我们未能照顾民族文化特征的西化式现代化历程，最终导致了文化建构思路和学术言说方式的全面西化。在我们对中国现代性危机进行反省和调整的时候，除了西方资源就只剩下中国传统的诗学资源，我们必须把握住这个资源。这个资源的价值并不是用来注解和确证现代诗学知识的正确性、合理性，而在于从“异质性”的立场和视角来反省和调整现代诗学作为一种诗学知识形态的偏差。另一方面在具体实践上，在西方诗学全面取代中国传统诗学并已出现“失语”危机的情形下，应尝试让传统诗学的学术规则成为吸收和融汇的平台，让外来理论和现代诗学在这个平台上与中国的话语系统、学术规则互为补充，互为启发。①

以中国文化与文论为主来重建中国文论，不仅走得通，而且已经有学者走过来了。在现代文论史上，王国维、钱锺书等人的成功实践就是明证。王国维深受德国古典哲学美学的影响，他的许多论文都是运用叔本华、尼采、康德、席勒等人的美学理论来探讨中国文学问题的名篇，是中西文化交融的产物。他的诗学有两大突出特征：“一是在概念、范畴层面因大量吸纳西方话语而带来的言说能力增强和理论视野的扩展；二是在诗学精神上向中国传统诗学的回归。”② 在《人间词话》中，他开宗明义地指出，“词以‘境界’为上”。“境界”是中国传统话语，王国维以中国传统文论话语为根本，直接运用中国传统的“词话”言说方式，同时将西方的许多美学术语融入其中。比如，对“境界”的分类，他就认为“有造境，有写境，此理想与写实二派之所由分。然二者颇难分别。因大诗人所造之境，必合乎自然，所写之境，亦必邻于理想故也”。③ 他对“造境”与“写境”的分类，其实是受西方浪漫主义与现实主义分类的影响，但王国维并未以二元对立的哲学观念来认定非此即彼，而是以中国哲学整体和谐及物我合一的观念来消化之，认为二者难以分开，同存于作品中。可见，王国维虽然吸收了西方文论话语，但他已成功地将其消化，并融入中国传统的诗学精神和表达方式中，成为中国文论话语的有机组成部分，实现了西方话语的“中国化”。钱锺书学贯中西，他的《谈艺录》《管锥编》都引用了大量的西方话

① 曹顺庆，等．重建中国文论的又一有效途径：西方文论的中国化．外国文学研究，2004（5）．

② 李思屈．中国诗学话语．成都：四川人民出版社，1999：162.

③ 王国维．人间词话．上海：上海古籍出版社，1998：1.

语。但与世人对待传统思想文化不同，钱锺书不是“机械地以现代西方术语去‘切割’中国古代思想”，而是“独辟蹊径，借照邻壁，以现代西方文化的映发，而使中国传统典籍中那些往往不为人注意的思想智慧，焕发出一种‘当代性’，在当代思想中找到自己的位置并推动这一发展。”① 王国维和钱锺书的成功在于：他们根植于中国传统文论话语，有效地将西方文论话语中的某些“枝芽”“嫁接”到中国文论话语的“大树”上，增强了中国文论话语的言说能力，同时保持了中国文论话语的“本色”。这说明西方文论“中国化”不仅仅是良好的愿望和设想，而是具有可能性、现实性的。我们通过对中西文论传统进行清理，完全可以挖掘出其中可以交汇交融的生长点，在中国文论话语的基础上，实现其有效“嫁接”。只要我们运用文化与文论“他国化”这条文化发展规律，实现以我为主的西方文论的中国化，就能真正实现中国文论的现代转化与重建。②

二、西方文论的中国化研究

西方文论“中国化”是指以中国的学术规则为主来创造性地吸收西方文论话语，吸收、利用西方文论话语来丰富、更新中国传统的文论话语，并将“新话语”切实作用于当代文学创作和批评的实践中，以推动中国文论话语的发展，实现中国文论话语的当代重建。其要义在于：一是改变生搬硬套、“以西代中”的做法，将西方文论置于中国文学实践的土壤中，用中国的文学创作实践和具体文学现象来辨析、检验西方文论具有的普世性价值所在。二是以中国的学术规则为主来创造性地转化西方文论成果，在中西文论对话与互释的基础上，达到中西融合，从而揭示文学发展、演变的普遍规律。因此，“中国化”最关键的就是“坚持以我为主来消化吸收西方文论，进行深层次的话语规则融合，以形成一种新的学术话语规则”。③

西方文论能否“中国化”的一个重要条件在于是否适应中国的需要。只有适应需要，才能变异、转换。乐黛云先生在《尼采与中国现代文学》一文中，考察了尼采与中国现代文学的关系后得出结论说：“可见一种外来思想能不能在本国产生影响，产生什么样的影响，其决定因素首先是这个国家内在的时代和政治的需要，全盘照搬或无条件移植都是不大可能的。”④ 先生得出的这一结论同样适用于文学理论的“中国化”。异质文论的“中国化”不能“全盘照搬或无条件移植”，异质文论在中国生根发芽必须适应中国的土壤，这种适应性包括多方面，比如文化适应性、文论适应性、文学适应性等等，而需要适应性则更为根本。这里以苏联文学理论在中国的合法化为例加以说明。20世纪20至30年代的中国文艺学教学主要受西方文论的影响，教材以翻译西方文艺学教材和根据西方文论自编教材为主。以后受“革命文学”和无产阶级文学运动的影响，苏联文艺学教材开始进入中

---

① 胡范铸．钱锺书学术思想研究．上海：华东师范大学出版社，1993：290.

② 曹顺庆，童真．西方文论话语的“中国化”：“移植”切换还是“嫁接”改良？．河北学刊，2004（5）.

③ 曹顺庆，邹涛．从“失语症”到西方文论的中国化——重建中国文论话语的再思考．三峡大学学报（人文社会科学版），2005（5）.

④ 乐黛云．尼采与中国现代文学//北京师范大学中文系比较文学研究组选编．比较文学研究资料．北京：北京师范大学出版社，1986：557.

国，1937 年以群翻译了维诺格拉多夫的《新文学教程》，并于 1942 年写了《文学底基础知识》，该书被认为是“维诺格拉多夫《新文学教程》的中国版”，标志着中国文艺学教材由受西方文论教材的影响到受苏联文艺学教材影响的重要变化。1953 年查良铮翻译了具有权威性和完整性的季摩菲耶夫的《文学原理》，对新中国成立后的文艺学教学和教材产生了更大影响。但是这些翻译和编写教材仅是个人行为，而 1954 年毕达可夫来到北京大学讲授文艺学并出版《文艺学引论》则是政府行为，他是由中央教育部和北京大学聘请来的苏联专家。毕达可夫的讲课和教材的出版标志着苏联文学理论在中国的合法化。那么为什么要请毕达可夫来中国讲授文艺学？实在是“时代和政治的需要”。首先，从时代政治来讲，与新中国建立后向苏联“一边倒”、全面学习苏联有关。20 世纪 50 年代苏联派了大量专家帮助中国发展工业、科技，同时也派专家到各高校，帮助发展高等教育事业。就高校中文系而言，往北京大学派了毕达可夫讲文艺学，往北京师范大学派了柯尔尊讲俄苏文学，后来全国高校的一批俄苏文学的学科带头人都是北京师范大学苏联文学研究班、进修班毕业的。其次，从教材建设来讲，也与国内的需要有关。在 1951 年全国知识分子思想改造运动中，《文艺报》对高校中文系的文艺学教学展开了批判，主要对象是山东大学的吕荧教授，最后连“马大师”黄药眠教授也不得不做检讨。批评以后，全国没有统一的教材，教师们也无所适从，不知道文艺学该怎么讲，于是请苏联专家来帮助就成了顺理成章之事。再次，从师资队伍来讲，也是迫切需要的。在《文艺报》关于文艺学教学大讨论中，认为新中国成立前留下来的教师已不适应新的教学需要，新中国成立后毕业的年轻教师刚刚走上教学岗位，新一代教师还没有成长起来，所以迫切需要通过办由苏联专家讲课的研究班来培养文艺学课程教师，以解决师资问题。可见，异质文论的“中国化”必须适应中国的需要，适应是变异、转换的基础，没有适应性，就缺乏变异的条件和可能，也就无法实现文学理论由“中国西方化”向“西方中国化”的转变。

西方文论“中国化”的基本路径，除了异质文论对话、激活文论新质之外，至少还有两条可行的途径：

一是异质文论相似，互相启发阐释。异质文论面对共同的文学话题，在某些方面会有相同或相似的见解。这种相同或相似之处，能够互相启发阐释。这样在一种文化中产生的文论由于有与中国文论在某些方面的相似性，极易被中国文论界接受和理解，从而实现文学理论的“中国化”。这里我们以阐释学在中国的接受为例加以分析说明。阐释学起源于对《圣经》的解释，这一起源与儒家传统的解经方式有相似之处，因此阐释学就容易被中国文论界所接受。德国哲学家和神学家弗里德利希·施莱尔马赫把古老的阐释学发展成为一门具有普遍意义的学问。他的“哪里有误解，哪里就有解释学”成为阐释学上的名言。而《周易·系辞上》中也有“仁者见之谓之仁，智者见之谓之智”的认识相对性的说法。狄尔泰把仅仅局限于文本解释的阐释学上升到历史哲学的高度进行认识，海德格尔和伽达默尔使阐释学成为当今一门显学。中国古代不仅有“解经”的实践经验，而且孟子早在《孟子·万章上》中就提出“故说诗者，不以文害辞，不以辞害志，以意逆志，是为得之”的说法。董仲舒在《春秋繁露·精华》中更总结出“《诗》无达诂，《易》无达占，《春秋》无达辞”。在阐释学中，海德格尔强调文本本身，认为我们必须向文本消极地敞开心胸，屈服于其神秘的存有，任由自己受其质问。伽达默尔却认为：作者没有穷尽作品的意义，文学文本的“真貌”

无从得知。如对“以意逆志”的解释，东汉赵岐说：“以己之意逆诗人之志”（《孟子疏》），朱熹也说：“当以己意逆取作者之意，乃可得之”（《四书章句集注》），而清人吴淇则认为应“以古人之意求古人之志”（《六朝诗选定论缘起》）。《周易·系辞上》：“书不尽言，言不尽意。”《庄子·天道》：“意之所随者，不可以言传也。”陆机《文赋》：“恒患意不称物，文不逮意。盖非知之难，能之难也。”所有这些同伽达默尔相似都在慨叹语言表意的局限性。伽达默尔认为文学作品的意义“总是超出字面所表达的意义”，艺术语言“意味无穷”，就因为有“意义的过量”；这和司空图《与李生论诗书》中的“韵外之致”“味外之旨”，欧阳修《六一诗话》中的“含不尽之意，见于言外”，姜夔的“句中有余味，篇中有余意，善之善者也”（《白石道人诗说》）等等，不是也很相像吗？我们这样比较，并不是说中国古人早就提出了类似西方现代文学理论的观点，而在强调已有的知识前提往往是借鉴接受的有利条件，相似的理论见解往往有利于异质文论的“中国化”，如果说相似中的差异是比较的理由，那么差异中的相似是互相启发的基石。

二是创造性误读异质文论。对异质文论可以作为一种知识加以学习，在阅读的时候，力求准确理解和接受。但也可以“误读”，“误读”不在于掌握知识，而在于创造新理论，从误读异质文论中创造自己的理论。众所周知，西方意象派理论大师庞德从中国传统诗学和儒家思想中得到滋养，创造了西方意象派理论，成为美国现代主义诗歌理论的奠基人。庞德的成功在于他既吸收了中国诗学精神中的精髓，借鉴了对于西方世界来说的一种“陌生化”的中国古典意象理论，又立足于自己本国的诗学话语根基之上，用一种体系化的、逻辑化的诗学话语表述出来，成为一种科学化、体系化、具有可操作性的理论批评形式。否则，如果离开西方逻辑的、体系化的表述之根，意象派诗学也就不会有今天的成就。可见，通过创造性误读异质文论可以实现异质文论的本土转化。西方文论的“中国化”也是如此。例如对于注重创造新理论的鲁迅来说，他对尼采的接受就是“误读”中的创造。五四前夕，鲁迅并不把尼采的思想作为一个完整的体系来研究和接受，他只是“为我所用”地择取尼采思想中引起自己共鸣、符合自己意愿的部分，按照自己的理解加以运用，为构建自己的思想体系服务。他提出的“掊物质而张灵明，任个人而排众数”（《文化偏至论》）主张以及“有一分热，发一分光”（《随想录第四十一》）的精神都来源于对尼采的“误读”，在“误读”中加以吸收改造，从而阐明自己的理论主张。这种创造性“误读”的例证很多。胡风在论述他的具有“主观战斗精神”特点的现实主义时，提出了一个“相生相克”的理论命题，这是对作家阿·托尔斯泰“误读”的结果。阿·托尔斯泰说：“写作过程，就是克服的过程。你克服着材料，也克服着你本身。”对此，胡风发挥说：“这指的是创造过程中创造主体（作家本身）和创造对象（材料）的相生相克的斗争；主体克服（深入、提高）对象，对象也克服（扩大、纠正）主体，这就是现实主义底最基本的精神。”① 这些“误读”所得出的具体结论，不一定都是我们赞成的，但是通过创造性误读异质文论，为构建自己的理论服务，确是实现西方文论“中国化”的一条有效途径。②

---

① 胡风．人道主义和现实主义的道路//文振庭，等．胡风评论集：下册．北京：中国社会科学出版社，1991：66－67.

② 靳义增．从变异学视角看文学理论“中国化”的基本路径．文艺理论研究，2006（5）．

三、异质文论的对话与激活

中国现当代文论在总体上是西方文论播散的结果，最直接的影响者包括文艺复兴时期思想家的文论主张和苏联的文论体系，这些理论可能包含了人类审美活动的共同性方面，可是如果我们承认各地区、各民族文化、文明的异质性，那么文学、文论本身就是文化的核心内容，它理应具有民族文化的特性，而且无论从文学反映生活还是表现了作者的心理来看，也都有异质性的问题。如果仅以西方的文论作为基轴，就无法把握中国的文学与文论！20世纪以来，中国古代文论面临的最大问题就是自身文化传统“异质性”的被遮蔽。余英时先生在总结20世纪中国知识分子与传统文化的关系时写道：“中国知识分子对自己历史、文化、传统的认识则越来越疏远，因为古典训练在这一百年中是一个不断堕退的过程。到了今天，很少人能够离开某种西方的思想架构，而直接面对中国的文学、思想、历史了，他们似乎只有通过西方这一家或那一家的理论才能阐明中国的经典。”① 用现实主义、浪漫主义这一套现成的西方文论来研究中国古代的作家或古代的文学思想，力图让古代作家或古代文学思想在西方文论体系中就座落实，这种现象在现当代中国知识分子的文章与论著中表现得异常频繁。现代学术史上学者们为白居易的文学思想是现实主义的还是浪漫主义的争得面红耳赤就属这方面的典型案例。李白是浪漫主义、杜甫是现实主义的现代认知，也可作如是观。至于新时期以来用各种时髦的西方理论来研究中国古代文论（准确地说是阉割了中国古代文论），亦是这一现代“传统”在当代的继续而已。因此可见，中外文论的异质性正是需要展开对话的现实基础。②

所谓“对话”其实就是换位思考的意识。巴赫金认为，对话才是意义的呈现，才能造出意义的多方面性，他说，“须知，在任何时代和任何社会集团的意识形态视野里，都不是一个，而是几个相互矛盾的真理，不是一条，而是几条分开的意识形态途径”。相互矛盾的真理不是在一个固定的视点就可以全面观察到的，也不是单一的话语就可以全面加以表述的，它需要一种在对话中得以凸显的契机。哈贝马斯认为，没有哪一个个人或者团体可以独自宣称自己就是理性的代表，真正的理性应该是在一个场域之中体现的，它是一种公共对话的空间，在这种对话中达成某种程度的共识，而该共识才是理性原则的体现，就是说理性实际上是在交往对话的过程中展现的。由此，哈贝马斯注重现实生活本身的意义，认为生活的知识是“一种深层的非主题化知识，是一直都处于表层的视界知识和语境知识的基础”。生活的世界中，发话人、听者共同参与所涉及的题域，不同人士会有各自对问题的看法和理解，他们都是主体而不只是其中某方作为单一的主体。这种对话的思想和立场在重建中国当代文论话语中具有十分突出的意义。这一意义体现在，从中外文论的关系来看，一方面我们再也不能盲目地闭关锁国式地进行学科工作，这一转变在新时期以来虽然也还有若干不足，但是基本已经做到了；另一方面就是我们在学习引进西方的文论

---

① 余英时．文化危机与民族认同//王元化．学术集林：卷七．上海：上海远东出版社，1996：71.

② 张荣翼．现代性、对话性、异质性——中国当代文论的内在关键词．湘潭大学学报（哲学社会科学版），2006（5）.

和学术思想的过程中，我们自己缺乏源自本身的问题意识，像欧美文论家对于商业文化、对于现代社会可能展开了一些抨击，而这样的批评在中国本土的适用性其实是需要加以论证的，在跟进西方的过程中，我们对身边的现实缺乏反应已经成为普遍现象，而这正是人文学科发展中的畸态。

异质文论之间如何展开对话？进行异质文论的对话应掌握两条基本原则，明确三种具体途径。两条基本原则就是“话语自立”和“平等对话”。所谓“话语自立”就是指异质文论的对话要明确各自不同的话语，有了各自不同的话语，再寻找相互之间的能够达成共识和理解的基本规则。这里的“话语”是指一定文化思维和言说的基本范畴和规则。因此，异质文论对话就是要实现话语之间的相互对话。忽略话语层面，忽略文化最基本的意义建构方式和言说规则，任何异质文论的对话只会有两种可能：要么是文化现象的表层比较，要么是强势文论的一家独白。另一条基本原则是“平等对话”原则。要做到东西方异质文论话语真正平等对话是很不容易的。但是，异质文论的对话如果抛弃或忽略这项平等原则就只会导致一种强势文化的霸权状态。20世纪中国文化与文论在与西方强势文化与文论交往时未能重视相互之间的平等，其结果就是我们所谓中国文化与文论的“失语”。我们学到了别人的理论话语，却失去了自己的理论话语。我们不是用别人的文学理论来丰富自己的文学理论，而是从文化的话语层面被整体移植和替换。历史经验表明，异质文论之间的对话只有在坚持话语平等原则的条件下才能得以有效的进行。否则，“对话”只能再次变为“独白”。异质文论对话的具体途径主要有三种，即“不同话语与共同话题”“不同话语与相同语境”和“话语互译中的对话”。所谓“不同话语与共同话题”就是指异质文论进行对话，首先要确定一个共同的对话话题，有了共同的话题也就有了对话的基础。比如，我们可以以“文学的本质”为共同话题，在中国古典文论、西方文论、印度古典诗学乃至日本古代文论之间进行多元对话。“不同话语与相同语境”是指没有共同的话题但具有共同的语境。所谓共同语境，就是不同话语在完全不同的社会历史条件下所面对的某种相同或相似的境遇或情境。在这些相同或相似的境遇或情境下，不同的话语模式都产生各自不同的反应，形成自己不同的话语言说方式和意义建构方式。虽然不同话语各自的话语内容和话语功能都不相同，它们的话题也不相同，但是，它们都是由某种共同的语境或境遇造成的。根据这些话语的共同语境，我们就可以让它们进入对话领域。“话语互译中的对话”是指在文学与文论的话语互译中展开深层的话语对话。随着语言哲学和比较文学译介学的发展，翻译的本质开始越来越为人所了解和重视。翻译所涉及的不仅仅是纯语言学问题，两个文本或两种语言背后是两种迥然不同的异质文化和话语体系。不同的文化和话语体系，有其独特的概念范畴和言说规则，它们之间可能有一些重叠、交叉和对应，但绝不可能完全等同。这样，异质文化和话语之间的表层互译背后充满着深层话语“张力”。翻译本身就是一种异质文化与话语的潜在对话。①

异质文论的对话能够相互激活与启发，从而促使文论新质的产生。例如，在佛教中国化的过程中，印度佛教演变为具有中国特色的禅宗文化。在文化新质基础上，中国古代文

① 曹顺庆，支宇．在对话中建设文学理论的中国话语——论中西文论对话的基本原则及其具体途径．社会科学研究，2003（4）．

论开始出现诸如“妙悟”“意境”等极具创造性又有中国特色的概念范畴。这里我们以“境”或“境界”为例加以分析说明。唐宋以来的诗论、词论中，广泛用到“境”或“境界”，这一术语来源于佛教，《大毗婆沙论》说：“境，通色、非色，有见、无见，有对、无对，有为、无为，相应、不相应，有所依、无所依，有所缘、无所缘，有行相、无行相。”唐代孔颖达最早把“境”运用到文论中来，他在解释“感物说”时说：“物，外境也。言乐初所起，在于人心之感外境也。”① “境”是指客观的物象世界。王昌龄在《诗格》中提出“诗有三境说”，其中，“物境”是指自然景物层面，“情境”是指主体感情层面，“意境”是指诗歌整体意蕴层面。刘禹锡在《董氏武陵集纪》中认为“境生于象外，故精而寡和。”司空图在《与王驾评诗书》中说：“长于思与境偕，乃诗家之所尚者。”王国维更在《人间词话》中区分“有造境，有写境”，“有有我之境，有无我之境”。“境界”一名，早见于《无量寿经》：“斯义宏深，非我境界。”《楞伽经》中说：“第一义者，圣智自觉所得，非言说妄想觉境界。”《法苑珠林·摄念篇》中说：“如是六根种种境界，各各自求所乐境界，不乐余境界。”在诸如《成唯识论》《大毗婆沙论》等佛教经论中，“境界”一词，频频出现。古代文论家用到“境界”的，如宋代李涂《文章精义》：“作世外文字，须换过境界。庄子寓言之类，是空境界。”明代王世贞《艺苑卮言》云：“骚赋古选乐府歌行，千变万化，不能出其境界。”陆时雍在《诗镜总论》中说：“唐人无此境界。”清代叶燮《原诗》中说：“从至理实事中领悟，乃得此境界也。”梁启超《饮冰室诗话》说：“（黄）公度之诗，独辟境界。”况周颐《蕙风词话》：“涩之中有味，有韵，有境界。”王国维更在《人间词话》中标举境界说：“然沧浪所谓兴趣，阮亭所谓神韵，犹不过道其面目，不若鄙人拈出‘境界’二字，以探其本也。”这些说法中，“境界”的含义不同，有的是指艺术修养所达到的境地，有的是指意境，但借用佛教话语来言说中国诗词，则是一致的。现在看来“妙悟”“意境”等概念范畴已完全中国化。异质文论之间的相互激发应站在本土文化的立场上接受外来文论的影响，起主导作用的是本土文化传统，立足点与归宿也是本土文化。诚如陈寅恪所说：“其真能于思想上自成系统，有所创获者，必须一方面吸收输入外来之学说，一方面不忘本来民族之地位。此二种相反而适相成之态度，乃道教之真精神，新儒家之旧途径，而二千年吾民族与他民族思想接触史之所昭示者也。”②

异质文论对话中的激发所坚持的正是这种一方面吸收输入外来的文论学说，一方面不忘民族特质的主张。陈寅恪在《鸠摩罗什译经的艺术》一文中曾讲道，鸠摩罗什译经，“或删去原文繁重，或不拘原文体制，或变易原文”③。其中“变易原文”就是立足本土文化立场而接受外来文化影响的变异。

变异与他国化是异质文化、异质文论相互对话与激发的必由之路，也是当今文论发展与创新的康庄大道。

---

① 孔颖达．十三经注疏．上海：上海古籍出版社，1997：1527.

② 陈寅恪．金明馆丛稿二编．上海：上海古籍出版社，1990：252.

③ 陈寅恪．鸠摩罗什译经的艺术//胡适．白话文学史．天津：百花文艺出版社，2002：115.

中国文学文化如何才能有效“走出去”

上海外国语大学　谢天振

一

中国文学、文化如何才能切实有效地“走出去”？随着中国经济实力的增强和国际地位的提升，这个问题被越来越多的人所关注，从国家领导人到普通百姓。追溯起来，中国人通过自己亲力亲为的翻译活动让中国文学、文化“走出去”的努力其实早就开始了。不追得太远的话，可以举出被称为“东学西渐第一人”的陈季同，他在1884年出版的《中国人自画像》一书中即把我国唐代诗人李白、杜甫、孟浩然、白居易等人的诗翻译成了法文，他同年出版的另一本书《中国故事》则把《聊斋志异》中的一些故事译介给了法语读者。至于辜鸿铭在其所著的《春秋大义》中把儒家经典的一些片段翻译成了英文，敬隐渔把《阿Q正传》翻译成法文，林语堂把中国文化译介给英语世界，等等，都为中国文学、文化走出去做出了各自的贡献。

当然，有意识、有组织、有规模地向世界译介中国文学和文化，那还是1949年以后的事。1949年新中国成立以后，新中国的领导人迫切希望向世界宣传新生共和国的情况，而文学作品的外译是一个很合适的宣传渠道，因此非常重视中国文学作品的外译，并于1951年创办了英文版的期刊《中国文学》。该期刊自1958年起改为定期出版，最后发展成月刊，并同时推出了法文版。前后共出版了590期，介绍中国古今作家和艺术家2 000多人次，在相当长的时期里，它是新中国向外译介中国文学的最主要的渠道。“文革”期间停刊，“文革”后复刊，但后来国外读者越来越少，于2000年最终停刊。

创办了半个世纪之久的英、法文版《中国文学》最终竟不得不黯然停刊，令人不胜唏嘘，同时也发人深省。研究者郑晔博士在她的博士研究生论文《中国文学在现当代美国的传播和接受——以〈中国文学〉（1951—2000）的对外译介为个案》中总结了其中的经验教训，她归纳为四条：一是译介主体的问题。她认为像《中国文学》这样国家机构赞助下的译介行为必然受国家主流意识形态和诗学的制约，这是由赞助机制自身决定的。译本和编译人员不可能摆脱它们的控制，只能在其允许的范围内做出有限的选择。这种机制既有好处，也有坏处。好处是国家有能力为刊物和专业人员提供资金保障，并保证刊物通过书刊审查制度得以顺利出版发行；坏处是由于国家赞助人的过多行政干预和指令性要求，出版社和译者缺乏自主性和能动性，刊物的内容和翻译容易带有保守色彩，逐渐对读者失去吸引力。二是用对外宣传的政策来指导文学译介并不合理，也达不到外宣的目的，最终反而让国家赞助人失去信心，从而撤资停止译介。三是只在源语（输出方）环境下考察译者和译作（指在《中国文学》上发表的译文）并不能说明其真正的翻译水平，也不能说明这个团队整体的翻译水平，必须通过接受方的反馈才能发现在译语环境下哪些译者的哪些译作能够被接受，哪些译者的哪些译作不能够被接受。四是国家垄断翻译文学的译介并不可取，应该允许更多译者生产更多不同风格不同形式的译本，通过各种渠道对外译介，由市场去淘汰不合格的译者和译本。

“文革”以后，在二十世纪的八九十年代，我们国家在向外译介中国文学方面还有过一个引人注目的行为，那就是由著名翻译家杨宪益主持编辑、组织翻译出版《熊猫丛书》。这套《熊猫丛书》共翻译出版了195部文学作品，包括小说145部，诗歌24部，民间传说14部，散文8部，寓言3部，戏剧1部。但这套丛书正如研究者耿强博士所指出的，同样“并未获得预期的效果。除个别译本获得英美读者的欢迎外，大部分译本并未在他们中间产生任何反响”。因此，《熊猫丛书》最后也难以为继，同样于2000年黯然收场。

《熊猫丛书》未能取得预期效果的原因，耿强在他的博士研究生论文《文学译介与中国文学“走向世界”——熊猫丛书英译中国文学研究》中总结为五点：一是缺乏清醒的文学译介意识。他质疑：“完成了‘合格的译本’之后，是否就意味着它一定能获得海外读者的阅读和欢迎？”二是“审查制度”对译介选材方面的限制和干扰。三是通过国家机构对外译介的这种模式。虽然可以投入巨大的人力、物力和财力，也能生产出高质量的译本，却无法保证其传播的顺畅。四是翻译策略。他认为“要尽量采取归化策略及‘跨文化阐释’的翻译方法，使译作阅读起来流畅自然，增加译本的可接受性，避免过于生硬和陌生化的文本”。五是对跨文化译介的阶段性性质认识不足。看不到目前中国当代文学的对外译介尚处于起步阶段这种性质。

另一个更发人深省，甚至让人不无震撼的个案是杨宪益、戴乃迭夫妇合作翻译的《红楼梦》在英语世界的遭遇。众所周知，杨译《红楼梦》在国内翻译界备受推崇，享有极高的声誉，可以说代表了我们国家外译文学作品的最高水平。然而研究者江帆博士远赴美国，在美国高校的图书馆里潜心研读了大量的第一手英语文献，最后惊讶地发现，在国内翻译界交口赞誉、推崇备至的杨译《红楼梦》，与英国汉学家霍克斯的《红楼梦》英译本相比，在英语世界竟然是备受冷落的。江帆在其题为“他乡的石头记《红楼梦》百年英译史研究”的博士研究生论文中指出：“首先，英美学术圈对霍译本的实际认同程度远远超过了杨译本：英语世界的中国或亚洲文学史、文学选集和文学概论一般都直接收录或援引霍译本片段，《朗曼世界文学选集》选择的也是霍译本片段，杨译本在类似的选集中很少露面；在相关学术论著中，作者一般都将两种译本并列为参考书目，也对杨译本表示相当的尊重，但在实际需要引用原文片段时，选用的都是霍译本，极少将杨译本作为引文来源。其次，以馆藏量为依据，以美国依利诺依州（Illinois）为样本，全州六十五所大学的联合馆藏目录（I-Share）表明，十三所大学存有霍克斯译本，只有两所大学存有杨译本。最后，以英语世界最大的Amazon购书网站的读者对两种译本的留言和评分为依据，我们发现，在有限的普通读者群中，霍译本获得了一致的推崇，而杨译本在同样的读者群中的评价却相当低，二者之间的分数相差悬殊，部分读者对杨译本的评论极为严苛。”

杨译本之所以会在英语世界遭受“冷遇”，其原因与上述两个个案同出一辙：首先是译介者对“译入语国家的诸多操控因素”认识不足，一厢情愿地进行外译“输出”；其次是“在编审行为中强行输出本国意识形态”，造成了对译介效果的干扰；最后是译介的方式需要调整，“对外译介机构应该增强与译入语国家的译者和赞助人的合作，以求从最大限度上吸纳不同层次的读者，尽可能使我们的对外译介达到较好的效果”。

进入21世纪以后，我们国家有关部门又推出了一个规模浩大的、目前正进行得热火朝天的中国文化“走出去”工程，那就是汉英对照的《大中华文库》的翻译与出版。这套标举“全面系统地翻译介绍中国传统文化典籍”、旨在让“中学西传”的丛书，规模宏大，拟译选题达200种，几乎囊括了全部中国古典文学名著和传统文化典籍。迄今为止，这套丛书已经翻译出版了一百余种选题，一百七八十册，然而除个别几个选题被国外相关出版机构看中被购买走版权外，其余绝大多数已经出版的选题都局限在国内的发行圈内，似尚未真正“传出去”。

不难发现，新中国成立60余年来，我们国家的领导人和相关翻译出版部门在推动中国文学、文化“走出去”一事上倾注了极大的热情和关怀，组织了一大批国内（还有部分国外的）中译外的翻译专家，投入了大量的人力、物力、财力，然而总体而言，如上所述，收效甚微，实际效果并不理想。

二

2012年底，第一位中国籍作家莫言获得诺贝尔文学奖之后曾引发国内学术界和翻译界围绕中国文学、文化“走出去”问题的广泛讨论，并想通过对莫言获得诺贝尔文学奖背后的翻译问题的讨论获得对中国文学、文化典籍外译的启示。我当时就撰文指出，严格而言，对莫言获奖背后的翻译问题的讨论已经超出了传统翻译认识和研究中那种狭隘的语言文字转换层面上的讨论，而是进入到了译介学的层面，这就意味着我们今天在讨论中国文学、文化外译问题时不仅要关注如何翻译的问题，还要关注译作的传播与接受等问题。在我看来，“经过了中外翻译界一两千年的讨论，前一个问题已经基本解决，‘翻译应该忠实原作’已是译界的基本常识，毋须赘言；至于应该‘逐字译’‘逐意译’还是两相结合等等，具有独特追求的翻译家自有其主张，也不必强求一律。倒是对后一个问题，即译作的传播与接受等问题，长期以来遭到我们的忽视甚至无视，需要我们认真对待。由于长期以来我们国家对外来的先进文化和优秀文学作品一直有一种强烈的需求，所以我们的翻译家只需关心如何把原作翻译好，而甚少、甚至根本无需关心译作在我国的传播与接受问题。然而今天我们面对的却是一个新的问题：中国文学与文化的外译问题。更有甚者，在国外，尤其在西方尚未形成像我们国家这样一个对外来文化、文学有强烈需求的接受环境，这就要求我们必须考虑如何在国外，尤其是在西方国家培育中国文学和文化的受众和接受环境的问题”①。

莫言作品外译的成功让我们注意到了以往我们在思考、讨论翻译时所忽视的一些

① 谢天振．莫言作品“外译”成功的启示．文汇读书周报，2012-12-14.

问题。

一是“谁来译”的问题。莫言作品的外译者都是国外著名的汉学家、翻译家，虽然单就外语水平而言，我们国内并不缺乏与这些国外翻译家水平相当的翻译家。但是在对译入语国家读者细微的用语习惯、独特的文字偏好、微妙的审美趣味等方面的把握，我们还是得承认，国外翻译家显示出了我们国内翻译家较难企及的优势，这也就是为什么由这些国外翻译家翻译的中国文学作品更易为国外读者接受的原因。有些人对这个问题不理解，觉得这些国外的翻译家在对原文的理解，甚至表达方面有时候其实还比不上我们自己的翻译家，我们为何不能用自己的翻译家呢？这个问题其实只要换位思考一下就很容易解释清楚，试想一想，我们国家的读者接受国外文学、文化典籍是依靠我们自己的翻译家，通过自己翻译家的翻译作品接受外来文学、文化的呢，还是通过外国翻译家把他们的文学作品、文化典籍译介给我们的？设想在你面前摆着两本巴尔扎克小说的译作，一本是一位精通中文的法国汉学家翻译成中文的，一本是我国著名翻译家傅雷翻译的，你会选择哪一本呢？答案是不言而喻的。实际上可以说世界上绝大多数的国家和民族接受外来文学和文化主要都是通过他们自己国家和民族的翻译家的翻译来接受外国文学和外国文化的，这是文学、文化跨语言、跨国界译介的一条基本规律。

二是“作者对译者的态度”问题。莫言在对待他的作品的外译者方面表现得特别宽容和大度，给予了充分的理解和尊重。他不仅没有把译者当作自己的“奴隶”，而且还对他们明确放手：“外文我不懂，我把书交给你翻译，这就是你的书了，你做主吧，想怎么弄就怎么弄。”正是由于莫言对待译者的这种宽容大度，所以他的译者才得以放开手脚，大胆地“连译带改”以适应译入语环境读者的阅读习惯和审美趣味，从而让莫言作品的外译本顺利跨越了“中西方文化心理与叙述模式差异”的“隐形门槛”，并成功地进入了西方的主流阅读语境。我们国内有的作家不懂这个道理，自以为很认真，要求国外翻译家先试译一两个章节给他看。其实这个作家本人并不懂外文，而是请他懂外文的两个朋友帮忙审阅。这两个朋友能审阅出什么问题来呢？无非是看看译文有无错译、漏译、文字是否顺畅而已。然而，一个没有错译、漏译、文字顺畅的译文能否保证译文在译入语环境中受到欢迎、得到广泛的传播并产生影响呢？本文前面提到的杨译《红楼梦》在英语世界的遭遇就是一个很好的例子：英国翻译家霍克斯的《红楼梦》译本因其中的某些误译、错译而颇受我们国内翻译界的诟病，而杨宪益夫妇的《红楼梦》译本国内翻译界评价极高，被推崇备至。但是，如前所述，研究者在美国高校进行实地调研后得到的大量数据表明，在英语世界却是霍译本更受欢迎，而杨译本却备受冷遇。这个事实应该引起我们的有些作家，更应该引起我们国内翻译界的反思。

三是“谁来出版”的问题。莫言作品的译作都是由国外一流的、重要的出版社出版，比如出版其法译本的瑟伊（Seuil）出版社就是法国最重要的出版社之一，这使得莫言的外译作品能很快进入西方的主流发行渠道，在西方得到有效的传播。反之，如果莫言的译作全是由国内出版社出版的，恐怕就很难取得这样的成功。近年来国内出版社已经注意到这一问题，并开始积极开展与国外出版社的合作，很值得肯定。

四是“作品本身的可译性”也是一个需要予以注意的问题。这里的可译性不是指一般意义上的作品翻译时的难易程度，而是指作品在翻译过程中其原有的风格、创作特征、原作特有的“滋味”的可传递性，在翻译成外文后这些风格、特征、“滋味”能否基本保留下来并被译入语读者所理解和接受。譬如有的作品以独特的语言风格见长，其“土得掉渣”的语言让中国读者印象深刻并颇为欣赏，但是经过翻译后它的“土味”荡然无存，也就不易获得在中文语境中同样的接受效果。莫言作品翻译成外文后，“既接近西方社会的文学标准，又符合西方世界对中国文学的期待”，这就让西方读者较易接受。其实类似情况在中国文学史上也早有先例，譬如白居易、寒山的诗外译的就很多，传播也广，相对而言李商隐的诗的外译和传播就要少，原因就在于前两者的诗浅显、直白，易于译介。寒山诗更由于其内容中的“禅意”而在正好盛行学禅之风的二十世纪五六十年代的日本和美国得到广泛传播，其地位甚至超过了孟浩然。作品本身的可译性问题提醒我们在对外译介中国文学作品、文化典籍时，如何挑选具有可译性的，也就是在译入语环境里容易接受的作品首先进行译介。

三

以上关于莫言作品外译成功原因的几点分析，其触及的几个问题其实也还是表面上的，如果我们对上述《中国文学》期刊等几个个案进行进一步深入分析的话，那么我们当能发现，真正影响中国文学、文化切实有效地“走出去”，还与以下几个实质性问题有关。

第一，与我们对翻译的认识上存在误区有关。

大家都知道，中国文学、文化要“走出去”存在翻译的问题，然而远非所有的人都清楚翻译是个什么样的问题。大多数的人都以为，翻译么，无非就是两种语言文字之间的转换。我们要让中国文学、文化“走出去”，只要把用中国语言文字写成的文学作品、典籍作品翻译成外文就可以了。应该说，这样的翻译认识不仅仅是我们翻译界、学术界，甚至还是我们全社会的一个共识。譬如我们的权威工具书《辞海》（1980年版）对“翻译”的释义就是：“把一种语言文字的意义用另一种语言文字表达出来。”另一部权威工具书《中国大百科全书·语言文字卷》（1988年版）对“翻译”的定义也与此相仿：“把已说出或写出的话的意思用另一种语言表达出来的活动。”正是在这样的翻译认识或翻译思想的指导下，所以长期以来我们在进行中国文学作品、文化典籍外译时，我们考虑的问题也就只是如何尽可能忠实、准确地进行两种语言文字之间的转换，或者说得更具体一些，考虑的问题就是如何交出一份“合格的译文”。然而，问题是交出一份“合格的译文”后是否就意味着能够让中国文学、文化自然而然地“走出去”了呢？上述几个个案表明，事情显然并没有那么简单，因为在上述几个个案里，无论是长达半个世纪的英、法文版《中国文学》杂志，还是杨宪益主持的《熊猫丛书》，以及目前仍然在热闹地进行着的《大中华文库》的编辑、翻译、出版，其中大多数甚至绝大多数译文都堪称“合格”。但是，一个无可回避且不免让人感到沮丧的事实是，这些“合格”的译文除了极小部分外，却并没有促成我们的中国文学、文化切实有效地“走出去”。

问题出在哪里？我以为就出在我们对翻译有失偏颇的认识上。我们一直简单地认为翻译就只是两种语言文字之间的转换行为，却忽视了翻译的任务和目标。我们相当忠实、准确地实现了两种语言文字之间的转换，或者说我们交出了一份份“合格的译文”，然而如果这些行为和译文并不能促成两种文化之间的有效交际的话，不能让翻译成外文的中国文学作品、中国文化典籍在译入语环境中被接受、被传播并产生影响的话，那么这样的转换（翻译行为）及其成果（译文）恐怕就很难说是成功的。这样的译文，尽管从传统的翻译标准来看都不失为一篇篇“合格的译文”，但恐怕与一堆废纸并无实质性的差异。这个话也许说得重了些，但事实就是如此。当你看到一本本堆放在我们各地高校图书馆里的翻译成外文的中国文学、文化典籍无人借阅、无人问津时，你会做何感想呢？事实上，国外已经有学者从职业翻译的角度指出，“翻译质量在于交际效果，而不是表达方式和方法”①。

为此，我以为我们今天在定义翻译的概念时，倒是有必要重温我国唐代贾公彦在其所撰《周礼义疏》里对翻译所下的定义，他的翻译定义是：“译即易，谓换易言语使相解也。”我很欣赏一千多年前贾公彦所下的这个翻译定义，寥寥十几个字，言简意赅，简洁却不失全面。这个定义首先指出“翻译就是两种语言之间的转换”（译即易），然后强调“换易言语”的目的是“使相解也”，也即要促成交际双方相互理解，达成有效的交流。我们把它与上述两种权威工具书对翻译所下的定义对照一下，可以发现，贾公彦的翻译定义并没有仅仅局限在对两种语言文字转换的描述上，而是把翻译的目的、任务也一并包含进去了。而在我看来，这才是一个比较完整的翻译定义，一个在今天仍然不失其现实意义的翻译定义。我们应该看到，两种语言文字之间的转换（包括口头的和书面的）只是翻译的表象，而翻译的目的和任务，即促成操不同语言的双方实现切实有效的交流、达成交际双方相互之间切实有效的理解和沟通，这才是翻译的本质。然而，一千多年来我们在谈论翻译的认识或是在进行翻译活动（尤其是笔译活动）时，恰恰是在这个翻译的本质问题上偏离了甚至迷失了方向：我们经常只顾盯着完成两种语言文字之间的转换，却忘了完成这种语言文字转换的目的是什么、任务是什么。我们的翻译研究者也把他们的研究对象局限在探讨“怎么译”“怎样才能译得更好”“怎样才能译得更准确”等问题上，于是在相当长的历史时期内我们的翻译研究就一直停留在研究翻译技巧的层面上。这也许就是60多年来尽管我们花了大量的人力、物力、财力进行中国文学、文化典籍的外译，希望能够以此推动中国文学、文化“走出去”，然而却未能取得预期效果的一个重要原因吧。

第二，与我们看不到译入（in-coming translation）与译出（out-going translation）这两种翻译行为之间的区别有关。

其实上面提到的对翻译的认识存在偏颇，偏离甚至迷失了翻译的本质目标，其中一个表现也反映在对译入与译出两种翻译行为之间的区别缺乏正确的认识。我们往往只看到译入与译出都是两种语言文字之间的转换，却看不到两者之间的一个极为重要的实质性差别，以为只是翻译的方向有所不同而已。其实这里的差别涉及一个非常重要的本质性问题：前者（译入）是建立在一个国家、一个民族内在的对异族他国文学、文化的强烈需求基础上的翻译行为；后者（译出）在多数情况下则是一个国家、一个民族一厢情愿地向异族他国译介自己的文学和文化，而对方对你的文学、文化不一定有强烈的主动需求。这样，由于译入行为所处的语境对外来文学、文化已经具有一种强烈的内在需求，因此译入活动的发起者和具体从事译入活动的译介者考虑的问题就只是如何把外来的文学作品、文

① 达尼尔·葛岱克．职业翻译与翻译职业．刘和平，文韫，译．北京：外语教学与研究出版社，2011：6.

化典籍译得忠实、准确和流畅，也就是交出一份传统译学理念中的“合格的译作”，基本不必考虑译入语环境中制约或影响翻译行为的诸多因素。对他们而言，他们只要交出了“合格的译作”，他们的翻译行为及其翻译成果也就自然而然地能够赢得读者，赢得市场，甚至在译入语环境里产生一定的影响。过去两千多年来，我们国家的翻译活动基本上就是这样一种性质的活动，即建立在以外译中为基础的译入行为。无论是历史上长达千年之久的佛经翻译，还是清末民初以来这一百多年间的文学名著和社科经典翻译，莫不如此。

但是，译出行为则不然。由于译出行为的目的语方对你的文学、文化尚未产生强烈的内在需求，更遑论形成一个比较成熟的接受群体和接受环境，在这样的情况下，译出行为的发起者和译介者如果也像译入行为的发起者和译介者一样，只考虑译得忠实、准确、流畅，而不考虑其他许多制约和影响翻译活动成败得失的因素，包括目的语国家读者的阅读习惯、审美趣味，目的语国家的意识形态、诗学观念，以及译介者自己的译介方式、方法、策略等因素，那么这样的译介行为能否取得预期的成功显然是值得怀疑的。

令人遗憾的是，这样一个显而易见的道理却并没有被我们国家发起和从事中国文学、中国文化典籍外译工作的有关领导和具体翻译工作者所理解和接受。其原因同样是显而易见的，这是因为在两千年来的译入翻译实践（从古代的佛经翻译到清末民初以来的文学名著、社科经典翻译）中形成的译学理念——奉“忠实原文”为翻译的唯一标准、拜“原文至上”为圭臬等——已经深深地扎根在这些领导和翻译工作者的脑海之中，他们以建立在译入翻译实践基础上的这些翻译理念、标准、方法论来看待和指导今天的中国文学、文化典籍的译出行为，继续只关心语言文字转换层面的“怎么译”的问题，甚少乃至完全不考虑翻译行为以外的诸种因素，譬如传播手段、接受环境、译出行为的目的语国家的意识形态、诗学观念，等等。由此我们也就不难明白：上述几个中国文学“走出去”个案之所以未能取得理想的译出效果，完全是情理之中的事了。所以我在拙著《隐身与现身——从传统译论到现代译论》中明确指出：“简单地用建立在‘译入’翻译实践基础上的翻译理论（更遑论经验）来指导当今的中国文学、文化‘走出去’的‘译出’翻译实践，那就不可能取得预期的成功。”①

第三，对文学、文化的跨语言传播与交流的基本译介规律缺乏应有的认识。一般情况下，文化总是由强势文化向弱势文化译介，而且总是由弱势文化语境里的译者主动地把强势文化译入自己的文化语境。所以，法国学者葛岱克教授会说：“当一个国家在技术、经济和文化上属于强国时，其语言和文化的译出量一定很大；而当一个国家在技术、经济和文化上属于弱国时，语言和文化的译入量一定很大。在第一种情况下，这个国家属于语言和文化的出口国，而在第二种情况下，它则变为语言和文化的进口国。”② 历史上，当中华文化处于强势文化地位时，我们周边的国家就曾纷纷主动地把中华文化译入他们各自的国家，当时我国的语言和文化的译出量确实很大。然而，当西方文化处于强势地位、中华文化处于弱势地位时，譬如在我国的晚清时期，我国的知识分子则积极主动地把西方文化译介给我国读者，于是我国的语言和文化的译入量变得很大。今天在整个世界文化格局中

① 谢天振．隐身与现身——从传统译论到现代译论．北京：北京大学出版社，2014：13.

② 达尼尔·葛岱克．职业翻译与翻译职业．刘和平，文韫，译．北京：外语教学与研究出版社，2011：10.

西方文化仍然处于强势地位，与之相比，中华文化也仍然处于弱势地位，这从各自国家的翻译出版物的数量中也可见出：数年前联合国教科文组织的一份统计资料表明，翻译出版物仅占美国的全部出版物总数的百分之三，占英国的全部出版物总数的百分之五。而在我们国家，我虽然没有看到具体的数据，但粗略估计一下，翻译出版物占我国出版物总数的比例应远高于美英两国。

与此同时，翻译出版物占一个国家总出版物数量比例的高低还从一个方面折射出这个国家对待外来文学、文化的态度和立场。翻译出版物数量在英美两国以及相关英语国家的总出版物数量中所占的相当低的比例，反映出来的正是英语世界的发达国家对待发展中国家包括中国的文学、文化的那种强势文化国家的心态和立场。由此可见，要让中国文学、文化“走出去”（首先是希望走进英语世界）实际上是一种由弱势文化向强势文化的“逆势”译介行为，这样的译介行为要取得成功，那就不能仅仅停留在把中国文学、文化典籍翻译成外文，交出一份所谓的“合格的译文”就算完事，而必须从译介学规律的高度全面审时度势并对之进行合理的调整。

第四，与我们未能认识并正视在中西文化交流中存在着的两个特殊现象或事实有关，那就是“时间差”（time gap）和“语言差”（language gap）[①]。

所谓时间差，指的是中国人全面、深入地认识西方、了解西方已经有一百多年的历史了，而当代西方人对中国开始有比较全面深入的了解，也就是最近这短短的二三十年时间罢了。具体而言，从鸦片战争时期起，西方列强已经开始进入中国并带来了西方文化，从清末民初时期起中国人更是兴起了积极主动学习西方文化的热潮。与之形成对照的是，西方国家积极主动地来认识和了解中国文学、文化是最近这二三十年的事。这种时间上的差别，使得我们拥有丰厚的西方文化的积累，我们的广大读者也都能较轻松地阅读和理解译自西方的文学作品和学术著作，而西方则不具备我们这样的条件和优势，他们更缺乏相当数量的能够轻松阅读和理解译自中国的文学作品和学术著作的读者。从某种程度上而言，当今西方各国的中国文学作品和文化典籍的普通读者，其接受水平相当于我们国家严复、林纾那个年代的阅读西方作品的中国读者。我们不妨回想一下，在严复、林纾那个年代，我们国家的西方文学、西方文化典籍的读者是怎样的接受水平：译自西方的学术著作肯定都有大幅度的删节，如严复翻译的《天演论》；译自西方的小说，其中的风景描写、心理描写等通常都会被删去，如林纾、伍光建的译作。不仅如此，有时整部小说的形式都要被改造成章回体小说的样子，还要给每一章取一个对联式的标题，在每一章的结尾处还要写上“欲知后事如何，且听下回分解”，等等。更有甚者，一些译者明确标榜：“译者宜参以己见，当笔则笔，当削则削耳。”[②] 明乎此，我们也就能够理解，为什么当今西方国家的翻译家们在翻译中国作品时，多会采取归化的手法，且对原作都会有不同程度甚至大幅度的删节。

时间差这个事实提醒我们，在积极推进中国文学、文化“走出去”一事时，现阶段不

---

① 这两个术语的英译由史志康教授提供，我以为史译较好地传递出了我提出并使用的这两个术语“时间差”和“语言差”的语义内涵。

② 谢天振．译介学（增订本）．上海：译林出版社，2013：63.

宜贪大求全，编译一本诸如《先秦诸子百家寓言故事选》《聊斋志异故事选》《唐宋传奇故事选》也许比你花了大力气翻译出版的一大套诸子百家的全集更受当代西方读者的欢迎。有人担心如此迁就西方读者的接受水平和阅读趣味，他们会接触不到中国文化的精华，读不到中国文学的名著。这种担心是把文学交流和文化交际与开设文学史课和文化教程混为一谈了，想一想我们当初接受西方文学和文化难道都非得是从荷马史诗、柏拉图、亚里士多德开始吗？

所谓语言差，指的是操汉语的中国人在学习、掌握英语等现代西方语言并理解与之相关的文化方面，比操英、法、德、西、俄等西方现代语言的各西方国家的人民学习、掌握汉语要来得容易。这种语言差使得我们国家能够有一批精通英、法、德、西、俄等西方语言并理解相关文化的专家学者，甚至还有一大批粗通这些语言并比较了解与之相关的民族文化的普通读者，而在西方我们就不可能指望他们也有许多精通汉语并深刻理解博大精深的中国文化的专家学者，更不可能指望有一大批能够直接阅读中文作品、能够轻松理解中国文化的普通读者。

语言差这个事实告诉我们，在现阶段乃至今后的相当长一个时期里，西方国家的中国文学和文化典籍的读者注定还是相当有限的，能够胜任和从事中国文学和文化译介工作的当地汉学家、翻译家也将是有限的，这就要求我们在推动中国文学、文化“走出去”的同时，还必须关注如何在西方国家培育中国文学、文化的接受群体的问题——近年来我们与有关国家互相举办对方国家的“文化年”就是一个相当不错且有效的举措，还必须关注如何扩大国外汉学家、翻译家的队伍问题，关注如何为他们提供切实有效的帮助，从项目资金到提供专家咨询、配备翻译合作者等。

文学、文化的跨语言、跨国界传播是一项牵涉面广、制约因素复杂的活动，决定文学译介的效果更是有多方面的原因，但只要我们树立起正确、全面的翻译理念，理解译介学的规律，正视中西文化交流中存在的“语言差”“时间差”等实际情况，确立起正确的指导思想，那么中国文学和文化就一定能够切实有效地“走出去”。

丧钟为谁而鸣

——论比较文学的民族性和世界性

清华大学 王 宁

毋庸置疑，比较文学自改革开放以来在中国迅速复兴，并且得到长足的发展。在这一过程中，学界一直就中国学派的问题进行了热烈的讨论。回顾这几十年来的讨论，我们逐步认识到，所谓学派并不是自封的，尤其是中国学派更不能由我们中国学者自我标榜，对于我们来说，更应该以自己的研究实绩去赢得国际同行的重视和尊重。但是另一方面，我们又不可忽视，在西方中心主义占主导地位的情况下，一味被动地等待别人来“发现”我们的研究成果和价值也是不现实的，毕竟文学和文化上的成就历来被认为是一种软实力，西方的主流学者并没有那么紧迫地需要了解。再加之语言上的障碍，我们要想让西方主流学界听到中国的声音就更不容易了。我想在本文中指出的是，过去当我们试图树起中国学派的大旗时，以西方为中心的国际比较文学界几乎对中国比较文学的复兴不屑一顾，即使偶尔提及中国的比较文学，也只是将其当作一个点缀物。而在今天的全球化时代，中国经济的飞速发展使得中国成为一个政治大国和文化大国，并且直接推进了中国文化和文学走向世界的进程，因此我们可以说，现在该让以西方学者占主导地位的国际比较文学界倾听中国学者的声音了。① 就这一点而言，中国学派的形成实际上已经到了“水到渠成”的地步。但即使如此，要想突破国际比较文学界实际上存在的“英语中心主义”的霸权地位仍需要相当长的时间。有鉴于此，我认为，我们一方面要坚持比较文学的民族性，也即立足比较文学的中国视角；另一方面又不能躲在封闭的一隅，而更应该认识到这一学科的世界性特征，以便努力将中国的比较文学研究成果通过英语的中介推向世界。只有这样才能使得西方学者直接读到我们的论著和听到我们的声音，从而逐步发现，这是一种不同于他们的“中国的声音”。只要我们坚持下去，国际学界便会逐渐发现，一个不同于西方的中国学派正在崛起并逐步变得越来越强势，至少它可以与长期以来占强势地位的西方学界进行平等的对话。在这方面，已故的老一辈学者杨周翰先生的比较文学实践颇为值得我们重视。

① 关于全球化在中国的全方位实践以及中国在全球化进程中的角色变换，参阅拙作：Globalisation as Glocalisation in China：A New Perspective. Third World Quarterly，2015，36（11）：pp. 2059－2074.

杨周翰对中国比较文学研究的启示

2015年是中国当代比较文学学科的奠基人杨周翰（1915—1989）诞生一百周年，国内比较文学和世界文学领域内的学者分别以不同的方式纪念这位杰出的人文学术大师，缅怀他对中国比较文学学科从无到有并迅速取得长足发展所做出的奠基性贡献。杨周翰先生离开我们已经二十六年了，我们在纪念他百年华诞之际，不仅要回顾往事，还要展望未来，这样才能完成先生未竟的事业。毫无疑问，我们现在生活在一个全球化的时代，这一时代的比较文学事业在中国乃至西方都获得了很大的发展，出现了种种新的气象和挑战，确实有点令人眼花缭乱。但是我们首先要考虑的是，全球化时代的比较文学较之过去有了什么样的新发展？杨周翰先生当年为我们制定的立足中国、面向世界进而跻身国际学界的宏伟蓝图是怎样付诸实施的？他留给我们的精神文化遗产究竟体现在何处？这些都是我在本文首先要进行探讨的。

为了纪念杨周翰先生百年华诞，上海世纪文景出版集团推出了六卷本《杨周翰作品集》。应该承认，杨周翰虽然不算多产，但是这六卷本著作和翻译合集却是他一生学术研究的重要结晶和总结。整个作品集共收入著作4种，译作8种。卷目如下：第一卷《埃涅阿斯纪　特洛亚妇女》，第二卷《变形记　诗艺》，第三卷《蓝登传》，第四卷《亨利八世　情敌　我的国家》，第五卷《十七世纪英国文学》，第六卷《攻玉集　镜子和七巧板》。在这些著作和译著中，我们不仅可以看出一个有着深厚学养的老学者从中国的视角出发对比较文学和世界文学的思考和研究，而且也可以看出他从事比较文学研究的特色：重视经典，关注前沿，中西融通，古今交汇，学科互渗。尤其是他对上述译著篇目的选择更是在某种程度上体现了他对文学经典的独到见解。在这些著作和译著前言中，他虽然对一些作家作品的评论着墨不多，却常常是点到即止，从而为我们树立了良好的学风。唯一令我们感到遗憾的是，他那篇用英文撰写的长文《论欧洲中心主义》（*Eurocentrism*）却未能在他生前在欧美的主流学术期刊上发表，否则的话，那篇长文一定会在国际比较文学界产生重大影响，而且也会为中国人文学术走向世界的进程起到一定的推波助澜作用。但即使如此，今天我们重读这篇文章，依然未感到过时。

同样令我们感到欣慰的是，新一代中国比较文学学者已经从杨周翰对欧洲中心主义的批判中认识到其存在的局限性和不完备性，因而正在努力以自己的研究实绩和理论建构来打破这一袭来已久的思维定式。此外，中国和西方的比较文学学者也已经不约而同地认识到以一种跨文化和超学科的方法来从事比较文学研究的重要性。在这一点上，无独有偶，美国的印度裔后殖民理论家和比较文学学者斯皮瓦克出版于2003年的专题研究文集《一门学科的死亡》在某种程度上也呼应了杨周翰对欧洲中心主义的批判。她的这部篇幅不大的著作出版后迅速在国际学界产生了重大的反响，我本人也结合比较文学在中国的发展现状，并在中国语境中对之做了不同的回应。① 我也赞同斯皮瓦克的看法，即传统的欧洲中心主义意义上的比较文学学科已几近死亡，但正是在破坏老的学科的过程中，一门新的比较文学学科已经诞生。② 它的特征就体现于与“区域研究”相结合，并且有着鲜明的“跨学科”特征。在新的国际比较文学研究格局中，中国、印度和日本等东方国家的比重将越来越大，当年歌德所憧憬的真正的“世界文学时代”可以说已经来临，在这方面，包括中国在内的东方学者应该做出自己的独特贡献，以便使得世界文学版图的重新绘制成为可能。关于斯皮瓦克著作的意义我在本文第三部分还要展开讨论。我这里只想指出，我们高兴地看到，当今的比较文学研究，已经越来越具有跨学科和跨文化的特征，并与文化研究形成一种互动和互补的关系。因此要回答“丧钟为谁而鸣”这个问题并不难：它就为传统的“欧洲中心主义”式的比较文学研究而鸣，同时也为一种新的比较文学学科——世界文学的诞生而欢呼。

另一方面，我们也不可忽视，由于文化研究的崛起以及当代大众文化的冲击，比较文学的领地确实有所萎缩，因此也有人认为，文化研究的崛起在某种程度上为比较文学敲响了丧钟。但是情况是否果真如此呢？我认为也未见得。当年杨周翰先生在从事 17 世纪英国文学研究时，就本着“拾阙补遗”的态度对这一早已被西方学者研究得很深的课题做了全新的研究，他的出发点不外乎这两点：中国的独特立场与跨文化和跨学科的视角。因此他的研究发现了一些新的东西，发前人和西人所未发，不仅令国内学界耳目一新，部分章节用英文发表或演讲后也在西方学界产生了一定的反响。我们今天重读他的《十七世纪英国文学》就不难发现，他实际上已经自觉地将文学置于广阔的跨文化语境下来考察和研究，因而发现了一些专事国别（英国）文学研究的学者难以发现的一些现象。他的研究实际上也在某种程度上预示了其后中国比较文学研究的一个跨学科方向，此外还告诉我们，比较文学与文化研究并非截然对立，这二者完全可以形成一种互动和互补的态势，但最终的归宿肯定要回到文学这个原点。但是，通过从文化的视角重新审视文学，我们不禁发现，他所讨论的文学已经不再局限于精英文学了，而是已经包括了一些为精英文学研究者所不屑的亚文类。诚然，在今天的新一代比较文学学者的著述中，大众文化研究也占有一定的比重。数量众多的学位论文不仅探讨了诸如文学史、文学经典的形成以及文化价值这样的精英理论课题，同时也讨论诸如电影研究、电视研究、性别研究、区域研究甚至网络文学研究这样的文化研究课题，甚至分析诸如同性恋、口述实录文学的亚文体、流散写作、翻译文学、后人文主义甚至网络文学这样的非（精英）文学的文化现象，因而有人认为，精英文化和文学与大众文化和文学的人为界限已经变得日益模糊进而被消解了。但另一方面，比较文学和文化研究之间的平等对话却得到了有效的展开，这也正是比较文学在当代为什么不但没有“死亡”，反而通过从文学以外的学科领域引进诸多文化研究的课题而变得更加繁荣和生气勃勃的原因所在。由于中国的比较文学研究从一开始就有着自觉的

---

① 斯皮瓦克的这本书出版后，我本人也在中英文语境下对之作了回应。参阅拙作：比较文学学科的“死亡”与“再生”. 思想战线，2005（5）；中国比较文学学科的“全球本土化”历程及走向. 学术月刊，2006（12）；比较文学的危机和世界文学的兴盛. 中国比较文学，2009（1）；“Death of a Discipline”? Toward a Global/Local Orientation of Comparative Literature in China. Neohelicon, 2006, 33 (2).

② Cf. Gayatri Spivak. Death of a Discipline. New York: Columbia University Press, 2003.

跨学科和跨文化意识，因此它已经与“区域研究”（中国研究）和（翻译过来的）世界文学研究有着越来越紧密的关系了。

确实，在当前的中国文学研究界乃至整个人文学术界，有些人文学者和文学批评家仍十分担心大众文化和通俗文学的崛起会对传统的文学研究构成有力的挑战，他们试图通过“挽救人文精神的危机”来与之相对抗。但事实上，大众文化已经占据了当代人们生活的重要位置，并在某种程度上主宰着文学和文化的生产和流通。因此如果认识到它存在的合法性并充分利用它的话，则有助于我们生产出高水平的文化产品并推进比较文学在一个广阔的跨文化语境下的研究，但若处理不好的话，大众文化则有可能逐渐地蚕食或吞没已经日益萎缩的文学和文化市场，这样一来，比较文学就真的会落入死亡的境地。对此，作为一位毕生致力于经典文学和文论研究的老学者，杨周翰在学术生涯的晚期也认识到了精英文学研究的不完备性，因而力图在一些不为人们注意的边缘文化现象中发现其文学性和价值。令人庆幸的是，当今中国的比较文学学者也已经意识到了这一点，他们继承了先生的遗产，自觉地“跨越”了人为的界限，努力关注中西文学的跨文化和跨学科比较研究，试图在有着精英意识的比较文学研究与（指向大众的）文化研究之间形成某种互补和对话关系，并且在这方面取得了令人瞩目的成就。

从比较文学走向世界文学研究

杨周翰先生生前主要从事的是西方文学研究，但是由于他独特的中国立场和理论视角，他的研究已经具有了一种世界文学的视野，这一点我们也可以在他的长文《论欧洲中心主义》中见出端倪。在当今的国际学界，伴随着传统的比较文学式微的正是世界文学的兴起并迅速进入国际文学理论和比较文学的前沿。在西方和中国，“世界文学”已经成为一个热门的前沿理论话题，这个话题近年来也开始引起了中国文学批评家和文学研究者的关注。学者们认为，世界文学的再度兴起，不仅为中国的比较文学研究提供了一个更加广阔的新平台，同时也为中国当代文学跻身世界文学之林提供了理论依据和广阔的文化语境。也许人们会问，为什么在全球化的语境下，“世界文学”这一话题不仅为比较文学学者所谈论，而且也为不少民族/国别文学研究者所谈论？因为人们就这个话题有很多话可说，而且从事民族/国别文学研究的学者也发现，他们所从事的民族/国别文学研究实际上正是世界文学的一部分。正如美国文论家希利斯·米勒所中肯地指出的：

> 传统意义上的文学在文化研究中往往被边缘化，就如同大多在从事“文化研究”的那些年轻的学者——教师们的学术生涯中那样。而新的世界文学学科则恰恰相反，因为它可以被看作是为挽救文学研究所作出的最后的一搏。它含蓄地声称，研究全世界的文学是理解全球化的一种方式。这一理解使人们可成为世界公民，世界主义者，而非仅仅是某个单一语言社群的公民。[①]

① J. Hillis Miller. Globalization and World Literature. Neohelicon，2011，38（2）：pp. 253 –254.

因此将某个特定的国别文学放在广阔的世界文学语境下来研究和审视就有可能产生出新意。这一点对于中国文学研究者来说尤其有着重要的意义：因为当年歌德提出世界文学的猜想在很大程度上正是受到了包括中国文学在内的东方文学的启迪，而世界文学在当今时代的复兴则为中国文学和文学研究走向世界提供了必要的保证。

虽然在歌德提出“世界文学”的猜想之前，德国哲学家赫尔德和诗人魏兰也都在不同的场合使用过“世界文学”这个术语，但他们也只是淡淡地提及这一点，并没有像歌德那样全面系统地对之进行理论上的阐述并使之概念化。因此长期以来，歌德一直被当作比较文学和世界文学学科的奠基人之一。确实，当时年逾古稀的歌德在读了一些包括中国文学在内的非西方文学作品后总结道：“诗是人类共有的精神财富，这一点在各个地方的所有时代的成百上千的人那里都有所体现……民族文学现在算不了什么，世界文学的时代已快来临。现在每一个人都应该发挥自己的作用，使它早日来临。”① 歌德在这里以“诗”来指代整个文学，具有一种审美乌托邦的意味，但是同样带有反讽意味的是，歌德当年之所以提出“世界文学”的概念，在很大程度上得助于他对包括中国文学在内的非西方文学的阅读，今天的中国读者们也许已经忘记了歌德读过的《好逑传》《老生儿》《花笺记》和《玉娇梨》这样一些在中国文学史上并不占重要地位的作品，但正是这些作品启发了年逾古稀的歌德，使他得出了具有普遍意义的“世界文学”概念。当今的学者们围绕世界文学问题展开的讨论也总是从歌德的猜想开始并由此逐步深入展开，他们将其视为一个大于文学的“问题”并围绕这一“问题”开展讨论甚至争鸣。②

不可否认，正如有学者注意到的，早在歌德之前，世界上不同的民族/国别文学就已经通过翻译开始了交流和沟通。在启蒙时期的欧洲，甚至出现过一种世界文学的发展方向。但是在当时，呼唤世界文学的出现在相当长的一段时间内只是停留于一种乌托邦式的幻想和推测阶段。马克思和恩格斯在考察了资本在全世界范围内的扩张和发展后总结道：“物质的生产是如此，精神的生产也是如此。各民族的精神产品成了公共的财产。民族的片面性和局限性日益成为不可能，于是由许多种民族的和地方的文学形成了一种世界的文学。”③ 马克思、恩格斯所说的世界文学较之歌德早年的狭窄概念已经大大地拓展了，实际上专指一种包括所有知识生产和流通的世界文化。但是在其后相当长的一段时间内，由于各民族的知识分子及文化精英为了本国和本民族意识的独立，他们更愿意弘扬一种民族主义精神，因而在文学研究中，也就把世界主义的视野和世界文学的研究搁置一边了。而在当前的全球化时代这种世界主义意识再度得到彰显，体现在文学研究中就是对世界文学的再度弘扬，并且在一定程度上对日益萎缩的文学研究起到了某种“挽救”的作用。学者们认识到，在当今的文学研究中，应当具有一种比较的和国际的眼光来研究各种文学现象，这样我们就有可能在文学研究中取得进展。这也许正是我们在中国的语境下，要把文学研究放在一个广阔的全球文化和世界文学语境下的重要意义。

在一个越来越具有“全球化”特征的时代，我们每一个人都或主动或被动地与这个世

① David Damrosch. What Is World Literature?. Princeton and Oxford: Princeton University Press, 2003: p. 1.

② Cf. Franco Moretti. Conjectures on World Literature. New Left Review, 2000 (1): p. 55.

③ 马克思，恩格斯．共产党宣言．北京：人民出版社，1966：30.

界连接为一体：互联网和智能手机可以在瞬间就使我们得以与生活在世界各地的学术同行取得联系，我们通过电子邮件的往来就可以进行深度的学术理论对话，并使之得以在国际学术期刊上发表。[①] 荷兰学者杜威·佛克马是国际比较文学界较早关注世界文学现象的学者之一，他认为，在讨论世界文学时，我们通常采取两种不同的态度：文化相对主义和文化普遍主义。前者强调的是不同的民族文学所具有的平等价值，后者则更为强调其普遍的共同的审美和价值判断标准。在佛克马看来，世界文学这一术语也可用来评估文学作品的客观影响范围，这在某些方面倒是比较接近马克思和恩格斯的原意。因此，在讨论世界文学时，“往往会出现两个重要的问题。其一是普遍主义与文化相对主义之间的困难关系。世界文学的概念预设了人类具有相同的资质和能力这一普遍的概念”。但是，正如全球化在不同的文化语境中的实现在很大程度上取决于它与本土实践的协调，人们对世界文学的理解和把握也不尽相同。因此，在承认文学具有共同的美学价值的同时，我们也应当承认各民族/国别文学的相对性，否则过分强调世界文学的普遍性而忽视组成它的各民族/国别文学的相对价值就会导致世界文学成为西方文学的有限扩展版。

杨周翰生前虽然没有专门研究世界文学，但他领衔主编的《欧洲文学史》在很大程度上就涉猎了世界文学问题，因为在当时那个“欧洲中心主义”占主导地位的年代，人们一般认为学习外国文学，首先要了解西方文学，由于欧洲文学是所有西方国家文学的源头，因此研究欧洲文学在很大程度上就等于研究世界文学了。杨周翰是在欧洲重新接受大学本科教育的，因此他也很难摆脱欧洲中心主义的思维模式，对此他在晚年的长篇英文论文中对之作了深刻的反思。由于文学是一种独特的意识形态形式，因此他对之的评价难免会有政治和意识形态倾向性的干预，并且批评了一些西方的汉学家从西方理论的视角对中国文学现象进行强行阐释的做法。尽管如此，判断一部文学作品是否属于世界文学，仍然应该有一个相对客观公认的标准。我们目前对世界文学的遴选在很大程度上是根据各种世界级的文学奖项的评选和一些主要的世界文学选集的入选篇目，但我们中国学者也有自己的遴选标准，我曾经参照国际学术同行对世界文学概念的建构，提出我的遴选原则。[②] 此处毋庸赘言。那么，从世界文学的视角来研究文学，在何种程度上超越了传统意义上的比较文学方法呢？我想世界文学概念的提出，其意义主要体现在这样几个方面。

第一，世界文学概念的提出，为我们提供了一个了解“世界”的窗口，使我们能通过阅读世界文学作品了解处于遥远国度的人们的生活和民族风貌。前面提到的歌德之所以提出“世界文学”的概念，在很大程度上就受到他所阅读的包括中国文学在内的东方文学的启发。虽然这些作品在中国文学史上并不占有重要的地位，却促使歌德去联想进而发现世界各国的文学都具有一些共通的东西。那种认为只有本国的学者才能对本国或本民族的文学有所深入研究的看法在当今这个全球化的时代显然是不合时宜的，有时从一个更为广阔的理论视角或他者的视角去研究倒可能得出一些新的见解。特别是当一位学者对自己所研究的文学的语言的掌握达到炉火纯青的境地时，他也就排除了语言的障碍，这时他的本民

① 尤其需要在此指出的是，中国文学理论家张江和美国文学理论家希利斯·米勒就文学阅读、文学阐释、文学经典以及解构式文学批评等问题进行的深度对话通过通讯的形式取得了良好的效果。

② 这方面可参阅拙作：“世界文学”：从乌托邦想象到审美现实．探索与争鸣，2010（7）．

族/国别文学的参照系以及世界文学的造诣完全有可能使他从一个他者的角度得出新的洞见。同样，当我们阅读一部作品时，我们并非生活在真空中，我们势必要依循那部作品所提供的场景去联想，那里的场景究竟与我们所生活的国度有何不同，那里的人们的生活习惯与我们的生活有何差异。西方人长久以来所形成的“东方主义”的思维定式在很大程度上就是通过阅读一些东方文学作品所逐渐形成的，同样，东方人头脑里的“西方主义”的定势也在很大程度上依赖于人们通过阅读西方文学进而接触西方文化而逐渐形成的。因此就这一点而言，阅读世界文学为我们打开了一扇了解世界的窗户，使我们的阅读处于一种开放、想象和建构的状态中。

第二，世界文学赋予我们一种阅读和评价具体文学作品的比较的和国际的视角，这样便使我们在阅读某一部具体作品时，能够自觉地将其与我们所读过的世界文学名著相比较，从而得出对该作品的社会和美学价值的客观和公正的评价。例如，当我们读到歌德的《浮士德》时，马上就可以将其与莎士比亚的剧作相比较，因而在我们的头脑中形成一种概念：这个人物一定是一个悲剧性的人物，他代表了德国的民族精神，展现了当时德国的时代风貌，因而整个剧作标志着欧洲文学的另一高峰。我们最后得出的结论是，歌德也是如同莎士比亚一样的世界文学大师，他在悲剧创作上的成绩甚至较之莎士比亚有了新的发展和提升。同样，当我们阅读鲁迅的《阿Q正传》等作品时，也会自觉地联想到鲁迅所受到的一些外国作家作品的影响，经过一番比较和思考，我们就能判定，这部作品所塑造的人物是世界文学史上独一无二的，他完全可以和那些进入世界文学宝库的独具个性的人物相媲美，因而这部作品也应该成为一部具有世界意义的文学杰作。我们所得出的这些洞见就是建立在我们对世界文学的宏观把握和对前辈作家和文学传统的深入理解之上的，因而具有创新意义。

第三，世界文学赋予我们一个广阔的批评和研究视野，它使得我们在研究本国/民族的文学现象时能够自觉地将其与他国/民族的文学相比较。另一方面，也使得我们在对具体的作家作品进行阅读和评价的同时，有可能对处于动态的世界文学概念本身进行新的建构和重构，这样也实现了世界文学的双向旅行：世界文学为我们从事中国文学研究提供了广阔的背景，而中国的丰富文学资源又丰富了世界文学的宝库。最近几年来，西方主要的比较文学和世界文学研究者频繁来中国讲学并和中国同行进行交流，他们试图从中国学者的研究中获得新的灵感以便完善他们对世界文学理论的建构。因此，作为中国的比较文学学者，我们一定要像杨周翰先生那样，立足本民族的土壤，从中国学者的立场和观点出发对世界文学大家进行比较研究。因为比较文学这一学科既具有非常包容的世界性，又离不开具体的民族/国别文学的创作和理论批评实践。优秀的比较文学学者一定能够在民族性与世界性之间取得某种平衡，也即他必定首先是自己民族/国家的杰出的文学研究者，同时又具有广泛的世界性影响。一个仅仅在本国的语境下著述甚丰却在异国他乡不为人所知的学者绝不可能被看作是一位国家级的学者；同样，一个仅仅在国外发表了一些著述和论文而在本国默默无闻的学者也绝对称不上一位大学者。这一人文学术的评价标准已经越来越得到学界的共识。

总之，世界文学的兴起和迅速占据国际文学理论和比较文学前沿，标志着全球化时代的比较文学进入了一个新的阶段，也即世界文学的阶段。当年歌德所憧憬的“世界文学的时代”已经由一种审美乌托邦变成了当代的审美现实。杨周翰先生生前虽然没有投入世界文学的研究，但从他对欧洲中心主义的反思和批判来看，从他自觉地将中国文学置于一个世界文学的大背景下来考察和研究这一点来看，我们完全可以断言，他如果今天仍然健在的话，完全有可能像他当年以极大的热情欢迎比较文学来到中国一样，以极大的热情投入世界文学的研究之中。因为他有着多种西方语言的技能和中西方古典文学的深厚造诣，并且关注当代的文学和理论前沿，这些都使他完全有资格去研究世界文学并向国际学界贡献出中国学者的研究实绩。我们作为他的学生和后辈学者，在纪念他的同时，也要继承并完成他未竟的事业，在世界文学的研究中取得新的成就，我认为这才是我们对他最好的纪念。

文化研究的崛起与新的比较文学学科的诞生

文化研究在20世纪中后期崛起并于80年代进入国际学术前沿确实在人文学界产生了较大的震动，尤其是对文学研究，或者更具体地说，对比较文学研究产生了颠覆性的作用和影响。关于这一点，我自20世纪末以来就对这一现象作了思考，并一直试图在这二者中找到一种平衡。① 确实，针对比较文学所受到的文化研究的挑战和冲击，不少学者认为，文化研究的崛起不啻是对比较文学研究敲响了丧钟。但我们首先要问的是，如果说我们已经听到这一丧钟的声音，那么我们要进一步发问，丧钟究竟为谁而鸣？它难道是为比较文学而鸣吗？如果是的话，那么它究竟是为什么样的比较文学研究而鸣的呢？这应该是需要我们加以区别的一个重要方面。

加亚特里·斯皮瓦克（Gayatri Spivak）作为一位国际著名的后殖民理论家和比较文学学者，她在这方面一直有着自己的独立思考。即使在她学术生涯发展到巅峰之际，她也没有忘记自己是一位“亚裔学者”（Asian scholar）和一位“女性学者”，她为此而感到自豪。② 更使人感到惊叹的是，为了使自己的语言和文学知识更上一层楼，她依然决定在进入花甲之年开始学习中文，而且达到了简单交流和阅读的水平。我们都知道，斯皮瓦克的学术思想主要来自三个方面：马克思主义、解构理论和女权主义。她也十分关注全球化时代比较文学的现状及未来，她的那本篇幅不大的专题研究文集《一门学科之死》（*Death of a Discipline*）的出版在国际比较文学界产生了较大的反响。该书原为作者在加州大学厄湾分校韦勒克图书馆讲座作的三次专题演讲，后改写成专著，题为“一门学科之死”。本书有两个关键词贯穿始终：区域研究和比较文学，这是作者据以安身立命的基础学科领域。对于这两个学科领域的性质，作者一针见血地指出：“区域研究是为了确立美国在冷战中的霸权而建立的。比较文学则是欧洲知识分子逃离‘极权主义’统治的一个产物。文化和后殖民研究都与林登·约翰逊于1965年实施的移民法改革后亚洲移民的百分之五百的增

---

① 这方面可参阅拙作：全球化、文化研究和当代批评理论的走向．天津社会科学，2005（5）；面对文化研究的挑战：比较文学的未来．文艺理论研究，2012（5）；Confronting Globalization：Cultural Studies versus Comparative Literature Studies？. Neohelicon，2001（38）.

② 2015年11月1日斯皮瓦克在广东外语外贸大学教师发展中心与中国学者进行交流和对话中，再次强调了自己的“印度国籍”和“亚洲女性学者”的身份。

长有关。不管我们怎样看我们的所作所为，我们都是被这个世界上流动的人们的力量推动的。”① 她对传统的欧洲中心主义意义上的比较文学所处于的衰落境地表示庆幸，认为这门学科现已处于垂死的境地。因此，丧钟显然是为这样一种传统意义上的比较文学而鸣的。但另一方面，她又认为，“比较文学与区域研究可以携手合作，不仅培育全球南方的民族文学，同时也培育世界各地的各种地方语言写作的文学，因为这些语言的写作在新的版图绘制开始时被注定要灭绝…… 实际上，新的比较文学并不一定是新的。但我必须承认，时代将决定‘可比性’的必然观念将如何实行。比较文学必须始终跨越界限”。

斯皮瓦克甚至认为，这种以“区域研究”和“跨学科”为特征的新的比较文学学科的诞生将使得处于垂死状态的传统的比较文学学科获得新生。她还针对全球化的帝国主义性质提出质疑，并提出了“星球化”的概念。显然，斯皮瓦克提出的比较文学“学科的死亡”引起了比较文学界的一场轩然大波。学界对斯皮瓦克关于比较文学学科的“死亡说”有很大的误解，人们认为这不啻是宣告了比较文学学科的死亡，因为这些来自学科之外的“区域研究”和“跨学科”性敲响了比较文学的丧钟。但我们仍然可以探讨这样的问题：丧钟究竟为谁而鸣？当代最重要的后结构主义性别理论研究者朱迪斯·巴特勒（Judith Butler）对此有着比较准确的解释。在巴特勒看来，“加亚特里·斯皮瓦克的“一门学科之死”并未告诉我们比较文学已经终结，而恰恰相反，这本书为这一研究领域的未来勾画了一幅十分紧迫的远景图，揭示出它与区域研究相遇的重要性，同时为探讨非主流写作提供了一个激进的伦理学框架……她坚持一种文化翻译的实践，这种实践通过主导权力来抵制挪用，并且在与文化擦抹和文化挪用的淡化的独特的争论不休的关系中介入非主流场域内的写作具体性。她要那些停留在占主导认识观念的人去设想，那些需要最起码的教育的人是如何看待我们的。她还描绘出一种不仅可用来解读文学研究之未来同时也用于解读其过去的新方法。这个文本既使人无所适从同时又重新定位了自己，其间充满了活力，观点明晰，在视野和观念上充满了才气。几乎没有哪种‘死亡’的预报向人们提供了如此之多的灵感”。

我们不妨将她的上述这番解释沿用到对这一现象的解释：文化研究的崛起果真为比较文学敲响了丧钟吗？如果我们从某种意义上对之并不否认的话，那么我则要稍稍作进一步的推论，文化研究的兴起确实为传统的西方中心主义意义上的比较文学学科敲响了丧钟，但另一方面，它又对一种新的比较文学学科的诞生而欢呼。那么这种新的比较文学学科将是一种什么样的形态呢？它与传统的比较文学学科有何本质的区别呢？斯皮瓦克对于这一点并没有明确地做出说明，我虽然对此有着自己的思考，但要想全面展开论述则需要另外一篇文章专论，我在这一部分稍作一些简略的描绘，以便为今后的专论奠定基础。

新的比较文学学科既在本质上是一门自满自足的学科，也应该与诸如中国文学和外国文学这样的一级学科相平行而成为一门独立的一级学科。它是一种跨越民族/国别文学疆界的具有总体意义的学科。

新的比较文学学科进一步凸显了比较文学的特征，也即既具有广泛的世界性，也带有鲜明的民族性特征，也即它一方面注重各民族/国别文学的交流和对话，也强调各民族/国

---

① Cf. Gayatri Spivak. Death of a Discipline. New York: Columbia University Press, 2003: p. 3.

别文学的民族特征。

新的比较文学学科更注重跨文化和跨学科的比较文学研究，并且更注重对文学现象的理论阐释。但是这种理论的阐释绝不应是一种理论先行的“强制性阐释”，而更应该是一种从文学的本体出发，经过一个理论阐释的循环又回到文学的归宿，但是这种回归已经不是简单的回归，而更是一种螺旋式的升华。

新的比较文学学科应更注重世界文学的宏观研究和理论建构，因此在这方面它也更注重对翻译的研究。虽然，对于比较文学学者来说，直接阅读原著是必需的，但是任何一个博学多才的人都不可能学遍世界上所有的主要语言，因此他在很大程度上不得不依靠翻译的中介。如果我们承认，越是民族的就越是世界的，那么我要再加上一些修改和调整：越是具有民族特色的东西，越是有可能走向世界，但是必须有翻译作为中介。因此翻译便为世界文学的建构起到了重要的桥梁作用。

新的比较文学学科不仅应注重世界各民族文学的文心相通，也要关注不同民族的文学之间的差异，在这方面，世界文学不仅是一个单数，也可以用复数来表达：前者作为一个整体而具有总体文学的特征，后者则强调各民族文学的差异。

总之，在建构一种新的比较文学学科的过程中，中国学者应该是大有作为的。而本文的写作则是在这一进程中迈出的第一步。

比较文学视野

——学科边界的相对性与文学系统的多元谱系

上海外国语大学 宋炳辉

在中国现有的学术分科格局中，与其他人文学科或与文学门类下的其他二级学科相比，“比较文学与世界文学”（此中文名称的实际内涵相当于国际通行的 comparative literature，在比较文学学科定义下，同与其含义相交叉的 world literature 并列组成新词，几乎是一种同义反复）的特殊性在于：它并非以国别、时代或者类型意义上的特定文学对象作为学科的本体设定，而是立足于对民族、文化、语言和学科“边界”的跨越和沟通，且总是对既有“边界”的问题化和历史化，以其作为对文学、文化现象和文本阐释的理论前提。

因此，比较文学既包容了多元文化（文学）系统中的诗学理论，文学的发生、传播、影响、演变等文学史现象和经典文本的阐释等研究领域，因而与其他文学学科共享着许多研究的直接对象和基本学术规范；同时在整体上又不被某一特定对象所限定，所以在研究展开时，既可以谈“中”，也可以说“外”，更可以（也应该）讨论中外文化与文学在历史的展开或经分析阐释之后，从观念到文本所呈现的种种“关系”。这样，在整个人文学术的系统演进中，比较文学总是扮演着激发既有的学科、视域和问题之间诘问、刺激、互动的“鲶鱼”角色，它的“破坏性”、能动性和沟通协调性也都包含在这一学科身份当中。在这个意义上，比较文学当然具有天然的“涉外”特性。

不过，对文学研究做是否“涉外”的归类区分，本身也是颇有意味并值得讨论的。它至少意味着不同文学研究间有着“内外”之别。而这个“内外”所指分别为何？之间的界限又是什么呢？是以国族、语言、文化为“界”还是三者的叠加？若再进一步追问，之所以有这种“内外”之分的表述，在指示其研究对象的同时，所隐含的前提应该是对观察主体“他/我”之立场的区分，也即从“我”（我族、我文化和我语言）的立场和视角出发，来看待自身以及“他者”的文学，由此才有所谓的“内”与“外”之别。而这种对国族、文化、语言等界限的跨越式文学研究，恰恰是比较文学学科的本体设定和学科意识中所特别关注的一点。

在这个意义上，所有被赋予国别性质的“外国文学”，以及出于语言、作者身份等问题意识，对人类文学加以分割研究的诸如“流散文学”“移民文学”“海外华语文学”“海外华人文学”等文学分支学科或者研究领域，其实都带有跨越边界的意味。只要某种具体的文学研究，在其作为对象的作者身份、文学发生、文本内涵或文本阐释等层面上，处理种种国族、文化、语言等跨界和多元现象，并且将这种跨界多元作为问题（而不是先验的、无须讨论的前提）在研究中加以呈现，不论它的具体对象为何，也不论它在传统学科分类中归于何处，它在性质上就是比较文学的。

这么说，并不是要以比较文学吞并其他国别文学等学科，而恰恰是对其学科自身核心理念的限定。比较文学学科自其创始起，就不断经受来自学科内外的质疑和追问，它的本体设定、核心理念和分科依据也正是在这种逼迫中逐步显现、明确，并随着研究理论与方法的丰富完善，随着各种不同的文化、思想、文学资源和学术传统的汇入，随着社会与文化的现代化和全球化进程的演进而得以不断的调整。这样的情形，无论中外，在比较文学学术史上从未间断过，争议、事件更是随处可见。这一学术史上的事实，常常被来自其他学科的质疑者作为否定、取消比较文学学科的重要证据：人文学术中有哪个学科像比较文学这样，百多年来不断为自己的存在而申诉、辩解、寻找理由和自我证明的？但是在比较文学看来，这一点不仅不足为怪，恰恰是这一学科存在的独特价值在人文学术系统中的体现。如果说冲破苑囿，跨越界限，沟通中外（国别）文化与文学本就是它与生俱来的特征和使命，是它生成的动力和存在的理由，那么，依据不同时代的学术进程和不同文化、国族、语言与学科之沟通、对话与交往的程度和状态，时时反省学科自身存在的理由，在具体的历史时空中追问既有学科界限和相关前提的合理性、必要性和相对性、有限性，不正是它得以立于人文学科之林，并继续发挥其学术能量的表现吗？

如若进一步考察人文学术的分科问题，在比较文学视野下，学科边界的相对性似还可以得以进一步的凸显。

中国的学术系统有着深厚的历史累积，但自近代以来又有着重大的变迁。现代通行的学术分科方式滥觞于晚清时期，那时开始的从传统经史子集的“四部之学”向文、理、法、农、工、商、医等现代“七科之学”的转变，是中国传统学术门类向现代意义上的学术门类转变的一个重要标志。这一剧烈变动与当时经世学风的兴起、西学在中国的传播密切相关，传统学术的衰落转型与西学的引入互为联动，最后达成了这一转型，奠定了中国现代学术的基本框架。具体而言，这种转型整体上大约从19世纪60年代开始，20世纪初大致成形，到“五四”时期基本确立，30年代最终完成。而比较文学这一西方新兴学科在20世纪30年代进入中国学术界时，正赶上这一学术转型的尾声，并且只有吴宓、钱锺书、范存忠等少数学者真正参与，像吴宓那样将其引入大学课堂的更是凤毛麟角，真正完成其学科建制要到半个多世纪之后的80年代中期。中国比较文学的这一前世今生，也是它在整个人文学术体系中始终难以摆脱受质疑处境的一个重要因素。因此，与其他人文基础学科相比，比较文学在其西方的前世本来就具有时间短、理念和样态新的特点，而它在西方的发生条件——随着近代以来经典人文社会学科的进一步发展，对文化、语言、民族等跨越性研究的需要被日渐感知和不断尝试——在20世纪初期的中国现代学术转型中还没有达到广泛而明确的共识，40年代起战争文化背景下的主流学术文化又偏重于本土和民族性，乃至“文革”期间的趋于极端封闭，直到新时期开始重启中外文化全面交流之门，才使人文学术界对旨在从跨文化、跨国族、跨语言角度考察文学发生演变的观念与方式呈一时之盛。尽管如此，本来根基不深的这一学术观念和学科意识，在近30年来西方比较文学学科遭遇一轮又一轮新的挑战之时，在中国经受更多、更重的质疑也是可以理解的。这种质疑当然也体现在按经典学科的确立与区分方式来衡量比较文学这一新兴的、跨越性学科这一分析与批评的思维方式上。

所以，学科区分的角度和依据，不单纯是一个学术方法和技术问题，在方法背后，实际上相应地隐含了不同学科立场对学科理念和本体的设定。由此切入，也可以进一步显示比较文学的核心理念，明确比较文学不同于其他以经典分科方式所界定的文学学科。也可以在一定意义上，考量当代中国比较文学的使命。

在中国学术文化中的诸多人文研究领域，大部分学科或研究领域的区分其实是基于两个原则：一是按照相对明确的研究对象的类别、发生年代来规定和区分具体的二、三级学科，如文艺学、先秦文学；二是在其基础上以研究观察者的视野和立场来规定这一学科的“中外”之别，如外国文学、西方文学、中国叙事学等等。无论是哪一种分科依据与方式，都是现代学科展开进程中必要的但同时又是权宜的策略，而这两个原则及其背后所隐含的相对性与有限性，都值得进一步分析，并在研究的展开中保持学术上的敏感。概而言之，这种相对性和有限性的分科方式的实质在于，将前述的“他/我”之别作为界限，把原本处于一个多元系统内的世界多元文学体系做了人为的区隔，然后再“分而治之”。这里稍作分述如下。

先说文学研究分科中的“内/外”“他/我”之别。

如上所述，“他/我”本来不过是立场与视角的差别，但在经典的学科体系中却成为学科边界，而一旦“边界”既定，具体的研究实践就不一定将这一边界本身同时作为有待研究的问题并贯穿其间了。这典型地表现在学界有关“外国文学”研究的认知中所存在的两种表述里：一是倾向于将研究做客观化表述，认为研究就是弄清对象事实，外国文学、作家和作品是什么样就什么样，并不以研究者是否为“外国人”而有别；另一种表述是研究者针对比较文学的本体设定而言：作为一个中国人来研究英国文学，研究莎士比亚，不是跨越了国族、文化与语言的界限了吗？所以这种研究当然就是比较文学。由此引申出，在多元文化的时代，所有的文学研究都是比较文学了；换言之，比较文学已经并无存在的必要。

乍看起来，两者的态度不一甚至完全相反。首先，两者对比较文学学科的直接评价和其价值本体设定的态度不同，前者倾向于认为“外国文学”研究与比较文学无关，后者则是从肯定比较文学跨越性研究意义的角度，否认当代比较文学在学科意义上继续存在的必要性。其次，在这两种表述中，研究者的身份在研究表述中一是隐身了，一是凸显了。前者以为观察者身份可以独立于研究对象，研究就应该尽可能做到客观；后者表面上是突出了研究主体身份，实际上是把这种身份认作先在的、不容讨论的前提。两者似乎都有各自的道理，但其实都有违比较文学的核心理念。换句话说，站在比较文学立场上看，两者实际上具有一致的内在逻辑，即都没有把这种“跨越性”的身份作为需要考辨的前提，或者作为问题的一部分加以研究。其实，作为人文学术的文学研究，除了弄清文学历史发生的事实外（这一部分当然可以也应该尽可能做到客观），更需要对这些事实给予阐释与评价，而阐释与评价本身是无法完全摆脱主体立场与文化取向的。就既有的学科分野而论，如果说把文化、语言、国族的“跨界”作为问题纳入研究，对于国别文学来说也许并非必须，但对比较文学而言则是不可或缺的。

再说现代分科系统下以研究对象的国别、语言、文化作为学科“边界”。

如果说分析方法是认识和研究事物不可回避的一个环节的话，那么现代学术分科、研究对象的区分当然是必要的，但同时也只是认识与研究的方法与手段，甚至是其中的一个环节。因此，若将认识手段与方法当作研究对象本身的固有特性，是有问题的。进一步说，如果众多被现代学科体系所分割的研究对象本来是一体的，是一个系统的不同部分、不同层次和不同面向的话，那么，分而治之只不过是一种权宜之计。即使那些区分的依据固然存在，因为这本来是事物复杂性、差异性的表现，但也应该清醒地意识到那些“边界”的相对性。

具体到文学研究中的学科区分，更具体到中国学术语境中的文学学科，无论“内/外”（中国文学与外国文学），无论“他/我”（以某一国别、文化与语言为观察立足点），作为对象的文学本身，即世界文学本身是一个多元系统，这个系统正越来越为各个学科视野的拓展和研究的深入而逐步呈现，这个系统是由若干层级和单元的子系统构成，它是多元复杂的，又是历史变动的。在历史的展开中，在不同观察视野下，各层次的子系统之间相互作用、相互转化，其相互的“边界”并不清晰，也非固定不变。从研究对象的角度看，无论是“他”（外国文学）还是“我”（本土文学），即中国学术视野中的世界文学，都既不是“均质”的，也不是纯然客观的。文学既然是现实、情感与想象的语言符号式的审美呈现，本来就是带有强烈的主观性，无论这种主观性的艺术是由谁来完成，是在何种文化生活中存在并发挥作用。关于人文学科的主体性因素的参与及其所体现的与社会科学、自然科学的分野，韦伯、曼海姆等都有相应的论述，我也曾就其在比较文学和中外文学关系研究中的体现做过分析（《论中外文学关系研究的立场与方法》，《山东社会科学》2014 年第 5 期）。这里只就作为研究对象的世界文学系统（中、外文学是居于某种观察角度的分类表述）的“非均质”性，以笔谈文章的方式，稍作申述。

所谓“非均质性”，其实是多元系统特性的另一种表述。概而言之，中外文学系统的“内外”都呈现着非均质性的特点。“外国文学”是非均质的，它是各种国族、语言、文化系统相互交叉、重叠之下的文学系统，文学发生与接收的各种民族、国别和文化的交叉、文本各种语言的交叉都呈现复杂的组合。世界各大语系之内的文学都呈现为多层级的复杂的谱系，如英语文学在历史和当代的呈现，就由英国本土、美、澳、新及各地其他英语使用者的文学多元系统叠加而成，系统内包含着复杂的关系，因此在研究的展开中无法视其为“均质”存在。其他如法、德、西、俄、阿等语言系统之中的文学呈现，同样如此。在此意义上，近年国际学界流行的“流散文学”研究，也可以看作对经典学科分野所导致的“余数”现象的一种弥补。这是上述文学视野中的“他/我”之“他”。

作为“他/我”之“我”的“中国文学”又何尝不是呢？在学术界的习惯表述中，以国别为依据所指称的中国文学，到底有没有确切的对象所指？它的边界是不是如想象的那样清晰？许多表述其实在不经意间都指向“汉文学”（多少大学的中国语言文学系只教汉语言文学?），那么其他 55 个民族的文学将如何处置？事实上现代汉语只覆盖汉、回、满等民族的文化生活（日常沟通与书写），但对中国其他 50 多个民族，尤其至今仍有自己的语言、文字和文学写作的蒙古、藏、维吾尔、哈萨克、锡伯、朝鲜、俄罗斯等民族而言，汉语是他们生活中的一种通用语言，汉语文学只是他们文学生活中的一种重要方式和资源，但不是其唯一更非全部。今天中国作家协会的《民族文学》杂志就有汉、蒙古、藏、维吾尔、哈萨克、朝鲜六种文字的版本。但我们当下的中国文学研究（最突出的叙述方式是文学史），能否真正做到在多民族多语言多文化的意义上的整体考察？另一方面，即便只就汉语言文学而言，它也并不囿于国家、民族的界限，当其跨越国族边界之后，就是我们现在所指的海外华语文学；当其跨越语言或/和文化边界之后，就是学界所指的世界华人文学了。

由此可见，在既有文学研究的学科分野中，无论居于观察者的立足点还是居于文学对象在国族、文化和语言中的所属，这两种经典的现代分科依据及其方法自有其相对性，它们都是文化（文学）多元系统下展开人文（文学）研究的广义上的方法和途径。比较文学正是居于对多元系统的复杂性的显现而逐步建立的新兴学科，是对于既有分科方式的反思与补救。尤其是在当下全球化语境的文化、文学的沟通交流日益广泛深入的语境下，这种相对性日益明显。今天的文学研究必须越来越清醒地意识到，其面对的是世界文学多元系统的复杂性和变动性，以及相应的研究对象与问题的变动性，所有的研究都无可避免地带有主体立场和传统延续等因素的参与，必须充分意识到主体性的参与并将其作为问题的重要组成加以研究，必须在对象的系统及其变动中展开研究与观察。相对于中国文学学术而言，随着全球化新时代的到来，尤其是在中国的崛起改变了百年来中西（中外）文化关系格局的情况下，立足于中国学术语境的中外（包括“涉外”）文学学术，在面临挑战的同时也遭遇更多新的变动中的“观察窗口”，借此，我们可以考察中外文化与文学的关系，可以从新的角度观察、研究世界文学的谱系以及包含其中的中华文学文化的多元谱系，阐释其各自的意义及其相互生成、相互映照的历史文化功能。

文明史与道德教训

——麦克尼尔和施特劳斯论西方文明史

中国人民大学　刘小枫

一个多世纪以来，对于中国学界来说，如何认识西方文明的性质，一直是个难题。迄今，我们还不能说已经获得明确答案。西方学界自己对这个问题有答案吗？当然有，而且有很多。① 如果我们图方便从西方学人那里直接拿取现成答案，又会遇到一个棘手的困难：我们应该拿取哪个答案呢？通过简要考察西方晚近著名的西方文明史大家麦克尼尔和著名的西方思想史大家施特劳斯的相关见解，本文力图探究西方学界在认识西方文明的性质这一问题上的重大分歧，以此加深我们对这一难题的认识。

一、麦克尼尔的西方文明史观

1949 年，为了让美国大学生认识"西方文明史的范围和连续性"，年仅 32 岁的麦克尼尔（William H. McNeill，1917 －　）出版了一部简明扼要的历史教科书，直到今天仍广为大学所用。② 虽然名为《西方文明史纲》（*History of Western Civilization*），这部教科书其实是一部简明的"普遍历史"。翻开目录就会看到，第一编题为"世界历史中的西方文明"，可见作者力图在世界史的大视野中来展示西方文明的历史。随后两编分别题为"古典文明"和"欧洲文明"，亦即把西方文明切分为"古代"和"现代"两个部分——在麦克尼尔笔下，"欧洲文明"是"现代文明"的代名词，这种划分法恰好是西方出现"古今之争"后由英国书商组织撰写的第一部现代式世界史《普遍历史：自最早的时代叙述到当今》（*An Universal History from the Earliest Account of Time to the Present*，1729 －1765）所开启的历史分期模式。③

14 年后（1963），麦克尼尔出版了让他获得广泛声誉的名作《西方的兴起：人类共同体史》，这部大著如今已经成为世界文明史的经典之作。④ 在副标题"人类共同体史"（*A*

---

① 布罗代尔．文明史：用过去解释现在．刘北成，周立红，译．北京：北京大学出版社，2008：197 －242.

② 麦克尼尔．西方文明史纲．张卫平，等译．北京：新华出版社，1992. 此书至 20 世纪 80 年代 5 次修订再版，中译本依据 1985 年的修订版。

③ Guido Abbattista. The Business of Paternoster Row：Towards a Publishing History of the Universal History（1736 －1765）. Publishing History，1985（17）：pp. 5 －49.

④ 麦克尼尔．西方的兴起：人类共同体史．孙岳，等译．北京：中信出版社，2015.

History of the Human Community）的陪衬下，麦克尼尔用“西方的兴起”（*The Rise of the West*）这个主标题突显了现代西方文明具有的“普遍历史”意义。事实上，《西方的兴起》的谋篇与《西方文明史纲》基本一致：《西方文明史纲》简扼勾勒了“西方兴起”的大致历史轮廓，《西方的兴起》则纲举目张地展示西方文明史与“人类共同体”的关系，两者都属于所谓“普遍历史”式的史书。

在《西方文明史纲》中，第三编题为“欧洲文明”（即现代文明），历史时段被确定为公元900至1914——相当于从查理帝国到20世纪第一次世界大战的历史。在《西方的兴起》中，第三编题为“西方统治的时代”，历史时段被确定为公元1500年至1950年，进一步聚焦西方崛起的历史时刻。麦克尼尔两部史书的谋篇表明，他力图展现这样一个历史事实：“现代文明”等于“欧洲文明”，“欧洲文明”等于“西方统治的时代”。无论哪种着眼点，《西方文明史纲》和《西方的兴起》都与伏尔泰的《论普遍历史》（即《论诸民族的道德风习和精神》，1745/1753）相吻合[①]，尽管伏尔泰只能写到18世纪50年代，麦克尼尔则能写到1914年或1950年。除了史料上的重新采集和编排有明显差异，麦克尼尔的史观与18世纪的启蒙史家保持了信念上的一致——如麦克尼尔在回忆录中所说，他意在让自己的史书“作为世俗的世界观取代基督教的世界观”[②]。总之，麦克尼尔的《西方文明史纲》和《西方的兴起》仍然属于启蒙史学范畴。

罗马教廷对各种异端严加管束，在西方历史上占支配地位的基督教世界观只有一种——世俗的世界观就不是这样了[③]，麦克尼尔显然想用普遍历史来证明他的世俗世界观是唯一正确且有效的世界观。从这一意义上讲，麦克尼尔的文明史并非所谓客观的世界史，而是体现启蒙观念的普遍历史——用他自己的话说，为了“展示许多其他民族怎样拥有历史”，必须把其他民族的历史“纳入合理有效的解释性方案之中”，因此，他一直致力于“把世界历史置于更恰当的哲学与地理框架之中”。

《西方文明史纲》的最后一节题为“自由主义、民族主义和工业的欧洲（1789—1914）”，这一节相当于《西方的兴起》的最后一章，即题为“西方的兴起：全球范围的世界主义”的第13章。[④] 在《西方文明史纲》最后一节的“引言”中麦克尼尔写道：

> 1789—1914年的欧洲历史受到两大因素的制约：呈现现代形态的国家——英国的工业主义扩展及其演变；被美国和法国革命赋予实际意义的自由与民主的社会和政治理想的传播和演变。

无论伏尔泰还是孟德斯鸠，都把英国革命视为“西方兴起”或“西方统治”的起点，麦克尼尔则把美国和法国的革命视为这样的起点。于是，普遍历史意义上的最佳政制的体现者由英国转移到了美国和法国身上——我们可以理解，伏尔泰和孟德斯鸠毕竟都是美国

---

① 伏尔泰．风俗论．梁守锵，译．北京：商务印书馆，2013.

② 麦克尼尔．追求真理：麦克尼尔回忆录．高照晶，译．杭州：浙江大学出版社，2015：79.

③ Immanuel Wallerstein. European Universalism：The Rhetoric of Power，New York：The New Press，2006.

④ 对这段“大历史”的另一种描述，参见沃勒斯坦．现代世界体系（第四卷）：中庸的自由主义的胜利（1789—1914）．吴英，译．北京：社会科学文献出版社，2013.

和法国革命之前的作家。尽管如此，从所谓“大历史”（big history）的视角来看，麦克尼尔的历史意识没有超出孟德斯鸠的思想规定。孟德斯鸠在《罗马盛衰原因论》中说过一句颇有预见性的话：“革命本身滋生革命，而（革命的）效果让自身成了原因。”① 如果把这句话翻译成历史语言，那就是说：英国革命滋生了美洲殖民地的革命和法国大革命，这一效果让自身成了革命的原因——众所周知，美国革命和法国大革命的确成了随后的世界历史中诸多革命的“原因”。

美国革命和法国革命后的宪法分别有《独立宣言》和《人权宣言》垫底，严格来讲，这两个“宣言”才是孟德斯鸠意义上的英国革命的“效果”，美国和法国的革命让这个“效果本身”成了具有普遍历史意义的革命原因。麦克尼尔的史书笔法有出类拔萃的概括能力，他将英国革命的工商主义与美国和法国革命的自由民主政治理想作为“西方兴起”的标志——然而，这一概括不过是孟德斯鸠（而非伏尔泰）已经论证过的普遍历史观。麦克尼尔在《西方文明史纲》的“结语”中说，从历史叙述中“谁也无法提出能得到普遍接受的道德判断，而且，人们尚未对可能制约社会发展的因果关系产生无可争辩的认识”。但他马上又说，“基于因果关系和道德方面的历史教训而产生的说服力极强的信念，是历史研究中的最后精华”。这无异于承认，无论显得多么具有客观性的历史叙述，其实都不过是某种“说服力极强的信念”的结果，以便让年轻人获得“道德方面的历史教训”，否则，讲述过去的历史有什么意义呢。

果然，在《西方的兴起》结尾时，麦克尼尔基于他所看到的“因果关系和道德方面的历史教训”提出了他认为“说服力极强的信念”——“世界主义”（the cosmopolitanism）信念：

未来的世界主义一定会带有西方的烙印。至少在最初阶段，任何世界性国家都将会成为西方的一个帝国。即使非西方人掌握了全球范围政治军事当局的最高控制权，也只会出现这样的局面。他们只能通过宣扬这样或那样的民主政治信仰来利用工业化、科学和减少公共权力这些西方最早的特性。因此，“西方的兴起”可以作为迄今为止人类社会历史的简要概述。

“世界主义”是典型的18世纪启蒙哲学的观念，由此还衍生出一种“世界主义史学”（Cosmopolitan History）。② 如《西方的兴起》所体现的那样，这种史学把传扬“民主政治信仰”视为自己的使命——麦克尼尔不仅坚守而且依据新的世界史材料来巩固这一启蒙“信仰”，他告诉我们，“如同本书的题目和意义所示”，即便“亚洲或非洲的民族通过利用西方的技术、观点和思想来摆脱欧洲人的统治”，仍然只是在“加速西方的兴起”。

应该承认，麦克尼尔的“说服力极强的信念”基于历史的客观事实。比如说，中国即便要摆脱欧洲人的统治，也唯有通过利用欧洲的技术、观点和思想。不过，基于历史客观

① 孟德斯鸠．罗马盛衰原因论．婉玲，译．北京：商务印书馆，2007：120.

② Karen O'Brien. Narratives of Enlightenment: Cosmopolitan History from Voltaire to Gibbon. Cambridge: Cambridge University Press, 1997.

性的“信念”固然“说服力极强”，但是否应该成为人们“普遍接受的道德判断”，则是另一回事。“道德判断”的依据是历史抑或自然的理则，大有分别。麦克尼尔的普遍历史信念跟随的是孟德斯鸠在《论法的精神》中所表达的信念，然而，孟德斯鸠还能看到商业文明（工商主义与自由民主政治信仰）带来的政治道德难题——麦克尼尔却对此毫无感觉。在早年的《波斯人信札》中，孟德斯鸠就已经表达了这样的看法：由于商业化的财富观、公正观乃至法律所界定的政治自由观与自然的德性观不相容，商业政治必然威胁到传统德性。在《论法的精神》中赞颂英国的商化政制的种种好处时，孟德斯鸠仍然多少于心不安：毕竟，无论言论自由、宗教自由以及法律面前人人平等的政治价值多么值得称许，自由的政府难免开放自私自利、欲望泛滥、党派冲突……总之，由于“商业天然导致道德腐败”，任何严肃的思想都会看到，“商业共和国的观念给孟德斯鸠的政治理论造成严重问题”。[①] 孟德斯鸠实际上花费了自己的才智来应对这一严重问题，尽管最终没有解决。我们知道，卢梭随后就对孟德斯鸠的政治理论作出了激烈的道德反应，更不用说后来的马克思针锋相对地提出了另一个版本的普遍历史——《共产党宣言》一开始就以普遍历史的语式直接且尖锐地挑明了商业资本主义的道德问题。马克思主义的史学理论家普列汉诺夫敏锐地看到，启蒙式的历史思想有一个基本要核，即把人的“天性”说成天生趋向于资本主义秩序，然后推论贸易自由和有限政府最切合人的自然欲望——其实，这是启蒙作家“用特定的社会需要和关系的三棱镜”来看人的“天性”的结果，他们没有意识到，“历史在他们眼前放上了三棱镜”。[②]

在麦克尼尔给大学生们写的普遍历史中，孟德斯鸠面对的难题已经不见踪影。倘若如此，他想通过“基于因果关系和道德方面的历史教训”灌输给大学生们的“信念”虽然“说服力极强”，却是一种宗教信仰，而非启蒙哲学所宣称的“理性”认知。

二、施特劳斯的西方文明史观

麦克尼尔的《西方文明史纲》初版问世后不到 4 年，同在芝加哥大学任教的施特劳斯完成了《自然权利与历史》（成于 1952 年底）。这部书不仅书名带有“历史”一词，而且也的确是史书——思想史性质的史书，就内容而言甚至堪称“西方思想史纲”。然而，在施特劳斯笔下，“西方思想史纲”变成了一个难题史——这个难题就是：像孟德斯鸠这样的智识人盛赞商化政制理想时为何仍然多少于心不安。

《自然权利与历史》全书共 6 章，内在结构实际上也是三编：第一编可以题为“西方文明的危机”（第 1 ~ 2 章）[③]，第二编可题为“古典的自然正确论”（第 3 ~ 4 章），第三编可题为“现代的自然权利论”（第 5 ~ 6 章）。倘若如此，《自然权利与历史》的谋篇就与《西方文明史纲》的谋篇有明显的一致之处：“古典的自然正确论”对应“古典文明”，

---

① 谢尔（Richard B. Sher）. 从穴居人到美国人：孟德斯鸠与苏格兰启蒙运动思想家论自由、德性、商业//伍顿编. 共和主义、自由与商业社会：1649—1776 年. 盛文沁，左敏，译. 北京：人民出版社，2014：346 - 356.

② 普列汉诺夫. 论一元论历史观之发展. 博古，译. 北京：生活·读书·新知三联书店，1973：24.

③ 施特劳斯. 我们时代的危机//施特劳斯，刘小枫编. 苏格拉底问题与现代性论. 刘振，彭磊，等译. 北京：华夏出版社，2016：353 - 368.

“现代的自然权利论”对应作为“现代文明”标志的“欧洲文明”。当然，这种对应纯属巧合，毕竟，这两部著作在思想品质和学术类型上完全不同，相提并论实在不伦不类。尽管如此，用“现代的自然权利论”来标志“西方兴起”的要核，难道不是非常恰切吗?

事实上，我们应该说，《自然权利与历史》与《西方文明史纲》针锋相对。虽然同在芝加哥大学任教，出生于北美的麦克尼尔立志要用“西方的兴起”这个标题“与斯宾格勒形成对比”。年长20多岁的施特劳斯是欧洲移民，他始终认为斯宾格勒的断言有如警钟长鸣：西方文明已经“没落”。

> 通过建立革命之后的国家，首先承认每个人自身的平等尊严的国家，人类在原则上已经解决了其政治问题。这个历史的顶峰，作为历史的终结，同时也就是终极衰落的开端。①

《自然权利与历史》的“导言”前面有两段出自《希伯来圣经》的题词，前一段涉及富人与穷人的差异，从中我们可以看到，富人因私有财富而有坏品德。后一段涉及对财富或者今天的“货币”（“银子”）的态度，即把祖先留下的产业唯利是图地变换成商品来买卖对还是不对。② 可以说，这两段出自《希伯来圣经》的寓言故事直接挑战了让“西方兴起”的商业文明价值观。我们可以推想，像孟德斯鸠这样的智识人盛赞英国的商化政制仍然多少于心不安，很可能是因为，对于西方的文明传统来说，商业文明所推崇的是低劣的人性道德品质——从而，一个智识人如果推崇商化政制，便意味着他自己的心性低劣。

《自然权利与历史》的“导言”一开始就提到，美国的《独立宣言》表明：人所享有的包括“生命、自由和追求幸福”在内的“不可剥夺的权利”，是美国立国的自然法依据。施特劳斯说，“毫无疑问，献身于这种命题的这个国家，部分正是由于献身于这一命题，现在已经成了这个大地上最为强大繁荣的国家”。言下之意，美国崛起为“这个大地上最为强大繁荣的国家”靠的是洛克式的自由主义信条。按照麦克尼尔的普遍历史逻辑，我们就得说：美国的兴起历史地证明了这个洛克式信条是“说服力极强的信念”。

让人难免感到奇怪的是，施特劳斯用“命题”（proposition）来指称美国《独立宣言》的要义，下一句又把“命题”换成了“信仰”（the faith）。施特劳斯首先用“命题”来指称《独立宣言》的要义，无异于说这一政治宣言所宣称的“自然权利”其实本来是哲人提出的“命题”——我们都知道，这是英国哲人洛克提出的“命题”。③ 随后把“命题”换成“信仰”，乃因为哲人的“命题”历史地成了具有普遍历史意义的政治“信仰”。正是凭靠这种“信仰”，麦克尼尔致力于用他的《西方文明史纲》或《西方的兴起》教我们这些常人相信：世界上任何一个民族（国家）若要成为“强大繁荣的国家”，就必须信奉洛克式的“命题”……可是，在“导言”临近结尾的地方，施特劳斯却提出了这样一个问题：“如果仅仅把人看作是由欲望和冲动所支配的话，好像就不可能对人类的目的加以

① 施特劳斯．作为严格科学的哲学与政治哲学．张缨，等译．北京：华夏出版社，2012：46.

② 施特劳斯．自然权利与历史．彭刚，译．北京：生活·读书·新知三联书店，2003.

③ 贝克尔．论《独立宣言》：政治思想史研究．彭刚，译．北京：生活·读书·新知三联书店，2001：182－217.

适当的考虑。”这个问题包含着一个历史的哲学疑问：洛克或孟德斯鸠这样的哲人为何会把人所享有的包括“生命、自由和追求幸福”在内的“不可剥夺的权利”视为普遍有效的自然法？

“命题”供人思考，“信仰”供人信奉——在信仰面前，人的理智必须或不得不 stop thinking（停止思考）。《自然权利与历史》这个书名迫使人思考，《西方的兴起》这个书名供人信奉——因为，natural right 这个语词既可以解作“自然正确”，也可以解作“自然权利”。《自然权利与历史》“导言”前面的两段出自《希伯来圣经》的寓言故事表达的是某种“自然正确”的观念，哪怕这种观念出自共同体的习俗。一旦把祖先留下的产业唯利是图地当商品买卖成了一种“自然权利”，基于习俗的“自然正确”的德性就会被连根拔除。如果“导言”前面所引的《圣经》故事具有提示全书意旨的作用，那么，第一章就提到的“古代与现代观念之间的不同”可以说是“古典的自然正确论”与“现代的自然权利论”的对峙。倘若如此，《自然权利与历史》无异于要重新挑起“古典”与“现代”之间的论争，而非凭信仰把“现代的自然权利论”视为“自然正确”——哪怕它让美国成了“最为强大繁荣的国家”。

三、“自然”与“历史”的对峙

仅就书名而言，“自然”与“历史”构成了两个强有力的理据的对峙：人类生活应该遵循自然的法则还是历史的法则？无论孟德斯鸠的《论法的精神》还是伏尔泰的《论普遍历史》，无不是在用世界史的材料来证明人类应该遵循某种普遍历史的法则——麦克尼尔的《西方的兴起》不过是在凭靠现代史学的材料积累推进启蒙式的普遍历史观。然而，热爱智慧的人应该认可历史的法则就是道德的法则吗？施特劳斯说，“自然正确/权利的问题与其说关乎确切的知识，不如说关乎人们的回忆，因此我们需要历史研究（史学）”——但是，我们需要的是“思想史”（history of ideas）研究。这意味着：在没有澄清“思想史”问题之前，用世界历史的材料来证明“历史的法则即道德的法则”是可疑的——毕竟，世界历史的材料证明得更多的是思想者的“命题”本身。何况，信奉历史的法则本身就是一个哲学“命题”——所谓的“历史主义”。施特劳斯引用著名史学家阿克顿勋爵的话说，没有“比揭示思想的谱系更令人恼火的了”，它“会使得政治论争激烈得难以调和，政治联盟脆弱得难以有什么成效”。这是《自然权利与历史》的“导言”中唯一引用的史学家的话，它暗含难以觉察的反讽。阿克顿勋爵是自由主义史学家或者辉格党式的史学家，世界历史在他眼里几乎就是争取自由与压制自由的斗争史——就好像我们曾经相信，世界历史是阶级斗争的历史。[①] 施特劳斯用阿克顿自己的话来证明：即便阿克顿这样有坚定意识形态立场的史学家也惧怕思想史研究会让他的意识形态化史学崩溃。

书名中的“历史”一词出现得最多的是题为“自然正确/权利论与历史方法”的第一

---

① 阿克顿在就任剑桥大学钦定现代史讲座教授的就职演说中一开始就提到美国《独立宣言》。阿克顿．自由与权力．侯建，范亚峰，译．南京：译林出版社，2014：3. 麦克尼尔对阿克顿这样的意识形态史学家相当钦佩，曾编选过他的文集。

章，其主题是讨论“作为19和20世纪思想特征的‘历史感’或‘历史意识’”。所谓“历史感”或“历史意识”指的是这样一种思想方式：只认可史学（包括人类学）的经验材料具有权威性的指导作用，否认存在“自然的正确”。据说，“所有人类的思想都是历史性的”，属于某一“历史世界”或“文化”或“文明”——施特劳斯将此界定为“历史主义”。施特劳斯强调：“历史主义”是对法国大革命之前的“自然权利论”的反动，因为这种“自然权利论”为“法国大革命以及那场浩劫作好了铺垫”。

在论析“现代自然权利论”的第三编一开始（第5章），施特劳斯指出，“所有现代自然权利论的导师中，最为著名和影响最大的是洛克”。因为，“洛克的财产权理论”是“其政治学说”或“自然法学说”最具特征的部分，并因此与霍布斯乃至“传统的学说”明显地区别开来。这种财产权理论作为“‘资本主义精神’的经典学说”连同洛克的整个政治哲学“不仅对圣经传统而言，而且对哲学传统而言都是革命性的”。这一论断挑明的是：所谓“资本主义精神”是哲人洛克把对私有财产的自然权利说成“自然正确”的结果。

麦克尼尔的“世界主义”信念其实就是对资本主义的信念。为什么这种以追求财富为尚的生活信念会成为一种道德信念呢？按照韦伯的著名解释，这种资本主义式的精神源于禁欲主义式的“新教伦理”：“资本的无限积累和以资本投资赢利的活动乃是一种道德义务，或许还是最高的道德义务”——对韦伯来说，“这种精神正是现代西方世界的独有特征”。麦克尼尔相信，这种精神应该成为“世界主义”的信念，并用《西方的兴起》为此提供了普遍历史式的证明——与此相反，思想史家施特劳斯迫使我们注意，韦伯的观点隐含着一个常识性矛盾：禁欲式的宗教义务与热情投资赢利无论如何不相融。如果韦伯诚实的话，他就应该说，资本主义精神并非源于清教伦理，反倒明显是对真正的清教伦理的“败坏”。毕竟，热情投资赢利再怎么说也不会是一种对此世的“禁欲主义”态度。

通过辨析洛克的财产学说，施特劳斯让我们看到，洛克使得资本主义精神获得哲学辩护，凭靠的绝非是基督教伦理，反倒是一个非基督教的理由：热情投资赢利最有助于促成公共利益——因为，最为基本的“公共利益”是满足人的自然欲望。哲人关切“公共利益”天经地义，但把“公共利益”解释为满足人的自然欲望，则绝非天经地义。事实上，自16世纪以来，欧洲哲人才把人的自然欲望当作自然法的基础来论证。因此，资本主义精神作为“现代西方世界的独有特征”或“西方兴起”的特征，标志着现代西方文明观与古典西方文明观的彻底决裂。这种决裂不是一个宗教伦理事件，而是一个“纯粹哲学的或理性的”事件，因为这是“一种与整个哲学传统有意识的决裂”。

可以看到，资本主义的起源或“西方的兴起”这一史学问题在施特劳斯那里被归结为一个思想史问题或“纯粹哲学的”问题——这个问题就是：何以像洛克这样的哲人会把人的自然欲望当作自然正确/权利来论证。洛克的“财产理论”明显让人类沉溺于狂热、盲目、低贱和以获取性劳动为主导的生活，一个哲人为何竟会精心论证这样一种看法？过禁欲俭朴的生活以便追求纯粹的智慧，是哲人的生活理想——从苏格拉底到尼采，西方哲人都认可这一理想。如果霍布斯、洛克、孟德斯鸠具有哲人天性，他们就会把这种理想视为自己的理想。接下来的问题是，如何设想出一种政制，使得自己的生活理想和常人的生活方式同时得到满足。无论如何，哲人不可能赞同一种崇尚放纵个人的自然欲望的政制——可他们偏偏设想的是这样一种政制。

通过细腻的文本解读，施特劳斯以隐匿的笔法揭示了一桩骇人听闻的思想史秘密：洛克并非真的赞同“资本主义精神”，他不过是想通过鼓励人们一心发财致富来取代当时占支配地位的意识形态——基督教的亚里士多德主义。施特劳斯向我们展示出，洛克在阐述他的财产学说时明显前后不一，故意“思路纠缠不清，难以理解”或“尽可能地‘从众’”。这表明，洛克的写作极为谨慎，他“并没有荒诞不经到通过诉诸并不存在的绝对的财产权，来论证释放贪欲的合理性”，而是论证贪欲的合理性在于有助于公共利益、公共幸福或社会的现世繁荣。洛克提出这样的论证为的是要隐藏他对启示宗教的反驳——作为哲人，洛克认为启示宗教既肤浅又不可能。可是，知识大众阅读洛克时不可能看出“洛克的谨慎”意图，只会把他用来替反启示宗教打马虎眼的说法当真。这样一来，洛克的隐微写作就成了为“资本主义精神”提供的哲学辩护。

施特劳斯的思想史索隐听起来颇为离奇——信不信由你。问题在于：无论如何，洛克的财产学说论证的是释放贪欲的合理性。不仅如此，这种论证还衍生出一套指导政治实践的政治哲学——甚至成了立国原则：在一个脚注中，施特劳斯不动声色地将洛克的自然权利论与《联邦党人文集》中的一篇文章联系起来，从而暗中与“导言”一开始关于美国“独立宣言”的说法联系起来。这无异于说，美国这样的国家“繁荣强盛”靠的是释放贪欲的自然权利。

按照施特劳斯的看法，洛克和他的前辈霍布斯的初衷也许是为哲人自己的利益即热爱思辨着想。享受思辨生活的快乐其实是天性热爱智慧的人的个人偏好，为了确保这种偏好的实现，他们设计出一种理想化的“最佳政制”：开放所有人的自然欲望，让每个人都能追求自己所认为的幸福——这就需要从哲学上证明，每个个体的自然欲望都有自然权利。他们没有想到，这样一来，人类道德秩序的崩溃就不可避免。

《自然权利与历史》以讨论柏克对法国大革命的反思收尾，但柏克不仅出现在讨论“古典的自然正确论”的开端，也出现在讨论“现代的自然权利论”的开端。换言之，柏克成了连接“古典”与“现代”的人物。这位英国思想家看到，自由主义的价值基础是把“满足基本身体需要的种种权利”视为根本的道德事实——同时他也看到：一旦让每个人自己的欲望作为自己的自然导向去“追求幸福”，那么，“多种多样的激情性道德剧变”就不可避免。这种剧变以“一种甚为极端的现代此世性的形式”开始了新的世界历史叙述，进而打造出“人们普遍接受的那个历史主义前提”。

施特劳斯由此回到了第一章提出的“历史意识”问题：柏克认为，历史的价值“相当有限”，不足以用来建立政治的道德准则。所谓“历史过程”说到底不过是偶然的因果关联，“健全的政治秩序归根到底乃是偶然的因果关联的意外产物”。人们从历史中学到的最多只是“习惯”而非道德教训。即便英国的政制具有优长，那也是“漫长的时代”中许多人和许多世代的成品，而非一次革命行动的结果。总之，柏克不认可大革命所依据的法理具有普遍历史意义，也不认可历史能证明其法理是“普遍历史”法则。

如果麦克尼尔是柏克的信徒而非阿克顿的信徒，他会怎样撰写《西方文明史纲》或《西方的兴起》呢？无论如何，麦克尼尔的史书表明，他是民众的教诲师；施特劳斯的《自然权利与历史》表明，他是让这类教诲师恼火的哲人。

汉字思维与汉字文学

——比较文学研究与文化语言学研究之间的增值性交集

复旦大学　杨乃乔

比较文学作为一门国际学术研究的学科，得以成立的属性即在于两个跨界：语言的跨界与学科的跨界。不同于国族文学（national literature）研究的是，比较文学研究者是交集于两种及两种以上的不同语系之间，以从事文学、文化及相关理论的研究，因此他们必然是本土文学与异质文学的互看者与对话者，而文学恰恰是由语言的书写形式——文字构成叙事的审美意象表达式，所以地道的比较文学研究者以本土的语言及思维观念来透视异质语言书写的文学现象时，他们第一时间无可回避的就是语言问题，说到底，也就是文字的问题。无论如何，不同的语言必然铸就其不同文字书写的思维观念，也正是不同文字书写的思维观念在跨界中构成了比较文学研究最为敏感的关键点。而学科的跨界又在于比较文学研究与相关学科之间所构成的增值性交集，也正是如此，比较文学研究者可以在信息的增值性交集中收获来自于相关学科领域的他者启示。

近一段时间，我阅读了由申小龙主编的《汉字文化新视角丛书》（以下简称“丛书”）①，在这套丛书中六位学者的集体思考及丛书“总序”所设定的几个重要观点，如汉字思维、汉字的组义功能、汉字精神、汉字文化、去汉字化与再汉字化等，一直在推动着我思考比较文学及其研究者的语言身份及文字思维观念等相关问题。

汉语在书写的形态上是由语素文字（logogram）构成的符号系统，我们完全可以把由语素文字书写的文学现象定义为汉字文学，因为人类早期使用的另外两种语素文字（西亚的楔形文字与北非的圣书字）已经废止使用，汉字是现下全世界唯一使用的语素文字；因此在文化的思维观念上，汉字文学一定不同于由音素文字（phonemic language）与音节文字（syllabic language）所书写的两种文学现象。不同于国族文学研究，语言身份（language identity）决定了比较文学研究者的立场及其思维观念②，按照国际语言学界对人类操用的文字所给出的上述三种圈定（语素文字、音素文字与音节文字），我们至少可以把西方比较文学研究者定义为是操用音素文字从事国际文学研究的比较文学研究者，而把汉语语境下的中国比较文学研究者定义为是操用语素文字从事国际文学研究的学者。

---

① 申小龙．汉字文化新视角丛书．济南：山东教育出版社，2014.

② 按：以往比较文学研究界总是强调比较文学研究者的文化身份（culture identity）问题，严格地讲，这个概念的外延还是太大且模糊了一些，对一位比较文学研究者及其思维形态的界定应该追问到语言身份。

无论雅克·德里达（Jacques Derrida）是怎样以解构主义的策略来颠覆由音素文字书写的在场形而上学（metaphysics of presence），西方比较文学研究者依然是遮蔽在从亚里士多德（Aristotle）到索绪尔（Ferdinand de Saussure）以来的语音中心主义（phonocentrism）的语言学论域下，操用音素文字书写自己的学术研究。以下两句经典性表达是不可以被我们忘却的。在古希腊时期，亚里士多德在《解释篇》坚持认为："Spoken words are the symbols of mental experience and written words are the symbols of spoken words."（口语是心灵经验的符号，文字是口语的符号）而两千年后，索绪尔依然认为："Language and writing are two distinct systems of signs；the second exists for the sole purpose of representing the first."（语言和文字是两种不同的符号系统，后者存在的唯一理由是在于表现前者）的确，就西方印欧语系的音素文字来判断，书写的字母只是对语音声波的连续带（continuum）的记录，而不是一种直接参与思维的表达方式，也因此音素文字的字母延缓与遮蔽了声音（speaking）表达意义的鲜活在场性。这就是雅克·德里达所宣称的拼音文字的暴虐性。

那么，汉字的语言学意义呢？

这套丛书的"总序"集约地归总了主编及其他五位学者就"汉字文化"讨论所提出的几个重要观点，其中论述了汉字在写意与构形两个层面上直接参与了意义的生成，明确地提出汉字是一种思维方式，并且具有文化元编码（original encoding of culture）的性质，而不是一种纯然的对语音记录的符号，因此丛书"总序"认为："汉字是汉民族思维和交际最重要的书面符号系统。"① 丛书的相关作者就这一观点的设立给出了大量的汉字分析例证。可以说，关于这个观点的论述对于从事比较文学研究的学者而言，应该是一种来自学科跨界的启示。我们不妨沿着文化语言学研究者的这一思路继续思考下去。

申小龙与孟华在这套丛书的"总序"中论及："汉字成为一种文化又因为汉字构形体现了汉民族的文化心理，其结构规则甚至带有文化元编码性质，这种元编码成为中国人各种文化行为的精神理据。汉字在表意的过程中，自觉地对事象进行分析，根据事象的特点和意义要素的组合，设计汉字的结构。每一个字的构形，都是造字者看待事象的一种样式，或者说是造字者对事象内在逻辑的一种理解，而这种样式的理解，基本上是以二合为基础的。"② 我们注意到，文化语言研究者在这里组义且操用了"事象"这样一个汉字术语。的确，在西方的语言学和符号学的论域那里，拼音文字往往成为技术分析上的纯语言学的符号，从美国实用主义哲学家 C. S. 皮尔斯（C. S. Piercs）到查尔斯·莫里斯（Charles Morris）所构建的符号学体系，从罗曼·雅各布森（Roman Jakobson）到罗兰·巴特（Roland Barthes）所构建的符号学体系，我们不难时时看到西方学者对拼音文字进行纯语言学技术性分析的踪迹，字母——"alphabet"真的成为他们思想之手构建代码（code）、编码（encoding）与解码（decoding）系统所把玩的纯然符号了，其缺少直接参与文化生产的内在机制：文字—字母的文化元编码性质。③ 需要强调的是，关于这里的"文化生产"，我们也可以替换性地使用另外一个同义性的表达术语，即"意义发生"。然

① 申小龙．汉字思维．济南：山东教育出版社，2014：5.

② 申小龙．汉字思维．济南：山东教育出版社，2014：2.

③ 按：我认为"文化元编码"应该翻译为"original encoding of culture"，而不能够被翻译为"meta-encoding of culture"。

而，汉字本身就是文化，并且具有参与文化生产和意义发生的元编码性质。

这套丛书六位作者的集体思考就是从“汉字何以成为一种文化”的设问而展开的。

我们把这一设问与思考带入具有国际性视域的比较文学研究场域中来，问题就更为有趣且复杂了。从20世纪90年代以来，全球化扩展为一种世界景观，中国本土的文学研究者开始有意识地彰显“汉语文学”这个概念，以强调中国文学及其研究在国际学界的语言特征、民族特征与区域特征等。而现在感觉到“汉语文学”这个概念的外延还是较大了一些，我们应该贴着由汉字书写与编码的民族文化地面走，因为那是由文字记忆的历史，把这个概念再具体地落实且定位到“汉字文学”上来。的确，“汉字文学”是现下全球化时代比较文学研究者所不可小觑的一个重要概念了。

从甲骨文以降的可进入阅读且提取意义的中国历史，应该可以被定义为一部由汉字书写且记忆的文化符号体系。问题在于，在西方高校的东亚系、汉学系、历史系与比较文学系，对于那些从事中国学研究的西方汉学家或比较文学研究者来说，他们在本土的语言心理上习惯于由终极语音——逻各斯（logos）操控的语言思维及其音素文字的书写①，他们如何能够在自己的中国学术研究中，使自己的思维观念紧贴着由汉字书写与编码的民族文化地面阅读与行走，如何能够准确地走进由汉字思维观念书写与编码的汉字历史和汉字文学中，如何能够通畅地与本然持有汉字思维观念的中国本土书写者与中国本土学者进行沟通和对话？说到底，即西方汉学家及比较文学研究者是否能够真正地拥有汉字思维观念并走进由汉字书写的中国文化传统？

Stephen Owen（即宇文所安）是美国哈佛大学著名的比较文学研究者及汉学家。坊间传闻，14岁那年，Stephen Owen在美国马里兰州的巴尔的摩（Baltimore）市立图书馆，偶读了李贺的诗《苏小小墓》：“幽兰露，如啼眼。无物结同心，烟花不堪剪。草如茵，松如盖，风为裳，水为珮。油壁车，夕相待。冷翠烛，劳光彩。西陵下，风吹雨。”② 据说中唐诗鬼李贺的汉诗意象，启示且诱惑着Stephen Owen无悔地投诸一生沉醉于中国古典诗歌的研究。我不知道14岁的Stephen Owen阅读的是汉字编码的《苏小小墓》，还是英文作为本土译入语文字编码的《苏小小墓》。其实，确定是由什么文字编码的《苏小小墓》，这一点是非常重要的。

《汉字文化新视角丛书》持有一个重要的语言学立场，认为作为表意的汉字符号系统处在语言与图像交集的枢纽位置，汉字具有图像符号的视觉思维功能，并且还有强大的组义功能。的确，关于汉字的视觉思维功能与组义功能，本土的汉语学者从《苏小小墓》一诗的汉字思维、汉字组义及编码意象中，一眼即可以获取诗鬼李贺的审美图像感知。毋庸置疑，《苏小小墓》的审美意象都沉淀并铺染在李贺此诗操用的汉字及其构形与组义的视觉思维上。可以说，英译、法译或德译的《苏小小墓》，以拼音文字的书写对汉字《苏小

---

① 按：严格地讲，德里达对印欧语系下语音中心主义的论证仅是理论上的假设，当然他对语音中心主义及其在场形而上学的解构在理论上也是自恰的，但是从语用上来说，这种理论的假设与自恰既是无效的，也是无意义的，因为对于拼音语言的日常用语使用者——大众，他们作为天然的反智主义者（anti-intellectualism），完全不理解也不需要理解德里达等所建构与解构的语音中心论，那只是智者哲人的智力游戏。并且德里达本人也是操用着假设在语音中心主义本体观下的拼音语言，以音素文字的书写给出自己的思考及完成他的解构策略。这是一个悖论。

② 李贺．苏小小墓//全唐诗：上册．上海古籍出版社据康熙扬州诗局本剪贴缩印，1986：974.

小墓》进行了去汉字化的编码，完全解构了原诗由汉字组义的视觉思维的审美意象，那是异质语言操用者使用音素文字在创造性翻译中重写（rewriting）的另外一首诗。

在《闭幕陈辞：语言学和诗学》（*Closing Statement*：*Linguistics and Poetics*）一文中，罗曼·雅各布森有一个总体的观点，即认为诗的语言是以自我为价值（self-evaluable）的，其特征就是诗性。不错，罗曼·雅各布森的这一诗学观点是用音素文字书写的，但其陈述的是普世理论，因此在理论的效用性上，可以推及汉字诗学。什么是诗之语言的自我价值？举例而言，也就是说，汉字符号系统发展至唐代，在汉语历时性发展的深层结构中，形成了规约那个时代的诗人以汉字赋诗编码的文化习俗规则，这种规则是约定俗成的，是强制性的，所以也构成了唐诗之语言的自我价值，即唐诗之语言的自我审美价值。说到底，那就是唐诗的诗性。因此唐诗就是唐诗，而不是宋诗，更不是清诗。这一切是由一个时代诗之语言的自我审美价值为限的。

准确地讲，《闭幕陈辞：语言学和诗学》是一篇讨论符号学与语言学的重量级文章，是罗曼·雅各布森1958年在美国印第安纳大学召开的语言学学术会议上宣读的会议论文。在这里，我们不妨把其中一个立场援引出来分享学界："在讨论诗学功能之前，我们必须在语言的其他功能中为之定位。这些功能的提纲需要一个简明的概览，涵括任何语言事件和任何言语交流行为的组成因素。发信者（addresser）发送一条讯息（message）给收信者（addressee）。为了有效运行，该讯息需要一个收信者可以掌握的相关语境（context）［对另一方而言的'所指物（referent）'，某种程度上是模棱两可的、术语命名的］，或是言语的，或是可以言语化的；一种发信者与收信者（换言之，对于讯息的编码者和解码者）完全或至少部分共有的代码（code）；以及最后，一个媒介（contact），一条发信者与收信者之间的物理渠道和心理联系，使他们双方都能进入并停留在交流中。"① 我们不妨把罗曼·雅各布森的符号学与语言学理论带入以丰富我们的思考，也以我们的思考丰富罗曼·雅各布森的符号学与语言学理论。

那么，我们设问的是，围绕着《苏小小墓》这首汉字诗，中唐的汉语诗人李贺是信息的发送者，而当下的美国汉学家Stephen Owen是信息的接受者，他们两者之间是否处在相关共同语境及共有代码下，就共同的讯息而接触，是否使用的是双方通用或部分通用的代码在对话？Stephen Owen是否能够真正地走进汉字文化习俗的语用规则中，成为操用汉字思维的汉诗解码者？② 他又有怎样的充分理由去解码汉字编码者组义且营造在汉字诗中的唐代诗歌意境？

说到底，汉字思维应该成为现下中国比较文学研究者及西方的汉学家或西方的比较文学研究者所关注的前沿学术问题了。当然，从汉字思维来解码中国古典汉诗，也应该为本土的中国古典文学研究者所关注。准确地讲，即使是在中国古代文化传统上，一个时代也有着一个时代的汉字思维观念及其特性，有着书写于一个时代汉字思维观念下不同的文学现象，并且在历时性上也会呈现出同源文字之文学的审美差异性。如对于现下的中国古典

① 罗曼·雅各布森．闭幕陈辞：语言学和诗学．刘琳娟，译//杨乃乔主编．比较诗学读本（西方卷）．北京：首都师范大学出版社，2014：33.

② 按：并且这里的"汉字思维"是指由唐代文化风俗规约的汉字思维观念，对于当下的中国本土唐诗研究者是否能够准确地进入由唐代文化风俗规约的那个时代的汉字思维，这也是一个问题。

文学研究者来说，无论如何，他们依然是操用着现代汉语以现代汉字思维观念研究中国古典文学的研究者。

学界以往喜欢操用这两个表达："汉语思维"或"英语思维"。就"汉语思维"而言，实质上，我们应该把这一表达具体地改写到"汉字思维"这个概念上来，因为，"汉语"这个术语在理论上还蕴涵着形、音、义三个等级序列（hierarchy）的划分，是一个较为宽泛的概念，而"英语思维"则应该具体地落实到"语音思维"这个概念上来。文化语言学研究者给我们的启示是重要的。

非常有趣的是，西方汉学家似乎已经意识到这一点，他们也在努力使自己的汉语操用尽可能贴近汉字思维的地面行走。如我们从 Stephen Owen 为自己所取用的汉字姓名——"宇文所安"，就可以强烈地感受到这一点。

"宇文"是鲜卑族其中一支以汉字书写姓氏的复姓，在字源的文化逻辑上，我们可以把"宇文"的源起追溯至魏晋北方鲜卑族太祖宇文普回那里。《周书·帝纪第一·文帝上》载："太祖文皇帝姓宇文氏，讳泰，字黑獭，代武川人也。其先出自炎帝神农氏，为黄帝所灭，子孙遁居朔野。有葛乌菟者，雄武多算略，鲜卑慕之，奉以为主，遂总十二部落，世为大人。其后曰普回，因狩得玉玺三纽，有文曰皇帝玺，普回心异之，以为天授。其俗谓'天'曰'宇'，谓'君'曰'文'，因号宇文国，并以为氏焉。"① 这里的"其俗"是指鲜卑族的文化习俗（至少是指宇文鲜卑），鲜卑人称"天"为"宇"，称"君"为"文"；正如"丛书"所讨论的一个重要观点，汉字有着极强的组义功能，因此，"宇文"在汉字字面的组义中又有"天子"之意，其承载着这一族人所崇尚的至高无上的君主文化精神。"宇"与"文"是两个汉字，这一支鲜卑族人组合"宇文"为其姓氏，已渗透着"宇"与"文"在组义上所生成的元编码的汉字文化精神了。

当然，无论后世史家怎样认为此说实为附会，但这毕竟是宇文鲜卑族之姓氏文化的图腾，并且作为口传的鲜卑族文化习俗融入了汉字书写的历史。族裔血脉单纯的"宇文"姓氏最初以汉字书写，最终又融入了汉族的姓氏。

问题在于，至今语言学界无法求证鲜卑语是采用怎样的本族文字来进行书写与记录的，学界至今没有采集到鲜卑族及其后裔所存留下的由本族文字书写的任何文化踪迹，如铭文、石刻、典籍与铜钱等等。当然，鲜卑中还有不同的部族，除去宇文鲜卑之外，还有慕容鲜卑、拓跋鲜卑、段部鲜卑、乞伏鲜卑与秃发鲜卑等，他们又是否拥有统一的文字呢？不得而知。② 其实对于一位比较文学研究者所必须拥有的语言跨界之敏感来说，我们应该提及的是，宇文鲜卑族的姓氏无论如何是由汉字书写的符号，那么，"宇文"这两个汉字符号对宇文鲜卑要表达的意义之出场，是以语音相近而转写的符号，还是以语义相近

---

① 令狐德棻．周书：第3册．上海：上海古籍出版社、上海书店据乾隆四年武英殿本影印，1986：2582.

② 按：至今为止，学界没有发现遗存下来的由鲜卑语书写的典籍，但是在《后汉书》《晋书》《北史》《魏书》《周书》《北齐书》《南史》《宋书》《南齐书》《梁书》《陈书》及《隋书》中均著录了由鲜卑语翻译及其书写的多种相关汉语典籍。如《隋书·志第二十七·经籍一（经）》载："又云魏氏迁洛，未达华语，孝文帝命侯伏侯可悉陵，以夷言译《孝经》之旨，教于国人，谓之《国语孝经》。"（魏征等．隋书：第5册．上海：上海古籍出版社、上海书店据乾隆四年武英殿本影印，1986：3366.）其中著录的还有《鲜卑语》五卷，《鲜卑语》十卷，《鲜卑号令》一卷周武帝撰。

而翻译的符号，这一点是值得思考的。无论怎样，从五胡乱华的大汉民族几近亡种灭族，到北魏孝文帝改革的鲜卑汉化，民族冲突与融合的终结却是加速了少数民族（minority）文化及其语言、书写的汉字化。

我们在这里主要还是讨论汉字思维及比较文学研究的相关问题，无意深化地追问鲜卑如何汉化等历史现象。Stephen Owen 以“宇文”为其汉姓，这自然有他的讲究，同时，以“所安”为其汉名，这自然也有他的讲究。从 Stephen Owen 给他自己所取用的汉字姓名可以见出他本人沉淀的汉字学养。让我们再来释义“所安”这个书写符号承载的汉字精神与汉字文化。

“所安”这个符号典出《论语·为政》：“子曰：视其所以，观其所由，察其所安；人焉廋哉？人焉廋哉？”《论语注疏》中魏晋玄学家何晏的集解在此释义言：“以，用也，言视其所行用。由，经也，言观其所经从。孔曰：‘廋，匿也。言观人终始，安所匿其情。’”[①] 很有趣，何晏的集解恰恰没有具体地诠释“所安”，其实也不需要诠释，因为“所安”指涉的“结果所处”的意义，在孔子此句表达的逻辑中，从“所以”到“所由”可以一贯地理解与解释而下，“所以”“所由”与“所安”在这段汉字编码的程序中有着一个整体意义的逻辑序列。《论语注疏》中宋代经学家邢昺的正义在此释义言：“此章言知人之法也。‘视其所以’者，以，用也；言视其所以行用。‘观其所由’者，由，经也；言观其所经从。‘察其所安’者，言察其所安处也。‘人焉廋哉？人焉廋哉？’者，廋，匿也；焉，安也。言知人之法，但观察其终始，则人安所隐匿其情哉？再言之者，深明情不可隐也。”[②] 孔子在这里陈述的是从“所以”“所由”到“所安”的一个完整的线性编码逻辑，其呈现出对人进行透彻观察的方法，如邢昺所言：“知人之法。”为什么说孔子在这里的陈述是一个完整的线性编码逻辑，因为没有“所以”与“所由”为前提，就没有作为结果的“所安”。

在从方法、路径到结果的逻辑上，孔子的陈述隐喻了一种对人的心理与行为进行观察且一切“无可隐匿”的“事象”，而孔子在陈述中诲人不倦的哲理性意义又全部是在汉字及汉字组义的“事象”思维结构中出场的。

精彩之处在于，美国汉学家与比较文学研究者 Stephen Owen 操用汉字思维，把“宇文”与“所安”这两组符号再度给予编码与组义，重构一组汉字思维的视觉意象，并以此作为他的汉字姓名——“宇文所安”。因此，“宇文所安”即是 Stephen Owen 使用汉字的构形与组义诠释“事象”的一种符号样式，也是对这一“事象”内在逻辑的理解与解释。再三强调，“所安”仅是孔子此句之完整表达中的一个组义符号而已，把“所安”从此句中单独地提取出来，其意义显得较为孤立，是指“所处”及“结果”的意思。

比较文学研究者王柏华曾翻译了 Stephen Owen 所著的《中国文化：英译与批评》，她在哈佛大学访学时曾向 Stephen Owen 请教“宇文所安”这个汉字姓名的含意、用典及其汉字文化精神。与王柏华聊谈之后，我大致了解了 Stephen Owen 的初衷，其初衷与我对“宇文”与“所安”进行组义性编码的解码性分析也是一致的。

---

① 何晏集解．邢昺疏．论语注疏．十三经注疏：下册．北京：中华书局影印世界书局阮元校刻本，1980：2462.

② 何晏集解．邢昺疏．论语注疏．十三经注疏：下册．北京：中华书局影印世界书局阮元校刻本，1980：2462.

Stephen Owen 认为自己所从事的是汉学研究，汉学研究在美国乃至整个西方学界实属少数族——“minority”①，无法进入西方学界的主流，而宇文鲜卑在族裔身份上也恰属于少数民族，因此 Stephen Owen 在汉字文化的典故上使用“宇文”，隐喻地指称自己的少数族的汉学研究者身份。并且“宇文”又是汉字书写的复姓，在汉字书写的百家姓中也属于少数的姓氏。Stephen Owen 在汉字文化的典故中，能够准确且含意深刻地使用这一汉字复姓，可以呈现出一位西方汉学家及比较文学研究者应有的把握汉字精神、走进汉字文化与使用汉字思维的学养。而“所安”有“所处”之义，如《论语注疏》中邢昺的正义所释义：“‘察其所安’者，言察其所安处也。”因此，“宇文”与“所安”这两组汉字重新编码且组义后，在“事象”诠释之意义出场的视觉思维上，被 Stephen Owen 以汉字思维重组了崭新的隐喻性意义：即少数族学者宇文以汉学研究为所安身立命之处。因此，“宇文所安”正是在这样的汉字思维及其组义功能中成为西方汉学家及比较文学研究者斯蒂芬·欧文的汉字姓名，并且隐喻地表达着相关的汉字精神与汉字文化。从这一意义层面上看，“宇文所安”这个汉字姓名起得有些谦卑了。

以下就让我们使用“宇文所安”这个汉字姓名称呼美国汉学家及比较文学研究者“Stephen Owen”了。思考到这里，我们突然发现，把“Stephen Owen”以汉字音译为“斯蒂芬·欧文”，这个汉语译入语的姓名似乎是没有什么文化内涵，其较之于“宇文所安”的汉字精神及其文化的承载量全然相形见绌了。也就是说，“斯蒂芬·欧文”似乎既没有什么文化也没有什么精神，当然，这一观点仅是我们从某一面向而展开立论的。文化语言学研究者认为任何外来词（包括名字），一旦用汉字书写，哪怕是用汉字记音，记音的汉字在某种逻辑组合中也会体现一定的意义；并且汉语中的同音字很多，选择哪一个汉字也一定反映了特定的意义指向，如我们在下面讨论西方汉学家“史景迁”的“史”就印证了这一点。

需要说明的是，我们在这里不是专门为美国汉学家及比较文学研究者宇文所安的汉字姓名进行学津讨原，而是在讨论汉字思维、汉字的组义功能及其汉字精神与文化的问题，以及讨论比较文学研究对《汉字文化新视角丛书》所提出的相关观点可汲取的启示性与借鉴性。

操用音素文字的西方汉学家不借助于翻译或回避翻译，能够直接地走进汉字思维，准确地理解汉字的构形，恰切地操用汉字思维观念及汉字的组义功能，使自己的英文姓名汉字化，为自己起一个承载着汉字精神与汉字文化的汉字姓名，并且学有所获地从事汉学研究，这不是一件容易的事。

我们把这里的讨论转向比较文学研究，从事中国文学研究的西方汉学家就是西方的比较文学研究者。那么对中国的比较文学研究者而言，我们也应该要求自己能够准确地走进西方的语音思维中，切近地触摸音素文字书写与编码的西方文化精神及其文化气象。特别是对于中国本土的外国文学研究者或世界文学研究者来说，他们绝对不应该囿限于汉字语境下，仅仅依凭阅读翻译为汉字文本的西方文学作品及西方文学理论，操用汉字思维观念

---

① 按：“minority”相对于 Stephen Owen 言指自己在美国及西方学界的研究状态来说，这里只能翻译为“少数族”，而不能翻译为少数民族。

来理解与解释作为异质拼音语言的作家作品，并且最终把自己圈定在汉字化的外国文学研究或世界文学研究领域中，隔靴搔痒地与西方学界接轨。的确，正如丛书“总序”反复在强调写意的汉字与写音的字母之间有着重要的文化差异性：“不断有学者强调写意的汉字与写音的字母之间的文化差异，认为汉字是独立于汉语的符号系统，要求对汉语、汉字文化特性重新评估，提出艺术、文学创作的‘字思维’或汉字书写原则，而中西文化的差异在于‘写’和‘说’，‘字’和‘词’。”①

其实在语言的形态及其本质上，真正了解了西方拼音语言的语音思维及其音素文字，真正了解了汉语的汉字思维及其语素文字，对上述我们所提及的操用汉字思维观念来理解与解释西方拼音语言的作家作品，在阅读与批评上会提取一种非常隔膜与奇怪的感觉。当然，反过来对西方汉学家如此研究中国文学，我们也会遭遇类似的感觉。

国族文学一旦由经翻译跨出本土语境，被推置于国际出版界与国际学界的平台上，国族文学将由于翻译的文字转码，不可遏制地走向比较文学。客观地讲，无论是文学创作，或是文学翻译，还是文学研究，其在语言上跨界之后，一切问题均复杂且艰难了起来。说到底，这还是语言及其文字因翻译而产生的差异性思维观念问题。

还是让我们的思考回到西方的汉学家及比较文学研究者那里去。西方一些优秀的汉学家及比较文学研究者给自己取一个汉字姓名时，往往非常苛求贴着汉字思维观念的地面行走，以便使自己的汉字姓名承载着丰盛的汉字精神、汉字文化及其汉字用典的隐喻等。当然，这也是西方优秀汉学家为自己身份用汉字取名的国际性标签，同时，也象征着他们执着追寻的汉学学养所在。孟华在《汉字主导的文化符号谱系》一书曾讨论了一个重要的观念，认为汉字是中国文化的根元素：“汉字：中国文化的根元素。根元素，指一个文化符号系统中起主导作用的符号单位，它的性质决定了该符号系统的性质，根元素的性质描写清楚了，整个中国文化符号系统的性质也就搞清楚了，一部汉民族思想文化史，就是文化符号的演变史。”② 汉字是中国文化的根元素，这不是没有道理的；的确，汉学学养更重在汉字学养。

耶鲁大学历史系的汉学家 Jonathan D. Spence 为自己所取的汉字姓名为“史景迁”。汉字“史”与英语字母“Spence”有部分语音的谐音成分，“史”又是百家姓中的汉姓，同时又可以隐喻太史公司马迁的史家身份，当然还可以隐喻 Jonathan D. Spence 从事中国历史研究的史学家身份，因此“史景迁”这个汉字姓名的组义即是：西方汉学家——史学家史景迁景仰太史公司马迁。汉语学界往往认为史景迁这个汉字的姓名所取，是巧用汉字——语素文字与英语——音素文字的谐音，即是以语音相近而转写的符号，这不完全正解；真正的理解者不难发现，其中同时还兼有以汉字思维而达向求取一种汉字文化精神的内在动力。如果把“Jonathan D. Spence”以汉字音译为“乔纳森·斯宾塞”，这个汉字姓名也是没有任何文化内涵的。普林斯顿大学东亚系的 Martin Kern 教授拒绝从孤立的角度研究中国，主张把中国文学置放在世界文学的格局中给予敞开性思考。在文学的本质上，中国文学也正是以汉字思维及其审美气象独立于世界文学格局，所以汉字思维、汉字的组义功

① 申小龙．汉字思维．济南：山东教育出版社，2014：6.
② 孟华．汉字主导的文化符号谱系．济南：山东教育出版社，2014：2.

能、汉字精神与汉字文化对于西方的比较文学研究者及汉学家来说，是几个重要的关键词。我们在此也建议 Martin Kern 教授，不妨为自己起一个具有地道汉字思维的中国姓名，因为把“Martin Kern”音译为“柯马丁”，这实在是没有任何汉字精神与汉字文化内涵。

较之于宇文所安，史景迁的汉字姓名一眼看上去也是比较谦卑的。问题是，我们不知道宇文所安是否在汉字的字源上了解到“宇文”与“所安”这两组汉字符号的编码与组义，其深层还可以提取一种更为深刻的汉字文化精神。

据上述我们所引《周书・帝纪第一・文帝上》载，“宇文”有“天子”之义，鲜卑人把“宇”与“文”进行编码与组义时，是把这两个汉字书写符号的文化精神整合在一起，从而形成对另外一个“事象”进行意义的出场。因此，“宇文所安”也可以被理解与解释为“天子所安”。“宇文所安”最终在孔子陈述的整体语境下作为“知人之法”，可以被理解与解释为“天子察人而知其所安”或“天子察人而无可隐匿”了。当然，需要说明的是，这个意义一定不是美国汉学家与比较文学研究者 Stephen Owen 为自己所取汉字姓名“宇文所安”的原初构想，我们只是在强调汉字思维及其组义功能时所把玩的一个汉字编码游戏而已。倘若是这样，“宇文所安”这个汉字姓名可是起得有点大了，我们但愿宇文所安也能够了解他的汉字姓名还可以提取这样一层意思，并且在扩展性上有着充分且地道的汉字思维。

我在阅读这套丛书时，可以感受到学科在跨界中所产生的交集性启示，文化语言研究者在当下所讨论的相关问题，对比较文学研究者来说的确很重要，把“汉字思维”及其相关学理性观念带入到比较文学研究领域中来，让汉字文学与外域的异质语言文学在不同的思维观念上所呈现的审美特性更加凸显了出来。可以说这套丛书的“总序”特别重要，其中有一句表达也非常值得中西比较文学研究者与西方汉学家所注意：“汉字作为一种文化，在汉民族独特的文学样式中得到了淋漓尽致的体现。在这里，与其说是汉字记录了汉文学，毋宁说是汉字创造了汉文学的样式。”① 的确，我们阅读的是汉字文学、汉字历史与汉字哲学，在汉字文史哲的历史现象背后沉淀的是受控于汉字书写的思维观念及其文化精神。在这里，我们想设问的是，西方汉学家及比较文学研究者就中国文学、历史与哲学的研究，往往会在某一点或某一专门的领域中，可以钻研得非常深刻且准确，甚至是中国本土学者也无法企及的；但是，在由汉字书写与编码的整体中国文史哲学术传统语境下，他们是否可以全面地持有汉字思维观念，是否能贴着地面全面地行走在汉字思维及其编码的整体文化历史语境中，这无疑是一种挑战。

我们注意到，无论是宇文所安、史景迁还是柯马丁，他们虽然都能够在一定程度上阅读汉字文献，但依然主要是使用音素文字书写他们的关于汉学研究的论文与著作，并且是操用英语在哈佛大学、耶鲁大学与普林斯顿大学讲授中国文学与中国历史的。这是非常有意思的，他们是跨界于两种语言文字思维观念之间的解码者、编码者或转码者。一如我们在上述所设问的那样，他们交集在英汉两种文字书写与编码的文学和历史之间，能否在共同的语境下就共同的信息而接触，又能否使用双方通用或部分通用的代码完成对话且达向理解，这的确是一个问题。

---

① 申小龙. 汉字思维. 济南：山东教育出版社，2014：4.

我们在从事中国经学诠释学与西方诠释学的比较研究时，曾注意到这样一部读本，美国康涅狄格学院历史系汉学家 Sara A. Queen（桂思卓）教授，曾用英文撰写了一部关于董仲舒春秋诠释学研究的专著：“*From Chronicle to Canon: The Hermeneutics of the Spring and Autumn, according to Tung Chung-shu*”（《从编年史到经典：董仲舒的春秋诠释学》），这部书于 1996 年在剑桥大学出版社出版，中国学者朱腾又把这部读本翻译为汉语，2010 年在中国政法大学出版社出版。

Sara A. Queen 作为一位西方汉学家能够在一定的程度上走进汉字思维，对汉字文献进行阅读。但是，Sara A. Queen 对相关董仲舒及其春秋诠释学的汉字文献进行阅读时，她的学术研究观念及思考一定同时融合着汉字思维与英文思维，因为她的母语毕竟是英文。这位西方汉学家再操用音素文字的书写——英文，把自己对董仲舒及其春秋诠释学的思考在编码中书写为一部英文研究著作，这里的编码与书写也是这位西方汉学家操用英文思维把汉字思维及其汉字文献负载的汉字文化精神等元素转码为英文读本，这里的转码与编码其实就是一个名副其实的“去汉字化”过程，因为汉字思维的编码性质被音素文字颠覆了，更不要说其中的汉字文化的元编码性质了。我们再说得透彻一些，这是一个“以英文思维去汉字思维”的过程。然后，中国学者朱腾再把这部由英文书写的研究著作在转码和编码中翻译为汉字读本，这其实又是一个“再汉字化”的过程，即音素文字的编码性质又被汉字思维颠覆了。我们再说得透彻一些，这也是一个“从英文思维到再汉字思维”的过程。罗曼·雅各布逊在讨论语言学与符号学的现象时，其关涉到翻译及编码、解码与转码的问题，这不是没有道理的。问题在于，西方汉学家与比较文学研究者关于中国文史哲研究的读本，在从汉字思维转码与编码为英文思维的过程中，其中一定存在着由两种语言文字思维观念的差异性与融合性而带来的误读、合法性误读、创造性诠释与过度性诠释等；更不要说中国学者在回译中把他们的研究著作再从英文思维的读本转码与编码为汉字思维的读本了。我们在《比较文学概论》中讨论“他者视域与第三种诗学”这个命题时，把这种现象称为“比较诗学研究中的他者、他者视域、视域融合、交集理论、重构、‘to make something new’及第三种诗学的问题”[①]。这也就是我们所说的比较文学研究与汉学研究的第三种文化立场及第三种文化精神的问题。

刘东曾认为西方汉学不是对中国文化的简单复制：“虽然汉学分明是在讨论着中国问题，却仍然属于西学的一个分支，贯注的是西方世界对中国的视角，凝聚了西方学者对于中国的思考，而不是对中国文化的简单复制。”[②] 我想刘东的这一观点是有道理的，并且刘东还认为：“非常宝贵的是，正是由这种思考所产生的异质性，才构成了不同文化间取长补短、发展进步的动力。反过来说，要是所有汉学家对中国文化的观点与认知都变得与中国人如出一辙，我们反而就失去了反观中国问题的参照系。正因此，我一直都在主动追求并组织引进这种知识上的异质性，尽管外国汉学家们也经常以不靠谱的‘乱弹琴’，惹得我勃然大怒或哈哈大笑。”[③] 的确如此，在西方汉学家与比较文学研究者操用拼音语言

① 按：关于他者视域、第三种诗学与第三种文化立场的论述，见杨乃乔主编．比较文学概论．4 版．北京：北京大学出版社，2014：426－445.

② 刘东．汉学不是中国文化的简单复制．人民日报，2014－04－10（副刊 24）．周飞亚采访整理.

③ 刘东：汉学不是中国文化的简单复制．人民日报，2014－04－10（副刊 24）．周飞亚采访整理.

书写的关于汉字文化及其文史哲研究的著作中，经常出现不靠谱的“乱弹琴”，对于中国本土学者来说，无论是大怒或是大笑，怒笑之后也就罢了；如果较真地给西方汉学家与比较文学研究者操用拼音语言书写的关于汉字文化及其文史哲研究的著作找错，那就有点没意思了，再如果较真地给他们的回译为汉字的著作找错，那就很没意思了。不要说从“去汉字化”到“再汉字化”是两种文字在截然不同的思维观念中解码、转码与编码，作为语素文字书写的汉字思维与作为音素文字书写的拼音思维，两者秉有完全不同的思维观念及承载着截然不同的文化精神，双方是不可通约的。其实中国本土的西学研究者跨界研究西方文史哲的相关问题也未尝不是如此。

孙康宜、宇文所安主编的 *Cambridge History of Chinese Literature*，是美国汉学家及比较文学研究者操用音素文字——英文书写与编码的中国文学史，这个明星阵容的书写与编码过程是一个去汉字化的过程，这部中国文学史的英文读本缺少汉字思维的观念是显而易见的。尽管这部英文读本被翻译为汉字编码的《剑桥中国文学史》，客观地讲，汉字在历史的本体上铸就的那部本然的中国文学史及其元编码意义的汉字思维观念还是在回译中被颠覆了，尽管这是一个再汉字化的过程，《剑桥中国文学史》在翻译的汉字书写中不可遏制地流露出拼音文字思维的踪迹。汉字铸就的文明还是需要汉字来书写与编码。在这里，我们不是在否定这部由英汉两种文字编码的中国文学史及其学术价值，我们想说的是，两种文字思维观念交集在一起，这恰恰为第三种学术立场与第三种文化精神提供了敞开的空间，这也正是比较文学研究与汉学研究的姿态。

写到这里，我想提及的是，从“去汉字化”到“再汉字化”，这两组概念对比较文学研究、翻译研究及汉学研究有着丰富且可操用的学理性内涵。这两组概念是我的阅读在学科跨界之后，从丛书中所提取与借用的。① 集结于这套“丛书”的文化语言学研究者曾这样申明自己的学术立场：“文化语言学把语言学看作是一种人学，把汉语言文字看作汉文化存在和建构的基本条件。”② 的确，强调把汉字及其思维观念看作汉文化存在和建构的基本条件，这无疑让西方的汉学家及中西的比较文学研究者都同时谨慎了起来。拼音语言的形态及其拼音书写仅是对声音的记录，使西方语言学更长于语言的符号技术性分析，因为拼音文字没有直接参与意义及其文明的生成，而汉字及其写意与构形作为一种思维观念参与了意义及文化的生成；在这个意义上，我们应该把受西方语言学理论及其技术性分析的汉语研究导向文化语言学研究。文化语言学研究是一方敞开的思想论域，比较文学研究与汉学研究可以在这一论域中获取因交集而产生的增值性思考。

最后我想言说的是，罗曼·雅各布森的《闭幕陈辞：语言学和诗学》是从事比较文学及比较诗学研究者之必读文章，在这里，我愿意援引这篇文章的最后一节以作为自己的闭幕陈词：“本次会议清楚地展示出，语言学家和文学史家都规避诗歌结构问题的时代已经确凿地一去不复返了。事实上，如霍兰德（Hollander）所指出的：‘没有理由把文学从整

---

① 按：关于“去汉字化”与“再汉字化”这两个术语的使用，丛书作者把“五四”以来的新文化运动归结为“去汉字化运动”，对从那个年代以来的汉语研究的西方科学主义立场进行了批评，并且认为在二十世纪八九十年代崛起的文化语言学是“再汉化字”思潮的先声。我在这里是转用文化语言学研究者所使用的这两个术语，给予理论内涵上的丰富与重构，并带入到比较文学研究领域中对其进行学理意义的扩大性使用。

② 申小龙. 汉字思维. 济南：山东教育出版社，2014：6.

体语言学中分离出去。’如果有一些批评家依然质疑语言学家是否有能力涵盖诗学领域，我个人认为，某些视界狭窄的语言学家在诗学方面的能力不足被错认为语言学科学本身的不足。然而，我们在座的诸君，毫无疑问地认识到了，一位语言学家对语言的诗学功能充耳不闻，一位文学研究者对语言学的问题漠不关心，以及对语言学方法毫不熟悉，就等于公然落伍于时代。”①

我想，这也是比较文学与语言学在跨界中所形成的学术伦理。

① 罗曼·雅各布森．闭幕陈辞：语言学和诗学．刘琳娟，译//杨乃乔主编．比较诗学读本（西方卷）．北京：首都师范大学出版社，2014：33.

论欧华文学中欧洲游记散文的文化视野与诗意抒写

暨南大学　蒋述卓

欧洲华文文学发源早，历史久，作家众，成果丰，正如欧华作协创会会长赵淑侠女士所预言，欧洲华文文学如今早已从一棵小树苗发展成绿树成荫繁花满枝了。[①] 在欧华文学这口深井里，需要探寻与研究的东西太多，本文只取一角窥之，以期引起更多研究者的兴趣。

一

欧洲的文化深厚，历史悠久，历史上著名的人物多，故事多，其自然风光往往与历史人物、文化事件联系在一起，欧华作家笔下的欧洲游记散文所言说的空间也就大，往往给读者留下可以回味的余地。欧华作家既有中华文化的背景，又长期居住在欧洲，观察与体验欧洲文化，自然会站在中欧两种文化的比较中去书写欧洲文化，既凸显出欧洲文化的独特性，又呈现出广阔、开放的文化视野。

池元莲正是这样一位充满文化比较意识的欧洲游记散文作家。她为台湾大学外文系毕业生，20世纪60年代初就已到德国学习，后又至美国柏克莱大学深造，获国际政治硕士学位，1969年随丈夫移民丹麦，后长年担任丹麦政府翻译及丹麦外交部的中文教师。由于对欧洲文化极为熟悉，在她的欧洲游记散文里常常会将欧洲国家的神话故事、文化事件、重要人物的逸闻趣事穿插其间，既增加文章的知识性、趣味性，又突出了欧洲不同国家文化的独特性。如她的《象征芬兰的三个“S”》，就通过观察芬兰人的长相与北欧人的不同而去博物馆探究了芬兰人的来源。原来芬兰人的老家本在俄罗斯北部，他们的祖先是在一千年前经波罗的海迁居芬兰的南部海岸而发源的，他们的语言也是从俄国乌拉尔区带来的，故他们把自己的国家叫作Suomi（发音：苏奥米）。这是第一个“S”之谜；第二个S之谜则是芬兰人的性格与精神，芬兰人有坚忍不拔的民族性格，有冒险精神，这便是芬兰人的“思素”（Sisu）精神；而第三个“S”就是芬兰的蒸气浴（Sauna），芬兰人通过近

① 1991年3月16日，欧华作协在巴黎成立，创会会长赵淑侠发表了主旨演讲《一棵小树》，她将新成立的欧华作协比作一棵才种下的小树苗，希望它绿树成荫，繁花满枝。高关中．写在旅居欧洲时——三十位欧华作家的生命历程．台北：独立作家出版社，2014：59.

乎宗教仪式的蒸气浴不仅清理身体的污垢，也清理心理的忧郁尘埃。① 这便是她在游历芬兰时察人体物并追寻其文化渊源的收获。这种游历不同于一般走马观花式的景观游览，而是更着重于文化的观察与探源。所以，在她的欧洲游记散文里，往往是将感性观察上升到理性思考，并表达出她对那个国家民族性格与文化精神的分析。像在《挪威人灵魂有个阴阳符号》一文里，作者直言她印象最不好的是瑞典人，最喜欢的是丹麦人，最欣赏的是挪威人。因为挪威人除诚实外，仿佛在他们的灵魂里有个阴阳符号。阳的那边是酷爱独立自由，崇尚个人主义、热爱冒险；阴的那边是内向、含蓄、心怀忧郁感。挪威人从不喜欢和陌生人打交道，喜欢散居，甚至在加入欧盟时还历经坎坷，开始大多数民众投反对票。但挪威人好动，爱冒险，能在大自然中单独生存，能接受大自然的挑战，经得住大自然的凶猛考验，他们把波涛怒吼的北大西洋当作游戏的地方，冰天雪地的南北极成为他们玩耍的后院，挪威是一个出产冒险家、探险家的国度。但在他们的灵魂深处却有藏着深深的无可解释的忧郁，所以有挪威著名的画家慕思克（Munch）的名作《尖叫》与《忧郁》，真实地传达出挪威人的内心情感。作者在文末则对此做了文化分析，认为挪威人的天生忧郁感是一种返祖现象："他们到大自然中去冒险，和汹涌的波涛、狂风暴雪搏斗，一方面是把他们的个人主义做最崇高的表达；另一方面，他们可以尽情地把内心的忧郁感向大自然尖叫出来，使其和风的呼啸、海的号啕融合成大自然之歌。这样，他们可以摆脱心灵上的忧郁枷锁。"②

自然，在池元莲那里，还会用文化比较的眼光去分析欧洲各国的语言和它们所体现出来的民族性格，有时还会带上中西文化比较的视角去比较中欧文化，表现出一种开阔的文化视野。如《喉咙病与三种女人——欧洲语言与民族特性》，就分析了德语、法语、荷兰语、丹麦语、意大利语、西班牙语、英语等的不同，并揭示了语言与该民族性格的关系。作者当然不是一个呆板的语言学家，她用一种文学的比喻去演说，给读者留下深刻的印象，如丹麦人说话像嘴里含了一个马铃薯，发音常含混不清；荷兰语像漱口，将语言先在喉头咯咯地滚一下才吐出来；意大利语是一位热情活泼的女郎，婀娜多姿；西班牙语是一个卖菜妇，喋喋不休，不高兴还破口大骂，其语虽为市井之语，但却充满活力，快如瀑布之水；英文和华文一样，包容性最大，辞藻之丰富，有如两个深深的海洋。在对欧洲各种语言进行比较之后，作者仍忘不了挺一下华文，说华文的象形文字是世界上最漂亮的文字，每一个字都是一幅写意画，唐诗是世界上最美丽的诗歌。③

在一些欧洲华人艺术家那里，他们在欧洲看建筑、品名画，笔下所写不仅表现出他们独特的艺术观念，又在一种开放的文化视野下传达出他们的文化价值取向。居住在匈牙利的翻译家、旅行家还是演员兼编剧的余泽民，在他的欧洲游记散文里就常常持文化比较眼光与开放视野去品欧洲的建筑。如他的《画乳添乳》一文，就站在中西建筑文化的比较视野来谈中国与欧洲的建筑文化，并对北京时下的建筑乱象进行了深刻的批判。他认为在西方世界里，古典建筑遍地开花是对过去的借尸还魂，因为从古希腊古罗马始，西方建筑对

---

① 池元莲．象征芬兰的三个"S"//北欧缤纷——池元莲散文选．北京：人民文学出版社，2000：71－74.

② 池元莲．挪威人灵魂有个阴阳符号//北欧缤纷——池元莲散文选．北京：人民文学出版社，2000：47.

③ 池元莲．喉咙病与三种女人——欧洲语言与民族特性//北欧缤纷——池元莲散文选．北京：人民文学出版社，2000：83－88.

门窗的尺寸、柱子的装饰、铁艺的造型，甚至壁画的主题都定下了法则，每个城市的每条街巷，都串联成一个风格的整体。他们用新材料新技术建新建筑也不失过去的魂，也是城市的魂。他说："建筑的确有生命力，但是它的生命力依赖于历史、地理、文化和人种为血脉。如果血脉里有魂，作为肌肤的建筑就是活的，否则就是一张死皮。"① 因此，北京城在天安门边上安放安德鲁的设计、在动物园隔壁建起气势宏伟的皇宫式的铸币大厦、在现代高层建筑顶上建起一大片塔楼，那都是很滑稽的事情。能提出这些观点也只有懂得西方建筑文化的精髓，又能从欧洲建筑文化来反观、反思中国当代建筑文化才能做得到的。

同样，在观赏欧洲琳琅满目的艺术品以及博物馆时，两位法国的华人画家熊秉明与林鸣岗也通过散文表达了他们对西方艺术的独到之见，其中包含着他们脚踏中西两种文化所具备的文化眼光，当然也表达了他们个人的文化意识与文化立场。熊秉明的《看蒙娜丽莎看》通过"看"与"被看"的关系分析揭示了蒙娜丽莎微笑的多重意义，又通过分析作者达·芬奇与作品中蒙娜丽莎的关系，揭示了艺术与哲学、图画与世界、艺术家与女性等诸多关系，而在文章最后，作者从艺术辩证法中有限与无限的相对关系出发，阐述了艺术家的创造物所具备的永恒意义："而此刻，我们，立在达芬奇坐着工作了多少晨昏的位置上，我们看蒙娜丽莎的看。在蒙娜丽莎目光的焦点上，她不给我们欣赏者以安适、宁静，她要从我们的眼窍里摄出谛视和好奇，搜出惊惶与不安，掘出存在的信念和抉择的矫勇，诱惑出爱的炽燃和爱之上的追问的大欲求，要把我们有限的存在扯长，变成无穷极的恋者、追求者、奔驰者，像落在太空里的人造星，在星际、在星云之际，永远飞行，而死在尚未触到她的时分，在她的裙裾之前三步的距离里。"② 林鸣岗的《读画与鉴赏》则是从在巴黎时常充当"艺术导游"的角色出发，谈起了读画和鉴赏都离不开历史与文化，"对历史和文化理解越深入，越有独到的见解，艺术作品就会获得更多的内涵"。③ 他在表达了他对西方大师级画家如库因哲、梵·高、毕加索、莫奈等作品的评价之后，也毫不掩饰地表达了他对西方当代艺术的遗憾和怀疑，如一个"画家"在画布上割了一刀就割出了一个"第四空间"，一张黑色帆布配上一个框就成了艺术品，一个"尿盆"往博物馆一放，就成了划时代的"大艺术家"，等等。他以最简洁的语言表达了他的艺术观："好画是'初看平平无奇，细看渐入佳境，再看百回不厌'。臭画是：'初看惊心动魄，细看索然无味，再看扭头就走'。"④ 林鸣岗是一个很有个性的艺术家，他的艺术观与他的作品一样，坚持向传统致敬，坚持着他的好画标准，在他眼里，毕加索是一个优点和缺点一样多的艺术家，"他创造了艺术的新的一页，却也把艺术糟蹋得一干二净。他名气越大，作品反而越差。他被人捧坏了，被商业炒作弄糟了；他自以为是，目空一切，结果留下一大堆涂鸦的作品，粗俗、下作，境界很低"。⑤ 林鸣岗的文章和他的说话一样，"突突突"像机关枪一样发出，往往能击中问题的要害，表达出自己逸尔不群的独到之见。

两位画家的文章自然是纯粹艺术性的品鉴散文，但我将它们列入欧洲游记散文来论

---

① 余泽民．画乳添乳//欧洲的另一种色彩．天津：百花文艺出版社，2008：9.

② 熊秉明．看蒙娜丽莎看//袁勇麟编选．海外华文文学读本·散文卷．广州：暨南大学出版社，2009：225.

③ 林鸣岗．读画与鉴赏//一场花事一场梦．天津：百花文艺出版社，2011：493－495.

④ 林鸣岗．读画与鉴赏//一场花事一场梦．天津：百花文艺出版社，2011：493－495.

⑤ 林鸣岗．读画与鉴赏//一场花事一场梦．天津：百花文艺出版社，2011：493－495.

述，就是认为它们充当了“艺术导游”的角色，在欧洲尤其是在巴黎，不去看卢浮宫，进了卢浮宫不去看蒙娜丽莎，怎么说是游历过法国呢？君不见，如今的卢浮宫内，为了游人的方便，馆内有专门的标志指明去看蒙娜丽莎的路向，而在蒙娜丽莎的画像前，永远都是围得水泄不通的人群，远观者看到的只是一片人头而已。读两位画家写的导游式散文，不是更能帮助我们了解欧洲的文化吗？

欧华作家与其他海外华文作家一样，有着观历各国文化与自然风光的优势，他们可以满世界跑，也经常在欧洲与中国之间来来往往，因此，哪怕是他们回到中国来观赏自然山水，写出的游记也都是天马行空，贯穿着比较意识的。如法国华文作家卢岚的《赴约丹霞山》，竟然是在与西方山岳的比较当中来写丹霞之美的，她下意识地已具备了一种开放的胸怀和比较的视野。她写希腊的奥林匹斯山来衬托丹霞的别致景色：“这座坐落于希腊帕罗奔尼撒半岛以西、高度不足三千米的山，论崇峻雄伟，不及非洲的阿特拉斯山脉；论千山万壑，不及纵贯北美、加拿大和美国的落基山；论巍峨峭拔、峰顶终年积雪，不及阿尔卑斯山。当我来到丹霞的时候，又发现它缺少丹霞的崖壁相连，景涵万象而云烟变化的平远景致。”① 又说：“就笔者走过的名山而言，论崇峻雄伟，以丹霞的六七百千米高度，方圆才二三百平方公里而言，自然比不上三四千米高的阿尔卑斯山，或阿特拉斯山。但丹霞山水的浓缩密集，景罗万象，形状不拘一格的独特景观和特有地貌，是任何名山所不具备的。”②

二

池元莲在其散文集《北欧缤纷》里曾提出过一个词叫“文化休克”③，意即不断在东西两种文化中出出进进，有时会遇到一件在情绪上骤然觉得震惊的事情，竟毫无准备，认为那简直是不可思议的一件事，但它居然发生了。池元莲的《旅行中的“文化休克”》就列举了几个非常典型的例子，并认为“文化休克”是旅行中最宝贵的收获，因为通过它才有了终生难忘的异域文化体验。她写道，一次晚宴上，一个美国人按美国习俗，将碟子里的牛排及配菜都切成小块，然后拿叉子用单手将整道菜吃完了，但反过来他却对欧洲人一边切一边吃的吃法大为不解，批评欧洲人没有耐性，只切一块肉就急着放进嘴里。欧洲人万万没想到，他们所自豪的吃法反而被美国人轻视。她还写道，在意大利人的法庭里，骗子竟然可以大言不惭地说谎，甚至拿天主教的神迹发生来为自己辩护，而法庭里就像上演滑稽闹剧一般。这在其他人看来是绝对不可能发生的。在《社交的红绿灯》里，她还写到中西方社交礼仪的不同，中西在喝酒方面所形成的文化差异足以让西方人感到“文化休克”。④ 照我的理解，所谓“文化休克”实际上是不同的文化发生了碰撞，形成巨大的文化差异，从而促使人们去思考，并领略文化差异带来的情趣和美感。

余泽民写他参加过匈牙利先锋戏剧家哈拉斯·皮特为自己筹办的一场葬礼，你无法想

---

① 卢岚．赴约丹霞山//一场花事一场梦．天津：百化文艺出版社，2011：425－427.

② 卢岚．赴约丹霞山//一场花事一场梦．天津：百化文艺出版社，2011：425－427.

③ 池元莲．旅行中的“文化休克”//北欧缤纷——池元莲散文选．北京：人民文学出版社，2000：177－183.

④ 池元莲．社交的红绿灯//北欧缤纷——池元莲散文选．北京：人民文学出版社，2000：159－164.

象的是，在葬礼上哈拉斯·皮特会在棺材里做搞笑的动作，还有年轻诗人一本正经地在致悼词。这是一场真实的戏剧，是作家创作的最后一个剧本。这很有趣，很先锋，虽不可思议但得到了作者的认同。他去参加了这一葬礼，不仅不觉得滑稽，反而会鼻梁发酸。因为哈拉斯已经是一个病人，几天前刚从临近死亡的绝境中抢救过来，他在举行过自己的葬礼后不到一个月内就病逝于纽约家中了。① 余泽民还写过在布达佩斯举行的“同性恋自豪节”，写过欧洲老夫少妻的浪漫，写过欧洲警察也出租，还写过他初到匈牙利时由于语言不通闹出的笑话，等等。② 这些文化现象虽然一时构不成“文化休克”，但也是因为与作者原有的文化背景形成了差异，被作者视为新鲜奇异之事而被写入书中。这也是在一种文化比较视野中寻找到中西文化的差异而构成的审美情趣。

自然，久居欧洲，欧华作家也逐渐适应并习惯这种文化差异了。正如池元莲写的，她初期无法理解与适应丹麦人的幽默，曾多次责怪丹麦人的幽默满含恶意，最伤别人的感情，等到她经过二十年的亲身经验才理解到：“丹麦幽默的基本原则是阴阳颠倒，什么事情都要从反面来看。”也由此领会到林语堂先生说过的“幽默是一种人生观的观点，是一种应付人生的方法”，正好使用在丹麦的幽默上。③ 正是由于他们这种文化体验的真实抒写，给读者带来了知识的重构、不同文化趣味的熏陶以及从幽默、心理震撼而产生出来的审美享受。

三

欧华作家的欧洲游记散文叙写的多是欧洲城市，而欧洲的城市里有太多的著名建筑、太多的名人、太多的故事、太深厚的文化底蕴。爱上欧洲城市无须太多的理由，就是它们的艺术性、浪漫化，这太适合欧华作家们的诗性抒发了！于是，对欧洲城市的诗性抒写便成为欧华作家大展其文学才华最惬意的绿地了。

他们首选的是写欧洲城市里的名人轶事，而这些事这些人听起来是如此具备浪漫气质和诗意氛围。如卢岚的《水城文波——写在威尼斯》，不仅仅是写威尼斯城的美丽，还通过写来威尼斯旅行过的作家、艺术家们所留下的文化波纹来书写威尼斯城的魅力，因为那里有孟德斯鸠、卢梭、蒙田，有歌德、拜伦、巴尔扎克、夏多布里昂，也留下过缪塞和乔治·桑的风流足迹以及拜伦为爱情创作的把浪漫主义发挥到淋漓尽致的情诗《四夜组曲》。“威尼斯就这样成为英国和世界文学的摇篮，成为浪漫派作家的麦加圣城。”④ 作者将这座水城的景点巧妙地与这些著名的文人及其故事勾连在一起，写出了威尼斯所具备的诗一般的浪漫气质和美学情怀。“这个在水中建立起来的乌托邦城，千百年来在乌托邦中经历它的辉煌与衰落，却没有忘记不断地向世人出售它的乌托邦。小说家、诗人、音乐家、艺术

---

① 余泽民．参加自己的葬礼//欧洲的另一种色彩．天津：百花文艺出版社，2008：91－95.

② 这些事分别见余泽民《欧洲的另一种色彩》一书中的篇章《狂欢彩虹》《诗样的老夫少妻》《欧洲警察也出租》《初抵匈牙利时闹的笑话》，分别在第49页、第16页、第212页、第4页。

③ 池元莲．丹麦幽默//北欧缤纷——池元莲散文选．北京：人民文学出版社，2000：111－113.

④ 卢岚．水城文波——写在威尼斯//袁勇麟编选．海外华文文学读本·散文卷．广州：暨南大学出版社，2009：226－234.

家去到那里，往往第一眼便认定这个城是自己的知音、最爱、密友，向它倾诉自己的痛苦或心事，又从他们的笔下生出无数的乌托邦世界。”浪漫并值得游人向往与追求的艺术圣地，就这样被作者用诗一样的笔调尽情抒写。

同样，余泽民在他的《碎欧洲》一书里，也写了卡夫卡、哈谢克、肖邦、莫扎特、唐·璜、梵·高及其弟弟提奥、雨果、波德莱尔、王尔德、巴尔扎克、济慈、雪莱、毕加索等名人，因为他们给欧洲各地的景点增加了文学艺术的色彩。当然，作家免不了会对他们做出诗性的致敬和艺术的理解。如余泽民写坐落于法国南部普罗旺斯的阿尔小城，就诗意般地描写过梵·高与阿尔城太阳的关系，“阿尔的太阳让梵·高疯了，疯了的梵·高则让世界疯了。”① “想来，梵·高当年到阿尔，是为阳光而来。在他眼里，再伟大的古迹也不过是坟冢，他想发现生命，阳光下的生命，被阳光晒疯了的生命，在心中蛰伏已久的生命力。他画阳光下阿尔的柏树，阿尔的橄榄树，阿尔的麦田，阿尔的葡萄园，阿尔的河流、小桥、房子、庭院和像阳光一样绚烂的阿尔的星空。”②

其次，欧华作家的欧洲游记散文喜欢用充满浪漫色彩的诗意抒写去给欧洲的城市加以整体定位，给读者刻下的是温馨、浪漫、甜蜜、舒适的印象。如池元莲写北欧五国的首都，就拿女性来比喻它们，说“瑞典的‘海上美人’（注：指斯德哥尔摩）是个艳如桃李、冷若冰霜、打扮过分整洁的女士，使人产生不敢接近之感。丹麦的哥本哈根容颜清新悦目，性情随和，是个令人可亲可爱的女人；挪威的奥斯陆是个毫不打扮、举止穿着运动式的自然女子；冰岛的雷克雅未克是一个童心未灭、乐天安命的快乐小女孩”，而芬兰的赫尔辛基呢，城里建筑物新旧混杂，这个“波罗的海的女儿”则是因为“出身贫寒，受尽命运的折磨，饱经风霜。近年来才脱下粗麻衣，改穿最摩登的衣服”③。她的这些比喻形象、直观可感，又留给人可以想象与填充的空间，读后印象深刻。余泽民在写意大利的佛罗伦萨城时，说它是“比罗马更有胸襟、比威尼斯更为富有的自由城池”。他联想到诗人徐志摩曾用“翡冷翠”去译这个城市的名，他觉得“冷”字用得不妥，这大约是出于这位情圣诗人的匠心营造罢了，实际上，在余泽民那里，“这座城市的一切都是暖的：河水的倒影，老屋的墙皮，古巷的亲密，路人的表情，光线的颜色，空气的味道，食品的味道”。④ 作者运用艺术通感的手法将佛罗伦萨给人以温情、舒适、惬意的感受恰如其分地勾勒了出来。

再次，欧华作家还常常以自己的浪漫而富诗意的情怀去观察、体验欧洲各国的城市，去观察欧洲各地的自然风光。余泽民说他第一次到布拉格，就因为在地铁上被一个正在读诗的青年所吸引，他于是就一眼爱上了布拉格。“不知是真实的错觉，还是错觉的真实，在 2001 年布拉格拥挤的地铁里居然遇到一个相貌精致的年轻人读诗集——这纯粹雪莱、拜伦时代的情调给我带来的兴奋与感动，让我至今无力用文字复述。就是这瞬间的浪漫，让我爱上了这座城市。虽然我还没有真正看到，但已感受到了。”⑤ 正是作者有着诗人般

① 余泽民．他在这儿住过//碎欧洲．济南：山东画报出版社，2012：161.

② 余泽民．高卢人的小罗马//碎欧洲．济南：山东画报出版社，2012：166.

③ 池元莲．波罗的海的女儿——尔辛基//北欧缤纷——池元莲散文选．北京：人民文学出版社，2000：79.

④ 余泽民．暖暖的弗洛伦萨//欧洲的另一种色彩．天津：百花文艺出版社，2008：47－48.

⑤ 余泽民．黄金牢//欧洲的另一种色彩．天津：百花文艺出版社，2008：145.

的气质与艺术家的个性，他的感受表达才如此诗情画意。也正因为如此，作者初抵布达佩斯，对一切都充满着好奇与兴奋："只要稍有空闲，我就揣着月票乘车游逛，看奥匈帝国时代的老街，看白种、黑种、棕种的行人，看五颜六色的房子，看别出心裁的广告，看金发碧眼的面孔，看摇头摆尾的狗……乘车，就像搭乘海底世界的游览船，屏息静气地深入沉海，抑着心跳，看生命的斑斓。"① 这种乘车的比喻与乘车的心情无疑也是极富诗性的，它将乘车与观看生命的丰富性联系起来，顿时将游逛的价值提升了，也将游逛浪漫化了。作者的艺术气质还体现在他对咖啡馆、酒吧的描写上，如他写维也纳中央咖啡馆，写布达佩斯的纽约咖啡馆、柏林的狂想咖啡馆，就不仅仅是介绍它们迷人的景致，更多的则是通过它们当中所包含的文人故事的描述，突出它们的人文气息。余泽民笔下的威尼斯，自然风光自然是最美的，是"另一种情调的'小桥、流水、人家'"。但在他的心中，流淌着的是托马斯·曼《威尼斯之死》的旋律，所以"每次来这儿，无论周围的氛围如何轻快，我总能从空气里嗅到某种潮湿、某种凝重、某种阴郁、某种忧伤"。作者将他的这种心理反应比喻成"是一个膜拜美的人对近在咫尺却无法靠近的美所感到的惶然不知所措的紧张与绝望"②。这都是带有浓烈文人情怀的观赏，传达的是一种对美的渴求和诗性的感受。同样，捷克的老木对希腊爱琴海的描写也是充满诗性的，他见到那儿的海"一排排柔和的海浪像爱人之间用温柔的肢体语言倾诉一样，轻轻地抚摸着浅黄色的沙滩，一声又一声、一遍又一遍不停地轻声而欢快地吟唱着……"；"傍晚的爱琴海，是浪漫的天堂。长椅在夕阳下的剪影有了情侣就欢跃活泼起来。水汽蒙蒙的绿色海面，湛蓝的天，舒适的海风，彩色的云霞，暖暖的夕阳……爱琴海真的被爱浸泡了起来"。③ 爱琴海的柔和、浪漫而充满诗意，在一个硬汉的笔下出现本身就是一件浪漫与诗性过头的事情。

---

① 余泽民．乘车癖//欧洲的另一种色彩．天津：百花文艺出版社，2008：138.

② 余泽民．威尼斯之死//碎欧洲．济南：山东画报出版社，2012：229－230.

③ 老木．爱琴海的遗迹//石子路．布拉格：捷克华文作家协会出版，2015：253－259.

走向跨地域的“中国现代诗学”

——海外华人批评家的启示

深圳大学　李凤亮

新世纪以来，有关海外华人学者批评理论的考察日渐成为跨学科研究的一个重要命题。这一涉及20世纪中国文学、文学理论、比较文学、海外汉学、华侨华人研究诸领域的崭新论题，随着海内外学术交流的频密，其学理意义与实践价值得到不同科际学者的关注和思考。在“批评理论”研究不断受到重视的语境下，海外华人批评家的跨国批评实践，提供了一个考察当代西方批评理论、20世纪中国文学研究崭新而特别的视角，其对中国当代批评建设的借鉴意义格外突出。海外华人学者批评理论研究所引发的诸多问题，如全球化时代的“学术流散”倾向、中西文化交流中的“话语权力”关系、20世纪中国文学批评“现代性”的复杂面貌等等，正日益重要地凸显在文学理论及比较诗学研究的视域中。一种跨地域的“中国现代诗学”，正向我们走来。

一、中国现代文学研究中的“他者”

海外华人批评家进入中国大陆学者视野，最早是在20世纪80年代国门再开后的中外学术交流。1983年，应钱锺书先生的联络，美国的中国现代文学研究奠基者夏志清教授回大陆访问，掀开了海内外中国现代文学研究交流新的一页。接着，海外中国现代文学研究界领军人物的论文陆续见诸国内学术刊物。较早进入大陆的中国现代文学研究界视野的是李欧梵。[①] 1985年，《中国现代文学研究丛刊》第3期发表了李欧梵、邓卓的《论中国现代小说（摘要）》，李的另一篇论文《世界文学的两个见证：南美和东欧文学对中国现代文学的启发》[②] 发表后在大陆中国文学和外国文学研究界产生了不小的反响，并被广为征引。颇有意味的是，1986年，李欧梵两次在大陆发表介绍美国的中国现代文学研究情况的文字[③]：一次是与李陀、高行健、阿城三人在天津《文学自由谈》编辑部的座谈，另一次

---

① 1983年及其后几年大陆译刊的夏志清论文，主要是在中国古典小说领域，如：论《水浒》．阜阳师范学院学报（社科版），1985（4）；论《儒林外史》．阜阳师范学院学报（社科版），1986（3）．二文由郭兆康、单坤琴译自夏志清《中国古典小说导论》英文版第三、五章。

② 李欧梵．世界文学的两个见证：南美和东欧文学对中国现代文学的启发．外国文学研究，1985（4）．

③ 李欧梵．文学：海外与中国．文学自由谈，1986（6）；美国研究中国现代文学的现状与方法．河南大学学报（哲社版），1986（5）．

则是在家乡河南大学的讲演。这两篇文章无疑透露出这样一种信息：随着国门的打开，海内外中国现代文学研究界的交流、互动及影响正在不可避免地加强。

事实也正如此。20世纪80年代末以来，海内外中国现代文学研究界的交流呈现出一种“加速”趋势，海内外学术研究的“整合”也出现了一些成果。如果说1987年开始推出的“海外学人丛书”尚是海外人文社科学术成果的全面展示的话，那么20世纪90年代中期以来对海外华人批评家群体的关注则显得更为集中：1997年王晓明主编的《二十世纪中国文学史论》《批评空间的开创》就收录了多篇海外华人学者的批评文章，显示出将海外批评家群体融入“20世纪中国文学”研究界的努力；1999年上海三联书店推出“海外学术系列”，包括刘禾、郑树森、张错、杨小滨等人的论著；2001年许子东、许纪霖主编的“边缘批评文丛”由上海文艺出版社出版，收录了赵毅衡、黄子平、唐小兵等人的著作；2002—2003年复旦大学出版社出版的“十讲”书系收录了李欧梵的《中国现代文学与现代性十讲》和王德威的《现代中国小说十讲》；2006年上海书店出版社推出的“海上风系列”收录了刘绍铭、李欧梵、王德威、张旭东等人的学术随笔集，南京大学出版社出版的“海外华人学者论丛”收录了张英进、刘康、王斑等人的近著；季进、王尧主编的“海外中国现代文学译丛”2008年起由上海三联书店陆续出版。近年来，海外华人学者批评理论的出版渐成中国内地学术出版的一个热门选题。

伴随着海外学术成果的译介，对海外华人批评家的研究也渐成热潮。2004年的《当代作家评论》“批评家论坛”连续刊出李欧梵、王德威、许子东等海外批评家的研究专辑，有关海外华人学者批评理论研究的专题论、个案论陆续成为国内硕士研究生甚至博士研究生学位论文的选题，显示出国内学界对此一研究领域的不断重视。译介与研究伴随着争议。海外华人学者中的一些代表人物，像夏志清、李欧梵、王德威、刘禾等，其著作和观点都曾受到大陆学界不同程度的讨论甚至批评，而由此形成的“批评—反批评”现象也成为近年来现代文学研究界的热点之一。

毋庸置疑，海外华人批评家之进入中国大陆学界，最早是以一种带有异质性的“他者”身份。无论是夏志清《中国现代小说史》对沈从文、张爱玲、张天翼等人的褒掖，李欧梵《铁屋中的呐喊》对鲁迅思想的重新思考，《上海摩登》对上海“孤岛”时期文化性质的判定，还是王德威那一声“没有晚清，何来五四”的断语，周蕾《妇女与中国现代性》颠覆成规与权威的论述策略，抑或史书美“华语语系文学”（Sinophone Literature）论述对“现代中文文学”的挑战，都在刺激着大陆学术界早已麻木的思维和神经。这种挑战性的声音，并不限于上述从中国台港走进西方的华人学者。即便是20世纪80年代国门再开后负笈欧美的中国大陆年轻学人，也不时传回迥异于国内主流的思想和观点，像刘禾对“国民性神话”的批判、唐小兵对“十七年文学”的再解读、王斑对“创伤记忆”的思考、张旭东对“后社会主义”走向的判断、刘剑梅对“革命”与“情爱”关系的叙述、许子东对“文革小说”叙事模式的整理、陈建华对“革命”概念的溯源及“通俗文学”的追问，以及张英进、鲁晓鹏、张真等人对“华语电影”概念不同角度的切入，等等，都曾在大陆学界激起一阵阵的波澜。

从中国港台或大陆“流散”至“他方”的华人学者，因其对产生于文化母体的中国现代文学的关注，先后扮演起“学术反哺者”的角色。不仅仅由于学术规训的差异，更因为言说位置的区别，海外华人学者的言论从总体上开启了中国现代文学研究的“另一种声音”。这样说，并非暗指海外华人学界铁板一面、意识统一；恰恰相反，海外华人学术圈的内部争议十分明显，甚至时而激烈，而这些争议往往关联着发言者的身份、学科、年龄甚至场合。但不可讳言的是，作为“整体”的“海外华人批评家”，在中国当代文学批评的发展进程中切实起到了“他者”的作用。这一批评理论刺激了大陆学界陈陈相因的学术话语，呈现了别样的观念与方法，彼此构成了较为热烈的互动（不管是以赞同还是争论的方式）。打破统一性之后的大陆现代文学研究界，再也无法忽视大洋彼岸这真实的“另一元”了。

二、多元比较的“中国现代诗学”

作为“彼岸性”存在的海外华人批评家，不只相对于大陆现代文学研究界、批评界充满了“比较”意识，而且就其自身的形成和现状来讲，也呈现出斑驳鲜明的“比较性”特质。这种特质，使得海外华人批评家内部呈现出缤纷多元的研究走向，同时也给大陆的现代文学研究不断带来新的气息。海外华人批评家的这一比较气质似乎是与生俱来的——不仅是因为地理空间上与中国大陆的延异，更指向一种学术话语空间上的差别。

海外中国现代文学研究界的比较意识首先植根于它的学科属性和批评家的身份背景。海外华人批评家，不论是来自中国大陆还是中国台湾，均以外语出身的居多，出国后多攻读比较文学学位，或从事东亚区域的历史和文化研究。他们取得学位后，又多以从事中国现代文学研究为职业，其切入比较文学研究的入口，大体也是中国现代文学与文化。这一点，在作为海外中国现代文学研究重镇的北美表现得特别明显。事实上，经过数十年的发展，比较文学在美国已发展成为一个偏重理论的“精英学科”，比较文学研究成了西方各种文学理论的操练场。在这一学术语境中从事比较文学与中国现代文学研究的海外华人学者，无疑也濡染了这样的批评气质。中国比较文学学会旅美分会的成员，大多是从事现代文学研究的比较文学学者，似乎也从一个角度证明了海外中国现代文学研究比较意识的由来。

其次，海外华人学者的比较意识，还植根于一种问题意识。“什么是理论？就是‘问题意识’。”哥伦比亚大学刘禾教授的这句话，把海外比较文学研究者偏爱理论的本质说得再明白不过。在她看来，所谓“理论”，就是“提出别人没有提过的问题，它不是炫耀名词概念，更不是攀附知识权贵”。[①] 经受比较文学理论训练的海外华人学者，也将这一“问题意识”贯穿于中国现代文学的研究中，刘禾本人即是这方面的典型学术个案——她对“国民性神话”的质疑，研讨路径是对语词译介及流变过程中增值或耗损意义的分析，归根结底，还是源于刘禾写作中无处不在的现代思想史旨趣。王斑的《历史的崇高形象——二十世纪中国的美学与政治》一著的方法和立论似乎也可佐证海外学人的“问题意识”。该书历史跨度大，从晚清改革到共和国时代的建立，再到新中国政权和“文革”始末。作者选择20世纪中国美学和文化活动中一系列重要的人物和事件，透视其间潜存的历史意义，以“崇高”为关键词，讨论美学思潮、政治运动和文化传统之间相互作用的关系。这一探讨反映出作者强烈的主体意识，即给历史另外一种系统阐释的可能性。用王斑

① 刘禾，李凤亮．穿越：语言·时空·学科——刘禾教授访谈录．天涯，2009（3）．

自己的话说，就是“观念姿态比较强”，而观念“主要是从当代历史中产生的，像世界主义、民族主义等问题，并不是因为观念本身重要，而是因为它们在当下这种环境下很重要。所以我往往有一种先入为主的观念，对观念非常感兴趣，然后回到历史中去”。带着“问题”先入为主，虽有“主题先行”的嫌疑，却为海外中国现代文学研究开拓了一片风景独好的天地。

再次，海外华人批评家的比较意识，还受到其所在学术语境的影响。以较典型的美国学界为例，其中国现代文学研究经历了一个从无到有的奠定过程，作为美国庞大学科体系中的“小众”，中国现代文学的学科化目前还不能说彻底完成——既没有一部真正成体系的《二十世纪中国文学史》，也没有一套完整的英文版《鲁迅全集》，有的只是零星的研究、选择性的译介。海外中国现代文学研究的这种“边缘性”，必然要求从事这一研究的华人学者进行研究策略上的选择和调整——他们要么继续以英文写作，用欧美的文学尺度丈量中国现代文学的高度，或以欧美作家作品为比较对象，以获得主流学术界的阅读兴趣和学术认可（如夏志清的《中国现代小说史》，就多以欧美作家作品为比较对象）；要么换以中文写作，在汉语世界求取更广泛的知音之声（赞许甚或是质疑）。海外中国现代文学研究的这一处境，还导致了另一种学术倾向，即在研究方法上，流散、后殖民、身份意识等成为一种基调，这既契合了海外中国现代文学研究本身的处境，也暗含了海外华人批评家一种巧妙的学术策略——以边缘谋取中心，这也正是当前美国人文知识界的学术游戏规则之一。海外关于“华语语系文学”的探讨，正是这一规则践行的一个例证。

在分析了海外华人批评家比较意识的成因之后，我们不妨更进一步，探讨一下其比较实践的具体形态和特质。应该说，海外华人学者从事文学比较的学术空间十分开阔，其中，既有中国现代文学的西学阐释（周蕾）、中国经验世界意义的揭示（张旭东），又有跨国（境）文学批评的实践（张错）、跨语际交流的考察（刘禾）、跨国文学概念的尝试（如“跨国华语电影”“华语语系文学”），还包含了对中外文化交流使者的个案分析（赵毅衡）等。跨科际、跨媒介、跨语言的比较与整合，日益成为海外华人学者批评理论的重要特征。

伴随着科际整合和媒介跨越，海外中国现代文学研究的边界大大扩容。如果说早期的中国现代文学研究还较多地坚守着文学这一阵地，那么20世纪90年代以来，在文化研究等潮流的裹挟下，海外华人批评家不断将研究的触角旁及文学之外的其他领域，开展跨学科研究。视觉文化首先进入海外学人的研究视野，华语电影研究的盛行，适应了海外华人学者从事中国文学教学及顺应文化研究潮流的双重需要。除此之外，早期美术、海报、月历、刊物、中国当代艺术、电视等一批视觉文本成为海外学者观照的对象，媒介研究成为跨文本分析不可缺少的一部分，海外有关Sinophone的研究，就是这种科际和多媒介整合的产物。在此情形下，坚守文学文本分析的学者，往往会秉持某种特别的认识或定性，如王德威就认为，海外华人批评家的跨界研究，跟中国现代文学研究在美国历史较短、尚未定型有关，虽然视觉文化研究是大势所趋，但每一行仍应有其特别的风格。除了视觉研究，历史、思想、城市、社会、人类学等多个学科和领域进入海外华人批评家的比较视野，使中国现代文学研究呈现出更加斑驳的面貌，大有从比较文学转到比较文化研究之势。海外中国现代文学研究的这一转向，仍应溯源至相关的学科设置。在美国大学中，中国现代文学研究隶属于开展区域研究的东亚系的“中国研究”项目。一般来说，“中国研究”涵盖人文社会科学的多个领域，如哲学、宗教、历史、政治、文化、文学、艺术等，中国现代文学研究仅是其中极小的一个分支，教师往往不仅要讲授中国现代文学课程，更需讲授先秦以来的整个中国文学史，有时还需兼任中国历史、文化方面的其他课程。作为“小众”的中国现代文学研究，必须考虑为自身的存在寻求更广阔的学术空间，于是，向视觉文化、思想史、城市研究、性别研究等方向兼顾或转移，便成为不可避免的一种学术抉择。美国唯一的《中国现代文学》杂志更名为《中国现代文学与文化》，不妨看作这一研究领域在美国学科设置中所处情境的一个缩影。

三、海内外中国现代文学研究的“整体观”

至此，我们似乎能够讨论海内外中国现代文学研究的一种“整体观”了。

这里所讲的“整体观”，主要还不是针对作为对象的“20世纪中国文学”的打通，而是指向作为主体的海内外“中国现代文学研究者”，强调的是通过海内外学人的互动，更新传统的中国文学“研究观”，尝试以跨国意识、比较视野构建中国现代文学研究的新气局。

事实上，自20世纪80年代中期北京、上海学者分别提出“20世纪中国文学”（黄子平、陈平原、钱理群）、“中国新文学整体观”（陈思和）以来，打通20世纪中国文学研究已渐成学术界的一种共识，由此还形成了几次“重写文学史”的浪潮。不用讳言的是，大陆学界“重写文学史”的呼吁，本身也是海内外学界互动的结果。正是有了近三十年的“请进来”“走出去”，大陆现代文学研究中的一元化意识才得以逐步消解，一系列基于“现代”意识的广义“中国现代文学”概念才得以真正诞生。

在海外华人学者那里，这种“20世纪中国文学整体观”似乎走得更远。在学科意识明确的王德威笔下，这种整体观体现得尤为显著。王德威的“中文小说”研究大体上呈现出这样三个特征：一是空间上跨越现有的政治地理疆界，涉及中国大陆、中国台湾、中国香港及海外；二是时间上打破大陆学界关于现当代的分立，甚至将视野引入“晚清”这一重要领域；三是在写作思维上超越文学、历史、政治、思想、想象的交叉领域，体现明显的跨科际特点。当被笔者问及是否有意识地追求这种中文小说研究的“整体观”时，王德威这样回答：

> 对于打破时间和地理疆界这么一个做法，我的确是有意而为的，而且一开始就觉得我应该利用在海外的优势。这种优势在台湾也做不到……我不敢说我做了多少，但是我确实是有意识地在做，我也期望我在海外的其他同事，能够利用我们的优势——就是在海外比较远离国内政治语境的优势——来做一些真正交流和沟通的工作。

经“整体观照”后的海外中国现代文学研究，确实呈现出一种阔大的学术气象。仍以前阶段海外讨论热烈的“华语语系文学”为例，虽然海外学人对这一概念的理解依然存在较大差异（如史书美倾向于以此指称“中国大陆以外的华语文学”），但较主流的看法，仍是包含全球的华文写作。这种“打破中文小说研究的划地自限”（王德威语）的做法，展示出研究思维上的拓进与务实。值得注意的是，这种广义的“华语语系文学”，其研究旨归、价值立场和理论方法，同中国大陆的“世界华文文学”研究仍有较大的分野，但二者的对话空间显然已被强烈放大。

海外华人学者的“20世纪中国文学整体观”，对于启发我们打通海内外研究界的努力不无裨益。虽然因种种原因，无论在海外中国现代文学研究界内部还是海内外的学术交流中，仍然存在着“学术政治的凸显”和“理论方法的碰撞”，海外的“去意识形态化”学术写作也不免还有“另一种偏见”，但彼此的交流仍有极大意义：唯有交流，才能祛除误解，减少偏见；唯有交流，才能在“双重彼岸与多元思考”中构建起一种大的中国现代文学研究意识，实现海内外的互动与双赢。

交流并非要谋求所谓的“一体化”，也并不排除差异的继续存在。实际上，正是有了观念、立场、视角和方法上的差异，才可能造就对话和互动的学术空间。一切有价值的交流，都应是在尊重差异的前提下发生的。同时，交流也应该是双向的，不应再像过去30年间那样，以大陆学界对境外的“单向接受”为主。事实上，随着海外研究资源的不断开放，海内外的学术落差正日益缩小，海外华人批评家们业已感到：海外中国现代文学研究界过去拥有的学术资料和理论方法的两重优势，已不复存在，甚至发生了逆转；海外的宽松学术环境，也因华人学者需通过不断重回“中国现代文学”的发生地获得“现场感”而弱化。一个显见的事实是，海外学人正日渐感受到因传统学术优势丧失而带来的心理落差，频频回国兼职或短期工作，这成了满足其多方面学术和心理需求的一个重要途径。近年来，除少数台湾背景的学者外，海外中国现代文学研究界的多数学者均以不同的方式回到大陆开展学术交流，很好地说明了这一点。

海内外中国现代文学研究的“整体观”，为我们带来了一系列新的学术话题。比如，可否尝试邀集不同国别的华人学者，运用新的体例或思路，以不同语言编印全新的《中国现代文学史》或《二十世纪中国文学史》？再如，在学术日益全球化的今天，能否对海内外中国现代文学研究的“影响”模式进行归结，从中寻求合作交流的新路径？又如，在尊重差异的前提下，能否借助于会议、项目、出版、互访等方面的学术合作，逐步推进跨地域的“中国现代诗学”的形成？

上述构想似乎并非不可能。一个显见的事实是，海外学人将跨文化、跨学科、跨媒介、跨语际的研究观念投射到国内，很大程度上打破了过去中国文学研究的封闭单一视角，在某种意义上已经改变了20世纪中国文学研究的总体格局。今天海内外中国现代文学研究界的各自成就，严格意义上讲都曾得益于“彼岸”的存在。虽然学术背景、出场语境、问题意识、研究方法等仍存在着差异，但在以对话与交流为主调的当代，打破观念性、时间性、空间性的自我设限，寻求跨地域、跨科际的学术整合，早已成为一种必须而且可行的研究路向。我们并不奢望中国现代文学研究“大同世界”的到来，却有理由相信，跨地域的“中国现代诗学”正以一种顽强的生命力弥散于不同语言和国家的华人学者之中。

作为世界文学的中国文学

——以当代文学的英译与传播为例

苏州大学　季　进

进入21世纪以来，随着中国经济的崛起，西方对中国的兴趣从单一的政治与经济领域开始转向文学与文化领域。与此同时，中国政府实施文化输出战略，通过各种方式在世界上不断形塑自己的文化形象，中外文学与文化交流日益频繁。当代文学在国外的影响与地位有所改善，越来越紧密地成为"世界文学"的重要组成部分。无论当代文学是否"走向世界"，"世界"都已成为当代文学的深刻背景。在此意义上，考察当代文学的英译与传播，将有助于我们重新思考作为世界文学的中国文学的特质与意义，反思当代文学走向世界的问题与挑战。

一

1949年以来，当代文学的英译与传播大概呈现出三个方面的转变。一是从政治性向审美性的转变。20世纪80年代以前，英语世界对当代文学的翻译与传播，不少从属于"地区研究"或"中国研究"，更多着眼政治意识形态的意涵，往往将当代文学作为了解中国社会、中国政治的社会学文献来阅读，一直到新时期文学的一些翻译（如收入《伤痕》《班主任》等作品的小说集 *The Wounded*、林培瑞编译的王蒙作品选集 *The Butterfly and Other Stories* 等），这种政治性的取向依然明显。这种现象在80年代发生了很大的转变，当代文学作品开始得到比较全面的译介，不再局限于作品的意识形态意涵，而更多地从文学的与审美的层面选择与译介，当代文学的知名作家与代表作品得到较为全面的关注。比如张洁的《沉重的翅膀》、王安忆的"三恋"（《小城之恋》《荒山之恋》和《锦绣谷之恋》）、张贤亮的《男人的一半是女人》、刘索拉的《蓝天绿海》、郑万隆的《异乡异闻》、阿城的《三王》、莫言的《天堂蒜薹之歌》、苏童的《妻妾成群》、李锐的《银城》等等都有较为及时的译介。当然，不可否认的是，一直到现在，出于商业利益或猎奇心态，一些有争议的作品，总是最容易得到西方出版社的青睐，比如卫慧的《上海宝贝》、阎连科的《丁庄梦》《为人民服务》、陈冠中的《盛世》等等。二是从边缘向热点转移。长期以来，当代文学的翻译在英语世界绝对属于边缘，只局限于很小的学术圈子，而八十年代中期以后，这种状况开始得到一定的改观。尤其是最近十多年来，随着中国影响力的增加以及文学交流的频繁，当代文学越来越成为热议的话题。《长恨歌》《兄弟》《受活》《河岸》《生死疲劳》等重量级作品纷纷被译介，当代文学英译的“量”和“质”，都有显著的提高。《纽约时报》《华盛顿邮报》《芝加哥论坛报》《纽约客》等重要报刊也时见关于莫言、苏童、余华、王安忆、阎连科、毕飞宇等人的评论。《纽约时报》2008年5月4日书评版曾罕见地以整版篇幅，发表了一组关于中国当代小说的评论，包括了对《长恨歌》《生死疲劳》《狼图腾》《为人民服务》英译本的评论，甚至开始发表余华等人的专栏文章。这是西方主流媒体少有的对中国当代文学的集束性关注。但是，毋庸讳言，由于语言文化的障碍，当代文学在西方的地位，相比起当代文学的实际成就而言，依然不成比例。三是从单一性向多元性的转变。原来英语世界对当代文学译介，只是作为中国研究的附庸，非常单薄，而中国官方主导的《中国文学》和“熊猫丛书”，又由于翻译质量等原因，几乎没有产生真正的影响，流落为无效的翻译。现在的当代文学翻译与传播，则呈现出多元的格局，从经典的纯文学，到商业化操作的流行文学，各种流派、各种风格、各种层次的作品都有译介。当代文学翻译成为展现中国现实、透视中国文化的载体，承载了多向度的复杂意涵。

从三方面的转变可以看出，西方对中国的兴趣从原来的政治与经济领域开始转向文学与文化领域，中国文学的确开始走出被冷落、被边缘的困境，显示出不一样的文学特质，成为世界文学不容忽略的组成部分。特别是近年来，当代作家或诗人常常获得各类国际性文学大奖，今年上半年，继苏童、王安忆之后，阎连科曾入围英语文学最高奖之一“曼布克国际文学奖”的决审名单。这些总让国内媒体欢呼不已，以为当代文学终于走向了世界，成为世界关注的中心。莫言荣获诺奖，更让这种情绪化的表达甚嚣尘上。可是，冷静观察一下，不难发现这些热闹的背后，其实还是存在不少问题，甚至是根本性的问题。已经有论者从不同角度对中国文学走出去的问题与障碍作了解析①，我想提出三方面的观察。

首先是文学交流的不平等性，西方对中国文学的关注与熟悉程度，与我们对西方文学的关注相距甚远。西方出版社每年翻译、出版的中国当代文学作品，远远无法和我们每年引进、出版的西方文学作品相比。我们从中看到的是历经世代累积所造成的中西经济、政治、文化实力的悬殊差距。中国当代文学身处世界文学的边缘，长期以来一直“面对维持这个世界的不平等结构的法规和力量，并敏锐地意识到了为了延续自己的写作生命，他们必须在各自的中心获得认可，他们也必须对国际文学的最新审美发明保持高度敏感”②。可是，西方文学一直有着某种西方中心论的集体无意识，对中国文学始终不冷不热，少有主动了解、热切拥抱的冲动。也许，现实世界的文化流是永远的“不平等流”？这种不平等、不相称，某种程度上，也透露出西方读者长期以来的偏见。很多时候中国文学成为被想象的“另类”之一。在“东方主义”式的凝视中，中国文学不可避免地被想象、被审视、被阅读，甚至被认为是与西方决然不同的存在。东方主义是“从一个毫无批评意识的本质主义立场出发来处理多元、动态而复杂的人类现实的；这既暗示着存在一个经久不变的东方本质，也暗示着存在一个尽管与其相对立但却同样经久不变的西方实质，后者从远处，并且可以说，从高处观察着东方。这一位置上的错误掩盖了历史变化”③，可惜，普

---

① 高方，许钧．现状、问题与建议——关于中国文学走出去的思考．中国翻译，2010（6）．

② 帕斯卡尔·卡萨诺瓦．文学、民族与政治//大卫·达姆罗什，等．新方向：比较文学与世界文学读本．北京：北京大学出版社，2010：225.

③ 萨义德．东方学．王宇根，译．北京：生活·读书·新知三联书店，1999：428－429.

通的西方读者未必听得进萨义德的真知灼见，当代文学的丰富性总是有意无意地被那种高高在上的本质化的凝视所忽视。

其次，虽然当代文学开始产生一定的国际影响，但在英语世界基本上还是属于边缘化、小众化的文学，很难成为大众畅销读物。当代文学的阅读可能欧洲比美国要好一些、诗歌比小说要好一些。比如王德威与哥伦比亚大学出版社合作，主编出版了一套中国文学翻译系列，包括了《私人生活》《我爱美元》《马桥词典》《一九三七年的爱情》《长恨歌》等拥有一定影响力的当代文学作品，译作也是出自名家高手，但是总体而言销量仍极为有限，更多的是进入大学图书馆作为专业研究者的阅读材料。这与英美读者阅读的趣味是直接相关的，法文、德文、日文的作品翻译到英语世界，同样也很难成为大众畅销读物。所幸出版者未必只看重眼下的市场收益，而更多地看重其文学与文化交流的意义。我们还是得经过这样慢慢地积累，不要急功近利，才可能逐步帮助西方读者认识中国文学。这些译本的文学史意义随着时间的流逝，才会逐渐彰显出来。当代文学的译本，往来于中西文化之间，将当代文学的文化元素和个性特色，中国文学的本土性与独特性，一步步转化到另一种话语体系之中，对西方读者不断产生持续的文化冲击。我们常常说“跨文化之桥”，这些译作其实就是搭建了中外文学交流的桥梁，如果没有这个桥梁，中国文学要被西方所认识、所接纳，那真是不可想象的。西方读者在何种层面上接受了中国当代文学、接受了哪些当代文学作品，这不是一个可以简单量化分析的问题。我们对现在媒体所宣传的当代文学在国外的热闹，还是应该保持冷静审慎的态度。

再次是中国文学本身的巨大变化，有时已经超出了西方读者的预期，超出了他们的理解与想象的范围。中国当代文学所展现的独特的认识与情感，以及它立足于中国的历史、社会现实所发生的变化，这本身是一种非常可贵的特质，也是中国文学作为世界文学一部分的独特定位。对于当代作家来讲，完全没有必要为了迎合国外的某种趣味而刻意改变自己，如果我们放弃自己的个性、成为西方所熟悉所想象的中国文学，那又会被西方无情抛弃。法国学者卡萨诺瓦早就指出，地处边缘的文学与作家，往往不得不采取各种方式，寻求进入西方世界的许可，可是，并不存在所谓的统一的纯粹的世界文学。[①] 每一种文学都有独特的历史、政治和文化，如果中国文学长期坚守自己的独特风格和价值立场，也许某一天终将为更多的西方读者所认可。

二

中国文学之所以在海外影响力不尽如人意，最大的原因还是语言文化的天然隔阂。中西文学不同的文化传统、语言形式和叙事方式，决定了中西文学之间巨大的鸿沟。我们看来十分优美动人的篇章，也许在外国读者眼中就会变成连篇累牍、不知所云的“天书”。译者也许可以费尽心思越过语言的关卡，但却不一定能跨过文化的鸿沟。西方国家有着发达而自足的文学传统，有着自己的阅读趣味与评判标准，再加上一些复杂的现实原因，导

① 帕斯卡尔·卡萨诺瓦．文学、民族与政治//大卫·达姆罗什，等．新方向：比较文学与世界文学读本．北京：北京大学出版社，2010：224.

致国外读者对外来的文学总是有一定的排斥。中国当代文学本身发展得也不充分，在整体思想深度和艺术价值上确实难以与西方抗衡。加上西方读者长期以来对中国的固有偏见，对当下中国人的真实经验与审美表达不可避免地带着东方主义式的凝视。因此，如何真正有效地让当代文学走向世界，被西方读者所接受，必然是一项艰巨的使命。虽然文学文化的交流途径并不仅限于一种，但文本的翻译无疑是最为重要的一种途径。

如果是为了更广泛地获取海外读者的认同，由以外语为母语的译者来完成翻译工作可能更为合适。这并不是怀疑国内众多翻译家的素养和能力，毕竟文学作品的翻译绝不仅仅是两种语言符码间的精准转换，更何况植根于不同文化背景的语言间本身就不可能有绝对的意义对等。钱锺书谈翻译的最高境界是进入“化境”①，就是强调在深刻理解原文的基础上，将原来作品的情感意旨、文化意涵自然而然地与新的语言文化融合在一起，两者缺一不可。显然，这是一个相当高的境界，绝非一般的译作所能企达。比如葛浩文（Howard Goldblatt）的母语是英语，他比我们更了解鲜活泼辣的、“活着的”本土英语，而且也比我们更清楚英语国家的文学传统欣赏什么、排斥什么。他可以挑选最符合英语读者理解习惯的词汇与表达方式，也能依据读者的需要调整小说内容。事实上，葛浩文对莫言的小说也确实有所删改，也许有批评者认为作为翻译者的葛浩文不够“忠实”，但他让中国文学披上了英美当代文学的外衣，这恐怕是葛浩文译本受到认可的重要原因之一，也是国内的译者很难与之比肩的巨大优势。

我们不妨以阎连科《受活》的英译本为例略作说明。《受活》以一种夸张、滑稽的语言，讲述了一个荒诞、悲哀的故事，以想象、虚构的手法，写出了一个匪夷所思、震撼人心的历史，直指中国现实非理性的内核，是一部有着深刻隐喻的政治寓言小说。2012年，英国蓝登书屋出版了罗鹏（Carlos Rojas）的英译本 *Lenin's Kisses*（列宁之吻）。著名作家哈金认为译作“抓住了原著的活力，幽默、稳重、独具一格，但并不僭越”②。“受活”是豫西耙楼山脉一些地区使用的方言词汇，大概的意思是享乐、享受、快活，也暗含有苦中之乐之意。如果音译为 Shou Huo 显然无法表达其意义，所以译者结合小说情节译成“列宁之吻”，相当贴切地传达了原作对柳鹰雀荒诞行为的讽刺，以及原作对革命乌托邦的解构。在具体的文本翻译中，译者灵活运用了“异化”与“归化”的翻译策略，一方面遵循逐字翻译原则，不随意漏译任何一个意象，即便是一些非常中国化的表达，译者也将其逐字翻译出来，显示出明显的“异化”策略。比如：“这样算，每人每月谁都能挣上一万块钱哩，每人每月有上万的收入，那可是要惊吓了祖坟的收入哟”就译成了“ it was enough to make their ancestors turn over in their graves”。“那些介绍信上政府的公章红红艳艳”译成了“sparkling red”。另一方面，译者对于《受活》中大量的方言，比如“哩”“死冷”“热雪”“儒妮子”“头堂”“撒耍娇娇子”等等，还有一些不太好懂的叙事逻辑，则根据需要加以处理，甚至增添和删改一些内容，以利于西方读者更好地理解和接受。当然，也有一些地方的处理稍显生硬，比如原作中说：“有个瞎子就对聋子说道，人家说我家不用点灯，连我家的油灯都给拿走了，那油灯是红铜，闹铁灾时候我都没舍得交上去。”其中“铁荒”就直译为“steel shortage”，这对

---

① 钱锺书．林纾的翻译//七缀集．上海：上海古籍出版社，1989.

② Yan Lianke. Lenin's Kisses. Tr. by Carlos Rojas. London: Random House, 2012.

西方读者来说，可能会语义不明，需要更为灵活的处理。

《受活》的翻译也许远不能说已臻于“化境”，但确实显示了以英语为母语的译者处理译作的优势。罗鹏从事中国文学研究的身份，更为他往来于两种文化之间寻求语言与意义的转换提供了便利。在时下的中国，当代文学的外译似乎成为一种潮流。可是，翻译实践不仅仅是为了“出口”本国文学，无论如何，没有读者的翻译是无效的交流。对于国家斥巨资组织各种典籍或经典作品的外译“工程”，我们一方面乐观其成，另一方面对其效果也持保留态度。中国政府也推出过《熊猫丛书》，翻译介绍了从古至今的数百部中国文学作品。可是这套丛书中的绝大部分作品出版之后就悄无声息，对西方大众读者并没产生多大的影响，有的永远躺在驻外使馆的地下室蒙上尘埃蛛网、遭受蠹虫侵袭，极少数命运稍好的译本进入大学图书馆，被相关研究者翻阅，或者成为其他英译本的参照，比如葛浩文就据此重译了刘恒的《黑雪》。因此，当代文学的翻译，更为有效的方式可能还是得靠以西方语言为母语的国外专业翻译家或汉学家，或代理人，或出版社，由他们自主选择、自主翻译的作品，可能更容易获得西方读者的青睐，争取最基本的读者。从这个意义上说，我们需要更多的像葛浩文、杜博妮（Bonnie McDougall）、蓝诗玲（Julia Lovell）、白睿文（Michael Berry）、罗鹏、杜迈可（Michael Duke）这样的译者。

如何让中国当代文学真正有效地走向世界，除了翻译实践的层面之外，还可以从其他技术层面加以推进，创造更多交流的可能，比如组织文学参访活动，参加国际性的比赛、展会，组织作家到西方高校进行巡回演讲（莫言、苏童、余华、阎连科等人都经常会有类似的活动），使当代文学作品更频繁地参与到世界性的文学生产、流通与阅读之中。这些工作显然不能只靠若干高校、出版社、个人或组织，社会力量的参与十分必要，而且争取海外出版商、高校、相关组织机构甚至是公司财团的帮助，对于扩大中国文学的海外影响力也是至关重要的。当然，我们也不必抱着特别功利性的目的，也不应奢求我们的努力在短时间内就能立竿见影，更不必为了迎合国外的某种趣味而刻意调整自己的创作。中国文学在西方世界的边缘化地位，远非一朝一夕形成的，要让西方读者消除之前的偏见，重新认识中国文学，也同样需要经过慢慢地积累才可能逐步实现。

三

我们讨论中国当代文学的英译与传播，一个基本的预设就是中国当代文学需要走向世界，融入世界，但是，正如前面所指出的那样，无论当代文学是否“走向世界”，“世界”都已成为中国当代文学的深刻背景。从比较文学的立场来看，中国文学本身就是世界文学的一个重要组成部分。现在已经不会有学者在提及“世界文学”时遗漏中国文学的存在，只是我们还需要进一步讨论，中国文学到底要以何种面貌居于“世界文学”的大家庭里？全球化时代的中国文学到底面临着什么样的机遇与挑战？

“全球化过程最重要的特点之一，是文化生产与商品生产的关系日益密切。在大众文化与日常生活、意识形态与学术思潮等各个领域，文化与商品的紧密结合，渐渐形成了充满着内在矛盾与悖论的‘全球化文化想象’。”[①] 一方面，全球化要求本土必须服从全球的权力结构存在，另一方面，全球化的跨国潮流又催生了本土变革的积极性。全球与本土，往往融合而成“全球本土化”（Glocal）。我认为，在强调全球化、强调资本与商品的跨国流通、强调普世价值的今天，更应当强调中国文学的特殊性和最起码的中国立场。如果不能充分关注中国文学的特殊性，那就很容易走向浅薄的全球普世主义，将中国文学与文化的现实，削足适履地置于“与全球化接轨”的想象之中。杰姆逊曾经提出著名的第三世界文学寓言的理论，认为“所有第三世界的文本均带有寓言性和特殊性：我们应该把这些文本当作民族寓言来阅读，特别当它们的形式是从占主导地位的西方表达形式的机制——例如小说——上发展起来的”。第三世界的文本“总是以民族寓言的形式来投射一种政治：关于个人命运的故事包含着第三世界的大众文化和社会受到冲击的寓言”[②]。杰姆逊提出民族寓言说的目的就是不断提醒，“任何世界文学的概念都必须特别注重第三世界文学”[③]。霍米巴巴也指出，处于弱势的第三世界文化时刻在进行着对霸权文化的抵制与反抗，进行文化上的反渗透，由此形成了文化上的多样性。[④] 证诸中国当代文学的创作，我们发现当代文学的“民族寓言”显然大大超出了杰姆逊的理解与界定，从政治的、文化的、伦理的、审美的不同层面拓展与丰富了杰姆逊对第三世界寓言的阐述，显示出中国当代文学的独特品性。如果不能充分认识到当代文学的这些特殊性，当代文学的存在价值就会大大降低——你想方设法和别人保持一致，这也许会比较容易获得接纳，但没有差别意味着你不能做出独到的贡献。我们并不是要故步自封，和全球化的潮流相抗衡，而是希望承认“世界文学”作为一种生态系统的内在多样性，强调全球化时代中国文学这个“第三世界文本”的特殊性和丰富性。

达姆罗什（David Damrosch）在《何谓世界文学》一书中，从全球化的角度将“世界文学”理解为世界范围内文学的生产、流通和翻译的过程。[⑤] 达姆罗什将“翻译”的作用提到了一个新的高度。的确，翻译文学是多元文化、多元文学系统中最为活跃的部分，它在不同文化之间起到了一种协调作用，不断将新的东西引入本土文化，形成文化翻译的“另类性”，又不断解构主流文化的霸权，推动多元文化的融合。[⑥] 翻译文本创造了一个著名翻译理论家韦努蒂所说的“本土的兴趣共同体”，“通过译文而把共同体捆束在一起的各种兴趣不仅仅是以外语文本为焦点的，而且反映了译者在译文中铭写的本土价值、信仰和各种再现……就在某一体制内已经获得经典地位的外语文本而言，译文成了支持或挑战现行经典和阐释、也即流行的标准和观念的阐释共同体的场所”。[⑦] 这种支持与挑战的过程，正是世界文学不断流动、深化、融合的过程。虽然“世界文学本身也是不平等的整体，其各个所属部分——不同

---

① 刘康．全球化与中国现代化的不同选择．二十一世纪，1996（10）．

② 弗里德里克·杰姆逊．处于跨国资本主义时代中的第三世界文学．张京媛，译//张旭东编．晚期资本主义的文化逻辑．北京：生活·读书·新知三联书店，1997：523.

③ 弗里德里克·杰姆逊．处于跨国资本主义时代中的第三世界文学．张京媛，译//张旭东编．晚期资本主义的文化逻辑．北京：生活·读书·新知三联书店，1997：521.

④ 王宁．民族主义、世界主义与翻译的文化协调作用．中国翻译，2012（3）．

⑤ David Damrosch. What is World Literature? . Princeton：Princeton University Press，2003：pp. 1－36.

⑥ 王宁．民族主义、世界主义与翻译的文化协调作用．中国翻译，2012（3）．

⑦ 劳伦斯·韦努蒂．翻译、共同体、乌托邦//大卫·达姆罗什，等．新方向：比较文学与世界文学读本．北京：北京大学出版社，2010：194.

国家和地区的文学——的发展通常受制于它们在整个体系中的位置”①，但毕竟世界文学已经不再是一个美好的乌托邦想象，而日益成为一个整体，一种文化全球化的表征与审美现实。中国文学作为世界文学的一个部分，与各民族、各语际的文学一起，共同构成了世界文学这个“想象的共同体”。整个世界文学应该是一种不断交流与传播的状态，哪怕是一种想象性的联系。每个国别文学都只是世界文学的一个部分。即使我们讨论国别文学，将其与其他文学相区别，但仍然无法回避它与世界文学的联系。宇文所安也曾经提出，在全球化的语境下，中国文学与文化传统应该成为全世界共同拥有的宝贵遗产。我们所要做的不是强调中国文学是中国独有的东西，而是应该把《红楼梦》与《堂吉诃德》都视为同等伟大的小说，使中国文学成为一种普遍的知识。显然，中国文学本身就代表了世界文学的一个面向，而且是一个重要的、不可或缺的面向。中国作家用独特的语言文字和表达方式，写下自己对国家民族、对这个世界还有整个人类社会历史的独特感受，以自己个体化的经验丰富了全体人类的经验，以自己的文学创作为世界文学共同体增添色彩，某种意义上，中国文学早已是“作为世界文学的中国文学”。它的意义与价值，其实不需要借助“被译成几国文字”“在海外销量如何”或是“获得哪些国际奖项”就可以肯定。有人曾问，莫言获奖可否视为中国当代文学“走出去”的成功？这个问题也许本来就是个“伪命题”，中国当代文学本来就被包含在世界之内，哪里有“里外”之分，又怎么会需要“走出去”呢？

因此，关键是要以平常心平等地对待世界文学共同体中不同的“他者”。我们应该认识到，与“他者”的差异是由不同的民族文化与审美特性所决定，在与他者的交往中，在世界文学的总体格局中，每一种文学都需要在与其他文学的正常交流中保持和发展自己独特的文化审美个性。随着全球化经济、信息技术、跨国资本、大众媒介的介入，我们面临着一个多元共生的文化相对主义时代，每一种文学都有着存在的合理性，我们更加无法超越世界文学的总体格局而自拉自唱，世界文学永远是当代文学生存与发展的背景与语境，永远是一个挥之不去的他者。正是不同国家的文学互为他者，才共同构成了世界文学想象的共同体。正如萨义德所说：“每一文化的发展和维护都需要一种与其相异质并且与其相竞争的另一个自我（*alter ego*）的存在。自我身份的建构——因为在我看来，身份，不管东方的还是西方的，法国的还是英国的，不仅显然是独特的集体经验之汇集，最终都是一种建构——牵涉到与自己相反的‘他者’身份的建构，而且总是牵涉到对与‘我们’不同的特质的不断阐释和再阐释。每个时代和社会都重新创造自己的‘他者’。”② 毫不夸张地说，中国当代文学也是作为一种资本在全球范围内流通与渗透。一方面，当代文学的精神场域受制于世界文学的话语冲击，我们应该敞开心胸，接纳他者的万千风光，以世界文学的最高成就作为自己的参照，另一方面，我们应该重返中国文学的传统，丰富自身的文学实践，以独特的实践参与到世界文学的进程之中，反过来对世界文学带来刺激，既不要遗失中国文化的固有血脉，又不会脱离世界文学的谱系，从而催生中国文学的内爆，呈现出多层次、多角度的“众声喧哗”的叙事格局，显示出作为世界文学的中国文学的独特风貌，这才是当代文学最为现实与紧迫的任务。

---

① 弗兰哥·莫莱蒂．进化、世界体系、世界文学//大卫·达姆罗什，等．新方向：比较文学与世界文学读本．北京：北京大学出版社，2010：244.

② 萨义德．东方学．王宇根，译．北京：生活·读书·新知三联书店，1999：426.

二

中国比较文学30年：进展与挑战

第三次再出发

——乐黛云教授八十华诞访谈录

乐黛云 张 辉

时间：2010年11月20日
地点：乐黛云教授北大朗润园家中

2011年1月31日是乐黛云教授80岁生日。先生的学术生命与新时期中国比较文学的发生与发展紧密相连。在这个富于纪念意义的特殊时刻，弟子专门对她进行了访谈，请她回望20世纪80年代中国比较文学的复兴与繁荣，以及她对“比较文学真精神”的理解。先生还介绍了自己“80后”的事业规划。

1948年，先生入北大，开始了一生无悔的事业追求；20世纪80年代，她参与创建中国比较文学学会、成立北京大学比较文学与比较文化研究所，实现了学术生涯的第二次出发；2011年，我们又惊喜地看到，80岁的先生第三次启程。谨以此别样的方式，送上我们深深的祝贺与祝福。

一、重回80年代

张辉（以下简称“张”）：乐老师，您今年虚岁80，步入“80后”，（北大）比较所也刚刚庆祝30岁生日。用严（绍璗）老师的话来说，您是本所的创所所长。我们就从比较所的创立与发展开始，请您结合您本人的经历，回顾一下中国比较文学30年，并展望未来的走向。这是我们贺寿活动的一个学术性“节目”。(笑)

乐黛云（以下简称“乐”）：(笑）谢谢你们。不过，还是对话的方式好，不要我一个人独白。说起来时间真是很快，而事物的偶然中其实也包含着很大的必然。比较文学在北大的复兴，以及比较所的创立，看起来是个别事件，但实际上与中国30年来改革开放的进程有重要关系，也与北大深厚的人文传统有很大关系。我个人只是在其中发挥了一点力所能及的作用。

张：这让我想起大概在20世纪80年代末期，我读您的《比较文学与中国现代文学》，您在“后记”里说过的一段话。大意是说，1980年，当季羡林、杨周翰、李赋宁等先生在北大号召重建中国比较文学时，您毫不犹豫地充当了一名马前卒，而您想做的也是“鸣锣开道，打扫场地”的工作。现在想来，当时那种筚路蓝缕的工作，真是谈何容易！

乐：确实是马前卒。之所以加入进去，这与我的个性有关系，与个人经历有关系。我这个人对“陌生”和“未知”的领域非常感兴趣，喜欢新鲜事物。而进入比较文学这个学科，当然也与我1952年大学一毕业留校任教，就师从王瑶先生学习现代文学有很大关系。王先生研究中国现代文学，但他在中国传统文学和外国文学方面都有很深的造诣。王先生的这个影响，对我来说是非常重要的，也是我进入比较文学研究的基础。

张：我记得您还不止一次地说过，鲁迅先生是“托尼学说，魏晋文章”，如果我们既不懂托尔斯泰、尼采，也不懂嵇康、阮籍，其实是无法研究鲁迅的。也就是说，没有外国文学与古典文学的基础，也是无法真正很好地研究现代文学的。

乐：其实不光是鲁迅，我自己后来进一步研究茅盾、郭沫若、巴金、老舍、曹禺、徐志摩、艾青等，研究“文学研究会”，研究“创造社”，都感觉到自己知识装备的不足。而这种不足也促使我突破原有的研究框架，试图做一些新的尝试。比较文学恰好是这样一个打破学科分际、跨越文化与语言界限的学科，进入这个学科，确实让我有如鱼得水、豁然开朗的感觉。

张：季先生当时找您来做北大比较文学研究会的“秘书长”，他原来认识您吗？

乐：我还在做学生的时候，季先生是副校长，1950年在民主广场的一次活动中，他就认识了我。我没有想到，很多年之后，他还对我有那么深的印象。我完全不知道，这是他后来告诉我的。正是由于季先生他们这些前辈学者的提倡和引导，比较文学在80年代的复兴才成为可能。当然，后来全国的学者都在这方面做了大量的努力，但这种开风气之先的精神，确实是我们北大值得自豪的地方。

张：80年代初期，您似乎已经把主要研究兴趣转向了比较文学，1980年您写了著名的《尼采与中国现代文学》，1981年又编辑了《国外鲁迅研究论集》。

乐：《国外鲁迅研究论集》收集了美国、日本、苏联、加拿大、荷兰、捷克以及澳大利亚七个国家的二十篇文章。这对我自己来说也是一次非常开眼界的工作，因为海外的鲁迅研究确实对我自己的研究有很大促进，而且通过此种研究，我还初步预感到对并无直接关系的不同民族文学进行研究——也就是所谓“平行研究”——的巨大可能性。1987年我的《关于现实主义的两场论战——卢卡奇对布莱希特与胡风对周扬》，就是沿着这个思路来写的，你可能看过这篇文章，当年我开“马克思主义文论在东方和西方”课程时，讲过相关的内容。

张：看过不止一遍，我的研究生入学，我也会介绍他们看这些文章。《尼采与中国现代文学》以及《关于现实主义的两场论战》，后来好像都在国外发表了，后一篇是在慕尼黑国际比较文学第12届年会上的发言吧？《尼采》那篇更早，在我看来也更有标志性。

最近看洪子诚老师的《有生命热度的学术——“我的阅读史”之乐黛云》，他把您的这篇文章与您的另一则文章《论〈伤逝〉的思想和艺术》放在一起讲。洪老师特别讲到《尼采》这篇对他本人以及对当时学术界的触动，他用了“印象深刻”的说法。他说这主要表现在三个方面，大意是：一、转变了人们对尼采的认识，不再把他看成“法西斯思想的先驱”，而成为一个“超越平庸”的、精神健康的“超人”形象；二、大胆肯定尼采对鲁迅思想的影响及其所具有的积极意义；三、对于比较文学学科“重建”和在中西文化比较的领域具有方法开拓的意义。我觉得洪老师说得又准确又好。

乐：30年前，甚至50年前的文章了，他还记得那么清楚，让我很感动。

张：30年后看来，那依然是中国比较文学复兴期的标志性成果之一。对您个人学术发展而言，除了这些相关的论文，20世纪80年代初期在哈佛和伯克利的经历，应该也具有非常特殊的意义吧？

乐：1980年夏天，由于一个非常偶然的机会，我有幸去哈佛大学进修，这也得益于哈佛燕京的资助。由于自己的学术在一定程度上转向，我对哈佛比较文学系的学术路数比较向往。其中的一个原因是，它的创办者之一白璧德教授对东西方文化的汇合曾经那样一往情深，这让我对这个系有某种认同。另一个原因则是，20世纪20年代初期从哈佛归来的陈寅恪、汤用彤、吴宓等所倡导的“昌明国粹，融化新知”，也为东西方文化的汇通开辟了一片崭新的学术空间。我去的时候，是纪延（Claudio Guillen）做系主任，他多次提到，“只有当世界把中国与欧美这两种伟大的文学结合起来理解和思考的时候，我们才能充分面对文学的重要的理论问题”。他的这个观点，深获我心。可惜我的英语还不够好，没有能够与他做非常深入的沟通，但我阅读了大量比较文学的基础理论和有关资料。

张：我还清晰记得您的自传《我就是我》中的一个细节。您说，到哈佛大学的第一天，办完了一切手续，已经是下午四点了，您却还是去了魏德纳图书馆——如果我没有记错，您是用了“迫不及待”这个词。您说您迫不及待地进了哈佛的总图书馆，可是马上就“迷失”了，（笑）因为没有看说明，您从书库里走不出来了。我自己第一次进那个图书馆时，首先想到的就是您的这段80年代初期的经历。

乐：与外部世界隔绝了太长时间，这也许是一种“文化冲击”的特殊反应吧！这也从另外意义上说明，在中西交流与对话的意义上进行比较文学研究的必要性甚至是迫切性。（笑）中国的比较文学发展，如果从王国维那一代开始算起的话——或者我们叫它“史前期”，显然有一个非常重要的特点。她不仅仅是学院里、象牙塔中的产物，而且与中国晚清甚至晚明以来与西方的碰撞、接触以及对话、交流相关，与“三千年未有之大变局”不可分离。

张：从大历史的眼光来看中国比较文学发展历程，这是您一贯的观点。在一定意义上，中国比较文学新时期的复兴主要发生在北大，应该也与北大人“以天下为己任”的传统有关。

乐：80年代特别是80年代初期，中国人重新了解西方确实经历了一个从量变到质变的过程，我们自身也面临着某种深刻的调整与内在变化。你可能在我的自传中看到了，开始在哈佛的一年，我其实没有能完全着手真正的学术研究，白天听课，晚上还要上英语夜校。不过，这一年对我来说非常重要，因为正是在这一年，我确定将自己的后半生贡献给中国的比较文学事业。后来我所做的一切，应该说都和这个决定有关系。

张：也正是基于这种决心，您并没有马上回国，而是继续留在美国完成了你的英文自传《面向风暴》，并写作了英文专著《中国小说中的知识分子》？

乐：1982至1983年，我有幸被加州伯克利分校邀请为客座研究员，所以我又留在美国两年时间。在那里，我的朋友卡洛琳告诉我，美国的银行有一种服务，你可以在那里租一个小信箱，把你的秘密放在里面。于是在这位好朋友的鼓励和帮助下，我就开始写作《面向风暴》。写之前并没有打算出版，因为当时我也不知道中国的情况将会是怎样。我只是有一种冲动，想把自己一生中那异常特殊的20年生活记录下来，让后来的人们知道，曾经有这样一段历史时期，中国人竟是这样生活、这样思考、这样感觉的！只想留下一页真实，没有别的想法。

张：看来您是完全没有料到，这本书一下子产生了那么大的影响，后来不仅公开出版了英文版，而且还出了日文版和德文版。我2000年在美国的时候，课堂上还有学生在讨论您这本书。

乐：那本书确实引起了不小的反响，但我想它最值得肯定的大概是它的真实和真情，我的确是毫无讳饰地袒露了我的心。著名的国际友人，30年代在中国工作过的约翰·戴维斯给这本书写过一个长序……

张：他说，这本书之所以了不起，并不是因为它是一系列恐怖事件的记录，而是因为作者真诚和敏感的叙述。他说您的“骇人的经验”，给出了一个人类不屈灵魂的例证。

乐：这本自传，也许可以与我的那本学术著作《中国小说中的知识分子》对照起来看。前面一本是关于我个人的，后面一本则是我对中国知识分子命运的宏观思考。一本是微观的，一本是相对宏观的。那是我接受白之（Cyril Birch）教授的委托而做的一个项目，后来被列入伯克利东亚研究丛书中的一种而出版。

张：伯克利这两年真正是收获丰硕！

乐：对我个人而言，美国西部，尤其是像伯克利这样的地方似乎更合乎我的性情。哈佛当然不是不好，我始终怀念在那里的日子。新英格兰的一切都是那样温文尔雅、绅士风度和富于传统，我也被那里的这种人文氛围所浸染。但到了西部，我似乎又经历了一次灵魂的大解放，这是同一国家内两种不同精神样式的呈现与碰撞。我清楚地记得，在哈佛上纪延教授的课时，每隔45分钟，秘书就送来一杯咖啡，对纪延教授说：“教授，请喝咖啡”，这在伯克利是不可想象的。

在伯克利更为自由开放和不拘小节的气氛中，我学到很多东西，特别是受益于白之教授。通过白之教授，我认识了斯坦福大学的刘若愚教授。刘若愚教授试图用西方文学理论来解释中国文论，并且试图把中国文论放在世界语境中来加以认识和考察，这也是我后来从事比较诗学研究的重要起因。

张：这么说来，编辑《世界诗学大辞典》的某些想法，在伯克利的时候就已经有了小小的苗头了。将中国诗学放在更大的参照系中才能真正使我们看到她的特色和不朽价值，刘若愚的工作确实功不可没。

乐：刘若愚的《中国诗学》与《中国文学理论》，我到现在还认为是非常值得认真读的书。

张：当年我们入学时，您给我们开的书单里就有《中国文学理论》。当时我的书是从图书馆复印的，但是因为受您的影响，我前几年到台湾时还专门买了一本联经版的杜国清的译本，作为纪念。

乐：刘若愚值得同学写博士、硕士论文进行研究，可惜他去世得早了。

张：确实如此。我们继续说说您1984年回国的情况。您本来有可能留在美国，可是您还是选择了回国。陈跃红写过一篇文章，他认为您在当时那种条件下选择回国，不能单纯理解为一般意义上的爱国，而是与您的学术理想有很大关系。中国，才是您实现学术理想的真正用武之地。我也比较赞同他的看法。

乐：我自己当时其实没有想那么多。1984年回来的时候，中国比较文学还没有像现在这样得到承认，甚至还没有形成真正的学科，我们需要做的事情太多了。人家至少已经做了七八十年了，我们似乎才刚刚开始，或者说才结束了停滞期，才开始接上与世纪初王国维那代人的精神和学术联系。在这个时候，中国比较文学需要向西方学习，与世界对话。而要对话，我们自己必须有一支队伍，单靠从其他专业"挖人"或者靠"转业"，显然不行，也不够。我们要有自己的学术组织，要有自己的硕士、博士、博士后培养机制，要使我们的学科在整个中国学术界乃至在世界学术界产生影响，真正做到风生水起，这是我们努力的方向。

正是由于这样的想法，在1981年成立"北京大学比较文学研究会"，出版《北京大学比较文学通讯》，1982年在北大成立全国第一个"比较文学研究中心"的基础上，大家集中力量做了两件非常重要的事情。一是于1985年成立了"北京大学比较文学研究所"，后来改名为"北京大学比较文学与比较文化研究所"。这个所的成立，在行政上有一点特别之处：一个大学的研究所成立，居然是由教育部直接批准。这是第一件事。第二件事就是1985年成立了"中国比较文学学会"，并且在深圳召开首届年会。当时参加会议的人，大家戏称"黄埔一期"，一共有120多人，参加的大学和科研机构有32个，还附设了一个讲习班，学员200余人。当时的深圳大学校长罗征启非常开放、开明，中国比较文学的复兴事实上也应该感谢他。

张：说起这一切，很多当年躬逢其盛的老师，还是非常激动。前几天比较所所庆，饶芃子老师、谢天振老师回忆起当年的一幕幕时，他们的眼睛湿润了，我们这些后辈也格外体会到了当年创业的艰难与了不起。我特别难忘的是，谢老师还有其他几位老师都讲到，您本来可以在现代文学博士点上获得博士生导师资格，但您却一定要做比较文学博士生导师，为此而使自己的博导头衔晚了若干年。我已经不止一次听人说过这件事了。

我们继续说说开创期的事情。当时第一届的名誉会长是季老，会长是杨周翰先生，您是秘书长。

乐：对。季先生、杨先生、李赋宁先生，还有不少老先生，都对中国比较文学的复兴做了很大的贡献。还有外单位的比如复旦的贾植芳先生，比如钱锺书先生，可以列出一长串的名字。我在最近出版的《四院·沙滩·未名湖》中专门选入了我写季先生、杨先生、李先生的文章，你可能过去就看过。

张：认真看过。特别是关于杨先生的那篇《学贯中西的博雅名家》，使我对他们那代学术大家又增添更多的敬仰。

乐：我有个不小的遗憾，就是杨先生的遗作到现在还有不少没有整理出版，这个事情应该有人来做。我们对杨先生的研究不够，他的许多重要的观点，至今对我们中国比较文学的发展有重要的指导意义。杨先生1989年去世时，很多人发来唁电，比如前国际比协会长孟尔康、佛克马、吉列斯比等人。孟尔康说，"我将永远带着崇敬和爱来怀念杨先生"，吉列斯比甚至还记得他"纯正的牛津英语"。他是一个英国文学专家，但他又不仅仅是一个国别文学专家，除了以17世纪英国文学和莎士比亚研究闻名于世以外，他还特别强调："研究外国文学的中国人，尤其要有一个中国人的灵魂。"

张：我特别注意到了，他说“尤其要有一个中国人的灵魂”，我想这就是在杨先生身上所体现的比较文学的精神！当年看《十七世纪英国文学》《镜子与七巧板》的时候，还没有完全体会到他说的这句话所包含的深刻意思。现在想起来，真是很受触动。我看您回忆杨先生的文章，特别提到，他1987年的时候，作为中国比较文学学会的第一任会长在日本的一个发言。他也讲到了您前面所讲到的观点，认为中国比较文学是从中国的土壤中产生出来的，与西方在源头上有所不同。这门学科的一个很重要的特点，就是她不只是发源于学院，更是中西文化相触和中国政治、经济、社会、文化发展的结果。中国比较文学的发展是与振兴国家民族的愿望，与更新和发展本民族文学的志向分不开的。这些说法，真是非常发人深省。

乐：杨先生还有很多重要的思想。比如，关于“中国学派”应该水到渠成的观点，关于“阐发研究”的观点，以及对比较文学危机论的批判等，所有这些都值得我们去好好总结。

张：30年时间对于一个学科的发展来说虽然并不算长，但由于从80年代以来，国家一直处在一个非常特殊的新旧交替时期，而且几代学人也蓄积了太多的能量甚至“不平之气”，这30年确实不是平常的30年可以相比。您呼吁更多地重视杨先生的贡献，将他的思想发扬光大，我理解既是希望我们继承老一代的精神，也是希望我们取法乎上，走出中国自己的比较文学之路。最近山东大学前校长曾繁仁先生写了一则长文，讲了您对中国比较文学发展的贡献，天振老师把文章也传给我了。

乐：他也把那篇文章传给我了，写得热情洋溢，看后很受启发。不是因为他写了我本人，更重要的是他把中国比较文学这30年的发展与整个文学学科的发展，与整个人文学科的发展，乃至整个世界学术的发展联系起来了，的确是高屋建瓴，很有见地。

张：他主要讲了三个方面，我觉得是恰如其分、很有分量的说法。一是讲您作为新时期比较文学学科的带头人，在比较文学学科建设上的贡献。通过您艰苦的努力，比较文学在学科意义上，在中国从无到有，而且形成了真正的学科体系，从那时的星星之火，到如今的燎原之势。二是讲由于您的首倡作用，使得比较文学的观念和方法，不仅对文学学科甚至对整个人文学科都产生了辐射作用以及催化剂的效果。这是作为比较文学学者，我们应该引以为豪的地方。打破陈旧的框架甚至所谓“规范”，提出真问题，打破学科的人为分际，这些是您当年的实践和倡导，至今我想仍有重要的现实意义。三是讲了您的奉献精神和创新精神，特别是您的奉献精神。

乐：其实算不上什么奉献，是“鸣锣者”与“打扫人”应该做的事情。

张：这两个自身定位，我80年代在《比较文学与中国现代文学》“后记”里就看到了，但曾老师文章中讲到的一些事情，还是让我多少有一些意外。特别是他讲到的威海那一次，我不看文章根本不会知道。没想到您和汤先生，在乘车走了500多公里后，为了“救火”，还在那里讲了一天的课，而且分文不取。这样的事情还不止一回。

乐：不说这些。一个学科的发展，一项事业的发展，比起个人的得失来，不知道要重要多少倍。

二、“比较文学的真精神”

张：在您的学术研究中，还有一个我特别感兴趣的话题，就是您对“学衡派”的关注……

乐：是的，我专门写过文章，也是在国内比较早提出要重估《学衡》的人。那是在1989年，那篇文章首先发表在中国文化书院的学术会议上。实际上，我还是在一个跨文化的视野中来讨论这个问题的，现代保守主义与自由主义、激进主义恰好在中外思想史上形成了一个有意味的光谱。做这样的文章，并不是要简单翻案。我注意到的是，在现代中国，同是对当时的现状不满，同是向西方寻求真理，但是存在着不同的思想路径。激进派皈依马克思主义，自由主义找到杜威、罗素，而保守派却以白璧德为师。究竟是西方的大师们造就了自己的后继者，还是向西方寻求真理的中国知识分子本来就有了自己的皈依，因而选择了自己的引路人，这是一个很值得研究的问题。

但有一点是非常清楚的，那就是“五四”以来，中国的改革已经汇入世界运动的洪流。世界争论的大潮包括白璧德与杜威的争论、科学主义与泛情主义引起的广泛怀疑，以及斯本格勒有关“西方的没落”的预言，都不能不在中国引起巨大的反响，促使一大批中国学人参加到这一世界性对话的行列之中。

而学衡派的代表人物吴宓、柳诒征、梅光迪、胡先骕、汤用彤等人，都具有很深的中西学术文化背景。他们了解世界学术潮流，也对中国文化传统有“同情的了解”，因此反对泥古，也不赞成全盘西化。他们不同意自由派的所谓“弃旧图新”，也不同意激进派的“破旧立新”，而更加认同“存旧立新”“推陈出新”“层层递嬗而为新”的理念。说他们是保守主义，但他们并不是僵化的政治保守主义，而是真正的文化保守主义。他们绝不想维护社会现状，也不想托古改制，而以文化启蒙为改造社会的正确途径。然而作为清醒的思想者，甚至作为中国传统意义上的“士”，他们愿意与风云突变的政治运动保持一段“知识分子的距离”。他们以追求真理为己任，鄙弃“顺应历史潮流”，反对“窥时俯仰”，认为真正的豪杰之士倒是“每喜逆流而行”。

张：您所说的“知识分子的距离”，以及“每喜逆流而行”，也让我从另外一个侧面了解了您，了解了您在文化和学术努力上的建设性态度。您是一个喜欢新鲜事物，善于创新、开风气的人，但是在文化的意义上，您更注重做“立”而不是简单“破”的事情。或者说，您的“破”也是以“立”而达到的“破”，不是留一片破坏的废墟就了事，而是要为将来的发展留有余地，做事情着眼于未来积极的萌芽。

过去我们习惯于成为“时代的弄潮儿”“顺应时代潮流”，但您特别提醒我们注意的是，在中西古今文化交汇的情况下，知识人应该发出自己真正独立的声音。

乐：至少在人们大谈文化断裂、全盘西化或保古守旧、“体用”情结时，我们应该听到或者参照一下来自《学衡》的声音，一种也许远非和谐，但却非常独特的声音。

张：“昌明国故，融化新知”，这是一种思想立场，一种学术取向；更是一种气度，一种知识人对自身文化、对人类文化未来的自信。除了学衡派，我还注意到，您也是比较早地从文化意义上呼吁正确、全面认识陈寅恪先生的学人。我的那本三联版《陈寅恪的最后二十年》还是读博士期间您送给我的。说实话，当时还没有真正理解陈寅恪的意义。后来集中重读了一些他的书，特别是《金明馆丛稿初编》《金明馆丛稿二编》中的有关文章，才对他从中国传统出发从容面对外来文化，并试图融汇古今中外的气象稍稍有了“望之俨然，即之也温”的感觉。

乐：你可能看过《我就是我》中我的观点？

张：是。您对陈寅恪先生的那段说法，我至今记忆犹新。我甚至觉得，我虽然看了许多关于陈先生的书，但只有您的那段论述才点到了我所没能看到的陈先生最最重要的方面，点到了他的“真精神”。

乐：还有这个效果？

张：您引了一段陈的话，“李唐一族之所以崛兴，盖取塞外野蛮精悍之血，注入中原文化颓废之躯，旧染既出，新机重启，扩大恢张，遂能别创空前之世局”。这段话，我至今还能背下来。

乐：那是陈先生写得好。（笑）引那段话，是针对当时在“后殖民主义”论述支撑下的“国学热”的。我不认为陈先生只是人们所解释的那个中国文化之传承者、固守者和史料集成者，这样说，甚且未得先生的“真精神”。在我看来，陈先生的真精神，他的治学的出发点，是寻求民族文化摆脱衰退困境之路。你前面所说洪子诚写我的那篇文章，也特别注意到了这一点，我很高兴听到学术界有这样的声音。陈先生学术的了不起之处，正在于思考如何以外来的血改造旧的躯体，重启新机，他不是固守者，而是文化更新的探索者。陈先生是历史学家，但是他走的这条路，也是作为人文学术的比较文学应该从自己学科出发去寻求的路。

张：对我特别有吸引力的，还有其中“野蛮精悍之血”的说法。陈先生不仅仅是学富五车的“百科全书”，这点已经非常了不起了。但更了不起的是，他虽然在地理意义上是江西义宁人，但他的血管里有那种似乎属于外来文化的“野蛮精悍之血”。在我看来，您也是具有这样“气质”的人。那不是一般的激情，甚至不是某种后天获得的“能力”，而似乎是与生俱来的禀赋，是尼采在《善恶的彼岸》中所说的高贵品质。

乐：虽不能至，心向往之。这是心性上的某种契合，学科之间的区别，在这里已经退居其次。

张：我们从回忆过去，特别是初创期的一些情况，谈到了相对“形而上”的问题了，即比较文学的精神。不知不觉中，30年就在谈话中跳过去了。但正是这种精神，使中国比较文学走过了不寻常的、由停滞走向复兴的30年，她也将是我们进一步前行的动力源。

乐：这30年有太多难忘的故事、细节乃至轶事，以及由之引发的思考。我有时间会把它们写下来，写一写中国比较文学的百年。前面做了一些资料收集的工作，也编了几本书，现在想进入写作阶段。

三、2011年：新的开始

张：我们期待着。看您最近的几篇文章，知道您关注很多前沿性的问题，如普世价值问题、文化相对主义问题，以及与欧洲梦、美国梦相对的中国梦问题。在这次比较所所庆的主题发言，以及上次中文系举办的首届鲁迅人文讲座上，您还谈到了新媒体对比较文学研究乃至整个人文研究的意义。除了准备那本“中国比较文学百年”，您最近主要在做什么工作？

乐：手边的事情，就是你们也在协助做的中国比较文学学会2011年8月第十届上海年会的工作，当然主要是上海方面在负责具体操作。另外，我刚从上海出差回来，这次是为了一个项目去的——东方出版中心出版我主编的“当代汉学家研究丛书”，涉及的汉学家将包括费正清、史华兹、李约瑟、宇文所安、于连、安乐哲等人。这是第一批。

你已经知道了，与法国人类进步基金会合作的《跨文化对话》杂志，已出版了近30期，最近改到北京三联来出版，接下来的几期会更加精彩。

目前正在进行的还有一些项目。一是“中国文化传播个案丛书”。这套书以中国思想家和中国经典在西方的传播为中心，但不是一般地介绍中国思想在国外传播的情况，而是从个案出发，希望更多关注中西文化的互动，关注中国思想与西方主流文化的对话关系。比如有《孔子在西方》《文心雕龙在西方》《沧浪诗话在西方》《庄子在西方》等。

与这套书相呼应的是已经出版了一部分的“中学西传丛书”。和上一套书不同，这套书以人物为单位，专门呈现西方思想者对中国文化的接受、解释和创造性转换。首都师范大学出版社已出7种，最近将有关于伏尔泰、荣格以及黑塞的几本书出来。

上面这三套书，与北京出版集团文津出版社已经出版的“跨文化个案研究丛书”，包括王国维卷、钱锺书卷、宗白华卷等15卷——你也参加编写了冯至卷，正好构成了一个大的“跨文化”系列。

张：听您说这么庞大的计划，我忽然有一个感觉。如果说20世纪80年代初期，1981年您50岁的时候去哈佛和伯克利，是您的学术生命在被禁锢了20多年后的第二次出发；到了2011年，您80岁的时候，就是您学术生涯的第三次再出发。这第三次再出发，才刚刚开始，您是真正的“80后”。

乐：（笑）这是你们送给我的一个特别生日礼物上写的一句话，我很喜欢。

张：您喜欢我们很高兴。您在首届鲁迅人文讲座时通过引述《欧洲梦》的作者J. 里夫金的话，说人类未来的发展面临着两个重要的潮流。一是在一个日益物质化的世界里，寻找某种更高的个人使命的渴望；二是在一个逐渐疏离、冷淡的社会里，寻找某种“共同体”意识的需求。您说，为了共存于一个联系日益紧密的世界，人类需要不断开发新的理念。我理解，您现在做的这些，就是您通过回看历史，又试图不断返本开新、开发新理念的努力。

乐：这是我的一些尝试。我在鲁迅人文讲座的开场白上讲过，我在北大60多年了，我很庆幸我做出了三个重要而宝贵的选择。第一，就是我选择了教师这个职业；第二，就是我选择了文学研究作为我终生的事业；第三，就是选择了我的老伴——老汤。

张：说到最后一点的时候，全场大笑，并且长时间鼓掌。显然同学们既是羡慕，又充满良好而真诚的祝愿。您和汤先生确实如您一篇文章的标题所说，是“同行在未名湖边的两只小鸟”。祝福你们，2011年是你们新的开始！

还要谢谢您今天又给我单独开小灶上了一课。

（原载《中国比较文学》2011年第1期）

跨界的探寻

——我的比较文学研究之路

暨南大学　饶芃子

岁月匆匆，人生易老，不觉间我已在大学执教五十八个春秋。我的前二十几年，从事的是文艺学的教学与研究工作，20世纪80年代初，由于我校外国文学教授、著名越南文学研究专家黄轶球先生的启蒙和指点，还有北京大学乐黛云教授的推动，才有幸“结识”比较文学，在“跨界”的探寻中不断感受比较文学学科的魅力。近三十年来，我主要做的是比较文学与文艺学、海外华文文学交叉、互动的研究工作，自认是一个在比较文学“边界”耕耘的人。令我感动的是，我的系列成果一次又一次地得到中国比较文学学界同仁的认同、支持和激励，还有幸获2015年学会颁发的“中国比较文学终身成就奖”。所以，我以为，我此次获奖，不仅是我个人的荣誉，也是学界对比较文学与相关学科互动研究的一种关注、肯定和期待。而这些，都与20世纪七八十年代比较文学在中国的复兴，老一辈比较文学学者的引导，同一辈比较文学先行者的启迪、互动，特别是中国比较文学学会的支持密不可分。在这里，我要向他们、向学会表示深深的谢意！

一

回顾我的学术历程，我能进入比较文学领域，是因为比较文学是一个开放型的学科，也与我此前所受的教育和在跨学科教研实践中的体验密切相关。我于1935年出生在广东潮州一个世代知识分子的家庭，家中长辈多是从事语文教育工作，受家庭的影响，自幼对文学有浓厚的兴趣。1953年我考入中山大学中文系学习。那时，中大中文系名师荟萃，我修读了许多著名教授的课，在老师们的指导下，系统地阅读各种中外文学名著，思考、领悟从文学折射的人生奥秘，这加深了我对文学的向往。在大学读书时，我主要的兴趣是古典文学，在词学专家詹安泰先生指导下，我撰写的毕业论文《试论柳永的词》，得到老师们的一致好评。1957年我毕业后留校任教，师从元曲专家王起（季思）先生，主修宋元文学史。此期间我还修听了著名历史学家陈寅恪先生为文、史两系青年教师开的“元白诗证史”课。先生们的学术造诣、治学精神和研究方法，深深教育了我，在我心中内化成一种精神，一种与个人情感和生命相联系的追求，我后来在教学与研究工作中，能面对曲折和困难，在学术上保持积极进取的态度，正是得益于那段时间所奠定的基础。

1958年，暨南大学在广州重建，我被调到暨大中文系任教，师从文艺理论家肖殷先生，讲授文艺理论课。为了适应新的教学工作，我开始关注当代学界有争议的文学作品和理论文章，从中发现问题，进行辨析，有针对性地撰写文艺评论。由于我一直没有间断过对中外经典作品的阅读，所以我的文章和讲课都不是从理论到理论，很受学生欢迎，曾获多种教学奖励，在广东文学界也逐渐为人所知。“文革”初期，我遭受激烈的冲击，在各种压力面前，文学成了我生命的守护神，因自知无论在教学还是写作上都没有方向性的问题，所以能自持着走过那段艰难的道路。1970—1977 年暨南大学停办期间，我在广东师范学院（今华南师范大学）中文系任教，先后为该校七届学生讲授文艺理论课。至今，这些老学生相聚，仍然认同“那是他们印象最深的课程之一”。

1978 年暨南大学复办，我返回暨大执教。应该说，我真正的学术之路是在这时才开始的。五十几年来，我执教的学科是文艺学，但我的学术研究，却跨越文艺学、比较文学和海外华文文学三个领域，表面看，这个“跨度”很大，事实上，在我的学术“世界”里，这三者是紧密联系在一起的。可以说，文艺学是我的“出身”学科，也是我学术之“根”，而我的比较文学与海外华文文学成果是后来在这一“基点”上拓展开来的。

改革开放初期，我的学术研究主要是对曾被视为“禁区”的一些文艺理论问题进行辨析，如我较早发表的《论形象大于思想》《形象思维是文艺创作的规律和方法》《谈社会主义时期的悲剧》等系列论文，这些论文从不同角度反映了我对中国当代文艺理论的反思，发表以后都不同程度引起学界的关注和回应。我还应中国社会科学院文学研究所张大明先生之约，对由于某种历史原因而被淡忘的左联重要作家、我的舅父戴平万及其创作进行研究，撰写出版了《戴平万研究》一书（与黄仲文合作），填补了中国现代文学史上的一个空白点。与此同时，我结合自己的文艺理论教学，写了不少当代作家作品的评论文章，并结集为《文学批评与比较文学》《艺术的心镜》《心影》《文心丝语》等出版。我的文学评论，重视作家对现实和文化现象的审美思考，是自己对作品诗性感悟的表述，是一种与作者文心的“对话”，正是这种评论特点和姿态，学界有论者称我为“诗性批评家”。

1981 年，我协助肖殷先生成功申报文艺学硕士点，使暨南大学中文系成为国内第一批获得硕士点的授权单位，创点方向是“创作理论与批评方法”。之后，随着国家改革开放政策的实施，中外文化、文学交流日多，比较文学在中国学界复兴，我有幸参与了这一历史性的学术进程，从中发现比较文学与文艺学在研究对象和目的上有若干交叉的地方，从而在自己的科研和研究生教学中，引入比较文学的视野与方法，开启对其交叉领域的研究。

二

我有幸走上比较文学的研究之路，是得益于著名外国文学专家黄轶球先生的引领。黄先生是 20 世纪 30 年代初的留欧学生，曾先后在瑞士菲立堡大学和法国巴黎大学攻读比较文学硕士和博士学位，1935 年回国后一直在大学中文系讲授世界文学，并致力于越南文学的译介和研究，在国内学坛独树一帜。黄先生于 1961 年从广东师范学院调到暨南大学中文系执教，我和他接触较多，是在打倒“四人帮”以后，1978—1982 年他任暨南大学中文系副系主任期间。那时，我协助肖殷先生指导两名文艺学硕士研究生，黄先生也有两名欧美文学的硕士研究生，两个专业的学生有的课程是交叉的，所以要经常和黄先生联系。因他知道我1957年在中山大学任助教时曾跟随王起先生进修宋元文学，对中国传统戏剧有浓厚兴趣，而他为两个硕士研究生选择的论文题目分别是《〈娇红记〉与〈罗密欧与朱丽叶〉比较》和《〈灰栏记〉与〈高加索灰栏记〉》，两个都是中西戏剧比较的课题，曾不止一次和我谈到他的硕士研究生这两篇论文的选题。他认为，中西传统戏剧差异很大，而我们现在文艺理论教科书上所讲的戏剧概念、特征，都是从西方文论引入的，并不符合中国古典戏剧的实际，因而有必要引导学生对中西传统戏剧文本进行比较研究，弄清它们之间的同和异，这使我深受启发。1982年，黄先生因年事已高，不再担任副系主任，学校安排我接替他在系里的工作，我到他府上请教，他热情地给我指导，说："暨大在'文革'期间停办多年，现在刚刚复办，要在传统学科发展上创优势，难度很大，应开拓新学科，可考虑引入比较文学。"还说："因我们是中文系，可从中西文学的比较研究做起。"当时，比较文学才在大陆学界复兴，只有少数的译著和论文，尚未进入大学课堂，他还简要地向我介绍比较文学在法国和美国发展的历史，特别讲了早期比较文学法国学派的主张和研究方法。之后，我们商定，由黄先生给欧美文学和文艺学两个专业的硕士研究生开"比较文学史"课。由于"文革"时黄先生受到激烈冲击，许多资料已遗失，手头只有洛里哀的《比较文学史》法文本，他就以此为教材用汉语给学生授课。这是我第一次接受比较文学的启蒙。后来，我根据黄先生的意见，在系里成立文艺理论研究室，把中西文学比较作为我们的主攻研究方向，并从系里拨出经费，出版《文学比较研究通讯》。

1983年，我被遴选为文艺学硕士生导师，并开始招收硕士研究生。同年6月，南开大学、天津师范大学、天津外国语学院和天津市外国文学学会等多个单位共同发起，在天津召开第一次全国性的比较文学讨论会。我因有公务未能出席会议，那时黄先生的两位硕士研究生已毕业留校任教，我让他们和我们文艺理论研究室的一位助教前往参加。他们的论文在研讨会上得到很好的评价，还被选入会后出版的论文集中。这三位青年教师在会上的表现，给暨大中文系带来良好的影响。会后，乐黛云先生来函，邀我为她主编的"中国比较文学丛书"撰写一本关于中西戏剧比较的著作。我十分惶恐，因自知尚未进入比较文学之"门"，但有感于乐先生的诚挚和信任，我答应了。由于我以往对中西戏剧的有关资料触及较多，从1983年起，我个人的科研就围绕"中西戏剧比较"这一课题进行，先后为硕士研究生和本科高年级学生开出"中西戏剧比较专题"和"中西戏剧比较"两门课，还在学术刊物上发表了《中西戏剧起源、形成过程比较》《中西戏剧接触、影响和融合》《中西戏剧结构的差异及其成因》等论文。

1984年我出任暨南大学中文系主任，经北京大学乐黛云教授提议，得到学校领导的支持，在暨南大学举办"第二次全国比较文学讨论会"。在会议召开之前，为了做好学术准备，我查阅了国内不同时期发表的173篇比较文学及其相关的论文，对这一学术领域的信息和现状有了一定的了解。由于我当时在文艺学的教学与研究正面临难以突破的困惑，比较文学的视野与方法给我以新的学术启示，我深感这是一个充满生机的新的学术领域，愿意在这方面积极参与。就在这次研讨会上，我有幸见到乐黛云先生、林秀清先生、应锦襄先生、孙景尧先生、谢天振先生，还有从北京调来广东省星海音乐学院任院长的赵宋光先生，他们都是新时期比较文学在我国复兴的“先行者”。通过交流，我们了解到国内外学坛许多比较文学的信息，大家都为这一新兴学术领域新的视野、精神所激发，自始至终会议气氛十分热烈。

这次讨论会不仅使我本人得以介入、参与这个新兴学术领域，更重要的是在广东学界点燃了比较文学之“火”，使暨南大学中文系在这之后成为广东比较文学的一个“中心”。1984年12月，暨南大学领导组织文科各系系主任赴香港高校交流、考察，期间我应当时香港比较文学学会会长、香港大学英语系主任黄德伟教授和香港中文大学比较文学中心主任袁鹤翔教授的邀请，在香港会议中心向他们介绍有关大陆比较文学研究现状，并就粤港比较文学的合作交换意见。在这次交流的基础上，黄德伟教授又联络了厦门大学的应锦襄先生，经过一段时间的酝酿、磋商，彼此达成合作共识。自1988年始，广东和福建联合举办过三届“粤、港、闽比较文学研讨会”。

三

1985年10月，由北京大学牵头，全国多所大学和研究机构联合发起，在深圳大学召开“中国比较文学学会成立大会暨国际研讨会”，暨南大学也是发起单位之一。当时的深圳特区刚创建不久，之所以成为中国比较文学学会的诞生地，是与乐黛云先生从北京大学借调深圳大学任中文系系主任有直接的关系，她以非凡的学术热情做了大量的组织发动工作，不仅得到各方面的响应，还得到深圳大学和深圳市领导的大力支持。在这次大会上，我被选为中国比较文学学会第一届常务理事。

正是在深圳会议精神的感召下，1986年，经我倡议，得到省内学界同仁和广东省社会科学联合会领导的支持，成立了广东省比较文学研究会，会址设在暨南大学。此后，我们把原先暨南大学中文系出版的《文学比较研究通讯》扩大改版，创办会刊《比较文学研究》，这是当时国内仅有的三个比较文学刊物之一。1987年7月，我被任命为暨南大学副校长，主管学校的人文社会科学研究工作。当年11月，研究会与暨南大学、五邑大学联合在江门市举办“广东省比较文学研究会首届学术研讨会”，对中外文学关系、比较文学与文艺理论、比较文学教学等问题进行研讨。1988年12月，广东比较文学研究会、香港比较文学学会联合在广东中山市举办第一届“粤、港、闽比较文学研讨会”。这两次会议共收到论文60余篇，我主编结集为《比较文学与比较美学》，1990年由暨南大学出版社出版。

1990年8月，“中国比较文学学会第三届年会暨国际研讨会”在贵州举行，我在学会换届选举中被选为中国比较文学学会副会长，并连任多届。之后，很长的一段时间，我一方面参加全国和地区性举办的各种比较文学研讨会，提交自己关于比较文学领域的研究成果，如于1991—1995年在广东和福建主持、参与组织第二、三届“粤、港、闽比较文学研讨会”；另一方面应邀在省内外高校作了十几次有关比较文学的学术报告和讲演，身体力行地普及比较文学的学术理念和研究方法，进而将其付诸自己的学科建设中。

面对国内外比较文学学科发展的新形势，为适应高等学校比较文学教学的需要，我在为文艺学硕士研究生讲授“中西戏剧比较专题”课程的基础上，主编、出版了《中西戏剧比较教程》（1989 年）。该书从框架到内部观点的建立，都是“白手起家”的，从中西戏剧的起源与形成过程、戏剧观、戏剧主题、情节结构、悲喜剧诸方面，阐明了中西戏剧的不同特质及其相互影响的历程。因此前学界对中西戏剧比较的研究成果十分有限，该书出版后，有学者著文称它为中西戏剧比较的“拓荒之作”；而作为国家教委“七五”教材规划项目成果，结项时也被评审专家认为具有创新性和明显的学术价值。1992 年，《中西戏剧比较教程》获“广东省规划及省属院校自编文科优秀教材一等奖”，同年获“国家教委第二届普通高等学校优秀教材奖”。1994 年，为了拓展学科内涵，由我领衔与一些中青年学者合作撰写出版了《中西小说比较》一书。中西小说比较研究，前人已有不少成果，但多为微观研究，该书从宏观的角度对中西小说的若干基本问题作尝试性的理论探讨，有填空补缺的作用。1996 年，我的《中西文学戏剧比较论文集》（英文版，谭时霖等译）出版。之后，我与我校东南亚研究所的几位专家合作，主编出版了《中国文学在东南亚》一书，这是国内首部从比较文学视角研究中国文学在东南亚地区传播、影响的学术著作。

二十世纪八九十年代之交，随着比较文学在中国学坛的发展，比较诗学兴起，中西比较诗学研究也成为比较文学一个新的拓展方向。1988 年，在我任暨南大学副校长期间，受王元化先生之托，由暨南大学承办在广州召开全国第一次“《文心雕龙》国际研讨会”，邀请国内外著名学者参加，围绕中国古代这部体大精深的经典文论著作，交流研究成果。会后由我主编出版了研讨会论文集《文心雕龙研究荟萃》。正是由于这次会议的启示，我们通过论证，在原来的文艺学硕士点增设了“文艺理论与比较文学”方向，1993 年，在培养多届硕士生的基础上，以“比较文艺学”为创点方向，由我领衔成功申报暨南大学文艺学博士点，同时国务院学位办也批准我为博士生导师。这是当时长江以南第一个文艺学博士点，也是国内第一个“比较文艺学”方向的文艺学博士点。1999 年，我主持完成了国家教委“八五”人文、社科规划项目《中西比较文艺学》，并由中国社会科学出版社出版。该书共分三编，分别以“中西文学观念比较”“中西文论形态比较”“中西文论范畴比较”为题，着重对中西诗学的差异性和相似性进行“体”与“质”层面上的比较研究，注重各论题自身“理论依据”的反思和说明，以跨文化的诗学立场，在中西不同的诗学体系中考察所选取的论题和范畴，为中西诗学的互识、互补，为建立更具世界性的现代文学理论探索道路。2000 年，我个人的学术论文集《比较诗学》，被列入钱中文、童庆炳主编的“新时期文艺学建设丛书”出版。之后，我还结合博士生的教学成果，主编出版了《比较文艺学论集》、“比较文艺学丛书”和“比较诗学丛书”。

四

由于暨南大学是我国一所历史悠久的华侨高等学府，面向海外、面向港澳台，是我校的办学特色。20 世纪七八十年代之交，台港暨海外华文文学在学坛勃兴，暨大是其发源地。我在 80 年代中期已参与这一领域的学术活动，撰写海外华文作家作品的评论文章，参加主编《台港澳暨海外华文文学大辞典》，并在澳门招收研究生。此期间，我曾多次应邀参加澳门文坛的各种学术活动，注意到澳门地区特殊的文化、文学形态，发表了系列论文，引起学界的关注。我还鼓励和指导研究生以此为题撰写学位论文，并与他们合作，于

2008年出版专著《边缘的解读：澳门文学论稿》。在我撰写的系列论文中，《澳门文化两题》《文学的澳门和澳门的文学》（与费勇合作）、《“根”的追寻：澳门“土生”文学一个难解的情结》，被收进具有文献意义的《澳门人文社会科学研究文选》。我有关澳门研究的学术成果曾先后获“首届澳门人文社会科学研究优秀成果奖”一等奖（论文类）和“第二届澳门人文社会科学研究优秀成果奖”二等奖（著作类）。

正是在上述的教研实践中，我逐渐认识到海外华文文学作为一种世界性的文学现象，具有多种中外文化复合的跨文化特色，与比较文学有一种不寻常的天然的学术联系，于是将其作为比较诗学的一个对象进行研究，特别是对当中所蕴含独特的跨文化诗学命题，进行“解读”，发表了《90年代海外华文文学研究的思考》《海外华文文学的命名意义》《海外华文文学的新视野》《海外华文文学与比较文学》等系列学术论文，曾先后获“广东省哲学社会科学研究成果奖”一等奖和二等奖（论文类）。与此同时，我还在学界倡导比较文学视野下的海外华文文学研究，并于1994年首次提出将海外华文文学与海外华人非母语文学“打通”研究，得到比较文学界高层学者的认同和支持。从90年代中期开始，在历届“中国比较文学国际研讨会”上，均设立这方面的学术“圆桌”，将其看作是“比较文学应当要去拓展的领域”。2011年，在中国比较文学复兴三十年之际，创刊于19世纪末著名的法国《比较文学杂志》，为了让世界学坛了解中国比较文学的成就，于2011年第1期首次推出“中国专辑”，选登14位中国学者的学术论文，其中也刊登了我的论文《全球语境下的海外华文文学研究》（英文版）。与此同时，国内学界为系统回顾新时期以来中国比较文学学科发展的历史和领域拓展的经验，复旦大学出版社出版了谢天振、陈思和、宋炳辉主编的“当代中国比较文学研究文库”，当中也选入我的论文集《比较文学与海外华文文学》。同年，复旦大学出版社还出版了我的《华文流散文学论集》（英译本，蒲若茜等译）。

我一直认为，对于中国学者来说，开展海外华人文学中具有特殊意义的诗学问题研究，是一个极具民族特色、探讨中华文化和文学通向世界的特殊文论领域，是我们应当重视并进一步去拓展的新的学术空间。所以近二十年，我主要的精力是投注在此项研究上，发表了《拓展海外华文文学的诗学研究》等专题学术论文，并于2005年结集为《世界华文文学的新视野》，由中国社会科学出版社出版。我还与费勇合作，出版了著作《本土以外——论边缘的现代汉语文学》一书，2009年我领衔主编出版了国内第一本《海外华文文学教程》，这两本书均先后获“广东省社会科学优秀成果奖”（著作类）。《海外华文文学教程》还入选教育部第一批“十二五”普通高等教育本科国家级规划教材书目。2011年，我作为首席专家，成功申报国家社科基金重大项目“百年海外华文文学研究”，现正在进行中。

在高学位教学上，我于20世纪80年代中期开始招收硕士生，90年代中期开始招收博士生，至今共培养数十名硕士和56名博士，有29篇博士论文出版，25位博士已晋升为教授，其中有10位已是博士生导师。我的研究生教学曾先后三次获“广东省普通高等学校优秀教学成果奖”，并于1992年起享受国务院颁发的政府特殊津贴。

在这半个多世纪的时间里，我在从事教研工作的同时，蒙学界同仁的信任，还先后兼任广东省社会科学联合会第三、四届副主席，广东省作家协会第四、五届副主席，广东省文艺批评家协会第一届副主席。曾任中国世界华文文学学会会长、中国文艺理论学会副会长、中国比较文学学会副会长、中国作家协会文学批评理论委员会委员，还被聘任为中国人民大学、复旦大学等十多所大学的客座教授和兼职教授。现任中国世界华文文学学会名誉会长、世界华文文学联会副会长、广东省社会科学联合会第六届委员会顾问，是《岭南文库》等大型学术丛书的编委。2011 年 7 月，为了进一步繁荣社会科学，推动学术创新，经广东省委、省政府批准，中共广东省委宣传部及广东省社会科学联合会表彰首届“优秀社会科学家”（十六位），我有幸名列其中。

回顾自己近三十年走过的学术道路，无论从文艺学到比较文艺学，还是从比较文艺学到海外华文文学、诗学，以及为人所知的澳门地区“土生”文学研究的倡导，在学术理念上，都有一个共同的特点，那就是：重视从理论上研究不同文化相遇、碰撞和融合的文学现象、文化问题，关注中外文化的对话和不同文化之间的相互诠释。也许，正是这种“跨界”的思考和研究成果，显示出自己的某种学术个性和新意，因而得到学术界朋友的认可。

在自己半个多世纪的学术历程中，我体会最深的一点就是学科的融通、互动，对于学科的发展具有一种双赢的力量，我通过自己的教研实践，一次又一次地感受到跨学科研究的那种不可名状的勃发生命力。事实上，自改革开放以来，随着学科和方法的多元发展，已经进入到可以相互融合、相互融通的阶段，因而学科的发展途径和范式也趋于多元互渗，形成了“每个学科都在边界上”的现象，完全可以在研究中进行“间性”的“对话”，通过“对话”，拓展这些“间性”领域，在两个或多个相关学科的交叉地带培育新的学术思路，提出新命题，建构新方法，寻找自己所属学科建设的各种新超越。几十年来我已经收获了一些大家认可的“果实”，而我正是这样耕耘着自己的“园地”。

2016 年 3 月 25 日修订

比较文艺学漫说

深圳大学　胡经之

比较文学研究，虽然在18世纪已由欧洲的启蒙学派开启了（例如，法国的孟德斯鸠、伏尔泰，稍后又有德国的歌德），但是，作为一门文艺科学的学科而兴盛起来，却是19世纪末20世纪初的事。近数十年来，比较文学研究更是在许多国家（不只是西方，还有东方，如日本、印度、阿拉伯地区）得到蓬勃发展。许多学派出现了，最有名的有美国学派（以倡导"平行研究"而著称）、法国学派（以主张"影响研究"为特点）。还出现了一些国际学术组织，如"国际比较文学协会"。因此，比较文学研究成了国际性现象，无怪，它被称为20世纪的孩子。

中国，也需要这个孩子吗？再广而言之，我们需要比较文艺学吗？

依我看，这种需要是不言而喻、毫无疑义的。这是历史发展的必然和当前现实的实际需要。

作为社会现象，文学艺术广泛存在于世界各国，到处都有。文艺研究当然要从研究各别的民族、不同文化的文学艺术开始，它是整个文艺学的基石。只有在对各别民族、不同文化的文学艺术的研究的基础上，才可能作更高或更深一层的研究。因此，传统的文艺学注重于各别文学艺术的研究，弄清各别国家、民族文学艺术的来龙去脉、历史发展，这十分必要。然而，随着文学艺术在不同国家、民族之间的交往，特别是在全世界范围内的更广泛的交往，文艺学势必要对不同民族、不同文化的文学艺术作比较的研究，以便弄清：究竟什么是世界各国文学艺术共同具有的普遍性，什么是某些文化体系（如欧洲的、东方的）文学艺术所独具的特殊性，什么又是各别国家（如中国的、印度的）所特有的个别性。

从历史发展的趋势看，比较文学研究的领域，随着国际文化交流的发展，正在不断扩大和深入。比较文学研究，开始主要是在欧洲文化体系内部进行，但有的早已跳出这个范围。歌德很早就把中国文学（《好逑传》这类作品）和西方文学（他自己的《赫尔曼与窦绿苔》，理查森的小说，贝朗瑞的诗，等等）作了比较。后来，比较文学研究由欧洲文化体系扩展到美、欧文化体系，美国学派扩大了法国学派的领域。进而，比较文学研究又推进到西方与东方文化体系之间，而且这种东西方文学的比较，越来越显得重要。比较研究的范围也越来越大，不局限于文学，其他艺术，如绘画、建筑、雕塑、戏剧、歌舞以至实用艺术等等，也都在研究比较之列。于是，比较文艺学作为一门文艺科学，成为世界性的学科。历史发展的趋势是：比较文艺学的方向日益转向东方，而中国的文学艺术更受到了特别的注意。国际上一些著名的比较文艺学家声称：比较文学研究要注视中国；中文应是重要的国际语言。没读过《西游记》，就像没读过托尔斯泰和陀思妥耶夫斯基的作品一样，不能谈论小说理论。由此，杨周翰教授就旗帜鲜明地提出：比较文艺学，除了法国学派、美国学派之外，还应该有中国学派。

其实，中国也早有比较文学研究的传统。在20世纪初，我国较早接触了西方文化的先驱王国维、梁启超、苏曼殊等，曾对中西文艺作过一些零星、点滴的比较。30年代以来，郑振铎、吴宓、朱光潜、钱锺书、戈宝权等人，都曾在文学的不同方面，作过比较研究的尝试。就是鲁迅，虽无专著论述，但在评述中外文艺时有比较，发表过精辟见解。许多海外华裔学者以及台湾学者，数十年来一直致力于中西文学的比较研究，取得了不少积极成果。

对比较文艺学究竟能否成为一门独立学科，尽管至今尚在争论之中，但我毫不怀疑，对不同民族、不同文化的文学艺术作比较研究，应该也必然要成为文艺美学的重要方法。德国伟大的文学家歌德曾对中国小说和欧洲文学作过对比，在1827年和爱克曼的一次谈话中提出：不仅要发展民族文学，而且要建立世界文学。马克思在《共产党宣言》中也曾指出了历史发展的必然趋向：随着人类的交往扩及世界各国，不仅物质生产领域结束了自给自足的闭关自守状态，而且精神生产也是如此，各民族的精神产品成了世界共同的财富，"于是由许多种民族的和地方的文学形成了一种世界的文学"。这里说的文学是广义的，包括科学、哲学、艺术等精神文化，因此，文学艺术也成了人类共同的精神财富。但这丝毫不意味着，民族和不同文化的文学艺术就必然要损失民族独特性，这就促使文艺学必然要认真探索各国文学艺术中普遍、特殊和个别的辩证关系。

比较文艺学，对于我们来说，更有现实的需要。为了发展社会主义文学艺术以及马克思主义文艺学，我们也需要比较文艺学。

社会主义文学艺术不能在废墟上发展，必须继承和发扬中国自己的优秀历史传统，同时汲取和借鉴国外的优秀的文学艺术。这就需要对中外的文学艺术进行比较研究。有比较才有鉴别，不比较，就会既不知己，又不知彼，既不知长，又不知短，更谈不上取长补短了。更糟的是把糟粕当精华，把垃圾当珍宝，还谈什么批判继承，洋为中用！

我们要建立和发展马克思主义文艺学，无疑，必须以马克思主义作指导。马克思主义是完整的思想体系，是指导一切科学研究的根本方法。但根本方法不能代替具体方法，正如具体方法不能代替根本方法一样。比较文艺学要在马克思主义这个根本方法指导下，运用比较研究这个具体方法，进行文学艺术的比较研究。马克思主义文艺学，只有在对许多具体文学艺术现象作比较研究的基础上，才能建立和发展起来。因此，对文学艺术作比较研究，乃是建立和发展马克思主义文艺学的重要途径，是通向马克思主义文艺学的桥梁。

马克思、恩格斯一向很重视"比较"的方法，对于法、美、英国人在实践和理论中"经常进行比较"的这一传统，给予首肯。马克思自己在评说文学艺术时，就经常运用比较的方法，例如，把莎士比亚和席勒作比较，把拜伦和雪莱作比较，把歌德的《伯利欣根》和拉萨尔的《济金根》作比较。马克思、恩格斯还曾对文艺复兴时代的三位著名艺术家作过精辟的比较："拉斐尔的艺术作品在很大程度上同当时在佛罗伦萨影响下形成的罗马繁荣有关，而列奥纳多的作品则受到佛罗伦萨的环境的影响很深，提香的作品则受到全然不同的威尼斯的发展情况的影响很深。"各国的文学艺术，既有共性，也有个性，有相同的方面，也有相异的方面，毛泽东在《同音乐工作者的谈话》中说得好：“艺术的基本原理有其共同性，但表现形式要多样化，要有民族形式和民族风格。”只有比较才有鉴别。没有比较，怎么知道不同国家文学艺术的异同和优劣呢！既不知己，又不知彼，所谓取长补短只能成为空谈。

在中国建立和发展比较文艺学的必要，曾受到怀疑。有人以为，中国只要马克思主义文艺学，不必再有比较文艺学——那是资产阶级伪科学。其实，这完全是形而上学的武断。为什么比较文艺学关注定要和马克思主义文艺学对立呢？诚然，比较文艺学可能是资产阶级的，但也可以是马克思主义的，关键在于：是不是以马克思主义作为根本方法。我们需要比较文艺学，用马克思主义作指导，正是为了发展和丰富马克思主义文艺学，两者应该而且可以统一起来。比较文艺学应该而且可以成为马克思主义文艺学的组成部分。

当前，需要我们探索的是：我们的比较文艺学应该、可以进行一些什么样的研究？研究如何切合中国的实际？

比较文艺学的研究范围十分宽广。当前的比较文学研究，并不限于国别比较。可以作历史比较，把当代文学和古代文学作比较研究。也可以作艺类比较，把文学和其他艺术样式作比较研究。还可以有其他种种比较，如主题比较、形态比较、渊源比较等等。就是国别比较，也有多种途径，可以重在国别文学之间的影响研究（这是法国学派所注重的），也可以不顾国别文学的相互影响而作平行研究（这是美国学派的特点）。

显然，我们的比较文艺学首先要把注意力放在国别比较，特别是中国和外国的比较。西方的比较文艺学，注重西方国家之间、西方与东方国家之间的比较研究，这是理所当然的。但是，“西方中心”说以至“欧洲中心”说，却夸大了西方、欧洲文学艺术的作用和地位，不符合马克思主义，不符合实际，为我们所不取。我国的比较文艺学，要以中国为一方，同其他国家作比较研究，这也是势在必行。当然，我们也不是要立足于“东方中心”说乃至“中国中心”说。我们是要运用马克思主义对具体实际做实事求是的比较研究，得出符合实际的结论。

中西文艺的比较，在以往受到了较多的注意。中西文艺的影响研究，曾有许多著述。例如，德国利奇温《十八世纪中国与欧洲的文化》一书，详尽地阐述了欧洲在18世纪出现的“中国热”，研究了当时中国的戏剧、绘画、歌舞、建筑、实用艺术等如何影响了欧洲文化。美籍华人学者叶维廉在《中国古典文学的比较研究》一书中，研究了20世纪初美、英的意象派诗人如何从中国古典诗歌中汲取“意象经营”的艺术技巧。在我国，阿英的《易卜生的作品在中国》，茅盾、赵景深分别在最近发表的《外国戏剧在中国》等文，探讨了话剧这种艺术样式如何影响了中国的戏剧。王瑶的《论鲁迅作品与外国文学的关系》、乐黛云的《尼采与中国现代文学》等，都是研究西方文学对中国文学的影响的。至于研究苏俄文学对中国文学的影响，著述就更多了，例如，冯雪峰的《鲁迅与果戈理》。这种中西文艺的影响研究，无疑，应该扩大和深入。中西文艺的平行研究，更是大有可为，天地广阔。朱光潜《诗论》、钱锺书《谈艺录》、朱自清《新诗杂话》、李健吾的戏剧论文等，都曾对中西文艺作过一些对比研究。冯至在瑞典科学院宣读的《杜甫与歌德》，对于这两位大诗人在诗与政治、诗与自然关系问题上的异和同，做了平行地对比研究。最近出现的徐朔方、张隆溪等的《汤显祖和莎士比亚》等文，也都是平行比较。郭麟阁早年曾尝试把《红楼梦》和西方小说作对比研究。显然，中国小说和西方小说的比较，应受到重视，这种研究将是饶有兴味的。

中国和其他东方国家的比较，应该受到我们比较文艺学的特别注意。中国的文学艺术和其他东方国家的文学艺术，相互影响更多更大，历史传统也更为接近。例如，古印度的文学艺术，特别注重“韵”“味”“情”，这同中国古典文艺很相近，甚至在文艺理论上也表现出来。这就可以从创作到理论作一番比较研究。印度画论中有“六支”说，中国画论中有“六法”论。英人勃朗在《印度绘画》中说中国“六法”论受印度“六支”说影响，金克木用历史事实否定了此说，同时阐明了“六法”论和“六支”说的异同，这种研究很有价值。中日文学的比较也很有意思，例如，紫式部的《源氏物语》，就可以同《红楼梦》《金瓶梅》等做点比较研究。

比较文艺研究，当然要从作家、作品等具体现象着手，从具体、个别开始。但这并不妨碍我们及早就注意中西文艺的系统比较，做出系统概括，反过来指导个别比较。国别文艺的比较研究，是要找出不同国家文艺共有的一般规律，又抓住每一国家文艺的特殊规律的。因此，比较文艺研究必然要导致中外文学艺术理论的比较以及美学理论的比较。朱光潜的《西方美学史》，钱锺书的《管锥编》及一些其他论著，伍蠡甫的《试论画中有诗》，宗白华的《美学散步》，李泽厚在《美学论集》中谈意境、创作方法的论文等等，都在这方面作过一些尝试。理论的比较虽然更为困难，但十分重要，需要更加努力。

不管进行什么样的比较，都需要马克思主义的指导。马克思主义的精髓是实践唯物主义、历史唯物主义和辩证唯物主义。在1981年初成立的北京大学比较文学研究会上，吴组缃教授曾以中外古典小说的比较为例，说明：比较文学研究一定要用历史唯物主义辩证方法，才能抓住本质的特征和内在的联系；不然，研究就会流于鸡毛蒜皮，表面现象，不得要领，走向歧途。如何运用历史唯物主义来进行比较文学研究，这是我们需要在实践中不断探索的重大问题。普列汉诺夫对于法国戏剧文学、绘画的研究，梅林对莱辛的研究，卢那卡尔斯基对世界文学的研究，都值得我们借鉴。

建立和发展具有中国特色的马克思主义文艺学，这是文艺研究共同的宏伟目标。为了达到这个目标，需要集思广益，通过多种途径和方法，共同努力。为此，我们既需要研究中国古典美学和文艺学，又需要研究西方现代的文艺思潮，并且从中外文艺的比较进而作中外诗学和中外美学的比较。但是，无论是中国传统的美学和文艺学，还是西方现代的文艺思潮，对于我们来说，都不过是一些理论资料或思想资料，可供建立和发展具有中国特色的马克思主义文艺学做参考，需要用马克思主义予以分析和综合。正确的原则仍然是古为今用、洋为中用。毛泽东在《同音乐工作者的谈话》中说得好：“要向外国学习科学的原理。学了这些原理，要用来研究中国的东西……自然科学、社会科学的一般道理都要学。”艺术又怎么样呢？“中国的音乐、舞蹈、绘画是有道理的，问题是讲不大出来，因为没有多研究。应该学外国的近代的东西，学了以后来研究中国的东西。”中国的和外国的，两边都要学好，“中国的和外国的要有机结合”。向古人学习是为了现在的活人，向外国人学习是为了今天的中国人。学习古代的东西是要把它变成现代的；吸收外国的东西要把它变成中国的。“鲁迅的小说，既不同于外国的，也不同于中国古代的，它是中国现代的。”文学艺术是如此，那么，我们的文艺学是不是也应该这样呢？“应该学习外国的长处，来整理中国的，创造出中国自己的、有独特的民族风格的东西。”这是马克思主义的回答。

中国比较文学30年的主题学研究

天津师范大学　孟昭毅

比较文学主题学是一个学术范畴宽泛的领域。它可以追溯到19世纪初德国民俗学学者F·史雷格尔和格林兄弟关于神话故事和民间传说的研究。继后，19世纪中叶德国学者本菲对印度《五卷书》中的寓言、故事以多种渠道和形式向世界播扬过程的研究，也对比较文学主题学的研究传统有贡献。这种研究倾向主要探讨神话故事和民间传说的描述轮廓，以及人物形象的典型性在不同文化环境中的发展变异。相当长的一段时间这种主题学的研究倾向，未被法国学者尤其是英美国家的主流学者所广泛认同。主要理由是他们认为这种研究"不具有文学性"。20世纪50年代以后，美国学派平行研究中的主题学研究取得显著成绩，60年代才被正式纳入比较文学研究的理论体系。此时的主题学是以故事情节所表达的思想形成比较文学观念的。

这样的学术史变化历程，使得比较文学主题学，在国外的发展历尽坎坷，较长时间都属于有争议的研究领域。国外比较文学理论和文艺理论的书籍中涉及主题学的研究也较少，尤其是比较文学主题学所指涉的主要学理元素，如主题、母题、意象、原型、题材、类型、象征等专有词汇，都缺少本体论意义上的界定。这使得"主题学"在认识论、方法论乃至实践论等方面都有很大的学术探讨空间。至今主题学研究仍难以形成一种明晰、确定的，并在国际学界得到普遍认同的理论体系。当然相对而言，苏俄的比较文学研究，他们称之为"历史—比较文艺学"，其中涉及类型学范畴里的主题学方面的内容，还是较为详细的。但是，他们的主题学理论，主要是从比较文学定义出发而言的。因此主题学理论在这样的学术背景下，进入中国学术界以后，必然会带给中国学术界诸多的反响，并产生多样化的发展趋向和多样性的学术成果。

主题学是有学理基础做支撑的，它具有独特的本体论意义。主题学研究是比较文学的一种研究方法。因此，它以跨异质文化为本质特征，以跨诸多学科为表象，从而表现出网状思维、星云式联想上的优势，以及追根溯源式的树根型考察，给人一种广可纵横捭阖，深可探源索迹的学术视域。比较文学主题学研究是跨越语言、跨越民族、跨越国界、跨越学科、跨越文化等多种界限的关于主题、母题、意象、原型、题材、类型、象征方面的中外文学关系与联系的研究。它自20世纪70年代末至80年代初，进入海峡两岸的学术界以后，形成了民俗学、民间文学领域的主题学研究，中国文学史领域的主题史研究，比较文学平行研究中的主题学研究和具有中国特色的比较文学主题学研究这四种趋向。在经历了中国比较文学学科定型后的三十多年之后，无论是在理论建构还是研究实践上都取得了巨大的成就，具体分析如下。

第一种趋向，最先发轫的是民俗学、民间文学的主题学研究

当比较文学主题学于20世纪70年代末80年代初进入海峡两岸的学术界时，作为一种自发的主题学研究方法，应该可以说此前早已有之。因为既然主题学源于欧洲民俗学和民间文学的研究，那么中国在这一领域里显然有着极其丰富的学术资源可利用。因此，从理论上说中国比较文学的主题学研究应该有深广的学术基础，更何况当时正值西学东渐、中西交融的大背景下，中国相关学者在民俗学和民间文学的研究中对应西方主题学的研究成果进行相关的思考、利用是完全可以理解的。

早在20世纪初中国文坛就开始出现王国维的《〈红楼梦〉评述》、鲁迅的《摩罗诗力说》等具有中国色彩的比较文学研究成果，也出现了顾颉刚的《孟姜女故事的转变》（1924）、钱南阳的《祝英台故事叙论》（1929）、钟敬文的《中国民间故事型式》（1931）等一批民俗学和民间文学方面有关主题学和类型学的研究成果。在此基础上，到了20世纪70年代末80年代初，受西方主题学和类型学理论的影响，海峡两岸的主题学研究有了复兴勃发之势。季羡林的《罗摩衍那初探》（1979）、钱锺书的《管锥编》（1979）、台湾陈鹏翔的《主题学研究论文集》（1983）、杨宪益的《译余偶拾》（1983）等人的著作就成为这一时期主题学研究的扛鼎之作。在此基础上刘守华的《民间故事的比较研究》（1984），金荣华的《六朝志怪小说情节单元索引》（1984）、《民间故事类型索引》（2007），陈岗龙的《〈尸语故事〉：东亚民间故事的一大原型》（1995）、《东方民间文学比较研究》（2003），以及李丽丹的《中国异类婚恋故事研究》（2013）等著作，主要代表了以西方传统主题学研究范式在中国民俗学和民间文学主题学研究中的重要成就。

刘守华先生自1956年在《民间文学》杂志上发表《慎重地对待民间故事的整理编写工作》以后，开始走进研究民间文学的学术领域。他曾先后写过150余篇相关的论文和3部涉及中国民间文学的专著：《道教与中国民间文学》（1991）、《中国民间故事史》（1999）和《中国民间故事类型研究》（主编，2002）。在这些著述中都不同程度地运用了比较文学的研究方法。尤其是他自1979年发表《一组民间童话的比较研究》开始，至1993年共发表了近30篇有关比较故事学的研究文章，此后均收入他的代表性著作《比较故事学》（1995）。此书就是利用比较文学的主题学、类型学、文类学等研究方法，对中外故事中的主题、母题、题材等进行比较研究的典范之作。其中有3组文章是属于中国与日本、中国与印度、中国与阿拉伯之间的跨国界民间故事的比较研究，有1组文章属于跨越民族界限的民间故事比较，还有以民间故事口头传承方式进行的跨学科比较以及中外故事类型的比较研究等。总之，他的《比较故事学》属于“比较文学”的一个研究领域。他着重在民间文艺学范畴里，专注对民间故事这种文体进行研究，对某一故事的流传演变轨迹进行地域和历史上的逐本求源式的考察，以找出故事的缘起与流布，以及不同地域的变异等。另外，作者还按不同类型的故事母题索引对这些民间故事予以研究鉴别，将故事

研究纳入文化艺术科学序列。这对比较文学主题学的研究范畴无疑是一个很大的开拓。

第二种趋向，西方主题学在中国文学史研究中延展形成了主题史研究

这是一种以舶来的主题学理论重构中国文学史现象的阐发式研究。例如，以王立的《中国文学主题学》(1995)、宁稼雨的《先唐叙事文学故事主题类型索引》(2011) 等为代表的运用主题学理论研究中国古代文学的探索，以谭桂林的《长篇小说与文化母题》(2002)、王春荣的《新时期文学的主题学研究》(2007) 等为代表的针对中国现当代文学的发展所进行的题材史和主题史研究等。

论及中国比较文学主题学的话题，绕不过去的人物是王立教授。他先后集中研究了中国古代文学的"十大主题""九大意象"，尤其在复仇、侠义、悼祭等主题上的深入研究令人叹服，这种以主题学的方法对中国古代文学研究的大胆突破与创新发展，在中国文坛引起不小的反响。他的一系列主题学的研究成果，尤其是《中国文学主题学——意象的主题史研究》和《文人的审美心态与中国文学的十大主题》等，都令人耳目一新。台湾主题学研究的先行者陈鹏翔曾评论说："王立先生是中国大陆利用主题学的理念来探讨中国古典文学最有成就的年轻学者"，"王立教授这几本著作是我们研究主题学史的必备教材或参考书"。[①] 至今以主题学的理念和方法将中国古典文学中的"惜时""相思""出处""怀古""悲秋""春恨""游仙""思乡""黍离""生死"十大主题，以及"柳""竹""雁""马""海""石""黄昏""流水""梦"九大意象，以古人传统的"穷搜博访"和"比类相从"的方法，几乎是穷尽式地从源到流或从流溯源，进行题材史、意象史式的爬梳，给人以重构古代文学史的印象。正如有的学者对他主题学研究的评价说："无疑，王立所建构的中国文学主题学大厦已经不是顾颉刚先生当年主要在民俗故事领域所应用的那个主题学了，王立其实是广泛地吸收了原型批评、单位观念史学、心态史学、文化人类学、民俗故事学和美学心理学、形象学等多种新理论，予以改造移植，在中国文学的主结构上运用"[②]。王立在自己的主题学领域里进行旁征博引的研究，汪洋恣肆地从线性管状思维演绎到平面网络式思维，努力建构起立体多维化思考的主题和意象体系，确实为中国古典文学的综合研究"另辟一条新蹊径，另开一个新生面"[③]。对王立的研究夸赞有加的陈鹏翔说："他在国家文学内对柳树、竹和雁等九大意象'史'的开拓溯源，又将我在《主题学研究与中国文学》(1983) 一文中把中国主题学的根源推溯到郑樵在《通志》上所说的一段话，再往前推溯到六朝梁太子萧统所著《文选》中关于主题分类，且有把我在《主题学》一文中所主张的主题学的研究应探讨主题与作家以及与时代的关联这种抽象的理念具体实践了，这不能不令我感到钦佩。"[④] 但在同时他也指出："王的主题学研究系于

---

① 陈鹏翔. 主题学研究回笼//董乃斌. 文人审美心态与中国文学十大主题. 沈阳：辽海出版社，2003.

② 吴相洲. 引起学术界关注的文学主题学研究——从王立教授的三本系列专著读起. 北京大学学报，2000 (2).

③ 董乃斌. 文人审美心态与中国文学十大主题. 沈阳：辽海出版社，2003.

④ 陈鹏翔. 主题学研究回笼//董乃斌. 文人审美心态与中国文学十大主题. 沈阳：辽海出版社，2003.

中国古典文学之内，跟我们搞中西比较文学所倡导的比较研究虽仍有距离……”① 即是说他认为王立的主题学研究，因为在一国之内，且有主题史和意象史的色彩，和他理想中的跨国界的比较文学主题学研究还不完全相同。

第三种趋向，发展壮大的比较文学平行研究中的主题学成果

这些学者大多为海峡两岸第一批以中外文学关系为研究对象的比较文学专业学者，主要以乐黛云、孙景尧、陈鹏翔、谢天振、陈惇、刘象愚、刘介民、曹顺庆、王志耕等为代表。

“主题学”作为比较文学研究的专门术语传入中国的时间并不久远。台湾学者陈鹏翔自称，在20世纪70年代末中国港台地区他和马幼垣、李达三等人最早使用了“主题学”一词。大陆学者在专书专论中提及“主题学”的应该是20世纪80年代的卢康华、孙景尧合著的《比较文学导论》（1984）和乐黛云的《比较文学原理》（1988）。前者在“平行研究”一节中用了1 200多个字的篇幅简单概括了“主题学研究同一主题思想在不同国家文学中的表现，如‘爱情与义务的冲突’‘人生短暂与自然永恒的矛盾’‘爱情战胜死亡’‘有生化为无生’等等”②，并列举了大量中外文学中表现相同主题的作品进行说明。现在看来，由于当时条件和篇幅所限，这种“主题学”的理论定义和研究实践都论述得不够充分、具体。

关于“主题学”的理论，中国大陆学者在教材中论述较早且较充分的是乐黛云先生。她在1985年由深圳大学比较研究所编辑的《比较文学丛书》总序“比较文学的名与实”中，写道：“从内容方面来说，文学反映人的思想、感情和心理状态，人类共有的欢乐、痛苦和困扰往往可以从全不相干的文学体系中看到……构成了并无事实联系的不同文学之间的一种可比性。这种比较在比较文学中被称为‘主题学’。”③ 毫无疑问可以看出乐黛云当时是将“主题学”归入无事联系的平行研究一类的。她在《比较文学丛书》之一《比较文学原理》第五章主题学的写作中，用了23 000余字对“主题学”进行了从理论到实践的阐发。首先，她对“主题学”的发展演变史进行了简单的梳理，推论直至维斯坦因在《比较文学与文艺理论》中用“整整一章研究主题学”时，“主题学作为比较文学的一个组成部分才逐渐成为定论”。④ 其次，她在论及主题与主题学的关系时，认为素材是原始材料经过加工写入作品后才成为题材，“题材所显示的信号就是题旨，或称‘母题’”。“题旨（或母题）是可以从题材中客观地抽取出来的，它是一种可以在多种主题中多次出现的因素。”而“这种深藏在作品底层的作者对生活及他所描写事件的总的看法就是主题”⑤。即是说她主张主题可以由一个题旨（或母题）构成，也可以由几个或更多的母题构成。另外，她还指出，“第一，关于‘主题’本身的研究。这是一种微观角度的研究”，

① 陈鹏翔．主题学研究回笼//董乃斌．文人审美心态与中国文学十大主题．沈阳：辽海出版社，2003.
② 卢康华，孙景尧．比较文学导论．哈尔滨：黑龙江人民出版社，1984：176.
③ 乐黛云．比较文学原理．长沙：湖南文艺出版社，1988：2.
④ 乐黛云．比较文学原理．长沙：湖南文艺出版社，1988：2.
⑤ 乐黛云．比较文学原理．长沙：湖南文艺出版社，1988：2.

属于各个民族文化体系内的基本问题。“第二，是关于主题学的分析。这是一种宏观角度的分析”，属于对不同民族文化体系外共存的同一主题所进行的分析。再次，她在书中对主题、题材、母题、意象等的比较进行了细化与阐释。尤为难能可贵的是书中大量列举了中外文学作品中相同的主题、题材、母题、意象甚至套语的异同、嬗变、相互影响和发展演变等。第四，她提出主题史和题材史的比较研究。这类研究在中国比较文学发展中占有重要地位，并较早引起文学研究者的重视。书中论及顾颉刚和他的《孟姜女故事研究集》(1927)；从“昭君和番”到郭沫若历史剧《三个叛逆的女性》之一的《王昭君》(1923)等。这种从题材史发展为主题史的研究已成为早期比较文学研究的一种景象。当然还可以对“不同文化系统的主题和题材的发展系列进行综合分析和比较”。最后，她在书中提及主题学和原型批评的关系时认为，即“‘原型’，指在世界文学中反复出现的一些基本现象包括主题、母题、题材、人物、文类等等”①。并进一步指出：“通过原型批评，主题学进一步与心理学、人类学、神话学、社会学结合在一起而发展向更高的层次。”② 乐黛云是第一位在教材中普及深化主题学的学者。

另外，一批比较文学教材和刘献彪主编的《比较文学手册》(1986)、上海外语学院外国语言文学研究所编写的《中西比较文学手册》(1987) 等相继开始介绍主题学。但是大陆学者系统介绍主题学理论的是谢天振先生。他在1987年由广东省比较文学研究会和暨南大学中文系合办的《比较文学研究》季刊第四期上发表了16 000多字的关于“主题学”的专题论文。他在文中首先对“主题学”一词在国外的产生、传入国内的时间进行了简单的考证。其次，以具体事例对“主题学”的产生及其在比较文学中的地位进行了阐发。再次，对“主题学”的定义等属于本体论范畴的内容进行了从理论到实践，从国外到国内的厘清。文章最后，也是最重要的部分，是对“主题学”研究对象的分类。因为国外学者思想认识的不统一，导致作者耗费了大量的理论思考和实例分析来说明主题学研究的不同分类标准和内容；主题研究、母题研究和情境研究的具体策略与方法等。毫不夸张地说，这篇文章为当时的大陆学者研究比较文学主题学的理论与实践奠定了学科基础。10年之后，他在和陈惇、孙景尧主编，由高等教育出版社出版的《比较文学》一书中，又重新撰写了2万余字的“主题学”一章。就这样，中国比较文学平行研究中的主题学研究，尤其是中外文学中的主题研究一发不可收。

台湾学者陈鹏翔对中国比较文学主题学的理论建构、实践推广而言都是一个重要人物。他是当代“旅台马华作家”的代表，其诗歌创作和文学评论在台湾马华作家群中颇有影响。20世纪70年代末80年代初他开始致力于比较文学研究，并积极推广主题学的理论与实践。他在博士论文《中英古典诗歌里的秋天：主题学研究》中就开始运用主题学的理论来研究中英诗歌里关于“秋天”的母题，从此开始了比较文学主题学研究。相关著述有《主题学研究论文集》(1983，2004年新版)、《主题学理论与实践》(2001)，他的主题学研究在中国比较文学学科史上有一定的历史地位。首先，他有较强的学科意识，对比较文学主题学的理论从自觉建构到自觉实践，思路很清晰。比如他在《主题学研究论文集》的

① 乐黛云．比较文学原理．长沙：湖南文艺出版社，1988：115.

② 乐黛云．比较文学原理．长沙：湖南文艺出版社，1988：115.

前言中，对所收21篇文章有个总的说明与评价："为了使主题学的某些层面更加透彻，这里也收了一些不尽是从比较文学立场出发的文章，作为一种印证与延伸，有些甚至只可视为主题史的研究；但是，它在考证某一主题的源流或在立说上颇有可取，可为真正的主题学研究奠基。"① 他很清楚这21篇文章中不全是属于比较文学范畴的，"有些甚至只可视为主题史的研究"，但它的方法"可为真正的主题学奠基"。他的所谓"真正的主题学"即是比较文学跨国家界限的中西文学比较中的主题学。其次，他在自己的文章《主题学研究与中国文学》中，对主题学在西方和中国学术史上的发展做了简单的梳理，并对主题学进行了界定："主题学研究是比较文学的一个部门，它集中在对个别主题、母题，尤其是神话（广义）人物主题做追溯探源的工作，并对不同时代作家（包括无名氏作者）如何利用同一主题或母题来抒发积愫以及反映时代，做深入的探讨。"他以顾颉刚的《孟姜女故事的转变》一文举例说："令人感到嘲讽的是，追随顾氏之后的学者在做主题学论文时，要不就是未注意到他的贡献，要不就是未拥有他见著知微的洞察力，只顾考证故事的增衍异同，而未及探寻其孳乳延展的根由，落入早期西方主题学研究的窠臼中。"意思是说希望研究者要从故事主题或母题的发展、演变过程的处理上来了解故事作者的心态和胸臆，并考察故事所反映的时代真实面貌。再次，作者在文中还对主题学和一般主题研究进行了说明。他指出："主题学是比较文学中的一部门，而普通一般主题研究则是任何文学作品许多层面中一个层面的研究；主题学探索的是相同主题（包含套语、意象和母题等）在不同时代以及不同的作家中的处理，据以了解时代的特征和作家的'用意'，而一般的主题研究探讨的是个别主题的呈现。最重要的是，主题学溯自十九世纪德国民俗学的开拓，而主题研究应溯自柏拉图的'文以载道'观和儒家的诗教观。"即是说主题学的研究"可经由剖析分解故事的途径，进而来揣测作者的用意"，"而普通主题研究要探索的是作家的理念与用意的表现"。最后，在作者将主题学的范围从民间故事拓展到中外抒情诗时，"则意象和套语也应占有一定的地位"。并明确指出："这些意象和套语都是大大小小的母题，是组成一篇作品的重要因素。"接着他又指出："母题我认为是由两个或两个以上不断出现的意象所构成，因为往复出现，故常能当作象征来看待。"他的结论是："我认为在中英古典秋天诗、中西处理及时行乐这个母题的诗中，经由结构的分析组合，然后给它们找出转化的规律是相当可行的。中国秋天诗所要表达的主题无非是悲愤……而英国古典秋天诗所着重表达的主要是时间的压迫感。"至此，作者从中国文学中的主题学研究，最终落实到中英比较文学具体的母题与主题的研究，并对主题学的主要元素、主题、母题、意象、象征、套语等一并作了自己的解释与阐发，形成了自己的比较文学主题学的理论建构与研究实践，为后人留下不尽的启发与思考，影响了海峡两岸诸多的主题学研究者。

陈惇、刘象愚二先生在国家教委"七五"高校文科教材《比较文学概论》（1988）一书中用了一节，近9 000字的篇幅，重点对"主题学"进行了理论上的阐释。作者首先从历史沿革和术语形成两个方面对"主题学"进行了较为详细的解说，其中着重指出："比较文学中的主题学并不等于我们通常所说的主题研究，它包括对题材、主题、母题、情

---

① 陈鹏翔．前言//主题学研究论文集．台北：东大图书公司，1983：1.

节、人物、意象等方面的研究。"① 这就厘清了主题学与主题二者研究范畴的区别。其次，作者又指出："主题和母题在许多情况下可以混用，但二者是有区别的。一般说来，主题是通过人物和情节被具体化了的抽象思想或观念，是作品的主旨和中心思想……而母题则是较小的、具体的主题性单位，一连串母题的结合就构成了作品内容的框架，从中可以抽象出主题。"显而易见，作者认为母题小于或等于主题，而"主题包括了母题"。再次，作者认为："用典型人物来命名主题，只在一定程度上具有概括性。主题不仅从典型人物中抽象出来，也从形势中抽象出来。"并在文中直截了当地批评了西方评论家的一些观点，"把主题只和人物联系在一起，把母题只和形势联系在一起的做法是不可取的，至少是不全面的"。作者的这种批评并不源于意识形态，而是建立在对主题学理论的一种深刻解读和大量实践的基础之上的。第四，作者指出："意象是情节和事件中更小的单位，作品中的细节描写、比喻、暗示、象征、双关等形成了一系列的意象……只有当意象作为一种中心象征，与作品的主题发生紧密关系时，才可以成为主题学研究的对象。"在对意象与主题的关系进行了严格的界定之后，作者又对题材提出了主题学意义上的要求："题材是作品的素材，尚未经过作家的处理……题材的上面是情节、人物和一定的艺术形式；再上面一层是从具体的情节、人物中概括出来的一系列母题；母题上面的最高层次是作品的主题。""主题学即是以作品的这四个层次为对象，于是有题材研究、人物研究、母题研究、主题研究等。"这两位作者清晰地描述了文学作品在主题意义上的四层结构，并分别对应着一种主题学研究的范畴，这不仅在当时，即使是现在也有比较文学主题学研究的学理意义。最后，也是最重要的，作者强调比较文学主题学："既可以对不同的文学中类似的题材、情节、人物、母题、主题作平行研究，又可以对一种题材、人物、母题或主题在不同民族中流传演变作历史的探讨。"即是说主题学研究的对象不是个别作品中的题材、情节、人物、母题和主题，而是研究同一题材、同一情节、同一人物、同一母题、同一主题在不同民族文学中的流变的历史。这就将比较文学的主题研究和一国或民族的主题史和题材史的研究进行了区分，而在我国有不少学者研究的成果属于后者的范畴。作者还有意对上述各层次的研究进行举例分析，使这些研究范畴有了"国际性"。例如指出"典型人物的比较研究是主题学中极有意义和价值的一个方面"，而美国学者列文的《吉诃德原则》则是一篇值得学习的范文，因为"从本质上讲，鲁迅笔下的阿Q正是一个东方的，或者说是中国的唐吉诃德。他在许多方面符合'吉诃德原则'"。② 于是尽管二者是不可混合的艺术形象，但民族文学中的典型人物从主题学研究角度分析，就具有了"国际性"的特征，从而可以符合比较文学主题学的学理要求了。

刘介民在《比较文学方法论》（1995）的第五章"比较文学理论之平行研究"中论及的第一种方法即"主题学的方法"。虽然他的论述只用了3 700余字，但是他的观点极其明确。首先，主题学是平行研究的一种首要方法。其次，他对主题学进行了本体性意义的界定："主题学就是从'主题'（theme）及'母题'（motif）入手，研究文学作品的国际关系；研究同一主题思想在不同国家文学中的表现形式。"他还进一步指出："主题学基本

① 陈惇，刘象愚．比较文学概论．北京：北京师范大学出版社，1988：243.

② 陈惇，刘象愚．比较文学概论．北京：北京师范大学出版社，1988：251.

是属于平行研究，而主题研究则为法国影响研究所盛行。”再次，他指出比较文学“探讨从一国转向另一国的过程及其演变，和那些充分体现文学特质的主题、典型和传说。当然，民俗学与比较文学也有相接的情况，尤其是某些主题学的领域”。在这里，他指出了民俗学和比较文学研究对象和领域有叠加之处，这也正是西方早期民俗学不被正统的比较文学接纳而后又进入平行研究的契机。因为“这些主题，不同国家的不同作家有不同的取舍，也可能在不同国家不同作家找见相似之点。用这些方法进行对比与比较的对象，就不仅仅是存在着直接的影响关系，有很多是不同国家不同历史时期出现的相似现象。因此，比较文学由影响研究走向了平行研究”。最后，他还指出，“每一时代的作家都在主题上翻新主意或创造出某些琐节。主题学的方法要研究这些与主题的相互取舍关系、主题的相互联系和相互影响。”其最后结论是：“可见主题学的方法，已从德、法题材史、主题史的研究转向国际文学的平行研究。”而这恰恰是中国比较文学主题学研究最早是由民俗学、民间文学萌芽，最终归于世界文学研究的原因。

第四种趋向，21世纪以来，构建具有中国特色的比较文学主题学研究已初显端倪

21世纪以来，在大量比较文学主题学研究实践的基础上，对于主题学的理论研究也有新的发展。比较重要的有孙景尧主编的《比较文学经典要著研读》（2006）中对主题学理论的阐释与解读；美国哈佛大学大卫·达姆罗什的《新方向比较文学与世界文学读本》（2010）中则有不少关于跨文化比较中的主题学的理论问题。2011年由本人在《湖南人文科技学院学报》第5期作为特邀主持人发表了“比较文学主题学研究”的系列文章。2014年现受聘于复旦大学的台湾学者张汉良先生发表于《中国比较文学》中的《透过几个图表反思“文学关系研究”》一文中提出主题学的学理基础，即“发生学的接触”与“类型学的平行”等问题。这都表明比较文学主题学研究日渐成为这一领域的显学，在理论与实践上都取得新的成果，并逐步形成独立的学科体系。

许多学者一直都在关注比较文学学科理论的发展变化，一直处于比较文学理论探讨和实践研究的前沿。他们对主题学的理论和实践有着连续性的思考，在大量理论思辨和研究实践的基础上对主题学从本体论定位到认识论定性；从方法论入手到实践论践行，都进行了全方位的考察与创新。尤其是在“一代博学鸿儒”钱锺书治学方法的影响下，都希望像他一样能够建构具有中国特色的主题学的学术大厦。

古人云：“通古今之变，成一家之言”，言外之意即是说，只有对“史”的“通”，才可有“思”之“变”，在此基础上，才可能建立自己的学术思想。钱锺书先生在《谈艺录》开篇，即讲“东海西海，心理攸同；南学北学，道术未裂”，并用这种思想贯穿了他的《管锥编》等学术著作。这种学术思想使他的学术研究始终有一种“打通”的思想主脉，即“打通古今”“打通中外”“打通学科”，在这种“三通”之中形成他的思想之变和思维之辩。他在自己的书中以深厚的学养、大量的典籍和难以辩驳的批评理论，说明不同民族、国家的文学艺术家能够创造出的相近或相似的思想内容，主题意象、情节结构、

类型文体等的艺术作品。他将《续玄怪录》中的薛伟化鱼的记载，与卡夫卡《变形记》中格里高尔变成甲虫一事相比较，得出“变形”是形象思维共通、共同的“艺术规律”。①而文艺理论家和批评家则也能提出心领神会、文化心理结构相同、文艺观点共通的见解。他将鲍照的《舞鹤赋》与德国席勒、英国叶慈等人的作品比较，证明中西文学规律也有相通之处。钱锺书在中外纵向历史影响和横向现实影响的互动关系中，将大量的有关文艺作品的意象、题材、母题和主题的学术探讨，深化为在人类思想史、精神史上的鲜活亮点和哲理追求，这都是后人难以企及，但大受启发的。

前有古人，后有来者。2015 年 2 月高等教育出版社出版了“马克思主义理论研究和建设工程重点教材”《比较文学概论》。在这部最新著作的第五章“文学的类型研究”的第二节“文学主题与主题学”中，用了 34 000 余字的篇幅对“主题和主题学的联系与区别”“主题学研究的分类”“主题学研究的主题”“主题学的平行研究与影响研究”四个问题进行了系统、全面的理论与实践的阐发，并开宗明义地指出：“在基本廓清了类型学、主题学与文类学这三者各自的学术疆界和独有的研究对象和方法之后，本章明确指出：类型学、主题学与文类学既属于平行研究，又属于影响研究，这是本教程结构上的一大创新。”② 但是作者也在继后的论述中明确指出：“正是这些具有动态特质的母题、题材、主题，使主题学研究始终充满活力。它们不可能被任何界限所束缚而成为专有物，恰恰相反，它们会越来越活跃，成为平行研究和影响研究中都不可或缺的重要因素。至于在运用这些主题学的构件时，使之进入平行研究或是影响研究领域进行探讨，则应该视实际情况而定，不可先入为主。”③

中国比较文学学会会长、《比较文学概论》主编、首席专家曹顺庆教授在 2015 年 12 月 2 日《光明日报》署名文章“构建比较文学研究的新体系与新话语”一文中，论及《比较文学概论》的创新之处时就以“文学的类型研究与比较诗学”板块为例，说它“囊括了‘主题学’‘文类学’的影响研究和平行研究，打通了以往教材将影响研究与平行研究严格区分的结构，解决了比较文学教材以往的结构难题”。即是说类型学研究中的主题学在影响研究和平行研究的实际操作中并没有严格区分，其实它不仅打破了比较文学教材的结构难题，而且打破了比较文学主要的两种研究方法，即影响研究和平行研究之间学理隔阂的樊篱，因为这正是文化之间转向的结果。只要是在异质文化背景下进行比较文学研究，就会发现各民族文学作品中的确存在共通而又共同的主题。所以这些相同的主题既不是平行研究中的文化之间的比照，也不是影响研究中的文化之间的沟通，而是类型学研究中的文化之间的转向，于是异质文化背景下的文学主题最终会整合为一种异质文化相互叠加交叉的契合点，成为一种关联性的产物，这才是比较文学主题学研究的本质和意义所在。

以《比较文学概论》为标志，中国比较文学主题学研究正在表现出如下特点：

第一，以比较文学领域的学者为主体的研究成果主要集中在比较文学主题学的理论建

① 钱锺书．管锥编．北京：中华书局，1979：568.

② 马克思主义理论研究和建设工程//比较文学概论．北京：高等教育出版社，2015：185.

③ 马克思主义理论研究和建设工程//比较文学概论．北京：高等教育出版社，2015：207.

构和中外文学比较中的主题学研究实践上；以中国文学史和民俗学民间文学等研究领域的学者为主体的研究成果主要集中在比较文学主题学的题材史和主题史的研究实践上。

第二，前者侧重于主题学研究，即内容上狭义、范畴上广义的世界文学国际性的类型学研究，主要表现为平行研究和影响研究；后者侧重于主题研究，即内容上的广义，范畴上狭义的国内民族文学研究，主要表现为影响研究和接受研究。

第三，这两大群体都在努力表现比较文学主题学研究的中国特色，即在理论和实践上彰显具有中国特色的比较文学主题学的理论建构和实践研究，在中国主题学研究的实践上建构中国两岸学者认同的比较文学主题学理论，并开始在世界比较文学界产生深远的影响。

“复调”“对话”“狂欢化”之后与之外

——当代中国巴赫金研究的基本景观与最新进展

中国社会科学院　周启超

当代中国学界对苏联学者米哈伊尔·巴赫金学说的接受，已然经历了35个春秋。巴赫金文论的关键词——“复调”“对话”“狂欢化”，巴赫金文论的核心范畴——“多声部”“参与性”“外位性”，已成为当代中国文学研究乃至整个人文科学的基本话语。35年来，中国学者相继引进文学理论家巴赫金的“复调理论”，哲学家巴赫金的“对话理论”，文化学家巴赫金的“狂欢化理论”，语言学家巴赫金的“话语理论”，并加以积极的阐发与运用，运用于外国文学文本与中国文学文本的解读，运用于文学学、美学、哲学等人文学科方法论上的反思，已取得十分丰硕的成果。

如果说，“复调理论”推动了当代中国的叙事学与小说美学探索，“对话理论”激活了当代中国人文学者反独断反霸权的自由精神，“狂欢化理论”深化了当代中国文学与民间文学研究界对经典文本与文化现象深层意蕴的发掘，那么，“话语理论”正在推动当代中国文学学界、语言学界、哲学界者对整个人文知识生产机制与文化效应的探究。巴赫金学说的语境考量，则以其丰厚的“互文性”，将当代中国学者的视野卷入当代文论乃至整个人文科学多种思潮交织、多种学说纠结而互动共生的磁力场。巴赫金思想极大地拓展了当代中国文学研究乃至整个人文研究的思维空间，积极地推动了当代中国人文学界的思想解放。

当代中国对巴赫金文论的研究，凸显出三大特点：其一，多语种多学科投入其中，已形成巨大的覆盖面；其二，文学理论建构与文学批评实践有效结合，已具备较强的可操作性；其三，既能与当代国外各种文论思潮学派理论资源相对接，又能与当代中国文论建设的现实需求相应合，已生成强大的辐射力与强劲的生产力。巴赫金文论在中国的旅行已成为中外文化交流的一道亮丽风景，成为跨文化研究中一个思想极为活跃、空间极为开阔的平台，一个成绩相当可观、内涵相当丰富的案例。

一、基本景观

（一）多语种跨学科的辐射与覆盖

1. 文献译介上多语种的投入

巴赫金原著的汉译，从单篇文章、单本著作、单部文选到多卷本文集与全集的汉译

（至少15种），吸引了复旦大学、北京师范大学、北京外国语大学、北京大学等著名高校以及中国社会科学院从事俄罗斯语言、文学、文论教学与研究的几十位知名教授与著名学者的投入，赢得了《世界文学》《俄罗斯文艺》等著名刊物的支持。

巴赫金评传的汉译，论巴赫金的著作与文章的汉译，形成了不同语种的专家多方位引介的格局。译自苏联学者与俄罗斯学者，也译自美国、英国、加拿大学者，还有译自法国、日本学者。

2. *学术交流上多学科的互动*

以巴赫金为主题的学术研讨会，从为期一天的小型研讨，到为期两天的双边中型研讨，再到为期三天的多边大型研讨，类型多种多样。从事俄罗斯文论、法国文论、德国文论、英美文论等国别文论研究的学者，与来自文艺学、世界文学与比较文学、语言学、美学、哲学、历史学等不同专业的学者，围绕着巴赫金的理论遗产，探讨文学理论、语言学理论、艺术学理论、美学理论、哲学理论等，话题涉及文史哲等多种人文学科。多语种多学科跨文化的交流与互动，在巴赫金研究这一平台上得到充分而有效地实践。

3. *学术成果上大面积的覆盖*

以巴赫金学说为论题的博士学位论文（至少15部），覆盖了中国社会科学院、北京大学、复旦大学等著名高校的外文系、中文系、哲学系，覆盖了文学、语言学、哲学、美学等专业，生动地印证了巴赫金研究的多语种性、跨学科性。

外文系尤其是俄语语言文学专业，在当代中国的巴赫金研究中成功地承担起引领作用。1979年，彭克巽在“苏联小说史”课程中就有一讲评介巴赫金的复调小说理论；1981年，夏仲翼在评论陀思妥耶夫斯基的文章中已提及“复音调小说”①；1982年，夏仲翼译出《陀思妥耶夫斯基诗学问题》第一章，并发表阐述小说复调结构的论文。之后，中国社会科学院外国文学研究所、北京师范大学外文系、北京外国语大学俄语系成为引介与研究巴赫金学说的主要基地。北京大学外国语学院多年开设全校研究生选修课“巴赫金专题研究”。

中文系尤其是“文艺学”专业，表现出对巴赫金理论经久不衰的浓厚兴趣。北京师范大学中文系文艺学专业多年将《陀思妥耶夫斯基诗学问题》作为精读文本逐章讨论。华中师范大学中文系多年将巴赫金文论列入文艺学专业博士论文课程。

同时，一些钟情于巴赫金理论的学者“自选题”专著也不断面世（至少有8部）；1979—2009年这30年里，中国主要人文期刊已刊发的“巴赫金研究”论文，至少也有600篇。

在当代中国，巴赫金其人其文，进入了钱锺书、钟敬文等一代鸿儒的学术视野，已成为钱中文、吴元迈、胡经之、童庆炳等文艺理论家著书立说的重要理论资源。读者可以在评述苏联文艺学派或苏联美学的专著中找到专论巴赫金的章节，也可以在《西方文艺理论名著教程》《当代西方文艺理论》《外国文论简史》《20世纪西方美学》《西方美学通史》这些文科教材中读到论述巴赫金理论的章节。检阅主要中文期刊上的“巴赫金研究”论文与图书馆书架上的“巴赫金研究”著作，不难看到：巴赫金理论学说的译介与阐发，已广

---

① 夏仲翼．窥探心灵奥秘的艺术——陀思妥耶夫斯基艺术创作散论．苏联文学，1981（1）．

泛辐射到多语种的外国文学研究与多学科的汉语言文学研究，辐射到语言学、文艺学、美学、哲学，甚至民间文学与民俗学；巴赫金学说在当代中国高等学府已经“登堂入室”；在当代中国的文学研究界乃至整个人文学界，几乎是无人不知巴赫金。巴赫金研究在当代中国已俨然成为一门显学——“巴赫金学”。

在当代中国“巴赫金学”的形成中，有些学者因其勤于开采而实绩卓著，精于吸纳而建树丰硕，立下了开拓者的功勋。钱中文正是发挥了这样的作用。钱中文的巴赫金研究，由叙述学进入“复调理论”，由文学学进入“对话理论”，由文化学进入“外位性理论”。这一路向，与巴赫金本人学术探索的内在理路相吻合，与巴赫金由“小说学”至“文学学”，再由“文学学”至“哲学人类学”的问学历程相应合。

（二）理论建构与批评实践有效结合的平台

1. 复调理论的解读与运用

当代中国学界对“复调理论”的解读，至少有三种不同的起点：其一，以陀思妥耶夫斯基的小说为起点，其重心在于考量巴赫金的“复调理论”与陀氏小说艺术的关系；其二，以巴赫金的“复调理论”为起点，其重心在于阐说“复调理论”所负载的多种思想价值；其三，以复调小说为起点，探讨小说艺术的类型。当代中国学者对“复调理论”的解读，经历了这三个不同起点的转移。

当代中国学界最早是将巴赫金作为一位以“复调理论”来解读陀思妥耶夫斯基小说艺术的俄罗斯文学专家来接纳的，最早是将巴赫金作为一个提出“复调理论”的小说理论家来发现的。很快，“复调理论”就超越了一个大作家的艺术世界诗学特征的概括，而向其他的领域辐射。学者们不仅仅关注巴赫金运用“复调理论”对陀思妥耶夫斯基的小说艺术作了独具一格的解读，更加推重“复调理论”所负载的其他思想价值。论者看待“复调理论”的起点不同，着力点不同，便有了对“复调理论”的多种解读，有时甚至是针锋相对的论争。

重心在研究陀思妥耶夫斯基复调艺术的一些文章，认定巴赫金的“复调理论”与陀思妥耶夫斯基的小说创作存在着“断裂”，而倾心于分析巴赫金“复调理论”的局限性。有学者认为，“复调理论”的核心——平等对话精神同陀氏创作的主导思想格格不入，强调差异与对话只符合陀氏作品中主人公与主人公之间这种层次，但在作者与主人公层面存在疑点①；将重心后移到巴赫金“复调理论”的一些文章，则以这一理论自身为焦点。有学者认为，“复调理论”虽然是巴赫金在分析陀氏小说时系统阐发的，但它“并不仅仅是对陀氏小说艺术特征的概括产物，而是巴赫金的伦理学及哲学同陀氏小说相遇后生成的结果”②。有学者将陀氏小说称为“教堂式的”复调小说，而将巴赫金的理想范型称为“天堂式的”复调小说：巴赫金的“复调小说”是一种全面对话小说，陀氏小说只是一种局部对话小说。③ 有学者认为，陀氏小说并不是复调小说的范本，应把“复调”作为独立的

---

① 梅兰．论陀思妥耶夫斯基的现实主义——兼评巴赫金复调理论的局限性．华中师范大学学报，2001（3）；试析巴赫金对作者与主人公的关系的两种评析——兼评巴赫金复调理论的局限性．外国文学研究，2001（3）．

② 张开炎．开放人格——巴赫金．武汉：长江文艺出版社，2000：146.

③ 程金海．教堂与天堂：作为审美理念的“复调小说”．河海大学学报，2001（1）．

小说类型来研究；“复调理论”具有不限于巴赫金或陀氏对话模式的多样性。小说史上存在两种复调小说模式：“对话模式”的复调小说与基于音乐学原理“对位模式”的复调小说。[①] 论争的焦点是“复调理论”的核心问题：作者与主人公的关系。这体现为“主人公的独立性到底有多大?”或“主人公能否脱离作者的控制?”这一类质疑，也体现为对多种“作者身份”的辨析。有学者将巴赫金的“作者”区分为哲学意义上的行为主体与美学意义上的创作主体；有学者认为，复调小说里“作者”分裂为“本文作者”与“现实作者”两种存在形态，作者身份本身具有复调性，可用“复调作者”来概括。[②] 有学者从“复调理论”与宗教之间的关联切入，认为巴赫金赋予其“作者”之于主人公的关系，类似于上帝之于人——既是创造者与被创造者的关系，同时又是平等对话的关系。[③]

对于“复调理论”的多种解读之所以发生，缘于“复调理论”本身丰厚的内涵。巴赫金的“复调理论”不仅仅是一种小说体裁理论。有学者看到，巴赫金笔下的“复调”既指文学体裁也指艺术思维，既指哲学概念也指人文精神；“复调”在巴赫金笔下是一个隐喻。正是这一隐喻性，使“复调”由隐喻增生为概念，由术语提升为范畴，其含义不断绵延。在文学理论中，“复调”指的是小说结构上的一种特征，因而有“复调型长篇小说”；在美学理论中，“复调”指的是艺术观照上的一种视界，因而有“复调型艺术思维”；在哲学理论中，“复调”指的是拥有独立个性的不同主体之间“既不相融合也不相分割”而共同建构真理的一种状态，因而有“复调性关系”；在文化理论中，“复调”指的是拥有主体权利的不同个性以各自独立的声音平等对话，在互证互识互动互补之中共存共生的一种境界，或者说，“复调”是类似于中国文化传统中倡导的“和而不同”的一种理念，因而有“复调性意识”。

巴赫金的“复调理论”已进入当代中国文学研究的理论话语和批评实践之中，而被不断征用。中国学者将巴赫金的“复调理论”直接运用于文学文本的具体解读。“复调理论”在激励中国读者从一元思维所掩盖的文本世界里听出“多种声音”。“复调理论”被积极地运用于当代中国的外国文学研究。有学者看出，卡夫卡的《城堡》具有“对话性和复调特征”。有学者认为，“那些既代表社会阶层又个性鲜明的人物和狂欢化的朝圣旅程，使《坎特伯雷故事》在本质上成为多种声音对话的复调作品”。“复调理论”也推动了中国文学研究思路的拓展。有学者认为，鲁迅小说就是以多声部的复调为特点的。

2. 对话理论的阐发与运用

对“复调理论”的深入探讨，引导中国学者们走向这一理论的思想核心——多声部性，主体间的对话性。及至20世纪90年代，当代中国学者纷纷探讨巴赫金“对话理论”。以“对话”“对话主义”“对话理论”为主题词的文章不断涌现，以“巴赫金与对话理论”为书名的专著也问世了。学者们将巴赫金的“对话理论”阐发为“对话主义的文学理论”“对话主义的文化理论”“对话主义的人文科学方法论”，或对话思想、对话思维、“大对话”哲学理念。

---

① 王钦锋．复调小说的两种模式——对巴赫金复调小说理论的一个补充．湛江师范学院学报，2000（2）．杨琳桦．“对话”还是“对位”——论复调类型的美学适用性及其发展的现代维度．国外文学，2002（3）．

② 王建刚．狂欢诗学——巴赫金文学思想研究．上海：学林出版社，2001.

③ 程金海．复调理论中作者与主人公关系的宗教意味．郴州师范学院专科学校学报，2002（4）．

相对于正面地梳理巴赫金“对话理论”内涵，更多的文章则是对巴赫金“对话理论”的价值蕴含多角度的阐发。有学者认为，巴赫金“对话理论”的意义超出文学范围，对推动东西方文化交流具有重要理论价值；有学者看到，巴赫金不仅把“对话理论”应用于多种学科研究，还将之上升为人文学科学的哲学基础；有学者指出，巴赫金的“对话”模式具有思维革命的现实意义。有学者提出“泛对话原则”，认为对话原则应延伸到所有艺术形式之中；但也有学者提出巴赫金“对话理论”中的“非对话性”问题，或指责“对话理论”夸大了对话的意义，在颠覆旧的话语霸权时又形成新的话语霸权。进入新世纪，关注巴赫金语言哲学中的“对话主义”，关注巴赫金“超语言学”思想内在的对话机理的论文出现了，这是当代中国对巴赫金“对话理论”的研究走向深入的一种标志。

3. 狂欢化理论的阐发与运用

在“复调理论”登陆中国之际，就有中国学者注意到“狂欢化理论”。当代中国学界对“狂欢化理论”的引介与研究之全面展开，要到20世纪90年代中后期。及至世纪之交则形成了一个小小的高潮。中国学者探讨了与巴赫金“狂欢化理论”相关的“怪诞现实主义”、喜剧美学、“笑论”，提出理解巴赫金“狂欢化理论”的路径与研究“狂欢诗学”的基本哲学立场，阐发巴赫金“狂欢化理论”的哲学、语言学、诗学、政治学意义，解读这一理论对于文学研究、文化研究的重要启示。以巴赫金的“狂欢化理论”为题的博士学位论文，一部接一部地出炉，成为世纪之交中国巴赫金学的一个亮点。

《巴赫金狂欢诗学研究》（2000）从历史诗学、体裁诗学的角度剖析“狂欢化文学”的重要特征，着力阐述巴赫金以“狂欢化思维”在颠覆中建构一种新话语体系。《狂欢诗学——巴赫金文学思想研究》（2001）提出，巴赫金揭示狂欢文化内涵，剖析狂欢文化的内在机理，是为“对话理论”提供一种内证。在《巴赫金的理论和〈坎特伯雷故事集〉》（1999）作者看来，乔叟笔下的朝圣正是巴赫金所说的最基本的狂欢行为，香客乔叟具有狂欢的参加者与事件叙述者的双重身份，体现了客观的作者立场：让不同人物充分表达自己的观点。《狂欢化与康拉德的小说世界》（1999）运用“狂欢化理论”对康拉德的小说《吉姆爷》进行细读，精彩地解读了吉姆从成为“爷”到其“爷”位之被颠覆的过程。

在当代中国，以“狂欢化理论”解读外国文学经典文本的论文，难以计数。中国的法国文学专家分析《巨人传》的艺术特色，回顾狂欢化这种文学现象在法国文学中的演变过程，为全面理解巴赫金的“狂欢化理论”提供了可靠的资料。中国的俄罗斯文学专家以巴赫金的“狂欢式的笑”来解读果戈理“与讽刺作家的笑不可同日而语的”的“笑”：笑的锋芒在果戈理笔下“指涉客体”而又“反顾主体”，“鞭挞具体”而又“弹劾一般”，渗透着引人入胜的戏剧性与发人深思的悲剧性，浸透着鲁迅所说的“不可见之泪痕”。中国文学批评界对巴赫金“狂欢化理论”的运用上更为积极。有学者在巴赫金“狂欢化理论”的镜照下，重读鲁迅的《故事新编》以及同类文本。

“狂欢化理论”受到当代中国民间文学研究界的热烈接纳。中国著名民间文学研究家钟敬文看出，巴赫金的“狂欢化理论”具有比较普遍的学术意义。“狂欢化思想”对中国的狂欢文化现象的研究很有启示。有学者借用巴赫金的“狂欢化理论”对中国传统庙会中的狂欢精神进行考察，探讨庙会活动的全民性、开放性、反规范性、潜在的颠覆性和破坏性。然而，在影视研究、传媒研究、时尚研究、流行音乐研究、通俗文学研究中，对巴赫金“狂欢化理论”的普遍套用与随意滥用，与巴赫金笔下的“狂欢”本原内涵已相去甚远。

二、最新进展

巴赫金的学说既能与当代国外多种文论思潮学派的理论视界相对接，又能与当代中国人文建设的现实需求相应合，具有强劲的生产力。这不仅体现为当代中国学者对“复调理论”“对话理论”和“狂欢化理论”已有相当深度的解读与相当广泛的运用，也体现于当代中国学界对巴赫金“话语理论”的开采，对巴赫金学说的“语境考量”，对巴赫金思想之于文学研究与人文科学的“方法论启示”的思索。

1. *话语理论的阐发与运用*

在当代中国学界，较早关注巴赫金“话语理论”的学者，将巴赫金的“话语理论”纳入后现代话语理论知识谱系中，看出巴赫金提出了专门研究“活语言”的“超语言学”，颠覆了“语言/言语”的二元对立；看出巴赫金向索绪尔的“言语”里注入了“社会性、历史性、对话性与具体语境”，将它改造成独创性的“言谈”；看出巴赫金借鉴马克思主义的意识形态概念，提出了“意识形态符号论”。正是这些杰出的贡献，使巴赫金站在了当代话语理论的门槛上。围绕话语问题，巴赫金先后使用过三个相关性概念：言语、言谈和话语[①]。

“话语”与“言谈”紧密相关。起初，中国学者们更关注“言谈”理论。一些学者考察巴赫金“言谈理论”的超语言学的价值。或阐述巴赫金“言谈理论”的性质、形式内容、应用范围以及制约它的条件，肯定巴赫金的“言谈理论”是“前人从未涉及的开拓性成就”；或对巴赫金的“言谈理论”予以精细的分析，认为“语言学中的基本单位是词和句子，超语言学中言语交际的基本单位则是言谈（высказывание）”；或将“言谈理论”与语用学相比较，强调“言谈”作为具体的、社会交际中的话语，具有社会性、对话性、指向性、不可重复性、不可再生产性、独特性、互文性以及它总带有的价值判断性。一些有学者从巴赫金的“文本观”关注“言谈”，或指出“巴赫金把文本界定为‘言谈’，对‘言谈’的解释与框定可以说是巴赫金文本观的一大特色，也是他对文本研究的独特贡献”；或论证正是通过确认“文本”是语言学、语文学、文学学诸人文学科的第一性实体，是人文思维的直接现实，巴赫金有力地护卫着人文科学的“科学性”。正是通过确认“话语文本”是一种有声的超语言的表述，是主体间的交锋互动的事件，巴赫金有效地坚守人文科学的“人文性”。正是通过确认“文学文本”具有“双声语”品质，巴赫金精辟地阐明了文学创作的“对话性”、文学接受的“开放性”。巴赫金这样一些重要的文本思想，是与他同时代的符号学、结构主义、后结构主义文本理论展开的一种潜对话。巴赫金的文本理论，是其独具特色的“话语诗学”建构中的重要链环。

1999年，直接以巴赫金“话语理论”为论题的一篇博士学位论文《话语的对话本质——巴赫金话语理论与哲学思想关系研究》通过答辩。这篇论文力图结合巴赫金的对话哲学，探讨其“话语理论”中的“话语对话性”是否具有普遍意义。作者看出，巴赫金

---

① 赵一凡．话语理论的诞生．读书，1993（8）．

思考语言时始终围绕着语言的使用者——说者与听者（作者与读者）——而展开。作者将巴赫金的语言学思想概括为“语言的生命在话语，话语的生命在价值，价值产生于对话，对话贯穿于文化”。作者认为，“对话理论”是巴赫金人文思想的核心，它基于话语（слово）的内在对话性。这篇论文没有出版，它的一部分内容，后来以一系列论文的形式相继在不同的刊物上发表。

有些中国学者在论述巴赫金的“话语理论”时，实际上还是在论述其“言谈理论/表述理论”。这涉及“言谈/表述”与“话语”的语义理解。有学者认为，这两个词的所指是同一个，只是在不同的语境中侧重点不同：用“высказывание”（英译“utterance”）在于强调“话语”的语言学属性，而“слово”（英译“discourse”，有时是“word”）则包含它们所有的内涵；也有学者认为“discourse”与巴赫金的“высказывание”相比，有其相同的地方，但不是对应词。

之所以发生这些不同的理解，是由于巴赫金的“话语理论”本身需要跨学科的理解。话语自身的特性、它的功能和地位，是巴赫金“话语理论”的出发点。巴赫金笔下的“话语”处于众多学科的边缘，不独属哪一门却贯通语言学、文学学等人文科学及文化等多个领域。纵观他在这些方面的研究，一个共同点是，以话语始以话语终①。紧紧扣住“话语”这一核心，有助于进入巴赫金在文学学与语言学、诗学与美学、伦理学与哲学诸多学科的边界上进行理论建构之内在机理的探究。

与“话语理论”相纠结的巴赫金语言学理论中的一系列学说的价值，已经受到中国学者的关注。有学者看到巴赫金的“言语体裁理论”对当代修辞学的意义；有学者关注巴赫金的语用学思想对语言的社会学研究的启示；有学者看出巴赫金的超语言学的“表述”扩大了“语境”的范围，提升了“语境”的功能；有学者认为，正是巴赫金的“双声语”概念使“超语言学”被引入诗学，成为巴赫金建构“复调理论”的学理基础。有学者探寻以“言谈”为核心的语言哲学和以“对话”为核心的文化理论的关联，指出语言哲学是其文化理论的基础。有学者认为“超语言学”内在的哲学精神——参与性、对话性和存在性使“超语言学”逼近语言与人的生存状态；有学者分析巴赫金如何将“对话”这一语言学概念转换成哲学概念，成为其语言哲学的核心和灵魂。巴赫金的语言哲学思想，是当代中国巴赫金研究中最新热点。有一系列述评，也有以巴赫金语言哲学为专题的博士学位论文；巴赫金“话语理论”及其哲学价值，已经作为巴赫金语言哲学的一个重要内容而得到专门的探讨。

当代中国学界对巴赫金的“话语理论”的兴趣还在升温。有文章注意到巴赫金以“超语言学”命名的“话语理论”重建了语言与主体、语言与外部世界的联系；也有文章开始考察话语的对话性机制与诗学的关联，意识到“对话性”体现在两个层面：一是“表述”会与他人话语产生对话，二是“表述”以听者的存在为前提，以获得应答与对话为目的。诗学等人文学科的本质就在于它们以话语作为存在方式，且具有一种内在的对话性。

---

① 白春仁．融通之旅——白春仁文集．黑龙江：黑龙江人民出版社，2007：210.

2. 巴赫金学说的语境考量

巴赫金的学说是在十分丰富而复杂的语境中产生的。巴赫金研究的深化，必然推动学者们进入巴赫金学说的语境考量。

（1）巴赫金与马克思主义。中国学界有几种观点。其一，认为巴赫金是一位马克思主义者。有文章指出，从巴赫金的《马克思主义与语言哲学》和他对形式主义、弗洛伊德主义的评论来看，他确实是从马克思主义的观点来探讨语言理论、文艺理论问题、精神分析问题，而且实际上比那时一些自称为马克思主义文艺学家的人要深刻得多、准确得多。其二，认为巴赫金经历了由一位非马克思主义者到受马克思主义影响，而最终仍只是一位具有马克思主义倾向的非马克思主义者的历程。有文章指出，巴赫金重新审视了内容决定形式的模式并给予形式以新的重要地位；对意识形态概念进行了语言学阐释，强调“话语是一种独特的意识形态现象”。他正是在吸纳马克思主义理论资源的过程中开辟自己的理论新天地。① 其三，认为巴赫金不是马克思主义者。有文章指出，在当时苏俄的意识形态下，巴赫金需要借助于对马克思思想的理解来发挥自己的独特看法。超越抽象理论世界和追求生动世界的哲学目标使两者接近了。②

（2）巴赫金与形式论学派。中国学者多维度思考巴赫金对俄苏形式论学派的批判与超越：或关注巴赫金以自己的语言学思想对形式论学派的批判；或清理俄苏形式论学派与巴赫金思想的异同点，对比“陌生化”与“狂欢化”这两个核心概念；或以“文学性”为基点，考察巴赫金对形式论学派的超越路径，指出巴赫金克服了形式论学派的片面性又富于创见地拓展了形式论学派理论；或梳理巴赫金文论的逻辑起点，看出巴赫金是从校正形式论学派非美学化非哲学化的偏颇起步，积极地吸收了形式论学派的合理成果，追求由科学化“解析”与人文化“解译”所整合的“解读”；或认为巴赫金对俄罗斯形式论诗学的批评更多的是一种对话与补充；巴赫金在方法论上的这种对话具体表现为“形式批评与社会学方法的对接”“语言符号与意识形态的关联”“小说形式与社会历史文化的互动”。

（3）巴赫金与符号学。中国学者认为，巴赫金以社会符号学研究语言，挑战索绪尔结构主义语言学的研究方法，使当代系统功能语言学的理论框架得以完善；有文章梳理巴赫金对符号与文本与话语的关联、符号的社会性、符号与意识形态的关系的论述，阐述巴赫金这些论述对符号学的深远意义；有学者指出，巴赫金的符号学是意识形态指导下而在交往理论与对话理论中产生并发展起来的，是一种意识形态符号学；也有学者关注巴赫金的符号学思想与洛特曼的符号学理论的异同点；还有学者认为，巴赫金与雅各布森一起代表着俄罗斯符号学的一个过渡期。

（4）巴赫金与后结构主义。有文章从词语/文本间的对话、叙事结构的对话形式、隐含对话性的复调小说三个方面，来分析克里斯特瓦与巴赫金的“对话理论”的异同，阐述克里斯特瓦对巴赫金理论的继承与发展；有学者注意到克里斯特瓦是在阐释巴赫金“对话理论”的过程中提出“互文性”理论，“对话理论”是“互文性理论”的范本，但两者的研究对象与关注的问题并不相同，这是“话语”与“文本”，“人”与“文”的区别；有

① 萧净宇．超越语言学——巴赫金语言哲学研究．上海：上海人民出版社，2007：21、29.

② 凌建侯．巴赫金哲学思想与文本分析法．北京：北京大学出版社，2007：75、79.

文章认为，对话性概念与互文性概念分属理解文学的两种不同范式，前者是人本主义的，后者是反人本主义的。巴赫金所理解的对话是主体所发出的声音之间的对话，属于主体交流的模式。互文本则是沉默的没有主体的语言转换场所，没有交流和主体意识，也没有作者。

（5）巴赫金与诠释学。有中国学者将巴赫金的交流对话思想置于诠释学诸流派的思想背景下进行比较，指出巴赫金将其交往对话的诠释学思想贯彻到作家研究中，形成一种新型的文学诠释学，这种诠释学思想也把巴赫金各个方面的创新理论融汇起来，使我们能够从整体上把握理解巴赫金的复杂思想与艺术观念。有学者看出巴赫金与海德格尔、伽达默尔等人的诠释学的确有不少相同之处，更有本质上的区别；还有学者围绕“意义”与“涵义”理论来对巴赫金与伽达默尔的学说加以具体的比较。

（6）巴赫金与哈贝马斯。有中国学者指出，巴赫金与哈贝马斯在哲学、社会学和诗学的建构方面，表现出惊人的共同性。巴赫金“对话理论”的基础是“超语言学”，哈贝马斯“交往行为理论”的基础则是“普通语用学”。两者的内涵不尽相同，但对语言体系之外的“活”的部分——言语（或言语行为）的关注却是共同的。

（7）巴赫金与文化研究。有文章梳理巴赫金对伯明翰学派所产生的长达三十多年的影响，认为学术生产的群体性、问题意识的相关性以及著述英译和私人交往构成了后者接受影响的可能性。

（8）巴赫金与“游戏理论”“镜像理论”，与“他者理论”，与“间性理论”，与传播学的“批判理论”，与翻译学中的“对话性”的关联，都已经受到中国学者关注。有文章将巴赫金的“狂欢”概念与伽达默尔的“游戏”概念加以比较；有文章梳理巴赫金的“镜像”理论见解，阐释这一理论对传统的“镜喻文论”的超越；有文章探究巴赫金诗学中的“他人”概念；有文章认为巴赫金对西方文论中的“间性理论”影响巨大，巴赫金把文学文本与文化研究联系起来，在众多文本间的对话中突显主体间的对话，在文本间性中实现主体间性；有文章探讨巴赫金的“话语理论”对传播学的批判学派的贡献；有文章从巴赫金的超语言学视界思考翻译实践中的“对话性”，重新审视翻译的本质与批评标准。

这些对巴赫金学说的“语境考量”，既在深化中国学者对巴赫金学说本身的理解，也在不断地开拓中国学者的学术视野，更是在证实巴赫金思想的辐射力与跨学科的影响力。

3. 巴赫金学说的方法论启示

巴赫金学说与文学批评、文学研究方法论。当代中国学者对巴赫金文学批评、文学研究的方法进行了积极地思索。这一反思可分为两种类型：从巴赫金本人文学批评实践切入的具体思索，对巴赫金文学研究方法论的整体思索。

第一种类型：有文章将巴赫金分析陀思妥耶夫斯基创作的方法称为“使实证主义批评与形式主义批评结合起来”的“整体批评”；有文章认为巴赫金开辟了一条“对话批评”的广阔途径；有文章将巴赫金对俄罗斯形式论学派的批判称之为以“对话整合”为特征，兼顾语言和文化的内外综合研究。

第二种类型：有文章肯定巴赫金的话语分析法与在“意识形态环境”中研究文学的主张，将巴赫金的文学研究方法称为“对话式的研究方法”；有文章认为巴赫金重构了一种新型的批评思维模式——“对话语境批评”；有文章指出，巴赫金“对话理论”在外国文学研究方法论上启示我们走向对话思维。有文章阐发“对话理论”之于比较文学方法论的启示，之于比较诗学研究的启示。有文章指出巴赫金的“大对话”理论对于马克思主义美学研究的方法论启示。

巴赫金思想具有超越文学批评、文学研究的辐射力。当代中国学者普遍意识到巴赫金的学说基于文学研究又超越了文学研究，对于诸多人文学科都具有方法论上的意义。有学者指出，巴赫金提倡的对话思维模式，提出了整个人文科学研究的方法论的原则问题；有学者将巴赫金理论作为“交往对话的理论”而强调其人文科学方法论意义；有文章论述巴赫金“对话理论”的哲学意义，指出“对话理论”是巴赫金人文科学研究方法论的基础；有学者看出巴赫金把“理解”视为人文科学方法论的基本问题，强调巴赫金的思想对于确立一种促进人文科学发展的思维方式的重大现实意义：真正的人文科学研究，应是一种排斥绝对的非此即彼，走向宽容、对话、综合、创新，具有价值判断的亦此亦彼的思维。

巴赫金理论学说对于当代中国学术最重要的价值，正在于它在人文研究方法论上的启示，在于其积极的“参与性”理念与自觉的“外位性”立场。巴赫金以其理论学说在召唤人们对生活要葆有一种有责任心的“参与性”——参与生活，参与理论世界与生活世界的互动与建构，这是一种积极的入世精神；巴赫金也以其理论学说在提示人们对现实要葆有一种自觉的“外位性”——高扬主体性、尊重差异性、守持超越性、追求对话性，这又是一种高远的出世精神。

巴赫金学说的独创性与深刻性、开放性，已引发丰富多彩的话题。巴赫金思想内在的对话性、互文性、跨学科性，正引领一批又一批中国人文学者驻足其中，领略其思想艺术的无穷魅力。2007年成立的中国巴赫金研究会，于2009年启动多卷本文选“巴赫金研究”[①]，其旨趣在于以跨文化的视界，对40多年来俄罗斯学界、欧美学界的巴赫金研究成果进行一次系统译介，对35年来中国学界的巴赫金研究力作进行一次集中汇集，以期为中国学者在巴赫金研究上“接着说”“对着说”“有新说”，提供新的参照，开拓新的空间。

巴赫金文论在当代中国的“旅行”，远未成为过去的一页，而是在与时俱进，走向纵深。

---

① 《跨文化视界中的巴赫金》丛书由周启超、王加兴主持，分为五卷：《俄罗斯学者论巴赫金》《欧美学者论巴赫金》《对话中的巴赫金》《当代学者心目中的巴赫金》《中国学者论巴赫金》；已于2014年11月由南京大学出版社推出。

当代中国文化语境中的20世纪俄罗斯文学

——以国内学界对高尔基的评价为例

南京师范大学　汪介之

自20世纪80年代以来，在逐步形成、渐次浓郁的思想解放的文化氛围中，伴随着国内学界外国文学研究观念与方法发生根本性变化，关于俄罗斯文学的研究也出现了一系列重要变化。研究者们开始以新的眼光审视20世纪俄罗斯文学，这无疑是完全必要的，也是历史的必然。不过，在中国当代文化语境中重新估价20世纪俄罗斯文学，却往往使人们容易忽略对于这一文学自身的内在复杂构成的深入研究，忽略对于苏联文学的成就和意义的重估。如当前国内学界关于高尔基的评价，就发生了很大的变化，评论者的基本观点远不是一致的，可以说显示出三种不同的思路与取向。本文即以此为例，考察当代中国文化语境中的俄罗斯文学研究现状，意在为我们总结接受俄罗斯文学的历史经验，提供一种或许有价值的参照。

一、“坚守派”：坚持此前对高尔基的基本评价

在当代国内学界关于高尔基的评价中，一部分评论者沿用或基本上因袭“文革”前17年关于高尔基评价的观点，继续认定高尔基是一位严格遵循“文学为无产阶级革命斗争服务”原则的革命作家，他运用他本人为之奠基的“社会主义现实主义”创作方法，在《母亲》等作品中塑造了一系列高大的革命英雄形象，热情歌颂十月革命和苏联社会主义建设，其主要的文学功绩就在于描写了“无产阶级和劳动人民摧毁旧世界、建设新世界的伟大斗争”①；这样，高尔基就成为苏联文学的代表，也为无产阶级文学创作树立了光辉的榜样。

这其实是以往占主流地位的评论为中国读者所描画的一幅以偏概全的作家肖像。这种评价和定位，把一个被片面化、偶像化了的高尔基形象，牢牢定格于相当一部分人的心目中，并经由从小学语文课本中的注释到某些大学外国文学教科书的诸多出版物的反复宣传，“先入为主”地制约着一代又一代年轻读者对高尔基的认识。“无产阶级作家”“社会主义现实主义的奠基人”“代表作《母亲》”“高大的英雄形象”“热情歌颂革命”这类和高尔基的名字紧紧相连的评论话语，既建构了一种似乎永恒的认知框架，又于无意中在高

① 朱维之，赵澧．外国文学史（欧美部分）．天津：南开大学出版社，1988：616.

尔基的作品和读者之间树起了一个巨大的屏障。无论是高尔基的作品文本，还是重新评价高尔基的所有努力，都难以进入人们的接受视野，难以激起人们重新认识高尔基的兴趣与热情。从这一现象中不难看到，把文学视为一种服务于政治的部门和工具的“庸俗社会学”批评，可以把一位作家歪曲到什么程度，可以把他的创作面貌遮蔽到什么程度。

值得注意的是，持有这类观点的人们，对高尔基在十月革命期间发表的总题为《不合时宜的思想——关于革命与文化的札记》的这组敢于讲真话的文章，却持断然否定的态度，明确地断言这组文章是“高尔基整个创作中的‘败笔’”“集中反映了作家的错误思想和立场”。①

“坚守派”至今还在勉强坚守，其基本观点由于一种思维惯性或惰性，或许还将延续一个时期，但其声音显然已越来越微弱。

二、“颠覆派”：对以往高尔基评价全面颠覆，对其人其作彻底否定

如果说，“坚守派”的基本观点其实是从20世纪50年代中期以前的苏联评论界照搬过来的，那么，与之完全相反的“颠覆派”的观点，同样是舶来品。

苏联解体前后陆续出现对高尔基的颠覆与否定，从那时起就不断地随着北风吹到我国来。1989年春，苏联作家鲍·瓦西里耶夫发表长文，指责高尔基1928年从意大利回国期间对苏联国内残酷的现实一声不响，将保卫人民、文化和正义的大事置于一边，却忙于参观视察、会见权贵和出席各种庆典活动。1990年，另一评论者科洛德内依在《双头海燕》一文中，说高尔基好像有两个脑袋、两副面孔，这只曾经呼唤革命风暴的海燕，晚年竟在证明斯大林主义的正确性，甚至支持恐怖手段、暴力和屠杀。

如果说上述评价一度使我国部分读者真伪莫辨，另一些人则随声附和，那么，索尔仁尼琴的《古拉格群岛》中的几段话则对我国评论者产生了更大的影响。索尔仁尼琴就他这本书的史料来源写道：“为此书提供资料的，还有以马克西姆·高尔基为首的36名苏联作家，他们是俄国文学史上破天荒第一次颂扬奴隶劳动的关于白海运河的那本可耻书籍②的作者。”③ 索尔仁尼琴还说：“我一向把高尔基从意大利归来直到死前的可怜行径归结为他的谬见和糊涂。但不久前公布的他20年代的书信促使我用比那更低下的动机——物质欲——解释这种行为。高尔基在索伦托惊讶地发现，他既未获得更大的世界荣誉，也未获得更多的金钱（而他有一大帮仆役要养活）。他明白了，为了获得金钱和抬高荣誉，必须回到苏联，并接受一切附带条件。他在这里成了雅戈达的自愿的俘虏。斯大林搞死他其实完全没有必要，纯粹是出于过分的谨慎：高尔基对1937年也会唱赞歌的。”④

由于索尔仁尼琴的特殊身份，从《古拉格群岛》被译介到我国来之后，他关于高尔基

---

① 陈寿朋．高尔基晚节及其他．呼和浩特：内蒙古大学出版社，1991：135.

② 指“拉普”负责人阿维尔巴赫根据苏联内务部头目雅戈达的指令主编的《斯大林白海—波罗的海运河》一书。

③ 索尔仁尼琴．古拉格群岛（上册）．田大畏，等译．北京：群众出版社，1996：2.

④ 索尔仁尼琴．古拉格群岛（中册）．田大畏，等译．北京：群众出版社，1996：57.

的这些评说，极大地改变了广大读者对晚期高尔基的原有印象。许多善良的读者在对这位“高尔基的揭露者”深表钦佩之余，几乎毫无怀疑地接受了他的评价，而丝毫没有注意到他如何（用他自己的话来说）“十分成功地熏黑了历史的真相”。于是，所有那些与索尔仁尼琴的评价相左的意见，包括法国作家罗曼·罗兰，英国自由主义思想家以赛亚·伯林，俄罗斯流亡作家霍达谢维奇、扎米亚京等人的看法，便较难进入人们的接受视野了。

在1984年我国诗人李亚伟所写的一首题为《中文系》的诗歌中，也反映了从那时起国内学界部分人心目中高尔基的印象。诗中有这样一段：

中文系也学外国文学
着重学鲍狄埃学高尔基，有个晚上
厕所里奔出一神色慌张的讲师
他大声喊：同学们
快撤，里面有现代派①

此诗以漫画般的笔调，把高尔基放置于《国际歌》的词作者欧仁·鲍狄埃为先导的“无产阶级文学”行列中，并将其与西方现代主义文学对立起来，其褒贬态度和二元对立的思维方式昭然若揭；诗中所写中文系外国文学课程教学的情况，也和事实完全不符（或许某些院校的中文系有几届的情况是如此）。尽管这不过是一篇诗作，不能将其视为某种评价观点的表述，但它却概括了部分学人对高尔基的一种看法。

在某种意义上可以说，集“颠覆派”观点之大成的，是一本叫作“倒转‘红轮’”（2012）的书。此书采用捕风捉影、移花接木、无中生有、张冠李戴、杜撰虚构等手段，对高尔基进行全面抨击。该书中没有关于高尔基的任何一部作品的解读，没有对他的文学活动的实事求是的评价，而是把可以搜罗到的一大堆污言秽语，如“流氓”“看家犬”“马戏团里的丑角”“猥琐龌龊”“谄媚与冷酷”“人格堕落”等，慷慨地抛洒到高尔基头上，断言他1928年“从海外归来后就一头扎进了肉麻吹捧斯大林体制的队伍中”，成了“顺从极权国家的卫道士”“卖身投靠权势的看家犬”“斯大林政治的传声筒”“斯大林制度的维护者”“个人崇拜的奠基者”，从那时起就“没有捍卫过人民、没有捍卫过文化、真理、正义、法律”，而“助纣为虐的事他又干得太多”，成了“没有人性的御用作家”。请看该书中大胆演绎的一例：“1935年10月，季诺维也夫第一次把马、恩、列、斯四个人的名字连在一起，从此产生了‘四大导师’的提法。所以说，高尔基是斯大林个人崇拜的奠基者一点也不过分。”② 看到这段文字，人们不能不钦佩《破解》的超常推理能力；当然，这里的“季诺维也夫”如果能换成“高尔基”，那就更有说服力了。该书对高尔基这些评价，就其用语的恶辣而言，已使迄今为止国内外对高尔基的所有否定性评价望尘莫及。对极权体制、个人崇拜和极左政治深恶痛绝的善良读者，如果不了解1928年以后高尔基做了些什么，看到该书作者给他扣上的这一顶顶“桂冠”，还能不恨透他、恨死他！

① 转引自尹昌龙．1985：延伸与转折．济南：山东教育出版社，1998：125.
② 金雁．倒转“红轮”．北京：北京大学出版社，2012：101.

说到这里，人们不禁会发问：这是对作家、对文学史的研究吗？当然不是，该书所做的，其实只是一种“政治鞭尸”行为，书中的抨击性语言大都来自作者的基本词汇所由形成的“文革”时代。

在《倒转“红轮”》看来，如果高尔基的全部遗产、全部思想和创作中，还有什么可取之处，那就是他发表于1917—1918年的那一组文章《不合时宜的思想》。但该书所肯定的并不是这组政论文的思想内涵和文化价值，而是其“政治倾向性”，也即对十月革命的态度，认为这是“善变”的高尔基“向右转”的一种举措。

不难看出，“颠覆派”对高尔基的评价显示出和“坚守派”的全面对立，你肯定的我否定，你否定的我肯定。但是双方可能都没有注意到，他们的思维方式却具有惊人的一致性，也即把判定作家“政治正确与否”作为评价的标准和目的，把一切都放到检测政治上的“左”和“右”这个天平上去衡量。“左”曾经是一种时髦，后来“右”也变得时髦起来。只要这种非白即黑、河东河西的思维方式不被放弃，“颠覆派”的观点就仍然还有一定的市场。

三、“求实派”：真正努力走进高尔基的世界

对高尔基的第三种评价，既不同于“坚守派”，也不同于“颠覆派”，不是简单地肯定或否定，而是从他的文学活动、从他的思想演变和创作发展的历史实际出发，力求对他做出实事求是的评价。持这种观点的评论者，我们姑且称之为“求实派”。

事实上，“求实派”的观点和“坚守派”一样，并不是20世纪晚期才开始出现的。在历来我国的高尔基研究中，真正走进高尔基世界的努力，一直都没有完全间断，只不过由于我国的社会环境和国人的思维定式，这种评价在各个不同时期都不曾成为所谓“主流批评”。早在1928年，我国著名文学翻译家耿济之就在《高尔基》一文中指出：“高氏的全集简直可改称为‘近代俄国的民族史’”，从中可寻得“俄国人的民性的一切。”[①] 1936年，批评家胡风曾写过《M. 高尔基断片》一文，针对那一时期在国内具有压倒性优势的评论观点发出这样的感叹：“比较高尔基的艺术思想底海一样的内容，我们所接受的实在太少，比较我们所接受的，我们的误解或曲解还未免太多罢。”[②] 胡风较早洞察到我国评论界对高尔基的阐释与作家创作实际之间的偏差，可是他的声音却一直未能得到足够的重视。时至50年代，胡风本人横遭厄运，他所说的“误解或曲解”则不断扩大和加强，一直延续至今。

与“坚守派”或“颠覆派”的观点截然有别的，还有活跃于我国现当代文坛的几代作家关于高尔基的评说。从鲁迅、巴金、路翎、丁玲等老一代作家，中经高晓声、高行健、张贤亮那一代作家，再到舒婷、乔良、梁晓声等新一代作家，都对高尔基做过评价，或谈及高尔基对自己的精神启示和文学影响，显示出当人们摆脱了“主流评论”的制约、从自身的文本阅读体验出发时，都会对高尔基做出实事求是的评价。

---

① 耿济之．高尔基——为纪念他35年创作和60年生辰而作．东方杂志，1928（8）．

② 胡风．M. 高尔基断片．胡风评论集（上册）．北京：人民文学出版社，1984：334.

高尔基研究领域的“求实派”，其基本观点可以概括如下：

第一，高尔基的代表作并不是《母亲》再加上《海燕之歌》。纵观高尔基的创作道路，可以看到他的大部分作品，其实着力描写了十月革命前俄罗斯蛮荒阴暗的现实，提供了俄国社会各阶层的人物众生相，揭示本民族的文化心理特征及其与民族发展进程、民族命运之间的内在联系，探测未来历史的动向，如“奥库罗夫三部曲”、自传体三部曲、《罗斯记游》《俄罗斯童话》《日记片断·回忆录》《1922至1924年短篇小说集》《克里姆·萨姆金的一生》等。这些作品在艺术上也达到了炉火纯青的高度。十月革命前后他发表的《不合时宜的思想》和出国后写就的《论俄国农民》，不过是作家的上述思想和意向在历史巨变时代的直接表达。如果说，“代表作”指的是最能代表作家的思想深度和美学追求的作品，那么，自传体三部曲和《克里姆·萨姆金的一生》无疑是高尔基的代表作。

第二，高尔基并非“社会主义现实主义”的奠基人。细读高尔基的作品文本，认真考察1934年《苏联作家协会章程》出台前后的史实，便不难发现，关于高尔基是“社会主义现实主义的奠基人”的定论难以成立。史料表明，最先提出“社会主义现实主义”概念，为苏联文学的创作方法定名的是斯大林；在第一次苏联作家代表大会上发表演讲，对“社会主义现实主义”进行阐释的是日丹诺夫。而高尔基却在1935年初致苏联作家协会理事会书记谢尔巴科夫的信中表示了对“社会主义现实主义”的怀疑。在创作实践中，高尔基的早期作品，具有以现实主义为主，兼用浪漫主义、象征主义的特色；致力于民族文化心态批判的中期创作，显示出清醒、严峻的现实主义风格；晚期的长篇小说《阿尔塔莫诺夫家的事业》和《克里姆·萨姆金的一生》，在现实主义基本方法之外，还广泛运用了西方现代主义文学在心理描写方面的新鲜经验。

第三，高尔基晚年并没有成为个人崇拜的吹鼓手。在十月革命和国内战争的严酷年代，高尔基就凭借自己的声望和影响，为保护“理智的力量”做了大量鲜为人知的工作。20世纪20年代末30年代初，在个人崇拜泛滥时期，高尔基为保护一大批受到不公正批判的作家挺身而出，与极“左”思潮展开了针锋相对的斗争。他对诸多遭受批判的作家的赞扬，同样具有抵制极“左”路线的意义。直到逝世前不久，他还写信给斯大林为横遭批判的音乐家肖斯塔科维奇辩护，对“批判形式主义”运动提出怀疑。

笔者曾在《俄罗斯命运的回声：高尔基的思想和艺术探索》（1993，2012修订本）、《伏尔加河的呻吟：高尔基的最后二十年》（2012）两本专著和长篇论文《高尔基之谜：“破解”还是曲解？——〈倒转“红轮”〉第二章读后质疑》（2013）详细阐述了以上观点。“求实派”关于高尔基的评价，目前已为国内学界越来越多的人所认可和重视，并较为集中地反映在即将问世的新版20卷本《高尔基文集》（人民文学出版社）的“总序”中。

四、几点思考

在梳理了当代国内学界关于高尔基的几种不同评价观点之后，笔者还对以下若干问题做了进一步思考。这些思考中，包含着本文的结论性话语。

（一）关于高尔基的评价在我国学界长期存在重大分歧的原因

在苏联和我国，政治气候、官方文艺政策对文学及文学批评的影响是巨大而明显的，政治风云的变幻总是迅速而有力地影响着文学。“文学为政治服务”的观念长期制约着人们如何看待作家和文学作品，从政治视角评价作家作品一度成为评论者们的习惯方法，至今仍然没有被完全放弃。高尔基又“不幸”是把自己的文学活动和社会政治生活联系得十分紧密的作家之一，这就使得随着中俄（苏）两国社会政治氛围的改变、对不同时期的社会政治本身评价的变化、官方文艺路线和政策的改变等，关于高尔基及其作品的评价也一直处于变化之中。只要这种格局不改变，文学和政治的这种关系依然存在，从政治视角评价高尔基的模式就将继续存在下去。这种模式妨碍着人们对高尔基做出冷静、客观而科学的评价，人们通常只能在“政治正确与否”之间做出选择和判断，各执一端，甚至认为没有必要、也没有可能在这之外再进行什么研究，形成什么结论。这正是关于高尔基的评价在我国学界长期存在重大分歧的根本原因。

（二）索尔仁尼琴对高尔基晚年所作所为的评价是否有道理

对于索尔仁尼琴在《古拉格群岛》中关于高尔基评价，国内著名俄罗斯文学专家蓝英年指出：“索尔仁尼琴的看法过分情绪化，不符合实际。”[①] 蓝英年还认为，有人说列宁逝世改变了高尔基对布尔什维克的态度，这是没有根据的。高尔基回国后，想把民主引进苏联，“软化”斯大林的强硬政策，但他的作用和影响是“微乎其微”的，斯大林在需要高尔基支持时千方百计地利用他的声望，但不断遭到高尔基的抵制；当斯大林不再需要他时，便将其打入冷宫。蓝英年的评述，以材料的新颖和丰富见长，提供了许多为国内一般读者前所未闻的文学史实，并极有说服力。

俄罗斯的高尔基研究专家、世界文学研究所高尔基文献保管、研究与出版部主任斯皮里东诺娃在她的《马·高尔基：与历史对话》（1994）一书中，则根据大量的实证材料得出了如下结论：晚年的高尔基“试图阻止斯大林恐怖，谴责强制性的集体化运动，为大写的人而斗争，其积极主动并不亚于在十月革命的如火如荼的年代。与索尔仁尼琴的断言相反，他不会歌颂1937年，不会为其辩护，也不会忍耐屈服”。作家的“人性的真诚和真正艺术家的内在嗅觉，不容许他成为斯大林时代的御前歌手”。[②]

中俄两位学者的上述评说，可以视为对索尔仁尼琴观点的最好回应。

（三）究竟应当怎样看待高尔基，特别是晚年的高尔基

究竟应当怎样看待高尔基，特别是晚年的高尔基？请看英国20世纪最著名的思想家之一以赛亚·伯林的两段话。伯林写道：“高尔基直到1936年才逝世；而只要他还健在，就会利用其巨大的个人权威和声望保护一些杰出的引人注目的作家免受过分的监管与迫害；他自觉地扮演着‘俄国人民的良心’的角色，延续了卢那察尔斯基（甚至是托洛茨

① 蓝英年．高尔基回国．随笔，1998（1）．

② Спиридонова Л. А. М. Горький：диалог с историей．Москва：Издательство Наследие，1994：300－301.

基）的传统，保护着有前途的艺术家免受官僚统治机构的毒手。”“高尔基的逝世使知识分子失去了他们唯一强有力的保护者，同时也失去了与早先相对比较自由的革命艺术传统的最后一丝联系。”① 对于那种误以为高尔基晚年成了个人崇拜的吹鼓手、极权政治的卫道士的观点，伯林的评价无疑是一种最有力的反驳。

高尔基并非完人，他在自己的晚年所说的和所做的一切，无疑不是完美的。但是，高尔基的全部不足、迷误和缺陷，只是他的认识上难以避免的局限性所致，但丝毫不带有趋炎附势、卖友求荣、见风使舵、助纣为虐的性质，丝毫无损于他的人格光辉。他个人的经历、修养、知识结构和他对于世界的理解，他当时所处的国际国内条件，决定了他在自己的晚年只能那样说、那样做，也使得他时时充满着思想矛盾与精神痛苦。这些矛盾与痛苦的根源在于：作为俄罗斯母亲的儿子，他要力图维护自己的祖国在世界上、特别是在西方民主知识分子面前的形象，但是20世纪20年代末期以后的苏联现实本身却不断地破坏着这一形象；他始终怀抱着一种可以称之为“集体理性”的社会主义理想，但斯大林“实现”社会主义的途径与方式却是直接同专制主义、践踏民主的行径联系在一起的；他一直寄希望于科学和文化的振兴与繁荣，但是反科学、反文化的因素却不断从外部强有力地牵制着科学与文化的发展。面对这一切，高尔基始终不渝地在力所能及的范围内保护文化、保护知识分子，但是他既不可能从根本上阻止个人崇拜的蔓延和极“左”路线的推行，更无力拯救所有受到不公正对待的人们；既不可能超越时代，也不可能超越人类的认识水平去解决那些不断困扰着他的现象、矛盾和问题。这就造成了罗曼·罗兰1935年访问莫斯科期间所发现的他的内心痛苦：

> 我感到在他心底，有着一种隐藏着的深深的忧郁……
>
> 这头不幸的老熊，虽然被缠上桂冠，备受礼遇，但在灵魂深处他对所有这些功名利禄都极为冷漠。他宁愿舍弃这些，换回往日流浪汉的独立自由。他的心灵承受着悲伤、怀旧和痛惜的重负；他试图以令人陶醉的热情和周围群众的信任来消除根深蒂固的悲观主义，这些群众吸引着他，其实他理应引领群众！我非常爱他，也可怜他。他很孤独，尽管他几乎从未有过独处的时候！我觉得，假如我和他俩单独在一起（且若能消除语言障碍），他会抱住我长时间地无声痛哭。

罗曼·罗兰对高尔基不仅抱有一种同情性理解，还做出了切合其思想实际的评价，所以他的观点已被我国学界许多研究者所接受。事实上，高尔基的晚期思想和精神特点，对于过去一个世纪中追求人类进步的知识分子来说，应当说具有某种典型性。这也就是高尔基至今仍然使包括中国在内的世界各国几代忧国忧民的知识者感到亲切的根本原因。

① 以赛亚·伯林. 苏联的心灵. 潘永强，刘北城，译. 南京：译林出版社，2010：5，8.

跨文化视野中的中苏文艺政策比较

深圳大学　吴俊忠

中苏文艺政策比较是一个学术上较难把握的研究课题。对中苏文艺政策的理论把握，不仅需要扎实的历史知识和丰厚的学识对修养，更需要政治勇气和理论勇气。笔者作为一名普通学者，所以敢知难而上，主要源于对近年出版的一系列著作的阅读感受。这些著作主要有：蓝英年先生的《寻墓者说》（汉语大辞典出版社，1998年版）、《苦味酒》（广东人民出版社，2000年版）、《被现实撞碎的生命之舟》（花城出版社，1999年版）；陈徒手先生的《人有病，天知否——一九四九年后中国文坛纪实》（人民文学出版社，2000年版）；季羡林先生主编的《岁月文丛》丛书之一《枝蔓丛丛的回忆》（北京十月文艺出版社，2001年版）；以及胡风的《三十万言书》（湖北人民出版社，2003年版）等。这些著作从不同角度反映了中苏文学发展进程中的风风雨雨，对于我这个从事俄苏文学研究断断续续达十多年之久的人来说，仍然感到吃惊和震撼，促使我反思以往研究的传统观点，萌发出撰写本文的冲动。

从十月革命至苏联解体，前后长达70多年；新中国从成立到现在，也已有50多年的历史。为了使中苏文艺政策比较真正体现跨文化视野中的可比性和科学性，本文所涉及的是20世纪70年代前（含70年代）的苏联文艺政策和改革开放前的中国文艺政策，这样有利于客观、公正地比较文化相互影响较大的历史时期的中苏文艺政策，从而能够站在新的历史高度，以跨文化的视野，重新审视中苏文艺政策的异同，以及形成这些异同的文化因素，全面、正确地认识文艺的本质特征和社会功用。

著名文艺学家徐中玉先生在接受记者采访时指出，“这二十几年来比先前宽松，文化环境确已比过去改善许多，研究某些学问，干预很少。但不能说现已没有禁区，或属不能去碰，也有点过分‘自律’。有些大家十分关心的问题，尚未及各抒所见，畅所欲言”，“现今真需要在焦点问题上，真正广开言路，欢迎各种不同学术见解和建议，众志成城，鼓励大家‘和而不同’地交换意见，最是当务之急”。徐老的这段话十分中肯。中苏文艺政策比较研究的必要性，相信许多学者都有所认识，但为何至今仍很少有人涉及？笔者以为，心有余悸或过分“自律”，该是主要原因。而这种余悸和“自律”，恰恰是思想不够解放，对形势认识不清，对党在新形势下的思想路线认识不足的表现。

党的十六大报告明确指出：“坚持党的思想路线，解放思想、实事求是、与时俱进，是我们党坚持先进性和增强创造力的决定性因素。”我们从事人文社科研究的专家学者，应响应党的号召，解放思想，有所作为，在重大问题和焦点问题上，像徐中玉先生所希望的那样，“各抒所见，畅所欲言”，为繁荣学术和推进社会主义现代化建设贡献一分力量，这也是笔者撰写此文的初衷。

一、文艺批判：中苏文艺政策比较的焦点

20世纪70年代前，苏联和中国作为社会主义阵营中的两个大国，彼此的文化影响十分明显。尤其是处于“老大哥”地位的苏联，在相当长一段时间内，从各个方面对中国实施着文化影响。这种影响的直接后果，是中苏在许多方面惊人的相似，故而有“苏联的今天就是我们的明天”之说。表现在文艺领域，最明显、最突出的就是中苏均有几次改变文艺发展进程的文艺批判。而文艺批判正是文艺政策实施的具体体现和直接后果，在客观上成为中苏文艺政策比较的焦点。为表述清楚，有利比较，现分列如下：

苏联的文艺批判： 三十年代对庸俗社会学的批判； 四十年代对左琴科和阿赫玛托娃等人的批判； 五十年代的“反修斗争”； 六十年代的反对资产阶级意识形态的斗争； 七十年代的反对“两个极端”。	中国的文艺批判： 五十年代对电影《武训传》的批判； 五十年代对《〈红楼梦〉研究》的批判； 五十年代对胡风的批判； 五十年代文艺界的反右派斗争； 六十年代对一系列文艺作品的批判； 六十年代对《海瑞罢官》的批判。

纵观中苏的历次文艺批判，我们发现：苏联的文艺批判，从20世纪30年代到70年代，几乎每个时期都有，而中国的文艺批判，大多集中于20世纪50年代。这固然与中苏两国社会主义发展史的长短有关，但同时也与中国20世纪50年代文艺思想领域发生的激烈斗争有关。此外，苏联的文艺批判，除了直接针对左琴科和阿赫玛托娃等人的那一次之外，大多是从批判文艺思潮开始，而中国的文艺批判则主要是针对具体作品和个人。还有，苏联的文艺批判的直接后果是导致许多作家的被迫害被封杀，导致文艺思想的单一化和公式化，而中国的文艺批判的直接后果，除了导致许多作家受到不公正待遇外，更有引发政治运动的极端倾向。对于中苏的历次文艺批判，我们均应作历史的、具体的分析。

文艺批判是文艺政策的体现和结果。苏联的历次文艺批判，体现出苏共文艺政策在不同历史条件下的不同倾向。

（一）对文艺创作和文艺批评中的不良倾向进行批评和引导

这从总体来说，具有积极意义和进步意义。如20世纪30年代对20世纪庸俗社会学的批判，在一定程度上纠正了把文学与社会、文学与阶级斗争的关系简单化、庸俗化的倾向，而这显然与1925年俄共（布）中央《关于党在文学方面的政策》和1932年联共（布）中央《关于改组文学艺术团体》的决议有关，体现出苏联早期文艺政策的积极影响。

（二）对文艺创作和文艺批评实行粗暴的行政干预，对作家和艺术家进行残酷无情的人身攻击和政治打击

这是苏联文艺批判中影响最恶劣、后果最严重的一种。最突出的是 20 世纪 40 年代对左琴科和阿赫玛托娃等人的批判，而这同样是与党的决议密切相关。联共（布）中央在 1946—1948 年间作出了《关于〈星〉和〈列宁格勒〉两杂志》《关于剧场上演节目及其改进办法》《关于影片〈灿烂的生活〉》《关于穆拉杰里的歌剧〈伟大的友谊〉》等决议，这些决议违背文艺特点，混淆矛盾性质，为文艺界的批判定了框框和基调。正是在这些决议指导下，当时苏共主管文艺工作的领导日丹诺夫在会议报告中用极其粗暴下流的语言对作家左琴科和诗人阿赫玛托娃进行恶劣的人身攻击和无情的政治打击，最终这两位作家均被开除出苏联作协。这一次文艺批判不仅严重地打击了苏联文艺界的创作积极性，使许多作家、艺术家受到不公正的待遇，而且其恶劣影响也波及我国。正如《苏联文学史》（人民文学出版社，1994 年版）绪论中所指出的："苏共中央的某些决议，如 1946—1948 年的几个决议对中国文学界也起了不良影响。"

（三）为适应党内政治斗争的需要展开"有的放矢"的文艺批判

1959 年 6 月，苏共中央全会公布了关于马林可夫、莫洛托夫、卡冈诺维奇"反党集团"问题的决议，反映出苏共党内政治斗争的尖锐化。而在此前两年，即从 1957 年开始，就在苏联文艺界爆发了所谓的"反修斗争"。反修斗争的概念与性质都是由苏共领导人确定的，称之为"向偷运修正主义的人们进行不调和的持续的斗争"。赫鲁晓夫等党政领导频频讲话，批评文艺界存在着"只是寻找缺点"，而对"正确的东西则闭口不谈"的"不健康倾向"，同时对部分文学作品和理论文章展开批判；苏共中央就文艺创作和出版问题作出了一系列决议。耐人寻味的是，到 1959 年 5 月召开第三次作家代表大会时，即公布"反党集团"决议前夕，赫鲁晓夫就宣布文艺界的"修正主义观点和情绪的代表""在思想上达到完全的失败""斗争已经结束"。显然，这一次所谓的"反修斗争"，是为适应党内政治斗争的需要而"有的放矢"地发起的。

与苏联的历次文艺批判相比，中国的几次文艺批判则是有同有异。相同之处是：①都有中央领导人的直接干预。中国截至"文革"初期的 6 次文艺批判，毛泽东都有批语或批示，有的甚至亲自确定批判的性质和方法。中央有关部门的主管领导大多也都积极参与。②都有对文艺工作进行行政干预的不良倾向。如批判胡风、批判《〈红楼梦〉研究》等，导致文艺论争和必要的文艺批判不能在符合文艺规律的正常轨道上进行。③都有与党内政治斗争相关联的不良倾向，如对《海瑞罢官》的批判等，就是为发动"文化大革命"做舆论准备，从而导致文艺批判的尖锐化和复杂化。不同之处是：①中国的文艺批判有时提到反党、反人民、反革命的高度，因而导致实际上并不存在的"胡风反党集团"的定性，造成政治上的冤案。②中国的文艺批判往往导致政治运动，或成为政治运动的先兆，如文艺界的反右派斗争、对《海瑞罢官》的批判等，这在客观上强化了文艺领域的"阶级斗争"和政治斗争倾向，使文艺脱离了本位。

上述文艺批判的异同，既给我们提出了对中苏文艺政策进行深入的文化阐释的任务，也给我们留下了文化反思的广阔空间。

二、文化阐释：中苏文艺政策比较的根本

中苏两个国家的文艺政策及其实施方式，有许多明显的相似之处，绝非偶然，必须从文化角度进行具体的阐释和剖析，才能抓住比较的根本。

众所周知，苏联是世界上第一个社会主义国家，是当时社会主义阵营中的“老大哥”，中国作为后起的社会主义国家，在政治、经济、文化等各方面，与苏联有着密不可分的联系，文艺政策的制订和实施，势必也会受到苏联的影响，但仅此还不足以解释上述的“相似”，必须从以下几个方面进行具体剖析：

（一）文艺与政治关系的错位

文艺与政治的关系，在注重和强化意识形态的社会主义国家，一直是个敏感而突出的问题。十月革命胜利以后，俄共（布）与后来的联共（布），在各类决议中多次论及文艺与政治的关系，党的领导人也就此频频发表讲话。中国则从新中国建立前至“文化大革命”，几乎所有的文艺思想论争和文艺批判，都涉及文艺与政治的关系问题。如今，我们站在21世纪的历史门槛上，回望当年中苏两国对文艺与政治关系的界定和表述，客观上存在着“错位”现象，而这种“错位”必然导致对文艺的社会功能的实用主义态度，导致对马克思主义文艺思想的片面理解，从而成为引发一次又一次文艺批判的重要因素。

所谓文艺与政治关系的错位，就是把文艺与政治的关系简单化，违背文艺的本质特征和创作规律，使文艺成为完成政治任务、进行政治斗争的工具。苏联出现文艺与政治关系的错位现象，有其复杂的原因。20世纪20年代无产阶级文化派对文学与政治关系的极端主义倾向，30年代的庸俗社会学思想，30年代马列文艺著作出版后的片面性理解，以及斯大林、赫鲁晓夫、勃列日涅夫等苏共领导人对文学的阶级性和政治性的片面强调等，都是导致“错位”的重要原因。这样不但使“错位”客观地、合乎规律地存在下去，而且使人们形成分析文艺现象、对待文艺论争乃至文艺批判的思维定式，自觉或不自觉地把“不正常”视为“正常”，把人为的斗争看作是客观需要。中国出现文艺与政治关系的错位现象，原因也是多方面的，有苏联方面的直接影响，也有国内客观存在的阶级斗争扩大化以及革命战争时期对文艺战士和文艺创作的特殊要求，在革命胜利后仍延续下来，未能与时俱进地加以改变等因素。值得注意的是，中苏两国在文艺与政治关系错位问题上存在着突出的相同和相异之处。相同的是，对列宁在《党的组织和党的出版物》一文中提出的“写作事业应当成为整个无产阶级事业的一部分，成为由整个工人阶级的整个觉悟的先锋队开动的一部巨大的社会民主主义机器的‘齿轮和螺丝钉’”这一思想观点，均存在着脱离社会历史条件而片面理解的不良倾向。因而苏联有“文学是阶级斗争的强大武器”（第一次全苏无产阶级作家大会决议），要“始终不渝地遵循艺术的党性和以阶级的态度评价文艺领域一切事情的原则”等提法，中国则有“文艺从属于政治”“文艺为政治服务”的口号。不同的是，中国在改革开放初期，邓小平同志就明确指出：“不继续提文艺从属于政治这样的口号，因为这个口号容易成为对文艺横加干涉的理论依据，长期的实践证明它对文艺的发展利少害多。”江泽民同志也指出：“十一届三中全会以后，我们党已经不再使

用‘文艺从属于政治’的口号，十八年的实践证明，这是正确的。”这表明，我国已经从根本上改变了文艺与政治关系错位的现象。

（二）对知识分子的错误定位与错误评估

作家、艺术家都属于知识分子范畴，是文艺创作活动的主体，也是文艺政策及特定历史条件下所进行的文艺批判的指向和对象。因此，如何全面、正确地评估知识分子，给予他们正确的社会定位，就成为一个关键问题。纵观中苏的历次文艺批判，其中一个重要原因就是对知识分子的错误定位与错误评估。苏联在20世纪20年代把作家分为坚定的无产阶级作家、“同路人”作家和资产阶级反动作家等几种类型，40年代对一批作家进行了无情的批判和打击，究其原因，除了少数所谓的无产阶级作家的狂妄自大外，很重要的一个原因就是俄共（布）和联共（布）对知识分子的错误定位和错误评估。他们对知识分子能否在革命进程中接受教育和改造持怀疑态度，对知识分子在社会主义革命和建设中的作用认识不足，甚至有的党的领导干部对知识分子持蔑视的态度。为此，高尔基与列宁曾有过分歧。因此，苏共领导日丹诺夫可以在大会上对一些作家随心所欲地破口大骂，甚至粗暴地进行人身攻击。

与苏联不同的是，中国从理论上已经意识到要正确对待知识分子。毛泽东在1956年《同音乐工作者的谈话》中就指出：“对资产阶级，对知识分子的问题处理不好的话，对革命事业是不利的。对资产阶级的办法，中国就与苏联不同。中国的资产阶级和他们的知识分子，人数虽少，但是他们有近代文化，我们现在还是要团结他们。”但在实际上，由于受苏联的直接和间接影响，中国对知识分子的评估和定位，在相当长一段时间内一直有偏向，总是把知识分子和资产阶级联系在一起，即便是新中国成立后自己培养的知识分子也不例外；始终把知识分子作为教育和改造对象，作为另类来看待。最突出的事例就是对《〈红楼梦〉研究》的批判和文艺界的反右派斗争。《〈红楼梦〉研究》的作者俞平伯本是一个不涉政治的学者，他的《〈红楼梦〉研究》一度受到欢迎和好评。青年学者李希凡、蓝翎发表文章，对《〈红楼梦〉研究》提出不同观点，本也是正常的学术讨论，但因为俞平伯被视为“资产阶级知识分子”，同时也因为“意在打开一个缺口，对资产阶级上层人物进行批判”，因此，就有了毛泽东所写的《关于〈红楼梦〉研究问题的信》，就有了对俞平伯的批判，就有了把“学术批评搞成了政治运动，声势压人代替了说理斗争”。因学术问题对一个学者展开如此猛烈的“政治性围攻”，哪里还有对知识分子的尊重可言？又如何能有效地团结他们？此外，1957年文艺界的反右派斗争，在“引蛇出洞，聚而歼之”的政治策略操纵下，把文艺界一大批响应党的号召给党提意见和建议的知识分子打成资产阶级右派，以政治运动的方式，进一步强化了知识分子的资产阶级属性，为知识分子涂上了更浓厚的“另类”色彩。令人欣慰的是，改革开放以后，我们党调整了知识分子政策，明确宣布知识分子是工人阶级的一部分，在全党全国形成了尊重知识、尊重人才的风气，知识分子有了应有的社会地位，正在社会主义现代化建设中发挥着更大的作用。

（三）文艺论争的政治高压与文化偏执

笔者注意到，苏联20世纪60年代在文艺界开展的反对资产阶级意识形态的斗争，70

年代对“两个极端”倾向的批判，以及中国20世纪60年代对一系列文艺作品的批判，并非针对某个具体作家，更多的倒是文艺思想的论争，或称之为意识形态领域的论争。然而这类论争不是文艺界平等地进行学术讨论，而是由党的领导人发话定调，宣传机构遥相呼应，文艺官员组织操纵的批判性政治高压，有的甚至在学理上也带有明显的文化偏执。

20世纪60年代苏联文艺界反对资产阶级意识形态的斗争，起因是在克服斯大林个人崇拜消极影响的前提下，出现了分别以《新世界》和《十月》杂志为中心的两种相互对立的文艺思潮，前者的艺术倾向偏向自由开放，后者的艺术倾向偏向传统保守，并都在各自的杂志所登载的作品中反映出来。对此，本可通过正常的文艺论争，分辨是非，自然消长。但苏共领导集团把不同文艺思潮的并存称之为“意识形态领域的和平共处”，苏共领导人赫鲁晓夫在讲话中称这种现象是苏联文艺界近年“不可容忍的错误”，警告一些作家“滑到同我们格格不入的意识形态和平共处的立场上去了”，并明确指出，“坚决反对社会主义意识形态同资产阶级意识形态的和平共处”。在这样一种氛围下，不少作家因自己作品的某种倾向而受到批判。

20世纪70年代苏联文艺界反对“两个极端”的文艺批判，实质是60年代反对资产阶级意识形态斗争的延续。苏共领导人勃列日涅夫在党代会的报告中，把以往以《新世界》为中心的对斯大林时期个人迷信条件下社会阴暗面的揭露称之为“一个极端”（《真理报》社论称之为“抹黑”），而对以往以《十月》为中心的对那一段时期的肯定和歌颂，则认为是“企图粉饰过去已受到党坚决的、原则性批评的现象”的“另一个极端”（《真理报》社论称之为“粉饰现实”）。明确指出，要反对“抹黑”和“粉饰现实”这两个极端。这种对两种文艺思潮“各打五十大板”的做法，实质是用“政治大棒”把文艺论争压下去，哪里还有平等论争可言。

中国20世纪60年代对一系列文艺作品的批判，是以毛泽东对文艺问题的“两个批示”为代表，并由此引发出带有政治高压色彩的文艺批判。1963年12月，毛泽东在《文艺情况汇报》上写了一个批示：“各种艺术形式——戏剧、曲艺、音乐、美术、舞蹈、电影、诗和文学等等，问题不少，人数很多，社会主义改造在许多部门中，至今收效甚微。”“许多共产党人热心提倡封建主义和资本主义的艺术，却不热心提倡社会主义的艺术，岂非咄咄怪事。”还多次说文化部是“帝王将相部”“才子佳人部”“外国死人部”。1964年6月，毛泽东看了《全国文联和各协会整风情况的报告（草案）》，又作如下批示：“这些协会和他们所掌握的刊物的大多数（据说有少数几个好的），十五年来，基本上（不是一切人）不执行党的政策，做官当老爷，不去接近工农兵，不去反映社会主义革命和建设。最近几年，竟然跌到了修正主义的边缘。如不认真改造，势必在将来的某一天，要变成像匈牙利裴多菲俱乐部那样的团体。”毛泽东的这两次批示，现在看来是不无偏颇的。第一，未能实事求是地全面估计文艺界的形势，从而导致发动群众运动和政治斗争来解决文艺问题；第二，否定文艺创作的丰富性和多样性，对文艺创作的对象和功能的认识，在学理上带有明显的文化偏执。似乎社会主义文艺只能写工农兵，只能反映社会主义革命和建设，如写了帝王将相才子佳人，就是跌到了修正主义边缘。“两个批示”发表以后，在文化部门、文艺单位和全国报刊上，对《李慧娘》《谢瑶环》等许多戏曲，对《北国江南》《早春二月》等许多电影，对许多文艺理论观点，公开进行政治批判，批判的结果是许多优秀作品被封杀，许多优秀作家、学者被撤销了领导职务，或者不能进行正常的工作。

三、文化反思：中苏文艺政策比较的归结

将已经解体的苏联的文艺政策，与中国改革开放前的文艺政策进行比较，不是为了简单地做一番历史回顾，根本目的在于正视特定历史条件下中苏两国文艺政策的偏差所导致的不良后果，从中吸取经验教训，起到“前事不忘，后事之师”的作用。因此，对中苏两国文艺政策及其所导致的文艺批判，除了须对其成因进行文化阐释外，还必须进行深刻的文化反思，实现历史视野和当下视野的融合，真正做到对特定时期的中苏文艺政策，不仅知其然，而且知其所以然，这对于新形势下我国文艺政策的制定和实施，有着不可忽视的重要意义。

（一）强化文艺政策制定的“执政党意识”

苏联与改革开放前的中国，有一个明显的共同点，即通过革命和武装斗争夺取政权后，急风骤雨式的阶级斗争逐渐过去（外国入侵除外），和平条件下的社会主义革命和建设成为基本的社会现实。在这样的社会历史背景下，执政的苏联共产党和中国共产党本应及时地实现由革命党向执政党的转变，集中精力搞建设，一心一意谋发展。遗憾的是，无论是苏联共产党还是改革开放前的中国共产党，都未能与时俱进，一直坚守着革命党的角色。20世纪60年代，即在新中国成立10多年后，党的政策仍是坚持“以阶级斗争为纲”，并且要求“阶级斗争要年年讲，月月讲，天天讲”，因此，“文革”前的17年，大批判不停，政治运动不断，文艺界自然也不能例外。苏联在长达70多年的历史中，政治斗争和政治批判同样连续不断，斗争之残酷，批判之无情，比中国更甚。甚至到1967年，苏共领导人勃列日涅夫虽然在庆祝十月革命50周年的大会上宣称苏联已建成“发达的社会主义社会”，但苏共的其他领导人仍在强调“对文化领域里发生的一切都要以党的、阶级的态度来看待”。

由于执政党坚守“革命党”角色，缺乏“执政党意识”，导致具有丰富内涵的文学艺术，在“阶级斗争的武器”和“为政治服务”的口号下，演变成贴上标签的“革命文学”“阶级文学”“斗争文学”。虽然列宁曾提出“写作事业最不能作机械划一，强求一律，少数服从多数。无可争论，在这个事业中，绝对必须保证有个人创造性和个人爱好的广阔天地，有思想和幻想、形式和内容的广阔天地”，毛泽东也曾提出“百花齐放、百家争鸣”的双百方针，但终究是停留在字面和口头上，“阶级斗争”和“政治批判”的势头一直没有减弱。在文艺领域的具体表现是：①一些主管文艺的党的领导干部（如日丹诺夫），在“革命”的神圣旗号下，“以为只要获得了革命的称号、革命的名义、革命的教条、革命的某些资历与地位官职就可以君临一切、裁判一切，有了对一切生杀予夺的权力”，就可以不问对象、随时随地地依仗这种革命权威对文艺界人士进行残酷斗争和无情打击，这在客观上放大了政策的负面效应，产生了恶劣的影响；②使一些作家、艺术家的艺术人格自觉或不自觉地被扭曲。革命与斗争的过分强调和极端渲染，使作家、艺术家陷于简单的“不做革命者，就做反革命”的两极对立模式中，违背文艺创作的规律，一味地响应配合

紧跟，各显神通地争做“革命表演”，而当斗争和批判来临时，就出现了王蒙同志所指出的那种“愈整愈怕，愈怕愈佩服愈激动，愈佩服愈激动愈希望继续挨整不断挨整”的奇怪心态。而一些不愿违心地响应配合紧跟的作家、艺术家，就长期处于痛苦、困惑和无奈之中。上述可见，只有强化文艺政策制定的“执政党意识”，适时地撕下不合时宜的“革命文学”“阶级文学”和“斗争文学”的标签，用代表先进文化的前进方向作为制定文艺政策和衡量文艺发展的最高标准，才能使社会主义文艺沿着健康的轨道向前发展。

（二）学习运用马克思主义文艺思想必须实事求是、解放思想、与时俱进

马克思主义经典作家关于文艺问题的一系列论述，相当一部分是其核心内涵即革命与阶级斗争学说在文艺层面的体现，还有一部分是在革命和斗争实践中总结出来的与文艺相关的思想观点。因此，在当下的文化视野中，马克思主义文艺思想中既有精辟论述文艺的本质特征和发展规律的经典学说，也有反映一定时期和一定社会历史条件下党对文艺工作要求的相关论述，前者无疑是我们发展社会主义文艺事业的指导思想，我们应坚定不移地学习和运用；后者由于具有一定的时代特征和工作要求的相对性，我们就要客观、历史地作具体分析，不能简单地照搬照用。无论是执政党在制定文艺政策时，还是文艺工作者在具体的工作实践中，对待马克思主义文艺思想都应有这样的科学态度。要充分体现实事求是、解放思想、与时俱进的思想路线，绝不能再出现中苏文学发展进程中客观存在的由对马克思主义文艺思想的教条主义理解，到孤立地运用马克思文艺论著中的只言片语，给文艺工作者乱扣帽子、乱打棍子的现象。

有一位学者在文章中谈到，人的追求常常呈现一种悖论：一方面人不是要成为什么样的人就能成为什么样的人，另一方面，你追求什么你就是什么。这一悖论联系到对待马克思主义文艺思想的态度，就有了耐人寻味的内涵。我们注意到，除去日丹诺夫这样的政客外，像苏联的法捷耶夫，以及中国的一批不乏艺术良知的文艺官员和作家，他们出于对马克思主义的信仰和对革命的忠诚，面对那些扛着马克思主义招牌或贩卖假马克思主义的政治骗子，常常显得“弱智”和“低能”，这就出现了和上述悖论相类似的新的悖论：一方面，他们真诚地信仰和追求马克思主义，但却始终未能成为科学掌握和运用马克思主义文艺思想的真正的马克思主义者；另一方面，在马克思主义旗帜下被革命和阶级斗争的强刺激所激发出来的革命激情，又导致他们真诚地参与那些打着革命旗号实质是“非革命”的批判和斗争。等他们随着历史的前进而明白过来后，有的经受不住强烈的内心震荡，走上了自杀的道路（如法捷耶夫）；有的则在朝是夕非的政治变更中成为“摇荡的秋千”，陷于痛苦和困惑之中（如中国的一些文艺官员和作家），因而才有“人有病，天知否”的感慨。他们所走过的曲折的心路历程，形象地告诉我们：决不可以用教条主义的态度对待马克思主义文艺思想；决不能把脱离马克思主义文艺思想体系的只言片语，不分场合和条件的简单搬用，否则，就永远成不了你想成为的那种人，你就有可能在执着的追求中迷失了自己。

（三）正确认识文艺的社会功能

文学艺术所具有的认识、审美、教育这三大功能，是一个不可分割的统一体，必须全面认识和综合发挥，不能偏颇地强化某一种功能。反思中苏文艺政策在制定和实施过程中

的偏差，其中一个很重要的原因，就是未能全面正确地认识文艺的社会功能，不但过分地强调文艺的教育功能，甚至把这种教育功能纳入“图解政策、服务政治”的轨道，这就使文艺承载过重，偏离了它的本位。

1．社会主义现实主义对文艺功能的就限定，导致创作方法的单一化

1934年全苏第一次作家代表大会，确定了社会主义现实主义创作方法，并进行了明确表述：“社会主义现实主义，作为苏联文学与苏联文学批评的基本方法，要求艺术家从现实的革命发展中真实地、历史具体地去描写现实，同时艺术描写的真实性和历史具体性必须与用社会主义精神从思想上改造和教育劳动人民的任务结合起来。社会主义现实主义保证艺术创作有特殊的可能性去发挥创造的主动性，去选择各种各样的形式、风格和体裁。”虽然，到1954年召开全苏第二次作家代表大会时，对此已作了改动，后来还有人提出“社会主义现实主义的开放体系”，但社会主义现实主义作为官方确定的创作方法，长期束缚和制约着苏联作家的创作，稍有偏离，就会被视为离经叛道，就会遭到批判或打击。这样做的直接后果是，作家失去了个人风格，其他非现实主义的创作方法无法运用，文学作品的功能主要体现为教育或教化作用，其在审美和认识方面的功能也就微乎其微。

中国与苏联略有不同，毛泽东提出的是“革命现实主义与革命浪漫主义相结合”，但由于主流意识形态的政治要求，加上苏联的影响，文艺创作和文艺批评实际上也就很难浪漫得起来，其结果与苏联并无二致。

2．要求文艺作品写“大写的人”，写“正面人物”，客观上导致人物形象的模式化和简单化

苏共领导人关于文艺问题的讲话和苏共关于文艺问题的有关决议，一直要求作家写“大写的人”，描写正面人物，这作为一种倡导，本来也不无道理。问题是，在政治需要和革命需要的名义下，倡导就变成了规定，凡是不写或少写“正面人物”和“大写的人”，就被视为给现实“抹黑”，就是对社会主义革命缺乏阶级感情，就会遭到无情的批判和打击。这样一来，文艺作品中的人物形象就不可避免地出现千人一面的模式化现象，就不可能丰富多彩。中国在提法上与苏联不一样。毛泽东指出：“文艺作品中反映出来的生活却可以而且应该比普通的实际生活更高，更强烈，更有集中性，更典型，更理想，因此就更带普遍性。革命的文艺，应当根据实际生活创造出各种各样的人物来，帮助群众推动历史的前进。”应该说，毛泽东的这一表述，既站得高，又非常专业。遗憾的是，一次又一次的文艺批判，已使作家们噤若寒蝉，不知道该怎样响应紧跟配合为好，除了顺势塑造不惹麻烦的正面人物、英雄人物，哪里还敢去写“各种各样的人物”。例如，老舍先生写剧本《春华秋实》时，就有人要求他把剧中的工会主席写成是具有“一种完全新型的、有高度政治觉悟、一种工人阶级代表的高度”（参见《人有病，天知否》）。老舍先生为了能够实现诸如此类的要求，一连改了九稿，其中的苦涩不难想象。到“文化大革命”前夕，更有了要描写“高、大、全”人物的荒唐说法，比苏联要求描写“大写的人”，是有过之而无不及。

文章写到此处，笔者深感中苏文艺政策比较是一个大课题，不是一篇短文所能概括的，许多问题还需作深入的研究。本文只是一项研究的开头，粗浅和错误之处在所难免，诚望专家和同仁多多批评指正。

中国比较文学的实学方略、人文关怀与历史担当

福建师范大学　葛桂录

一、实学方略：方法及路径

（一）实学与实学研究方法

实学，本指17—18世纪（明中叶至鸦片战争前）兴起于中国、日本、朝鲜等东亚国家的社会思潮。20世纪80年代以来，中国学者在研究明清社会思潮时注意选取“实学”的研究角度，这是一种以“经世致用”为核心、以社会改革为手段、以反对程朱陆王末流空谈为学风、以调整社会矛盾为目的的一种学术思潮。也可以说，实学是在儒学经世传统的启迪下，在批判佛学“空寂”、老庄“虚无”的过程中，复归儒学元典精神——经世致用的实学风格，它既是一种求实的学风，也有特定的研究对象，是一种与理学相并行、相渗透，又在一定程度上相对立的学术走向。实学属于近代启蒙思想，是对经世传统的哲学扬弃，启迪着人们的近代意识。实学的核心字“实”，我们既要重视它的“黜虚就实”“反虚务实”的特征，更要重视“实”字背后的更为核心的近代气息。

中国实学的起点可以追溯到先秦，自孔孟开始，儒家“内圣外王”“经世致用”等思想就体现了“实事求是”的精神。

实学思潮的价值在于它创立了一种新的学风，摈弃静坐冥思、空谈性命，而立足现实，治国救民，使社会形成了舍虚就实的时代风尚。明清实学思潮中启蒙思想和科学精神这两个基本倾向正是中世纪文化走向近现代文化的突破口。实学理论家们根据时代的需要，创造性地综合发展了儒、道等诸家传统学说，使之具有了崭新的近代色彩，他们既亦儒亦道，又非儒非道。“五四”新文化运动中，先进思想家们的文化主张同明清实学思潮在精神实质上是一致的。作为一种特定时代特定氛围里的社会及学术思潮，其研究方法值得我们认真借鉴。

一般地说，学术研究方法有很多，大体可归入实学与玄学两大范畴。也就是说，实学与玄学在方法论的层面上，可代表治学的两种最基本的路径。

作为思维方法论意义上的“玄”，源于《抱朴子》。葛洪在《抱朴子》中即曾提到“谈玄叙妙”。中国方法论意义上的玄学，体现在三个大的思想潮流里：①魏晋时期的玄学清谈；②隋唐时代禅学的兴盛；③宋明时期的理学清谈。其特点是重视理论的玄想与构

建，而不太强调文献的梳理。这些均为清代学者所排斥，他们所大力提倡的就是一种实学研究方法。

梁启超《清代学术概论》之第十二则，如此评述王氏父子（高邮王念孙及子引之）之著述：

> 吾尝研察其治学方法，第一曰注意。凡常人容易滑眼看过之处，彼善能注意观察，发现其应特别研究之点，所谓读书得间也。如自有天地以来，苹果落地不知凡几注意及之，惟奈端能注意及之；家家日日皆有沸水，惟瓦特能注意及之。《经义述闻》所厘正之各经文，吾辈自童时即诵习如流，惟王氏能注意及之。凡学问上能有发明者，其第一步工夫必恃此也。第二曰虚己。注意观察之后，既获有疑窦，最易以一时主观的感想，轻下判断，如此则所得之"间"，行将失去。考证家决不然，先空明其心，绝不许有一毫先入之见存，惟取客观的资料，为极忠实的研究。第三曰立说。研究非散漫无纪也，先立一假定之说以为标准焉。第四曰搜证。既立一说，绝不遽信为定论，乃广集证据，务求按诸同类之事实而皆合。如动植物学家之日日搜集标本，如物理化学家之日日化验也。第五曰断案。第六曰推论。经数番归纳研究之后，则可以得正确之断案矣。既得断案，则可以推论于同类之事项而无阂也。

这治学方法的六步法体现的就是一种典型的实学研究方法。

在《清代学术概论》第十三则里，梁启超更总结清人治学风气有十：

> 一、凡立一义，必凭证据。无证据而以臆度者，在所必摈。
>
> 二、选择证据，以古为尚，以汉唐证据难宋明，不以宋明证据难汉唐。据汉魏可以难唐，据汉可以难魏晋，据先秦西汉可以难东汉。以经证经，可以难一切传记。
>
> 三、孤证不为定说。其无反证者姑存之，得有续证则渐信之，遇有力之反证则弃之。
>
> 四、隐匿证据或曲解证据，皆认为不德。
>
> 五、最喜罗列事项之同类者，为比较的研究，而求得其公则。
>
> 六、凡采用旧说，必明引之，剿说认为大不德。
>
> 七、所见不合，则相辩诘，虽弟子驳难大师，亦所不避，受之者从不以为忤。
>
> 八、辩诘以本问题为范围，词旨务笃实温厚，虽不肯枉自己意见，同时仍尊重别人意见，有盛气凌轹，或支离牵涉或影射讥笑者，认为不德。
>
> 九、喜专治一业，为"窄而深"的研究。
>
> 十、文体贵朴实简洁，最忌"言有枝叶"。

梁启超指出："用此研究法以治学，能使吾辈心细，读书得间；能使吾辈忠实，不欺饰；能使吾辈独立，不雷同；能使吾辈虚受，不敢执一自是。”这值得任何学术研究的从业人员所记取。

（二）为什么要在比较文学领域提倡实学研究方法

1. 从学科史看，比较文学学科的定位就是以实学研究方法为基础的

法国学者率先提出比较文学的定义，为这门学科的建立奠定了最初的理论基石。巴黎大学教授梵·第根所著《比较文学论》（1931）全面、系统地总结了法国学者对比较文学的认识。书中明确指出：“真正的‘比较文学’的特质，正如一切历史科学的特质一样，是把尽可能多的来源不同的事实采纳在一起，以便充分地把每一个事实加以解释；是扩大认识的基础，以便找到尽可能多的种种结果的原因。总之‘比较’这两个字应该摆脱全部美学的涵义，而取得一个科学的涵义。”① 此后，卡雷亦认为比较文学研究的是国与国之间作家作品的精神与事实联系：“它（比较文学）研究……属于一种以上文学背景的不同作品、不同构思以至不同作家的生平之间所曾存在过的跨国度的精神交往与事实联系。”（《比较文学初版序言》）所谓“国际精神关系”指的是不同语境下作家跨语言、跨民族、跨文化与跨国界的文学交流关系。因而，基亚明确认为“比较文学就是国际文学关系史”。（《比较文学》）

法国学派把比较文学定义为国与国文学之间有据可循的相互影响研究，这种定义特别重视文献的梳理，对学者的考据功夫提出了严格的要求，实证也就成为影响研究的理论方法。可见，文学关系研究是基础性、起始性的比较文学学术工作。博览群书，积累丰富的知识，注重考据的培养，是比较文学研究的基础。

随着比较文学学科在美国的兴起，因美国历史短暂而在文学的关系史上无迹可寻，美国的比较文学学者迫切想打破影响研究的方法与思路，重新寻找研究的立论基础，为此提出了不以事实联系为基础，而以跨民族、跨学科间的共性作为平行研究的对象，方法主要以演绎为主，成为比较文学学科史上的美国学派。

20世纪70年代至20世纪末，比较文学在影响研究与平行研究两种思路上获得了进展，但无处不在的危机意识使得比较文学学者必须探讨学科存在的学理依据。佛克马强调理论的建设，1984年维斯坦因对佛克马的理论构建思路予以质疑。90年代后，比较文学的研究又回归到实证的方法上。

2. 比较文学领域的优秀研究成果，均是实学研究的结晶

在比较文学研究的各大分支领域中，最有影响的成果应属于文学关系史的研究，这是因为文学关系史的梳理对文化的交流与对话起着至关重要的作用，而比较文学本来就是文学交流的产物，后者的主要目的就是为了总结文学交流史的经验教训，促进更普遍、更深入的国际文学交流。

因此，从文学关系史角度研究中外文学，具有真正的国际学术视野；从中外文学关系史层面切入中国文学研究，又创建了比较文学研究的中国特色。关于中外文学之间相互关系的探讨是我国比较文学学科发展的重要支撑领域，也是本学科取得最多实绩的研究领

---

① 干永昌，等. 比较文学研究译文集. 上海：上海译文出版社，1985：56－57.

域。从国际学术史上来看，各国发展比较文学最先完成的工作之一，都是清理本国文学与外国文学的相互关系，研究本国作家与外国作家的交互影响。早在20世纪中国比较文学举步之时和复兴之初，季羡林、钱锺书等前辈学者就卓有识见地强调“清理”中外文学关系的重要性和必要性，把它提到创立比较文学研究的中国特色和拥有比较文学研究“话语权”的高度。真正从事中外文学关系研究的学者们坚信：没有史料的调查，就没有发言权；没有史料的支撑，构不成学术的大厦。

近几十年来，我国学者在系统梳理中国文学与外国文学双向交流的历程方面，做了大量工作，出版了一批有分量的著述。特别是前辈学者那些开拓性的建树，大多集中于中外文学与文化关系的研究领域内。他们从研究实践到理论探索，都取得了坚实的成果，在学术研究的深入、研究方法的反思、研究范式的变革方面，对中国比较文学学科的发展起着重要的推动作用。

3. 比较文学学术创新的需要，有赖于实学研究方法的采用

学术研究的切实推进有待于原创性成果的面世。学术原创不是灵光闪现，更非智力的机巧，而是需要有足够扎实的研究资料与学术基础作为支撑。马克思主义哲学的基础也是实学研究。马克思本人并不是先知，而是缜密而敏锐的研究者与思考者。他用40年时间写《资本论》，大量时间都是泡在大英博物馆里收集、研究和考证各种历史的和现实的材料。在学术史意义上，没有质料层（包括研究资料、研究素材以及研究者的学术习得与积累）的所谓学术“原创”其实是空疏的，更经不起历史的检验，因为它本身就缺乏历史的维度。可见，坚实的学术积累（研究经验）、足够的资料占有（特别是独立的资料准备）与消化（这需要史识与视野），以及必要的田野考察（还有人生经验的积累），对于原创性学术是十分必要的。

学术原创需要在潜心努力中等待。与其高喊一些自己都有些心虚的口号，倒不如凝神敛气，苦练内功，做一些实实在在的学术和学科积累工作，如此真正的原创性的学术研究成果才会面世。而这一些成果的取得，更离不开实学研究方法的大量使用。

当前，传统的文史研究似乎处于“瓶颈”状态，重复的复制与生产，越来越缺乏吸引力，缺乏引导公众话题的能力。二十多来年引进的新理论、新方法、新观念，好像吃压缩饼干，吞进太多，现在到了要喝一口水、喘一口气的时候了。运用实学研究方法，来消化吸收及修正补充这些来自异域的理论观念，才能变成自身学术成长的真正动能。

4. 中国的比较文学研究，应该弘扬中国学术研究重视实证的优良传统

胡适在《介绍我自己的思想》一文中再三强调他的所谓“科学方法”说来很简单，“只不过‘尊重事实，尊重证据’；或者概括为‘大胆地假设，小心地求证’”。胡适自述思想，总是强调赫胥黎（怀疑主义以及“拿证据来”的口号）和杜威（思想五步法）的影响。他说：“我的思想受两个人的影响最大：一个是赫胥黎，一个是杜威先生。赫胥黎教我怎样怀疑，教我不信任一切没有充分证据的东西。杜威先生教我怎样思想，教我处处顾到当前的问题，教我把一切学说理想都看作待证的假设，教我处处顾到思想的结果。”

特别是杜威的思想五步法（疑难的境地；指出疑难所在；假设解决方法；决定何者有效；证明），胡适拿来与清代的考据学成功地“嫁接”，为其治学路径准备了有效的理论武器。

胡适在《〈国学季刊〉发刊宣言》中指出："学问的进步有两个重要方面：一是材料的积聚与剖解；一是材料的组织与贯通。前者须靠精勤的功力，后者全靠综合的理解。清儒有鉴于宋明学者专靠理解的危险，所以努力做朴实的功力而力避主观的见解。"

清代的"朴学"（包括文字学、训诂学、校勘学、考订学），又称"汉学"，因之于当时的学者不满意于宋代以来的性理空谈，以及用主观的见解来做学问，所以抬出汉儒来，想压倒宋儒（宋学）的招牌。

中国学者的治学特点，注意"朴学"（作家年谱、文学史实编年）、"史学""美学"三者的结合，既揭示文艺现象之"然"，又探究其"所以然"。而对跨文化视野的比较学者而言，还要进一步说明其"所以不然"。

（三）比较文学的实学研究路径

钱锺书并不承认自己是一个比较文学家，但他的大著《管锥编》的问世（中华书局1979年版）却一直被当作是中国比较文学在新时期复兴的重要标志。有人指出他的学术思想不成套，即没有形成什么体系，对此，他曾于1987年10月14日写信给舒展表明他的衷曲："我不提出'体系'，因为我以为'体系'的构成未必由于认识真理的周全，而往往出于追求势力或影响的欲望的强烈。标榜了'体系'，就可以成立宗派，为懒于独立思考的人提供了依门傍户的方便，祖师解决具体问题的手段，徒孙就执行为公式，徒孙就信奉作教条。马克思说：'我不是马克思主义者'；马克·吐温说：'耶稣基督活在今天他肯定不是基督教徒'，都包含这个道理。"可见钱锺书对所有理论体系心存疑虑，所采用的是一种典范的实学研究方法。

陈寅恪对胡适《中国哲学史大纲》的批评文字中有"其言论愈有条理统系，则去古人学说之真相愈远"。胡适自己在一封信中也说："凡治史学，一切太整齐的系统，都是形迹可疑的，因为人事从来不会如此容易被装进一个太整齐的系统里去。"

1. 立志做出"精确性""切实"的学问，推进"原典性的实证"研究

一个优秀的学者，均尝试做那种"精确性""切实"的学问，也就是到图书馆去，到文献里面去，找到精确的文献，做出切实的学问。

海外汉学家的工作方法，往往以文献为基础。他们最重视的就是将中国和西方同一时代的文本文献，加以对照和分析，促使自己能够提出问题。若从先验的观点出发，注定只能讲些平庸的见解，或者从一开始就走上歧途。正如明末清初哲学家王夫之所言，有即事以穷理，无立理以限事。论文尽量讲有根据的话，古人所谓"无一字无来处"，提倡的就是一种"实学"思维。德国学者的治学路数，值得我们记取，他们的著述（特别是博士学位论文）中注释、参考文献的容量有时就占到全书（全文）的四分之一，尽可能囊括了该课题的所有学术背景信息。

立根于原典性材料的掌握，从文学与文化具体现象以及具体事实出发，从个别课题切入，进行个案考察，佐之以相关的理论观照和文化透视，深入地探讨许多实存的、丰富复杂的文学和文化现象所内涵的精神实质及其生成轨迹，从而做出当有的评判，是比较文学研究者应该遵循的原则。只有善于通过每一个具体作家乃至每一部具体作品的仔细研究，由此做出的判断和结论，才能摒弃凌空蹈虚、大而无当的弊端，而使我们的思考和探索确

立在坚实可靠的科学基点上。因此，大力提倡对学术个案的细致考察，充分吸收中外古典学术资源、现当代文化资源，是未来研究者们持之以恒的工作目标。

严绍璗先生特别强调比较文学研究中的“原典性的实证”问题。他在《比较文化研究中的“原典性的实证”的方法论问题》中明确指出，根本上说，方法论问题，实际上是一个学术观念的问题，又是一个学术知识问题，也是一个研究者的学风问题。双边文化关系或多边文化关系研究的最基本的方法，应该是“原典性的实证研究”，即在研究过程中依靠“实证”和“原典”来得出结论的“确证性”。严先生将“原典性的实证研究”概括为五个层次：①尊重学术研究史，要求至少应该在两个层面上重视学术史的成果，即充分掌握所设置“命题”内各项概念的学术史演进的轨迹；必须对设置命题的已有的前辈的研究成果，进行学术清理。②确证相互关系的材料的原典性，至少具有两层含义，一是指作为研究的材料，对研究的客体（对象）来说必须具有“原典性”；一是指作为“研究的材料”必须是“本国”或“本民族”的材料，即作为论证中具有主体意义的材料必须是母语文本材料。③原典材料的确实性，指必须甄别原典材料中的哪些材料具有“确证性”，即运用的材料在论证命题的逻辑推导中，具有无可辩驳的、无法推倒的实证性作用。④实证的二重性，即不仅注意到文献的确证性，也尽量关注运用文物参与实证的可能性。⑤研究者必须具备“健全的文化经验”和“良好的主体境遇”，具备两种以上文化氛围的实际经验。“原典性的实证”方法论因其显示出内具的生命力，对我们从事中外文学关系研究具有战略意义。

2. 以事实为依据，辨伪求真，不轻信、不盲从

文学发展史中的各种文学现象是很复杂的。每当我们进入研究过程，沉浸于文献之中时，那文学细节的复杂、无序、重复、停滞、倒退，交织在演变之中，并非线性化的、更不是进化论式的，更不是新的就比旧的好。

学会用怀疑的眼光审视以往的定论，对于治学者而言，是必不可少的基本功。借用鲁迅《狂人日记》中的追问：“从来如此，就对么?”不过这种“怀疑”与“挑战”，必须是“知根知底”的叩问。

钱锺书先生治学，始终本着辨伪求真的精神，对一切已成定论的东西从不轻易相信。历史同样不能尽信。虽然有事实依据，语言却容易失真。古人史识浅薄，不懂区分真幻，存疑传信，记事时往往体会人情，不自觉地运用想象、虚构，还以为理所当然。历史，不知不觉走到小说的道路上去了。钱锺书指明古人“有诗心而缺史德”，与其说“古诗即史”，毋宁说“古史即诗”。

加深对历史现象的（同情性）理解。后人评述前人，一般有两种状态：第一种是：居高临下（以某种理论观念大胆的评判，走的是文艺学的评论路径），往往难解历史现象，其结论是所用理论的预设。第二种是：沉潜其中（尝试进入历史现象），方解其中三昧。那如何沉潜呢？钻入历史遗存（书面的、地下的、田野的，所谓三重证据法）之中，感觉与体会历史的氛围。文学文本的解读，除了讨论“文学性”外，也要回归历史氛围，思想史的、文化史的、民俗学的、民族志的……这是有“现实”的意义。恩格斯曾经盛赞“黑格尔的思想方式比其他哲学家杰出”，是他“那成为它的基础的伟大的历史感”将辩证法与历史感结合，左右逢源，进退有据，臻于圆熟。

这方面，前辈学者为我们做出了榜样。比如，范存忠先生的治学在充分重视原始文献资料方面，给我们做了一个无懈可击的榜样。他的所有论述都是建立于大量的中外文原典资料基础上有感而发的，这使得他的学术研究左右逢源，举重若轻，得出一个又一个令人信服的结论。范先生的中文遗著《中国文化在启蒙时期的英国》由上海外语教育出版社刊行后，范先生的遗孀林风藻教授（当时在美国）曾希望外交学院吴景荣教授、国际关系学院曹惇教授译成英文，由商务印书馆刊行。然而由于范先生遗著中有大量引文出自英、法、德文原著的汉译，如要获取确切的原文，势必要从国外收藏最丰富的图书馆书刊中搜索，工程之巨大可想而知，因此不得不忍痛放弃了英译的意图。这样一种遗憾也从侧面说明范先生著述对原始资料的占有与利用何其丰富，其著也才何其厚重。前辈学者极端重视钩沉材料的过硬工夫和严谨求实的科学态度，后学务必借鉴。这对匡正当下学界弥漫着的某些浮泛学风，显然有着深刻的现实意义。

3. 提倡历史实证研究，重视独立的文献准备

影响研究是一种以“事实”为基础的研究，只有牢固地站在“事实”的根基上，切实地挖掘出一个民族或一个国家的文学，或者一个作家、一部作品影响他者或被他者影响的“事实”依据，才有可能得出属于影响研究的结论。如果没有“事实”作基础，影响就无从谈起，影响研究更是空中楼阁。然而，影响中的“事实”依据是循着历史的脉络因果相承的。一个民族的文学对另一个民族的文学产生影响或被影响，是一种血脉的传承，一种历史背景下的“事实”考证。因此，影响研究既注重“事实”依据，更强调历史沿革。这种具有强烈的历史意识的实证式研究就成为影响研究中十分重要的研究方法。

在文学研究或文学鉴赏的过程中，每当人们接触到一位作家，一部作品，一个人物，一种文学现象，一股文艺思潮的时候，时常会生发出某种似曾相识的感觉。无论是形似还是神似，这种感觉总会回旋在人们的心头，挥之不掉，抹之不去，并促使他们带着这种感觉，通过作家的传记、书信、日记、回忆录、游记、访谈、评论等搜集其渊源，寻找其所受影响的“证据”。如果找到影响或被影响的“证据”，影响研究就可以继续进行，反之则中止这种没有证据的研究。

对资料的搜集，既是一个考证的过程，也是一个历史的过程。如果影响存在的话，我们既可以从大量的资料中寻觅到一个作家接受外来影响或影响他者的佐证，又能够从中梳理出该作家影响和被影响的历史足迹。

资料仿佛是建楼的基础，没有一个坚实的基础，好比沙上建房。尽可能收集和保存新的文献资料，这是“预流”的第一步，尽可能形成一个自己的特色资料库。

史料文献如何去独立准备？鲁迅自己说过：“时方困瘁，无力买书，则假之中央图书馆，通俗图书馆，教育部图书室等，废寝辍食，锐意穷搜，时或得之，瞿然则喜。”（《中国小说旧闻钞》再版序言）这种“废寝辍食，锐意穷搜”的精神与意志，大概是每位严谨的治学者不得不具备的。力求广泛而全面地占有史料，尽可能将史料放在它形成和演变的整个历史进程中动态地考察，分辨其主次源流，辨明其价值与真伪。

因此，比较文学研究，特别是国际文学关系研究，离不开文献史料的搜集考据功夫。设若文献材料有误，势必会影响整个研究基础与历史描述。严谨的治学者均将文献资料的搜罗、编年，当作第一等的大事。许多研究思路和设想就出之于那些看似零零星星的材料

中。提倡史料先行，是必要的，也是可行的。同时，文献史料的发现与整理，不仅是重要的基础研究工作，而且也意味着学术创新的孕育与发动，其学术价值不容低估。独立的文献准备是独到的学术创见的基础，充分掌握并严肃运用文献，是每一个文学关系研究者必须具备的基本素养。

4. 继续大力加强文学关系研究，这是比较文学研究得以真正立足的必由之路

北京大学严绍璗先生指出，比较文学的各个层面的研究，其实都是建立“文学关系”之中的。近三十年来，我国学者在“文学关系”层面上所做的研究极大地提升了我国学者在这一领域研究的水平，并且推进到了与国际学术界对话的层面。“文学关系”的研究最能触动“民族关系”的神经。这一领域的研究应该以事实真相为基础，既充分展现中华文化向世界的传播，又能够实事求是地表述世界各个民族文化对中华文化和中华文明丰富多彩性的积极的影响。“文学关系”的研究，习惯上经常把它界定在“传播学”和“接受学”的层面上考量，三十年来比较文学的研究，事实上已经突破了这样一些层面而推进到了“发生学”“形象学”“符号学”“阐释学”和“叙事学”等层面中。在这些层面中推进的研究，或许能够更加接近文学关系的事实真相并呈现文学关系的内具生命力的场面。

黑格尔说过，同一句格言，从完全正确地理解了它的年轻人口中讲出来时，总没有在阅历极深的成年人心中所具有的那种含义和广度，后者能够表达出这句格言所包含的全部力量。这正如辛稼轩《丑奴儿》词所谓：“少年不识愁滋味，如今识得愁滋味，欲说还休，欲说还休！”治学方面，我们更喜欢倾听那些浸透着生命体验与丰富阅历的老师宿儒之言。

对文本研究而言，所谓实学研究方法，就是要跳出“理论方法＋文本分析”的解读框架。有学者曾发表文章揭示了学院批评面临失语、失信的危机问题，指出文学批评本身缺少原创力。看到的总是德里达、福柯、本雅明、杰姆逊、萨义德，读到的依然是“能指、所指、结构主义、镜像、隐喻、后现代、后殖民”等众多词汇的繁复堆砌，使我们陷入审美疲劳，不再有撼动体验、震动心灵的感觉。想一想，如果不靠这些理论术语，我们能否讲话？是否会表达？

理想的学术研究状态在于：从问题点出发，关注细节，见微知著。以跨学科、跨语境式的解读与分析，得出有益于当下人生与社会的启示价值。而这一切都离不开实学研究方法的具体运用。

实学方法作为一个真正的学者所具备的基本素养，无论是在教学、科研还是在其他工作领域中，求真务实都是最基本的态度，培养这种态度对一个人的成长至关重要。

总之，实学是比较文学的从业者应该掌握的基本方法，以实学为基础，才可以真正在自己的领域中有所发现。

二、人文关怀：理解和沟通

这种广阔的人文关怀，指比较文学学科所指涉的异文化之间的沟通交流功能。东海西海，心同理同。文学是人学，文学及其文化内蕴的交融，也就是人性的沟通理解。

歌德正是读了中国传奇《好逑传》以后，在与秘书爱克曼的谈话中展示出对中国人的

认知："中国人在思想、行为和情感方面几乎和我们一样，使我们很快就感到他们是我们的同类人，只是在他们那里一切都比我们这里更明朗，更纯洁，也更合乎道德。"① 歌德还说这部中国传奇和他写的《赫尔曼与窦绿苔》以及英国理查生写的小说有许多类似的地方。正是通过这些相似性的揭示，歌德说自己"愈来愈深信，诗②是人类的共同财产"，而且"任何人都不应该因为自己写过一首好诗就觉得自己了不起"。不仅如此，正是依靠异域文学之镜的照耀，歌德对自身民族的提升有所认知，特别提醒他的本国同胞："不过说句实在话，我们德国人如果不跳开周围环境的小圈子朝外面看一看，我们就会陷入上面所说的那种学究气的昏头昏脑。所以我喜欢环视四周的外国民族情况，我也劝每个人都这么办。"进而从普遍人性角度提出了"Weltliteratur"（世界文学）的伟大观念："民族文学在现代算不了很大的一回事，世界文学的时代已快来临了，现在每个人都应该出力促使它早日来临。"③

呼吁"世界文学"时代的来临，足见这位德国伟大作家的远见卓识与博大胸怀。歌德的创见在于他着重强调"世界文学"是一个基本的文学概念。而他同时代的人则只是提出"欧洲文学"的观念，只论及欧洲国家文学之间的相互关系。歌德批评了这种偏狭的文学观，指出不管怎么说，当德国人还在刀耕火种的时候，中国人就已经在写小说了。他认为不应该把自己局限在仅有一种语言的狭窄圈子里，或地球上任何一个孤立的地区内，而应该用历史眼光去看待其他一切文学，"碰到好的作品，只要它还有可取之处，就把它吸收过来"。④ 歌德心目中的"世界文学"观念形成的原因，就是"人类的进步"和各民族眼界的开扩，从而增进了相互的交流和了解。在此基础上，不同地区、不同民族的人们产生了同类感，发现了不同文学在基本方面的共同性。世界文学概念寄托着歌德对人类未来的理想信念，这也成为他的精神归宿。

比较文学的人文关怀正是继承了歌德关于世界文学观念的伟大理想，也是这门学科的安身立命之所，因为它符合文学发展史的时空向度。

文学发展历程告诉我们：一种文学不论多么丰富，多么优秀，当它孤立存在的时候，不可能发挥它的全部魅力，只有当它与异域文化接触碰撞之后，才会赢得更多的欣赏者，赢得再生的机缘，赢得四射的魅力。

比较文学作为一门学科诞生于欧洲与世界文化交流空前频繁的19世纪后期。同样，比较文学学科在现代中国的正式建立，与西方学术的大量传入及深受西方学术影响的专门人才的大量出现，关系密切。19世纪下半叶以来，随着中西文化交流的日趋频繁和深入，中西文化与文学的比较研究愈来愈丰富。

20世纪初至20世纪20年代，中西小说戏剧诗歌的比较研究成为学术界的热门话题。林纾将《孝女耐儿传》（《老古玩店》）与《红楼梦》比较，将《块肉余生述》（《大卫·科波菲尔》）与《水浒传》比较。王国维利用叔本华的学说系统分析《红楼梦》，认为它是"彻头彻尾之悲剧"，堪与《浮士德》相媲美。鲁迅将欧洲浪漫主义诗歌与屈原相比，

---

① 爱克曼．歌德谈话录．朱光潜，译．北京：人民文学出版社，1978：112.
② 诗，Poesie，这里指文学——引注。德文中的"诗人"（Dichter），指一般文学创作者，不限于诗歌作者。
③ 爱克曼．歌德谈话录．朱光潜，译．北京：人民文学出版社，1978：113.
④ 爱克曼．歌德谈话录．朱光潜，译．北京：人民文学出版社，1978：114.

认为国外的“摩罗派”诗人“立意在反抗，指归在动作”，屈原则“多芬菲凄恻之音，而反抗挑战，则终其篇未能见”。胡适认为中国戏剧缺乏悲剧观，往往是“美好的团圆”，西洋的悲剧观念“乃是医治我们中国那种说谎作伪、意想浅薄的绝妙圣药”。正是这些异域文学之间的交流比较，促进了现代意义上比较文学学科的诞生。

比较文学既是文学交流的产物，也以文化、文学交流为重要研究对象。可以说，比较文学作为在不同文化之间进行跨越和交流的学科，直接面对着文化差异和文化冲突这个课题。回顾历史，我们看到西方文学、文化发展的动力有许多是来自中国思想、文学、文明方面因素的。通过文学与文化交流，吸取异国文学精华，丰富和发展本土民族文学，使本国文学充满活力，这是我们的重要目标。

比较文学的根本目的就在于通过文学的比较研究促进文化沟通，坚持人类文化的多样性，改进人类文化生态和人文环境，避免灾难性的文化冲突以至武装冲突。这种新人文精神正是比较文学学科的灵魂。不同文化之间的文学关联以及跨文化文学现象、思潮与观念的传播、交流和对话，成为比较文学学科所关心的中心问题。

人类文化发展的历史表明，“自知”与“知人”不仅是思想家所执着探究的哲学命题，也是人类相互沟通的基本要素，是推动人类文明不断发展的一个重要前提。“自知”能更好地“知人”，因为“每个人都是整个人类状况的缩影”（蒙田语），而“知人”能反观自我，更准确地认识自己，两者是相辅相成的。在16世纪人文主义思想家蒙田看来，无论是认识自我还是认识他人，都是一种“对话”，认识自我就是与自我对话，认识他人就是与他者对话。蒙田与后来的帕斯卡尔一样认为，我们与一个并不掌握其奥秘的世界连在一起，我们既不可能停留在自我之中，也不可能停留在事物之中，而是不断地从事物走向自我，从自我走向事物，不断地认识自我与事物（他人、他物）。其有效途径就是不断地沟通和“对话”。这种“对话”之所以能够进行，是因为“你中有我，我中有你”，两者存在着共性；这种对话需要进行，是因为“我不同于你，你不同于我”，两者有着相异性，彼此都被对方“相异”的魅力所吸引。源远流长的中西文化关系就是由中西方不同民族文化“对话”所推动和实现的。对话的目的是认识自我、了解别人，而了解别人并非要着意去寻求自我与他人的相似，而是要去理解并尊重彼此间的差异。文化的差异是始终存在的，交流是必要的，孔子所说的“和而不同”就是这个意思。“对话”的最终目的就是要提取对方富有魅力的“相异”质素，建立富有自己民族特色的“新构体”，人类文明正是在这样共生互补的过程里不断向前发展的。

总之，比较文学就是文学交流的产物，其目的也是为了总结文学交流史的经验教训，促进更普遍、更深入的国际文学交流。以比较文学的观点来看，世界文学是一个整体，各个国家、各个民族的文学之间，你影响我，我影响你，互相影响，互相推动，促进了人类文学向前发展。因此，在文学交流的过程中，各国各民族文学之间是一种双向的、互动的关系，各自都为世界文学的发展做出自己的贡献。

在全球化的进程中，文化方面的挑战被视为全球化的最大挑战，人们最关注的问题是全球化与本国传统文化的关系问题，以及对本土文化如何重新认识和自我理解的问题。在解决这些问题的过程中，比较文学扮演着一个非常重要的角色，它的一个重要任务就是从文学交流的角度去沟通不同文化，使不同文化间能够相互促进，和谐发展。

文学交流产生的首要条件是承认各国文化在身份地位上的平等。平等的人文精神可以说是对话原则的出发点。就像所有的人在人格地位上平等一样，以一种平等的态度对待各个国家的文化，这也是文学交流最基本的要求，也可以说这是一种态度上的准备，而文学交流的过程中需要我们把这种态度贯穿始终，只要文学交流存在，这种态度就应该存在。

西谚云：最有智慧的就是那个从远方归来的人。智者都是视野开阔之人。视野决定思路；思路决定出路。只有“观”世界，才会有世界观，才有自由的人生。对文学而言，跨文化、跨学科的比较文学，就展示了这样一种阔大的视野。简而言之，比较文学视野，体现的是一种语境式分析问题的方法，也就是要把一个研究对象，放在一个坐标系中，加以纵横考察（历史演变及系统异同），在此过程中体会不同文化背景中相似文学现象的多种可能性，以达到既理解他人也认知自己，并合作共存的目标，在人格层面上则有利于培养理智包容的开阔襟怀，安身立命的博雅格局。

也可以说，比较文学视野是“跨”——跨越语言、文化、学科的文学研究，希冀获得一种广阔而深邃的视野，入乎其内，出乎其外的视野；手段是“通”——沟通、打通各种语言、哲学、思想、学科之间的界限；目标是“和”——互为认知，同情性的理解，经验共享，和谐共处。这样一种“和”的目标，体现的是一种人文关怀。

在此意义上，比较文学不仅是一门学科，更是一种生存智慧、一种人生态度，致力于异域文化之间理解和沟通的人文关怀则成为它的重要精神诉求。

三、历史担当：启蒙与复兴

中国比较文学的历史担当，是指比较文学作为一种人文学科，在中华民族发展进程中，所承担的历史任务：（1）继承鲁迅的拿来主义精神，发挥启蒙的功效；（2）致力于中华民族的伟大复兴之梦，将祖国优秀文化遗产向世界传播、送去。这里，“拿来”与“送去”是紧密相连的互动关系。没有“拿来”的广阔视野，不知道向世界“送去”什么，或则“送去”的行动道阻且长。没有“送去”的文化自信，“拿来”的东西不能如鲁迅所说的“蜕化为国有”，不能成为自我创造有效的域外资源。中国的比较文学，就是承担着这种促进中外文明交流“橐籥罔穷”① 的历史任务。

比较文学家应该同时也是一个历史学者，至少具备深厚而虔诚的历史意识。他们应该看得出文化如何塑造思考方式，即使最伟大的思想家也不例外，挖掘伟大思想家背后的观念态度及思维方式。历史学家（比较文学家）的眼光和良知，就是超越成败论英雄，超越（中西）异同论差距，就是从历史（交流史）细节中去挖掘人性中的美和善，为人类的历史积累价值，为人们的安身立命提供他者之镜。

比较文学的发源点及归宿均是文学（人文艺术）之间价值观及艺术形式的交流互动。陆建德在2011年9月于北京召开的“中荷文化交流：文学、美学与历史”论坛上说：贸

① “天地之间，其犹橐籥乎。”（《老子》第五章）意即天地的空间就像一个大的风箱，一推一拉，一呼一吸，引申为太虚的元气在宇宙间自然流行。陆机借以论文：“同橐籥之罔穷，与天地乎并育。”（《文赋》）丰富的文辞如同风箱鼓风（或，宇宙间的元气自然流通）一样，没有穷尽，与天地般同生命永存。这就是说东西方的文化交流，你来我往，犹如风箱一推一拉，一呼（送出去）一吸（拿来），有如宇宙间的元气自然流行，不可阻挡。

易不能打开心灵的窗户，为了促进交流，加深理解，我们必须转向人文艺术，转向关于价值的讨论，如果自知之明是最高的智慧，那么它也来自对他人及其文学艺术和历史的深度了解，来自一种无我的探求精神。这也是“文学、美学与历史”交流的意义所在。

中国比较文学的历史担当，也是中国比较文学学会的职责所在。

中国比较文学学会成立30年（1985—2015），三十而立，在几代学人的努力下，比较文学已经在中文学科、外文学科立住了脚，并成为这两个学科拓展深化的重要动力，功不可没。比较文学在完成学科建构与知识普及的基础上，如何提升作为人文学科重要的发展引擎，陈思和教授的文章《比较文学与精英化教育》值得充分重视。

陈思和在这篇文章中明确指出：像比较文学这样的少数学科，应该独自坚守精英化教育的理想。之所以坚守精英化教育理想，比较文学在高校人文学科中的地位是特殊的。首先，研究者需要有一门以上的外语能力；其次，必须顾及跨越民族、学科、语言界限的研究工作所要求的中外文学史知识；再次，研究文学离不开相关的学科知识，尤其是跨学科的比较文学研究，所以研究者还应该掌握文学以外的，诸如文化、艺术、政治、社会、宗教、心理等方面的知识。

陈思和认为这种百科全书式的教育思想和学科内在的要求，虽然从理论上说是成立的，但在实际操作过程中却是困难重重，成为人文教学领域的乌托邦，也因此才光彩迷人。德国现代教育的先驱洪堡把哲学定位于当时的大学精神的核心概念，由此建立起德国大学精神生活的传统。环顾当下中国，在教育的环境（功利化、职业化）和后现代的文化风气（消解经典，拉倒权威，自设规范）下，哲学作为统领一切学科的“纯科学”已不可能再现威力，但是我们仍需要在人文学科中寻找一种可以实现某种功能——能够以某种人文学科和社会学科为研究对象，以学习、穿透、综合其他各个学科的知识为研究目的的学科，来取代18世纪德国大学人文教育中的哲学的“纯科学”地位。陈思和认为，它只能是比较文学学科。因为，“比较”的视野和方法已经设立了跨越语言、艺术、民族、国别、学科等无所不包的前提，而广义的“文学”也包括了传统人文学科以及政治、社会、法律、宗教、文化、心理等社会科学，决定了比较文学有条件包容一切人文学科，掌握各种语言和学科知识，并且以培养真正的富有使命的学者为教育目标。这就是比较文学与精英化教育理想之关系的立足点。

经过学理性的周密分析，陈思和提醒学界同仁：比较文学施行的是一种精英化教育，其教育理想天然地超越于社会化、大众化、职业化教育的因素，这符合比较文学作为一门国际性前沿学科的知识要求与思维品格。

有了陈思和教授关于比较文学精英化教育理想的提倡，接下来的这个三十年，我们希望能够发挥比较文学作为综合学科的优势，把它建成中国人文学界的思想库（智库），贡献出中国学界的智慧与话语体系，让我们不再“失语”，也不再“骄狂”。让放进比较文学这个“框”里的人文知识能够激活出丰富的创造性，让千姿百态的地方性知识在全球视野烛照下再次焕发生机活力。

如此，可以重提比较文学的中国学派了。它已经不是20世纪七八十年代比较文学学者们提出的阐释学派（双向阐释），而是秉持开放的中国立场、深厚的人文关怀与宽广的世界视野，并延续中国重实证优良学术传统的新“中国学派”。

其中，作为学术研究的中国立场，并不是处处以中国之是非为是非的意识形态立场，而是借助于异域文化之镜，来发现自身弊端以图谋有机发展的变革立场。后者是改革的，尽管其言论表现为彻底的自我反思与解剖批判的，其实显示的是重建信仰的思想者的勇气与信心，是一种历史的乐观主义和现实主义心态。

以冷静的科学态度重审比较文学学科发展史以及中外文明史的轨迹，扬弃传统文化思想中不利于社会进步转型与现代人全面发展的因素，需要的是广阔的国际视野与丰富的生存智慧，以及疾虚妄求真知的独立精神。

作为具有高度学术责任感的跨文化跨学科的比较文学研究，在新的历史时期，应该将之与中国“国家形象”的自塑运动、国家文化发展战略联系起来，这构成了我们的阐释立场。

中国形象如何构建？中国既要加入世界市场体系，又要进入世界话语体系，争取更多的话语权和文化认同。经济增长本身并不能必然成为一种国际力量，国家的影响力离不开文化软实力的提升。中国文化软实力的构成更包括公民的文明素质、政府的法治形象、知识分子的人文追求，以及文化传统的繁殖力与适时性。这是国家形象的本质所在，是急迫而长期努力的方向。诺贝尔文学奖作家、秘鲁作家略萨在访华之后撰写文章《新鲜空气与苍蝇》：“我还是听到他们（中国的知识分子）当中的很多人抱怨年轻人，特别是受到高等教育的年轻人对公民生活和文化，以及哲学、艺术和宗教等问题很少或者根本没有兴趣。所有人似乎都热衷于获得很好的技术和专业培训，为他们进入跨国企业、获得高薪或管理职位打开大门。大部分人只关心赚钱，赚很多的钱，生活得更好。”（西班牙《国家报》2011 年 7 月 7 日）中国模式不应只是经济发展的模式，也应当是精神价值模式，使富裕起来的中国人精神充实、崇尚道德、遵守法律，有民族自豪感。这有助于构建中国良好的国际形象。在这种精神价值模式与良好国际形象的构建中，中国比较文学应该发挥它的历史担当感。

佛克马文论在中国

——一种经验式文学理论谱系的形成

深圳大学　张晓红　吴晨倩

荷兰学者杜威·佛克马（Douwe W. Fokkema，1931—2011）是享誉国际学术界的比较文学和文学理论大师，同时也是一位杰出的汉学家，求真务实的严谨态度和执着精神成就了他卓越的理论造诣和学术贡献。佛克马生前笔耕不辍，著述颇丰，其大量作品被翻译成多国文字，在国际学术界广为流传。他生前频频到访中国，与众多的中国学者结下了深厚的友谊。尤其在比较文学界，他的学说和思想被许多学者奉为圭臬，成为国内比较文学研究的重要理论指导。清华大学的王宁教授便是深受佛克马影响的著名比较文学学者之一，也正是在佛克马的鼓励和指引下，王宁教授走上了比较文学的研究道路。王教授不仅翻译了多部佛克马的论著，且在他本人的著作与文论中，也时常援引佛克马的观点与见解作为自己的理论支撑，其字里行间无不透露出对佛克马学术建树的赞赏和敬意。此外，杨周翰、乐黛云先生以及曹顺庆教授等中国比较文学界的知名学者，也都十分肯定和赞同佛克马所提出的一系列理论思想，并在他们的学术著作中与佛克马进行频繁的互动与对话。可见，佛克马对于中国比较文学的发展起到了很大的促进和推动作用。

无论是从文学理论到文学批评，还是从文学阐释到文学史编撰，抑或是从东西方文学比较到新世界主义，视野开阔、博学多闻的佛克马在他漫长而成果丰硕的思索与学术生涯中留下了颇多值得我们借鉴和寻味的理论学说。在其学术理路中，他始终强调从多元的角度整体地把握生产与接受、文本与语境、文学传统与个人才华、东方与西方的互动关系。由于青睐卡尔·波普尔的批判理性主义和希拉里·普特南的实用主义，加之深受俄国形式主义、结构主义批评理论、接受美学、符号学的影响，佛克马终生崇尚科学的思想立场和研究方法。为了使科学的文学研究具有适用性，他明确区分了基于经验的文学研究和基于阐释的文学批评，原则上划清了研究者、批评家和文学史学家的任务界限。

在比较文学研究领域，佛克马始终坚守人类学意义上的文化相对主义立场，倡导不同文化间的交流和理解，以突破文化的藩篱，克服狭隘的民族或区域“中心主义”，同时时刻警惕极端的文化相对主义，避免陷入各种原教旨主义、文化分离主义和怀疑主义的思想陷阱。对佛克马而言，文学是具体的文化表征，是通往所有文化的一种渠道和一扇门。因此，在维护文化多样性的前提下，佛克马致力于发现各国文学和文化差异性表现中的共同性，并努力建构具有乌托邦理想的文学新世界主义，致力于人文学科在谋求个体幸福和全人类福祉的终极目标。由于佛克马在中国文学理论和比较文学界的重大影响和独特地位，故而对其思想脉络的梳理具有十分重要的价值和意义。本文在参考国内学者在佛克马理论思想方面的研究成果，取其长，避其短，通过对佛克马主要著述的研读和分析，从整体上对其理论体系进行一次较为完整的梳理。

文学史观：文学史编撰与经典的建构

早在荷兰莱顿大学写作博士论文期间，佛克马便将思考的棱镜照向中西方的文学史研究领域。在他看来，历史的编撰工作是一种规范化活动，一种从当代角度阐释和评价过去事件的活动。① 历史研究就是在诸多历史事件之间确立异质性和同质性的方法。对他而言，文学史的研究对象不是单个文本而是一系列文学事件，包括文学系统中的文本生产和接受、流通和批评以及经典的构成。

佛克马的文学史观最早形成于他在汉学领域的探索。1966—1968年间，他曾在荷兰驻北京代办处先后担任使馆秘书和临时代办。由于工作之便，他有机会继续研修汉语，大量阅读那一时期的文学作品、新闻报刊，敏锐地洞察到当时的政治形势变化，这些都成了他后来在汉学和比较文学研究方面的第一手资料。《来自北京的报告：一位西方外交官对文化大革命的观察》（Report from Peking: Observations of a Western Diplomat on the Cultural Revolution，1971）正是作者结合当时的亲身经历并基于科学的经验研究方法对中国“文化大革命”的观察、理解、评述与分析，文字灵动，闪烁着智性光芒，使当时的欧洲得以管窥遥远的社会主义中国。

佛克马文学史观的思想雏形从他1965年出版的博士论文 *Literary Doctrine in China and Soviet Influence 1956—1960* 可见一斑。该书中文版由季进，聂友军译出，翻译工作于2005年启动，中译本完稿后，颇费周折，辗转几家出版社，最终以“中国文学与苏联影响1956—1960”为书名，被收入程光炜主编的“当代文学史研究丛书”，由北京大学出版社出版。此书是佛克马学术研究的开山之作，与中后期的著述相比，是理论性最隐秘的一本书。它没有气势如虹的理论构架，没有时髦流行的批评术语，没有掷地有声的学术见解，由此显得“不入流”“不厚重”“不好看”“不震撼”。这“四不”，其实是一种非历史的浅见，它为当时欧美学者透过冷战“铁幕”，隔空眺望中国文学生产和接受打开了一扇窗户。即便今天看来，佛克马的学术精神和行为魄力仍然堪称楷模，其严谨缜密的逻辑思维、辨真去伪的文献学功底仍然启迪心智。

《中国文学与苏联影响1956—1960》以翔实丰富的史料和精辟犀利的分析见长，研究了1956—1960年期间的中国文艺政策、文学理论和文学创作，把国内外学者有意无意回避或忽略的中国当代文学史上的片段、场景和花絮呈现出，用历史的眼光审视了从“无产阶级现实主义”（1943）到“社会主义现实主义”（1953）再到“革命的浪漫主义+革命的现实主义”（1957）这一官方话语的形成过程。佛克马认为，中国官方文学话语是苏联文学和理论与本土内在需要共同作用的结果，一方面反映着中国文学生产和接受的动态变化，另一方面折射个体对文学活动的介入和干预。他从理论和实践两个层面上展开中国当

---

① 佛克马，蚁布思．文学研究与文化参与．俞国强，译．北京：北京大学出版社，1996：66－67.

代文学史的卷轴。在理论层面上，中国官方文学话语由马克思主义、列宁主义、斯大林主义、赫鲁晓夫主义和毛泽东思想杂糅而成，是马克思主义与人道主义、集体主义与个体主义、教条主义与修正主义、舶来文化与中国传统文化、苏联影响与中国政治现实“博弈”的产物。在实践层面上，话语权掌握在佛克马所谓的“文化设计者”手里。如果说毛泽东是“总设计师”和“精神导师”，那么中宣部部长陆定一、副部长周扬就是“执行设计师”。身居要职的“文化设计者”行使着文学政策制定者和执行者的双重功能，文学因而被政治裹挟和束缚。

在书中，佛克马先行试用连贯性解释、经验材料、共识三种学术导航信标，借以审视文化官员、批评家、写作者如何共同建构一个能够介入现实和解释历史的概念框架。他根据有限的经验材料（《人民日报》《文艺报》《光明日报》、少量文学批评文献和相关文学作品）和政策性共识做出了合理的连贯性解释：1956—1960年间中国官方文学话语具有历史的特殊性和偶然性，是特定历史时期、特定历史场合下的意识形态构造物，本质上属于一种“文学教义”。由于特定群体借助语言的整平效用来简化复杂深奥的客观和主观现实，对文学生产和接受进行强制性规范，所以“中国文学理论是规定性的，而不是描述性的”。“文化设计者”据此创建了审查制度，它形同一把双刃剑，一面磨砺、锻造正面经典，一面斩断、根除反面经典。

如果把历史喻为一面镜子，那么历史叙事就是蒙上尘埃的有色玻璃或凹凸玻璃。佛克马像玻璃工一样擦拭历史之镜，又像福尔摩斯一样还原被歪曲的历史现场。季进在该书译后记中写道：“作者以大量的史料和实证的立场梳理历史线索，为我们重返生动感性的历史现场、重申那段错综复杂的文学史，提供了很大的便利和有益的导向。”[①] 季进固然言之有理，但他的评述留有空白。从字里行间，我们不难发现，年轻的佛克马志存高远，不满足于一部中国当代文学断代史的编织。从那里出发，佛克马走上了跨国界、跨文化、跨语言的学术旅途，开始对文学性、文学成规、文学功能、文学交往等重要理论历久弥新的严肃思考。从那里出发，他逐渐克服实证主义影响研究的局限性，把理论触角伸向更广阔、更深远的学术领域。汉学家的功底造就了作为比较文学大师的佛克马，比较视角和方法成全了佛克马早年的汉学梦。于佛克马本人而言，此书既是出发，又是到达，是其学术理想的宣言书和其学术追求的试金石。而于中国学界而言，此书为中国学者重新审视“十七年文学”提供了一个富有深意的独特视角和史论材料。不少学者在佛克马的研究基础上继续深入探讨这一话题，相关学术成果迭出，赵娟茹的《杜威·佛克马视域下的毛泽东〈讲话〉》以及聂友军的《历史意识·多元视角·学术谱系——读〈中国文学中的清规戒律与苏联影响（1956—1960）〉》等学术论文正是对佛克马这一研究的回应与承继。由此足见佛克马的文学史学观和独特的分析体系（即敏锐的问题意识、科学的研究方法、翔实的经验材料、广阔的理论视域）在中国比较文学研究和当代文学研究等领域从历史的深度进行理论建构和研究创新上起到的积极的推进作用。

---

① 佛克马. 中国文学与苏联影响（1956—1960）. 季进，聂友军，译. 北京：北京大学出版社，2011：258.

"文学研究"：科学化的经验研究方法

20世纪以来，随着各种思潮和理论的不断涌现、繁衍与裂变，一时间文学理论与批评界呈现出众声喧哗、百家争鸣的盛况。面对如此纷繁庞杂的"理论批评遗产"，佛克马甄别、体察各类理论批评流派的观点和方法，在系统梳理和比较研究的基础上阐发出自己独特的见解，形成了一套整合形式主义、批判理性主义、实用主义的文学和文化思想理论，并于20世纪70年代开始陆续出版一系列相关著作，主要包括《20世纪文学理论》(*Theories of Literature in Twentieth Century*，与蚁布思合作，1977)，《文学史、现代主义和后现代主义》(*Literary History*, *Modernism*, *and Postmodernism*, 1984)，《走向后现代主义》(*Approaching Postmodernism*，与伯斯顿合编，1986)，《现代主义推测》(*Modernist Conjectures*, 1987)，《后现代主义探究》(*Exploring Postmodernism*, 1987)，《总体文学和比较文学论题》(*Issues in General and Comparative Literature*, 1987)，《国际后现代主义》(*International Postmodernism*: *Theory and Literary Practice*, 1997)，《知识和专注：文学研究的问题探讨》(*knowledge and Commitment*: *A Problem-Oriented Approach to Literary Studies*, 2000)等，在这场国际学界的理论争鸣中发出了强大的声音。其中，《20世纪文学理论》被翻译成意大利文、西班牙文、韩文、印度尼西亚文等多国文字，成为多个欧亚国家的文学理论教材。《文学史、现代主义和后现代主义》被译介到波兰、葡萄牙等国。1996年，《文学研究与文化参与》中译本出版后，在中国学界掀起了"经典构成""重写文学史"的研究热潮。王宁在《佛克马的比较文学和文化理论思想》一文中，梳理了佛克马学术思想的形成和演变，在深入分析其学术成果的基础上构筑其学术体系，但忽略了其基于经验的批判理性主义+实用主义的思想脉络。在这些著作中，文学研究的方法论问题一直是佛克马关注的重点之一。

《文学研究和文化参与》是根据佛克马1993年9—10月在北京大学的系列讲座稿汇总而成，由俞国强译出，1996年由北京大学出版社出版。在书中，除了关于经典构成和重构、文学史编纂的理论探讨，佛克马还透析了现代主义和后现代主义、文化交往、经验研究和文化传播等重要理论问题，提出用科学的方法研究文学现象和文化问题，用动态的眼光审视作为一种文化参与形式的文学生产和接受。他深入探讨了文学研究的边界、界限、特性、方法等理论问题，重申总体上的文学研究囊括经验研究、文学批评和文学史的编撰。①

所谓"经验式研究"(empirical study)是基于经验材料的理性分析，关乎文学事实，强调文学研究的科学性和客观性以及方法的可重复性、结果的可检验性。这点与卡尔·波普尔批判理性主义的证伪原则(falsification)不谋而合。根据波普的观点，客观的科学知识并不是由被证实为真的信念构成的，而是由我们在解决科学问题时所提出的理论猜想、推测和假设构成的。任何真理都是暂时的，需要通过逻辑的论证来检验。相反，文学批评

---

① 刘若愚在《中国文学理论》(Chinese Literary Theories)中借鉴艾布拉姆斯《镜与灯》(The Mirror and the Lamp)中的理论构架，区分了文学史、文学批评、文学理论这三种文学研究范式。

却总是包含着某种价值判断，强调主观的参与和阐释，关乎文学的价值问题。

佛克马厘清解释（explanation）与阐释（interpretation）这两个概念，据此对“研究”与“批评”进行区分，也使得佛克马对自然学科与人文学科的关系和分野进行反思。他援引伏尔泰对上述两门学科区分的观点，指出自然学科和人文学科之间在认识论上不存在根本的分歧，自然科学工作者所使用的科学研究方法同样适用于文学研究；文学研究者也需要遵循一套科学的原则和方法审视包括批评家价值判断在内的文学系统，其研究结果要能够经得起检验和修正。在他看来，分析作为一种解释活动，受到某些严格规则和标准的指导，这些规则和标准可被重复使用，并得到验证，分析最终导向的是具有科学有效性的结果。阐释则是具有主观性的赋意行为（attribution），这使得阐释必然与阐释者所处的社会与文化语境发生关联。这就是说，从事文学研究的研究者采用科学的方法分析研究文本的生产、接受与流通，而个体读者或批评家则根据个人的价值体系以及社会文化现实阐释文学作品及其价值。[①] 从上述观点出发，佛克马明确主张以“研究”与“批评”的二分法代替人文学科、社会学科和自然学科三分法。佛克马的观点道出了一个值得我们重视的基本差异，即纯粹的自然科学研究与具有批评性质的文学研究的不同：前者以标准化实证分析为准则，得出的结果具有真值，是具有相对广泛适用性的（暂时）真理；后者则以建构不同理论观点为己任，得出的结果无所谓对错，其有效性程度不一、高低不同。但无论是科学或文学最终都为人类提供了知识，只不过作为艺术的文学所传递的知识更具个人性，是个体认知与想象的产物，所追求的是普遍意义而非普遍的有效性。

鉴于文学史以及关于某个特定时代的描述，或是某种文学概观的写作都是一种构建经典的尝试或反映。故此，文学史研究还关涉到另一个重要议题即经典的建构与重构。20世纪70年代以来，西方学界掀起了一场关于经典的形成、内容及意义的论争。许多理论批评家和文学研究者开始对传统学界将文学作品划入经典的过程产生了质疑和挑战。在这样的背景下，佛克马重新审视了经典的构成与重构。对“何为经典”该如何定义经典这一问题，佛克马曾在《文学研究和文化参与》中试图归纳了西方学界对“经典”的定义：经典一是指那些“精选出来的一些著名作品，很有价值，用于教育，而且起到了为文学批评提供参照系的作用”，二指“那些在讨论其他作家作品的文学批评中经常被提及的作家作品”，三指“一个文化拥有的我们可以从中进行的全部精神宝藏”。[②]

在另一篇有关经典构成的文论《作为解决问题之工具的经典》一文中，佛克马开宗明义提出了这样的疑问：“我们都想有一个经典，但是却不知道如何挑选经典：或者说我们知道哪些是经典的话，又如何去说服我们的同事相信我们选取的经典是正确。”[③] 为此，明确谁决定了某种评判标准，从浩如烟海、多若繁星的文学作品中筛选出有价值，有教育作用的文学作品显得极为重要和必要了。与那些将经典构成视为一种社会过程或机构化过程的学者略有不同，佛克马对经典的研究侧重于从接受美学的角度出发，并冠之于文化相对主义的伦理立场。于他而言，任何经典都是批评介绍的产物，而批评又是一种文化参与

---

① 佛克马．苍山夜话．李森，张晓红，译．上海：学林出版社，2006：54－62.

② 佛克马，蚁布思．文化研究和文化参与．俞国强，译．北京：北京大学出版社，1996：50－51.

③ 佛克马．作为解决问题之工具的经典//王宁．佛克马的比较文学和文化理论思想．中国比较文学，2007（1）：21.

和阐释，其标准取决于个体的价值体系、审美观念以及个体所处的社会文化语境。任何经典都不是一成不变的，其形成与流变受到了审美接受与社会文化的影响。

考虑到审美的不确定性和巨大差异性，不同文化体系下的经典构成必然迥异不同，甚至相同文化语境下的个体读者、批评家和文学史家眼中的经典作品也会有所差异。但通过译介，不同民族文化也会有共享的经典作品。比如中国的《红楼梦》、英国的莎士比亚戏剧，是中西方共同的经典。这是因为这些作家的作品中有某种普遍性的价值和感召力。佛克马将这种普遍的价值和感召力称之为文本的审美潜质（即文本的特性），这些特性使得个体读者可以在文本与其他读者或者世界等实体之间建立起某种具体的联系。也就是说，一部真正的文学经典其内部本身就存在普遍的审美价值和艺术价值，能够引起读者的共鸣和兴趣，满足读者的期待视界。可见，佛克马是把经典与文本性和审美性联系起来加以考察，根据具体读者的差异性接受来确定不同的经典构成。

同时，他从历史、社会的角度出发，认为所有的经典的结构和作用都是平等，因为所有经典都是一系列有价值的文本，都能为人们的个人生活和社会行为提供选择，为人们在真实生活中可能遇到的难题提供可能的解决方案。而且，不同的经典背后的价值观和世界观并不是对每个人都具有相同的吸引力。从这个层面讲，总有一些经典比其他的经典更有平等意味。

也许与其一以贯之的科学研究态度和批评理性主义的主导思想有关，佛克马认为所有的文学研究都受到问题的激发，并针对问题，提供解决问题的模式和工具。文学经典在他看来也是这样的一种模式和工具，以解决批评和教化中的问题。一方面经典作为文学批评中的参照点，以确定文学史的内容；另一方面经典则起到传承文化传统、启迪智性的作用，在教育机构中被用以教学。

佛克马对文学研究方法论富有创见的探讨，为往后具有跨民族、跨文化、跨学科性质的比较文学研究提供了值得借鉴的思想经验。

比较文学观："文化相对主义"立场

作为比较文学界的执牛耳者，尽管鲜有专门讨论比较文学理论的专著，但从早年汉学视域下的影响研究到中西乌托邦小说的比较，佛克马就一直致力于比较文学的理论体系的建构。从一开始佛克马便明确表示，文学是一门语言艺术，是文化的具体表征。只有深入了解一种文化才能对其文学有比较全面和深刻的认识。因此，具有开放性、跨界性的比较文学研究，势必与其所置身的社会文化语境密不可分。在一次访谈中，他强调比较文学的核心问题就是要知道文学交往是如何在不同文化间发生的。①

受到美国哲学家戴维·刘易斯（David Lewis）所界定的"成规"概念的启发，佛克马把文学史置入文学生产和接受的语境中加以考察，表现为不同文学成规系统的更替和变化。所谓"成规"，指的是某一文化群体为了解决某一协调性问题而达成的或短或长、或隐或明的协议。成规具有约定俗成性。成规具有一种动态的本质。群体构成成分的变化，

---

① 生安锋．文学的重写、经典重构与文化参与——杜威·佛克马教授访谈录．文艺研究，2006（5）：62－70.

个体能动作用以及该群体所置身的语境和环境的变化都可能促使成规的变化。从该意义上讲，文学成规会因社会文化、个体认知的不同而显得千差万别。但另一方面，在新旧成规的不断更替中，旧成规又有回归的可能性，而且即便是异质文化下的文学体系中通常也会有共同的成规存在。

佛克马将文学与文化界定为一套成规系统，并声称利用这些成规人们可以进行文化或文学上的交往。在文学交往中，文学成规帮助人们组织关于文学现象的知识，使人们得以区分文学与非文学、虚构与非虚构。由此可见，包括文学成规在内的文化成规系统是从整体上开展文学与文化研究的重要概念。文学成规系统的变化是文学史上一个十分重要的现象，从浪漫主义到现实主义，从现实主义到现代主义再到后现代主义，皆为文学史上的重大事件。从某种意义上说，文学史是文学成规系统的演变史，而文学史研究是基于“理论”和“经验材料”上解释世界变化的一种模式。基于这一观点，佛克马颇有见地地指出，比较文学研究就是要尽可能地发现不同文化间文学成规的异同。另外，佛克马通过分析经验文学研究与比较文学研究的关系入手，以研究范式为基础提出了比较文学发展的三个阶段，即从法国影响研究到结构主义符号学阶段的演变。这三个阶段论的提出极具前瞻性意义，对中国学者构建比较文学理论造成了不同程度的影响。王宁教授在此理论基础上，首次从宏观的视野研究当今国际比较文学走向，他从国际比较文学演变格局的角度将比较文学的发展归纳为法国学派、美国学派和东方学派。曹顺庆教授则通过总结法国学派与美国学派理论的基础和局限，从学科理论发展的角度提出了比较文学研究经历了“影响研究”“平行研究”与“跨文化研究”的三大发展阶段。乐黛云教授则认为比较文学第一阶段在法国、第二阶段在美国、第三阶段在全球化的今天已经在世界范围内开展。[①] 乐黛云先生和曹教授的三个阶段理论很显然也都是从佛克马所提出的理论发展而来的。

此外，佛克马在比较文学研究上一个尤为显著突出的特点是，他始终坚守文化相对主义的立场态度。与传统意义上带有狭隘的“欧洲中心主义”和“西方中心主义”色彩的文化相对主义甚为不同，佛克马所倡导的是人类学意义上的文化相对主义，是一种伴随着全球化进程而出现的观念上的转型，即认为每种民族文化都相对独立于他种文化而存在，而每种文化都蕴含其自身的价值，无所谓高低优劣之分。佛克马概括道，“文化相对主义不是一种研究方法，更谈不上是一种理论：它是指一种可以影响学者选择研究方法和理论立场的伦理态度”。佛克马对文化相对主义的重新阐释和修正实则是强调研究者应怀有对异质文化的包容性，应倡导不同文化价值观之间多样性共存与平等的对话。

从20世纪90年代至今，“全球化”与“地方化”之间的矛盾与张力愈发显著，无可避免地导致了文化上吊诡的两极格局，一极是由“全球化”带来的文化趋同，另一极则是由“地方化”造成的文化多元和文化孤立。面对如此错综复杂的现实语境，佛克马所坚持的温和的、相对的文化相对主义立场，实则“醉翁之意不在酒”，力图消弭这两种文化潮流之间的抵牾。一方面，他率先打破文学研究上的“西方中心主义”传统，并强调各国文学的独特价值；另一方面，他又试图突破文化的樊篱，竭力探寻各民族文学中的审美共性和普世价值，并致力于建构具有乌托邦理想的文学新世界主义，试图搭建一座促进不同文

---

① 王蕾．佛克马研究．北京：中国社会科学出版社，2013：159.

学交流和世界文学的桥梁。为此，他曾表示："所有文化本身都是可以修正的，它们设计了东方主义的概念和西方主义的概念，如果恰当的话，我们也可以尝试建构新世界主义的概念。"

佛克马是一位特立独行的学者，与时俱进，但决不随波逐流。其全部的研究工作从经验出发，以文化相对主义为思想基础，以问题为导向，以科学方法为手段，终生致力于探寻异质文化间的文化通则和各民族文学的审美共性。2011 年 8 月 25 日，佛克马逝世两天后，在阿姆斯特丹出版的《完美的世界：中西乌托邦小说》（*Perfect Worlds*: *Utopian Fiction in China and the West*, 2011）就是一部凝结他思想精华和美学主张的遗作。

在书中，佛克马从分析中西乌托邦传统入手，从社会、宗教、政治、经济、文化、精神等角度切入初步探讨了中西乌托邦思想的异同之处。全书开篇，佛克马就造成乌托邦小说出现的理由提出了四种假设：第一，表现时代危机的乌托邦小说。即时代危机出现时，主流的意识形态与现实的需求产生矛盾时，作家们便渴望虚构出一个更好的社会。如托马斯·莫尔的乌托邦和弗朗西斯·培根的《新大西岛》就是对理想政治体制的诉求。第二，乌托邦概念的世俗化。在社会世俗化进程中，那些从宗教启示中解放出来的作家具有乌托邦叙事的冲动。第三，反乌托邦与乌托邦的对立，即"我们越是接近政治结构化和社会工程的实践，包括乌托邦原则的实现，我们就更有机会看到越来越多试图暴露美好意愿而导致不良结果的反乌托邦作品的出现"。第四，文化差异和中欧乌托邦思想的逆向发展。中国和欧洲的乌托邦小说所经历的是相反的历史发展过程。

在此基础上，佛克马指出社会矛盾与意识形态冲突是促使乌托邦文学出现的主因，当现实社会的主流意识形态无法满足时代的需求时，具有高度社会责任感的作家面对不尽如人意的社会现实便会把构建一个更好的社会的愿望诉诸文学想象。不论是源自文艺复兴传统的西方（反）乌托邦作品（如赫胥黎的《美丽新世界》、奥威尔的《1984》、希尔顿的《消失的地平线》、韦勒贝克的《一座岛屿的可能性》），还是源自儒家传统的中国乌托邦小说（陶渊明的《桃花源记》、李汝珍的《镜花缘》、老舍的《猫城记》、高行健的《灵山》等》），都会提出全人类所面临的共同问题，都表达了人类对建立一个和谐、自由的理想社会的美好愿景，都肯定了共同人性、普遍人性的存在。

结语

纵观佛克马一生的学术轨迹，其学术研究始终以"文学科学"为线索，以经验式研究为方法，同时始终贯穿着他对文学审美进行系统化、科学化研究的追求，始终将文学视为人类交往的重要方式，始终坚守文化相对主义立场。谈及欧美学界对他的种种冷嘲热讽，如"科学主义的卫道士""俄罗斯形式主义的残孽""伪装的欧洲主义者"，佛克马生前往往一笑置之。究其根本，他是一位不改初心的波普式的批判理性主义者和普特南式的实用主义者。根据波普的看法，科学研究的一切结论都应被视为暂时的真理而非确定的真理，这种真理原则上可能受到批评。他赞同普特南的"概念相对论"（conceptual relativism）哲学立场，屡屡引用普特南在以色列特拉维夫大学讲学时的一句箴言——"怀疑和相信一样需要理据"。他坚持文化相对主义立场，但又时时警惕极端文化相对主义（如基要主义、原教旨主义、狭隘民族主义）的思想陷阱。

他旁涉20世纪重要的理论流派，经过分析反思，取各家之长短，最终建构其自成一家的理论体系。虽然佛克马在文学研究的过程中时常涉及文化、社会学、心理学等其他研究领域，但他的学术目光却始终紧盯文学研究的基本问题不放，从不剑走偏锋、刻意求新猎奇。随着时代的变迁，学术大环境也悄然发生着变化，涌现了一股文化研究的大热潮，许多学者的研究兴趣继而发生了转移。尽管佛克马赞成将文学置于文化的总体框架内考察，但他却从不涉足文化研究。在他看来文化研究是一个大包大揽的词，无所不谈、无所不指，缺乏足够的专业性也忽略了艺术概念和审美作用。

2001年，比利时根特大学授予佛克马“萨顿勋章”，他在获奖致辞中援引了美国哲学家努斯鲍姆的话：“文学能把我们从一种生活传送到另一种生活当中，同时又能使我们保持（各自文化的）秉性”；同时，“叙事性想象为道德互动提供了绝对必要的准备，从而使我们能够洞悉人类共有问题的多样化表现形式”。在佛克马那里，人文科学的宗旨就是不仅让人类过上富庶的生活，同时也为个体追求幸福指明道路，在乌托邦式的“完美世界”里谋求个体幸福和全人类的福祉。时至今日，佛克马带有西方人文主义、批判理性主义和实用主义色彩的学术思想仍旧焕发鲜亮的光芒。他的价值取向和学术立场，对中国学者在世界语境中建构中国学派仍然具有重要的启示和借鉴意义。

会通研究

——比较文学的研究方法

南通大学　徐扬尚

当比较文学在19世纪上半叶的欧洲依托各学科通用的比较方法来建构其学科体系、创立门户时，曾因此而遭受以意大利著名美学家克罗齐为代表的反对者的双重攻击：比较文学不能将各学科共有的比较方法据为己有；比较文学因缺乏独到的方法而不能成为独立的学科（这当然是表面原因，真正的原因则是比较文学因此而失去立足之境：没有明确而独立的研究对象）。[①] 具有讽刺意味的是，时近百年，比较文学仍旧不得不坚持以依旧为各门学科的通用方法的比较，作为自己的方法，而且是独到的、足以令比较文学别树一帜的方法。只不过是比较文学的百年发展史及其法国学派的影响研究、美国学派的平行研究与中国学派的跨文明研究，本身已经赋予比较文学的比较以显在的“阳比”——求同存异、比物连类之外的新含义：潜在的“阴比”——考证传授、追查变异、相互阐释、彼此发明，从而成为以此为内涵的会通研究方法，自给自足；长期饱受指责、名不副实的欧美语文中的比较文学名称、概念，失之东隅，收之桑榆，在汉语的传统语义中修得正果。比较文学不是文学比较之说，从此成为过去。会通研究正是比较文学独到的，或说由比较文学生成的方法。

一、比较文学就是“文学比较”

比较文学初兴之时，在法、英、德、意、俄等欧洲诸语种中，比较文学都是一个名不副实的名称、概念：比较文学并非文学比较；到了美国，文学与相关学科比较作为新兴的研究领域，也不叫文学的跨学科比较，而称为科际整合；自称“中国学派”方法的单边主义的阐发法，虽经修正，更名为双边主义的阐发研究，文学比较意识依旧成为缺失……总之，比较文学与比较无关，已经成为一代又一代，国内又国外的许许多多的比较文学学者的口头禅。然而，比较文学百年史表明，比较文学就是文学比较。这正是我在中国比较文学学会第六届年会（成都1999）上提出的观点。

其实我说不孤：不仅是我所提出的“打通研究”之说在随后出版的陈惇、刘象愚先生的《比较文学》对比较文学的界定中得到印证：“比较文学……是一种跨越和打通各种既

---

① 本尼第托·克罗齐．比较文学．中国比较文学，1988（2）：91－94.

定界限，具有宏观视野和开放性特征的文学研究。”① 而且“比较文学就是文学比较”之说，也再次与法国布吕奈尔等在《什么是比较文学》的观点形成异域共鸣。《什么是比较文学》再三申辩：比较文学就是文学比较，只不过是由于欧美比较文学界如同中国比较文学界，未能对比较概念的内涵予以提升与明确，使其失之模棱两可而显得不那么自信。其开篇“引论”指出，“1951 年，我们对一种对比较的否定初次感到惊讶”，那就是当时无可争议的比较文学大师卡雷为基亚《比较文学》初版所写的序言。“奇特的比较文学竟是不进行比较的！教条无疑是很束缚人的。假如像艾琼伯他 1963 年的一本著名的小册子（1977 年再版）所号召的那样，‘比较不是理由’，假如甚至比较不是比较文学存在的理由，起码它提供了一种应该恰如其分地使用的材料。在很多虚假的比较中，其中必然存在着导致发现一种影响或照耀想象的领域的一种比较。比较在比较文学中起着一种启发的作用……比较文学还是文学，它并不禁止进行比较。这是两个显而易见的道理，是两个尽人皆知然而有必要提一提的真理。因为，一旦迷惑于这种矛盾便可能会把它遗忘。”② 结尾“接近一个定义”与“引论”呼应：“那么，比较文学是否有一种方法的专利呢？历史学方法，遗传学方法，社会学方法，统计学方法，文类学方法，比较方法，它根据需要，每一种都使用。总的说来，比较方法无疑应该是它的专长。不过这也是在国与国之间文学关系中的运用最感困难的方法，除了涉及翻译作品的时候以外。在忽略对这种方法加以完善的同时，比较学者维持了他们标签的模棱两可的状况，并且最终背离了要使比较文学成为一个专门学科，而远不是作为文学批评的一个单纯的分支的精神。不过我们仍然相信，如果处理得当，比较一定能在比较文学中恢复自己的权力。”③

显然，布吕奈尔等所说的“在很多虚假的比较中，其中必然存在着导致发现一种影响或照耀想象的领域的一种比较”等，就是指潜在的“阴比”。如今，当我们有了文学比较的“阴比”与“阳比”、暗比与明比、直接比较与间接比较的观念之后，再回过头来重读梵·第根的《比较文学论》不难发现，关于异同比类关系的“阳比”与传受变异关系的“阴比”相反相成的思想早在其中：“那对于用不相同的语言文学写的两种或许多种书籍，场面，主题，或文章等所有的同点和异点的考察，只是那可以使我们发现一种影响，一种假借，以及其他，并因而使我们局部地用一个作品解释另一个作品的必然的出发点而已。”意思不正是说，显在的求同存异有助于发现潜在的影响、假借等传受变异关系，从而成为传受变异研究必然的出发点么？随之而来的是，“如果他要知道在《冒失鬼》《唐·璜》或《怪吝人》诸剧中，莫里哀的独创之处，那么他便不得不先知道莫里在倍尔特拉麦，莫利拿或西高尼尼，柏鲁特等诸外国作家中所获得的是什么，并贴近地研究他们的类似之点和不同之处”。意思不正是说，潜在的传受变异关系确定之后，仍然需要借助显在的异同比类关系研究来考查其类似点和不同处，将其传受变异研究推向深入么？

① 陈惇，刘象愚．比较文学．北京：北京师范大学出版社，2001：12.
② 陈惇，刘象愚．比较文学．北京：北京师范大学出版社，2001：3－5.
③ 布吕奈尔，等．什么是比较文学．北京：北京大学出版社，1989：227.

二、塞翁失马，汉语“比较文学”名正言顺

“比较”概念在有关现代汉语辞书中被诠释为：“确定事物异同关系的思维过程和方法。根据一定的标准，把彼此有某种联系的事物加以对照，从而确定其相同与相异之点，便可以对事物作初步的分类。但只有在对各个事物的内部矛盾的各个方面进行比较后，才能把握事物间的内在联系，认识事物的本质。”显然属于对由非我的一元暨中心的西方文化语境生成的“比较”概念的传译，与生成于一元暨多元的中国文化语境的传统汉语“比较”：“官府对差限期完成差事，到期查验。如逾期未能完成，即加杖责，称比较，也叫比卯”，有着较大的出入。

传统汉语根源于印度因明学，由因及果，由果推因的“比量”，似乎与强调逻辑关联的西语“比较”的意义更加接近：比量即比较。如《颜氏家训·勉学》：“世人但知跨马被甲，长鞘强弓，便云我能为将；不知明乎天道，辨乎地利，比量顺逆，鉴达兴亡之妙也。”比量与现量相对：现量相当于直觉，例如对音、色、味、烦躁、清爽的感觉与寒热、坚柔的触觉；比量相当于推理，例如见烟思火，由山上之烟推知山上有火。《文心雕龙·论说》：“原夫论之为体，所以辨正然否，穷于有数，追于无形，迹坚求通，钩沉取极；乃百虑之筌蹄，万事之权衡也。”有数的现量对无形的比量，对现量的有数的感觉要“迹坚求通”，对比量的无形的推理要“钩深取极”，而无论是直觉还是推理，都要透过表象而悟入，故为“百虑之筌蹄”。“辨正然否”又涉及真现量与真比量、似现量与似比量的分别，比量本身又有他比量与自比量之分。比量正是《文心雕龙》所强调的论说文体的方法，也正是《文心雕龙》实现其体系建构“体大而虑周”的方法。

如果不是早期翻译者为反传统而反传统，为创新而创新，变汉语以单字为语义单位为以多字合成词为语义单位，译法语 comparée、英语 comparative 等西语为“比”而非“比较”，那么，虽不能将西语“比较”的各种意义囊括其中，也足以将比较文学之“比较”的意义囊括其中。“比”为会意字。甲骨文从二匕（取象妇女跪拜）相并，会夫妇比肩亲近之意；金文相同；篆文使之整齐化；隶变后楷书写作比。《说文解字·比部》：“比，密也。二人为从，反从为比。”“比”与“从”都从二人，“从”为二立人，表示跟随；“比”为二跪拜之人，为夫妇比肩之象，有匹合之义。故本义为匹合。进而引申为：和顺、亲和；相近、亲近；并列、紧靠、密列；勾结；比拟、类似；比量、考校；参照、按照；追征；六艺之一：指物譬喻，比物连类；六十四卦之一，坤下坎上等。与“比”字上述义项有关的词汇，除“比量”之外，又例如：比顺，同顺比：亲和；比和：一心一德；比周：一谓结党营私；比方：一谓比较；比肩：一谓并肩；比类：一谓合乎旧例；《比雅》：清冯亮吉撰；比伦、伦比：比拟、类比；连类比物，比物连类；比目、比翼：相反相成。总之，“比”的意义完全涵盖了比较文学的比较、参照、比物连类、求同存异、相互证释、彼此发明、包容、认同、亲和、和顺、多元共生、和而不同、相反相成等所有意义。“较”为形声字。篆体作车爻，从车从爻；隶变后楷书写作车爻；俗作较，改为交声。《说文解字·车部》：段玉裁注：“车爻，车輢（车厢两旁可凭倚的木板）上曲钩也。从车，爻声。”本义为古代车厢两旁可凭倚的木板上用作扶手的曲木或曲铜钩，读 juè。引申作车

厢；通“角”，表示竞逐；又通“校”，表示比较；或相当于比。显然，现代汉语“比较”一词极大地损害了“比”的外延与内涵。其实，汉语“比较”本为并列词，既“比”且“较”。换句话说，如果说汉语比较文学的“比较”词不达意，问题也是出在遵照西方语言学而建构的现代汉语规范及其应用上。

现代汉语的“文学”被诠释为“社会意识形态之一”。“专指用语言塑造形象以反映社会生活，表达作者思想感情的”语言艺术。同样成为西方现代“文学”概念的转译。虽说中外古代许多语言都曾将所有用文字书写的书籍文献统称为文学，法语的文学（Littérature）与英语的文学（Literature）至今仍然保留着文献之义，但是生成于一元暨多元的龙文化语境的古汉语“文学”，也较生成于一元暨中心的斯芬克斯文化语境的古代欧美“文学”概念，更贴近比较文学的意义：因为前者具有“一种学问”与“一门学科”的意义。“文”为象形字。甲骨文像胸部有刺画的花纹形，为古代文身的写照；金文稍繁；篆文省简；隶变后楷书写作文。《说文解字·文部》：“文，错画也。象交文。”所释为引申义，本义为文身。《礼记·王制》：“东方曰夷，披发文身，有不火食者也。”又用作花纹、纹路；象形文字、汉字、甲骨文；文辞、文章；书籍、文献；自然与社会具有规律性的现象；由礼乐制度等构成的文化；华丽而有文采，文质彬彬；柔和、不猛烈，温文尔雅；掩饰，文过饰非；法令、条文，舞文弄墨。“学”为会意字。与“教”同源。甲骨文为双手摆布算筹形，表示学习计算；金文加子，表示表示教孩子进行计算；又加支（手持棍形），强调督导之意；篆文承金文，也分为二体；隶变后楷书分别写作“学”与“斅”，后二字表义有了分工；今简化为“学”与“敩”。《说文解字·斅部》：“斅，觉悟也。从教从冖。冖，尚蒙也。臼声。学，篆文斅省。”本义为对孩子进行启蒙教育，使之觉悟，包括教与学两方面。读xiào，表示教导，使之觉悟。此义后来专用“斅”来表示，如今则用教来表示。读xué，表示学习，接受教育。进而引申为模仿；由学的成果引申为学问；再引申指学科、学派；又由学习的地方引申指学校。由此可见，“文学”即关于文章的学问，或关于诗文的学科，具有学问与学科的意义（即使是南北朝时宋文帝设立儒学、玄学、史学、文学四馆，梁昭明太子萧统编《文选》，令文学独立于经、史、子之外，也同样视文学为学问与学科）。同时，也具有文教的意义，以及文献与经典的意义，后来也泛指文才或文艺作品。总之，汉语“文学”不仅强调文、经、子、史兼容并包，而且强调通过各种知识的会通，修炼学养，开阔视野，提高认识，形成境界。汉语“文学”概念应用于比较文学，最大的贡献就是令其成为一门会通各种知识的学科。显然，现代汉语“文学”一词使传统的“文学”概念的上述意义损失殆尽。由此看来，在某种意义上，正是高喊传统汉语、汉字为死语言、死文字者成事不足的类似行为，将传统汉语、汉字变成了死语言、死文字。其实，基于“说（讲）话”“话本”“诗话”“词话”“曲话”等现成概念，将诗歌、小说、戏剧、散文的艺术集合名之为“诗文话”，再恰当不过了。就算是为了简便明了，也不妨无为而无不为，依照古人，继续称其为有韵之诗与无韵之文的共同体——“诗文”。

综上所述，如果取中国文化传统之义，将法语Littérature Comparée、英语Comparative Literature译作“比文学”，那是再贴切不过的了。即使为了与时俱进，与西语对应，也未尝不可以译作“比较文学”，只要我们不去邯郸学步，拿现代西语的“比较”与“文学”

的意义作为汉语的意义，甚至省去其文学概念的文献意义，便不会有今天的聪明反被聪明误：只需将“比较”理解为既“比”且“较”，并保持“文学”的传统意义足矣。遗憾的是，当年胡适、傅东华等在贱中学而贵西学，一心洋为中用，改造中国的时代大潮之下，直译法语 Littérature Comparée、英语 Comparative Literature 为比较文学，不敢越雷池一步，求忠实而沦为叛逆。当然，塞翁失马，随着龙文化传统的回归，汉语比较文学反而成为世界各语种中最为贴切的概念。

三、比较文学的文学比较，就是会通研究

至此有两点已经明确：一是比较文学的“比较”，是一种比较、参照，是一种强调跨越、会通异质文化与学科界限的比较、参照；二是只有比较文学才以“比较”作为根本方法，并将所有的方法都织入比较、参照、跨越、会通的比较方法谱系，并由此形成比较、参照、跨越、会通的无用之用的学科特性。据此，作为一门独立学科的方法，我们将比较文学的“比较”名之为“会通研究”。

反过来讲，比较文学的所谓“会通”，实质上就是指比较、参照、跨越、会通。所谓“会通研究”，就是指在认可的前提下，跨越而非解构异质文明民族文学的界限，文学与相关学科的界限，文学与文化的界限，使之融会贯通。“会”为会意字。甲骨文下边是仓体，上边是仓顶，中间是仓门，用储存谷物的粮仓来表示，聚汇之意；金文在仓中加出小点，聚合储粮之意更加明确；篆体将仓体讹为 θ；隶变后楷书写作会。《说文解字·会部》：“会，合也。从亼，从曾省。曾，益也。”本义为聚合。具有聚合、会合、青铜器名、符合、计算（音 kuài）、旗帜（音 kuài）等义项；后又发展为巧逢、巧合、机遇、领会、理解、能够、擅长、精通、应当、可能、组织、集会等诸多义项。“通”为形声兼会意字。甲骨文从彳（半条街），从甬（表示桶状物），会通达之意，甬也兼表声；金文大同；篆文另加义符止（脚），以强调走到之义；隶变后楷书写作通。《说文解字·辵部》：“辵甬，达也。从辵，甬声。”本义为通达。后世发展为到达、传达、（使之）通畅、流通、沟通、连接、交换、陈述、通晓、精通、博识、往来交好、普遍、一般、全部、整体、男女私交等诸多义项。“会通”出自《周易·系辞上》：“圣人有以见天下之动，而观其会通，以行其典礼。”意思是会合变通。引申为随事处理。作为比较文学的研究方法，百年比较文学则赋予“会通”以“会合沟通”“沟通有益”“会合交流”“交流有益”“会合对话”“对话有益”“会合博识”“博识有益”“普遍领会（把握）”“领会（把握）普遍性”“整体理解（把握）”“理解（把握）整体性”“实现一般性”，赋予“会通研究”以“促进沟通、交流、对话”“研究沟通、交流、对话及其有益性”的意义。换句话说，会通概念古已有之；作为方法则孕育于古代，生成于现代：孕育于一元暨多元的中国文化语境，生成于现代中国的学术研究，标举于现代中国比较文学。

需要明确的是：虽然打通可实现会通，但会通不是打通，会通研究不是打通研究，二者不可相互替代、混用。一方面，会通追求跨越、整合而非解构，打通则容易令人联想到结构主义的解构。另一方面，打通作为方法，来自于钱锺书对《管锥编》等研究方法的自我总结，而《管锥编》的打通，不仅不受跨民族、语言、文明与跨学科的比较参照的局

限，而且是非跨民族、语言、文明与学科的追本求源、考流证变、求同存异、比物连类、相互证释、彼此发明，占据半壁江山，他本人因此极力反对将其《管锥编》《谈艺录》等定位为比较文学研究，反对将其打通方法作为比较文学方法的意义，自在其中。当然，如同虽说《管锥编》《谈艺录》等乃比较文化著作，但比较文学自在其中；虽说比较文学方法会通不是打通，但“使之相通”的打通自在其中，或说会通并不排斥作为意动用法的打通。其实，钱锺书所谓捉置一处的打通也并非倾向解构。再一方面，会通比打通更能涵盖百年比较文学赋予文学比较的特定意义，例如：会合、巧合、整合、误会、误读、重读、沟通、交流等。为此，有必要将中国比较文学的方法由打通修正为会通。

虽然有种种证据表明，会通研究已经成为现代中国学术界的一种基本的共同规范与方法（对此，杨义先生有专文《会通效应通论》[①] 予以详细论述），但是，现代中国比较文学却令其成为本学科的专门方法，并贡献于国际比较文学。当然，二者同中有异：虽然都表现为融会贯通古今中外的各种门派、各种学科的知识，“可以在学科割裂共生的知识时，还原知识的完整性；在断代割裂历史的因革时，疏通其内在的脉络；在成见遮蔽其事物的真相时，透视其深层的本质……实质是反割裂，反遮蔽”。但是，后者强调不受语言、民族、国别的限制，强调跨异质文明与跨学科，前者则可以如此，却并不强调；前者作用于民族或国别文学研究，“对同一命题进行多角度、多层次的观照”，后者则谋求不受语言、民族、国别限制的文学沟通、对话、交流，互证互释，多元共生，致力于相同、类同与相关命题的本源流变研究、异同比类研究、证释发明研究。

限于篇幅，至于会通研究决定于比较文学研究对象——另类异质的四际文学关系及其三个层面所决定的：由语际文学关系研究（简称“语际关系研究”）、族际文学关系研究（简称“族际关系研究”）、国际文学关系研究（简称“国际关系研究”）、科际文学关系研究（简称“科际关系研究”），共同构成四际文学关系学方法，由四际文论关系研究（简称“四际文论研究”）、四际批评关系研究（简称“四际批评研究”）、四际文学史关系研究（简称“四际文学史研究”），共同构成总体文学关系学方法，由文学信息传播与接受的考证传受、追查变异（简称“传受变异研究”），文学主题、类型等相关元素的求同存异、比物连类（简称“异同比类研究”），文学内外体系的相互证释、彼此发明（简称“证释发明研究”），共同构成三维文学关系学方法，三种研究方法相互补充，彼此印证，由此形成的会通研究方法，待另文叙述。

---

① 杨义．会通的核心与“现代的苦恼”中新会通：会通效应通论之一．甘肃社会科学，2005（5）；精思博识、时代智能及其它：会通效应通论之二．甘肃社会科学，2005（6）；“管锥”之功与会通的“钱串”：会通效应通论之三．甘肃社会科学，2006（1）．

“易一名而含三义”与比较文学中国学派三十年发展

四川大学　卢　婕

中国比较文学先驱钱锺书先生在其总结性的巨著《管锥编》的第一篇第一则就是《论易之三名》，该篇指出“《易纬乾凿度》云：‘易一名而含三意，所谓易也，变易，不易也’。郑玄依此义做《易赞》及《易论》云：‘易一名而含三义，易简一也，变易二也，不易三也’”①。钱锺书先生把以“易之三名”为理据反驳黑格尔对中国文字的偏见作为其“总序”的开篇，这说明钱老已经注意到《易经》以及作为其题解的“易一名而含三义”对我国的文学、艺术、生活和思维等各个方面产生的深刻而悠久的影响。《易经》中的“易一名而含三义”的思想已经作为我们的文化基因，深沉而静默地影响到中国人的思维习惯等方方面面，当然也悄然影响到我国的比较文学近三十年的发展道路和未来发展的方向。

一、“可比性”问题中的“易简”思想

“易”这一语词具有多义性。钱锺书先生说：“‘变易’与‘不易’‘简易’，背出分训也。‘不易’与‘简易’并行分训也。‘易一名而含三义’者，兼背出与并行之分训而同时合训也。”②

“易简”作为“易”之第一个分训义项。《易传·系辞上》云：“易有太极，是生两仪，两仪生四象，四象生八卦，八卦定吉凶，吉凶生大业。”③“易”之“易简”源自于“一”。唐代孔颖达疏：“太极谓天地未分之前元气混而为一，即是太初、太一也。”而从比较文学中国学派近三十年研究实践来看，他们在比较文学“可比性”的探讨上也体现了“易之三名”中的“易简”思想。

“易简”思想主要体现在“一”上，这包括“由一到多”的发展和“由多到一”的回归。“一”是产生宇宙万物的本体，是遂古之初，上下未形，冥昭瞢暗，混沌未开的太一世界。在1987年中国比较文学学会成立大会开幕词中季羡林先生说道：“比较文学在世

---

① 钱锺书．管锥编（第一册）．北京：中华书局，1986.

② 钱锺书．管锥编（第一册）．北京：中华书局，1986.

③ 孔颖达．十三经注疏（上），上海：上海古籍出版社，1997：82.

界上已经成为一门‘显学’。”① 他在为陈惇、刘象愚《比较文学概论》做序时进一步指出：“无论从世界范围来看，还是从中国国内来看，比较文学的发展都异常迅速。这说明，我那一句话没有落空。”② 然而，中国的比较文学在形成学科乃至成为显学之前，肯定也经历了一段漫长的萌芽与发展时期。按陈惇、刘象愚先生之说，中国的比较文学在“五四”运动前开始发展，20世纪30年代有过兴旺的趋势，后来经过一段曲折的途径之后，70年代末又复兴，近三十年形成学派飞速发展。其中，“五四”运动之前可谓是中国比较文学的“史前史”时期。这一段时期的中国学者只是模糊地关照着“可比性”这一内核。他们的研究成果良莠不齐，几乎所有学者都是在非自觉的“可比性”意识之下进行比较。比如，西晋时期对传入中土的佛经进行“格义”，鸦片战争至“五四”前夕王国维、梁启超等学者融汇中西的论文，以及王无生、苏曼殊等做的一些简单、零碎，甚至主观性、随意性的比较研究都体现了“史前史”时期中国学者在自发式的“混沌状态”下的比较文学研究。

从“五四”至1949年，中国比较文学趋向成熟。闻一多在《文学的历史动向》中说：“（文学）在悠久的年代里，先是沿着各自的路线，分途发展，不相闻问，然后，慢慢地随着文化势力的扩张，一个个的胳臂碰上了胳臂，于是吃惊，点头，招手，交谈，日子久了，也就交换了观念、思想与习惯了。”这段话不仅承认了文学的异质性，还隐含了与歌德、马克思、恩格斯类似的世界文学或总体文学的“大同”思想。既然各种文化必然要在交融借鉴中发展，因此，鸦片战争以后中国比较文学对中西文学或文化的异同比较就顺理成章了。但是，这一时期的中国学者虽然在“求同”与“求异”做出了大量实绩，而真正把“同”与“异”作为比较文学“可比性”而上升为理论却是在近三十年内的事。1984年卢康华、孙景尧在《比较文学导论》中说：“把问题提到一定范围之内，也就是提出一个特定的标准，使不同类的现象之间具有可比性，从而进行比较。”③ 卢康华和孙景尧在中国第一本阐释比较文学原理的著作中明确提出“可比性”这一专门术语。这有效地指导了中国比较文学研究者在研究实践中自觉避免早期研究中出现的“X + Y”式的任意性浅层比附。2000年陈惇、刘象愚在《比较文学概论》中说到“既然世界不同文化必然在相互交融、相互借鉴中发展，那么相互比较，发现差别，取人之长，补己之短，也就成了顺理成章的事……比较研究离不了‘异’、‘同’的发现和比较。同质文学内的比较研究往往从求‘同’入手，在‘同’中找出联系，找出规律。东西比较文学则不可单纯求‘同’，必须采取异同比较的方法，既求同又求异”④。这本著作在第一章“比较文学的定义和功能”中开辟专节介绍比较文学的“可比性”这一核心问题，在第二章“比较文学的历史和现状”的介绍中提到了“同中求异”“异中求同”的比较方法。从此，将“同”与“异”作为比较文学可比性的二分法得到了学界的普遍认可。这是中国比较文学就在“可比性”问题上的第一次重大发展：由“太极”生出“两仪”的裂变：《易经》中的“两仪”指阴阳、天地、乾坤。而如果把中国比较文学研究中的“可比性”看作“太极”

---

① 季羡林. 中国比较文学年鉴（1986）. 北京：北京大学出版社，1987：28.

② 陈惇，刘象愚. 比较文学概论. 北京：北京师范大学出版社，2000：1.

③ 卢康华，孙景尧. 比较文学导论. 哈尔滨：黑龙江人民出版社，1984：133.

④ 陈惇，刘象愚. 比较文学概论. 北京：北京师范大学出版社，2000：106.

的话，它的两极则是“同”与“异”两个不同的研究向度。

仅仅六年之后，中国比较文学就在“可比性”问题上得到第二次重大发展：由“两仪”衍生“四象”的突破。曹顺庆先生在其编著的《比较文学教程》绪论中对“比较文学”的定义明确指出比较文学的研究对象是“各种跨越中文学的同源性、变异性、类同性、异质性和互补性”。[①] 不难看出，曹先生这一理论的提出对于比较文学的学科理论建设做出了巨大贡献：将比较文学的“可比性”中的“同”生发为“同源性”“类同性”两个并行分训的义项；将“异”生发为“变异性”“异质性与互补性”两个并行分训的义项。其中“同源性”是法国学派影响研究的基石，“类同性”为美国学派平行研究的基石。“异质性与互补性”则既是总体文学研究的基石，又是总体文学研究的目标。在这由“异”“同”两极衍生的“四象”中，“变异性”尤其具有创新意义：在确立“变异性”这一可比性的合法地位后，曹先生进一步探索了包括文化过滤与误读、译介学、形象性、接受学、文学他国化等变异研究的范式，这拓展和更新了比较文学学科理论体系，解决了由于比较文学研究领域由跨语言、跨民族、跨学科、跨国而转向跨文明研究而引发的不少令人困惑的问题。2014年曹先生的英文著作 *The Variation Theory of Comparative Literature*（《比较文学变异学理论》）由 Springer 出版，是近年来中国比较文学的创新性理论对海外产生影响的明显体现。

正如中国水墨画中的五彩只凭水墨的浓淡调和，围棋棋局变化无穷而其棋子不过二色且其规则相当简单，中国戏剧可以引发无尽的想象和美感但却不需舞台背景而单靠演员的虚实演绎，中医把玄妙的五行六经的运行最终归结于阴阳二气的平衡，中国比较文学学者也钟爱“易简”的运思方式：在“可比性”这一问题的探索上，中国比较文学研究正经历着由“太极”生两仪、生四象的道路。然而，正所谓“反者道之动”，中国比较文学学科理论在影响研究、平行研究、总体文学研究和变异研究中无论怎样分类、调试，都可以归结于对同源性、变异性、类同性、异质性和互补性“四象”的探索，都可以归结于同与异“两仪”的探索，都可以归结于对可比性这个“太极”的回归。

比较文学研究实践与理论可以朝着可比性这一“太极”回归，反言之，这当然也说明可比性可以由“太极”生两仪、生四象、周流六虚而后有无穷的交媾派生的可能。因此，中国比较文学在“可比性”问题上的探索远不能止步于“四象”。对可比性的进一步发现将可能成为未来中国比较文学学科理论建设的一个大有发展的方向。未来的中国学派有可能在可比性“四象”的基础上发现更多具有可以比较的质素从而为比较文学中国学派带来更大的繁荣。事实上，总体文学重新纳入比较文学领域、传媒的发展、新的学科的出现都正在使新的可比性的发现成为可能。

二、研究实践和学科理论建设中的“变易”思想

“变易”与“不易”“简易”为背出分训。《易传·系辞下》云：“为道也屡迁，变动不居，周流六虚，上下无常，刚柔相易，不可为典要，唯变所适。”如果把“易简”理解

---

① 曹顺庆．比较文学教程．北京：高等教育出版社，2006：30.

为事物由多向一的回归和由一到多的发展。那么“变易”则是改换、转换、变化、变异之意。中国比较文学学科理论的“变易”思想主要体现在研究实践的“转变”和学科理论的“通变”上。

（一）研究实践中的“转变”

从对外国作品和文论在中国的译介与影响研究到对中国文学与文化的海外传播研究，从对国外的汉学研究到以他者的立场关注国外学者对其自身本土文学的研究。中国比较文学学者在近三十年里进行着并还在继续两个研究方向的转变。

1. 从中国文学“西学化”转向重视中国文学在海外的影响

20世纪80年代左右，随着改革开放和世界各国文化交流的迅速开展，我国的比较文学掀起了对外国文学与文化的研究高潮。那段时期大量文学作品和文论译著的出版使中国比较文学研究者享受到丰富的研究资料和充分的学术自由。当时的环境将中国比较文学相当多的研究者引向一个研究方向：从西方理论视角来研究中国文学，即借用西方人文学科的理论概念来观照、阐释中国文学。这些研究大体完成了中国文学研究的非民族化（或称“西学化”）。西学化研究成果很大程度上拓展了我们的视野，丰富了我们的语汇和言说方式，但同时也给我国本土传统文学和文论带来灾难。曹顺庆先生就中国文学和文论在现代化转型时期对西方话语范式的盲目遵从感到痛心疾首。他于1995年提出中国文论“失语症”这一话题以来，在学术界引起了强烈的反响。“失语症”的现象引起了众多学者的警醒，加之中国政府对自身文化软实力的重视，中国比较文学研究方向悄然开始发生转向：由致力于中国文学“西学化”转向重视中国文学在海外的传播与影响研究。当然，这一研究方向并不是这三十年里才出现。事实上，早在20世纪早期就有陈受颐（《十八世纪英国文化中的中国影响》）、方重（《十八世纪英国文化中的中国》）、范存忠（《中国文化在英国：从威廉·坦普尔到奥利弗·哥尔斯密斯》）、钱锺书（《十七、十八世纪英国文学中的中国》）不约而同将中国文化的海外影响作为自己海外求学的博士论文研究内容。而且就算在改革开放后的西学化浪潮之中仍有学者进行中国文学的海外影响研究，比如1983年赵毅衡的《远游的诗神》就是其中的优秀成果。只是文化浩劫暂时中断了这一优秀传统而改革开放后的“西学化”浪潮又使得这一研究显得势弱。1995年范存忠的《中国文化在启蒙时期的英国》获得国家教委普通高校人文社科研究优秀成果一等奖可以说是一个重要讯号，指引着中国比较文学学者的研究目光重新审视西方和自身。中国比较文学学派在重新开始对中国文学和文化的海外影响研究上投入巨大热情。在众多此类研究的成果中，钱林森和葛桂录师徒的《光自东方来：法国作家与中国文化》和《雾外的远音：英国作家与中国文化》可以说是最近十年来在此领域的优秀成果。钱林森在与葛桂录就把握中外文化相互碰撞与交融的精神实质的对话中这样说：“对于这一课题，我们至少应该从三个方面去把握：一是要具体实在地探讨外国作家如何接受中国文学和文化的影响；二是要在不同文化语境中，展示中外文学家、思想家、哲学家对相关的思想命题所进行的同步思考及其所作的不同关照；三是要从外国作家作品在中国文化语境的传播与接受着眼，探析外国文学与文化在中国文化范式中的改塑和重整。”① 老一辈学者在这一研究领域的经验总结指导着中国比较文学的青年学者在此方向掘进。

2. 从对海外的汉学研究转向以他者的立场关注对国外学者对其本土文学的研究

随着研究方向从中国文学“西学化”到中国文学与文化的海外影响研究的转向，中国比较文学研究者不可避免地开始关注许多海外著名的汉学家。他们通常被分为两大类群：一是宇文所安、艾金伯格、傅汉思、高辛勇、弗朗索瓦·于连、赫德逊等西方本土学者，一是叶维廉、叶嘉莹、刘若愚、陈世骧、蔡宗齐等海外华裔学者。在当今全球化的学术视野下，“即便是中国传统文史哲的学问，也早已不再是专属中国学者的领域，欧美与日本等中文世界以外的地区都不乏精通‘汉学’和‘中国学’的大师”。② 在汉学这一特殊领域中，海外汉学家的研究既是西式的，又非常中国化。这种张力与对抗对于中国比较文学研究者具有巨大吸引力。因此，中国比较文学者对海外汉学家从他者的角度反观中国文学与文化这一研究领域充满兴趣。这一研究可以说是从中国文学“西学化”转向重视中国文学在海外的传播与影响的转向中旁逸的一个重要支流。近年来徐志啸、蒋述卓、朱易安、王晓路等知名学者以及闫月珍、刘圣鹏、史冬冬、陈橙、蒋艳萍等青年学者辨证客观地评价国外汉学家的研究成果，借他者之镜反观自我，在这一领域做出了成果。究其根源，正是由于海外汉学研究比较成熟，成果丰硕才能吸引和支撑国内比较文学者对他们的研究进行研究。这一现象启发了中国比较文学者的思考：既然海外“汉学”研究的成果可以成为中国比较文学的研究对象，那么中国的“西学”研究成果也理所当然可以成为西方比较文学的研究对象。中国在洋务运动、“五四”以及改革开放后等时期都曾掀起过“西学”的热潮。这几个时期的西学都在“中学为体，西学为用”的指导思想下把介绍、引入西方文化、文学、思想、科技等作为救亡图强的出路和民族复兴的良药，因而都一定程度上带有“以西释中”“以中就西”的西方中心主义特点。这些时期的“西学”可以被理解为“西方的学问”，我们不妨把它称为“旧西学”。21世纪以来，随着我国国力日强，我国研究“西学”的态度和立场也有了变化。“西学”的内涵不仅仅指“西方的学问”，更重要的是把“西方人对西方学问的研究”作为对象来研究。就比较文学而言，主要指以他者的目光审视西方学者对西方本土文学与文化的研究。目前这一研究范式在我国比较文学中还处于初级阶段，我们不妨将之称为“新西学”。相比传统的对西方文学与文化在中国的影响，以及中国文学与文化在海外的影响这两个已经成熟的研究范式来说，“新西学”对研究者的跨文化能力和素养要求更高。这对于当今中国比较文学学者来说既是一个挑战，也是一个机遇。我们有理由相信，随着中国“新西学”的研究成果在数量和质量的发展，西方的比较文学者对中国“新西学”的研究将与中国比较文学者对海外“汉学”的研究相互交织。届时，比较文学的“跨越性”将会呈现更加复杂的模式，而比较文学学科所蕴含的“比较”二字也将具有更加丰富的意蕴。

（二）学科理论建设中的“通变”

中国比较文学学者除了在研究实践中因保有“变易”思想而保持旺盛的生命力和生成

① 葛桂录．跨文化语境中中外文学关系研究．上海：上海三联书店，2008：314－315.

② 彭国翔．“人文诺贝尔奖”的启示．读书，2007（1）．

力之外，他们在学科理论的发展上保有的“通变”思想也使中国比较文学得到史无前例的发展，使得“学术成果的质与量上已居于世界各国之首”。[①]《易传·系辞下》曰：“易，穷则变，变则通，通则久。”《易经》“通变致久”的辨证法始终贯彻在中国比较文学的学科理论发展中。

1．不照搬西方而建立自己的学科体系

在中国比较文学的兴起之前，国外的比较文学学科理论已经在19世纪70年代到20世纪初确立。法国有巴尔登斯伯格、梵·第根、基亚、卡雷等学者为以“国际文学关系史”为特色的比较文学法国学派构建了系统的学科理论。美国有韦勒克、马隆、列文、雷马克、韦斯坦因等代表人物构建了以注重文学性和美学为特色的比较文学美国学派学科理论。而中国的比较文学学科理论的建立是最近几十年才开始（大陆在20世纪70年代末80年代初，港台地区比大陆早十年左右），1984年卢康华、孙景尧著《比较文学导论》是国内第一本阐述比较文学原理的著作。其后，乐黛云、张文定、陈惇、谢天振、张铁夫、刘向愚、杨乃乔、陈梃、胡亚敏、王宁、王向远、曹顺庆、高旭东等学者都出版了比较文学的理论著作。他们的理论研究以西方比较文学学科理论为借鉴，但又充分考量中国比较文学研究的自身特色，从不照搬西方，而是“唯变所适”。比如，曹顺庆先生的《比较文学教程》，不是照搬西方把“形象学”和“译介学”放在影响研究中而纳入变异研究。又如，在对比较文学的“跨越性”的理解上，雷马克的经典定义是“比较文学是超出一国范围之外的文学研究，并且研究文学与其他知识和信仰之间的关系”[②]。可见雷马克的“跨越性”指的是跨国和跨学科。而中国比较学者则提出了许多不同的见解：陈惇、孙景尧、谢天振提出跨民族、跨语言、跨文化、跨学科的说法；杨乃乔提出跨民族、跨语言、跨文化、跨国界；而曹顺庆提出跨国、跨学科、跨文明三个跨越性作为比较文学的基本特征。值得注意的是，这些名称上的改换和数量上的变化正蕴含着中国比较文学学者对西方理论和自身国情的思考和他们要以“变”而“通”的苦心。

2．不是全盘推翻而是“涟漪式”发展

中国的比较文学学科理论不是凭空生发，而是以西方比较文学的研究成果为基础逐步发展而来。比如自1982年刘向愚所译的韦斯坦因的《比较文学与文学理论》由辽宁人民出版社出版以来，西方的理论构架对我国比较文学研究产生了广泛影响。1984年卢康华、孙景尧的《比较文学导论》第129页以图表方式构建了以影响研究和平行研究两大板块组成的比较文学学科构架。2002年杨乃乔主编《比较文学概论》中“学派论”一章则把“法国学派与影响研究”“美国学派与平行研究”“俄国学派与历史诗学研究”和“中国学派与阐发研究”相叠搭建比较文学学科构架。2006年曹顺庆《比较文学教程》第57页用实证性影响研究、变异研究、平行研究、总体文学研究四大板块来构架比较文学。这说明中国比较学派对西方理论的立场是一种继承式的变通。中国学者不像西方人那样惯于在对他人的批判与反驳中表达自己，他们钟情于“依经立义”，在对他人的思想的合理继承下添加自己的智慧。曹顺庆先生用“涟漪式”来表达比较文学的学科发展轨迹：“比较文学

① 曹顺庆．南橘北枳．北京：中央编译出版社，2014.

② 雷马克．比较文学的定义与功用．张隆溪，译．北京：北京师范大学出版社，1986：1.

学科理论的发展，不是以新的理论取代先前的理论，而是层叠式、累进式的前进”。[①] 而这种“涟漪式”发展轨迹的形成很大程度上就是由于中国学者的“通变”思想所决定的：通晓变化之理，在继承之中求变，在继承之中求发展，这正是比较文学中国学派在建立学科理论时一贯坚持的哲理基础。

三、“跨越性”中贯穿的“不易”思想

从字面意思来理解“不易”，容易把“不易”当作对“易简”和“变易”的对立面，破此立彼，两义背驰。钱锺书先生认为，“不易”并非文字上的“不变易”，而是包含着“变易”的“不易”，犹如老子所云“道常无为而无不为”，亚里士多德所谓上帝有“不动之动”。因此，“不易”不是“不变化”，而是“变不失常”。从中国比较文学三十年来的发展而言，现象纷呈、百花争艳、变化无穷。但在这令人眼花缭乱的众多变化中始终有一个坚如磐石、不可动摇的“常”或者“道”的存在。“常”或“道”表面上不在场，但却又无时不在。作为比较文学的至高准则，这个“常”就是比较文学的“跨越性”。如果没有了“跨越性”，比较文学就失去了自己特有的边界而变得和一般文学研究别无二致，就会被浩瀚的文学研究所淹没而不复存在。因此，无论是跨国的影响研究，跨学科和跨国并重的平行研究，还是跨文明视野下的变异研究和总体研究；无论是跨国、跨语言、跨民族，还是跨文化、跨文明等种种表达，“跨越性”一直被视为比较文学的“上帝”。以上是对“易”之三项分训的理解。而当“易”之三义合训时，则包含了从“简易”到“变易”再到“不易”的过程。如果说“变易”是对“简易”的否定，“不易”是对“变易”的否定，那么，这一过程便蕴涵着“肯定—否定—否定之否定”的认识规律。这一过程的动态描述应该是这样的：作为混沌未开的统一世界（简易），化孕出形形色色、林林总总的万事万物（变易），这万事万物按着自身的规律不断运动变化并形成了相反相成的统一世界（不易）。在这里，“不易”的统一并非是对“简易”的统一的简单回归，而是螺旋式的上升，是由发生论的统一演变为认识论的统一。[②] 就比较文学学科理论的“涟漪式”发展来看，中国比较文学正是在“简易—变易—不易”的螺旋式上升中实现着自己的价值。

结语

“易一名而含三义”中的“易简”“变易”和“不易”思想贯穿在中国比较文学学者对于比较文学“可比性”、比较实践、学科理论，以及“跨越性”等诸多问题的思考之中。“易一名而含三义”对比较文学中国学派的重要意义在于它揭示了我国学者的运思习惯，让我们撩开面纱、拨开迷雾看清中国比较文学三十年来发展的实质，更重要的是让我们在理性地认知自己的思维习惯之后有可能去做出新的突破和发展。

---

① 曹顺庆．论比较文学学科理论发展的三个阶段．中国比较文学，2001（3）．

② 李洲良．“易”之三名与“诗”之三题——论钱锺书《管锥编》对易学、诗学的阐释．黑龙江社会科学，2001（4）．

三

比较文学中国学派的建构

季羡林比较文学论纲

深圳大学　郁龙余　朱　璇①

人类学术史告诉我们：任何一门学科的诞生，都有一个从萌芽到参天大树的发展成长过程。当某一学科的研究对象和目标不断明确，研究方法和基本理论不断成熟，就宣告这门学科真正诞生，并步入发展的快车道。中国比较文学，或者说比较文学中国学派，在老一辈学者的努力下，经过几十年的发展，终于渐渐走向成熟。在诸多老一辈学者中，季羡林具有特殊地位，他对中国比较文学的贡献，为世人所公认。作为比较文学中国学派主要倡导者和缔造者，他在理论创建上做出了巨大贡献。季羡林比较文学理论由总纲和八大观点组成。简述如下：

一、总纲：建立比较文学中国学派

关于谁最早提出比较文学中国学派，学界多有争议。曹顺庆在《比较文学学科理论研究》一书中专设一章，进行了详细论述。无可争议的是，比较文学中国学派的概念，首先由港台学者提出，但在中国大陆真正起步，并迅速获得发展，是20世纪80年代的事。其中，季羡林的登高一呼，起到了巨大作用。曹顺庆认为："季羡林、严绍璗等人积极回应了港台学者提出的比较文学中国学派的构想，并发表了自己对如何创建中国学派的意见。"② 除了发表意见，还在组织架构上积极行动起来。乐黛云说："我们一起于1981年1月成立了中国第一个比较文学学会——北京大学比较文学研究会，由季羡林教授任会长，钱锺书先生任顾问。"③ 自此，季羡林以创建比较文学中国学派为己任，或写文章，或出席会议，或参加各种相关的活动，乐此不疲，几十年如一日。

1981年2月，季羡林在《新疆与比较文学的研究》中指出："我们有条件建立一个比较文学的中国学派。但是可惜得很，这一点我们不但没有做到，而且远远地落后于其他国家，这一点和我们的国家地位是很不相称的。我们当前首先要做的工作就是急起直追，把我们过去忽略的东西弥补起来，逐步达到创立一个比较文学中国学派的水平。"④

---

① 郁龙余，深圳大学印度研究中心教授；朱璇，深圳大学印度研究中心讲师，文学博士。

② 曹顺庆．比较文学学科理论研究．成都：巴蜀书社，2001：273.

③ 乐黛云．比较文学与比较文化十讲．北京：北京大学出版社，2004：175.

④ 季羡林．季羡林全集：第17卷．北京：外语教学与研究出版社，2010：263.

到1981年9月，在《北京大学比较文学研究丛书》前言中，他进一步提出："以我们东方文学基础之雄厚，历史之悠久，我们中国文学在其中更占有独特的地位，只要我们肯努力学习，认真钻研，比较文学中国学派必定能建立起来，而且日益发扬光大。"① 这两篇文章写作时间相距七个月，从中可以看出，季羡林对创建比较文学中国学派的态度，有了明显的积极变化，立场更加坚定了。同时，他对比较文学中国学派的建立开始了实质性探讨。1982年5月，他在答记者问时表示，建立一个怎么样的中国学派，还无法臆测。希望有兴趣的人，同心协力，认真进行一些工作，到了一定阶段，水到渠成，中国学派自然会带着自己的特点。至于有些什么特点，季羡林尚未具体说明。

1983年7月，季羡林作为《中国比较文学》杂志主编，发表发刊词。他写道："同志们不是常讲：我们要建立比较文学研究的中国学派吗？对这样一件工作，我们一则感到要当仁不让；二则我们也会感觉到，我们心中的底并不是太具体的。然而我们充满了信心。"这篇发刊词意在为中国学者树立信心，作者进一步指出："如果把东方文学，其中包括中国、印度、阿拉伯、伊朗等国的文学也纳入比较的轨道，眼界必然会宽阔，必然能达到空前的深度和广度，这一点恐怕是没有人能够否认的。我们想建立的中国学派，正是想纠正过去的偏颇，把比较文学的研究从狭隘的西方中心的小圈子里解放出来，把中国广大的比较文学爱好者的力量汇入全世界比较文学研究的洪流之中。我说，我们是有信心的，难道这信心没有事实根据吗？"在比较文学中国学派的建设史上，这篇发刊词具有冲锋号角的意义。

无论国内还是国外，对建立比较文学中国学派是有争议的。为此，季羡林在1984年12月答《北京晚报》记者问时说："我们建立比较文学的中国学派，并不是为中国文学夺'冠军'，不是意气之争，只是想能够较客观地认识中国文学及东方文学的价值和地位，吸收各学派的长处，建立一个科学的、有特点的比较文学体系，促进我们文学的发展。"研究比较文学，建立中国学派，目的是为了"促进我们文学的发展"。其实，季羡林倡导并亲力亲为创建中国学派，同时还具有世界的抱负。他说："我感到，文艺理论，不应空对空，也不必照搬西方那一套，而应该建立在对中国、印度、欧洲这三个文学传统的充分研究的基础上。这样的理论，才是比较完整、客观和科学的、才是成体系的。比较文学将会为这种理论体系的建立做出贡献。"这样的文艺理论体系，难道不具国际性，不能为世界各民族共享吗？

季羡林在完成了《〈罗摩衍那〉在中国》（附英文）、《外国文学研究应当有中国特色》、《中印文学关系源流》序，以及《罗摩衍那》、《五卷书》（季羡林主编《简明东方文学史》之两节）之后，为中国比较文学学会成立大会的召开进行筹划磋商。1985年10月29日，季羡林在深圳大学召开的中国比较文学学会成立大会暨首届学术研讨会上致开幕辞。对比较文学中国学派的问题，他表示："我们中国的比较文学学者一定要努力地工作，努力地学习，向着这个方向发展。"②

季羡林深知，一个学派的建立，不是靠少数几个学术大腕的张罗就能成功的，而必须

① 季羡林．季羡林全集：第17卷．北京：外语教学与研究出版社，2010：274.

② 杨周翰，乐黛云．中国比较文学年鉴：1986．北京：北京大学出版社，1987：29.

依靠一大批志同道合的学者，尤其是年轻学者。所以他在给乐黛云的《比较文学与中国现代文学》作序时指出："我们中国比较文学学者的脚下，也没有现成的道路，只要我们走上去，锲而不舍，勇往直前，在个别时候，个别的人，也可能走上独木小桥，但是最终会出现康庄大道。"① 这是一位识途老马的教诲。几十年后的今天，他的声音依然让人倍感亲切。

1986年4月，在为《中国比较文学年鉴》所写前言中，季羡林首次提出比较文学中国学派"至少有两个特点"："第一个特点是，以我为主，以中国为主，决定'拿来'或者扬弃。""第二个特点是，把东方文学，特别是中国文学，纳入比较的轨道，以纠正过去欧洲中心论的偏颇。"季羡林高瞻远瞩，经过几年深思熟虑之后，对比较文学中国学派提出的这两个特点，看似并无高深之处，却赢得广泛认同。他说："除了这两个特点以外，还可以举出一些特点。我看这两个已经够了，用不着再举了。"这就是季羡林的高明之处，大道至简，要言不烦。此时，他对中国学派心中有了底，说："张文定同志编纂的这一部《年鉴》既总结了过去的经验，又讲述了今天的情况，同时还预示将来的道路。这可以说是空前的壮举，值得我们祝贺。中国学派的轮廓已经影影绰绰地表现在这一部《年鉴》中。"从上可知，比较文学中国学派于20世纪70年代在大陆引起共鸣，并扛起了创建大旗，到1986年用了大约十年的时间，中国学派的轮廓已隐约可见。

然而，世界上的事物充满复杂性。正当比较文学在中国大陆蓬勃发展之际，浮躁风、冒进风不断兴起，许多人把比较文学看得过于简单，写了一篇篇X与Y式的简单比附的文章。季羡林看到这种状况，于1990年1月指出："中国的比较文学，在表面繁荣的掩盖下，正处在一个十字路口。"同年7月在《比较文学之我见》中，他进一步说："可比性而到了无限的程度，这就等于不比。这样一来，比较文学的论文一篇篇地出，而比较文学亡。"作为比较文学中国学派的积极倡导者与建设者，季羡林看到大批肤浅的比附文章，在1990年10月，又撰文指出："我曾多次劝说搞比较文学的年轻的同行们，要把比较文学看得难一点，更难一点，越看得难，收获就越大。"

1990年起，季羡林基本上不写专门论述比较文学的论文了。但是，依然用访谈、题签等形式，支持比较文学研究。2004年，他在和郁龙余关于印度作家与中国文化关系的对话《华夏天竺　兼爱尚同》中说："如果说，'世界文学''比较文学'这两个概念都由德国人提出来，有点儿偶然性的话，那么它们的产生与中国、印度作品相关，应该说有其必然性。离开了中国文学和印度文学，谈不好世界文学和比较文学。这说明歌德和本发伊确实是有眼光的。"（《深圳大学学报》人文社科报，2004年第4期）

2005年，在深圳大学召开中国比较文学学会第八届年会暨国际学术研讨会，庆祝学会成立二十周年。季羡林欣然为大会题词"承接古今，汇通中外"。这八个字的题词，给了年轻学者许多启发。

季羡林自称是比较文学的"没有成就的老兵""忠诚的老拉拉队员""拉拉队长"，对比较文学"兴趣大""本领小"。其实，从20世纪40年代起，季羡林就着实进行比较文学研究，取得了一系列国际公认的成果。20世纪80年代起，他更是对比较文学研究倾注

① 季羡林. 季羡林全集：第17卷. 北京：外语教学与研究出版社，2010：493.

了极大精力。在季羡林发表的一系列论著中，在他参与的各种各样的关于比较文学的活动中，有着一个不可动摇的总目标和总纲领——创建比较文学中国学派。

2015 年 11 月 7 日在纪念中国当代比较文学奠基人杨周翰 100 周年诞辰的“杨周翰与比较文学的未来学术研讨会”上，清华大学教授王宁指出，中国学者通过用英语著述、外译、向西方主流学术刊物开辟专题讨论中国问题等方式向西方学术界直接发出“中国声音”，正是建构“中国学派”的实践方式。因此他进一步认为：“在经济全球化时代，中国经济的飞速发展带动中国文化和文学走向世界。现在让西方学者占主导地位的国际比较文学界倾听中国学者的声音，进而承认‘中国学派’的形成已经确实‘水到渠成’了。”（《中国社会科学报》2015 年 11 月 11 日第 1 版）这正是对“中国学派”所作贡献的切实回应。

二、比较文学的八大观点

在创建比较文学中国学派的这个总纲之下，季羡林比较文学理论有着自己一系列著名的学术观点。其中，最重要的是以下八条：

1. 批判西方中心论

如何才能创建比较文学中国学派？跟着西方的路子，亦步亦趋不行，只有批判西方中心论，另辟新途。这在中国是最困难的。自从 1840 年鸦片战争之后，中国不少人的思想从“中体西用”“西体中用”一直滑到“西体西用”，结果出现“尊西人若帝天，视西籍若神圣”（邓实语）的局面。革命胜利，建立新中国，虽历经学习与运动，许多知识分子的思想深处，依然睡着一个西方中心论的灵魂。季羡林与众不同，是当时中国知识精英中少有的西方中心论的批评者。在比较文学中国学派的建设中，季羡林批判西方中心论的思想，得到了系统、充分的表达，成了他比较文学理论的重要组成部分。

1981 年，季羡林在《北京大学比较文学研究丛书》前言中说：“在世界文学史上，东方文学一向占据着很重要的地位，中国、印度、伊朗、阿拉伯、日本以及其他许多东方国家的文学对世界文学产生过巨大的影响，促进了世界文学的发展。但是到了今天，仅仅在比较文学这个小范围内，东方文学却远远没有得到应有的重视。极少数人出于偏见；绝大多数人则囿于旧习，习惯于欧洲中心那一套做法，或多或少，有意无意，抹杀东方文学在世界文学中的作用。我们认为这不是科学的态度，不利于世界各国人民之间的互相学习与互相了解。”① 在《中国比较文学》杂志发刊词中，他在肯定西方国家进行比较文学研究所取得的成绩和贡献的同时，指出了他们的局限性：“在同一个‘文化圈’内进行比较，眼界决不会开阔，广度和深度都会受到影响。”然后，季羡林话锋一转，指出：“我们想建立的中国学派，正是想纠正过去的偏颇，把比较文学的研究从狭隘的西方中心的小圈子里解放出来，把中国广大的比较文学爱好者的力量汇入全世界比较文学研究的洪流之中。”

深厚的东方学基础和对中国文化、西方文化的深切把握，给了季羡林批判西方中心论极大的知识和理论的力量。他将人类文化分为四大体系：中国文化体系，印度文化体系，

---

① 季羡林. 季羡林全集：第 17 卷. 北京：外语教学与研究出版社，2010：273.

波斯、阿拉伯、伊斯兰文化体系，欧洲文化体系。他强调："这样形成的文化体系是一个客观存在，不是哪一个人凭主观想象捏造出来的。我们也并不是说，哪一个体系比哪一个优越、高明。我们反对那种民族自大狂，认为唯独自己是文化的创造者，是'天之骄子'，其他民族都是受惠者。因为这不符合实际情况。"显然，季羡林批判的是西方中心主义、民族自大狂，而绝不是笼统地批判西方文化、西方民族。辨明这一点，对当代的中国知识精英来讲，是极其重要的。

季羡林的批判是深刻的，而不是肤浅的；是真切的，而不是情绪化的。对中西文论的话语问题，许多人认为西方用语清晰、准确、有逻辑性，中国的"羚羊挂角，无迹可求""镜中花""水中月"一类，模糊、笼统、不科学。对此，季羡林有过这样的反省："我坦白承认，我以前就属于这类人——很模糊。我现在却认为，妙就妙在模糊上。模糊能给人以整体概念和整体印象。这样一来，每个读者都有发挥自己想象力和审美能力的完全的自由，海阔天空，因人而异，每个人都能够得到自己那一份美感享受，不像西方文论家那样，对文学作品硬作机械的分析，然后用貌似谨严、'科学'的话语，把自己的意见表达出来，牵着读者的鼻子走，不给读者以发挥自己想象力的自由。"季羡林坚定认为："想使中国文论在世界上发出声音，要在世界文论之林中占一个席位，其关键不在西人手中，而全在我们手中。"这个关键一共是两条："首先认真钻研我们这一套植根于东方综合思维模式的文论话语，自己先要说得清楚，不能以己之昏昏使人昭昭。其次则要彻底铲除'贾桂思想'，理直气壮地写出好文章，提出新理论，只要我们的声音响亮准确，必能振聋发聩。这样一来，我们必能把世界文论水平大大地向前推进一步。只有这样，我们才对得起中国几千年的优秀的文论传统，对得起我们的先人，对得起我们的后世子孙，对得起全世界的人民。"季羡林的上述观点，既是中国的，也是世界的。它们发表在中国的权威学术期刊《文学评论》（1996年第6期）上，影响广泛深远。

2. 赞同印度故事中心说

季羡林批判西方中心论，建立在研究、分析的基础上，而决非盲目的全盘否定。凡是正确的、合理的，他必定采取消化吸收、为我所用的态度。印度故事中心说，也称雅利安故事中心说，是西方学者在研究比较文学中提出的一个很流行的观点。季羡林在自己的学术实践中认为，这个观点虽然有一点绝对，但在总体上是正确的。所以，在自己的许多文章中，他积极介绍并赞同印度故事中心说。

早在20世纪40年代，季羡林在研究中发现："无论怎样，我们总可以看出来，印度就是这个故事的老家，正像别的类似的故事的老家也多半在印度一样。"季羡林认为："我们不能确定说，哪一个民族是世界上一切寓言和童话的来源。"① "不过，我仍然可以说，哪一个民族的天才和环境最适宜产生故事。说到这里，我们就想到印度。印度可以说是有产生故事的最好条件。他们信仰灵魂轮回，今生是人，下一生说不定就成了畜类。他们创造寓言和童话，一点也不必费力，人与兽没有多大区别，兽一样可以说人话，做人的事情。"印度人丰富的幻想，上天入地，无可阻挡，创造了无数美丽动人的寓言和童话。"我们虽然不能说世界上所有的寓言和童话都产生在印度，倘若说它们大部分的老家是在印

① 季羡林. 季羡林全集：第17卷. 北京：外语教学与研究出版社，2010：21.

度，这一点也不勉强的。”

季羡林研究故事源头，抓住了民族性这要害。所以，他的判断是正确的。在故事源头希腊印度之争上，他基于印度民族富于幻想力的特点，果断做出自己的判断。在《十日谈》《拉方丹寓言》《格林童话》等故事来源问题上，“欧洲学者们是有争论的。一派主张原产于希腊，另一派主张原产于印度。”作为著名印度学家，对《本生经》《五卷书》等印度故事集有着深切研究的季羡林，说话掷地有声。他认为：“在所有民间文学中，无论是从内容上来看还是从数量上来看，无论是从影响来看还是从历史来看，印度民间文学可以说是遥遥领先的。鲁迅先生说：‘尝闻天竺寓言之富，如大林深泉，他国艺文，往往蒙其影响。即翻为华言之佛经中，亦随在可见。’这话实在说得很好。”印度故事中心说，最早由欧洲学者提出，经季羡林的修正和重申，在世界比较文学界获得了公认。这是因为，季羡林赞同的是相对的印度故事中心说，是有说服力的。同时，他是一位中国学者，在德国留学十年，专业又是研究印度学，他对印度故事、中国故事和欧洲故事的掌握，要大大优于许多欧洲学者。所以可以说，印度故事中心说在欧洲学者那里，只是一种假设性的观点，并没有得到普遍认可。只有到了季羡林时代，在比较文学中国学派中，经过了充分研究和论证的印度故事中心说，才得到普遍的确认。

3. 百姓是故事文学的创造者

故事文学和民族性密切相关，而最能体现民族性的是普通百姓。是普通百姓创造了故事文学，故事文学中充满着普通百姓的喜怒哀乐，充满着他们的期盼与禁忌。季羡林在这方面的论述，对印度文学来讲，有着特殊的意义。他说：“读这些寓言和童话，给人最深的一个印象就是，创造这些故事的人民，对待人生的态度是肯定的、积极的，对待生活中可能遭遇到的一些喜怒哀乐的态度是实事求是的。他们的思想里面有不少的素朴的唯物论和素朴的辩证法。这同印度正统哲学所代表的倾向，是完全不同的。印度正统的宗教哲学把人生几乎全部否定掉；它把人生看做幻象，像水泡、像影子，像电光火花一样的虚幻，因而消极退缩，远离实际。”① 以上论述，在中国可能只道是平常，在印度则有惊醒梦中人之效。

在《印度民间故事集》序中，季羡林就文学作品产生发展的规律，说出了一番铮铮作响的话语：“研究文学史的学者们大概都承认一个基本事实：在文学史上，一种新文学的产生，不管是在内容上，还是在形式上，往往来自民间文学。文人学士采用了它，加以发展，加以改进，使它在内容和形式两个方面都日益精致，日益典雅，达到很高的水平。但在这时候，往往也就潜伏下衰亡的危机。过不了多久，文人学士手中的文学创作，往往失去活力，渐趋衰颓。另一些新兴的文人学士又要到民间文学中去汲取力量了。”上述道理并不深奥，它出于季羡林的笔下，是比较文学中国学派的重要观点，不是仅仅通过对某一国文学作品研究之后得出的观点，而是通过对印度、欧洲、中国的文学作品研究之后产生的结论，是对文学创作规律的总结。这既是比较文学的优胜之处，也是要把比较文学“看得难一点”的原因。

因为百姓是故事的创造者，又常常经过文人的加工，所以故事中精华与糟粕互现，是

① 季羡林. 季羡林全集：第 17 卷. 北京：外语教学与研究出版社，2010：89.

极为正常的事。季羡林曾对由印度《五卷书》改编发展而成的《卡里来和笛木乃》这样评价道："这一部书是不是只有精华而没有糟粕呢？也不是的。它既然产生在那样的社会里，而且又经过文人学士的整理和补充，其中有一些消极的成分和不健康的东西，这是完全不可避免的。其中比较突出的是宿命论、对金钱的崇拜赞扬和对劳动的轻视。"

对"佛经故事"，季羡林所抱的是同样的态度。他在《佛经故事选》序中说："同所有古代比较优秀的文学作品一样，书中选的故事有精华，是为主，也有糟粕，是为辅。从思想性来说，更要一分为二。其中有进步的东西，也有一些落后的成分，这是难以避免的。我们只能本着外为中用、古为今用的精神，取其积极的一面，而扬弃其消极的一面。如果着眼于艺术性的话，其中可以借鉴的东西会更多一些，对丰富我们的想象力，提高我们的表现能力，会有裨益。"季羡林鼓励对比较文学有兴趣者，看一看这本书。

4. 本土化和民族化是故事流传的必然

故事在世界的流传，需要审美的、政治的、道德的、宗教的力量推动。由于四者在各民族是不同的，所以故事在世界流传出现变异是必然的。这种变异，一般被称作本土化、民族化。其中，既体现普通百姓旳意志，也体现统治者的意志。季羡林在《〈罗摩衍那〉在中国》中提及：罗摩故事传入中国以后，傣族利用它来美化封主领主制，美化佛教。藏族通过对罗摩盛世的宣传，美化当地的统治者。汉族特别强调伦理道德的一面。这样，《罗摩衍那》在印度完全是印度教的故事，在印度的影响也完全是在印度教方面。"然而罗摩故事传到国外以后，大概是由于都是通过佛教传出来的，所以国外的那许多本子毫无例外地宣传的都是佛教思想。"

每一个民族的文化都不可能在绝对封闭的条件下发生和成长，都有着大致一样的发展规律。季羡林认为："一个民族的文化发展约略可以分为三个步骤：第一，以本民族的共同的心理素质为基础，根据逐渐形成的文化特点，独立发展。第二，接受外来的影响，在一个大的文化体系进行文化交流；大的文化体系以外的影响有时也会渗入。第三，形成一个以本民族的文化为基础、外来文化为补充的文化混合体或者汇合体。这三个步骤只是大体上如此，也绝不是毕其功于一役。这种发展是错综复杂的、犬牙交错的，而且发展也绝不会永远停止在某一个阶段，而是继续向前进行的，永远如此。"① 这就说明，即使是同源的文化，如果时间久了，亦会发生变异。季羡林举了两个例子。在《"猫名"寓言的演变》中，季羡林说："我们研究比较文学，往往可以看出一个现象：故事传布愈广，时间愈长，演变也就愈大；但无论演变到什么程度，里面总留下点痕迹，让人们可以追踪出它们的来源来。正像孙悟空把尾巴变成旗杆放在庙后面一样，杨二郎一眼就可以看出来，这座庙是猴儿变的。"季羡林在《关于神韵》中，又举一个例子。他说："从文化源流来看，印度文化至少有一部分应该与欧洲雅利安文化相同或者相似。可是，我在上面讲到，印度的文艺理论韵论同中国的神韵如出一辙，而在欧美则颇难找到主张只有没有说出来的东西，只有暗示才是诗的灵魂的说法。现在，我讲到书名，印度的命名原则又与中国有惊人的相似之处，真不能不发人深思了。"至于为什么中印两国在这些方面完全相同，而与欧洲迥异，季羡林说，我目前还无法解释。实际上，其中的道理就在他说的"时间愈长，演

① 季羡林. 季羡林全集：第17卷. 北京：外语教学与研究出版社，2010：501.

变也就愈大”之中。时间是改变一切的力量。印度和欧洲，虽然同属印欧语系，但自公元前1750年左右起，印度民族从伏尔加河流域、里海附近向东南迁徙，三四千年过去了，在审美表达上产生一些变化，是在情理之中的。

故事文学的传布是必然的。只要有传布，就有变异。这种变异的方向，就是本土化、民族化。

5. 文化交流是源，比较文学是流

文化交流的动力，主要来自人类远方崇拜的天性，以及天灾人祸等外部因素。在季羡林的论著中，多次提到“人同此心，心同此理”的道理。在《东南亚民间故事选》序中，他说：“世界各国人民，不同的民族，不管地理距离多么远，文化背景多么不同，在民间故事方面却总是互相学习的。这些故事可能有一些是各自互不相谋，独立创造的。但这种情况不会太多，绝大部分是互相学习的。中国古代有两句话：‘人同此心，心同此理。’用到这里来，也是恰当的。”对于比较文学的影响研究和平行研究这两种重要方式，季羡林用“人同此心，心同此理”来解释平行研究。他在《我和比较文学——答记者问》中说：“仅拿一国文学同另一个或许多国文学的比较研究来说，也存在着重点不同的争论。有的学者着重于直接影响的探索。他们认为这样比较切实可靠。有的学者又侧重于平行发展的研究，不是直接影响，而是‘人同此心，心同此理’，在文艺创作和文艺理论方面不谋而合。”

在季羡林的观念里，比较文学是流，而文化交流才是源。1988年11月，季羡林撰文说：“研究《弥勒会见记》属于文化交流范畴，意义很大。”人类文化一萌芽，就有了互相学习，也就是交流的活动。到了后来，一部人类文化史证明了一件事实：“没有文化交流，就没有人类文化史。文化交流是人类文化发展的动力。”2002年2月，季羡林为钱林森主编的《外国作家与中国文化》跨文化丛书题词：“我一向有一个看法：文化交流是推动人类社会前进的重要动力之一。如果没有文化交流，我们简直无法想象，人类今天的社会会是一个什么样子。在精神方面的交流中，文化的交流实占有重要地位。跨文化丛书致力于这方面的研究，可谓有真知灼见。”

孟华曾写有《比较文学是一门研究文化交流的学问》一文，专门论述季羡林在这方面的理论贡献。她写道：“显而易见，文化、文学交流便是比较文学赖以生存、赖以发展的基础。正因为如此，世界上没有一本比较文学教材可以忽略本学科与文化、文学交流的关系。而‘国际文学关系’也就随之成了比较文学最基本、最核心的研究内容。然而，先生论比较文学与文化交流的关系却有其独到之处。他不仅在广度和力度上远远超越了前人，超越了本学科一切中外权威，而且还创立了新说。在《比较文学与文化交流》一文中，先生直截了当地提出了一个命题：‘比较文学的研究属于文化交流的范畴……自从有了人类社会以来，世界上各民族、各地区就在不断地进行着文化交流……比较文学所要探索的正是文学方面的文化交流。’在我看来，先生此说振聋发聩，触及到了比较文学最核心的问题。倘若说从文化交流的角度论述比较文学不自先生始，那么，如此明确地提出比较文学归属于文化交流，却不能不说是先生的首创。按照先生的理论，比较文学只是流，文化交流方为源。这个看似不起眼的源流之辩，实在是关系到本学科性命攸关的大问题。”

季羡林将比较文学置于文化交流之中，既符合客观的、历史的事实，又给比较文学研究拓宽了视野。这是季羡林为比较文学中国学派所做出的又一大贡献。

6. 文学交流促进世界各民族友谊

既然比较文学属于文化交流范畴，那么比较文学促进世界各民族友谊，就是非常自然之事。这也是季羡林为创建比较文学中国学派不遗余力的原因之一。季羡林在《北京大学比较文学研究丛书》前言中指出："比较文学中国学派的建立，不但能促进我们的研究工作，而且能大大丰富世界比较文学的研究内容，加强世界各国人民之间的了解与友谊。愿与全国和全世界志同道合者共勉之。"在《〈罗摩衍那〉初探》中他写道："我们相信，通过这一些工作，中印两国人民互相学习、互相了解的传统必将增强，我们的关系必将更加密切，在已经经历了两千多年漫长岁月的古老的中印友谊之树上必将开出前所未有的新鲜的花朵。"

1983年5月，在《印度民间故事》序中，季羡林说："如果从中印文化交流史的角度来看，那意义就更为明显。中国人民读了这些印度民间故事，会更了解印度人民的思想感情，从而更增加我们两个伟大民族心灵的交通，增进我们传统的友谊，而这一点正是我们共同的愿望。"

1985年5月，季羡林为法国汉学家苏尔梦的《中国传统小说在亚洲》作序。此书为苏尔梦所编，收录中、法、苏、德、日、朝、柬、印尼、泰、美、澳等国家学者的研究文章17篇，她为此书写了引论。季羡林在序中说："这部书的出版，我认为是非常有意义的。中国人民读了，能够了解我们所熟悉的许多文学作品在亚洲各国传布的情况，一定会感到异常地亲切。亚洲各国人民读了，能够了解到他们从中国文学中接受了一些什么东西，从而增强对中国的了解，巩固早已存在于他们和中国人民之间的传统友谊。"

在季羡林的论著中，洋溢着文化交流、比较文学促进中外人民友谊的精神。这是季羡林研究比较文学的一个特色，值得我们认真学习和继承。

7. 一国之内也可以有比较文学

20世纪80年代，比较文学研究在中国大地蓬勃开展起来。很快，一部分学者产生了疑惑：中国少数民族文学和汉族文学之间能否进行比较研究？各少数民族文学之间，可否进行比较研究？这在一段时间内产生了争议。原因是比较文学研究在欧洲只在国与国之间进行，在中国一国之内怎么能搞比较文学研究呢？这是比较文学发展史上遇到的一个新的重大理论问题，也是一个重大现实问题。怎么办？作为中国比较文学总舵手的季羡林遇事不避难，经过认真考查、研究，他在一系列文章中表述了自己对这个问题的观点。1986年9月，季羡林在《当前中国比较文学的七个问题》中专门论述"一国中民族文学的比较问题"，言简意赅，是比较文学中国学派的经典文字。原文如下：

西方一些比较文学的学者，提出了一个说法：在一个国家中，不能进行比较文学的研究。我认为这是一种洋"塔布"（taboo）。这洋塔布厉害得很，它禁锢了我们同志们的心灵，不敢越雷池一步。去年在深圳会议上就有人向我提出了这个问题，我明确答复说：这是一种洋塔布，必须推翻。

有这种主张的是欧美人。他们知道的"世界"只有欧美。在那里很少有多民族的国家，往往一国之中只有一种主要语言，因此，要进行比较文学研究必须跨越国家。但是像中国，还有印度这样的国家，国内民族林立。在历史上本来也有可能像欧洲那样分裂成众多的民族国家，可是由于某一些机缘，没有分裂，而是形成了一个统一的大国。在这样的国家中，民族文学之间的差别不下于欧洲国与国之间的文学。因此，在中国和印度，民族文学之间是可以而且应该进行比较研究的。

到1988年3月，季羡林为《中国民族文学与外国文学比较》作序言，他进一步指出："西方一些比较文学家说什么比较文学只能在国与国之间才能进行，这种说法对欧洲也许不无意义。但是对于我们这样一个多民族的大国来说，它无疑只是一种教条，我们绝对不能使用。"[①] 他说："在中国少数民族文学中既可以进行影响的研究，也可以进行平行的研究，两者对我们新时代的文学研究工作都是大有裨益的。它都能加强我们对文化交流的认识，加强我们对外国人民的理解。"

季羡林不但提倡中国少数民族文学同外国文学进行比较研究，也提倡国内各少数民族文学之间进行比较研究。他说："这样的研究好处很多，它能够丰富中国文学史的内容——过去所谓中国文学史实际上只是汉族文学史，加强国内各民族之间的理解，提高对中华民族文学发展规律的认识，大大有助于全民族的团结，可以说是有百利而无一弊。"

季羡林一言九鼎，一锤定音。提倡一国之内各民族文学之间进行比较文学研究，是对西方传统比较文学理论的突破，是批判西方中心论的重要体现，是季羡林为比较文学中国学派做出的又一重要理论贡献。

8. 东方综合，而西方分析

中国是出现《易经》的国度，创造"时中""时宜"等观念的地域；中华民族是驾驭变化的高手，与时俱进的模范。自20世纪80年代起，比较文学在中国大地风起云涌，各大学相继成立比较文学研究所、研究中心。至20世纪90年代，大多数的研究所、研究中心纷纷改名为"比较文学与比较文化研究所"或研究中心。机构名称的变化是研究内容发展变化的结果。从比较文学的影响研究、平行研究，再到跨文化研究，季羡林是带头人，而且取得了令人瞩目的成就，他的许多思想和论断，如"三十年河东，三十年河西""21世纪将是中国人的世纪""西方不亮，东方亮"等，不但影响中国，而且语惊世界。

20世纪40年代，季羡林的比较文学研究，主要集中在故事文学范围。20世纪80年代，比较文学在中国复兴。季羡林利用自己的学术地位，除了做引领、组织工作之外，继续在学术研究上发力。他说："比较当然不限于文学，其他学科也同样可以比较；比如历史、文化、政治、经济、哲学、宗教、雕塑、绘画等，无一不可以比较，无一不应该比较，而一经比较，必然会产生有益的效果。"季羡林是这么说的，也是这么做的。他的研究重点，很快从比较故事文学转向比较诗学。

学术课题来自学术现实。季羡林发现中国古代诗学话语，无法用"现代的、科学的、明白的、确切的语言"进行解释。说清楚这种情况的产生原因，是解决问题的首要。1982年6月，季羡林在《比较文学随谈》中说："从全世界文学艺术的历史来看，文艺理论真能持之有故言之成理，确有创见而又能自成体系的，只有三个地方；一个是中国，一个是

---

① 季羡林．季羡林全集：第17卷．北京：外语教学与研究出版社，2010：536.

印度，一个是从古代希腊、罗马一直到今天欧洲国家的所在广大地区。就其思想方法和表达形式来看，中国好像是偏于综合，西方好像偏于分析。印度从表面上来看，好像也偏重分析，比如大乘佛教不厌其详不厌其烦地去分析所谓名相；但是，据我看，这种分析，深度是有的，却缺少逻辑又凌乱重复，头绪不清，与西方搞的分析截然不同。”发现了问题及其实质，就不难找到解决的办法。他在这篇文章中接着说：解决的办法只有一个，加强文艺理论的比较研究。“这里面包含着至少四个方面的学习：首先是学习马克思主义的文艺理论，普列汉诺夫论文艺的文章应该归这一类。其次是学习中国古代的文论，从《文心雕龙》《诗品》等一直到《随园诗话》和《人间词话》等都归这一类，特别要注意那些卷帙浩繁的诗话和文集中的一些文章。再次是欧洲自古代希腊、罗马以来的各种文艺理论，从柏拉图和亚里士多德起，经过罗马的贺拉斯，德国的黑格尔、歌德、席勒、莱辛、海涅等，英国和法国的文艺理论家，一直到近代的李普斯、克鲁契、卢卡其等，都要读上一点。最后是你研究的那个国家的文艺理论。除了这四项以外，还要学一点心理学，特别是文艺心理学，学一点艺术史，学一点有关的自然科学。知识面越广越好。”①

对印度诗学，季羡林后来又有了进一步阐述。他说：印度诗学中的“韵”“这种暗示功能、暗示义（领会义）有赖于读者的理解力和想象力，可能因人而异，甚至因时因地而异，读者的理解力和想象力在这里有极大的能动性，海阔凭鱼跃，天高任鸟飞，这也许就是产生美感的原因。这种暗示就是这一批文艺理论家的所谓韵（dhvani）。在审美活动过程中，审美主体的主观能动性发挥得越大，他就越容易感到审美客体美。这就是‘韵’的奇妙作用。韵是诗的灵魂。”中国之韵和印度之韵，除了相同之处外，也有不同之处。季羡林做出了这样的分析：“中印两国同样都用‘韵’字来表示没有说出的东西、无法说出的东西、暗示的东西。这是相同的一面。但是，在印度，dhvani 这个字的含义，从‘韵’发展到了‘暗示’。而在中国，‘韵’这个字，虽然也能表示无法说出的东西，同‘神’字联在一起能表示‘暗示’的含义，却从来没有发展到直截了当地表示‘暗示’的程度。这是不同的一面，我们必须细心注意。”

在诗学类论著的书名上，中印两国又极为相似：“我讲到书名，印度的命名原则又与中国有惊人的相似之处，真不能不发人深思了。”接着他举了印度的《诗镜》《舞镜》。《文镜》和中国的《杜诗镜铨》《格致镜原》等例子。这样，一个重大问题摆在了我们的面前，中国和印度的韵论在诗学表述上有同有异：相同之处是，均从声音层发展到诗义层，均强调“言外之意”，均注重作者、读者的想象力，均以韵为品评作品的标准。相异之处是：创作观念不同，表述方法不同，审美倾向不同，所指范围不同。② 正是中国、印度和欧洲在诗学问题上的相异、相同和同中有异的情状，促使季羡林在思维模式进行思考。于是，引出了著名的东西方不同思维模式论。

季羡林认为：中西文论最重要的差异不在形式上，而在根本的思维方式上。“东方综合，而西方分析。西方文论学家企图把一篇文学作品加以分析、解剖，给每一个被分析的部门一个专门名词，支离烦琐。而东方的以中国文论家为代表的文论家则从整体出发，把

① 季羡林. 季羡林全集：第17卷，北京：外语教学与研究出版社，2010：286－287.

② 郁龙余，等. 中国印度诗学比较. 北京：昆仑出版社，2006：289－307.

他们从一篇文学作品中悟出来的道理或者印象，用形象化的语言，来给它一个评价。”对二者季羡林不抱偏见，他说：“我是不薄西方爱东方。就让这两种话语并驾齐驱，共同发展下去吧。二者共存，可以互补互利，使对方时时有所借鉴，当然也并不能排除在某些方面能互相学习。所有这一切，都只能说是好事情。抑一个，扬一个，甚至想消灭一个，都是不妥当的。”①

由比较故事学到比较诗学，再到比较思维模式的跨文化研究，季羡林在耄耋之年，对比较文学在空前的广度与深度上进行开凿，为比较文学中国学派即中国比较文学开出了一片新天地，为世界比较文学指明了全新的发展方向。萧淑芳曾这样评价季羡林：“毫无疑问，季先生是比较文学界的权威人物。他总是站在时代的高度，置身于历史的长河中，看待自己所做的工作。”② 萧淑芳的评价是中肯的，到位的。季羡林是中国当代比较文学的开拓者和掌舵人，在世界比较文学史上是一位名副其实的东方大家。他的“一个总纲八大观点”（一花八叶），承接古今，汇通东西，是对比较文学理论的重大创新和卓越贡献。季羡林比较文学理论对包括笔者在内的中国学者的影响是巨大而深刻的。《中国印度诗学比较》是这样结尾的：

比较文学和比较诗学关系难分难解，它们都是作为人类进步动力的文化交流的重要组成部分和高级形态。

“影响研究”“平行研究”是西方学者对比较文学、比较诗学研究方法的表达，并未涉及二者本质意义。比较文学和比较诗学的本质意义，是其作为文化交流重要环节和必需程序，催生和发展新文学、新诗学。

比较文学和比较诗学属于文化交流的范畴的立场，应该是比较文学、比较诗学中国学派的根本立场。只有这样，才能追根溯源，尊重历史，把握根本；才能高屋建瓴，克服西方中心主义和中华本位观念；才能建立起既属于中国又属于世界的、真正意义上的比较文学和比较诗学。③

尝一脔而知全鼎。从这个结语可知全书深受季羡林比较文学理论的影响。季羡林作为中国当代最卓越的学者之一，有着诸多学术贡献。而以“一花八叶”为主要内容的季羡林比较文学理论的出现，标志着比较文学的中国时代来到了。至于比较文学的法国学派、美国学派、中国学派，以及比较文学的第一阶段、第二阶段、第三阶段等概念，季羡林从不拘泥，而是因势利导，借西洋之景，造中华自家花园。今天，确如有学者所言：“如果说我们已经走在了国际比较文学界的前列，恐怕并不为过。”④

季羡林比较文学理论，是中国当代学术的一份重要收获，也是中国送给国际学术界的一份有意义的礼物。

---

① 季羡林．季羡林全集：第17卷．北京：外语教学与研究出版社，2010：590.

② 乐黛云．季羡林与二十世纪中国学术．北京：北京大学出版社，2001：188.

③ 郁龙余，等．中国印度诗学比较．北京：昆仑出版社，2006：581.

④ 陈惇．季羡林：中国比较文学的引路人．南京师范大学文学院学报，2010（1）.

文化视角与诗学建构

——评饶芃子的《世界华文文学的新视野》

暨南大学　黄汉平

世界华文文学研究在中国内地学术界已走过了20多年的历程。倘若从学科发展史的角度看，在20世纪80年代，包括中国港澳台文学在内的海外华文文学研究还只是中国当代文学学科的一个分支，而到了90年代，在该领域召开的各种国际性和全国性的学术研讨会上，对“世界华文文学”的命名开始昭示着一种学科意识的萌动和诉求。2002年5月，“中国世界华文文学学会”的成立，则标志着世界华文文学研究作为一个新的学术领域的成熟和发展。在这20多年来，老中青三代学人为这一新兴学科的建设付出艰辛的劳作，饶芃子教授就是其中有突出贡献的一位，她近期的著作《世界华文文学的新视野》（中国社会科学出版社2005年3月出版，以下简称《新视野》）堪称该学科领域的一个标志性的成果。全书30余万字，所涵盖的内容极其丰富，主要分为“理论与方法”“传播与影响”“解读与阐释”“讲演录”和“书序选辑”五部分，用饶先生在“后记”中的话说，每组文章各有自己的“文心”，基本上是按写作时间的顺序，采取近似“编年史”的排法，“这种编排的好处是人们可以从中看到我文思延伸的途径，也就是说，这‘路’我是怎么走过来的”。的确，只要仔细阅读全书，人们不难看到，饶先生近20年来是如何走在世界华文文学研究的路上，并给我们留下怎样的启示的。

一

《新视野》的开篇是题为“二十多年来台港澳暨海外华文文学研究概况”的“代序”，其中饶先生并没有提到她本人在这一领域的“研究概况”，然而熟悉饶先生学术履历的人都知道，她早年曾从事中国古典文学的研究，后来转向文艺理论并涉足比较文学领域，20世纪80年代中期介入海外华文文学研究领域。正是由于这种学术背景，她很早就在这一领域强调方法论和学科理论的建设，注重从文化视角对海外华文文学进行比较研究和诗学的建构。她认为，由于海外华文作家是在双重文化背景下从事写作，是处在中外文化接触的最前沿，因而都有一个不同文化相遇、碰撞、影响和融合的问题，这些问题必然会这样或那样地反映在文学作品中，这就使得海外华文文学本身具有跨文化的特色，它是既有别于中国本土文学，也不同于世界各国主流文学的一种新的文学类型，一种特殊的文化载体。可以说，倡导从跨文化的视角研究世界华文文学并重视学科的诗学建构是《新视野》

“理论与方法”部分（收进10篇属于总体研究的论文）的“文心”，也是贯穿全书的一条主线。

《九十年代海外华文文学研究的思考》（原载《香港文学》1994年第2期）写于20世纪90年代初期。饶先生认为，无论是从狭义的华文文学（华语文学）还是广义的华文文学（华人文学）角度看，对世界各国的华文文学进行跨国别的比较研究，都是十分必要的。把比较研究的方法引进华文文学研究领域，既可以将中国本土文学同其他国家华文文学相比较，研究其影响、传播和被各个不同国家接受的情况，探索世界华文文学发展脉络以及其与不同民族文化互相交融、借鉴、转化、认同的规律；也可以将中国本土以外其他国家、地区的华文文学相比较，研究不同国家、地区的华文文学作品中的美学模式、风格、文学语言等的衍变史，探讨他们如何在特定的社会、文化、美学环境中产生这种蜕变；还可以将同一国家不同语种的华人文学进行比较，探索在双重文化背景下的华人群体，在主流文化与非主流文化的碰撞，或同其他非主流文化的接触中，对本民族文化所采取的态度，以及作出怎样的文学反映和选择，寻找其异同。因此她预言，比较研究有可能为90年代海外华文文学研究开拓一个新的天地，这对进一步深化和扩大现有的海外华文文学研究成果，加强学科的理论建设和文化意识，有着十分重要的现实意义。紧接着，饶先生就海外华文文学的“命名意义”“中国意识”“文化认同”以及理论建设与方法论等一系列重大问题进行了深入的思考和探讨，为世界华文文学研究作为一门独立学科的形成提供了若干理论思路。

1995年，饶先生与费勇作了一次关于世界华文文学研究的对话，再次强调了从文化的、比较的角度来研究华文文学，这不仅表达了对于提高此一研究领域学术品位的强烈愿望，还体现更深广的思考。饶先生谈到，世界华文文学研究必须具有“整体意识”“具体意识”，以及相关的“知识背景”问题；同时必须做到“审美意识”“文化意识”“历史意识”这三者的交融，因为这个领域涉及文化、历史、美学的诸多层面，包含着许多跨学科的课题。她还指出有些人以为华文文学研究是一条学术捷径，这其实是一个很大的误解。

饶先生有关世界华文文学的理论主张得到了同行的热烈响应，而在比较文学界，则被普遍认为给该学科的跨文化研究拓展了一个新的学术空间。1996年，中国比较文学学会会长乐黛云教授在“中国比较文学学会第五届年会暨国际学术研讨会”的开幕词中指出：“以饶芃子教授领衔的研究群体，将海外华文文学引进比较文学研究领域，为比较文学提供了新思路。”

其实，海外华文文学（或世界华文文学）与比较文学是两个不同的学科，但两者之间存在许多内在的学术关联。对此，《海外华文文学与比较文学》一文从理论到实践都作了探讨。在学科理论的建设方面，饶先生深切体会到，每一个学科的形成和发展，除有该学科的学术成果、学术组织、学术刊物和研究队伍外，还应有学科奠基的理论著作。海外华文文学有这一领域自身特殊的理论问题，这是学科得以建立的“理论依据”，因此必须大力加强自身诗学的建构。《拓展海外华文文学的诗学研究》（首发于《文学评论》2003年第1期）一文再次探讨了这一领域的诗学研究问题，认为海外华文文学的研究应向建立理论体系的方向发展，必须对该领域内存在的具有特殊性的若干基本理论问题进行研究和提升，使该领域的研究更具学理性。该文开启了这一领域研究的新的理论思路，发表后引起积极回应。①

二

任何一种理论和方法都必须与具体的研究对象相结合并立足于学术的创新，才会焕发出其生命活力。《新视野》中“传播与影响”和“解读与阐释”这两部分大多属于饶先生经常强调的“个案研究”式的论文。个案研究似乎谁都可以做，但是，如果只是停留在就事论事的“小叙述”而没有上升到理论的“大叙述”，那就谈不上研究；反之亦然。饶先生之难能可贵的是，她的细读文本式的个案研究总能做到“以小见大”，譬如写于20世纪80年代后期的《张爱玲和张爱玲的“冷”》一文。当时张爱玲在海外学术界已获高度评价（如夏志清的《中国现代小说史》），但在国内并没有进入文学史的视野，在评论界也少有人触及，饶先生在这篇不长的文章里，对张爱玲其人其文的“冷”作了深入骨髓的剖析，最后写道：“张爱玲有一颗对人类悲悯的心，有一支呼风唤雨的彩笔，她创造的小说世界有点过于‘隐冷’，但是，在她那个时代，在她生活的‘世界’里，这一切却是非常真实的。”乍一看，如此行云流水的诗性批评似乎都是“小叙述”，然而细细品味，其中实隐含着关于文学“真实性”理论的“大叙述”。

饶先生在学术方法论上常常主张“个案研究”与“宏观研究”相结合，对具体问题的研究往往强调“小题大作”。例如，即使在《中国文学在东南亚》这样的大题目之下，她也能够“见微知著”。《中国文学在东南亚》这篇文章原是饶先生主编的一部同名书稿的“导言”，开篇谈到编著该书是对当时乐黛云教授主编《中国文学在国外丛书》的回应，她认为中国文学在东南亚也有“一方风景”“探索东南亚诸国在对中国文学的选择、接纳及其‘内化’的模式，同样是一个有世界意义、有魅力的课题”。在某种意义上，《中国文学在东南亚》一书填补了国内这一研究领域的空白，饶先生在“导言”里清晰地勾勒出中国文学自汉代到清朝在东南亚的流传和影响的路线图，最后指出研究的目的是努力去“发现”和发掘这一课题所蕴含的文化价值，消除误解，促进沟通和理解。因为“误解往往是出于不了解和不理解，理解则是在充分了解以后的融合，理解是带着一种平等的交流意识进入‘他者’文化领域，了解它和借鉴它，做到互补互促、交融创新，导致一种自然而然的‘生成’”。而《文化影响的“宫廷模式”——〈三国演义〉在泰国》（首发于《中国比较文学》1996年第1期）则是通过对一部中国古典名著在泰国的流传和变异的深度探讨，发现该名著从官方“接受”的“宫廷模式”向非官方“接受”的“民间模式”的转变，在泰国形成独树一帜的“三国文体”，促使泰国文学从以诗歌为主体的古典文学向以散文为主体的现代文学转变。不仅如此，《三国演义》作为一个开放型的文本在泰国还产生了一种“超越影响”，即把一个文学文本阅读成一个军事文本、政治外交文本和伦理文本，大大地突破了文学文本影响的范围。因而认为，我们考察《三国演义》在泰国的影响和传播时，就应该有一种更为开放的眼光，不能只局限于文学文本的范围之

① 刘登翰，刘小新．对象·理论·学术平台——关于华文文学研究“学术升级”的思考．广东社会科学，2004（1）．

内，这就促使“我们在重新思考和回答什么是文学和文学的作用问题时，恐怕就不能仅仅着眼于单一的‘审美’，而应当承认文学在历史和现实中有更为广大的天地”。其他论文如《中泰文化融合与泰华文学个性》《菲华女性写作的文化精神》《那一方的风景——我看欧洲华文文学》等均注重从文化视角考察海外华文文学，颇有新见。

特别值得注意的是，饶先生对作为“跨文化场”的澳门文学的个案研究独具创见，这方面的代表作有《澳门文化的历史坐标与未来意义》《文学的澳门与澳门的文学》《“根”的追寻——澳门土生文学中一个难解的情结》《从澳门文化看澳门文学——在“千禧澳门文学研讨会”上的讲演》等，既有宏观的历史文化观照，又有具体的文本论证，从而揭示了澳门文学的特殊品格，其中《文学的澳门与澳门的文学》（首发于《文学评论》1999 年第 6 期）于 2005 年荣获首届澳门人文社会科学优秀成果奖（论文类）一等奖，由澳门特别行政区首长何厚铧亲自颁授。

三

《新视野》收入了饶先生多年来有关华文文学的 10 篇讲演录，大多是在学术研讨会上所作的“学术引言”或总结报告。这些根据会议录音整理而成的讲演录有别于一般的学术论文，人们从中可以领略到饶先生演说的风采与激情，以及一种机敏的洞察力和智者的幽默（譬如，对早期海外华文文学研究者与作家的关系被喻为“钓鱼者”与“鱼”的说法的评述）。她几乎对历届华文文学研讨会都作了非常精辟的总结与回顾，并对这一学科的未来走向作了富于前瞻性的展望。在 1999 年“第十届世界华文文学国际研讨会”闭幕式上，饶先生作了题为《给海外华文文学一颗奔腾的心》的讲演，对会议的成功召开以及在若干方面取得突破作了充分的肯定，然而在热情洋溢的讲演中也保留了几分冷静，在肯定成绩的同时，特别指出了 20 世纪 90 年代以来在海外华文文学研究领域出现“史”的撰写热潮中存在的两个问题：一是过于依赖历史学的观念、框架和模式，对文学自身的独特性考虑较少；二是过于依赖作家论和作品论，对这一领域文学发展中的一些整体性问题极少作理论反思和理论建构，这就使文学或文学批评史摇摆、消解于历史和个别的文学批评之中。因而她提出了对文学史新形态的追寻问题。由此可见，饶先生对世界华文文学学科建设的许多方面都有其鲜明的“问题意识”。

2002 年 5 月 28 日，在“中国世界华文文学学会成立大会暨学术报告会”上，饶先生以会长的身份作了题为《中国世界华文文学筹备会经过及学科建设概观》的报告，在总结过去经验的基础上，重申了四个“加强”：首先是要加强学科建设；其次是加强队伍建设；再次是要加强资料建设；然后是要加强世界格局中华文文学的交流。最后祝愿 21 世纪世界华文文学有更多跨学科、跨国别的交流，使中华文化有更广泛的弘扬，世界华文文学的创作和研究有更加宏阔的学术空间。饶先生以其一系列精彩演讲，让人们有理由相信，新世纪的世界华文文学必将迎来繁花似锦的明天。

《新视野》里的“书序选辑”是从饶先生 20 多年来为这个领域的诗人、作家、评论家、学者所写的大量书序中选辑出来的 16 篇，多数是为年青作者写的。在这里，人们可以真实地看到饶先生为人为文的另一面。作为前辈长者，她没有一点“权威”的架子，对年轻一代尤其宽容和爱护。饶先生所写的书序实实在在（不像时下常见的泛泛而谈的书序），譬如，饶先生为澳门诗人流星子的诗集《落叶的季节》所写的序《落叶片片》。她首先是作为读者认认真真地阅读为之作序的著作，然后坦率地发表自己的意见和想法，并且以平等的态度与作者“对话”。还有，在为澳门“新生代”诗人黄文辉的诗集《因此》所写的序中，她对其诗歌创作的鲜明特色以及在艺术上勇于探索的精神表示赞赏，但又明确表示她个人难以接受其中一些“非诗”的语言，接着就“诗与非诗的关系”提出自己的看法，认为关键的问题在于认识诗和哲理、诗和现实的关系。最后她勉励诗人“在诗歌实践中既追求‘芬芳’，也能进一步发展自己的‘诗质’，使其更富于‘智性之美’”。这样的书序可谓锦心绣口，而风格又是如此平易近人。

在饶先生大量的著述中，《新视野》一书有着特殊的意义，它不仅是作者个人20多年来辛勤耕耘的结果，也是一门新兴学科诞生与发展的见证。它像一个路标，一座界碑，无论是现在还是将来，走在世界华文文学研究路上的人们，都会从中获得多方面的启示。

作者附记：2015年12月25—26日，我应深圳大学文学院钱超英教授和江玉琴教授的邀请，参加深大主办的“中国比较文学三十年与国际比较文学新格局”学术研讨会。我事先向会议组织者提交了题为《中国比较文学的新拓展——浅谈饶芃子教授的世界华文文学研究》的论文提要，并且在会议上作了发言，最后得出的结论是：“饶芃子教授的世界华文文学研究，从理论到实践上都强调运用跨文化视野的比较文学方法论，从而提升了这一学科的学术品位，推进了世界华文文学学科的发展，而她的世界华文文学研究反过来也为中国比较文学研究拓展了新的学术空间。”会后，我原想结合饶先生近年来出版的几部著作——如《比较文学与海外华文文学》（复旦大学出版社，2011）、《华文流散文学论集》（英文版，复旦大学出版社，2011）、《世界文坛的奇葩——饶芃子选集》（花城出版社，2012）以及列入“广东省优秀社会科学家文库（系列一）”的《饶芃子自选集》（中山大学出版社，2015）等论著，写作一篇更为全面地反映饶芃子教授对于比较文学与世界华文文学所作贡献的综述性论文，但由于种种原因未能如期完成。为编选上述会议论文集，江玉琴教授一再热情约稿，说要是没有新作，发表过的旧作也行，谨在此传上拙作《文化视角与诗学建构——评饶芃子的〈世界华文文学的新视野〉》（原载《华文文学》，2007年第1期）。

古希腊文学的东方化革命

——兼论《伊利亚特》《神谱》等希腊经典中东方元素的翻译

深圳大学　阮　炜

如我们所知，希腊文明是卓越的、伟大的。它深刻地影响了西方文明，并通过西方文明影响了全球文明。具体说来，希腊人开出了精密的科学和精致的“哲学”；希腊人不仅拥有《荷马史诗》这一世界文学的瑰宝，还拥有引人入胜的神话传说，更首创了悲剧这种文学形式；希腊人甚至发展出极具效力的军事技术和战法，构成了古代世界一种令人生畏的军事力量，亚历山大甚至以少胜多征服了庞大的波斯帝国。一般人即便对这些成绩不太注意，多少也知道，希腊人修建了很多庄重、典雅的石头神庙，雕刻了大量造型优美、栩栩欲活的汉白玉雕像，还制作了大量图案精美的优质陶瓶。直到今天，希腊人取得的这些成就还在让现代人感叹。

问题是，希腊人何以能够取得这些成就？在数百上千年时间里，希腊人自身的主观努力尤其是活跃的创新固然是一个极重要的原因，然而研究表明，其他古代文明对希腊文明的崛起和兴盛所起的作用也至关重要。这种作用如此关键，可以说，希腊文明压根儿就建立在两河流域和埃及等更古老文明的基础之上。没有埃及和两河流域的文化积累，没有苏美尔、巴比伦和埃及文明对希腊经济、艺术、政治等方方面面的影响，没有腓尼基人的字母及其一整套书写技术和文化，甚至没有吕底亚人发明的金属铸币，希腊文明能有后来那种出色的表现吗？当然不能。它在科学、艺术、建筑、法律和“哲学”等方面能够取得如此惊人的成就，能够如此深刻地型塑中世纪基督教文明、现代西方文明，乃至全球文明吗？当然不能。

然而，在相当长一段时期内，西方学界却并不大承认这种影响。由于西方中心论作祟，即便左翼古典学学者马丁·伯纳尔（Martin Bernal）写出了探讨希腊文明之东方起源的皇皇三大卷《黑色雅典娜》以正视听，西方主流学界（遑论一般人）仍坚持旧思维，对东方对希腊的影响视而不见，或有意无意淡化这种影响。在20世纪60年代，有西方学者认为，公元前8世纪至公元前6世纪希腊文明方方面面的创新，大体上都是希腊人独自完成的，因他们所处地理位置极其特殊——“蜷藏在滔滔大海和小亚细亚崎岖山峦背后的偏远角落”；即便埃及和西亚的实用科学、数学和天文学对希腊产生的深广影响毋庸置疑，那也不是因为希腊人直接从他们那里吸纳了这些知识，而是因为他们从犹太人那里吸收了经其改造、转手后的东方知识。晚至1998年，诸如《图示剑桥古代希腊史》一类关于古希腊的流传甚广的权威著作，对于埃及和西亚对希腊的影响仍然以寥寥数语打发掉，根本没有想到辟出专门章节来加以详细介绍和讨论。甚至直到最近，西方学者中仍有人根据希罗多德《历史》里的只言片语假定，西方历史上的翻译正式起始于公元前6世纪，因为此时希腊人对于“外国女祭司们”的“叽叽喳喳的鸟语”感到好奇，也因为此时第一批希腊雇佣兵受法老雇佣进驻埃及，学会了埃及语，从此希腊与埃及有了常规交流，好像文明世界一直以来都以希腊为中心，此前希腊人压根儿没有跟东方人交往过，希腊宗教、艺术、文学和科技一直都在独立发展，丝毫没有通过翻译接受过东方影响似的。

要么因眼界狭隘，要么因根深蒂固的自我中心主义，西方学界不大愿意承认一个明显而根本的事实：希腊文明并不是一个原生文明，而是一个建立在原生文明——主要是埃及和两河流域的古文明——基础上的一个后发或次生文明，一个在公元前8—6世纪经历了“东方化”或“东方化革命”的后起的文明。如我们周知，亚欧大陆最古老的文明是尼罗河流域、两河流域、黄河流域和印度河流域的文明，即所谓古代世界的“四大文明”。这些文明有一个共同特点：都诞生于大河流域的大平原，而非诞生在并不肥沃的希腊半岛的土地上或地中海、黑海沿岸那种干旱贫瘠的小块土地上。不用说，没有原生文明，不仅没有希腊文明，甚至没有人类文明本身。其实，18世纪中叶以前工业化尚未启动时，西方人仍很谦卑，对自己历史的认识仍相对客观。自18世纪下半叶起，在启蒙思维尤其是新潮“进步”观的影响下，欧洲人当中出现了一个新的动向，即开始否认自古以来欧洲人一直承认的一个基本事实：西方文化的源头之一——希腊文化——受到了埃及和两河流域文化的结构性影响（其实，叙利亚或犹太宗教这一西方文明的另一源头同样受到了埃及和两河流域文化的结构性影响）；如果没有这种影响，希腊文明根本不可能成其为希腊文明。这个事实本来是明摆着的，无须证明，从希罗多德、毕达哥拉斯、柏拉图、亚里士多德一直到中世纪修道院里的僧侣们，从文艺复兴时期的人文学者一直到启蒙运动早期的思想家，西方人一直都未否认。但及至启蒙运动中后期，情况发生了急剧变化。欧洲人突然间“发达”了、“进步”了，于是数典忘祖，不想承认希腊文明曾是西亚和埃及文明的学徒了。[①] 现如今，赤裸裸的种族主义虽已成过街老鼠，但很难说西方人内心已完全摈弃了唯我独尊的思维，这或多或少地表现在他们对希腊文明起源的看法上。

明白了这一点，公元前8世纪以降希腊世界在经济复苏之后出现的爆发性文化繁荣，或者说希腊人在艺术、宗教、文学、科学、哲学突然取得了多方面的显著成绩，便不难解释了。事实上，虽然西方主流学界仍未完全摆脱旧思维，希腊文明受到了两河流域、埃及、安那托利亚和巴勒斯坦等地的更古老文明的结构性影响，完全可以视为这些文明的子代文明这样的学术观点，在偏重于考据的古典学学者当中已大体成为共识。近年来，随着瑞士著名古典学学者瓦尔特·伯克特《东方化革命：古风时代前期近东对古希腊文化的影

① 恰恰也在此时，欧洲思想界出现的另一个值得注意的动向也与启蒙运动有关，即“进步”了的欧洲人对于其先前羡慕不已的中国文明的认知来了一个一百八十度大转弯，中国文明一下沦为“进步”的欧洲的反面，成了愚昧、专制、残暴、落后的代名词，而在此前很长一段时间里，欧洲人通过传教士所认识的中国一直是孔子人文主义思想熏陶下的一个世俗、开明、宽容、和平的国度，与欧洲知识分子心目中专制、愚昧、不宽容，宗教战争连绵的欧洲形成了鲜明的对比。

响》等著作被翻译引介到我国[①]，我国学界也开始密切关注希腊文明的非原生性质。本文所要探讨的问题是：(1) 古代东方文学是否对希腊文学产生了结构性的影响，或者说，塑造了希腊人的精神面貌，滋养了从泰勒斯、赫拉克利特和毕达哥拉斯到苏格拉底、柏拉图、索福克利斯、阿里斯托芬等一大批哲学家、文学家，至今仍然为西方大学里必修的《伊利亚特》《神谱》等经典作品，是希腊人文学天才的产物，还是像希腊宗教、神话、艺术和科学技术等那样，也经历了一场伯克特意义上的"东方化革命"，即很大程度上也是古代东方文明的衍生品？(2) 如果说东方文学在某些方面对希腊文学产生了极其重要的影响（即古希腊文学的确经历过一场"东方化革命"），这种影响究竟有何具体的表现？(3) 如果说这种影响不可能通过其他方式，而只可能通过翻译来实现，而在一个信息流通手段远不如当今的时代，翻译绝不可能是我们今天熟知意义上的翻译，那么从东方文学文本到希腊文学文本的翻译，究竟是何种意义上的翻译？

一

不妨先回答为什么说古希腊文学也发生了"东方化革命"这一问题。在古典学学者M. L. 威斯特看来，古老的苏美尔史诗《吉尔伽美什》(*Gilgamesh*)[②] 里的英雄吉尔伽美什与荷马史诗《伊利亚特》里的英雄阿喀琉斯（Achilles）之间存在着如此多的相似点，这些相似点又如此引人注目，以至于任何一个用心读过两部史诗的人，绝不可能注意不到。例如，吉尔伽美什和阿喀琉斯两人都有俊朗的面庞和极为强健的体格；两人都对挚友用情极深；两人的母亲都是女神，分别为宁松（Ninsun）和忒提斯（Thetis）；两人的父亲都是凡人，同时也都是国王，即乌鲁克国王卢干班达（Luganbanda）和伊俄尔科斯国王佩琉斯(Peleus)；因了这种神人混血的出身，人们认为吉尔伽美什是三分之二个神，而阿喀琉斯则属于一个半神的种族；两人都差一点就获得永生，但最终都未能逃脱死亡；两人的父亲都游离于故事情节之外，但两人的母亲在故事情节的发展中都发挥了重要作用，即预先告知儿子未来将发生什么，并给他们适当的告诫或建议；吉尔伽美什出发远征魔兽洪巴巴(Hunbaba) 所居森林之前，将事情告诉他母亲，母亲宁松担心儿子的安全，去向法力高强的神祇沙马什神（Shamash）求情，而当阿喀琉斯遇到人生第一次危机时，也将麻烦告诉母亲，母亲忒提斯也为了儿子去向宙斯求情。既然《吉尔伽美什》和《伊利亚特》的中心人物及相关情节有如此明显的重合，不妨说它们的相似是结构性的。

两部史诗之间还有另一个结构性的相似点，即有一个相同的主题贯穿在整部《吉尔伽美什》和《伊利亚特》中，分别将两个故事统合起来，此即吉尔伽美什与他挚友恩基杜(Enkidu) 之间和阿喀琉斯与他挚友帕特罗克洛斯（Patroclus）之间的伟大友谊。在两部

---

① 瓦尔特·伯克特. 东方化革命：古风时代前期近东对古希腊文化的影响. 刘智，译. 上海：上海三联书店，2010；阮炜. 另一个希腊. 上海：上海三联书店，2011；阮炜. 不自由的希腊民主. 上海：上海三联书店，2009.

② 《吉尔伽美什》是世界上最古老的成文史诗。它最早出现在苏美尔，所用语言是苏美尔语。然而这部史诗在两河流域、叙利亚、巴勒斯坦、安那托利亚、希腊传播的过程中，所用媒介主要是后起的语言如阿卡德语、阿拉米语、腓尼基语、赫梯语、希腊语等，这就难免与苏美尔语文本有较大的出入。尽管如此，苏美尔原型故事的精神、主题、故事结构和人物形象等还是保留了下来。

史诗中，主人公都因挚友的死去而肝肠寸断、伤心万分；两个主人公都因此哭得昏天黑地、死去活来；恩基杜和帕特罗克洛斯的葬礼都因故推迟了若干天才举行。虽然吉尔伽美在挚友被杀死以后，去一个叫乌特—那皮什梯姆（Ut－napishtim）的地方朝觐，而阿喀琉斯在挚友在战斗中被杀后怒火万丈，不能自已，下决心抓获并灭掉杀死帕特罗克洛斯的人赫克托（Hector），但最后，两位大英雄都采取了一种顺命的态度（至少阿喀琉斯一度如此），以求心灵的平静。

两部史诗之间的相似点当然还不止这些。《伊利亚特》中有一个情节十分有名，常常被学者援引，这就是宙斯与其兄弟推翻父亲克罗洛斯的统治以后，与弟弟波赛冬、哈德斯用抽签的方法来三分宇宙的故事。天神宙斯抽到的是宽敞明亮的天，天因此成为他的永久居所；海神波赛冬抽到的是波涛汹涌的海，海因此成为他的永久居所；哈德斯抽到了泥泞黑暗的冥府，冥府因此成为他的永久居所。那么大地被谁抽走了？谁也没有抽走，而为三个神祇所共有共享。除此之外，三个神祇还共有共享奥林波斯山。可是，有确凿的证据表明，这一美丽而有趣的创世故事并非希腊人的创新。在古老得多的阿卡德史诗《阿特拉哈西斯》（*Atrahasis*）[①] 中，已然存在这样一个场景："'他们（三神祇）握住签瓶的瓶颈，掷出签来；三神祇进行了瓜分：安努（Annu）去到天上'；'另一位神（原始文本此处为缺文）替他的臣民抽到了地'；而'代表海的签则留给了慧眼睿见的恩基（Enki）'"。该故事还有另一个版本："安努和阿达德（Adad）——天神和风神——抽中了天；辛（Sin）和涅伽尔（Nergal）——月神和冥界之神——抽中了地（这里，冥界包括在地的概念里）；恩基的管辖领域也定了下来，不是苦咸的海水，而是可饮用的陆地上河水和泉水，这恰恰也是希腊神话里波赛冬的管辖范围。"很显然，抽签瓜分宇宙故事的阿卡德文本与希腊文本间存在着密切的对应：在两个文本里，宇宙都被划分为三个截然不同的领域：天国、冥界和水域；在两个文本里，这些势力范围都派给诸神中最高的神，而且这些神祇都是男神；在两个文本里，宇宙的瓜分都是通过抽签来完成的。波赛冬与恩基这两个水域神的密切对应更表明，希腊史诗里一些情节可能源自不止一个东方文本。

还有更多的例子可以说明东方史诗的情节和人物形象被移植到希腊史诗里。在《伊利亚特》里，女神往往会爱上凡人，为此插手人间的纷争而乐此不疲，甚至可能全情投入人类战争，把人类战场变成她们之间相互捉弄、逗笑或斗气的场所，但也因此可能受到人类的伤害。在荷马史诗中，这被公认是一个晚到的现象。然而，在荷马之前1 500年便已诞生的《吉尔伽美什》以及后来的《阿特拉哈西斯》东方诗史里，神与凡人产生爱情纠葛，神干预人间事务早已司空见惯。这里，究竟是希腊史诗影响了苏美尔和阿卡德史诗，还是东方史诗影响了希腊史诗，不言自明。东方史诗作为源语文本的地位毋庸置疑，不可动摇。

在《伊利亚特》里，阿芙洛狄特为保护她所深爱的特洛伊英雄埃内阿斯（Aeneas），而被希腊勇士戴俄米狄（Diomedes）所伤，血流如注，痛苦万分，后来在其他神祇帮助下才回到奥林波斯山。这里，母亲狄娥奈（Dione）心疼她，竭力安慰她，父亲宙斯却以温和的言辞责备她：

---

① 《阿特拉哈西斯》与《吉尔伽美什》故事情节的重合度极高，显然是后者在另一种语言和文化里的变体。

"我的孩子，征战沙场于你无关，
你还是操持自个的事务，婚娶姻合的蜜甜，
把这一切战争留给雅典娜和迅捷的阿瑞斯操办。"①

绝非巧合的是，《吉尔伽美什》里有一个情节与之相仿。人间英雄吉尔伽美什杀死头号对手魔兽洪巴巴后，开始清除身上的污垢，这时爱神伊什塔尔（Ishtar，希腊爱神阿芙洛狄特的原型）无比仰慕他的俊美，凝视着他深情地说："你必得把你的果实给我！"为此还要赠给吉尔伽美什一大笔财富。吉尔伽美什不屑一顾地拒绝了她的请求，同时列举了一长串被她"爱"上但后来又被她毁灭的挚友名字。这时，伊什塔尔勃然大怒，回到天上，去到父亲安努和母亲安图姆（Antum）那里，泪流满面地诉苦：

"父亲！吉尔伽美什侮辱我！
吉尔伽美什咒骂我，
对我百般羞辱。"

这时，安努开口说：
"你肯定冒犯了乌鲁克的国王，
所以吉尔伽美什才咒骂你，
才对你百般羞辱。"②

这里，《伊利亚特》与《吉尔伽美什》的相似之处虽并非十分抢眼，却也不难看出。很难说这些相似点纯属偶然。为何两个故事的主角都是多情的爱情女神？为何两个爱神都爱上了凡人（尽管吉尔伽美什并非纯粹的凡人）？为何两个爱神都因爱情而受伤害（虽有阿芙洛狄特身体受伤，伊什塔尔心理受伤之别）？为何两个爱神都去到天上，向父母诉苦？为何两个女神的父亲恰恰都是最高的天神？为何在两个故事里都是父亲温和地责备女儿？这些问题都不难回答。《吉尔伽美什》既然比《伊利亚特》古老得多，究竟谁山寨了谁，答案已经存在。

需要注意的是，以上讨论远未穷尽《伊利亚特》与《吉尔伽美什》之间的相似之处。事实上，古典学学者 M. L. 威斯特在《诗的东方面孔》③ 一书用了整整六十七页讨论《伊利亚特》所受东方文学的影响。希腊经典大量挪用或移植东方文学元素的例子，也绝不仅限于《伊利亚特》。除了下文将要讨论的《神谱》以外，与《伊利亚特》齐名的另一部荷马史诗《奥德赛》也大量吸收、利用了东方文学的营养，在故事主题、情节、人物形象以及其他诸多方面，对东方文学要素进行了挪用、改写和重组，或者说进行了当时条件下的

---

① 荷马．伊利亚特．陈中梅，译．南京：译林出版社，2000.

② 此处引文出自《吉尔伽美什》残本的现代译文，转引自 Burkert. The Orientalizing Revolution, pp. 6 – 7.

③ 此处书名（*The East Face of Helicon*）里"诗"的原文为 Helicon。Helicon 也可译为赫利孔山。相传此山为众文艺女神缪斯的居所，诗和诗的灵感就源自山边的两股泉水，Helicon 因而也有诗及诗的灵感之意。

翻译或译述；古希腊广为流传的七雄攻忒拜故事，也可以追溯到东方文学传统[①]；甚至由匿名诗人创作的三十几首歌颂诸神的“荷马风颂歌”[②]，也对东方颂歌的内容进行了大量的照搬照抄。

二

荷马史诗并不是唯一山寨了东方诗歌的希腊文学作品。在同样是希腊文学经典、由诗人赫西俄德（Hesiod）所作的《神谱》（*Theogony*）和《工作与时日》（*Works and Days*）里，也存在大量东方元素。赫西俄德无疑深受东方文学传统的影响。考虑到他本人是希腊半岛东部沿海的优卑亚（Euboea）人，而他父亲是安纳托利亚（小亚细亚）居墨（Kyme）人，这并不奇怪。事实上任何对两河流域文学传统有一定了解的人，都不难发现《神谱》中有关诸神由来和父子争夺王位的故事与西亚原型故事明显相似。对于瓦尔特·伯克特（Walter Burket）一类专治希腊神话史的专家来说，希腊诸神对西亚神话传统的继承并不限于《神谱》故事所涵盖的内容。在他们看来，不仅主神宙斯有着不可否认的东方渊源，其他重要神祇，如宙斯的兄弟波赛冬、哈德斯和子女阿波罗、阿尔忒弥斯、阿芙洛狄特、德米忒尔、赫斯提亚、赫拉克勒斯等，也或多或少有东方血统。除这些神祇以外，狮身人面兽斯芬克司、狮鹫兽格里芬、鸟身女怪塞壬，以及蛇发女怪、吐火女怪一类神怪也不是希腊人想象力的产物，而是东方的舶来品。[③]

较之这些神祇和怪物，《神谱》里的故事之所以使研究者更感兴趣，是因为这里面的有趣故事完全可以视为赫西俄德对东方原型故事的翻译，即便这种翻译对原型故事进行了明显的删节和改写。在《神谱》里，太初之时，什么也不存在。此即所谓“混沌”（Chaos）。从混沌中生出了地母盖亚（Gaia）和蓝天乌兰诺斯（Uranus）。盖亚和乌兰诺斯生了六对双胞胎，即十二个提坦巨神（the Titans）。乌兰诺斯讨厌他的儿女，强迫他们回到母亲的子宫。这就惹恼了盖亚和提坦巨神们。他们决心复仇。在盖亚的帮助下，最年轻的巨神克罗诺斯（Cronos）制作了一把镰刀，趁父亲熟睡时，将他的生殖器割掉，扔到海里。之后，克罗诺斯娶妹妹瑞亚（Rhea）为妻。他们生了六个孩子。克罗诺斯担心其中某个将来要推翻他，便在前五个孩子出生时将他们吞下。但生第六个孩子时，瑞亚耍花招骗克罗诺斯。她没有将孩子给他，而是将一大块石头裹上一块布让他吞下。之后，瑞亚把宙斯带到一个安全地方藏起来，在那里抚养他。宙斯长大后，同其他提坦巨神结盟，经过激烈的战争，推翻了克罗诺斯的统治。从此以后，宙斯成为众神之首，不受任何挑战地掌管整个神界。诸神起源故事就此结束。

如果一个既懂古希腊语又懂古代赫梯语的人有机会浏览一下赫西俄德的《神谱》与赫梯神话故事《天界王位》（*Kingship in Heaven*），他很可能会注意到，《神谱》的情节酷似

---

① 瓦尔特·伯克特．东方化革命：古风时代前期近东对古希腊文化的影响．刘智，译．上海：上海三联书店，2001：13－14.

② 这种诗歌之所以被叫作“荷马风颂歌”（*Homeric hymns*），是因其模仿《伊利亚特》《奥德赛》，使用了与荷马史诗相同的风格、相同的方言、相同的格律以及相似的程式。

③ 阮炜．舶来的怪力乱神．读书，2011（4）．

东方的故事。在赫梯故事的文本（这当然不是最终的原型故事版本）里，国王阿拉卢（Alalu）被儿子阿努（Anu）推翻，而阿努又被自己的儿子库马比（Kumarbi）推翻。当阿努企图逃跑时，库马比咬掉了他的生殖器。库马比因此怀孕，后来从口中吐出（生出）三个孩子。再后来，三个孩子亦即三个新神中的一个——风暴神台述卜，将库马比赶下王位。至此不难看出，《神谱》故事与赫梯故事不仅情节雷同，连某些细节也相似。二者间的相似点如此明显，前者源于后者，或者说前者是对赫梯故事的翻译，这一点是很难置疑的。在两个文本中，弗洛伊德意义上的父子权力斗争都发生了，儿子都成功地将父亲去了势；在两个文本中，实施阉割者为了防止子女将来取代自己，都吞下子女或吞下含子女种子的器官以摧毁他们，以便永久掌权；而且“两个文本都描写了神界的王朝更替，一个王朝推翻另一个王朝，直至众神的统治者风暴神最终掌权”。两个文本之间还有其他相似之处：两个故事里都有三代国王；两个故事里实施阉割者都属于第二代；在两个故事里，都是第三代国王最终成为胜利者，即至高无上的统治者。

虽然不能说《神谱》是对赫梯故事的字对字、句对句的准确翻译，但毋庸置疑，它相当忠实地把原故事的主题、结构、大致情节和某些引人注目的细节移植到希腊语里了，结果是今人无须花太多力气，便能看出两个故事间的相似之处。可是，如何解释两个文本之间这一如此明显的细节区别，即克罗诺斯用镰刀阉割乌兰诺斯，而库马比却咬掉了阿努的生殖器？考虑到口头传播是当时主要的信息流通方式，这不仅可以理解，甚至还是不可避免的。当赫西俄德用希腊语写出故事时，在他面前很可能并没有现成地摆着一大摞《天界王位》的东方语言楔形文字泥板。换句话说，原型故事很可能是懂某种东方语言的赫西俄德从讲东方语言的人们那里听来的。这就意味着，当他用希腊语将东方故事书写成文时，觉得没有必要百分之百地忠实于原故事的细节。既然《神谱》是一首长诗，而无论原型故事用何种语言写成，诗人都必须考虑到希腊诗歌所特有的节奏、韵律和格式，对原型故事做某种改编，便是情理中的事。考虑到铁器在赫西俄德时代更容易获得，使用也更广泛，他把原故事细节改为用镰刀实施阉割，就更显得合情合理了。需要注意的是，赫梯语的库马比故事也不是赫梯人的原创，而是舶来品，可以追溯到古巴比伦时代阿卡德人的创世故事《恩努马·埃利什》。这意味着，在赫西俄德听到或读到库马比故事之前，该故事已经以不止一种语言辗转流传了两千来年。由于当时西亚文字的载体主要是楔形文字，而刻写楔形文字的泥板体大笨重，难以携带，因而故事口头传播的可能性要比文字传播的可能性大得多。换句话说，当故事最终用希腊语书写下来，定型成为今人熟知的《神谱》时，已经发生了不同语言间的多次传诵和转译。但是，尽管经过多次转译，尽管在此过程中对原故事进行了掐头去尾的删节与改造，《神谱》里诸神争夺王位的故事仍明白无误地表明它是原型故事的一个升级版，而较之原型故事，希腊版本更精致。

赫西俄德的《工作与时日》同样深受东方文学的影响。这首长诗的相当大一部分内容是箴言和农业格言，但这极有可能并非赫西俄德的发明。在他之前一千多年甚至更久，苏美尔和阿卡德文学中便已有悠久的训诫诗传统了。《工作与时日》里讨论择良辰吉日的重要性，即某年某月某日做某类事情适宜还是不适宜，这也极可能不是赫西俄德的发明，而早已存在于两河流域的文学传统中了。《工作与时日》在另一方面对西亚文学传统的模仿，是所谓“时代神话”（the myth of Ages）。这首长诗里描述了五个依次更替的时代，和五个与之对应的种族，即黄金时代、白银时代、青铜时代、黑铁时代，以及相应的黄金种族、白银种族、青铜种族、黑铁种族；在青铜时代、青铜种族和黑铁时代、黑铁种族之间，是英雄时代及英雄种族，其代表性特征是史诗的兴盛。随着金属的价值从金到铁由贵而贱，人类种族也每况愈下，每个种族的道德水平都退化堕落，都比前一个种族更低下。可是这种金属象征主义（metal symbolism）极有可能又不是赫西俄德的创新，而是从两河流域辗转引进的。早在希腊人进入历史舞台之前，金属冶炼技术在西亚便已高度发达了；与之相应，跟金属挂钩的传说也流行于两河流域、安那托利亚和波斯等地。在学问高深的巴比伦祭司的“隐秘”思辨中，银、金、铜、锡分别代表天神安努（Annu）、风暴神恩利尔（Enlil）、水神伊阿（Ea）和农神宁那扎尔（Ninazal）。

《工作与时日》里还有一个有趣的例子，即诗人用创生潘多拉的神话故事来解释为什么男人必须辛苦劳作，才能求得生存。在这首长诗歌里，男人有如此境况，是因为诸男神女神创造了潘多拉这个让人无法抗拒的“陷阱”，而且有意地让她去到男人那里祸害他们。宙斯令火神赫淮斯托（Hephaestus）用泥土捏制出一个少女的形象；令雅典娜给她穿上衣裳，并且用各种饰品把她打扮得漂漂亮亮；令阿芙洛狄特赋予她性的吸引力；还令赫尔墨斯（Hermes）赋予她语言，更给予她谎言、谄媚话和诡计多端的性格。这个“所有男神和女神的赠礼”（这正是希腊语里 Pandora 一词的字面意思）被制成以后，宙斯派赫尔墨斯把怀抱那个邪恶罐子的她带到普罗米修斯的弟弟埃皮米修斯（Epimetheus）那里。此前，男人生活中并无不幸和灾难，也无需辛苦劳作，更不生病，但是潘多拉却把罐子盖打开了，把里边的祸害释放出来播撒到男人当中，唯独不把希望给予他们。从此以后，男人的状况便像现在这么糟糕了。可是，这个故事同样不是赫西俄德的原创。潘多拉故事与苏美尔水神恩基创造人类的神话相似，是对原型故事的翻译（准确地说，是对原型故事的翻译的翻译；原型故事最早出现在苏美尔文学中，后来传到巴比伦神话里，再后来又从巴比伦神话散播到西亚其他地区和希腊文学传统中），因为“创生潘多拉的过程中男神赫淮斯托和女神雅典娜的结合，以及创生她所用的方法，与东方神话中水神恩基与创造和生育女神宁玛（Ninmah）合作，共同造出人类的理念如出一辙”。

三

不难想见，没有翻译，古希腊文学的“东方化革命”根本无从谈起。暂不论这究竟是不是现代意义上的翻译，或者古希腊的翻译与现代翻译之间究竟有何不同，这里首先要回答的一个问题是：“东方化革命”中的翻译是在何种情形下发生的。如我们所知，在公元前11—8世纪，即“黑暗时代”，善于航海的腓尼基人正积极开展殖民活动①，他们的足迹遍布整个地中海世界，尤其是地中海东部。腓尼基人讲闪米特语（希伯来语和阿拉伯语也于属闪米特语，而希腊语、拉丁语和各现代西方语言则属于印欧语），原来居住在地中海东岸北部，即现叙利亚和黎巴嫩的沿海地区。他们长期浸润在两河流域的文明中，早已成为这个文明的一部分。两河流域的文字经过两千年的发展，最终在他们手中演变成字

① 尼古拉斯·奥斯特勒．语言帝国：世界语言史．章璐，等译．上海：上海人民出版社，2009：218.

母，公元前9世纪希腊人从他们那里学会了字母，经改造后形成了希腊字母。应特别注意的是，正当腓尼基人积极开展殖民活动时，荷马史诗正在“黑暗时代”的希腊人中传唱并逐渐成形。虽然不能说荷马史诗里的东方元素一定是由腓尼基人传入的，因为其他东方民族也可能做同样的事，但这毕竟意味着东方元素的传入不是不可能的，甚至完全是可能的。同样重要的是，腓尼基人的殖民活动刚告一段落，希腊人便接踵而来，在公元前8—5世纪开展了对地中海世界（尤其是东部）乃至黑海区域的殖民入侵。当时，现代意义上的国家和国籍概念并不存在，护照、签证更是闻所未闻，也就是说希腊人和形形色色的东方民族间的往来相当自由，不同民族“杂居”是司空见惯的现象。各希腊城邦中都有不少的“外邦人”，其中定有不小比例的东方人。毫不奇怪，一直被视为第一位“希腊”哲学家的泰勒斯不仅居住在小亚细亚城邦米利都，而且其本身就有腓尼基人血统。同样不奇怪的是，尽管没有证据表明赫西俄德一定是东方人，但他的居住地是希腊半岛东部沿海的优卑亚，而他父亲更是长期居住安那托利亚即小亚细亚的居墨。地理位置本身就很能说明问题。

事实上，在西亚地中海世界文明圈里，相对于两河流域和埃及的大河文明而言，黑暗时代和古风时代的希腊因经济社会发展水平低下，根本不处于中心位置，而是位处边缘，故而向先进的文明学习，通过翻译引进东方文学的理念、主题、情节、人物形象等，是一种合乎逻辑的选择。不妨用希腊哲学兴起的事例来说明，为什么说黑暗时代和古风时代的希腊与亚历山大东征后的希腊不同，而仍然处在文明世界的边缘。只需对历史事实稍作梳理，便不难发现，标志着哲学兴起的“米利都学派”的哲学家们——泰勒斯、阿那克西曼德、阿那克西米尼、赫拉克里特——无一不出自小亚细亚西岸的希腊城邦米利都或者以弗所，甚至并非属于米利都学派的毕达哥拉斯也出自小亚细亚沿岸的萨摩斯岛。这绝非巧合。小亚细亚城邦因地处西亚而享有近水楼台之便，跟东方有着至为密切的人员往来和贸易联系，希腊人与其他民族必然是杂居共生的，他们一道为希腊文明的崛起和兴盛做出了重要贡献。同样，由于小亚细亚城邦是希腊文明的东方前哨，通过工商贸易和对先进东方技术的学习，公元前6世纪成为希腊世界经济最发达、最富庶的地方。这就为哲学的兴起提供了物质条件。同样因近水楼台之便，小亚细亚城邦跟希腊“本土”相比，与东方有着密切得多的精神交往。因了这些缘故，希腊哲学只可能萌生于紧贴东方的小亚细亚，而不是希腊半岛，更不可能是意大利半岛南端和西西里岛之“大希腊”，这里后来之所以哲学兴盛，是因为出生和成长在小亚细亚沿岸萨摩斯岛的毕达哥拉斯及其门徒把哲学传统带到了这里。如我们所知，早期希腊哲学家的共同特点是，都着迷于本体论，即探究自然万物乃至宇宙的本原，而泰勒斯水本体论的出现更标志着西方思想史上“哲学”的诞生。然而早在古巴比伦时代，两河流域的哲人便以水为万物的本原了。如前所述，第一个“希腊”哲学家泰勒斯不仅居住在米利都，而且并不是“纯粹”的希腊人，而是一个着一半东方血统的希腊人。据普鲁塔克，泰勒斯和毕达哥拉斯都留学过埃及，后者对东方宗教和学问的仰慕更使他远游到巴比伦和印度学习。甚至晚至古典时代中期，柏拉图仍去埃及留学，方法是寄宿在寺庙里，师从埃及的学问家祭司，与他们“同吃同住”。同样应当注意的是，柏拉图的现象—理念二元论、灵魂轮回不灭论以及宗教神秘主义都源自毕达哥拉斯，而毕达哥拉斯又是从东方学到这些思想的。

现在要问的问题是：为什么在相当长的时间里，希腊文学移植、翻译对东方文学元素的事实不大为人所注意？在很大程度上，这是因为这种翻译并不是通常意义上的翻译。那么它到底是何种意义上的翻译？在文字没有广泛使用之前，翻译当然只能是口头翻译。在文字尤其是字母文字广泛使用以后，才可能有笔头翻译。应当特别注意的是，在古希腊的黑暗时代和古风时代，知识性信息（包括文学）的传递手段和流通量都十分有限。所谓“发表”不外乎在宗教节日、“会饮”、歌咏活动、议事会或公民大会等集会上吟出、唱出或高声喊出，或在木板、石板上刻上一段话或几行字甚或仅仅几个词，立在十字路口或集市，供极少数识字者读取，再由他们告诉不识字的人们。因此，今日常见的那种用一种语言规规整整地写出或字正腔圆地说出（如政府或大公司的新闻发布会），再逐字逐句地被译成另一种语言出版或口头发布的情形，在当时十分少见，甚至可能根本没有。然而，文学翻译在古希腊的确发生了。这里要问的问题是，黑暗时代和古风时代的文学翻译究竟是在何种意义上发生的？

用考古学家斯蒂芬尼·戴利和 A. T. 雷斯的话来说，荷马史诗里“明喻、神祇与人间情景的交替出现、梦和预言所享有的重要地位、含多个程式化段落的长篇演说的使用，以及关于喜好争论的神祇的诙谐描写”等，都可以追溯到两河流域更古老的文学文本；对 M. L. 威斯特一类的古典学学者而言，两河流域诗歌的理念、主题、故事情节、人物形象和其他诸多细节统统被移植到希腊语里，经过改头换面以至面目全非的重写以后，以希腊人喜闻乐见的方式出现在《伊利亚特》《奥德赛》《神谱》和《工作与时日》等经典里；在这一过程中，不可能不发生对东方源语文本的改编、增添和删减。这就不可能是通常意义上词与词、句与句一一对应的翻译。按当代翻译学理论，对文本作这样的处理，完全应该包容在翻译的范畴中，也就是说与逐字逐句的“准确”翻译一样，也是翻译。令人惊诧的是，《伊利亚特》《奥德塞》和《神谱》等经典中竟能保留下来了如此大量且易于辨识的东方元素，而这一切竟发生在一个书写技术尚未出现或成熟（遑论纸张和印刷术），交通通信手段比现在落后得多的时代。

问题是，为什么在大多数情况下，古希腊的文学翻译不可能是源语文本信息的“忠实”传达，而只可能是改头换面的重写？为什么在很多些情况下，这种改写给一般人以面目全非的印象？仅仅以书写文化尚不成熟、交通通信技术水平仍然低下来解释，是不够的。还应考虑到这样的情形：在古代条件下，一源语文本中的信息往往不是直接翻译为最终的目的语文本，而往往得经过一些中间语言和文化，才完成翻译过程。这就是转译，甚至可以是多种语言间的接力式转译。这就不可避免地导致对源语文本的大幅度修改，导致严重的“不忠”。应当注意的另一个情形是，古代条件下因交通和通信技术不发达，信息传播的速度或效率比现在低得多，这又必然导致对源语文本的“不忠”，甚至是严重的信息损失。此外，还应注意这一事实：古代条件下书写文本的制作远不如现在容易，制作成本比现在高得多，书写文本的携带也比现在困难得多。这意味着，即便书写文化已经兴起，信息的传播仍非常可能采取口头传递的方式，而在需要翻译的情况下，口译很可能仍是唯一可行的信息传递方式。在字母文字成熟以前，两河流域、叙利亚、安那托尼亚和地中海东部沿海地区使用得最广泛的书写方式，是在泥板上刻写楔形文字。楔形文字泥板不仅制作费用昂贵，而且庞大笨重（比我国先秦时代的书写材料竹木简或布帛一类东西笨重得多），难以携带。彭格拉兹说："影响因子当然不会以用异域文字书写的文学作品的形式从两河流域来到希腊，而最有可能作为神话和观念，口头传递到希腊。"在这种情况下，谈论信息传播的"准确性"意义不大。翻译过程中的"不忠"和信息损失因此被广泛接受，习以为常，现代意义上的"信"并不适用。如果目的语文本是两种以上语言间信息接力的产物（如两河流域诸神起源和神界父子争夺王位的故事被辗转译述到希腊经典里），信息损失就会更严重，更多细节被删被改，甚至故事主线也会发生一定程度的变形。

考察古代西亚地中海世界的信息流动的方式，还有一点需引起注意。由于当时条件大大不同于今日，即便是口译，也不大可能以现今业界所理解的方式发生，而只与业界所谓"口译情景"相似。"口译情景"指的是"翻译活动始于口说文本的口头译述，而非特定书写文本的准确传译"。但这仅只是相似而已。可以想见，在两河流域等地文学元素被辗转译述到希腊经典里这一漫长的过程中，口译者在很多情况下不大可能像在"口译情景"中那样，一句一句地对口述文本进行即时翻译，尽管专业口译人员并非不可能存在。当时，进行口译活动的人更可能是走南闯北的会两种或多种语言的商人、工匠、士兵等等。如果是知识性信息的翻译，极有可能并没有人向某个口译者现场口授一个源语"文本"，要求他们立即译述为目的语，而很可能出现这样的情形：译者出于特定情景或场合的需要，主动将脑子里已然存在的源语文本信息或口头或书面表达为目的语。按照通常意义上的翻译概念，这时可能根本没有翻译发生。既然没有一个看得见、听得清的书写或口说的源语文本，可以说翻译发生了吗？连翻译的对象都没有，翻译什么？何来的翻译？但事实上，源语文本虽然看不着听不见，却肯定是存在的，因为它此前就已经储存在译者头脑里了。如果源语文本信息属于包括文学在内的知识性信息，而且已然存在于译者的脑子里，只是后来由于需要或特定情景的刺激才以某种目的语表达出来，不妨把这种情形视为延迟翻译或"延译"。在当时条件下，在文学、宗教、神话、艺术、哲学和科技等方面的知识性信息由某种源语辗转表达为某种目的语的过程中，不可避免地会出现这样一种情形：某种口述或书写文本在某一源语里被说出或写出并"发表"以后，很可能要经过相当长一段时间，才可能被最终翻译成目的语；在某些情况下，可能长达千年或更多。

使情况更加复杂的是，在被译为某目的语之前，一源语里的文本信息还可能被翻译或译述为一种甚或不止一种中介性语言的文本。这就导致这一情形的出现，即，该中介性语言既是目的语，也是源语，或者说，对本初源语而言是目的语，而对最终目的语而言却是源语。不难想见，从最终的目的语的角度看问题，在这种情况下，本初源语文本被改编、增添和删节的可能性不可避免地会增加。这就完全可能使人难以判定，究竟哪个文本才属于真正意义上的"原创"，究竟哪种语言才是真正意义上的本初源语。既然一种语言里的知识性信息在被翻译或译述成另一种语言之前，已然经过了其他语言的转译，或经历了语言间的接力式翻译，也就是说译者脑子里的所谓源语文本并不是本初意义上的源语文本，便不妨把这种翻译称之为"接力延译"。不难想见，在很多情况下，译者并不知道也不需要知道自己所翻译或译述的知识性文本最终源自何处。尽管如此，仍然可以说译者参与了目的语里新知识的生产，因为他把某源语文本里一直存在而某目的语里本来并非存在的知识性信息翻译或译述到该目的语里了。

正由于知识性信息从本初源语文本到最终目的文本的旅行路线非常复杂，往往不是从一种语言径直译为另一种语言，往往会经过不止一种语言/文化的辗转译述，也由于古代交通通信手段低下，信息扩散或传播速度比现在慢得多，所以这一过程所花时间比现在多得多，少则几年几十年，多则数百年甚至一两千年。结果必然是，信息走样变形、损耗丢失乃司空见惯，人们也因此习以为常。也正由于这个缘故，许多西方人（少数专治古希腊文学、宗教、神话、哲学等起源的古典学学者除外）有意无意地忽略了这一事实：希腊文学在其早期阶段，即黑暗时代和古风时代发生了“东方化革命”，或者说对东方文学进行了大量翻译或译述，从东方传统中舶来大量观念、主题、情节、人物形象，甚至照搬了不少细节，从而使内容得到深化，形式得到丰富，整体素质得到明显提升。这种西方中心论心态如此根深蒂固，以至于直到最近，西方学者中仍有人断定，西方历史上的翻译开始于公元前6世纪，因为据有关“记载”，这时希腊人对外国人“叽叽喳喳的鸟语”感到好奇，仿佛此前希腊文学一直在独立发展，根本没有通过翻译接受过东方的影响。但如我们所知，希罗多德是公元前5世纪的人（公元前484—前425年），而对《伊利亚特》《奥德赛》进行最后整理和定型的盲诗人荷马却生活在公元前9—前8世纪。这再清楚不过地表明，早在公元前6世纪之前三百来年，希腊人就已在进行翻译活动了。不然，根本无法解释荷马史诗——“希腊的圣经”——为何结构性地禀有东方元素。

两河流域和埃及的大河文明虽然在公元纪年开始之前便已衰落，但这些原生文明对希腊和希伯来一类的次生文明所产生的深远影响，是完全可以用大量实物和文献证据来证明的。正是在经历了“东方化革命”，即大量汲取了两河流域、埃及、腓尼基和小亚细亚人类发展成果以后，生产力和文化水平低下的早期希腊文明才步入快车道。只是在经历了“跨越式”发展以后，希腊才后来居上，才有了公元前5—前4世纪，即古典时代爆发性的文化繁荣，才在诸多方面取得了骄人的成绩。原本简陋的希腊文学也正是通过大量译述东方文学的新理念、新内容和新形式，即经历了“东方化革命”以后，才有了长足进步，才得到明显提升。

陈寅恪对中国比较文学学科发展的贡献

广东外语外贸大学　肖四新

尽管陈寅恪先生的研究领域主要在史学方面，但由于他的学术思想博大精深，其思想触角伸向文史哲互根的深层，又淹通中西学术，具有跨文化跨学科的视野，所以他在比较文学理论与实践领域也取得了丰硕的成果，对中国比较文学学科的发展作出了巨大贡献，是中国比较文学学科发展的开拓者与奠基人之一。

关于陈寅恪先生与比较文学的关系，已有研究者作过探讨，比如钱文忠的《略论陈寅恪先生的比较观及其在文学研究中的运用》、桑兵的《近代中外比较研究史管窥》，以及刘健明的《论陈寅恪先生的比较方法》等文章。这些研究成果，对陈寅恪先生在比较文学研究方面的成就，作了有益的探讨。但这些研究，由于作者都是史学研究者，只是从方法论角度论述陈寅恪的文学研究成就，而没有上升到学科自觉的高度认识陈寅恪先生对比较文学学科发展的贡献，比如钱文忠就认为："关于比较文学的学科定义，至今没有定论。但是，从本质上来看，它是比较方法应用到文学研究领域中后所产生的学科。"

众所周知，比较文学尽管也使用比较方法进行研究，但"比较"并不是比较文学的本质特征，不是比较文学作为学科存在的理由，跨越与会通才是比较文学的本质特征和作为学科存在的理由。如果仅仅从方法论角度理解陈寅恪先生的比较文学成果的话，不可能真正理解陈寅恪先生对比较文学学科发展的贡献。本文拟从学科自觉的角度，对陈寅恪先生在中国比较文学学科史上的贡献作一考证。

一

就比较文学学科理论而言，陈寅恪先生是中国较早从学科自觉高度提出比较文学定义的学者之一。尽管在他之前，已有不少人发表过关于比较文学的观点，比如鲁迅早在1908年就提出过"欲扬宗邦之真大，首在审己，亦必知人，比较既周，爰生自觉"的观点。胡适在1923年也指出过："向来的学者误认'国学'的'国'字是国界的表示，所以不承认'比较的研究'的功用。最浅陋的是用'附会'来代替'比较'……附会是我们应该排斥的，但比较的研究是我们应该提倡的。有许多现象，孤立的说来说去，总说不通，总说不明白；一有了比较，竟不须解释，自然就明白了。"桑兵称胡适的这段话为"比较法研究中国学问的宣言”①。但鲁迅主要是从民族觉悟的角度强调“别求新声于异邦”，而胡适则是从研究中国文学的方法论角度而言的，都还没有上升到比较文学学科自觉的高度，即都是从方法论角度来看待文学研究中的“比较”的。

甚至包括20世纪20年代的陈寅恪，也没有从学科自觉的高度看待文学研究中的比较方法。在1919年前后，陈寅恪先生就有多次关于中外价值观、中外学术，中外文学比较的谈话，比如他在与吴宓的谈话中就谈到：“中国之哲学、美术，远不如希腊，不特科学为逊于泰西也。但中国古人素擅长政治及实践伦理学，其长处是讲修身齐家治国平天下之道，短处是于实事之利害得失，观察过明而乏精深远大之思。故新文化必须一方面吸收输入外来之传统，一方面不忘本民族之地位，求得相反而适相同。”② 但这只是运用比较的方法观照中外文学或价值观，而不是比较文学观。

吴宓被称为中国比较文学第一人，早在1924年他就在东南大学举办了中国第一个比较文学性质的讲座“中西诗之比较”，但他并没有留下比较文学学科理论的文字材料。而20世纪30年代的陈寅恪先生，则提出了自己的比较文学观，这主要体现在《与刘叔雅论国文试题书》与《冯友兰中国哲学史审查报告》（上、下）等文章中。在《与刘叔雅论国文试题书》中，他批评《马氏文通》说：“以今日中国文学系之中外比较文学一类之课程言，亦只能就白乐天等在中国及日本之文学上，或佛教故事在印度及中国文学上之影响及演变等问题，互相比较研究，方符合比较研究之真谛。盖此种比较研究方法，必须具有历史演变及系统异同之观念。否则古今中外，人天龙鬼，无一不可取以相与比较。荷马可比屈原，孔子可比歌德，穿凿附会，怪诞百出，莫可追诘，更无所谓研究之可言矣。”③

我们认为，这一段被人们经常引用的文字，可以当作陈寅恪先生对比较文学学科的理解和对比较文学所下的定义。应该说，这一定义已经初步具备了学科自觉的性质，因为它再也没有单纯地强调比较，而是认为比较文学是研究一国文学在另一国的流传、影响及流变，同时也研究其“历史演变及系统异同之观念”，即在研究过程中要弄清楚它们流传的路径、影响的范围以及发生的变异。这一理解与作为学科存在的比较文学的主张是基本一致的，法国学派的梵·第根、基亚等人在反驳克罗齐等人对比较文学的攻击时就说，比较不是比较文学的本质特征，比较文学不是文学研究，而是“研究不同文学之间的相互关系”。正是由于法国学派不将“比较”作为比较文学学科的本质特征，才阻止克罗齐等人对比较文学作为学科存在的攻击，同时使比较文学摆脱了它的第一次危机，得以作为学科发展起来。

其实这一定义还只是陈寅恪先生比较文学观的萌芽，因为它没有提及比较文学研究的目的。直到两年之后，他又在《冯友兰中国哲学史审查报告》（下）中，对自己的比较文学观作了进一步的发挥与补充。在他看来，对外来文化的输入：“必须一方面吸收输入外来之学说，一方面不忘本来民族之地位。此二种相反而适相成之态度，乃道教之真精神，新儒家之旧途径，而二千年吾民族与他民族思想接触史之所昭示者也。”④ 在这里，陈寅

① 桑兵．近代中外比较研究史管窥．中国社会科学，2003（1）：199.

② 吴学昭．吴宓与陈寅恪．北京：清华大学出版社，1992：9.

③ 陈寅恪．金明馆丛稿二编．北京：生活·读书·新知三联书店，2001：252.

④ 陈寅恪．金明馆丛稿二编．北京：生活·读书·新知三联书店，2001：284－285.

恪先生尽管是就哲学研究而言的，但完全可以视为他的比较文学观。在他看来。比较文学研究不是为比较而比较，其目的是为了吸收，而吸收必须以我为主体。

当然，陈寅恪先生对比较文学研究的理解，其局限性也是明显的，首先它是法国比较文学影响学派的产物。陈寅恪先生除游学日本、美国外，曾两度游学欧洲，在欧洲学习近10年之久。而他在欧洲游学的20世纪前30年，正是法国比较文学影响学派的形成时期，他不可能不受到影响。而法国比较文学影响学派重考证的倾向，与陈寅恪先生所受的中国传统学术熏陶正好吻合，因此他接受了法国比较文学影响学派关于比较文学的观点，强调实证研究，注重的是那些有事实联系的文学关系的研究，而对平行比较则抱高度的警惕与不信任。同时，陈寅恪先生的比较文学观，仍然没有完全摆脱将比较文学视为用比较方法进行学术研究的观念。在陈寅恪先生看来，比较文学除了研究跨越性的文学现象外，还可以研究非跨越性的文学现象，这就与比较文学的本质不符合了。

但如果我们将陈寅恪先生的比较文学观放在中国比较文学学科发展的纵向坐标轴上看的话，他在将比较文学中的“比较”作为文学研究的方法与作为学科的比较文学之间跨越了一大步；即使放在世界比较文学学科发展的横向坐标轴中看的话，他也与这一时期的世界比较文学学科发展同步，而且超越法国学派早期将比较文学视为单纯的“国际文学交流史”做法，而强调要研究文学的影响范围，特别是研究在传播过程中所发生的变异。同时，他还对可能出现在平行研究中穿凿附会的比较研究进行了预警。正是从这个意义上，我们说陈寅恪先生是中国比较文学学科发展的开拓者与奠基人之一。

二

陈寅恪先生对比较文学的贡献，还体现在他用理论与实践活动丰富与发展了比较文学学科的研究类型与研究方法。一般认为，陈寅恪先生只重视传播研究与影响研究，而反对平行研究与阐发研究。的确，作为史学家的陈寅恪，十分重视对有影响关系的文学活动进行研究。他认为有影响关系的文学活动的互相比较研究，“方符合比较研究之真谛”。而且在这方面著述颇丰，比如在《〈西游记〉玄奘弟子故事之演变》中，他通过对印度史诗《罗摩衍那》、佛教中的《贤愚经》、佛教故事《毗奈耶杂事》以及《慈恩法师传》等文献的披沙淘金，考证出玄奘三弟子的来源；在《〈三国志〉曹冲华佗传与佛教故事》中，他同样通过大量典籍考证，说明曹冲称象的故事源于佛经《杂宝藏经》，华佗故事与印度神话有渊源关系，在这篇不足五千字的文章中，就取证了《三国志》《叶水心适习学记言》《杂宝藏经》等多部典籍。另外如《大乘义章书后》《忏悔灭罪金光明经冥报传跋》《有相夫人生天因缘曲跋》《须达起精舍因缘曲跋》《莲花色尼出家因缘跋》《四声三问》《敦煌本唐梵对字音般若波罗密多心经跋》等文章，莫不通过具体可靠的事实材料对论点进行证明，都是影响研究方面的范例。而对无事实联系的平行比较研究，以及阐发研究，他则颇多微词。他对平行比较研究的批评，我们上面已引，不再赘述。而对阐发研究，他在《支愍度学说考》等文章中，对东晋时代的佛徒用外书配拟内典的“格义”阐发法进行了批评，认为“失去正读”，是一种误读。在《冯友兰中国哲学史审查报告》（上）中，他警告我们“此种同情之态度，最易流于穿凿附会之恶习”①。

但是，如果我们就此认为他一概反对平行研究和阐发研究，则是没有真正理解陈寅恪先生的观点。他反对的并不是平行研究和阐发研究本身，而是反对平行研究中缺乏相融性的胡乱配对，反对阐发研究中不考虑外国理论是否适用中国实际而不加分析地穿凿附会。他曾经称赞王国维“取异族之故书与吾国之旧籍互相补正”②的研究思路，他自己在与吴宓的多次谈话中，以及在20世纪50年代创作的《论再生缘》中，都使用过平行比较研究，比较分析中外哲学、伦理道德以及文体结构。在《论再生缘》中，他将《再生缘》置于中西小说横与纵的坐标系中进行比较，指出：“至于吾国之小说，则其结构远不如西洋小说之精密。在欧洲小说未经翻译为中文以前，凡吾国著名之小说，如水浒传、石头记与儒林外史等书，其结构皆甚可议……哈葛德者，其文学地位在英文中，并非高品。所著小说传入中国后，当时桐城派古文名家林畏庐深赏其文，至比之史迁。能读英文者，颇怪其拟于不伦。实则琴南深受古文义法之薰习，甚知结构之必要，而吾国长篇小说，则此缺点最为显著，历来文学名家轻视小说，亦由于是。一旦忽见哈氏小说，结构精密，遂惊叹不已，不觉以其平日所最崇拜之司马子长相比也。今观再生缘……在吾国文学史中，亦不多见。”③

但他心中的平行比较研究，必须要具有“历史演变及系统异同之观念”，即必须正确地选定可资比较研究的对象，不能胡乱配对。在他看来，平行比较的对象，“必须属于同系中大同而小异”者，“否则古今中外，人天龙鬼，无一不可取以相与比较。荷马可比屈原，孔子可比歌德，穿凿附会，怪诞百出，莫可追诘，更无所谓研究之可言矣”④。在正确确定比较研究的对象后，还应该“分析之、综合之，于纵贯之方面，剖别其源流；于横通之方面，比较其差异”。所谓“剖别源流”，即明同；比较差异，即辨异。通过明异，揭示特性，把握特性。明同辨异之目的，在于“文通”，不是简单地将比较作为一种研究方法，而是在跨越两种以上民族文化基础上的会通，这种“跨界视域”的确定，为比较文学学科的确立提供了本体论依据。

对阐发研究这种研究类型，尽管他并不完全赞同，认为这种“以经中事数，拟配外书，为生解之例”的“格义”方式，是文化上的比附。但他一方面从学术的角度对“格义”进行批评，但另一方面又从“救中国之缺失”的角度予以理解和同情，认为“先儒爱国济世之苦心，至可尊敬而曲谅之者也”⑤。儒家思想在中国根深蒂固，所以佛教欲在中国立足，就只能采取“格义”的方式，即以“佛理之精粹以之注解四书五经”（其实是“反向格义”），来证明二者的相通之处。

他称赞王国维“取外来之观点与固有之材料互相参证”的研究思路，也称赞冯友兰《中国哲学史》“取西洋哲学观念，以阐明紫阳之学，宜其成系统而多新解”⑥。在他看来

① 陈寅恪. 金明馆丛稿二编. 北京：生活·读书·新知三联书店，2001：279.
② 陈寅恪. 金明馆丛稿二编. 北京：生活·读书·新知三联书店，2001：247.
③ 陈寅恪. 寒柳堂集. 北京：生活·读书·新知三联书店，2001：67.
④ 陈寅恪. 金明馆丛稿二编. 北京：生活·读书·新知三联书店，2001：252.
⑤ 吴学昭. 吴宓与陈寅恪. 北京：清华大学出版社，1992：11.
⑥ 陈寅恪. 金明馆丛稿二编. 北京：生活·读书·新知三联书店，2001：282.

"异域结论如果正确，对于我们的材料也有适用之处"，但阐释时要有"独立精神、自由思想、批评态度"①。他自己也认为对古人之学应该具有"了解同情之态度"的观点，实际上也是源于西方的阐释学理论，用西方的阐释学理论来指导中国文学学习。陈寅恪先生的这些见解，直接地是就语言之比较讲的，但就其原则与精神而言，可适用于对一切文化现象，包括比较文学之比较研究。

陈寅恪先生在跨学科研究方面也成绩斐然，如《元白诗笺证稿》《论再生缘》《柳如是别传》等，都是这方面的代表性论著，他在中国文学与佛教的比较研究方面的成果更是为人们所称道。他跨越文学与其他学科的界限进行比较研究，显示出宏观的文化视野。

除了以上四种主要研究类型外，陈寅恪先生的研究还涉及比较文学研究的其他主要研究范式，包括翻译文学研究（如《莲花色尼出家因缘跋》《大乘义章书后》《支愍度学说考》等）、比较文体学研究（如《有相夫人生天因缘曲跋》《须达起精舍因缘曲跋》《敦煌本唐梵对字音般若波罗密多心经跋》《敦煌本维摩诘经文殊师利问疾品演义跋》等）、比较诗学研究、形象学研究（如《〈西游记〉玄奘弟子故事之演变》）、主题学研究（如《禅宗六祖法偈之分析》）等研究类型。

三

陈寅恪先生对比较文学学科发展的贡献，还体现在他对比较文学研究方法提出了自己一系列独到的见解。陈寅恪先生比较文学研究最常见的方法就是实证研究，即通过具体可靠的事实材料证明跨文化背景下一种文学对另一种文学影响或者接受的关系。此法被人论及颇多，在此不赘述。一般认为，陈寅恪先生的比较文学研究只推崇实证研究方法，而反对审美分析方法。而事实上，陈寅恪先生很清楚，文学作品的影响与被影响关系是无法提供确凿的证据来证明的，其间不可能构成一般的因果关系，接受者往往是将接受的东西化为一种心灵交感的关系，以无形无态的形式融到自己的创作中。所以他在重视实证研究的同时，亦不反对比较文学研究中的审美批评，而是主张"了解之同情"。他在《冯友兰中国哲学史审查报告》（上）中说："所谓真了解者，必神游冥想，与立说之古人，处于同一境界，而对于其持论所以不得不如是之苦心孤诣，表一种之同情，始能批评其学说之是非得失，而无隔阂肤廓之论。"② 所谓"了解"，即还原，陈寅恪先生这里是指还原到古人的文化场中，同样也可适应于对异域文学的"还原"。对古人如此，对异源异质的文学更应该如此，即叶维廉所说的"模子寻根法"，通过模子寻根来了解他者，不了解就"同情"很容易陷入主观臆断的泥潭。但我们的"了解"毕竟是有限的，我们永远不可能真正回到古人与他者的文化场中。在最大可能"了解"的前提下，予以"同情"，即以己之心推论之，通过"同情"，亲近他者，发现差异。这种"同情"的态度，其实就是一种审美批评方法。

陈寅恪先生的文（或诗）史互证法，历来为人们所称道。由于他主要是史学研究者，

① 汪荣祖．陈寅恪评传．南昌：百花洲文艺出版社，1992：64.

② 陈寅恪．金明馆丛稿二编．北京：生活·读书·新知三联书店，2001：279.

所以人们习惯从以文证史的角度理解文史互证法，其实文史互证应该包括以文证史和以史证文两个方面。他以史证文的典范之作是《元白诗笺证稿》，他将眼光放在元白诗与史事的结合之上，通过介绍与诗歌有关的时代背景资料来阐发诗歌的真实旨意，在研究方法上给我们以很大的启示。当然，以史证文的方法并非可以用在一切文学作品的研究中，必须符合研究对象的属性，而陈寅恪先生将其方法用于研究元白诗则是眼光独到的，因为白居易在《新乐府》序中说："其事核而实，使采之者传信也"。既然如此，也就可以用史证文，通过史更好地理解文。

在翻译文学研究中，陈寅恪先生反对"格义"而提倡"合本"研究法。所谓"合本"，用陈寅恪先生的话说是"盖取别本之义同文异者，列入小注中，与大字正文互相配拟。即所谓'以子从母'，'事类相对'者也"①。由于中译佛经中常有同本异译的情形，于是人们就集为合本，以资对比。合本中有上、下本之分，上本称母本，下本称子本，所以有称母子者，因以子从母之故。以母本为主，然后将别本义同文异者，列入小注中，便是"子注"。这种以同本异译之经典参校的方法，其实就是比较文学研究法。此外，他还将历史文化法、考核阐义法、中外对话法等多种研究方法应用于跨文化研究中。

从比较文学的角度看，陈寅恪先生关注最早，用功最多的，就是跨文化传播与接受。对陈寅恪先生而言，跨文化传播与接受问题，既是学术问题，更是文化立场问题，是他从学术角度表达其文化观的一种策略。

早在1919年，他在与吴宓的谈话中就阐明了自己的文化观，认为中国不仅在科学方面，而且在哲学、美术方面都逊色于西方。而针对当时只向西方学"器物之学"的主张和留学生只"偏重实用"的倾向，他认为"救国经世，尤必以精神之学问（谓形而上之学）为根基"。在他看来，佛教之所以不能大行于中国，就是因为儒家思想"悉人事之学""转趋实用，则乏远谋，利已营私，而难以团结、谋长久之公益"。而儒家思想植根于国人心中，使得崇尚形而上之学的佛教在国人中难以植根，其结果必然是"人欲横流，道义沦丧"。相比之下，老庄思想略高一筹，但"比之西国之哲学，则浅陋之至"。

正是在此情境中，陈寅恪先生开始关注跨文化传播与接受问题。熟读史书的陈寅恪先生，从中国历史陈迹中寻找答案。在他看来，唐代之所以昌盛，与佛教传播的关系密切，大可研究。"佛教于性理之学 Metaphics 独有深造。足救中国之缺失，而为常人所欢迎。惟其中之规律，多不合于中国之风俗习惯（如祀祖、娶妻）。故昌黎等攻辟之。然辟之而另无以济其乏，则终难遏之。于是佛教大盛。宋儒若程若朱，皆深佛教者，既喜其义理之高明详尽，足以救中国之缺失，而又忧其用夷复夏也。乃求得而两全之法，避其名而居其实，取其珠而还其椟。采佛理之精粹以之注解四书五经，名为阐明古学，实则吸收异教。声言尊孔避佛，实则佛之义理，已浸渍濡染。与佛教之宗传，合而为一。此先儒爱国济世之苦心，至可尊敬而曲谅之者也。故佛教实有功于中国甚大。"② 他认为中国文化的精华不是周秦之学，尽管到底是什么他没有明说，但从他对大唐盛世文治武功的推崇可以看到，他心中的"国粹"，实际上是吸收了佛家哲学中的形上学趣味和方法的新儒学。

---

① 陈寅恪．金明馆丛稿初编．北京：生活·读书·新知三联书店，2001：183.

② 吴学昭．吴宓与陈寅恪．北京：清华大学出版社，1992：9－13.

1926年，游学欧美近20年的陈寅恪先生回国后，既没有开设介绍欧美当代文学的课程，也没有开设介绍欧美当代哲学与文艺理论的课程，而是出人意料地开设了《佛经翻译文学》，指导学生进行专题研究的范围也大都与此有关，比如《摩尼教经典与回纥文之研究》《佛教经典各种文学译文之比较研究》《古代碑志与外族有关系者之比较研究》等。在笔者看来，其用心就在于关注跨文化传播与接受问题。次年，在《王观堂挽词并序》中，他再次谈到跨文化传播与接受问题："然佛教流传衍盛昌于中土，而中土历世遗留纲纪之说，曾不因之以动摇者，其说所依托之社会经济制度未曾根本变迁，故犹能藉之以为寄命之地也。近数十年来，自道光之季迄今日，社会经济制度，以外族之侵迫，致剧疾之变迁；纲纪之说无所凭依，不待外来学说之撞击而已消沉沦丧于不知不觉之间，虽有人焉，强聒而力持，亦终归于不可救疗之局。"王国维为此而死，陈寅恪先生也对中国传统文化的核心——纲纪之说在感情上有某种依恋，但是"对事势之所必至，他又是洞若观火的"①。既然传统文化随着社会经济制度的改变，不加改造必将走向衰亡，那么对异域文化的输入问题就摆在了意识日程上。在挽词中，陈寅恪先生借对张之洞才识人望的景仰，表达了自己的文化观："当日英贤谁北斗，南皮太保方迂叟。忠顺勤劳矢素衷，中西体用资循诱。"

在随后发表的，比如《〈西游记〉玄奘弟子故事之演变》《〈三国志〉曹冲华佗传与佛教故事》《大乘义章书后》《敦煌本维摩诘经文殊师利问疾品演义跋》《与刘叔雅论国文试题书》《禅宗六祖传法偈之分析》《冯友兰中国哲学史审查报告》《莲花色尼出家因缘跋》《支愍度学说考》《四声三问》等一系列文章中，跨文化传播与接受问题始终是他关注的焦点。事隔近20年后，陈寅恪先生又撰写《论韩愈》的长文，强调了要一方面吸引外来学说，一方面不忘本来民族之地位。1961年，吴宓前往广州拜访陈寅恪先生，对这位十多年未曾谋面的老友，陈寅恪先生一见面就重申自己的文化主张——"思想及主张毫无改变，即仍遵守昔年'中学为体，西学为用'之说"。第二天再次谈到："论韩愈辟佛，实取其保卫中国固有之社会制度，其所辟者印度佛教之'出家'生活耳。"②

关于跨文化传播的途径与方式，陈寅恪先生论述不多，但却一语中的。他曾以佛经翻译为例，形象地概括了文化传播的两种方式："间接传播文化，有利亦有害：利者，如植物移植，因易环境之故，转可发挥其特性而为本土所不能者，如基督教移植欧洲，与希腊哲学接触，而成欧洲中世纪之神学、哲学及文艺是也。其害，则辗转间接，致失原来精意，如吾国自日本、美国贩运文化中之不良部分，皆其近例。然其所以致此不良之果者，皆在不能直接研究其文化本原。研究本原首在通达其言语，中亚语言与天竺同源。虽方言小异而大致可解，如近世意语之于拉丁，按《出三藏记集》卷八僧镶大品经序谓'胡音失音，正之以天竺'。盖古译音中如弥勒、沙弥之类，皆中亚语，今日方知。因此可知中亚人能直接通习梵文，故能直接研究天竺之学术本源，此则间接之害虽有亦不甚深也。"③

陈寅恪先生在佛教文献考证、研究中，常常独具慧眼，发现佛经与中国文学的特殊关

---

① 李慎之．独立之精神　自由之思想．炎黄春秋，2000（2）：2.

② 吴学昭．吴宓与陈寅恪．北京：清华大学出版社，1992：143.

③ 蒋天枢．陈寅恪先生编年事辑．上海：上海古籍出版社，1981：83.

系，尤其是佛经对各种文体的体制生成、变迁都有巨大而积极的影响，如他在《有相夫人生天因缘曲跋》一文中写道："有相夫人生天因缘，为西北当日民间盛行之故事，歌曲画图，莫不于斯取材。今观佛曲体裁，殆童受喻鬘论，即所谓马鸣大庄严经论之流，近世弹词一体，或由是演绎而成。此亦治文化史者，所不可不知者也。"① 在《须达起精舍因缘曲跋》一文中，他写道："今取此佛典与贤愚经原文较，已足见演经者之匠心，及文学艺术渐进之痕迹，而今世通行之西游记小说，载唐三藏车迟国斗法事，因与舍利佛降伏六师事同，又所述三藏弟子孙行者猪八戒等，各矜智能诸事，与舍利佛日犍较力事，亦不无类似之处，因并附记之，以供治小说考证者采觅焉。"② 尽管陈寅恪先生所下结论均十分谨慎，但这里所提到的有关问题，实际上是中国各体文体变迁的一大关键，后来许多治这一问题的学者均在陈寅恪先生的结论上，建立其学术再出发的起点。

陈寅恪先生学术思想中的比较方法与比较视野，对于史学等其他学科而言，它只是一种更好地证明自我的手段，并不是为了达到会通的目的。而这种学术理念用于文学研究，则不是为了更好地证明自我，而是为了求得会通与融合。在他的文学研究中，所采用的"比较"方法，是为了与传统的国别文学研究以及民族文学研究区别，立足于人类文明的互动，即在跨越中探究文学与文化发生的语境，在多元文化语境中解析文学的生成状态，在相互的碰撞中取长补短，以求得文学发展的规律。所以它再也不仅仅只是方法论意义了，而具有本体论意义。

① 陈寅恪．金明馆丛稿二编．北京：生活·读书·新知三联书店，2001：192.
② 陈寅恪．金明馆丛稿二编．北京：生活·读书·新知三联书店，2001：196.

边界是为了跨越而设置的

——流散研究三题议

深圳大学　钱超英

“流散”并不神秘。在经验的层面上，流敬就是移民问题——无论是被迫、被动的离散还是主动外求的迁徙，流敬在世界各地都有漫长的历史和多样的表现。以此意涵为主轴，在学术实践中，流散研究的对象有广狭之分。最狭义的就是对公元前犹太—希伯来特定时期（主要是“巴比伦之囚”时期）的历史研究，依此稍微扩展的是对相关族群（如犹太人等）长期文化特点的关注。而流散概念的折中义可能是现在使用得最普遍的，是指与当代越益广泛、大量的跨国移民现象有关的体验和后果。再广义，则包括了所谓“内部移民”——一国之内的人口迁移、区域关系和社会变迁。而其最广义，则除涵括上述所有要素之外，更包括与之伴随的精神领域的流变，重点在于文化哲学、文学艺术上的理解，故有流散文化、流散文学（流散作家）、“流散美学”，乃至国内个别学者所使用的“流散诗学”① 诸说。

流散研究自新世纪开始以来渐受我国学界重视，但其于20世纪后期已在国外兴起。20世纪作为一个“移民的世纪”，前有二次大战制造的数以千万计的跨国移民，以及非殖民运动中诞生的不少独立国家，因其欠发达状态，导致政治独裁与社会动乱分裂之间的循环，常有疆界漂移、人民离乱的情形；后则有柏林墙倒塌、冷战格局骤变、政治地图改写导致的人口迁徙，以及因新兴产业出现、跨国公司崛起所加速的全球化趋势，加上后现代思潮对人的恒常归属和固有身份所作的非本质主义解构，都使流散话语逐渐走上人文学术的前台。

在当今现实生活中，流散现象的社会效应即使对普通居民而言也并非是不可感的。例如，20世纪后期以来的天空出现了一个日夜移行于各种航班的经理人阶层，以服务于跨国和跨地区的经营活动。商务的和消费的旅行、留学和跨国跨区家庭的聚散，都使得世界核心城市居住空间的发展无法再完全以常住居民的数量来预测——移民通常需要在世界的不同地方拥有住处（这也是他们财富分配转移的一种形式），这种需求变量，连同其他的变量（如对特色饮食、国际学校和文化设施等的需求），悄然注入并放大了相关城市地区的物价、房价波动和社会风貌的变化。这也是理解近期我国生活变动（如核心城市的房

---

① 生安锋．后殖民主义“流散诗学”与知识分子．思想文综，2005（9）：153－154；陈爱敏．流散书写与民族认同——兼谈美国华裔流散文学中的民族认同．四川外语学院学报，2008（2）．

价）的一个潜在指标。可惜的是，相关的具体研究严重不足，或者是这些研究经常归属于“国民经济”的观察，而缺少结合流散研究的觉知。

而“流散”概念，较之日常用语的“移民”更具有学术意义的生产潜力，乃是因为它便于古今经验互相参证、联结贯通为一种延展的视野，于其中，人们对今日世界的很多重要发展，如全球化问题、身份认同问题等，都增加了认知背景的纵深。又因移民问题牵动了身体与心灵、现实与理想、风险与选择、个体与族群、认同与差异、中心与边缘、西方与东方、原生与外求、偏见与包容、限制与自由、权威与抵抗、创获与代价、选择与规避、文化守成与革故通变、国家身份与文化身份等多种复杂关系的重审与思辨，因而日渐成为当代文化研究、文学艺术批评的一大论域。可以说，流散研究就是欲求把当代世界激变的人类文化生态纳入到长程历史时空和普遍性人文哲思的一种努力，也是对时代生活重大疑难的一种积极的正视和回应。

流散研究目前总体上还处在起步阶段，这一点在我国更是如此。本文基于笔者从事部分流散研究课题（主要是华人移民和华人文学）的有限体验，试对流散研究的若干观念、方法范畴提出讨论，以就教于同道。

一、内部和外部

内外之别，至今是我们理解和处理社会事务和学理问题的基本分际，也是影响许多学科划分的基准，如在文学研究中即有中国文学和外国文学的界划，其他人文分科也大致如此。这一点使得那些和流散问题联系紧密的领域长期难以定位，并遭受“学科化”的困境。例如，海外华人或华文文学尽管已然规模庞大并在国际交流中日渐重要，但它时而勉强算是“中国现当代文学”的一部分（因其主要是一种汉语现象），时而则被看做“外国文学”（或“国外文学”）的次生现象（因其一般在境外发生），而“海外华人华文文学”之曰“海外”，意味着研究者默认它是一个天然内核的自然萌发，一个固定中心的有限延伸，这实际上多少遮蔽了它的特性；至于近年来“世界华文（或华人）文学”之名，却在行内的研究操作中默认不包括中国大陆本土的“主流”文学，从而也就无法真正地“世界”起来。这种分界操作惯性其实已经很难适应研究发展的内在需求。以笔者的观察所得，有关“海外”或“世界”的研讨会，经常要面对是否收编那些论述中国城市的农民工文学（“内部”移民问题）的论题的两难。

流散研究要求走出这样的困境，不仅是为了学科建设，也是为了更好地认识这个“世界”。

从世界近代史看，欧洲资本主义的发展和其海外经营即是同一回事，至多是同一个故事的不同版本。西方主导下孕育和发展的民族国家格局，从一开始就和其海外探险、殖民活动相互伴随并深度依赖，不必总是看作两个分属于“内部”“外部”的过程。按照本尼迪克特·安德森的说法，主导性的西方宗主国和殖民新领地在不同地理空间之间建立了一种“并行的同时性”①：欧洲移居者把新领地看作是家园的一种复制，哪怕它们和作为宗主国的母国发生过争取相对独立的争斗，也具有“亲戚之间的战争”的意义，所以才能在战争、独立之后迅速发展相互之间紧密的政治、经济联系。这也是为什么新兴的西方世界充满了类似“新约克”（纽约）、“新南威尔士”这种格式的命名，在民族生成的“想象”运作中，这种“新××”表明了新领地和母国故土之间的相互穿越和相互纳入，并改写了世界不同部分之间的内外关系。

这一点对理解我国近现代史和移民问题也是同样有启发的，因为中国现代民族主义的兴起就是在和西方民族的内外互动中激发的。从总体上看，郑和时代以后至现代的中国海外移民并不是如同西方那样母体文化的主动外求，反而是在西方资本势力的拖曳、胁迫和影响之下，作为资本生产营运要素被“分配”“弃置”到海外的结果。他们多数是深受西方资本压迫、剥削的对象，是作为西方新兴地区殖民势力的统治、役使和他者化的对象而构成其海外存在的意义的。又由于他们的出走有着母国社会在西方势力进侵下传统瓦解、生计破敝、产业不振的经济压力，我们可以这样理解：如果说现代中国本土最终没有被单一列强完全殖民化的话，那么近现代华人移民本质上就是作为中国人被置于本土以外承受殖民化命运的历史角色。他们这种在祖国以外的、“外在”地被“内在”了的属臣处境和生活命运，正反映了中国在西方势力全球建构的权力格局中的位置。我把这种情况定义为“微缩”和“复制”机制——国家方位微缩为个人遭际，权力关系在不同范围和不同境域之间复制再现，其内容意义则是无分内外的。

正是这一深层原因，使海外华人社区成为中国现代民族主义的策源地。

中国民族意识在海外移民问题上的生成，也许可以追溯到近代的晚期王朝政治。明清两朝政府多番限制海外移民，作为其锁国政策的一部分，这也许不能简单解读为限制人民出境自由这样的当代意义，而是可以理解为王朝政府借华人身份权属控制向国外势力确认、彰显自己的管治权威和行政权能——恰恰是这种权威和权能的日渐衰弱使它有这样的需要。这样华人移民就事实上成为内外两种权力竞争的象征性中介。并且王朝政府也很容易成为王赓武所说的“移民的敌人”②。从理论上说，这种两面为“敌”的处境会令华人移民发展出一种强大的自我身份（认同）。然而事实上并非如此。不仅中央王朝政府把他们视为臣民竭力加以管治，而且他们很多也选择了回归，或者虽然滞留在外仍自视为“汉人”“番客”并倾向于聚居和族内婚配（较多的跨文化婚恋只是一种当代现象），这使我们注意到他们发展其“海外自我”所受的文化特点的强大牵制。但我们并不能因此把海外华人看作是静态的、历史命运和处境的消极承受者。他们不仅在美国和澳大利亚的金矿地区发动过对白人竞争者的抗争性暴乱，而且数量众多的劳工之多番回流归国，也可视为一种对抗国际资本赋予的流散命运的生活选择。真实的故事也许就是：他们既不满本土王朝社会的专制、贫穷与不公，也不甘永远为海外资本所奴役。现代史早期的多轮社会革命和民族解放斗争的策动者、组织者都有或长或短的海外生活经历，而与海外华人世界建立了

① 本尼迪克特·安德森．想象的共同体——民族主义的起源和散布．吴叡人，译．上海：上海人民出版社，2005：179－180.

② 王赓武．移民及其敌人//王赓武自选集．上海：上海教育出版社，[illegible].

深广的联系，他们通常也把海外华人社区作为筹募革命经费的主要来源，而在其本土斗争挫败危难时又每每能获得海外华人社区的庇护。其所以能够如此，除了海外社会制度提供了当时本土所缺乏的集会、结社、言论等相对自由的空间以外，也必须看到：海外华人在海外生活的处境和地位使他们产生了有关中国在世界上的地位的强烈而痛切的身份知觉，因而强烈期盼中国的现代化和强盛，以便获取身份上的支撑以应对海外生活的挑战。因此孙中山有关“华侨为革命之母”的名言，并不仅仅是一种感激和表彰，也是历史的真实。

“海外中国”因而正是以这种意义，而不是西方新大陆式的“并行”的“属地”的意义，而被纳入中国的现代发展。另一方面，中国民族主义和民族革命的兴起，成为海外华人文化身份现代建构的强大基础。“本土中国”也正是以这种意义，而非西方宗主国对于其海外领地的意义，而介入到海外华人的自我认知之中。非此则无以充分解释中国多个革命和建设高潮阶段海外华人活动家回归报国的浪潮——虽然有着某些海外社会迫害、排斥华人（如20世纪中期的印尼等东南亚国家）等具体成因；也无以充分解释我国大陆当代改革开放前期阶段海外资金（实际上是海外华资）对中国经济起飞的贡献——虽然这也有着经济活动本身规律的作用。

至于大陆改革开放以来的新移民，则也是和中国社会的内部动向息息相关的。历史环境和移民心态已经发生了很大变化，但相应的外部国际格局和个体经历的内部体验之间的“微缩”和“复制”机制仍然在发生作用。当然，我们也不能因此完全否认个体的作用——对我们来说，这种作用也在于它可以从局部对全局、从“内部”对“外部”，或从“外部”对“内部”发生深刻的影响。举例来说，严歌苓等新一代移民作家的“个人化”写作已然显著地影响了中国大陆文学的色彩、氛围和格局——人们或许永远也无法确定（无论从写作题材、题旨、个人身份还是其他），严歌苓式的作家及其产品究竟是中国的还是外国的。

笔者认为，为利于流散研究中对内外关系的动态理解，应重视全球化研究中提出的非领地化（deterritorialization）概念。它是指对地理疆域限定的超越性处理。从现有资料看，这个概念最先由人类学家阿君·阿帕杜莱提出和使用，但其他论家也多有借用，或发展类似概念或描述，如美国学者阿里夫·德里克在评论全球化现象的时候，提到“新的政治经济权利中心的出现，对明显的文化群体中的文化多样性的肯定促使人们破除疆界四处流动，同时探讨超越民族和区域问题的各种新的全球机构的形成”的问题。查尔斯·洛克则注意到，区别于“民族国家将他们的臣民圄于疆界之内，并且注重地球土地疆域的分配”“伴随全球化而来的是地理位置意义的失落”；这位论者并且预测随着全球化的发展，少数不幸者将被置于“本土化”生产者的地位，而财富和富人则享受全球化的便利（如资金的自由流动和作为消费的旅行等），实现符合自己利益的“非定位性”① ……总之，非领地化及其相关概念在描述全球化所凸显的流散问题方面，带来了一种有针对性的和活跃开放的理解。

笔者认为，借用该概念或使用类似理解，还可以带来更多的人文研究启示。如在哲学

---

① 查尔斯·洛克．全球化是帝国主义的变种．徐燕红，译//王宁，薛晓源．全球化与后殖民批评．北京：中央编译出版社，1998：45.

思考方面，莱维纳斯强调自我朝他者方向的“位移”，德里达提到主体向他者（包括作为不速之客，异质、危险的他者）开放的“无境域的境域”；社会历史方面，全球化带来了相应的政治经济文化动态的特色如“世界主义”、出国冲动等；移民文化研究方面，中国移民的文化特性和身份问题，在某些华人移民文化批评家如朱大可等的表述中，则被赋予“流氓”①（永远体验“获乡”与“失乡”二律背反的游走者）的概念而获得观照和分析；文学艺术与文化身份方面，当代某些精英文学代表提出了不以国家来源地为背景定义个人身份，而以美学追求、语言特性等“随身”因素来找寻“自我之乡”的意义方案……这样，“非领地化”就是当代身份思考、文化身份研究所不可忽视的一大主题。

也许，这样的打通内外之隔的“非领地化”思维，最好用一个澳大利亚著名作家亚历克斯·米勒一部小说的哲学主题来概括：“边界是为了跨越而设置的。”②

二、时间与空间

时间和空间本是哲学研究的经典范畴，在流散研究中它们可以获得新的意义和活力，也有必要作出新的辩证综合。

综观目前的不少流散研究，或者较着意于梳理某一问题的历史根源及其生发演变的过程（如对某些族群史迹的研究），这是着重于时间维度的进路；或者较执着于分析不同文化间影响的化合结果（如对某些跨文化作家特色的评论），这是着重于空间要素的集合。尽管在前一类型的研究中也不可避免地会涉及历史被外来影响所干预的“空间”因素，而后一类型的研究也不可避免地会涉及不同影响如何先后叠加的“时间”因素，但它们的主要模型还是或者是基于过程、根源追溯的历史研究，或者是基于状态、特性、结构分析的现象评断，从而使流散研究归并于历史研究或其他已有领域的研究（当然我们也可以说，历史研究和其他已有领域的研究中本来就已经包孕了流散研究的萌芽），却不易彰显流散研究的鲜明特色。流散研究的发展可能应更多地把时间和空间的扭结和混合作为一种自觉的思想方法来实施。这恰巧也是目前通用的中文用词“流”（时间过程）“散”（空间分布）所可能激发的一种学理灵感。但不仅仅是这样。对西方思想传统的后现代批判已经提示了人们需要警惕各自成对的分立范畴（二元对立）所可能造成的对有意义的问题出路的遮蔽和封堵，然而目下不少研究的范式仍难摆脱这样的传统。流散研究则正可在这一方面促成某种有效的超越，反过来也会带动文化思想叙写的重构。

举例来说——假若容许作一些粗浅的设想：借用流散研究的视角来回顾，18 世纪的法国思想家和作家卢梭（其实是一个日内瓦居民）一生浪迹，其旅行、移民体验，对形成他的观念和风格有什么意义？这就不仅是一个历史研究的课题，也不仅是一个跨国、跨地区的课题。再者，卢梭思想和其他重要思想家（例如精神分析创始人弗洛伊德——他被哈罗德·布鲁姆视作一个在莎士比亚面前的失败作家③）之间的相互交涉，无论被简化为一

① 朱大可．流氓的盛宴．北京：新星出版社，2006.

② 亚力克斯·米勒．祖先游戏．欧阳昱，译．台湾：麦田出版社，1996.

③ 哈罗德·布鲁姆．西方正典——伟大作家和不朽作品．江宁康，译．北京：译林出版社，2005：291－309.

种“跨文化影响”还是“历史传承”都不够全面。时间和空间相区分的范畴在这样的观察中固然很难不被分别使用，却尤其值得综合起来。这一点就算是对他们思想内容的研判也同样适用。可以说，在卢梭那里体现为崇拜原始、抵抗文明的自由主义“历史”观念，演变成了弗洛伊德揭示无意识和原欲、限制理性意识虚妄权能的心理“结构”分析。而他们重自然、反文明的思想倾向则有着原则上的一致性和内在的深刻联系。只不过，从其学理想象的运作中，在卢梭那里展现为人和社会历程的“时间”线索，在弗洛伊德那里则呈示一种精神成分相互作用的“空间”分布。一种把它们扭结起来的思考方法可以实现两者间的跨越的理解，从而有助于达成对他们意义的新的综合评价。

笔者的意思并不是说流散研究就等同于类似这样的思想课题，而只是在探索一种流散研究特色的处理时间和空间问题的可能方法。笔者的研究实践发现，在当代华人的移民动机中，对一种较好、较先进的生活的向往一般指向作为西方发达社会的“外国”。而这种让华人向不同“空间”转移的选择，其实又导源于百年中国变革观念（进化论、进步论、革命论）的长期洗礼——这种变革观念相信：生活的价值总是要以在“时间”中不断提供的改善来保证，当这种保证因社会环境的限制（停滞）而被感觉到严重不足时，人们变得急不可耐，个人和家庭单元的“身份革命”于是发生。直观地看，华人移民“脱出”了民族群体生活。然而，这样的“脱出”却不能仅仅看作是一种空间上的“离弃”，因为，原本这种群体就已经发展了一种现代的集体无意识：未来发展的目标模式需要放在“外面”来定位——如前所述，现代西方的强烈影响一直就是中国现当代发展的被内化了的驱动力。那么，人们至多可以说，华人移民的生活选择只是要“先于”群体中其他成员的一种“进化”选择而已。于是，在这里问题就可以被描述为：移民用空间的漂移来实现时间的跳跃。或者说，移民是这样一种个体可以操作的生活魔术，它把“历史”变成“地理”，时间的问题于是变成了空间的问题。①

这种处理策略也使更大幅面的华人移民史呈现为时间和空间的有机交汇：近代规模化的华人移民现象首先见于中国东南沿海部分地区（港澳台）的殖民化所造成的“海外”地区，而作为大陆外沿近邻的东南亚（当时也是西方列强的殖民地或半殖民地）也很快成为20世纪初华工、商贩移民的集中去向；继而是抗战和解放战争前后的移民潮，奔赴于北美、澳大利亚、南非等20世纪上半叶的西方新兴地区；改革开放前后，则无论是港台移民还是大陆移民，主要是流向北美、日本、澳大利亚、新西兰、南非乃至欧洲等成熟、发达的西方社会。我国外沿近邻区间，特别是东南亚，已不复是移民潮的目标地。

这是一幅颇有意味的时空图景，标志了在中国本土和外部世界两端同步发生的，由现代初始到今日、由近而远、由浅入深的互动互变。这意味着：西方势力朝向中国本土社会内部的影响冲力越大、影响持续的时间越长，造成的社会变化越是深刻，则华人移民朝向西方主要国家运动的倾向便越是明显，他们就越是明显地成为西方社会内部的权力空间的一部分——作为其边缘成分，与其中心统治结构（“主流社会”）紧密地相对而同在。反

---

① 钱超英．“诗人”之“死”：一个时代的隐喻．北京：中国社会科学出版社，2000：55．“当西方以历史的名义定义了‘进步’的前景时，对历史发展‘时间之维’的确认，便很容易转变为人身寄属的‘空间之维’的漂移：‘西方’于是在地理上体现为‘许诺之地’，正如它在第三世界发展的时间进度表上体现为‘历史的终点’一样。”

过来说也一样：华人移民越是走向西方主要社会，也就越是标志了其旅程另一端的母国（中国）社会被外部世界所影响、被国际政治经济及文化权力网络所定位、再定位的性质及程度。我把这一模式概括为“双向运行的圈层动态”，或者说是“历史与地理的叠加效应”。

这显示，流散研究最关注的散在、散居问题，表面上是一个空间分布的问题（如上述的华人移民在世界上环绕其母国分布为一个地理上远近不同的“圈层结构”），但它其实必须同时加以时间轴上的垂直扩展才能避免平面化的注解。这使我们看出，移民流散结构其实是中国社会史、中国和世界关系史的“年轮”式标记，它同时标记了现代以来中国社会被外部力量渗透和改变的程度。

一种超越了又结合着时空两维，以问题演变和生命格局为运转主轴的研究方法和分析策略，是流散研究所可能提供的一种贡献。

三、乐观与悲感

作为一个源出古犹太人离乱经验的概念，“流散”一词固有浓烈的苦难色彩。然而，放在华人经验的语境中，流散究竟应是悲剧性的概括，还是应以乐观视之？如果是前者，为什么它经常附着于中华文化走向世界的宏大叙事？如果是后者，则它为什么又常被充满华人文献的无奈的乡恋主题、苦难叙事和离愁别绪所浸透？

这或许不是严格的科学问题，然而却包含了从对世界、历史的认识向美学、艺术的理解跨越的桥梁。

针对不同时期、不同群体和个体经验的差异，人们不乏从不同角度作出的不同估价。考虑到改革开放以来我国社会经济的迅速发展，延至21世纪开端国际社会已普遍认识到中国崛起的态势，也考虑到海外华人过去多年来在经贸、文化交流中的显著作用，类似阮炜的这种宏观估价并非没有理由：

> 不难从文明发展的现象中归纳出这样一个规律：散居是文明扩张的一个重要方式，甚至是文明规模扩展的一种形式、文明能量提高的一个标志，一如20世纪后期以来，中国文明向海外移民的规模大于先前几个世纪，而这种较大规模的移民显然又是与中华世界的工业化进程带来的文明规模和能力的扩张密切联系在一起的。[①]

然而，另一方面，如果不是把当代移民问题孤立出来，而是放在近现代历史的整体脉络下，特别是放在本文前述“双向运行的圈层动态”的理解下（即把移民看作是西方的外部影响、干涉和中国社会文化有机性、完整性流失的同步过程和结构），则可能会对华人散居的意义产生较为严峻的时空感知。当然，展望苦涩的历史之因有可能孕育出未来的甘果是一回事，正视、品味、鉴评这种苦涩并给予有效的解释则是另一回事。

这里的悲剧性在于：近代以来的大部分经验中，华人移民问题是作为中国文化在与世

① 阮炜．文明的表现——对3 000年人类文明的评估．北京：北京大学出版社，2001：182.

界接触中体现的不幸命运的注解而被提出的，如前所述，华人移民是在这种命运中作为中国—世界关系历史结构及其问题的承担者而出场的。

或许可以从有关“适应”的问题出发。笔者注意到，西方有关华人移民的一种基本话语是华人移民难以同化。那么华人移民之流散，是否较之其他文化背景的移民的流散确有自己的特殊之处？若有，构成这种特殊之处的历史文化、现实社会的基础如何？“刘绍铭先生在一篇随笔中感叹法国贵族格雷蒙伯爵可以心无顾忌地归化美国，并且还著书大肆张扬，不以为耻，而美籍华人却无法做到如此，因为有着文化上的‘心魔’，害怕数典忘祖……融合与同化，常常沦于一种理论神话，一旦落实于具体的人事或时空，就显现出希望与现实之间的鸿沟。”① 中国移民在海外的立足之难（比如前所转引的刘绍铭所着意的文化心理层面），究竟意味着什么？

我们相信，在今日的形势下，评估华人适应国外生活的困难程度依移民个体选择和机遇的不同应有所差异，但它是否仍具有比较普遍的文化依据？或者说，对民族身份的执着，虽然也同样见于其他文化背景的国际移民，但这种执着在华人移民中间究竟有没有特别的意味？如果有，那又意味着什么？

笔者认为，很多华人移民的“怀旧”“乡恋”情结，不应该作单纯个体心智的解读、它还是某种“集体无意识”的产物。

如上所述，从近代以来的历史看，华人移民在世界范围内去向和移居圈层的扩展过程，其实也就是在西方势力扰动、进逼、干预之下中国社会历史连续性断裂、中国传统文化根脉中断的过程（这是与西方移民问题的深刻区别）。中国传统生活体系在一个很短的时间内瓦解、社会激烈转型和人文价值脱序，都使海外移民很难从一个正被破坏的传统中获得支持其身份重建的足够而有效的文化—精神资源。这一问题所涉纷繁，此文无法完整讨论，但仍可粗略地指出一个精神背景上的问题：支持近代西方移民、殖民活动的是经过文艺复兴个体精神洗礼、又被宗教改革重新激活后的基督教文化，这种文化使个人体验的海外冒险很容易获得宗教心理（如马克斯·韦伯所谓新教伦理）的超越化解释，使移民意义被神圣化，如把开拓“文明”的生活疆土看作一种神圣的召唤。从一点看，毫不奇怪，基督教传教士的全球活动成了近代殖民的先驱和重要部分。而在华人的文化配备中，对乡土、家园、祖先和宗亲的传统关切是伦理生活的深厚基础，经过发展主义和民族主义的改造，华人精神生活的价值指标仍然具有强烈的世俗性。重要的是，假如说发展主义和民族主义无论有多少不足，仍在本土社会运动中产生了强大的群体整合作用和精神动能，那它们却并不足以为个体在本土之外的流散生存提供充分的超验价值上的安排。在这个意义上，民族主义是现代华人一种超验价值的代用品——其功能既不同于西式的超验价值体系（如西方宗教），也不同于为个体—家族—社群关系提供完整安顿的传统伦理。一个生活在“国外”——民族群体以外的文化成员，如要寻求一种化约其流散身世之得失的超越性意义，则很难从其所来自的背景国度的文化资源中获得深厚的滋养——西化既非易事，传统亦已破坏，民族主义除了反复提示其文化身份外，并不足以为其提供更有效也即更“主流”或更“普世”的世界观。

---

① 饶芃子，费勇．海外华文文学与文化认同．国外文学（季刊）．1997（1）：27.

应该特别强调的是，这并非一个心智的问题，即并非中国移民的心理品质、适应性或意志力的问题，而是一个历史文化错位的问题：他们的出洋从世界大历史的背景看，并非民族文化的主动外求而是现代化后民族文化脱序、历史断裂、社会有机性流失和“精神分裂”的后果，因而无法从其所来源的文化世界中获取足够有效的精神资源去支持其移民经历。

这应是华人流散问题的内在症结，也应可以大致解释为什么华人移民的书写有着强烈而绵长的乡恋、寻根、失根、悲苦的主题和风格。一般地说，华人移民的书写，尤其是汉语的书写，无论其具体内容和特色如何，都常常具有一种哀悼式的情态。笔者认为，它们都在自觉不自觉地和这样的历史主题相遇：文化的创伤。对这一深埋于近现代历史的心灵机理的开掘，不能不使我们对华人流散产生一种悲剧性的历史感悟。

然而，这样的理解，却又不能简化为这样一种推断：华人移民无法克服困难，取得生活上——经济、教育、政治权利等方面的成功，这种推断显然和现实相矛盾。虽然他们的成功充满了重重险阻，而且也伴随重大的心理代价，如身份上的冲突，而克服或减缓这种冲突的精神文化资源却严重不足，这种不足又正是历史文化赋予的命运而非个体可以轻易克服的。

同时，上述理解更不应导致另一种推断，华人流散与英雄主义无缘。尽管生活在我国大陆的人们不必认同于华人移民的所有选择，但认识到他们在海外如何勇敢地面对诸多世界性和历史性的疑难，如何展开种种现实的和精神的搏斗，哪怕是绝望的搏斗，哪怕其中有着多少错逆、谬误、捉襟见肘的尴尬和灰飞烟灭的徒劳，我们仍值得借用史景迁对中国知识分子革命奋斗的描述，来感应他们的流散体验：

> 这些人从整体上生动地表现出了中国人在面对时代危机时是多么灵活、多么勇敢、多么敏锐……在我考察的这些中国人身上，可以反复看到，明知政治行动充满危险却义无反顾，明知没有希望结果却一如既往。生活在一个四分五裂、险象环生的世界上，他们表现了非凡的生存能力和勇气。①

于是，就本节所提出的乐观与悲感的问题，笔者认为：一方面，华人流散的扩展与近现代中国社会文化的不幸境遇深度关联，这种关联提供一种严峻的、具有悲剧意味的观察方式和研究路向（把华人流散研究和我国的人文精神重建问题结合起来），这种关联同时也解释了华人流散书写中悲剧风格的历史文化意蕴。另一方面，我们不应把有关华人流散的悲情主题、苦难书写完全等同于现实状况，它经常是一种植根于历史文化疑难的感知程式、书写策略和美学风格而已（相应地，乡恋、寻根也未必是一种现实选择的指向，而更多是一种精神心理冲突的虚拟解决）。这就必须看到，华人流散同时带来了华人在世界广泛国家现实的社会生活中的显著成就，他们在经济、教育、政治参与和其他方面的进展累积，正将推助中华文化在与其他文化互动中的更新、衍变和对外对内影响的扩散。对我们来说，华人的流散经验，他们在一个充满风险的世界上冒险犯难的奋斗精神，提供了乐观

① 史景迁．天安门——知识分子与中国革命．尹庆军，等译．北京：中央编译出版社，1998：5.

主义的历史展望和英雄主义的精神教益。

而且，笔者进一步认为，这种乐观与悲情相杂的感悟，相较于逻辑分割的静态学理研判，更应是流散研究可能带给后现代的文化哲学和文艺美学的新启迪。

结语

以上三题牵连甚广，完整细密的梳理非本文篇幅和笔者才具所可胜任，可能还仅仅是流散研究的局部，其他如中心与边缘、自我与他者、多元文化与全球共识，甚至流散与“反流散（反离散）”[①] 等关系，更联动于当代人文研究和后现代哲学的大量命题。本文所论是要强调：流散研究如欲把当代人类经验的重大变化带进学术思维的世界并引发必要的变化，必须形成属于自己的理论方法的特色，而这种特色又要求在各种固有领域的边缘积极游走，并自觉地实施概念之间、命题之间、文本之间和话语之间疆界的超越。正是通过对各种分际的跨界综合和灵活处置，流散研究将开辟自己的、又是其他众多学科都能共享前行的通衢大道。

---

① 史书美．反离散：华语语系作为文化生产的场域．赵娟，译．华文文学（双月刊），2011（6）．

关于阿列克谢耶维奇获奖理由的思考

深圳大学　周明燕

前言

2015年诺贝尔文学奖终于出炉了，颁给了一位乌克兰的女记者斯维特拉娜·阿列克谢耶维奇。理由是“因为她多声部的创作是我们这个时代痛苦和勇气的纪念碑”。这里的“多声部”一词实际上来源于俄国著名文论家巴赫金创造的“复调小说”理论。他以此来高度评价陀思妥耶夫斯基的小说，认为他“建立了一个复调的世界和打破既定的、基本上是独白型（主调）的欧洲小说形式”。复调即多声部，以多声部的众声喧哗来对抗主流和官方的意识形态。诺贝尔文学奖给阿列克谢耶维奇的定位十分明确而精准。

一、俄罗斯文化传统、乌托邦主义和东正教救世情怀

阿列克谢耶维奇1948年5月31日生于乌克兰伊万诺—弗兰科夫斯克，直到43岁以前，她从小受共产主义乌托邦思想教育长大，信奉爱国主义、集体主义以及人民当家做主的思想，充满要为人民、为大众谋利益的情怀；文化上阿列克谢耶维奇从小受俄语教育，并一直坚持用俄语写作，认同俄罗斯语言文化；19世纪俄罗斯经典作家人文思想对作家的影响深刻，她继承了俄罗斯知识分子一脉相承的追求精神崇高的人文传统。除此之外，由于东正教是俄罗斯的国教，阿列克谢耶维奇也是一个虔诚的东正教信徒。她身上具有浓厚的弥赛亚情结，这种宗教情结和人文传统的结合组成了俄罗斯知识分子基本的世界观，使他们对社会对人民有着强烈的社会责任感和崇高使命感，时刻想着要拯救芸芸众生于水深火热之中。为此他们不惜对抗沙皇专制制度，不怕坐牢、流放、被驱逐的后果。从普希金、契科夫、托尔斯泰到索尔仁尼琴，从出身贵族的十二月党人到平民革命家车尔尼雪夫斯基，他们无不关心底层老百姓的命运，追求纯粹而崇高的社会理想，一代又一代生生不息，正是这些铸成了俄罗斯的民族精神。在这种精神的感召下，历史上的俄罗斯曾经赶走了不可一世的拿破仑和气焰嚣张的希特勒，即使敌人一次又一次打到首都莫斯科城下，俄罗斯人哪怕是一把大火把整个莫斯科烧掉，也绝不留给侵略者。

任何外部的力量都不能摧毁这个伟大的民族，然而她却毁在了自己的手里。当苏联这

个庞大的帝国分崩离析的时候，当人们没有共同的奋斗目标并且相互对立的时候，各种力量朝着向相反的方向使劲，当下的俄罗斯遇到了前所未有的困境和挑战。

苏联解体后的阿列克谢耶维奇已不再属于俄罗斯，甚至由于很多复杂的因素，她在政治上已经是一个站在俄罗斯对立面的人。但她的社会理想其实没有改变。她说："我更喜欢社会民主主义社会……有诸多触手可及的福利，国家的管理方式和人民的公平公正。"①其本质是既想要更多的自由民主，也想要更多的社会主义福利。从她孜孜不倦的写作中，你似乎可以依稀看到一个圣徒的影子在表达自己的思想和诉求。阿列克谢耶维奇一直在探寻和摸索着，白俄罗斯作家阿列斯·阿达莫维奇（1927—1994），他写过多部"二战"报告文学，包括《我来自火热的农村》《围困之书》。可以说，他帮阿列克谢耶维奇找到了一种新的文体来表达自己的思想和情怀。

她的书进入中国比较早，只是一直没有太引起读者的关注。早在1985年就有吕宁思先生翻译的《战争的面孔不是女性》出版，1999年高莽和田大畏先生又翻译了她的《锌皮娃娃兵》和《切尔诺贝利的回忆》（也名为《我不知道该说什么，关于死亡还是爱情》）。阿列克谢耶维奇的作品不多，一共五部，她给它们起了一个共同的名字：《红人：乌托邦的声音》。她的每一部作品的诞生都非常艰难，因为它全部采用访谈实录，一部作品少则四五年，多则近二十年，要录制要筛选，正如她自己所说："这种体裁，—— 由多人的声音、忏悔、人们心灵的证据和见证组成的体裁瞬间就慑住了我。""我希望我的书是编年史。"②

二、其作品的文献价值和政治立场

（一）她说：战争就是杀戮类似自己的人的疯狂激情

《我是女兵，也是女人》一书主要表达"二战"中女性的主题。通过对女性的采访，从女性的视角和处境出发，表现战争中女性所承受的压力、痛苦、尴尬与后遗症。

"二战"期间，苏军中超过100万15~30岁的女兵参加战争，她们中有医生、护士、伞兵、坦克兵、重机枪、狙击手等，这本书真实地记录了她们经历的那些残酷的战斗以及种种不为人知的痛苦。女兵眼中的战争，与男人们描写的截然不同。书中有一个优秀的红军狙击手，曾消灭过很多德国兵，某次一个被捕的德军军官请求红军团长告之是谁打死了他那么多士兵，而且全打在脑袋上的同一部位。团长说她是萨沙·施利亚霍娃，她是个年轻的女狙击手，已经牺牲了。她"是在某次单独执行任务时牺牲的，使她遭殃的，是一条红围巾，她非常喜欢那条红围巾，由于红围巾在雪地里太显眼，结果暴露了伪装"③。

---

① 阿列克谢耶维奇．谈新书：我们是在文化上没有发育好的一类人．澎湃新闻，http：//www.thepaper.cn/newsDetail_forward_1382989，2015－10－09.

② 阿列克西耶维奇．我希望自己的书是编年史．光明网，http：//news.gmw.cn/2015－10/10/content_17292836.htm，2015－10－10.

③ 阿列克谢耶维奇．我是女兵，也是女人．吕宁思，译．北京：九州出版社，2015：11.

“想起我们从德国返回家园时，在途中的列车上，不知是谁的旅行袋里蹿出一只老鼠，一下子我们全车厢的姑娘们都乱了套，睡上铺的人从高处倒栽下来，吱哇乱叫。”①

一个失去双脚的女兵，因爱美躲进修道院躲避三十几年不肯见人。“我从前线回来时，头发全白了。那时我才21岁，却像满头白发的小老太太。”② 女人爱美、胆小的天性任何时候都难以改变，即使战时也不例外。但残酷的战争使她们失去了柔弱的天性，她们不得不像男人一样扛起枪拿起刀和敌人殊死搏斗。男人会敬佩她们、欣赏她们，但不敢娶她们做老婆。他们有的哪怕在战场上相爱过好几年，战争结束时恋爱也结束了，一般都是男人甩掉了姑娘。男人们认为，女人们就应该纯洁善良，文雅干净。可战争中的女人必须随时应对复杂的局面，面对敌人不是你死就是我亡，必须果断干脆地置敌人于死地。恶劣的战争环境中谈干净文雅就更是不可能。经过战争的女人，越是勇敢越是让人害怕，男人们嘴上不说，实际上总是离她们远远的；战后男人们是凯旋的英雄，是女人们追求的对象，而女英雄们就无人问津了。还有些姑娘在战争的艰苦环境中丧失了生育能力，那就更是失去了过家庭生活的机会。女人们在战争中的这种牺牲和痛苦一般人很难了解，而当事人往往又很难启齿，她们的委屈和愤怒无从发泄和申诉。

作者选择女性的角度别开生面，战争对女人比对男人更多一重残酷。女人的性别注定了她们在战争中的付出不会随着战争的结束而结束，而这种损害和痛苦常常会伴随着她一生。所以说，战争对女人的伤害是毁灭性的。作者写出了以往战争文学中很少揭示的另一面，这是作者的一个重要的贡献。但是不能因此而得出战争就是杀戮类似自己的人的疯狂激情因而反对一切战争的结论。不能不问是谁发动了这场战争？谁该为女兵们在这场战争中付出的代价负责？不问始作俑者，空谈男人女人的差别没有意义。当年德国法西斯长驱直入突然袭击苏联的时候，男人女人们都没有选择。光说残酷就能消灭得了不义的战争吗？所有经过二次世界大战的人，所有被不义战争涂炭的人们，都很难接受作者的这种不问是非的和平主义观点。如果说要抵抗遗忘，这种对不义战争的遗忘同样也必须抵抗，这场战争的发动者是德国法西斯，苏联的卫国战争和世界反法西斯战争尽管无比残酷，但它是对人类最人道的正义之战。

2015年是反法西斯战争胜利70周年，全世界都在纪念这个伟大的日子，无论有怎样的政治立场和意识形态，都不能抹杀这场战争的必要性和正义性。

（二）是英雄还是千夫所指的混蛋

《锌皮娃娃兵》一书描写了1979—1989年间苏联对阿富汗的战争。1979年12月苏军入侵阿富汗，直到1989年2月苏军撤兵。这场战争耗时近十年，阿富汗130多万人丧失生命，500多万人流亡沦为难民。苏联先后拨入150多万官兵，累计伤亡5万人，耗资巨大，削弱了自身国力，改变了其全球战略。这本书记录了阿富汗战争中苏军官兵及他们亲人的血泪记忆。作者在此书展现了阿富汗战争的无意义与荒诞，以至于很多受访的当事人无法接受，因为这些当事人付出那么大的代价，希望至少有点价值和意义，他们希望受到

① 阿列克谢耶维奇．我是女兵，也是女人．吕宁思，译．北京：九州出版社，2015：10.

② 阿列克谢耶维奇．我是女兵，也是女人．吕宁思，译．北京：九州出版社，2015：10.

社会的尊重和认同。可是“回到祖国，我们被叫做阿富汗人，成了外国人，我们成了一种标记，一种记号，与众不同，是另一种人。是英雄还是千夫所指的混蛋？我也许是个罪犯，已经有人在议论，说是犯了一个政治性错误，可是我把血留在那边了……我本人的血……还有别人的血……给我们颁发了奖章，但我们不戴……我们在不真诚的战争中凭真诚赢得的勋章……”书中写道：“表面上看我们像是和伟大的卫国战争参加者享有同等待遇，但他们是保卫了祖国，而我们呢，像是扮演了德国鬼子的角色。”①

翻译家高莽先生说：“如果说阿列克谢耶维奇前两部作品描绘既有血淋淋又有胜利辉煌的苏联模式，但《锌皮娃娃兵》开始，她走上了另一条路，即着力揭露人间悲剧的道德原因。”② 这本书的出版引起的争议极大，首先是官方的围剿。有人打电话骂她，有被访者甚至将她告上法庭。“我没有这么说”，阿列克谢耶维奇解释，“他说了，只不过他有他的看法，我有我的看法……”也有人说：“你想证明这场战争是不必要的，是有害的，你并没有理解，如此做法，你恰恰伤害了战争的参加者——那些清白无辜的少年。”③

被访者按他自己的意识形态，或者把自己的行为理解为英雄行为，阿列克谢耶维奇所提炼的却是一个普通孩子如何变成了一个杀人犯，甚至还执迷不悟！受害者无法接受自己受骗上当，被当炮灰的事实，更无法接受回到自己国家被人歧视被人唾骂的结果。他们身在其中无法明白，他们从开始就参加到一场错误的战争中去了。作为小人物谁能抗拒得了这样的命运呢？

苏联与阿富汗之间关系非常复杂，除了政治冲突、宗教矛盾外，还有语言文化上的隔膜。尤其这场战争是不义的，必然遭到全体阿富汗人民的抵抗。苏联政府扶植的阿富汗新政府完全无法正常运转。加上阿富汗地形上的山地特征，苏联人再先进的武器也没有用武之地，彪悍的山民们用游击战与之周旋，苏军伤亡巨大。更何况这背后还有美国等的推波助澜，使苏联人深陷于战争的泥潭之中不可自拔，有人说阿富汗就像是美国人的越南。而且这一仗打了十年之久，比“二战”的时间还要多一倍，耗费的人力物力之多在其次，关键是它把苏联这个庞大的帝国拖垮了。国家伤了元气，军队没了威信，政府失去了民心，这场阿富汗战争最后葬送了苏联这个正在摇摇欲坠的红色帝国。

阿列克谢耶维奇作为一个文科出身的记者、作家，不会不了解自己祖国俄罗斯各个时期的侵略历史。所以，阿列克谢耶维奇这本书中的重点，不在于批评侵略行为本身，而是批评由“这个政府”所发动的“这一场”侵略战争。她的反苏立场一目了然。她的这一立场对与不对，我们且不作评。重要的是我们由此看到了诺贝尔文学评奖委员会的立场是什么。

（三）核爆炸——毁灭人类的灾难

《切尔诺贝利的回忆》又名为“我不知道该说什么，关于死亡还是爱情”，这本书主

---

① 阿列克谢耶维奇．锌皮娃娃兵．高莽，译．北京：九州出版社，2015：27－28.

② 文学奖：在新闻和小说之间．三联生活周刊，2015（42）.

③ 阿列克谢耶维奇．锌皮娃娃兵．高莽，译．北京：九州出版社，2015：287.

要讲述了切尔诺贝利核爆炸给人们带来的毁灭性灾难。1986 年 4 月 26 日凌晨 1 点 23 分，切尔诺贝利核电站反应堆发生爆炸，临近的白俄罗斯居民顷刻间失去了一切。

“当村子里的人疏散的时候，飞机一架接一架从天空呼啸而过。它们把我们带出村庄，然后一把大火烧光了村子里的房子……好像又回到了战争年代！连太阳都躲起来了……”损失数千亿美元，孩子患甲状腺癌比正常人高 100 倍，已死 8 000 多人。

有一天，你突然变成了一个切尔诺贝利人，变成了一只动物，变成了所有人都感兴趣，但与此同时却一无所知的东西。切尔诺贝利事件就像一场超越一切的战争。你根本就无处可藏。无论是地下、水下还是空中，你都无处可藏。所有的男人都死了，所有的女人都成了寡妇。我不怕上帝，我只害怕人类。普里皮亚季镇的妇女通宵达旦地观赏反应堆着起的大火，大火五彩缤纷，满天辉煌。殊不知，这美置人于死命。

对于普通人来讲，遇到了切尔诺贝利泄漏这种事情就只有认命了，谁也无法拯救自己于核辐射，它看不见摸不着听不到，可是它却无处不在，如影随形。这种后果有的是立竿见影，有的则是逐步显现出来：最常见的是癌症，新生出来的孩子或者是五官四肢不全的怪物，或者先天智障，人们走在路上会突然晕倒，有的人毫无缘由地眼睛失明，症状无奇不有，这难道不是上天在惩罚人类吗？

这部作品揭示的所有细节都是骇人听闻的事件真相。核电站反应堆的爆炸，无论发生在哪一块土地上，都同样是一场毁灭性的灾难，且无法弥补。这也是人类要共同面对的难题，无可回避也回避不了。

核竞赛是全球性的，不是哪一国的问题。日本、美国、欧洲、中国都有……为了阻止核大国独占核优势，伊朗、朝鲜等小国都在跃跃欲试，如何从根本上铲除灾难是人类面临的共同问题。日本人工作责任心很强，做事认真、细致，精准，可还是发生了福岛核泄漏事件。政府同样也是对人民能瞒则瞒，不把事情的真相告诉老百姓……日本福岛事件刚发生时，国际社会引起过一阵骚动，大家都表示要关闭核电站，尤其是德国法国呼声很高，大家鼓噪了一阵，事后好像又没声音了。

作者再次提出了一个全人类必须清醒面对的问题，尤其是那些掌握着老百姓的命运的各国首脑们不能掉以轻心，要刻不容缓地行动起来，因为谁也不知道，下一个切尔诺贝利事件将在何时何地发生。

结语

她是一个在西方颇受欢迎的作家。每次一位新的获奖作家出来，总有人会跑出来说，诺奖又爆冷门了，我们从不知道此人是谁等等。的确，获奖者有时会有我们熟悉喜欢的作家，但绝不会总是如此。世界如此之大，我们不了解的东西太多，不能总以自己画线，我们认为冷门也许恰恰是因为我们自己孤陋寡闻呢。公平地说，获奖前的阿列克谢耶维奇在西方社会并非默默无闻，而且颇受欢迎，就其所得奖项来看，覆盖面还比较广，包括：瑞典笔会奖（1996 年），德国莱比锡奖（1998 年），法国世界见证人奖（1999 年），美国国家书评人奖（2006 年），德国专业和平奖（2013 年），法国艺术与文学骑士奖（2014 年）等。

她连续三年居诺贝尔候选人榜首，作品已被译为34种文字。获奖词：因为她的多声部创造是当代痛苦与勇气的纪念碑。瑞典文学院秘书萨拉·达尼乌斯：在过去的三四十年，她关注普通人的生活及他们的情感历程和灵魂历史。纽约时报：她的作品整合了文学与新闻，她的文章被选为白俄罗斯学生的教科书。

阿列克谢耶维奇在西方深受欢迎，除了获得以上这些国际奖项以外，她在美国也颇有市场，并且登上了德国和日本的畅销书作家榜。之所以畅销，一是因为她的书文字直白易懂，认得字的人都能读得懂。二是她所说的事，西方人和日本人十分关注。例如核电站的事、阿富汗的事、红色帝国的内幕等。三是她在立场和思想上与苏联对立。

阿列克谢耶维奇因为反苏而否认苏联卫国战争的正义性，她反对所有战争的和平主义思想则不可取；苏联对阿富汗的战争无疑是一场侵略战争。但对这样的世界性事件，她所有的做法只是揭发和暴露苏联政府的欺骗，娃娃兵和他们亲人的痛苦，以及战争中的残酷，她也许想不到这个她称为祖国的红色帝国，正是被这场战争葬送掉的；也是从这场战争开始，美国自己种下了恐怖主义的祸根。在美国的扶植下，1979年，本·拉登就是从阿富汗开始，为了抗击苏联拉帮结伙，继而不断发展壮大走向全世界。今天世界所有的麻烦，源头都可以追到阿富汗的战争。

切尔诺贝利事件更不是一件可以就事论事的事情。全世界那么多精英领袖都想解决核问题，可这个世界谁也不听谁的，仅仅描述残酷和痛苦远远不够，有时细节的真实可能仍然只是表象。光靠情绪泛滥解决不了世界上的事情，离使命也许更远。

不可否认，阿列克谢耶维奇是个严肃的具有使命感的作家。她的作品最大的贡献是它们的文献价值、她对人类重大事件的关注和热情、她关心弱势群体的人道主义立场、她追求理想社会的努力。但她的乌克兰身份和反苏立场，以及不断揭露苏联各种黑幕的作为，应该也都是为她获奖加分的更重要理由。正是由于她的这种政治立场，使她的视野显得过于偏狭，以致很多牵涉全球性的大话题，只能见木不见林。恰逢其时，客观上她被充当了西方世界投向俄罗斯和普京的一个武器。诺贝尔颁奖委员会为此寻觅了多年。

流散诗学及其边界

——论钱超英的澳华文学研究

中山大学　朱崇科

表面上看来，区域华文文学（Area Chinese literature）的研究主要受制于和研究对象有关的第一二手文献资料，这当然是不容否认的实情，但同时相关问题意识①却至关重要：如何激活资料，如何为相关研究建立或拓展出新的研究范式却更可展现出论者的境界与层次。

澳洲华人/华文文学（简称澳华文学），作为本身发展历史和相关研究史都可谓相对短暂的区域华文文学之一，近些年势头突飞猛进，而且在研究层面上，尤其是来自和澳大利亚有过生存体验交集的华人学者也发出了自己的日益具有影响力的声音。不必说早就因文字夸张、酣畅淋漓、招招见血、名声在外的文化刀客朱大可，就是回到学院派，钱超英、庄伟杰等都引人注目，而时不时在中、澳两地开会并发表论文的热心人还有何与怀博士。

毋庸讳言，问题意识的更新与范式的演进（paradigm shift）需要后来者及时总结、剖析，同样借此也可以直接或间接提升有关区域华文文学的创作与批评。反过来，如果我们听凭优秀学者的论述散落一地，鱼龙混杂，实际上恰恰会打击原本就孱弱的学科的推进热情和思辨深刻度。在上述学者中，钱超英对澳华文学的研究最显规模，主要有博士论文修订本《“诗人”之“死”：一个时代的隐喻》、论文集《流散文学：本土与海外》，另外还编了一本《澳大利亚新华人文学及文化研究资料选》。同时，他对某些议题，如流散（diaspora，或译离散）用力最深且具有连续性，在笔者看来，完全具有被个案分析的素质和必要性，顺便也借此突破文坛和学界“文人相轻”的藩篱。本文恰恰以其论述为中心，探勘其问题意识的洞见和可能不见，同时亦找寻他度可能。

一、双重传统：本土与外来的辨证

诗人学者王润华教授曾经指出，区域华文文学（研究）有它们的双重传统，中国文学传统和本土文学传统，“任何有成就的文学都有它的历史渊源，现代文学也必然有它的文学传统。在中国本土上，自先秦以来，就有一个完整的大文学传统。东南亚的华文文学，自然不能抛弃从先秦发展下来的那个‘中国文学传统’，没有这一个文学传统的根，东南亚，甚至世界其他地区的华文文学，都不能成长。然而单靠中国根，是结不了果实的，因

① 具体可参拙文. 华文文学研究新拓展的理路及其问题. 暨南学报，2011（5）：6－11.

为海外华人多是生活在别的国家里，自有他们的土地、人民、风俗、习惯、文化和历史。这些作家，当他们把各地区的生活经验及其他文学传统吸收进去时，本身自然会形成一种'本土的文学传统'。新加坡和东南亚地区的海外华文文学，以我的观察，都已融合了新中国文学传统和本土文学传统而发展着"①。

而在为拙著《考古文学"南洋"——新马华文文学与本土性》作序时，他又指出，"朱崇科在新加坡期间，恰恰是远离中国政治文化中心，从外而内，从内而外研究中国与东南亚华文文学与文化，从而能够建构现实客观的文学文化研究史学"②。一言以蔽之，一个优秀的区域华文文学研究者必须对症下药，也必然兼具本土与外来的双重乃至多重视野，这样才能保持内行的洞察力和外在的客观性。而钱超英教授恰恰是兼具双重传统的研究者。

（一）本土的同情与犀利

饶芃子和费勇先生曾在《海外华文文学的命名意义》一文中提出文学—历史的互动关系，尤其是前者对后者的补充意义："海外华文文学的命名包含着四种历史的影像，一是海外华人史，二是海外华文文学史，三是居住国的历史，四是中国本土的历史；这四种历史以'海外华文文学'为纽结产生关系，对于海外华文文学本身有着重大的制约作用，而海外华文文学又从文学的观点补充一般通史的见解。"③ 这种对相关研究的高瞻远瞩和高屋建瓴指点是值得尊敬的，但坦白地说，这种预设更多还是基于理想主义的，文学与历史的复杂互动是一个宏大层面，而即使在文学研究内部的本土关怀和跨域观照对于大部分专业研究者都可谓殊非易事。而钱超英却是其中相当出色的一个践行者，这尤其体现在其《"诗人"之"死"：一个时代的隐喻》中。

1. 同情之了解

正是深切的澳洲经验，让钱超英把博士选题锁定在20世纪80年代末到90年代初中国大陆华人移民在澳洲创制的"新华人文学"上。而反过来，正是因为他对研究对象的本土化同情与熟稔而让他呈现出深刻的理解力和洞察力。

首先是对澳洲（华人）大小历史事件的如数家珍。在概念厘定结束后，钱超英对澳洲新华人文学展开了"现状概览"，不同年代的重大和代表性事件都悉数登场。而尤为值得关注的是，他将"全球历史的镜像"作为一种独特的历史视野并以之来观照研究对象，而提出了层次清晰、重点突出的历史回顾，其中就包括：①澳大利亚和中国移民的关系；②当代中国移民动态与澳大利亚多元文化主义问题；③新华人群体在澳大利亚的生成及其意义。这种操作不仅为理解新华人文学提供了切入的背景和宏阔条件，而且反过来更为其文学与思想地位的确立提供了社会历史支撑与要因探寻，如其所言，"这种文学就不仅可能在其具体内容上，而且也可能在其存在本身的意义上，构成第三世界背景的文化相对于西方文化、少数群体的精神文化相对于资本—大众流行文化的边缘处境的写照和隐喻"。

---

① 王润华．华文后殖民文学——中国、东南亚的个案研究．上海：学林出版社，2001：129－130.
② 王润华．序一//朱崇科．考古文学"南洋"——新马华文文学与本土性．上海：上海三联书店，2008：2.
③ 饶芃子，费勇．海外华文文学的命名意义．文学评论，1996（1）：35.

其次，特别值得关注的是钱超英对澳大利亚本土议题的细腻剖析与不卑不亢之点评。如多元文化主义政策，自然有其涵盖范围和主要内容，如强调文化平等、社会公正、经济效率等，当然，也有它相关的限制和目标。[①] 当然，这种文化多元主义也是发展着的，它既有积极影响，也碰到过一些阻力，为此，“作为政策的制定者与执行者，澳大利亚政府一方面要持续性地完善和发展这一既定国策，另一方面还要与反多元文化主义的势力与思潮作斗争”[②]。

难能可贵的是，钱超英既看到了多元文化主义的社会进步性，同时他又指出了其限度：“西方对华人（以及其他第三世界人民）的‘吸引’和‘排斥’的矛盾并没有消逝，它只是在更大的范围和新的、更复杂的层面上运行。”也恰恰是以此为基础，钱超英看到了国际移民非常复杂的身份问题，并把它和“新华人文学”研究紧密结合，相辅相成。

2. 介入之犀利

钱超英以澳大利亚本土的视角重新观照澳华文学/文化现象时显示出相当犀利的效果。首先，他从理论高度指出“文化身份”与“居民身份”的纠葛与差异，为新华人的身份暧昧提供理论支撑。其次，他还引入“西方主义”的概念（虽然略显简单，后文将述及），揭示出澳洲新华人为自己的“文化身份”安放寻找“居民身份”的落实，而探勘在此期间的身份焦虑。同样，他还以《中华魂》晚会为例考辨其间混杂的旧民族主义话语在承载重新定向的新身份时的尴尬与错置。

仔细省思钱超英的发言和反省位置，本土介入的效果显而易见，他没有像民族主义者那样以宏大叙述（grand narrative）的假大空遮蔽新华人内部文化的游移、转型与身份焦虑，同时，他也没有简单化澳洲新华人物质追求的形而上关怀——为文化身份安妥灵魂。

（二）外来的客观与融入

强调本土并不意味着放弃外来者的可能客观，同时更是结合二者实现最佳组合杀伤力的契机，而尤其精彩甚至堪称经典的是钱超英对“二八论争”的条分缕析。

所谓“二八论”其实是源于1994年初施国英发表在悉尼《大世界》月刊1994年第一期的感想性文章《和澳洲西人结婚幸福吗?》。争议发生在她谈到男女关系时，她认为女人在婚恋中要重视性的愉悦，并且建议中国男人要向西方男人学习相关态度和技巧，同时不无挑衅意味地指出：“做爱精彩的西方男人到处都是，十个起码有八个精彩，二个马马虎虎，中国男人是十个中二个马马虎虎，八个很糟糕。”[③] 毫无疑问，此语一出，轩然大波纷起，且指向各异。

相当惹人关注的是，钱超英对争论代表性各家的仔细评判。他特别指出了学者钟勇论述的精彩之处，钟勇认为，从诸多男性论者对施国英的批判乃至辱骂可以看出，在批判性的霸权话语背后具有某种和中国人有关的种族中心主义以及父权制（patriarchalism）的殖民性。但钱也指出钟论述的过于抽象性，未“完全顾及实际的社会语境”。而且，即使从女权主义

---

① 景天魁，韩庆祥．澳大利亚国民素质考察报告．南宁：广西人民出版社，1999：37－38．

② 王宇博．移植与本土化：大洋洲文明之路．北京：人民出版社，2011：113.

③ 有关文章和论争可参钱超英编《澳大利亚新华人文学及文化研究资料选》小辑C：143－176.

视角思考，也有其狭隘性，钱认为，这个问题“关乎边缘化境况中的文化身份的寻求。使这个问题复杂化的是其性别身份问题的深入并构成了其外观，它很容易使人从性解放的角度切入”。不难看出，钱对诸多议题考虑的细致入微和极强的平衡能力。

更进一步，钱超英又指出了施国英“二八论”对华人“西方主义”“风流梦”的逻辑复制，她是为了“文化”问题需要借用妇女解放旗帜。不仅如此，钱还快马加鞭，继续提升“二八论争”的文化内涵：①它使包含在出国——居留运动中的中国当代海外知识分子的内在矛盾激化和公开化了；②它代表了对新华人民族身份困扰的一种“革命性”解决方案；③它标志着在西方文化影响下，新华人部分成员在重构身份活动中流失了中国民族主义角色；④显示了新华人对个人与种族社区关系的新定位策略。无疑，这种升华和定位显示出钱对此类问题的精深思考。

（三）拓展流散

如果我们简单化钱超英的有关研究，流散及其后果可谓是他十数年来思考和阐述的关键词。

（1）流散寓言与升华。身份焦虑（identity anxiety/crisis）虽然不是钱的独创，但他却巧妙借用它摧城拔寨，而且又赋予它新的内涵与魔力，如“居民身份”“社会阶层身份”“性身份”“种族成员身份”等等。这些具有经验化的总结既是对概念的具体化，又是丰富和补充。

难能可贵的是，钱还深入探讨了澳洲新华人文学的寓言性问题，他将此有文化意义的现象升华到一个新的高度——族群寓言，认为它“综合了历史和现实、中国与世界，涉及到全球人类生活结构重组的种种文化议题，无论是较为具体的理想与现实，中心与边缘，世界主义与民族主义，世俗欲求与终极关怀，还是较为宽泛的现代性与后现代性，本质主义与多元主义等等”。

除此以外，钱还借流散理论提出对研究“对象细分”的建议，这样可以考察出时空因素对不同背景和来源的华人影响的后果和细微差异；不仅如此，他也更强调流散身份的现实性和可建构性，“正是因为身份的这种多样的可能和不稳定性所导致的紧张，才促成了身份问题在这种文学中的核心地位”。

（2）对话移民。在处理澳洲新华人文学过后，钱超英有关流散的思考并未停止，而是继续开花结果，而对流散的拓展，体现在他把“广义移民”“文化离散”等概念互相打通，求同存异，为此，他长期关注的深圳都市文学的移民性就成为上佳的反思和剖析个案。同样，跨越“国内移民”“国际移民”的分界，钱超英又做了新的探险，这尤其体现在其《流散文学：本土与海外》论文集中。为此，也有论者认为，他借“流散”实现了把传统中国大陆文学和海外华文文学变成一种汇通。①

在笔者看来，其中最具理论含量的划分大概就在于，他把海外华人/华文文学的流散问题与身份研究从至少三个维度加以理解：①历史的维度（中国移民的身份焦虑受民族文

---

① 常江虹．“越界”中的新视域——读钱超英的新著《流散文学：本土与海外》．世界华文文学论坛，2008（1）：71.

化整体危机难以克服的决定性影响)；②社会结构的维度（“族内群体”的复杂性等)；③审美的维度（需要更多越界的理解)。[①]

面对后现代性的冲击、深圳文学和文化时空的刺激，钱超英把既有的擅长文学理论和文学现实加以震荡，为此巧妙整合了流散与移民议题：“流散文学就是观察、研究人在其生活世界、在多种不同的社会文化条件的变迁之中所经历的身份变化、精神波澜及其文化—审美意味的一种视角。要之，它应是后现代、后殖民批评、全球化和移民文学研究的某种综合。”

二、路向拓延：边界与跨越

简而言之，钱超英有关澳华文学的论述无论从问题意识的创新性上还是从其可操作性上都给我们提供了诸多示范，比如，方法论的、文化论的、跨学科的锐利实践[②]，而且如前所述，其思考也在不断推进中。但同时，我们亦可以反思其间的一些问题，以求获得更完善的突破。

（一）问题与不见

毋庸讳言，任何基于某种立场/视角的研究如果转换角度/位置，则很可能得出不同于预设的结论，而跨学科、混杂多变的区域华文文学研究更是如此。对钱超英澳华文学论述的某些问题的指陈貌似有吹毛求疵之嫌，但实际上却更是立足于对更多元可能性的探求。

（1）新华人文学：“新”的悖谬？尽管钱超英相对清晰地点明了澳大利亚新华人文学的时间限定是 20 世纪 80 年代末到 90 年代，而且也意识到时间跨度的复杂性和残酷性，但他还是选择了此概念——新华人文学。但问题在于，这种命名依旧是权宜的，如果我们拉长时间段，以百年或是千年为单位，这种“新”的称谓显然涵盖性不足，而且“新”的旗帜可以扛多久？

另外，这种新质的内涵其实也可能在丰富和流动中，如果曾经或一度单纯的“新”日益无所不包，显然就不得不降低其自身的准确性，到了最后我们如何确定和剖析它？无疑，这种命名有其悖谬性，这和“新移民文学”的认知有类似的吊诡，可以说，无论从新质，还是从时代性角度看都有其缺陷。

（2）何为西方主义？或许由于论述的时间关系，钱超英对于比较复杂的“西方主义”(Occidentalism) 的借用虽然不无意义，但还是相对浅显的，它更多是针对东方主义的一种对位设定。但西方主义的内涵究竟如何？其话语如何运行，又蕴含了如何繁复的权力逻辑？这些问题都是值得进一步探讨的。可惜钱对此并未继续深挖，即使 2007 年出版的《流散文学：本土与海外》一书中也涉猎甚少。

而实际上，这个概念在 21 世纪以来开始普及和流行，而主要论著则有：①Carrier，

---

① 钱超英. 流散文学与身份研究——兼论海外华人华文文学阐释空间的拓展. 中国比较文学, 2006 (2): 77-89.

② 澳华文学研究迄今为止依旧落寞，朱立立在《身份认同与华文文学研究》（上海三联书店，2008）中对各地华文文学多有论及，但对此却无涉猎，亦可部分看出澳华研究之不易与钱之论述的相对前卫。

James G. *Occidentalism*：*Images of the West*，Oxford，Calrendon Press，1995；②Chen，Xiaomei，Occidentalism：A Theory Of Counter-Discourse in Post-Mao China，*second edition*，*revised and expanded. Lanham*，*Maryland*：*Rowman & Littlefield*，2002；③*Bonnett*，*Alastair*，*The Idea of the West*：*Culture*，*Politics and History*，Houndmills，Basingstoke，Hampshire；New York：Palgrave Macmillan，2004；④Buruma，I. and Margalit，A.，Occidentalism：A Short History of Anti-Westernism，*Atlantic Books*，*London*，2004。可以想象，如果能够结合新的理论发展和进化继续推进，在对立中选择有机同一，则势必会深化和丰富化既有的澳华文学论述。

（3）流散背后的霸权话语。毫无疑问，钱超英对流散的认知、使用和发展已经达到了一个新的高度，尤其是近些年来，他将之和移民性挂钩，具有新的空间和题材拓展。但需要指出的是，流散的背后亦有可能的霸权话语在起作用，比如中国中心主义（China Centrism）可能依旧阴魂不散，新的由于政治、经济、文化或其他因素导致的“被流散”（to be exiled）似乎并未停止。

问题亦可能日益复杂，曾经的被流散或自我放逐（self-exile），而最终经过内化也可能变成一种自我确认与承担。比如刘再复先生这20多年来的散文书写（如《远游岁月》等）就呈现出令人讶异的变化，他对中国性（Chineseness）的状写或承载更多和自我联接，他甚至让文化中国变成自己作为漂泊者的自我背负、传承和发展对象，也把自己变成了中华文化流动的勇于担当的集大成者，这明显和所谓的文化离心/向心的简单二元对立有了较大差别和升华，也很值得有心人专章讨论的。

（二）跨越界限

某种意义上说，在华文文学研究中，我们如果想尽量减少思考的局限和可能的错误，则必须尽量立足本土，实现越界与跨国，反过来，这样又可以壮大自我和本土。

（1）跨越时间限定。如前所述，钱超英在《“诗人”之“死”：一个时代的隐喻》中将研究对象锁定为新华人文学，这固然显示出其论述的严谨性和以小见大的非凡功力，但我们亦要看到这种设定的局限。在笔者看来，钱更该跨越时间限定。

如果将时间向前追溯，哪怕只是到20世纪，我们可能就可以发现与所谓新华人有着较大差别的其他华人，如香港移民、新马越南华人等，而这些和其背后的时空、文化纠缠息息相关，同时亦可能和他们所从事的工种（如淘金、种菜等）不无关联。无疑，这些变化可以丰富我们对澳华历史、文学与文化的复杂性认知。[①]

当然，如果我们把时间往后推，即21世纪以来的十多年变迁，我们也可发现新的状况，比如，持澳大利亚护照的文化人的回流，他们利用自己的身份和独特体验更好地参与国内华文文学的研究，比如庄伟杰，回国担任大学教授，同时继续自己的创作，具有再中华化/再中国化的复杂性，而如王岳川所言，“元素的再中国化、生活的再中国化与精神的再中国化是再中国化的三个层次”[②]。而庄伟杰同样也是值得研究的个案。

---

① 艾瑞克·罗斯. 澳大利亚华人史（1888—1995）. 张威，译. 广州：中山大学出版社，2009.

② 王岳川. 发现东方. 北京：北京大学出版社，2011：265.

（2）“华语比较文学”的理念与实践。“华语比较文学”一直是我近些年来强调的关键词之一，它的坚实基础就是，首先要强调论者对各区域华文文学本土性的熟悉，在此基础上，我们可以乘胜处理更多议题，如同一主题在不同时空的旅行和同中有异，相当有名的个案就是“五四运动”在中国大陆、中国台湾、香港、南洋各有千秋，令人关注。当然，我们也可以考察同一时间段的文学异同，比如后 89 时段的澳华文学和欧美的“新移民文学”（权宜的称呼）的差异与契合。

同样，我们也要看到在全球化语境中，华人文学写作中有关中国性和本土性的混杂（如新马华文文学中的本土中国性）、对流、对抗（如去中国化等）的多样姿态，这些议题可能真正需要华语比较文学的理念和跨越性实践。

而我目前所从事的研究课题之一“台湾经验与南洋叙述”目的也是考察旅行的个体或群体经由文化浸濡所带来的文学书写与批评实践的可能嬗变，从更大的问题意识考量，这本身就是“华语比较文学”的有力践行和一条独特而复杂的进路。

结语

钱超英的澳华文学研究独具一格、卓有成效，开辟了一条可资借鉴的大路，尤其是在围绕流散文学的议题上，他别具问题意识，坚持本土与外来的双重辩证，也发展了流散与移民性的内在关联，引人思考。当然，如果从严处理以吹毛求疵的精神加以拷问，其论述也存在一些问题。如果能够跨越时间限定，查漏补缺，借用“华语比较文学”等新理念，或许会有更大提升。

［该文属国家社科基金重大项目“百年海外华文文学研究”（批准号 11&ZD111）系列成果之一］

全球化时代世界文学研究的中国声音

——论王宁的世界文学观

深圳大学　江玉琴

王宁先生是中国比较文学界自比较文学学科复兴以来最杰出的学者之一。他的研究特点是致力于东方与西方的学术对话，以中国的视角去审视比较文学与世界文学的发展，在以西方中心主义为核心的国际学术圈中发出中国的声音。王宁先生本人曾对自己的学术之路做过一个归纳："一方面，我努力将西方最新的学术研究成果和理论思潮及时地介绍给国内同行，并将其用于中国文学和文化现象的分析和阐释；另一方面，努力在国际学术界著述，力求发出中国学者的声音。"① 在王宁先生的众多研究领域和关注对象中，世界文学观念是他新近着重阐述的一个思想，也是西方学术理论前沿之一。王宁先生不断地尝试在世界文学中找到中国文学的存身立命之道，同时也为中国比较文学的发展作出新的阐释。可以说，王宁先生的这一思想与他一以贯之的比较文学视野融合在一起，形成了他比较文学研究的中国意识。

一、歌德的"世界文学"与当前的世界文学概念

1827年77岁的歌德对他的年轻助手爱克曼（Johann Peter Eckerman）这样说："诗是人类共有的精神财富，这一点在各个地方的所有时代的成百上千的人那里都有所体现……民族文学现在算不了什么，世界文学的时代已快来临。现在每一个人都应该发挥自己的作用，使它早日来临。"歌德的"世界文学"概念一经提出，立刻将自由情感的表述进入到一个更大的、更广泛的空间。歌德也由此成为了打破国别文学疆界进入世界文学的先驱。斯特利奇（Fritz Strich）对歌德的世界文学概念做了非常详细的解读，并特意提醒读者要警惕这样一种认识，即认为世界文学并没有特别的意义，认为"世界文学"概念纯粹指向所有民族文学的集合，一种按照时间顺序简单罗列的民族文学，如法国文学、英国文学、德国文学、意大利文学、俄国文学和中国文学。因此将它们称作世界文学其实就是将它们放在一起出版而已。

当然歌德思考的"世界文学"远不是民族文学的集合。我们理解歌德提出的世界文

---

① 王宁．我的学术道路．当代外语研究，2014（1）：3.

学，需要抓住其最本质的一个方面，那就是关注文学的传播意义。正如斯特利奇所阐述的：当我们谈论世界文学时，我们并不是说它是时尚的产物，而是说这个文学作品必须获得一种意义，它应该超越民族性，并属于整个世界。而这个世界既是空间性的，也是时间性的，因为只有属于世界时间和空间的创作，才属于世界文学。因此，根据歌德的概念，世界文学应该是这样一种文学，它存在于各民族文学之间，联系各民族文学，传递并交换彼此之间的价值观念。人们通过文学阅读，学会相互理解、相互包容，让彼此之间走得更近。因此世界文学本身就像是“一种知识的贸易，民族之间思想的沟通，一个文学市场，在这里各个民族都可以交换得到不同的知识财富”。

歌德的世界文学概念激发了人们跨越民族和国家疆界，探讨并分享更多精神产品的热情。从这个概念产生的时间上来说，世界文学概念从歌德时代发展至今，已经是一个旧概念。正如有学者所指出的，“它是一个旧概念是说，它过去总是用来指涉全世界的文学，至少是从歌德时代开始就是这样，它不仅被用来指涉文学经典，而且包括扩大我们的文学视野并将几种民族文学包括在内”。但这个概念显然也是新的，显然，世界文学现在已经进入一个新阶段。西蒙森（Karen-Margrethe Simonsen）等人将世界文学的新概念归因于全球化的影响。全球化也并不是一个全新的现象。但到今天为止，“全球化已经导致世界和个体生活围绕全球展开，贯穿在我们的历史之中，交织在地球的不同区域，这就是一个新现象”。正是全球化的发展，我们能够更多更深入地接触并了解异质文化和异质思想，因此在全球化的今天，世界文学的概念在于帮助我们富有成效地理解文学表达的全球化，生产和接受这一过程如何建构我们今天的世界，解释我们过去发生的事情，以及未来可能的方向。而且“我们需要记住，全球化并不是某种发生在文学中的东西。相反，文学本身是全球化背后的推动力之一，交织在对其他文化的表述中，交织在政策、技术和跨越国界和海洋的交流网络中”。

由 Theo D’haen，David Damrosch 和 Djelah Kadir 等人在《路特里奇世界文学手册》序言中明确提出：“尽管‘世界文学’这一术语已经有两百多年的历史了，尽管这个术语意义的影响从来不只是止于比较文学领域，但也只有在近来全球化、世界主义和跨国主义的转向中，这个术语成为所有文学研究中的影响的焦点之一。全世界学者都正在探讨世界文学作为一种现象，并讨论它作为研究主体的用途和有限性。”正是基于这样一种改变，达姆罗什（Damrosch）提出：“世界文学并不是要将不同的民族传统的冲突性、多样性整合在一起。换句话说，它并不需要以白人为中心的声音来包容不同的民族声音。”因此“世界文学并不是一个无限的、无法捉摸的作品经典，而是一种流通模式和阅读模式，这种模式是通过个体作为物质的承载体而为阅读者所获得，适用于建立在经典和新发现的阅读基础之上”。达姆罗什结合歌德将世界文学作为一种世界知识的交换市场的概念，将其置于当前全球化时代，因此赋予世界文学以新的意义。“当今世界文学的首要特点就是它的易变性，即不同的读者会因为文本的不同特点而感到困扰。”但这种易变性并非完全不可捉摸。在这个易变性中，人们能够在今天流通的世界文学的不同形式之间找到相似性。因此达姆罗什勾勒了世界文学的三个主要特点，分别为：世界文学是民族文学的简单折射；世界文学是从翻译中获得的书写；世界文学并不是一套文本的经典而是一套阅读模式，而是超然介入到我们的时间和空间之外世界的一种形式。

显然世界文学作为一个颇具学术前沿性的理论话题，反映了全球化现象对文学领域的深入影响。中国学者王宁教授敏锐地抓住了问题的关键，“毫无疑问，这一现象的出现绝非偶然，它与全球化现象的出现密切相关。或者说，它就是全球化对文化和文学之作用的一个必然后果”①。这也是近五年来王宁教授在重要学术期刊和相关报刊上连续发表数十篇详细论述世界文学、翻译、中国文学的世界性等相关话题的原因。

二、王宁中国视角下的世界文学观

王宁深度把握世界文学在全球化时代的变化，并紧抓前沿话题，论述世界文学在中国语境中的反应和意义。这主要反映在他对世界文学理论的重新理解、对世界主义与世界文学关系的梳理和论述，以及他对世界文学和比较文学关系阶段的阐述上。

1. 对世界文学理论的重新理解

在王宁眼中，世界文学是多样性的、超越性和跨越性的，因此人们在讨论世界文学时，必须将其看作是一个复数的表达形式。“毕竟世界文学作为一个理论概念一直通过翻译的中介在世界各地旅行，并且在旅行的过程中产生出不同的变体或版本，最后在全球化的时代达到了新的极致。”尽管世界文学的概念在不同的民族中会有不同的解读。站在中国的视角上，王宁却对新世纪的世界文学作为一种理论前沿进行了批判。

首先，王宁批判了世界文学概念在歌德和马克思恩格斯时代的狭隘的欧洲中心主义，以及延续至今的狭隘的西方文学知识和理解。“即使是在歌德和马克思恩格斯的时代，世界文学的范围也依然是十分狭窄的，它往往只是欧洲中心主义在文学上的一种审美翻版，在很大程度上甚至仅局限于西欧少数几个国家的文学。或者说，在相当长一段时间内仅仅为少数有着鲜明的精英意识的比较文学学者在一个极其有限的空间所讨论，而却在很大程度上受制于欧洲中心主义的思维定式，这显然与歌德早先的那种开阔的胸襟和马克思、恩格斯的世界主义视野是背道而驰的。”在回应美国学者达姆罗什的世界文学理论的时候，王宁肯定了达姆罗什对世界文学理论的新发展，但也明确提出，尽管这些西方学者多少也涉及了西方世界以外的文学，但他们的批判经验还大多立足于西方文学本身。王宁由此提出自己对世界文学的三个方面的理解，分别是：世界文学是东西方各国优秀文学的经典之汇总；世界文学是我们的文学研究、评价和批评所依据的全球性、跨文化视角和比较的视野；世界文学是通过不同语言的文学的生产、流通、翻译以及批评性选择的一种文学历史演化。②

其次，强调世界文学评价体系的普世性和相对性。王宁提醒人们不要将世界文学看作是各民族国别文学的简单相加（这与我们前文提到的斯特利奇的观点接近），同时告诉人们，随着时代的发展，世界文学的概念已经发生了深刻的改变，“它从一个乌托邦假想到一种审美现实、阅读方式、评价标准和国际视野等，已经走过了曲折的道路，现在到了该

① 王宁．世界文学与中国．中国比较文学，2010（4）．

② 王宁．“世界文学”与翻译．文艺研究，2009（3）：25－26.

为它确立一个相对稳定的定义的时候了”。[①] 但，这一体系判断一部文学作品是否属于世界文学必须要有一定的评价体系。它必须遵循几个原则，如：它是否把握了特定的时代精神；它的影响力是否超越了本民族或本语言的界限；它是否收入后来的研究者编选的文学经典选集；它是否能够进入大学教堂成为教科书；是否在另一语境下受到批评性的讨论和研究。很显然，王宁对世界文学作品的评价标准实际上也是对文学作品是否经典的一个标准。

经典本身就是一个颇具变化性的主体。达姆罗什用了三层系统来表达经典的发展。“取代原先这一双层结构模式的，是如今由‘超经典’‘反经典’和‘影子经典’组成的三层系统。”[②]“超经典”为老牌的“主流作家”所占据。“反经典”是由低一等的和由反叛声音的非通用语作家所组成，属于强势语言中的非主流文学。“影子文学”则是在时代发展中不断隐退的原先的“非主流”作家。王宁实际上早在十多年前在回应文化研究对文学研究领域的侵蚀和影响时就已经在讨论经典的重构问题了。他指出：“文学经典的概念及其内容构成始终就处于这样一种动态之中，昨天的经典也许由于批评风尚的嬗变而在今天完全有可能失去昔日的光辉，而今天的经典也许正是由于新的批评理论的发现而跻身于经典的行列。这就是文学经典的形成和重构的辨证法。”[③]

最后，强调世界文学中的中国经验。在这里，中国经验既包括将中国作品介绍给世界，也包括世界文学在中国的实践。这反映了王宁一以贯之的、进行文学与文化对话的学术态度。“世界文学在中国的实践使我们得以将西方学者的先期研究成果加以修正和发挥，从而将世界文学的研究推进到一个更为广阔的跨东西方文学关系的语境中。”[④] 在这个走向世界文学的进程中，王宁强调了翻译的作用。

（1）王宁指出，世界文学在旅行中本身就是借助于翻译这一中介。翻译是一个未完成的过程，甚至以勒弗菲尔的话来说，是一种改写，甚至能操纵原作及其作者的名声。[⑤] 由此，王宁敦促中国学者抓住全球化给中国的文学和文化带来的影响，借助翻译走向世界。在这一过程中，王宁也发现，西方中心主义无处不在。“任何一种产生自非西方语境的理论要想从边缘走向中心进而产生世界性的影响，就不得不首先被西方学界‘发现’并翻译到英语世界。中国的文学翻译目前也处于这一种情况。”因此，通过重新理解世界文学，使我们更加客观地考察自己的文学在世界文学大语境中的地位和价值，审视中国文学所具有的世界性特征，使中国文学真正走向世界。

（2）建构世界文学的中国版本。在充分认识并勾勒世界文学概念的发展及其当代意义后，王宁提出了世界文学的中国版本说。他参加世界文学的国际学术会议，并在多个国家级场合下提出他的世界文学中国版本的初步理论建构。他提出，为更加有效地推进中国文学的国际化进程，我们首先应该打通中外文学这一人为界限，将中国文学视为世界文学的一部分，同时研究外国文学的学者也应该多关注中国文学的研究成果，并尽可能地在国际

---

① 王宁．世界文学与中国．中国比较文学．2010（4）．

② 达姆罗什．后经典、超经典时代的世界文学．汪小玲，译．中国比较文学，2007（1）：4.

③ 王宁．文学研究疆界的扩展和经典的重构．外国文学，2007（6）．

④ 王宁．世界文学与中国．中国比较文学，2010（4）．

⑤ 王宁．世界文学与翻译．文艺研究，2009（3）：27.

场合为宣传和弘扬中国文学发挥独特的作用。[①] 其次，中国的世界文学研究者应该参与国际权威的世界文学选的编选工作。应该充分介入英语世界的有影响的世界文学选集的编选工作，使那些编选者充分重视中国文学的世界性地位和影响。

2. 世界主义与世界文学的关系

王宁曾专门撰文解释世界主义。他认为，世界主义是当前国际人文社会科学界的一个前沿理论话题，但世界主义本身却有漫长的历史，它的源头可以追溯到古希腊的犬儒派哲学家。在梳理世界主义概念的发展过程中，他发现，启蒙时期的德国哲学家康德的理论建构为世界主义的成型作出了奠基性的贡献。而19世纪马克思主义的诞生也对世界主义理论的理论阐释和实践行动作出过贡献。进入20世纪以来，由于全球化逐渐进入当代社会，世界主义再度成为理论界的一个热门话题。王宁认为，世界主义可以在三个层面上进行探讨，分别是：政治哲学、社会学以及文化和文学。

王宁从文化和文学的角度阐释了世界主义的意义。他认为，世界主义可以作为一种理论视角，供文学和文化研究者对文学和文化艺术品进行评价和讨论。而这与歌德提出的"世界文学"的美学实践是相呼应的。歌德本身就怀有宽阔的世界主义胸襟和广博的多民族和多语言的文学知识。荷兰学者佛克马曾勾勒世界主义的新的概念，认为"它应当拥有全人类都生来具有的学习能力的基础。这种新世界主义也许将受限于一系列有限的与全球责任相关并尊重差异的成规……设计一种新的世界主义的创意就首先应当出于对政治圈子以外的人们的考虑，也即应考虑所谓的知识分子"。针对佛克马的这一世界主义主张，王宁思考了世界主义之于文学的意义，认为：世界主义为作家的文学提供了一些带有永恒的、普遍意义的主题，如爱情、死亡、嫉妒等；世界主义为文学创作提供了一些超越了特定的民族/国别文学的美学形式，这些形式是每一个民族/国别文学的作家在创作中都须依循的原则；世界主义还为文学批评提供了一种广阔的视野，使批评家得以在一个广阔的世界文学背景下来评价特定的文学现象以及作家和作品。[②]

世界文学作为超越民族和国家界限的具有普世意义的文学表现形式，承载了世界主义的理想，有利于我们更好地理解文学的审美作用。对此，王宁对以世界主义理论指导下的中国文学的世界性充满着乐观。尽管从文学历史来看，中国文学自清朝以来在世界文学的版图上一直处于边缘地位，民族主义思想强烈的知识分子在强国精神引领下，大量地翻译西方文化学术著作和文学作品，但中国作品走向世界却举步维艰。但王宁乐观地发现，"全球化在使得民族文化趋同的同时，也为中国文化和文学走向世界提供了宝贵的机会"。因此"我们再度对世界主义和世界文学发生了兴趣，试图通过弘扬一种新的世界主义来达到在世界上推广中国文学与文化之目的"[③]。

3. 世界文学与比较文学的关系阶段

王宁将当前世界文学发展看作是比较文学发展的最高阶段。在《"世界文学"与翻译》一文中，王宁明确提出，"在今天的全球化语境下，随着欧洲中心主义、西方中心主

---

① 王宁. 世界文学的中国版本. 学术研究，2014（4）：135.

② 王宁. 西方文论关键词：世界主义. 外国文学，2014（1）：102－103.

③ 王宁. 世界主义、世界文学以及中国文学的世界性. 中国比较文学，2014（1）：21.

义的解体和东方文学的崛起，比较文学发展到其最高阶段也应是世界文学阶段”①。

实际上，王宁早在2009年论述比较文学与世界文学的发展关系时就已经作了非常明确的阐述。从20世纪90年代以来国际上的比较文学危机论到21世纪初美国学者斯皮瓦克提出的学科死亡论，人们对比较文学的发展忧心忡忡。王宁从苏珊巴特的比较文学死亡论中发现，其实她的看法主要是针对西方的比较文学现状，即出现了比较文学的危机和世界文学的兴盛。而针对这一现象，王宁也给出了中国的回应：这一比较文学的危机在中国并不存在，因为我们早就将比较文学和世界文学合并为一个学科。比较文学的早期阶段就是世界文学。“在进入21世纪全球化时代以来，当民族/国家的疆界变得模糊、国别/民族文学受到冲击时，超民族性和世界主义便有所抬头，作为文学界的一个直接反映就是世界文学的兴盛。”② 王宁由此提出，比较文学发展到最高阶段就是进入世界文学的阶段。因此中国学者完全有理由在一个广阔的世界文学语境下从事中西比较文学研究。

三、王宁世界文学观之于中国比较文学界的意义

本文认为，王宁作为在国际学术界少数一些能为中国文学的发展发出声音的学者，他本身站在中外交流和对话的平台上，为国内学者带来当前学术发展前沿动态，为国外学者展示中国的研究成果并进行相应的对话，引导了中国比较文学界的前沿发展。2013年9月，王宁当选为欧洲科学院外籍院士，成为获此殊荣的第一位中国大陆人文学者，也成为中国人文学科走向世界的先锋。这本身也意味着走出去的中国学者得到了世界的认可和尊重。

王宁有着强烈的民族使命感，尤其是在将中国文学和文化推向世界的时候。王宁曾多次提到，在全球化的进程中，中国成了最大的受益者之一。因此在今天的全球化时代，“当我们大力弘扬中国文化、促使中国文学走向世界时，我们应该不遗余力地借助英语的‘霸权’力量来把中国文化的精髓和中国文学的优秀作品译介到全世界。当中国处于贫穷落后状态时，我们谈论世界主义只能是一味跟着发达国家走；而当中国繁荣富强起来跻身于世界发达国家之列时，我们重新讨论世界主义，在某种意义上说应该是我们作为一个大国的负责任的行为。中国作为一个文化大国，理应为世界文明和文化的建设作出我们应有的贡献”③。

正是在这种观念之下，王宁对中国世界文学与比较文学的发展持有极大的热情和信心。当西方学者纷纷提出比较文学的危机论和比较文学学科的死亡论时，王宁及时站出来为中国比较文学学者鼓气，并提出中国的比较文学学科的发展有它的特殊社会文化语境，中国比较文学的发展在全球化的时代呈现出欣欣向荣之势。在世界主义和世界文学，在人们重新关注和探讨的对象中，王宁大力推动中国学术走出去。这股精气神和努力将持续引领中国比较文学学科的进步和发展。

---

① 王宁．“世界文学”与翻译．文艺研究，2009（3）：23.

② 王宁．比较文学的危机和世界文学的兴盛．中国比较文学，2009（1）：26.

③ 王宁．世界主义及其于当代中国的意义．山东师范大学学报（人文社会科学版），2012（6）：54.

中印韵论诗学比较研究

深圳大学　杨晓霞

在中国古代的诗文批评中，常以“韵”来论诗。“韵”最初用于对音乐的描述和评论中，到魏晋时期，成为人物品藻常用的一个词语。之后“韵”又被用于对具体画作的评论中。

唐代司空图便以“韵”“味”论诗，提出诗歌应具有“韵外之致”“味外之旨”的审美情趣。宋代范温在《潜溪诗眼》考察了以前文论家对于“韵”的各种定义，提出了自己的观点“有余意之谓韵”，认为“韵”不是某一种风格的作品所独有的，而是各种风格的艺术作品都可以具有的，只要“行于简易闲澹之中，而有深远无穷之味”都有“韵”。此论既是对宋以前对“韵”的观点的总结，同时又开宋末严羽“妙悟”“兴趣说”及清初王士禛“神韵说”之先河。但无论严羽如何千譬万喻，其内涵实际都可概括在“神韵”一词之内。正如钱锺书先生所说：

> 苟去其缘饰，则“神韵”不外乎情事有不落言诠者，景物有不着痕迹者，只隐约于纸上，俾揣摩于心中，以不画出，不说出示画不出、说不出（to evoke the inexpressible by the unexpressed），犹“禅”之有“机”而待“参”然。①

严羽善譬好喻，盖染乎释氏之习，欲言不言，旁敲侧击，钱锺书撮要直言，方是“取心肝刽子手”。

中国韵论源远流长，深邃精妙，以“神韵论”为其核心内容。

在印度，语法家把展示原本存在的词的发音称之为“韵”②，文论家受此启发，将诗中具有暗示作用的语音和词义也称作“韵”。大约公元9世纪，出现了一本专门论述“韵”的著作《韵光》（Dhvanyāloka），作者署名欢增。印度韵论即由欢增创立，《韵光》成为韵论的代表作。

新护（Abhinavagupta，10或11世纪）是欢增之后的又一位重要韵论家，他的《韵光

① 钱锺书．管锥编：第四册．北京：中华书局，1986：1359.

② 黄宝生认为：“梵语dhvani一词源自动词词根√dhvan（发音、发声），词义为声音、回声、余音或音调，作为诗学术语，译作汉语的‘韵’，最为贴切。”见黄宝生．印度古典诗学．北京：北京大学出版社，1999：331.

注》(Kāvyālokalocana)是韵论派的又一部重要著作。他是一位味与韵的结合论者。他认为:韵是诗的灵魂,但不是诗的最高本质,味才是诗的最高本质。同时他又强调:味是暗示的结果,只有通过暗示,味才能实现;别情(vibhāva)、随情(anubhāva)、不定情(vyabhicaribhāva)都是暗示的手段,欣赏者应把握暗示,唤醒自身潜在的印象感情,从而真正解决了味与韵的内在关系,巩固了韵论在印度诗学上的地位。

中印两国的韵论虽在不同的时间、地点,各自独立地发生、发展,然究其诗学构成与内涵,也有一定的相通之处。从中印韵论的内涵及审美构成,我们则可以比较清楚地看到两者之间的相同与相异之处。

一、中印韵论诗学之同

1. 均从声音层发展到诗义层

在中印两国韵论中,“韵”均是从最初用来指声音,然后逐渐发展到诗歌批评领域。

中国古代文论的“韵”最早是指和谐的声音,后来用于品评人物,进而到品评人物画,然后到了书法、诗文领域。范温《潜溪诗眼》分析了“韵”发展演变,钱锺书指出:“范氏释‘韵’为‘声外’之‘余音’遗响,足征人物风貌与艺事风格之‘韵’,本取譬于声音之道,古印度品诗言‘韵’,假喻正同。”①

公元前2世纪印度语法学家波颠阇利定义了“常声”和“韵”的概念。他把词本身称作“常声”,即通过声音展示的原本存在的词。展示原本存在的词的意义的发音被称为“韵”。在印度,语法学是各自学科的先行者。欢增说:“最先的学者就是文法家,因为文法是一切学问的根源。他们把韵(音)[这一词]用在听到的[字母]音中,同样,遵从他们意见的其他学者,指出诗的真实意义[时],说,所说(义)、能说(词)混合的词的灵魂,[就是]‘诗’一词的含义,由于与能暗示(词)的性质相同,称之为韵。”② 这样,语法家对韵的研究成果,就自然被借鉴、移植到了诗学领域,并得到了发扬光大。欢增对韵作出了自己的界定。后来,新护对韵的内涵解释更全面,他指出韵包含能暗示的词义、能暗示的词音、暗示的作用、所暗示的意义、整篇的诗即具有暗含义的诗篇。

2. 均强调“言外之意”

文学艺术贵神韵,贵言外之意、象外之旨,是中国美学精神的主流。它源于先秦、诸子及魏晋玄学的“言意之辨”,而刘勰的“隐秀论”则为其奠定了基础。其后,韵论家辈出,他们几乎都对有“言外之意”的作品情有独钟。

司空图讲求韵外之致,要求含蓄、精炼和言短意长,“含不尽之意见于言外”。严羽反对以“文字为诗,以议论为诗,以才学为诗”(《沧浪诗话·诗辨》)的创作倾向,要求诗歌有言外之意,弦外之响。《沧浪诗话》云:“如空中之音,相中之色,水中之月,镜中之象,言有尽而意无穷。”王士禛在《香祖笔记》中称赏《二十四诗品》“不著一字,尽得风流”和“采采流水,蓬蓬远春”二语,认为诗境的表现不应当用字句直接表现自己

---

① 钱锺书.管锥编:第四册.北京:中华书局,1986:1364.

② 欢增.韵光.金克木,译//曹顺庆.东方文论选.成都:四川人民出版社,1996:220.

的情思，而应使其在字里行间得到体现，反对直接的议论说教。

印度韵论家指出，能说出来的是表示义和转示义，没有说出的是暗示义。诗的魅力就在于它的暗示性，这种暗示性便是“韵”。欢增还把暗示义比作女人的美，其肢体则是表示义。这是一个经典的比喻。欢增指出：“意义和适合暗示这种意义的词，唯独这两者值得伟大的诗人认真琢磨。”① 因为“伟大的诗人地位的确立就在于他不仅仅编排所表示者和能表示者，而且能成功地运用所暗示者和能暗示者”②。

在论述味的暗示性时，欢增说：“味、情、类味、类情和情的平息等，是暗示过程不明显的韵。如果它们在诗中居于突出地位，便是韵的灵魂。”这一类韵就是味韵。味是不能仅由名称（即味词）来表现的，“如果在一首诗中，只有艳情等这样的名称，而缺乏情由等的描述，那就一点都也领会不到味。味的领会与味的名称无干，只能通过特殊的情由等；只有味的名称，无从领会。”③ 对于味韵，曼摩吒举了大量的例子。如：

小猴子们，不必害怕！我的利箭曾经射穿
因陀罗象的颞颥，不屑于落到你们身上；
罗什曼那，不必惊慌！你也不值得我愤怒，
我在搜寻一眨眼就能制服大海的罗摩。④

这首诗选自印度史诗《罗摩衍那》，情由是主人公（魔王罗波那的儿子）的勇武，不定情是傲慢，暗示的是英勇味。

下面这首诗就不同了：

看啊，他刚刚步入青春期，
见到这女郎，堕入艳情河。⑤

没有对情由等的描述，只是直接出现了味词，丝毫无美感可言。此类诗句被他认为是下品诗，甚至是一种味病。

欢增等人对暗示以及味的阐述与中国文论中的“不著一字，尽得风流”有异曲同工之妙。

尽管韵论派只是印度文艺理论七大派之一，且不及味论、庄严论地位显赫，但它与味论联盟，在印度人实际审美实践中，发挥着十分重要的作用。

3．均注重作者、读者的想象力

中印韵论都追求一种言外之意，追求超越有限文字之外的意义，所以自然对作者和欣赏者提出了一定的审美要求。欣赏神韵美要求读者在作品意象的暗示下，进行丰富的想象

① 黄宝生．印度古典诗学．北京：北京大学出版社，1999：337.
② 黄宝生．印度古典诗学．北京：北京大学出版社，1999：337.
③ 黄宝生．印度古典诗学．北京：北京大学出版社，1999：342.
④ 黄宝生．印度古典诗学．北京：北京大学出版社，1999：344.
⑤ 曼摩吒．诗光．黄宝生，译//曹顺庆．东方文论选．成都：四川人民出版社，1996：347.

和再创造，要有一种不即不离的心理距离感，既专注于体会物象隐而未发的意蕴，又超越于具体的物象之上。同时还需要审美再创造的广阔的艺术空间，以少总多，以虚代实，从有限中传达无限。

读者需要参与，需要以想象调动审美积极性。一首古诗被沈德潜誉为“汉魏诗中最佳者”，究其原因就是满足了读者的这种参与需求：“步出城东门，遥望江南路。前日风雪中，故人从此去。”（汉无名氏《步出城东门》）再质朴不过了，但给人以无穷的想象余地。这就是味，就是韵。王士禛认为“神韵”境界的核心是不着痕迹，给人以超凡空灵之感，使读者获得笔墨文字之外的无穷无尽的意趣。因此他一再提出诗歌创作当如郭忠恕之绘画：“画天外数峰，略有笔墨，然而使人见而心服者，在笔墨之外也。”（《带经堂诗话》卷三）诗文之道，大抵皆然。他要求以禅家的“语中有语，名为死句；语中无语，名为活句”作为诗歌创作的指导原则，也就是说必须有“文外之旨”“得意忘言”，方能具有神韵。所以他十分欣赏王维《终南残雪》诗，认为“虽钝根初机亦能顿悟”。又说：“王裴《辋川绝句》，字字入禅。他如‘雨中山果落，灯下草虫鸣’，‘明月松间照，清泉石上流’，以及太白‘却下水晶帘，玲珑望秋月’，常建‘松际露微月，清光犹为君’，浩然‘樵子暗相失，草出寒不闻’，刘慎虚‘时有落花至，远随流水香’。妙谛微言，与世尊拈花，迦叶微笑，等无差别。通其解者，可语上乘。”这些论述都是强调“神韵”之作必须充分发挥“虚境”的作用，具体景物的描写在于引导读者去想象，通过实的描写之暗示、象征，使读者领会到作者要想表达而未明白写出的更丰富广阔的境界。这样就可以发挥读者想象作用，使之具有永久的艺术魅力。

印度的韵论强调诗的暗示性，暗示义通过词句等来表现，同时并不是所有的词句都具有能带来艺术享受的暗示义，只有那些超出字面义，暗示的意义居于主要地位，具有形象性和联想性特点的词句才能使读者产生审美的愉悦。而对读者（欣赏者）也是有要求的，韵只能为“懂得诗的意义的真义的人所知晓”，只有他们才是真正的“知诗者”。如：

> 一再优美地扭转脖子，察看身后追赶的车子，
> 不断把后半身缩向前，唯恐自己被飞箭射到，
> 累得张口喘气，嚼了一半的青达薄草撒落路上，
> 看啊！它跳跃，简直是在空中飞，不是在地上跑。①

这首诗选自迦梨陀娑的《沙恭达罗》第一幕。情由是净修林里的小鹿受到了手执弓箭的国王的追赶，情态是小鹿弯起脖子回头看、向前缩身子和跳着奔跑等，不定情是慌乱和恐惧，由此来暗示恐怖味。但是，如果读者毫无生活经验，对净修林和鹿一无所知，又一点也没有想象和联想的能力，这暗示的恐怖味是体味不到的。

曼摩吒在论“意义的暗示性”时指出：“由于说话者、说话对象、语调、句子、表示义、别人在场、境况、地点和时间等的特殊性，引起智者认知另一种意义。”“智者的认知”是需要一定的想象和联想的。如“听说你的丈夫今天很快就要回来，朋友啊！干吗还

① 黄宝生．印度古典诗学．北京：北京大学出版社，1999：344.

站着？去做点准备吧"①。这首诗的意思是某个女子想去会见情人，她的女友劝阻她。由于女主人公的丈夫要回来这一特殊的情况来暗示她不能出去。但是读者如何知道她打算去见情人呢？读者如果能从中读出暗示义，那么肯定是加入了他们自己的联想，为诗句构想了特殊的语境，这样的读者就是"智者"。

4．均以韵为品评作品的标准

范温认为"韵者美之极"，这也是宋代当时的审美取向。"至近代先达，始推尊之以为极致；凡事既尽其美，必有其韵，韵苟不胜，亦亡其美。"他十分赞赏陶渊明，因为其诗歌"体兼众妙，不露锋芒，故曰：'质而实绮，癯而实腴'，初若散缓不收，反复观之，乃得其奇处；夫绮而腴、与其奇处，韵之所从生，行乎质与癯而又若散缓不收者，韵于是乎成……是以古今诗人，唯渊明最高，所谓出于有余者如此。至于书之韵，二王独尊。……山谷书气骨法度皆有可议，惟偏得《兰亭》之韵"。(《潜溪诗眼》)

不仅诗歌用有无韵来品其高下，在书法绘画也将韵作为批评的标准。黄庭坚说："凡书画当观韵。"(《豫章黄先生文集》卷二十七)"观魏晋间人论事，皆语少而意密，大都犹有古人风泽，略可想见。论人物要是韵胜，为尤难得。蓄书者能以韵观之，当得仿佛。"(《豫章黄先生文集》卷二十八)把韵作为对书画作品的最高的审美要求。

陆时雍《诗镜总论》中认为："韵生于声""韵出为风""韵动而气行"，因而"韵"十分重要。他甚至不无夸大地进一步强调了"韵"在作品中的地位，指出作品"有韵则生，无韵则死。有韵则雅，无韵则俗。有韵则响，无韵则沉。有韵则远，无韵则局"。"诗之佳拂拂如风，洋洋如水，一往神韵，行乎其间"。这些看法，使韵的地位在审美领域中进一步提升。

王夫之在其《古诗评选》《唐诗评选》《明诗评选》中也经常以"神韵"作为品评优秀诗歌的标准。例如说：汉高祖《大风歌》"神韵所不诗论"；嵇康《赠秀才入军》"虽体似风雅，而神韵自别"；谢灵运《晚出西谢堂》有"风韵神理"；王绩《北山》"神韵骏发"；贝琼《秋怀》"一泓万顷，神韵奔赴"等。

印度的欢增以韵为依据，将诗分为了三类：韵诗、以韵为辅的诗和画诗。曼摩吒在《诗光》中则把暗示义超过字面义的诗称为上品诗（也就是欢增所说的韵诗）。例如：

乳边失去檀香粉，一点不剩；
唇上红脂都擦净；
眼圈涂的乌烟完全不见；
你的娇弱身躯上汗毛竖起；
说谎的女使啊！不懂得亲人痛苦的人！
你是刚到池塘洗澡去，
可不是到那个下流人的身边去了！②

---

① 黄宝生．印度古典诗学．北京：北京大学出版社，1999：337－338.

② 曼摩吒．诗光．金克木，译//曹顺庆．东方文论选．成都：四川人民出版社，1996：285.

这是一个女子责备女使的话。诗中表面上是说女使去沐浴而没有去偷欢，实际上正好相反。“你到他身边寻欢去了”这种主要的意思由“下流人”一词暗示了出来，而且暗示义是主要的，所以算是上品诗。

暗示义次要的诗是中品诗（以韵为辅的诗）；无暗示义的诗（画诗）被划为低等的、下品诗。

以韵品诗，以韵的多寡作为诗作高下的标准，在印度被广泛接受。

二、中印韵论诗学之异

1．创作观念不同

司空图论诗强调味外之味，而这“味外之味”又是以境为基础的。他注意“思与境偕”，要炼境，同时须自然，不能过于雕琢，为了达到情景交浃，诗人就需要有雄厚的功力，把自己的精神渗透到对象中，使万物都表现自己的个性，充溢生气。严羽追求诗歌的“至美，尽美”，要求达到所谓入神的“极致”。为此，诗人应该有“别才”。《沧浪诗话》说“夫诗有别才，非关书也；诗有别趣，非关理也。然非多读书，多穷理，则不能极其致”。他反对以“书”代“诗”，突出诗歌构思的艺术规律，同时诗人应该有丰富的学养，要懂得广博的人生哲理，既注意了诗人的情性，又注意了学力。王士禛以为“伫兴而就”是一种最佳的创作状态，是触景生情的感悟，诗来寻我，而非我去寻诗。“当其触物兴怀，情来神会，机括跃如，如兔起鹘落。稍纵即逝矣。有先一刻，后一刻不能之妙。”（《师友诗传录》）他并不因强调灵感而抹杀功力和深思观照，他曾经指出“苦思自不可少”（《师友诗传续录》）“学者从其性所近，伐毛洗髓，务得其神，而不袭其貌。”（《燃灯记闻》）可见神韵论者所重视的是创作者的感悟及灵感，也不忽视学力的作用，但是他们对诗歌的具体创作没有明确、详细的论述。

印度韵论是从对词的暗示义分析着眼的，韵论家很重视词语意义的暗示性。欢增认为韵是“诗中的词义或词音将自己的意义作为附属而暗示那种暗含义”①。曼摩吒在《诗光》中举例分析了意义的暗示性：“只要与财富打交道，愚人也会变得精明，青春的骚动本身就教会少女种种魅力。”② 他认为“教会”一词的表示义在诗中不适用，而它的转示义为“显露”，这样来暗示进入青春期的少女自然就有的魅力。不仅有词义暗示，还有通过词音、句子、篇章等进行暗示。在创作中，即使某些意义已经见于旧诗，只要用不同的暗示表达方式，仍然能产生新鲜感。甚至是当暗示义也与旧诗相同，认为只要变换暗示的转示义，同样能带给读者美的享受。如：

正在议论选婿事，少女羞愧低下头，
但见身上汗毛竖，透露内心在渴求。③

---

① 黄宝生．印度古典诗学．北京：北京大学出版社，1999：336.
② 黄宝生．印度古典诗学．北京：北京大学出版社，1999：339.
③ 黄宝生．印度古典诗学．北京：北京大学出版社，1999：367－368.

迦梨婆娑也用暗示手法来表达波哩婆提的羞涩：

> 神仙说着这些话，波哩婆提低下头，
> 靠在父亲的身旁，数着玩耍的莲心。[①]

我们读来并不感觉重复，仍觉新鲜有趣。

诗歌的暗示义“不能为仅仅具有词和义的学问［一方面］知识的［人］所知晓，而只能为懂得诗的意义的真义的［人］所知晓”[②]。韵论家也对诗人提出了一定的要求，伟大的诗人之所以能成为伟大诗人的原因，也只是由于他们善于运用暗示义和能暗示词。可见韵论虽然突破了以前只讲修辞的狭隘形式主义，“却仍然从诗是‘词与义’的组合这一点出发，并没有真正超出形式主义而达到分析作品内容的地步，更谈不到认识文学的社会意义”。[③]

经过比较可以发现，中国韵论超越了对词与义的藩篱，着重的是诗歌整体所蕴涵的美，诗歌所表现的实际上是以诗人的主观体验为主的艺术境界。而印度韵论家还是在词、义关系问题上盘桓，囿于形式，所表现出来的主要还是作品的内容美。

2. 表述方法不同

中国韵论，从来没有哪个文论家对其进行详细明晰的逻辑分析，没有用清楚的语言指出韵的构成、分类等问题，在对韵解说中依旧模糊朦胧，多是示范性的，列举一些诗例来作为尺度。如陆时雍在《诗镜总论》中论述了“韵”在诗中的多种审美形态。他说：

> 诗被於乐，声之也。声微而韵，悠然长逝者，声之所不得留也，一击而立尽者，瓦缶也。诗之饶韵者，其钲磬乎？“相去日以远，衣带日以缓”，其韵古；“携手上河梁，游子暮何之”，其韵悠；“高台多悲风，朝日照北林”，其韵亮；“晨风飘歧路，零雨被秋草”，其韵矫；“采菊东篱下，悠然见南山”，其韵幽；“皇心美阳泽，万象感光昭”，其韵韶；“扣枻新秋月，临流别友生”，其韵清；“野旷沙岸净，天高秋月明”，其韵洌；“天际识归舟，云中辨江树”，其韵远。凡情无奇而自佳，景不丽而自妙者，韵使之也。

古、悠、亮、矫、幽、韶、清、洌、远，均为诗中之“韵”，而它们到底是如何的呢？“古”就是“相去日以远，衣带日以缓”此类的，惜墨如金，绝不肯多说一字。王士禛在《池北偶谈》中说：“汾阳孔文谷云：‘诗以达性，然须清远为尚。’薛西原论诗，独取谢康乐、王摩诘、孟浩然、韦应物，言‘白云抱幽石，绿筱媚清涟’，清也；‘表灵物莫赏，蕴真谁为传’，远也。‘何必丝与竹，山水有清音。’‘景昃鸣禽集，水木湛清华。’清远兼之也。总其妙在神韵矣。”亦是只举出诗例然后下简短断语，究竟如何就留给读者自己去

---

① 黄宝生．印度古典诗学．北京：北京大学出版社，1999：348.

② 欢增．韵光．金克木，译//曹顺庆．东方文论选．成都：四川人民出版社，1996：212.

③ 郁龙余．中国印度文学比较．北京：中国社会科学出版社，2001：40－41.

补充了。即使在《二十四诗品》中虽细划为“雄浑”“冲淡”“纤秾”等，可是每一品类仍是以诗歌的形式来形象描述，而不是用逻辑的语言下定义，表述以诗论诗，依旧只是模糊、只是朦胧。

与之相反，印度韵论家为表述自己的理论，不遗余力制定出种种的定义、规则、法则，然后用它们再来指导创作与评论，逻辑色彩强烈。他们对韵的审美特征从以下几个方面进行条分缕析：①词有三种功能：表示功能、指示功能和暗示功能。它们分别显示为字面义、引申义和暗示义。暗示义产生的惊奇比其余两者产生的惊奇更多，更有艺术魅力。当暗示义超过字面义和引申义时，韵就产生了。②暗示义必须在其他两个意义的理解受阻之后才出现，暗示功能才会发生作用。③暗示义的惊奇分两种：世俗性和非凡性。非凡性的暗示义产生的艺术惊奇才是韵。④并非所有的词句都能产生韵，只有具备形象性和联想性等特点的词句才可以。⑤暗示义离不开字面义，就像光离不开蜡烛，但人们所欣赏的是光而不是蜡烛。⑥味是韵的组成部分，它不能单独存在，并通过暗示义体现出来。⑦韵论把味、庄严、曲语、风格、诗德、诗病等都纳入自己的势力范围，都从韵的角度进行分析阐述。⑧韵主要分为三种：味韵、庄严韵和本事韵。味韵是最优秀的韵，以它为主的诗是最优秀的诗。⑨以韵为标准，诗分为三类：以暗示义为主的韵诗为上品诗，暗示意义占次要地位的诗为中品诗，没有暗示义的诗为下品诗。[①]

在八种味韵中为首的是指通过诗中的情由、情态和不定情结合产生味。以艳情味为例，婆罗多规定得十分详细：“它以男女为因，以优美的少女为本源。它的两个基础是会合和分离。其中，会合通过季节、花环、香脂、妆饰、心爱的人、感官对象、美丽的住宅、享受、去花园、感受、耳闻、目睹、游戏和娱乐等情由产生。它应该用眼的机灵、眉的挑动、斜视、温柔甜蜜的形体动作和语言等情态表演。它的不定情不包括惧怕、懒散、凶猛和厌恶。而分离应该用忧郁、虚弱、疑虑、妒忌、疲倦、忧虑、焦灼、瞌睡、入眠、做梦、故意冷淡、生病、疯狂、癫狂、痴呆和死亡等情态表演。”[②] 虽然这些是用来指导戏剧表演的，但在诗歌创作中也要用语言来表现这些内容，不能违背这些原则。

如下面的诗：

看到卧室空寂无人，新娘轻轻从床上起身，
久久凝视丈夫的脸，没有察觉他假装睡着，
于是放心地吻他，却发现他脸上汗毛直竖，
她羞涩地低下头，丈夫笑着将她久久亲吻。[③]

在这首诗中，情由是空寂无人的卧室和一对新婚夫妇，情态是亲吻和汗毛直竖，不定情是羞涩和嬉笑，这样来暗示艳情味。

3. 审美倾向不同

中国韵论重视审美主客体的和谐。但具体到每位韵论家，则由于个人审美趣味不同而

---

① 黄宝生．印度古典诗学．北京：北京大学出版社，1999：44.
② 黄宝生．印度古典诗学．北京：北京大学出版社，1999：343.
③ 黄宝生．印度古典诗学．北京：北京大学出版社，1999：356.

追求不同的韵致。即中国韵论家的审美倾向个人主观色彩较浓。司空图追求“思与境偕”，其最终的指向是淡远自然；严羽向往“羚羊挂角，无迹可求”和“高、古、深、远”的极致。王士禛尚清远，在《鬲津草堂诗集序》中说：“昔司空表圣作《诗品》凡二十四，有谓‘冲澹’者曰：‘遇之匪深，即之愈稀。’有谓‘自然’者曰：‘俯拾即是，不取诸邻。’有谓‘清奇’者曰：‘神出古异，澹不可收。’是三者品之最上。”

在印度韵论中，韵分三种，味韵、本事韵、庄严韵，味韵最优秀，以味韵为主的诗是最优秀的诗。在八种味韵中只要“味”是由情由、情态等暗示出来，并以它为主即可。欢增只是在讲到要正确处理味与味之间的关系时，要求诗人认真对待艳情味，“艳情味是最甜蜜、最愉快的味”，因为它是最娇美的，在人们的感觉中是最迷人的，读者对它的感受也是最敏锐的。但是，“优秀诗人在写诗时，只要正确把握味与味之间种种对立和不对立的关系，便能立于不败之地”①。可见印度的韵论家重视的是审美原则，具有较大客观性，没有厚此薄彼，根据个人爱好取舍的倾向。

4. 所指范围不同

中国“韵”从音乐到品评人物，再及于书画诗文，因而在艺术作品中它所指的是整体的艺术魅力。虽也有文论家（如前面提到的陆时雍和王士禛）寻章摘句来说明韵的审美形态，但其着眼点仍是诗句所表现出来的浑融整体美。

陶渊明诗《饮酒》：“采菊东篱下，悠然见南山。山气日夕佳，飞鸟相与还。此中有真意，欲辩已忘言。”历来被认为韵致十足。六句皆美，但整体之美——全诗所涵示的意境韵味要大于任何一句。所以，中国韵论注重的是整体美。

印度的“韵”是指词义等的暗示，因此可以是作品的一部分，不一定是作品的整体。欢增等就常以长诗的一段或几句来举例说明“韵”。如曼摩吒《诗光》中所举的例子：

> 这个食尸的魔鬼先是剥皮，掏出肚肠眼珠，
> 然后吞噬肩背臀部容易上口的腐臭肥肉，
> 他把骷髅放在膝上，鼓出牙齿，不紧不慢地，
> 继续啃吃骨头上，甚至关节中残剩的生肉。②

在这首诗中，情由是魔鬼吞食死尸，情态是剥皮、掏肠、啃吃等，暗示厌恶味。

中印韵论所以在品评作品时所指范围不同，除了与中印审美意向不同有关之外，还有一个重要原因，就是中印文学作品的个体规模不同。以诗为例，中国惜墨如金，要求字字珠玑，所以多短什小诗。印度则重鸿篇巨制，动辄数百、数千，甚至数万颂，不截取局部难以评论。当然印度的一部作品中，韵可以数种多次出现，但有一种是最重要的。这就是整部作品的主韵（味）。所以，中国韵论所指的是作品整体，印度韵论所指既可以是局部，也可以是作品整体。

---

① 黄宝生．印度古典诗学．北京：北京大学出版社，1999：345.

② 周裕锴．中国禅宗与诗歌．上海：上海人民出版社，1992：287.

三、结语

前文我们对中印韵论进行了比较，而两者之所以会出现这种相近而又相异的情况，主要是两国的文化背景使然。中国古代的先哲崇尚“道”。“道”的特征，用老子的话说就是“有物混成，先天地生”“道之为物，惟恍惟忽”。对“道”虽有多种解释，但把“道”规定为宇宙、世界的本原，是混一、不可分的整体，它飘忽不定，具有不可言传的性质是基本一致的。儒家讲“天道”，而“天道远”，也是难于言说的。受这一思想的影响，中国古人对事物进行元素分析和逻辑分析是不太可能的，孤立、机械的分析会破坏事物、远离事物本身。只有整体的、直观的领悟，才能把握事物的本质。正是在这种思想文化氛围中，中国古典文论的气、神、韵、味、境等审美范畴，均有整体性、时空性和不可分割的特点。中国韵论特别是神韵派所追求的无言境界，是某种不可言喻、难以捉摸的观念性存在。刘若愚先生将神韵论归结为形而上学的文学理论的一个流派，其依据正是神韵论与形而上学、玄学以及神秘主义的潜在联系。从《二十四诗品》中征引、融化老庄等语已依稀可见，严羽、王士禛以禅论诗则更为明显。

禅宗的“悟”是自心对佛理的契合与领会，自心对神秘本体的认知。去其宗教内容，单就其思维表现形式而言，“悟”近似于一种沉潜着理性智慧的直觉体验，与艺术活动中的形象思维、灵感状态等有相通之处。[①] 唐宋以来人们在理论上逐渐将禅宗之悟与诗之悟沟通起来。特别是到了宋代，“大抵禅道惟在妙悟，诗道亦在妙悟”，（《沧浪诗话》）几乎为人所公认。范温也说：“识文章者，当如禅家有悟门。夫法门百千差别，要须自一转语悟入。如古人文章。直须先悟得一处，乃可通其他妙处。”（《潜溪诗眼》）禅宗“参活句”的参禅方法也用在了诗歌欣赏中。用心灵去感受语言形象之后蕴藏的弦外之音，韵外之致，象外之象，景外之景，不执着于文字本身，确实是符合诗歌欣赏规律的。王士禛云：“妙谛微言，与世尊拈花，迦叶微笑，等无差别。通其解者，可语上乘。”所以，他能从王维、裴迪的《辋川集》中参出禅意：“有得意忘言之妙，与净名默然，达摩得髓，同一关捩。”这种“活参”的方式具有再创造的积极意义。

印度韵论派的思想基础是“综合同一”[②]。这一理论始于梵书后期，在奥义书中得到发展。《广林奥义书》中首先提出了这一理论，认为：梵不异于我，梵即我。其他奥义书接着进行了广泛而深入的探讨，为印度正统哲学，特别是公元9世纪吠檀多哲学“无差别不二论”奠定了思想基础。吠檀多派认为：世界的最高主宰是“梵”，“梵”是宇宙精神，是无限，它无所不在、永恒不灭；“梵”既不能用概念来理解，又不能用语言来表达，它是世界各种现象产生、维持和毁灭的终极原因。梵是“最高我”，个体灵魂是“生命我”，生命我是由最高我演化而来的，与最高我在本质上是同一的，“我”（生命我）的最终目的就是达到与“梵”（最高我）结合，即“梵我合一”（Brahmātmaikyam）。在韵论中“韵”就是诗的灵魂，相当于“梵”，词句、词音、修饰等都为显示“韵”而存在。完美

---

① 金克木．比较文化论集．北京：生活·读书·新知三联书店，1984：143.

② 汤用彤．印度哲学史略．北京：中华书局，1988：35.

的境界就是韵与其他因素的同一。

汤用彤先生曾指出："西方哲学多因知识以求知识，因真理以求真理（knowledge for knowledge）。印度人士，则以智慧觉迷妄，因解脱而求智慧。"①在印度哲人看来，知识本身不是目的，求知识仅为手段，服务于求解脱这一根本目的。用《奥义书》中的话来说就是"如身为车乘，自我是乘者，知慧忧御夫，意思唯缰索"（《羯陀奥义书》）①，智慧只是驾驭身体的车夫，引领着自我达到解脱。正基于此，印度人十分重视智慧。这对印度文论产生了很大影响。因为知识得到高度重视，求知识的工具因明学也得到很大发展。因明学的条分缕析又影响了文论，使文论也追求系统的逻辑分析。如《舞论》中对戏剧表演各个方面全面细致的论述；《韵光》中对词义的分析，对各种韵的分类，以及庄严等形式的论述，分门别类，极为详细。另一方面，禅定静观，可以悟到真谛，获得智慧。所以，"味""韵"等文艺理论在受到因明论逻辑分析影响的同时，也很大程度上受到了这种神秘主义哲学思想的影响。②

中国和印度的韵论是各自独立建立和发展的。但随着佛教东传，中国诗歌创作和诗歌理论受到印度较大影响。朱光潜在认真研究之后认为，中国声律研究特盛于齐梁以后，中国诗走上"律"的道路，其中一个重要原因是受到"梵音反切的影响"。他说："当时因梵音输入的影响，研究音韵的风气盛行，永明诗人的音律运动就是在这种风气之下酝酿成的。"③ 到近现代，印度韵论传播到西方，同样产生了一定的影响。而中国的神韵论则在18世纪中叶传到了朝鲜，被朝鲜诗人和学者所接受。"韦孟之神韵""唐人之神韵""神韵秀逸"等被理解为艺术的风格。除了"神韵"一语之外，还有一些概念或名句也被用来品诗。他们还较多地使用严羽的"水中月，镜中相""妙悟"以及司空图的"超以相外，得其环中""不著一字，尽得风流"等用语。在评论中大体上亦重视含蓄的言外之意，并有追求淡泊闲远的倾向。之所以在朝鲜会出现这样的情况，与当时的社会现实及士大夫们的心理状态有很大关系。④

---

① 五十奥义书．徐梵澄，译．北京：中国社会科学出版社，1995：356.

② 曹顺庆．哲理与文思——试比较中、印、欧早期哲学思想对文学理论的影响．外国文学研究，1992（1）.

③ 朱光潜．诗论．合肥：安徽教育出版社，1999：198.

④ 琴知雅，朝鲜诗学上的"神韵"，为2001年12月暨南大学文艺学研讨会提交论文。

近代德国比较文学思想散论

深圳大学　何志平

一般认为，比较文学学科兴起于19世纪中期。在此之前，18—19世纪的德国文学经历了启蒙主义时期、狂飙突进时期、古典文学时期和浪漫主义文学时期等几个时期，这几个时期在德国文学史乃至世界文学史上都是非常重要的时期。这几个时期的几位重要的德国文学家，不仅仅在各自的文学创作方面硕果累累，而且在文学思想比较文学思想方面进行了重要的探索，对后来的文学发展、比较文学思想与学科的发展产生了重大的影响。厘清他们在比较文学方面的论述与思想，对于梳理比较文学思想史有着重要的价值。

莱辛（Gotthold Ephraim Lessing，1729—1781），德国剧作家、文艺批评家。莱辛文艺批评的一个显著特征是以比较的方法研究不同的艺术类型、研究不同国家（民族）文学间的相互影响。

1776年出版的《拉奥孔》（*Laocoon*，1766）是美学史上的一部重要著作，副标题是“论画与诗的界限”。《拉奥孔》探讨了诗与画的特殊规律，批判了传统的“诗画一致”说，否定了温克尔曼（Winckelmann，1717—1768）把古希腊艺术理想归结为“高贵的单纯和静穆的伟大”，并将这种艺术理想引申入诗（文学）的领域的思想。[①] 温克尔曼在《论古代雕刻绘画作品的摹仿》（1755）和《古代造型艺术史》（1764）中，以雕像《拉奥孔》为例，说明古希腊艺术理想以单纯静穆为特征，重美而不重表情。莱辛承认空间艺术以美为最高原则，时间艺术以表情的真实为最高原则，“表达物体美是绘画的使命”。“在古希腊人来看，美是造型艺术的最高法律”，“因此在姿势和表情上就应有静穆或静穆的伟大”。[②] 但是，莱辛反对把“静穆”的理想引申到诗（文学）的领域：“把绘画的理想移植到诗里是错误的”，“诗人固然也追求一种理想美，但是他的理想美所要求的不是静穆而是静穆的反面。因为他们所描绘的是动作而不是物体”，“美不是诗的题材，而是一切造型艺术所特有的题材”。[③] 莱辛认为画追求静穆的美的理想，而诗追求的理想是真实的表情，而所谓“诗画一致说”却是莱辛反对的。莱辛特别注重诗和画的特殊规律，即两者的差异：“诗和画固然都是摹仿的艺术……但是二者用来摹仿的媒介或手段却完全不同。”

---

① 莱辛．拉奥孔．朱光潜，译．北京：人民文学出版社，1979：6.
② 莱辛．拉奥孔．朱光潜，译．北京：人民文学出版社，1979：14.
③ 莱辛．拉奥孔．朱光潜，译．北京：人民文学出版社，1979：218.

"绘画运用在空间中的形状和颜色"，"诗运用在时间中明确发出的声音"，"前者是自然的符号，后者是人为的符号"。[①] 所以，画所写的物体通过视觉来接受；诗用语言叙述动作情节，主要诉诸听觉，需要借助记忆和想象把握整体。莱辛在这里侧重于分析诗与画的不同特点，来反对"诗画一致"说。

但是，朱光潜先生发现，莱辛在他的遗稿中也表现了辨证的思想。莱辛认为，时间与空间不是绝对的界限，不同的艺术（包括文学）具有相互包孕的对象："不过一切物体不仅在空间中存在，而且也在时间中存在。物体持续着，在持续期中的每一顷刻中可以现出不同的样子，处在不同的组合里。每一个这样顷刻间的显现和组合是前一顷刻的显现和组合的后果，而且也能成为后一顷刻的显现和组合的原因，因此仿佛成为一个动作的中心。因此，画家也能摹仿动作，不过只是通过物体来暗示动作。""就另一方面来说，动作不是独立自在的，必须隶属于某人某物。这些人和物既然都是物体，诗也就能描绘物体，不过只是通过动作来暗示物体。""绘画在它的并列的布局里，只能运用动作中某一顷刻，所以它应该选择孕育最丰富的那一顷刻，从这一顷刻可以最好地理解到后一顷刻和前一顷刻。""诗在它的先后承续的摹仿里，也只能运用物体的某一特征，所以诗所选择的那一种特征应该能使人从诗所用的那个角度，看到那一物体的最生动的感性形象。"[②] 莱辛关于诗与画的辩证思想，其实也同样适用于文艺学中戏剧体诗与叙事体诗的关系。莱辛自己也曾讲过这样的话："戏剧要靠演员所刻划出来的生动的图画，也许因此就必须更严格地服从用物质媒介的绘画艺术的规律。"[③]

莱辛选择用最富有包孕性的顷刻的理论，批评了温克尔曼片面的静穆美的艺术理想，一定程度上缓和了莱辛过分侧重诗与画的界限的倾向，一定程度上体现了莱辛艺术思想的完整性。不过，莱辛的这些比较辨证的思想大都在他的遗稿中才能看到（《拉奥孔》是一部未完成的著作），已发表的第一卷侧重谈诗与画（实际是诗与雕刻）的界限。西方文艺理论以往比较注意诗与画的共同性，比较少讨论诗与画的异质性。

莱辛的研究有成就也有局限。赫尔德尔指出莱辛的思想缺乏历史观念，没有把文学艺术与时代和民族的状况结合起来；他认为时空差别并非诗与画的本质性差别，其本质性差别在于画凭形象而诉诸感官和记忆，诗凭魄力（Energie）而诉诸情感和想象。歌德也纠正了莱辛把诗与画对立起来的思想，在谈到荷兰画家吕邦斯的风景画时赞扬其作品的真实："这种感受自然和观察自然的方式已完全失传了。我们的画家们所缺乏的是诗。"[④] 黑格尔谈到《拉奥孔》雕像群时说："最重要的事实在于尽管它表现出极端痛苦，高度的真实，身体的抽搐，全身肌肉的跳动，它却仍保持美的高贵品质。"[⑤] 黑格尔说明了雕刻在雕像群里也可以描绘动作、冲突和痛苦，认为《拉奥孔》雕像群达到了高度的表情的真实与高度的美的统一，同样纠正了莱辛把表情和美对立起来的思想。

赫尔德尔（Johann Gottfried Herder，1744—1803），德国思想家，狂飙突进运动的精神

---

① 莱辛．拉奥孔．朱光潜，译．北京：人民文学出版社，1979：181.

② 莱辛．拉奥孔．朱光潜，译．北京：人民文学出版社，1979：182.

③ 莱辛．拉奥孔．朱光潜，译．北京：人民文学出版社，1979：23.

④ 爱克曼．歌德谈话录．朱光潜，译．北京：人民文学出版社，1978：130.

⑤ 黑格尔．美学．朱光潜，译．北京：商务印书馆，1979：187.

领袖。赫尔德尔的基本思想是总体主义、民主主义、历史主义。他认为，文学史应该是一个整体，应该由不同的民族文学构成，应该能够说明不同地区、不同时代、不同作家的不同风格，应该能够反映文学的起源、发展、变化和衰亡。1778 年出版的《民歌》（1807 年再版改为《诗歌中各族人民的声音》）搜集了德国、法国、英国、意大利、西班牙、希腊、丹麦、冰岛、瑞典和波兰等许多民族的民歌，可称为一部丰富的“世界文学”选集。赫尔德尔在序言中强调，艺术的本质是表情，是深入人们灵魂的、不朽的。他在《批评之林》（1769）中指出：“绘画、音乐和文学都是表情的，摹仿的，但是在摹仿的手段上却有所不同；绘画是通过形象与色彩来表情，音乐是借动作和音调来表情——绘画和音乐是借自然的手段（来表情），文学则借人为的和有意的手段（来表情）。”① 赫尔德尔的观念萌芽了现代比较文学思想，影响了歌德及其提出的“世界文学”的设想。

歌德（Johann Wolfgang von Goethe，1749—1832），德国诗人。《歌德谈话录》有许多具体的比较研究。例如，1824 年 11 月 24 日，歌德谈到德法文学时说：“我们德国人受到指责的也许在不讲究形式，但是在内容材料方面，我们比法国人强……但是特别值得法国人欢迎的是我们的哲学理想性，因为每种理想都可以服务于革命的目的。”② 比较的意识油然而出。17 世纪后半期，中国孔孟思想在德国引起关注，在 18 世纪启蒙运动中得到比较广泛的传播。当时的歌德已经通过拉丁文译文阅读了《大学》《中庸》《论语》等汉学经典。1781 年 8 月 11 日，歌德试图动笔将《赵氏孤儿》改为悲剧《哀兰伯诺》（未完成）。他认为《赵氏孤儿》突出了一个“义”字（应为“忠义”的意思），认为《老生儿》突出了一个“孝”字。这些与启蒙时代的“理性”观念合拍。1827 年 1 月 31 日，歌德提起他正在读的一本中国传奇（据考证，可能是《月好逑传》）。爱克曼认为中国传奇一定是很奇怪的。歌德说：“并不像人们所猜想的那样奇怪。中国人在思想、行为和情感方面几乎和我们一样，使我们很快就感到他们是我们的同类人，只是在他们那里一切都比我们这里更明朗、更纯洁，也更合乎道德。在他们那里，一切都是可以理解的，平易近人的，没有强烈的情欲和飞腾动荡的诗兴，因此和我写的《赫尔曼与窦绿台》以及英国理查生写的小说有很多类似的地方。”歌德接着说，“我看贝朗瑞的诗歌几乎每一首都根据一种不道德的淫荡题材，假使这种题材不是由贝朗瑞那样具有大才能的人来写的话，就会引起我的高度反感。贝朗瑞用这种题材却不但不引起反感，而且引人入胜。请你说一说，中国诗人那样彻底遵守道德，而现代法国第一流诗人却正相反，这不是极可注意吗?”③ 贝朗瑞在 1828 年因诗集反对国王、政权，受到监禁和巨额罚款，歌德在那天说贝朗瑞是“罪有应得”。可见歌德对于“理性”的推崇。1829 年 4 月 2 日，歌德曾谈论“古典的”与“浪漫的”：“我想到一个新的说法，用来表明这二者的关系还不算不恰当。我把‘古典的’叫做‘健康的’，把‘浪漫的’叫做‘病态的’。这样看，《尼伯龙根之歌》就和荷马史诗一样是古典的，因为这两部诗都是健康的、有生命力的。最近一些作品之所以是浪漫的，并不是因为新，而是因为病态、软弱；古代作品之所以是古典的，也并不是因为古

① 伍蠡甫，等．西方文论选．上海：上海译文出版社，1979：439.

② 爱克曼．歌德谈话录．朱光潜，译．北京：人民文学出版社，1978：45.

③ 爱克曼．歌德谈话录．朱光潜，译．北京：人民文学出版社，1978：112－113.

老，而是因为强壮、新鲜、愉快、健康。如果我们按照这些品质来区分古典的和浪漫的，就会知所适从了。”① 这些思想论述，歌德都是以比较的方式来思考的。

组诗《中德四季晨昏杂咏》（1827，共14首）是歌德在清代小说《花笺记》《玉娇梨》的启发下创作的，仿效中国古典诗歌的形式。在歌德65岁以后写的发表于1819年的一部被称为西洋诗人模仿东方诗而作的诗集《西东合集》（《西方与东方的合集》）里，歌德装扮成一个波斯诗人，将种种事物换上东方的名称，涂上东方的色彩，出现不少波斯的、阿拉伯的人名、地名，把东方的思想和形式跟西方的思想和形式融会调和，表达作者对时代、对历史的观察，对爱情的体验，对生命演化的探索：一切都在变化、在消逝、在新生。这部诗集的许多诗篇蕴藏着深刻的智慧，也体现了作者“东方和西方再也分不开”的思想。

因此，歌德提出了“世界文学”这一重要概念，比马克思《共产党宣言》提出这个概念早了20年。歌德说：“我愈来愈相信，诗是人类的共同财产。”“民族文学在现代算不了很大的一回事，世界文学的时代已快来临了。现在每个人都应该出力促使它早日来临。”② 对“世界文学”这个概念其实有两种理解，第一，今后的文学产品越来越世界化。现代世界，由于交通便利和传播媒介手段的现代化，尤其是全球信息网络的开通，以及语言障碍的渐次破除，整个人类文化已连为一体。第二，由于将人类各民族的文学遗产看作是世界的公共财产，这样文化的民族性渐次让位给世界性。20年后，马克思和恩格斯从社会经济的角度也敏锐地觉察到这一点，在《共产党宣言》中正式向全世界宣布“世界文学”的形成：“资产阶级由于开拓了世界市场，使一切国家生产和消费都成为世界性的，过去那种地方的和民族的自给自足和闭关自守状态，被各民族、各方面的互相维系和各方面的互相依赖所代替了。物质的生产如此，精神的生产也是如此。各民族的精神产品成了公共的财产。民族的片面性和局限性日益成为不可能，于是由许多种民族的和地方的文学形成了一种世界的文学。”③

歌德的这些言论、思想被认为是比较文学学科产生的重要思想渊源之一。而且，歌德像是有预感似的，又讲了一番可以用来针对法国学派中某种狭隘的民族主义倾向的话语：“并不存在爱国主义艺术和爱国主义科学这种东西。艺术和科学，跟一切伟大而美好的事物一样，都属于整个世界。只有在跟同时代人自由地和全面地交流思想时，在经常向我们所继承的遗产就教的情况下，它们才能得到不断的发展。”④

19世纪初期的欧洲浪漫主义时代，赫尔德尔和歌德的思想在施莱格尔兄弟那里得到了进一步的发展。奥·威·施莱格尔（August Wilhelm von Schlegel，1767—1845），德国文学批评家、翻译家、语言学家。1798年与弟弟创办《雅典娜神殿》杂志，形成了德国早期的浪漫派——耶拿派。在柏林编成《关于文学和艺术的讲稿》（1801—1804），在波恩编成《关于戏剧艺术和文学的讲稿》（1809—1811，现一般译为《论戏剧艺术和文学》）。施莱格尔曾从总体上描述整个西欧的文学史，他把西欧文学分成古典的和浪漫的两个部

① 爱克曼．歌德谈话录．朱光潜，译．北京：人民文学出版社，1978：188.

② 爱克曼．歌德谈话录．朱光潜，译．北京：人民文学出版社，1978：113.

③ 马克思，恩格斯．马克思恩格斯选集．北京：人民文学出版社，1972：254－255.

④ 伍蠡甫．西方古今文论选．上海：复旦大学出版社，1984：105－106.

分。《关于戏剧艺术和文学的讲稿》进一步说明，古典的艺术和文学是机械的、造型的、有限的、简单的、封闭的、文类分明的，浪漫的艺术和文学是有机的、如画的、无限的、复杂的、不断发展的、文类混杂的。他指出，古希腊文学、文艺复兴时期的文学是浪漫的文学，古罗马文学、17 世纪欧洲各国文学是古典的文学；他赞美荷马、但丁、莎士比亚、塞万提斯、卡尔德隆，冷淡维吉尔、奥维德、贺拉斯代表的拉丁文学和高乃依、拉辛代表的法国古典主义文学，对歌德有褒有贬，对席勒只有贬。

弗里德里希·施莱格尔（Friedrich von Schlegel，1772—1829），德国作家、文学理论家、语言学家。他以比较的方法研究自希腊诗歌以来的西欧文学，继续发挥席勒《素朴的诗和感伤的诗》中"古典的"和"浪漫的"概念。早期论文《希腊文学研究》（1798）、《希腊人及罗马人的诗歌史》（1798），探讨了古希腊艺术，认为它是典范，但古希腊创造的客观的、有效的东西是必将消失的作品，而现代的主观精神则可能继续发展。《断片》（1797、1798、1800）说道："其他种类的诗已经结束了自己的发展，完全听任于分析了。浪漫主义的诗却仍旧处在形成过程中；况且它的实质就在于：它将始终在形成中，永远不会臻于完成。""任何的诗在某种意义上都是而且也应当是浪漫主义的。"[①]《断片》使弗·施莱格尔成为浪漫主义美学的奠基人。（1808 年的《印度人的语言和智慧》使弗·施莱格尔成为德国梵文研究的奠基人，它是第一部印度日尔曼语言科学的经典著作，比较语言学的巨著。）

赫尔德尔认为，人类社会的历史发展是遵循一定规律的；人类社会的各种现象有其产生、发展的过程，是历史的产物；历史发展是一个曲折的过程，朝着人性充分展现的、实现人类最崇高理想的方向前进。按照赫尔德尔的历史主义思想，了解人类社会现象的最好办法，首先就是了解其演变发展的历史。人类的知识学科是人类对自身生活的经验总结。这种经验的总结起源于人类可以考证的远古时代，并随着历史的进化而日臻完善。比较文学也不例外，了解这门学科的思想渊源，可以更好地描绘比较文学的理想。

① 伍蠡甫，等. 西方文论选. 上海：上海译文出版社，1979：322.

“你兄弟亚伯在哪里？”

——《创世记》第四章与电影《莫扎特》的叙事分析

深圳大学 林 艳

与莫扎特“相遇”是最近的事。这学期给本科生开设“圣经与西方电影”课程，在研习相关论著时，发现《莫扎特》是出现频率很高的一部电影。欣赏此片，被莫扎特音乐震撼之余，感触最深的便是影片人物萨里艾利和莫扎特与圣经《创世记》第四章的该隐和亚伯有着惊人的相似命运。其实，学界对《莫扎特》和圣经叙事的研究早已展开。罗宾斯（Gregory Allen Robbins）就分析过萨里艾利/莫扎特和该隐/亚伯的平行关系，不过该文的四分之三都在介绍和影片人物有关的背景材料，直到最后一部分引入影片人物和圣经人物的对比分析，在圣经和影视作品之间搭建了一座理解的桥梁。但限于篇幅，很多问题没有来得及展开讨论。阿斯肯纳西（Nehama Aschkenasy）撰文分析彼得·谢弗（Peter Shaffer）的剧作《莫扎特》里萨里艾利/莫扎特与圣经《撒母耳记》里扫罗/大卫的关系，并在圣经和现代文学作品之间建立了一种对话关系。中国学者侯军也在其著作《基督教与西方电影》里分析了影片《莫扎特》的叙事受圣经里扫罗和大卫故事的影响，并认为它们共同反映出人类的嫉妒这一永恒主题。① 本文继续从圣经入手，分析该隐和亚伯这对兄弟与上帝的关系，继而结合影片《莫扎特》里萨里艾利和莫扎特这对同行与上帝的关系，将圣经文本和电影文本进行比较。比较从三个方面展开，分别是得到与失去的辩证关系，职业志向的差异，以及献祭方式的不同，藉此发现两个文本相互理解的可能性。

一、得到与失去的辩证关系

《创世记》第四章接续伊甸园故事，讲述了人类始祖离开伊甸园的生活：

> 有一日，那人与他妻子夏娃同房，夏娃就怀孕，生了该隐，便说：“耶和华②使我得了一个男子。”又生了该隐的兄弟亚伯。(《创》4：1－2)

---

① 侯军. 基督教、西方电影. 北京：文化艺术出版社，2006：47－53.

② “耶和华（יְהוָה）”是五经里雅威典（Yahwistic）对上帝的称呼。详细解释见拙作. 在汉籍创世神话的亮光下重读《创世记》1－3章. 兰州：兰州大学出版社，2008.

“夏娃”(חַוָּה) 是亚当为她起的名字，它的本意是“众生之母”，即夏娃是所有生命(חַי) 的母亲。从词源上讲，“夏娃”和“生命”都源自动词“是，存有”(הָיָה)。因此，夏娃有生之年的重要使命就是生养儿女。丈夫和夏娃同房，她就怀孕生下该隐。“该隐”(קַיִן) 这个名字的本意是“得到，得着”。[①] 夏娃生下这个儿子以后，说耶和华使她得了一个“男子”(אִישׁ)，而不是男孩。在之前的创造故事里（《创》1－3），正是上帝创造了男人（אִישׁ）和女人（אִשָּׁה）。夏娃将自己生育（procreation）男子的行为和上帝创造（creation）人类的行为等量齐观，足见其内心的骄傲。于是，她给头生子起名“该隐”（得到，得着），在儿子身上彰显自己的荣耀。该隐是家里的头生子，也是人世间的头生子，该隐是否因为自己是母亲的骄傲而变得自傲起来？我们不得而知。不过亚伯的出生，让读者明白了该隐的地位。“亚伯”（הֶבֶל）这个名字最初可能并不是希伯来语，但是它和希伯来语的“呼吸、虚空”同音。《传道书》开篇“虚空的虚空，虚空的虚空，凡事都是虚空”，其中的“虚空”和“亚伯”是同一个词。亚伯的出生，没有引起夏娃生该隐那样的惊喜。而且我们从名字的含义看出，这个孩子对父母来讲，什么都不是。所以，从出生起，该隐就得了父母的爱，得到了田地（亚当是农夫，该隐亦是），得到生命的安全（该隐的记号），得到妻子儿女（《创》4：17），得到权势（该隐是城邦主）。但是他杀死了自己的亲兄弟，失去了见上帝面的机会，流离飘荡在地上，内心充满恐惧，失去了安宁。反观亚伯，他在世上一无所有，在家里没有地位，得不到父母兄长的爱，也没有继承田地的资格（以放牧为生），但是他却被上帝看重，是上帝眼中的义人。

该隐和亚伯在得到和失去之间的辩证关系，为我们理解影片《莫扎特》里萨里艾利和莫扎特的命运提供了亮光。莫扎特受洗的全名是约安尼斯·克里索斯托姆斯·沃尔夫冈·特奥菲路斯·莫扎特（Joannes Chrysostomus Wolfgang Theophilus Mozart），其中“特奥菲路斯”就是拉丁文的“阿玛迪亚斯”（Amadeus），意为“上帝的宠儿”。谢弗的话剧和影片原名都是《阿玛迪亚斯》，这样的标题既把莫扎特的名字翻译出来，又点明了剧中主旨。萨里艾利很年轻的时候就成为维也纳宫廷的御用作曲家，深受奥皇约瑟夫二世的喜爱。他得到了人们梦寐以求的权势、地位、财富和名望。但是他认为上帝专宠莫扎特，赐予其非凡的天赋，而自己的虔诚却换不回上帝的恩宠。萨里艾利的嫉妒达到顶点，遂与上帝决裂，竭尽所能摧毁“上帝的宠儿”。于是，他失去了内心的宁静，最后也被人们遗忘，在疯人院终老一生。和萨里艾利相比，影片中的莫扎特在世时没有权势和财富，他丧失了健康，死后连一口像样的棺材也没有。莫扎特就像亚伯，在尘世里一无所有；但是和上帝看重亚伯一样，上帝赐给莫扎特无比绝伦的音乐才华，作品流芳百世。萨里艾利和莫扎特身前身后的命运差异，类似圣经叙事里该隐和亚伯的遭遇，那么圣经里的兄弟和影片中的同行，他们在对待自己赖以谋生的事业时，表现出怎样的人类共性呢？

---

① 学者对这个词语的含义争议颇多。通常它意为“得到，得着”，但是有时它表示“生产，创造”。这样夏娃就将自己生产（procreation）的能力比照上帝创造（creation）的能力。还有学者认为它的含义是“铁匠”或者“歌曲”，这样就和打造铜铁利器的祖师土八该隐和弹琴吹箫之人的祖师犹八前后呼应起来（《创》4：21－22），表示该隐是文明传承的起源。

二、职业志向的差异

夏娃生下亚伯后，圣经略去这对兄弟的成长过程，直接介绍他们长大后各自的职业：

亚伯是牧羊的，该隐是种地的。(《创》4：2)

经文用极其简洁的语言交代了兄弟俩赖以谋生的方式。读者需要注意，在介绍职业时，经文先讲了亚伯的，再讲了该隐的。然而该隐是长子，他先从母腹而出，长大后他先向上帝献祭，正常的顺序应该是先该隐后亚伯，这里的顺序却完全颠倒过来！难道上帝此时就已看重亚伯，为后面的差别埋下伏笔？解答这个问题，需要回到伊甸园故事：上帝诅咒亚当，“你必终生劳苦，才能从地里得吃的……你也要吃田间的菜蔬”(《创》3：17—18)。当时的人类还是素食，人们牧羊不是为了吃肉，而是制衣遮羞，获得奶源，以及献祭赎罪。可见，该隐的职业是从亚当那里继承下来的，和被诅咒的土地紧紧捆绑在一起(《创》3：17)，劳苦只是为了“得吃的”，是为肚腹而工作。而亚伯是牧羊的，所以他选择职业的初衷不是为了糊口，而是要祭祀和侍奉上帝。为了过这样的生活，亚伯的艰辛可想而知，但是他没有怨言，默默地为上帝工作。

该隐和亚伯的职业理想，可以为我们理解影片中萨里艾利和莫扎特对音乐的态度。萨里艾利自幼喜爱音乐，但是父亲不支持他从事这种“低贱”的职业。小萨里艾利在教堂的祷词，可以让读者一窥其内心对音乐的理解：“上帝，使我成为伟大的作曲家，让我透过音乐赞美您的荣耀，让我自己也能因此得到荣耀。亲爱的上帝，让我闻名全世界，使我永垂不朽。我身亡之后，让所有的人赞美我的音乐……”小萨里艾利喜欢音乐不假，但是他渴望成名的冲动也很强烈。影片有两个片段，很能说明萨里艾利的创作动机。片段一是约瑟夫二世听闻莫扎特的才华，邀请后者来王宫觐见。萨里艾利看出皇帝的心意，经过冥思苦想，创作出一首小曲，欢迎莫扎特的到来，其实是为了讨好约瑟夫二世。片段二是萨里艾利向莫扎特解释《费加罗的婚礼》只允许上演九场的理由。他深谙并琢磨维也纳观众的欣赏趣味，懂得在恰当的时机向观众讨要掌声，这种才能连莫扎特都自叹弗如。萨里艾利对音乐的热爱，很大程度上基于出名的强烈渴望；成为音乐家以后，其作品大都是讨好君王贵族的应景之作。他在当时的确是乐坛霸主，但是他成功的原因也是后来被人遗忘的原因：“他只能用音乐向他的同代人说话，没有超越性可言。”① 萨里艾利和圣经中的该隐类似，他们从事职业的动机首先是利己。反观影片中的莫扎特，他其实也可以像萨里艾利那样，与主教贵族搞好关系，屈居在萨尔茨堡担任宫廷乐师。但是他有自由的心灵，有更高的音乐追求。维也纳生活期间，他常常入不敷出，靠举债维持生活。但是这种混乱糟糕的生活处境，并没有妨碍莫扎特对音乐的献身。“莫扎特的生活是服务于艺术的，而不是艺术服务于他的生活。”莫扎特拥有和亚伯一般的高贵灵魂，他们都为崇高的事业而活，并在他们所侍奉的工作中追求无限者和超越者。

---

① 卡尔·巴特. 说莫扎特. 刘小枫，朱雁冰，译. 上海：华东师范大学出版社，2006：27.

三、献祭方式的不同

该隐和亚伯各自从事的职业终于有了收获，于是他们把所得献给上帝：

> 有一日，该隐拿地里的出产为供物献给耶和华；亚伯也将他羊群中头生的和羊的脂油献上。耶和华看重了亚伯和它的供物，只是看不中该隐和他的供物。该隐就大大地发怒，变了脸色……该隐起来打他兄弟亚伯，把他杀了。(《创》4：3－8)

上帝为什么看重亚伯的供物而看不中该隐的供物？圣经七十士译本（Septuagint）明确记载上帝对供物的要求，该隐并没有按照上帝的要求准备，所以上帝悦纳亚伯而非该隐。可是马索拉抄本（Masonetic Text）并无此记载，看不出上帝不悦纳该隐的原因。① 有学者认为该隐所献的供物是不流血的，而亚伯的是流血的，只有血祭才被上帝悦纳。也有观点认为该隐的供物来自大地，而大地是被诅咒过的，因此这样的祭物不蒙上帝悦纳。更有观点认为该隐为上帝献的供物过于普通，只是“地里的出产”，没有说是否“初熟的谷物”；而亚伯献上“头生的”，并且是“脂油”部分，是最好的供物。因他们献祭的态度不同，上帝接纳他们就有差别。还有观点认为上帝不仅看重供物，更看重人，而且首先看人。该隐做得不好，所以不蒙悦纳；相反亚伯做了令上帝喜悦的事情。

该隐献的供物为什么不蒙悦纳？可以总结出四点理由：首先，他是种地的，拿地里的出产献给上帝，说明人在“饱食之余”，也会想到信仰问题，但这种信仰是否符合上帝的心意？其次，该隐是被夏娃看重的，但上帝看重的却是亚伯。“人所看重的，常常是上帝看不中的；而上帝所看重的，又常常是人所轻视的。”② 亚伯是弱小的兄弟，上帝却抬举弱小的，让强大的蒙羞（《撒母耳记上》16：1－13）。再次，上帝没有接受该隐献的供物，而是接受他兄弟亚伯的供物，他就“大大地发怒”，说明该隐继承了夏娃的骄傲，自以为是，“稍不随心称意，便要动怒”。该隐的怒气达到顶点，就迁怒于兄弟亚伯，亲手杀死他。该隐以自己的喜好判断上帝的选择，而不是迎合上帝的心意去行。亚伯的职业志向已经得到上帝的肯定，如今他献祭也存谦卑之心，没有与兄长争抢。上帝悦纳他的供物，他亦没有喜形于色。他的行为就像他的名字，没有给人留下任何印象，却受那位超越者的喜爱。

该隐和亚伯在上帝面前的不同待遇，可以帮助我们理解上帝、萨里艾利以及莫扎特的关系。从中世纪到19世纪以来，欧洲的音乐大多是用来荣耀和赞美上帝的。作曲家的作品就是向上帝敬献的“供物”。当上御用作曲家的萨里艾利尽管每天祈祷，希望上帝赐给他创作的灵感，但是他的音乐很少用来赞美上帝，更多是讨好权贵。他向皇帝献曲，以及

---

① 七十士译本是用希腊文写成的，出现在公元前3—2世纪的埃及亚历山大里亚地区，拉丁文简写为LXX。马索拉抄本中的多数经卷是用圣经希伯来语写成，《但以理书》和《以斯拉－尼希米记》的部分章节是用亚兰文写成，最古老的抄本大约出现在公元9世纪左右，但是它的核心部分，也就是五经，出现的时间更早，可以上溯到被掳回归的以斯拉时期。

② 黄迦勒. 创世记注解，香港：天道书楼出版社，2000：47－48.

他创作的歌剧舞台上站满了人，都足以说明萨里艾利“对权力的追求和歌颂”。[①] 影片中没有任何表现莫扎特祈祷拜神的镜头，但是当他的音乐响起，连萨里艾利这个嫉妒者都听出了“真正宽恕”的味道。莫扎特的音乐是神圣的，是“上好的”。上帝看重莫扎特，赐予他绝世的音乐才华，只是看不中萨里艾利和他的音乐，于是愤怒的萨里艾利烧毁十字架，发誓摧毁“上帝的宠儿”。影片结果和圣经故事一样，上帝看不中的人杀死了上帝看重的人。

四、结语

该隐和亚伯的故事并没有停留在圣经时代，这样的叙事再次出现于反映18世纪生活的影片《莫扎特》里，而且在我们当下的生活中每天上演。基督徒，穆斯林，佛教徒，无神论者，绝世天才，平庸之辈，有权柄的，一贫如洗的，其实大家都是人类的兄弟姐妹，应该和睦相处。然而人类善于发怒，富于侵略性，这个故事提醒我们所有的凶杀都发生在人类这个大家庭里。但是超越者往往关照弱小的兄弟，如果该隐用兄长的爱看顾他的兄弟，就符合上帝的心意。但是他容不下手足，与兄弟失和。当上帝质问该隐“你兄弟亚伯在哪里?”时，该隐已经与上帝失和。这篇文章通过分析《创世记》第四章该隐和亚伯的故事，加深了对影片《莫扎特》里萨里艾利和莫扎特关系的理解，萨里艾利和莫扎特的关系就是该隐和亚伯的关系，是人类兄弟之间的关系；萨里艾利嫉妒并杀死莫扎特，就像该隐嫉妒并杀死亚伯一样，是兄弟相残；萨里艾利和上帝失和，就是该隐与上帝失和的延续。然而，人类是个大家庭，应该守护彼此。人类和宇宙、自然、人生达成和解，应该通过人类内部的和解来实现。

---

① 杨敬从. 解读电影《莫扎特传》中的人物命运. 电影文学，2009（14）：53.

诗意语言的突围

——从《风中绿李》看赫塔·米勒的语言艺术风格

深圳大学 张 霁

无论是业内还是外界，几乎所有人都认为，2009年度的诺贝尔文学奖颁给了一个相当冷门的作家。不管是作为出生在罗马尼亚的少数族裔，还是作为流亡到德国的罗马尼亚人，女作家赫塔·米勒（Herta Müller）怎么看都是一位边缘人物，在此前相当长的时间里她也确实寂寂无闻。

赫塔·米勒1953年8月17日生于罗马尼亚西部的尼慈基村（Nitzkydorf）一个讲德语的罗马尼亚少数民族家庭里，她的父亲在“二战”期间曾在德国党卫军中服役，母亲则曾被罗马尼亚共产党驱逐到苏联劳改营待了五年。1973年起，赫塔·米勒在提米索拉大学修读德国文学和罗马尼亚文学，毕业后在一家工厂担任翻译，由于她拒绝和罗马尼亚国家安全部门合作，1979年她失去了稳定的工作，只能通过做德语家教和教幼儿园的孩子来谋生。其间，她的作品《低地》（1982）与《暴虐的探戈》（1984）因揭露了当局的专制而被查禁，赫塔·米勒本人也一直被罗马尼亚秘密警察和国家安全部门密切监控。1987年，米勒与她的丈夫，作家理查德·瓦格纳逃往德国，后定居柏林。在德国，她获得了德国以及海外诸多项目资助，在获得诺贝尔文学奖之前，她已经获得了几个大大小小的文学类奖项。对于2009年她获得诺贝尔文学奖的理由，瑞典皇家学院在颁奖词中给出的是，她“展现出了反压迫和反政治恐怖的不妥协的勇气”，其作品“兼具诗歌的凝练和散文的平实，描绘出了一幅底层社会的众生相”。随后，几乎所有被采访的与之相关和不相关的人都提到了这位女作家让人印象深刻的语言。瑞典文学院常务秘书恩格伦德（Englund）说：“米勒用多元化的语言，通过文学作品向世人展示了自己的成长环境及后来在异国他乡的生活感悟，她用凝练和率直的语言描述了一个个富有感情色彩的故事。”著名德国汉学家顾彬在接受采访的时候说：“她（赫塔·米勒）的语言很特别，很有吸引力。另外，她在罗马尼亚德文的基础上创造性地使用德文词，很多词我们从来没有听说过。”① 德国的歌德学院于1992年的时候在中国举办过一个将德国文学翻译成汉语的征文比赛，所选用的恰好就是赫塔·米勒的作品，这是因为组织者认为，米勒的语言看似简单平和，但是要想准确地传达她语言中的韵味，却极为困难，非常能够考验翻译的功力。从以上各方的反应不难看出，除却作品中的政治思想因素之外，独特的语言风格显然成了赫塔·米勒获奖的

① 陈菁霞，顾彬．我对中国文学是友好的．中华读书报．2009－12－09.

关键因素之一。

语言在文学创作中向来占据着不可替代的位置，如巴赫金所说：“语言、话语——这几乎是人类生活中的一切。”① 作为一部文学作品来说，一切事物之间的联系，逻辑范畴，以及精神视野，所有的人物活动和心理世界，全部由语言来负责展开以及最终完成。在一个具体的文本中，语言代表的往往既是形式又是内容，同时又是思想的载体和情境氛围的直接制造者。某种程度来说，语言甚至直接决定了文本的一切。无疑，赫塔·米勒在对语言的驾驭方面得天独厚，一方面，她优美而极富个性化和标识度的语言风格接近于诗歌，从而最大程度上能够还原事物的真实本旨；另一方面，她使用的语言简洁而富含哲理性，无论是在美学还是哲学范畴，都使作品的意蕴得到传神的表达，并且不止于言语本身。在此之上，赫塔·米勒的笔下再现了高压之下，自由表达受到严重压抑的一个沉默的世界中，思想被无限挤压与逼仄的人们如何在困境中挣扎、反抗的过程。她冷静的笔调使得悲剧的氛围尤为浓重，诗意的言说方式和严酷的现实所构成的反差使得冲突尤为激烈。主人公悲剧的命运具有时代的特征，也具有人类生来的宿命感。这一切，都离不开赫塔·米勒诗人的气质和创造。在赫塔·米勒的作品中，《风中绿李》可算得上她的一部力作，如评论者所说，《风中绿李》“是一部关注细节描写的小说，作者寻求创作一种诗歌式的写作手法来展示罗马尼亚社会主义社会中精神和肉体的丑陋”。从对《风中绿李》的语言风格的分析中，我们可以看到赫塔·米勒创作风格的诸种特点，或许可以直接找到瑞典皇家学院将2009年度的诺贝尔文学奖颁给她的直接原因。

一、隐喻的情节

在赫塔·米勒的所有作品中，《风中绿李》无疑是带有她最浓厚自传色彩的一部。这部发表于1994年的小说此前已经赢得了1998年国际IMPAC都柏林文学奖，故事背景被设定在齐奥赛斯库极权统治时代的罗马尼亚，一如赫塔·米勒本人青年时代的生长环境。主人公“我”和赫塔·米勒一样，也是一位德裔的罗马尼亚姑娘。在齐奥赛斯库统治时期进入大学学习德国文学。小说的开头引用了一段德国的民谣作为卷首辞：

每个人在每一小块云朵里都有一个朋友
在一个充满惊惧的世界里朋友就是这么回事
我的母亲也说这很正常
是不可能有朋友的
想些严肃一点的事吧

这段民谣引发出这部小说的一个关键词：朋友。随即，在主人公“我”的回忆中，这

① 巴赫金．文本·对话与人文．石家庄：河北教育出版社，1998：322.

些朋友抽象成“一条皮带、一扇窗子、一颗肉瘤和一根绳子”①。故事从“一条皮带”代表的萝拉开始展开，萝拉是“我”的大学同寝室友，来自于贫困山村的她天真地幻想着有朝一日嫁给一个“念过大学，有干净的指甲，衬衫保持洁白”的男人，贫困却使得她不得不靠出卖自己的肉体来换取食物。终于，在和大学里的一位体育老师，也是党内拥有职务的人发生性关系之后，萝拉莫名其妙地用“我”的皮带上吊自杀在寝室的衣柜里。萝拉的死使得“我”和爱德嘉、库特和葛欧格，这三个同为德裔的年轻大学生走到了一起，他们一起在“避暑屋子”里看禁书，讨论各种各样不被允许公开谈论的问题。很快，秘密警察注意到了他们，并对他们进行了审讯，对“我”的审讯尤其带有侮辱的色彩。此后，几个年轻人毕业了，被分配到不同的单位工作，他们在高压之下悄悄地来往，把头发放进皮箱里和邮寄的信里以判断是否被监视，发明了一套暗语彼此通报安全情况。“我”被分配到工厂里做德语资料的翻译工作，又结识了一个新朋友泰瑞莎，发展了一段新的友谊。此后的日子里，高压一如既往，终于，朋友们一个接一个地离去了：葛欧格成功地出境到了德国，却被发现从一扇窗子跳出去，死在了法兰克福的街道上；库特被发现用一根绳子在公寓里上吊自杀；泰瑞莎则在被揭穿了线人的身份，和“我”黯然分手后，死于肿瘤。我和爱德嘉虽然侥幸逃脱了这样的命运而逃亡到了德国，却仍会收到罗马尼亚发来的威胁信以及电话。噩梦般的回忆永远留在了记忆中。

一个高压的专制年代，一群青年悲惨的故事，在赫塔·米勒的笔下，却是通过诗意而平静的语言展开叙述。这种反差造成了一种气氛凝重的效果。首先，赫塔·米勒用含蓄的笔触、隐喻和象征的手法写出了这个国家在专制统治下可怕的贫困、物质的匮乏以及随之带来的精神匮乏、单调而苍白的生活。萝拉每天晚上出去在公车上招徕皮肉生意，顾客大多是那些屠宰场下了工的工人。这些工人们经过一天精疲力竭的劳动，“累得在他们的衣服里只剩下一个影子”，同样贫穷的工人们，给萝拉的报酬只不过是从屠宰场里偷出来的“一个舌头或是一个肾脏”。这个国家遍布着饥饿，同时饮食极度短缺，并且被简化成仅仅是维持生命的活动：

> 我们吃饭只拿到汤勺，永远不会拿到叉子，永远不会拿到刀子，我们只能用汤勺把盘子里的肉块压断，然后必须用嘴巴用力扯，撕成一块一块的……我们吃东西像动物一样，齐奥赛斯库统治时期的罗马尼亚，工业产品也是粗糙而单一乏味、千篇一律：

> 他们做出来的是一大块和一大团的东西，而非工业。所有应该是既大又有棱角的东西，到了他们手里变成一只铅制的羊。任何应该既小又圆的东西，到他们的手里变成木头做的甜瓜。

这里的“铅制的羊”和“木头做的甜瓜”暗喻的是冶金业和木制工业。对于“我”和几个朋友来说，每天所面对的生活是贫穷而苍白的，极目所见的物质是匮乏而单调的。所有的宿舍千篇一律，不能允许有更多的装饰；女孩子们天生爱美的天性遭到了遏制，于

① 赫塔·米勒．风中绿李．台北：时报文化出版企业股份有限公司，1999：70.

是她们学会了用牙签搅拌口水与煤屑，然后把那团黑色的黏稠物当作睫毛膏；泰瑞莎的父亲是工厂里著名的工程师，所以她拥有着别人所没有的漂亮衣服以及化妆品，于是其他女同事在艳羡和嫉妒中想着“所有泰瑞莎穿的东西，都值得为之逃亡一次”。整个国家的民众都处于一种小心翼翼的紧张状态，每个人都深恐自己和周围的人有不一样的行为，读书只能读指定的书籍，其他国外的书籍哪怕只是民谣一类，也足以因为违反规定而获罪。甚至就连孩子们，“他们吃桑葚，是为了他们在唱党歌的时候有副好歌喉，吃上帝的面包是为了背乘法表时有理智。他们踢足球是为了腿上的肌肉，而练习写漂亮的字是为了手指的灵巧度”。

这一切，都是由“李子大食客”造成的，“李子大食客”是罗马尼亚语中骂人的字眼：“大家都以这个字眼来称呼官运亨通的、背弃自己的、从什么都不是的地方爬出来的没良心的，还有为目的不择手段的人物。连独裁者也被叫做李子大食客。”“李子大食客”并非是为了饥饿才吃李子，而是为了贪欲。正如独裁者的独裁，实际上也是权力到达顶峰，失去了限制之后的一种贪欲的膨胀和人性的扭曲。而“我”的父亲在“我”小的时候就警告过“我”：“绿李子不可以吃，李子心还是软的，吃了会死。”点出了书名“风中绿李”的含义。

二、沉默与失语

这样一个高压的环境下，逼仄的空间里，人真正自主的想法是无法用语言表达出来的，所以，小说中到处可见的是“失语”的字句：“我想说话的同时感觉到，有些东西像樱桃核一样停留在我的舌头上”“我们用口里的话语就像用草丛里的双脚一样会蹂躏许多东西，但是用沉默亦如是”。“我”感到了无法言说的尴尬，只要一张口，便会觉得可笑，那是因为，悲怆和愤恨是不可以被表达的，秘密警察随时在关注着每个人的一举一动，一言一行，所有讲出来的事情，能发出来的声音都会是言不由衷；而同时又无法不去思考，拥有真挚友情的朋友就这样无声无息地死去，被诸如“一条皮带”“一扇窗子”“一根绳子”等冷冰冰的符号所代替。这种痛苦的纠缠让“我”一度萌生了轻生的念头，如《风中绿李》的译者陈素幸所说：“活着的人对此既无法谈论也无法沉默。”

作为一种群居动物，人类社会从来就不是一个死寂无声的世界，而没有语言和话语的联结与沟通，人类正常的社会生活也就无法维持，个体的生命意志无法得到伸展，人与人之间无法对话，无法正常地交流，从而使生存的质量也产生了严重问题。“语言只能存在于使用者之间的对话交际之中。对话交际才是语言的生命真正所在之处。语言的整个生命，不论是在哪一个运用领域里（日常生活、公事交往、科学、文艺等）无不渗透着对话关系。”[①] 精神世界的荒芜对于渴望交流的人来说是不能容忍的，“我”和三个朋友力求能够在封闭的环境里透一口气，或许只有彼此的联系才让对方多少存在一些活下去的勇气，于是便冒着巨大的风险用书信来往的方式来对话。而他们的通信被秘密警察皮杰乐上尉发现，审讯带来耻辱，皮杰乐上尉让“我”赤身裸体地念着被篡改过

---

① 巴赫金. 诗学与访谈. 白春仁，顾亚铃，等译. 石家庄：河北教育出版社，1998：242.

了的民谣。民谣在这里被篡改的意义在于：已经远离了心中本意的发泄式的表达也被禁止，在这里，除了官方指定的洗脑式的众口一词的语言，所有发自于某个个体思想的言说都成了不合法的行为。“我”熟于背诵的德国民谣被皮杰乐这个官方思想代言人所篡改，“我”随即又被迫发出被篡改的声音，这样的环境对于言说来讲，实在是恶劣之极。在这样的境况下，甚至沉默的权利也被褫夺，言不由衷的话语充斥在周围的空气里。高度的压迫下，普通的民众被剥夺了言说的权利，沉默和失语成为常态而固执的存在。

三、诗意的突围

同样，小说着力所写的友情也面临了一样的问题：表达情感的方式——语言，在这里依旧是苍白无力的。几个朋友无法让彼此感受到对方的爱，皮杰乐的阴影随时会出现，会盯着他们的嘴巴，他们无法发出心底里想要发出的声音。在惶恐和出境的等待中，几个朋友也闹起了矛盾，葛欧格说：

我恨你们，我本来无法再见到和我一样心慌意乱的你们。光是想到你们就足以让我沸腾起来。我本来想要将你们和我自己从我的生命里呕吐出去，因为我体会到，我们是如此互相依赖。

语言在这里变得扭曲变形，面目全非，然而理解却变得不再困难。当正常的言说方式遭到禁止，无法发声的时候，赫塔·米勒用诗一般的语言来表达强烈的情感——除了小说家的身份之外，她还是一名诗人，熟练掌握罗马尼亚语和德语两种语言的诗人。她本能地通过隐喻、象征、意象拼接、暗示等手法，将日常语言运用艺术手法加以陌生化，从而达到表达的目的。①

当“我”发现好友泰瑞莎原来是皮杰乐派来的线人时，“我”感到了痛苦，但却难以割舍：“想把我的爱从我身上用力扯出来，丢在地上踩碎”，可是“在我内心的冷漠正违背着理智翻搅着一股爱”。“我”在疑惑：“坚固的爱为什么，什么时候以及是如何变成谋杀猎区的”，随即感到“今天当我谈到爱时，草在倾听。我的感觉是，这个字好像对自己就不诚实”。可是泰瑞莎死了，“我”的反应更加激烈：

泰瑞莎的死让我很痛苦，痛得好像有两个头同时要爆炸似的。在其中一个头里面是割下来的爱，另一个头里面是恨。我想要爱再度滋长。它好像青草和麦秆一样长得一团糟，而且成为我的前额里最寒冷的誓言。它是我最讨厌的植物。

---

① “艺术的陌生化”原理系俄国形式主义学者什克洛夫斯基所提出，他认为：“艺术的技巧就是使对象陌生，使形式变得困难，增加感觉的难度和时间的长度，因为感觉过程本身就是审美目的，必须设法延长。艺术是体验对象的艺术构成的一种方式，而对象本身并不重要。”赫塔米勒在日常标准语言难以表达复杂情感的情况下，运用变形方式将语言诗歌化，可以看作是这一理论的创作实践。

这些对白完全可以当诗歌而非小说来读，当复杂的感情难以用通常的标准化语言来表达时，赫塔·米勒以她诗人的天赋，用诗歌化及散文化了的语言来突破这种尴尬。正如穆卡洛夫斯基所说："诗的语言是一种不同的语言形式，它的一大特征是不同凡响，也就是它的奇形怪状……它赋予语言对新的需要的更灵活的应对能力，使它在表达手段上更富于层次变化。"我们知道，诗意的语言所采用的各种手法在实现艺术效果上来说，能够比普通的日常语言更容易接近事物的本质，特别是在表达一种强烈的情感时，优美而带有哲学意蕴的诗歌化语言能够最大程度地化解表达的危机，并且以其奇特的表达方式加深读者对意象的领会。在《风中绿李》中，这样优美奇特的句子比比皆是。除了直接的心理描写之外，还包括对外部景物的渲染，从而暗示人物的心理活动。如当爱德嘉和"我"远离罗马尼亚来到德国后，长久以来专制者对发声权利的剥夺，却使得"我们"无法习惯在电话里说出秘密，"舌头因为恐惧而黏住了"。书中没有正面描述爱德嘉和"我"对于葛欧格之死的痛苦，但是这样的句子却代替了痛苦的言说："当爱德嘉和我离开墓园时，树木飘了起来，天空压在它们弯曲的树枝上。结冻的郁金香就像立在桌子上似的立在坟墓边。"

赫塔·米勒用她独有的诗歌语言构筑起来的文本，本身就具有诗歌的特色，隐喻、象征、暗示这些含蓄的表达方法，使得逼仄空间里那些被挤压的情感得以顺利宣泄，难以言说的个体经验通过独特而有标识度的语言被最大限度地传达，这形成了赫塔·米勒个人创作的鲜明风格，如同恩格伦德（Englund）所说："你只要阅读了半页就立马知道这就是赫塔·米勒。"

四、存在的确认与自由的诉求

当然，通过精美准确、富有力度的诗意语言，《风中绿李》想传达给读者的，依旧是沉重的思想及思考。无论是小说中随处可见的对野蛮专制的揭露，还是几个主人公悲惨的命运，抑或在齐奥赛斯库统治下罗马尼亚百姓的压抑生活，特别是少数族裔身处夹缝之中的流离之感，都表达着赫塔·米勒对专制的愤怒控诉。在专制的高压统治下，个体失去了一切独立的行为以及思想的权利，当然，还有发声的权利，而后者，直接指向了存在的本质问题。

海德格尔认为："存在是在词语中成其本质的，语言是存在之区域，存在之圣殿，也即是说，语言是存在之家。"在不同的场合，他不停强调着语言的重要意义："只要有语言，就有人世，人世就是抉择与制作、行动与责任的无限交替着的循环，同时也是彷徨与专断、衰败与混乱的无限交替着的循环……人的存在是以语言为基础的。"同样，存在主义的基本观点即存在先于本质，当人类的个体发声的权利被剥夺之后，语言在此缺席，存在本身便成了一个悬疑。沉默是否能够代替语言行使个体的权利？被篡改了的语言是否还能够证明个体的存在？在赫塔·米勒的笔下，这个国家"只有疯子应该不会在大礼堂里举手。他们已经用疯狂和恐惧交换"，除此之外，所有人，包括萝拉的朋友们，都只能争先恐后地举手同意对萝拉的谴责并将其开除。哲学家在这个国度里变成了疯子，他"对着铁和木头讲述康德，对着正在吞食的羊只讲述宇宙"，独立的思想和话语就这样被驱逐出了专制的国度。个体在此刻成为一个完全可以被忽略的词语，因为个体的存在已经成了问号。全国每个大学生宿舍都有着一样的构造，一样的摆设，工人们穿着全部统一的制服，孩子们唱着统一规定的歌曲，一切都被整齐划一地规定了。每个人的未来与命运，都成为不受任何自我意志左右的公共事业中的一部分。在这个国家里，人人想着逃亡，除却物质上的基本要求外，还有一个重要的因素，那就是为了证明自身的存在。对自由的渴求一直在每个人的心头萦绕。“所有人都活在逃亡的念头里。他们想要游过多瑙河，直到河水到达国外为止。跟着玉米田跑，直到土地变成外国为止。”每年都有大量的尸体被发现在逃亡的路线上，付出如此惨重的代价只因为个体被逼迫到一个严酷的境地，当个体对自身的体认出现问题的时候，殊死一搏才最终成其为可能。而即便是失败了，这失败的行为本身也成为个体所能做出的唯一的自由的选择，从而在悲剧中完成对所处高压环境的抗争，也完成了对存在这一暧昧问题的确认。

其实，从根本上来说，反对极权的行为，本身也就是对自由选择权的诉求。这种反抗本身的形式是多种的，赫塔·米勒当年拒绝和罗马尼亚安全部门合作是一种反抗形式，后来用诗化语言来讲述极权下的故事，又是另外的一种反抗形式。她自己曾经说过，是沉默和压抑教会她写作，而如瑞典皇家学院在致颁奖词中所说，她“在沉默中超越沉默，用语言深深地打动了我们”。的确，对极权越是不妥协，就越表明对个体自由的充分向往。整个《风中绿李》中的压抑和沉重是一种表象，内里所蕴含的对自由的渴求和前者相辅相成。我们说，这种对自由的向往，抛开特定的历史环境，从宏观的视野来看，自人类进入文明社会以来，群体和个体就时常会处于一种紧张的状态。束缚人类自由的可能是自然、他人、社会，也可能是人本身。而挣脱束缚、走向自由，历来是一切文学作品中的永恒主题。如何在自由受到极大限制的困境中突破和反抗也成为一个永恒的话题。赫塔·米勒用她的笔搭筑了一座华美的语言艺术宫殿，其中存放着宝贵的对人类自身的体认和对自由的追求。正因为此，2009 年的诺贝尔文学奖颁奖典礼上，颁奖辞的最后一句是：“亲爱的赫塔·米勒，您展现出了反压迫和反政治恐怖的不妥协的勇气，在这种反抗中所蕴含的艺术价值使您获得诺贝尔文学奖。”

"似"与"不似"
——中印艺术形神论

北京大学　蔡　枫

艺术作为文化的具象化存在形式，在本质上与文化精神相一致。中国和印度分别为世界两大独立的文化体系，"各以其种种因缘凑合不觉就单自走上了一路"①，展现出迥然相异的文化精神。中国文化是现世文化，人伦道德一直占据着重要的地位。印度文化是远世文化，其内核自始至终充盈着宗教精神，神权势力、宗教教义、宗教习俗影响着印度社会生活的各个方面。中印文化精神层面的差异必然在艺术和审美思想中表现出来。印度宗教哲学与艺术美学存在着深度渗和的联系，"印度宗教和哲学那庞大的文化背景共同帮助了艺术家去进行与上帝的精神一脉相承的审美创造"②。印度造型艺术既要满足视觉感官审美的追求，忠实于自然状态；也要包含宗教精神，暗合宗教造像仪轨。印度艺术家不得不克制完全模仿自然的冲动，在离自然"形"似不远的地方，创造宗教之"神"似，在"似而不似"之间实现宗教化艺术的美学理念。与印度文化根深蒂固的宗教精神相比，中国文化更富有人文色彩。中国造型艺术对形神关系的讨论基于被表现之物象与创作者的人文情怀之间。中国艺术重视"形"的塑造，但不拘泥于真实描摹，"形"是"神"的载体和基础，以形写神，甚至于离形得似是中国艺术的审美趣味。中国艺术家善于对表现对象进行增删，以符合心中之似，在"不似而似"之间体味艺术的妙趣。

不似而似：中国艺术与人文情趣

"形"是造型艺术的基本要素，中国艺术家早已认识到这一点。《尔雅》中对画的解释即建立在"形"之上："画，形也"；陆机将绘画与诗歌进行比较而提出"存形莫善于画"之说。宗炳在中国第一篇山水画论《画山水序》中提出"山水以形媚道"，画山水画需"以形写形，以色貌色"，也是将"形"作为造型不可或缺的要素。但是，中国艺术并不满足于完完全全地"以形写形，以色貌色"，原原本本地表现真实。宗炳在提出形的要素之后，指出画山水的目的是要表现山水"玄牝之灵"。形只是为了写形之神，以形写神，甚至离形写神，才是中国艺术的审美趋向。

① 季羡林．东西文化议论集．北京：经济日报出版社，1997：159.

② 帕德玛·苏蒂．印度美学理论．欧建平，译．北京：中国人民大学出版社，1992：173、197、226.

在中国艺术史上，明确而自觉地将“神似”引入画论，并提出“以形写神”“传神写照”的创作原则是东晋顾恺之。顾恺之在《论画》中云：“凡生人，亡有手揖眼视而前亡所对者。以形写神而空其实对，荃生之用乖，传神之趋失矣。空其实对则大失，对而不正则小失，不可不察也。一像之明昧，不若悟对之通神也。”① “以形写神”的内涵相当明确，形是重要的造型要素，绘画以形似为基础，若将对象之形置之不理，那么传神将失去载体。但在顾恺之的美学思想中，形神两维，形是次要的，关键是要表现“一个人的风神、风韵、风姿神貌”②。顾恺之画人物要求“实对”和“对正”，逼真地描绘对象的形体，但他没有停留于此，认为“四体妍蚩，本无关妙处；传神写照，正在阿堵中”，探索外在形体的描摹是为了达到传神写照，因此认为以形写神并非孤立形或孤立神，而是兼顾形的刻画和神的表现，进而达到形神兼备。顾恺之之后，论画重神似者，当推谢赫。谢赫《古画品录》提出六法之首为“气韵生动”，实为绘画传神论的一大发展。画之有神韵必须有形似，然而，有形似则未必有神韵。谢赫曰：“若拘以体物，则未见精粹；若取之象外，方厌膏腴，可谓微妙也。”③ 可见“气韵生动”，基于形但又突破形的限制，向往神似，追求不似而似的妙境。谢赫之后，南陈姚最在《续画品》中以“神似”为绘画的最高审美标准，称赞顾恺之之画“有若神明”，而张僧繇之画“小乏神气”。这样，形神二维关系，肇自顾恺之、经由谢赫、姚最等人的发挥，形成了六朝造型艺术注重神似的理论特点，并深远地影响了后代的艺术创作和品评。

先秦至魏晋绘画以形似为重，人物画主要表现王侯将相、贞女烈夫，以写真画居多，诚如李日华所言，“惟贵象形，用为写图以资考核，故无取烟云变灭之妙。擅其技者，止于笔法见意”（《竹嫩画论》）。六朝传神论将神似与形似相提并论，甚至在理论上重神胜于形，这是对当时重形胜于重神的艺术实践的理论超越，绘画中的神似观渐渐被重视。中国绘画题材的发展由人物画而山水花鸟。神似论自六朝至唐代几乎只局限于人物画的创作原则和鉴赏品评，“至于台阁树石，车舆器物，无生动之可拟，无气韵之可侔”。随着山水花鸟的兴盛，神似的美学理念渐渐蔓延至山水花鸟。五代山水画家荆浩将神似推之于山水画，认为“山水之象，气势相生”，他在对绘画的定义——“画者华也，但贵似得真”中，提出“真”和“似”这一对审美范畴：“似者得其形，遗其气；真者气质俱盛。”荆浩所说的“似”指的是客观地描写物象之形，而“真”才是表现山水画的生命精神，实际也是在山水画领域论述形神关系。他提出山水画之“六要”：气、韵、思、景、笔、墨，与谢赫论人物画之“六法”相辉映，将气韵从人物画论移至山水画论，其“图真”说就是要致力于表现山水之神韵，以传神之“真”为最高审美。

文人画兴起之后，对形神关系的讨论进一步展开。文人以借物寓心的方式进行创作，不太关注被描绘对象的客观形状，而着意寻求绘画构图、笔墨、章法的乐趣，崇尚传神而贬低写形，偏向于认同司空图所言的“离形得似”。文人画家多主张艺术要脱离对形的依赖，追求神似。如欧阳修于题画诗《盘车图诗》曰：“古画画意不画形，梅诗咏物无隐

① 潘运告．汉魏六朝书画论．长沙：湖南美术出版社，2002：267、270、303.
② 叶朗．中国美学史．上海：上海人民出版社，2003：202.
③ 潘运告．汉魏六朝书画论．长沙：湖南美术出版社，2002：267、270、303.

情。忘形得意知者寡，不若见诗如见画。”与欧阳修一样，苏轼也主张以神写形，批评简单的以形写神。在《跋宋汉杰画山》中，苏轼说：“观士人画如阅天下马，取其意气所到，乃若画工，往往又取鞭策皮毛槽枥刍秣，无一点俊发。”苏轼认为文人画与画工画的最大区别是前者以诗意为归旨，具有内在的神韵，而后者只重视外在的形状而缺少精神内含。绘画者应该具备深厚的文化素养，不囿于表面的形似，应该超越形似，获得更多的画外意趣。他虽称赞边鸾所画鸟雀情态如生，而赵昌的花朵传花之神韵，但仍觉得不够，认为边鸾和赵昌还停留在“以形写神”基础上的神似，他更加欣赏的是王主簿之画，能得物之真魂，传物之精神。“瘦竹如幽人，幽花如处女。低昂枝上雀，摇荡花间雨。双翎决将起，众叶纷自举。可怜采花蜂，清蜜寄两股。”（《书鄢陵王主簿所画折枝二首》之二）

“离形得似”的艺术观，直接影响了宋元文人画的发展，使得绘画创作尤其重神尚意，形成了文人画“以淡墨挥扫，整整斜斜，不专于形似，而独得于象外者”的审美传统。宋元之后，在艺术形神之辩中，重神远胜于重形，绘画创作只求神似，不求形似，如刘将孙所言“神似虽形不酷似，犹似也”，不似之似的审美风尚日益走俏。汤垕《画鉴》总结宋元之间的文人画，明确树立起山水花鸟画“神似”的审美标准：“若观山水、墨竹、梅兰、枯木、奇石、墨花、墨禽等游艺翰墨，高人胜士寄兴写意者，慎不可以形似求之。先观天真，次观笔意，相对忘笔墨之迹，方为得之。”元代文人画所倡导的不求形似，但求画趣的美学理念极大地拓展了前代的重神论，并指引了明清绘画及画论发展的大体趋势。

明清继元之后，文人画占据主流，神似远居于形似之上，论画言必谈韵致、情感、意趣、笔墨、神韵等与神似相关的审美范畴，绘画创作越发远离视觉感觉层面上的“似”，而走向精神境界层面上的“似”，呈现出不似而似的审美效果。如明代徐渭以水墨大写意作花卉，所画之《墨葡萄图》，寥寥数笔，信手拈来，浑然天成，初看不知何物，正应了他说“不求形似求生动”。清代画家石涛从创作的角度提出绘画要“不似似之”的美学要求：“画必似之山必怪，变幻神奇懵懂间，不似似之当下拜。”（《大涤子题画诗跋》）画所展现之形有限，而其神、意却无限，在有限之方寸表现无限天地是绘画的妙处和难处，唯有抓住事物的本质，取舍恰当，以形之不似，写神之似，在似与不似之间实现美学理念。近现代画家齐白石用最简约的笔法和最简短的文字在艺术实践和艺术理论上对艺术形神论作出最有见地的评论：“作画妙在似与不似之间，太似以为媚世，不似为欺世。”这是对中国艺术在审美层面上公允而中肯的理论总结。中国历代人物、山水、花鸟画之所以受普遍称道并且流芳千古者，其妙方正在于画家准确地把握了“不似而似”的分寸，既不俗气，也不流于极端抽象。

似而不似：印度艺术与宗教仪轨

印度艺术也涵盖了“似”的两个方面。古典绘画六支（ṣaḍaṅga）提出了形（rūpa）、量（pramāṇa）、情（bhāva）、美（lāvaṇya）、似（sādṛśya）和色彩（varṇikā）等绘画的六个基本要素。“六支中情、美、似属于美学理想层面，‘似’紧跟在情和美后面，是这‘三位一体’中最高的美学法则。”“似”是上品画所必需的属性之一，它包含两个层次的内涵，一是指感性的、表象直接的相似，二是更高的、内在本质的相似。

印度艺术强调“似”之美，首先表现在线条上极致地模仿自然物象曲线。法国学者奈雷·格鲁塞曾盛赞桑奇塔门上的药叉女所呈现的曲线美：“她两臂攀着树枝，悬身向外，成一条无限优美的曲线，好像活的藤。”需要强调的是，印度艺术所表现的这种曲线美的灵感不是来自解剖学，而是来自大自然，是自然崇拜的产物。无论是整体身姿体态，还是面部五官都毫不例外采用这种曲线美的表达方式。艺术家“采取了在大自然中所发现的活的曲线——采自花枝生长的习性和毛皮下的动物形体的灵活流动时所呈现的曲线”来表现人体美，令人耳目一新。这种对花朵及动物曲线的模仿运用极大地增强了人物的曲线美，“使男女的姿式，相辅相依，也像并蒂的花枝一样……从整体看起来，形成一种温柔的轮廓线，唇、手指和乳房，都仿佛是在青春的躯干上所生长的花朵与蓓蕾一般，这样遂产生一种浑成、柔韧、朴素而且和谐的艺术”①。显然，这种曲线有别于解剖学意义上的曲线，而更偏向于喻示性地模仿自然曲线。印度艺术理论如《梵天尺度论》（*Citra lakṣaṇam*）、《佛像造像经》（*Pratimāmānalakṣaṇam*）等皆有章节详述各种自然活曲线在印度造型艺术中的运用，小至眼睛、鼻子、嘴唇、脸形等局部器官，大至颈部、手臂、腰、腿等人体部位和整个身体的扭曲姿势，如：

> 眼睛应该像莲花瓣（pangayam）、母鹿（mān）、芦笋形（vel）；
>
> 嘴唇应该像珊瑚（pavaḷḷa）、芙蓉（sembaratham）、石榴花（māthulam poo）、粉红色的莲花（senkamalam）；
>
> 鼻子应该挺拔如芝麻花（yett poo）、初放的蓓蕾（kumizh arumbu）；
>
> 脸形应该像满月（thingal）、芒果（māvin）、芝麻种子（yett）、椭圆的卵形；
>
> 脖子应该像海螺壳（sangu）、花朵（pāligai）、天鹅（haṃsa）；
>
> 手臂应该弯曲得像红莲（senthamarai）；
>
> 女人的腰应该像蔓草（latā）一样婀娜，像月牙（theynthapiraik kozhunthu）一样弯曲，像小鼓（damaru）一样圆满……

这些自然活曲线广泛地应用在造型艺术中，显然与印度民族长久以来的物象美学传统密不可分。印度民族历来将莲花、鹿、牛、花、藤萝、雨水、朝霞等于人有益的自然物象看成是美和善的载体。吠陀时代出现了蔚为壮观的歌颂太阳、雨云、苏摩草等自然物象的诗句，如《梨俱吠陀》赞颂朝霞为“光华四射的快活的女人”，称赞雨云如“有蹄之兽跳舞”，高歌苏摩草是“无与伦比的幸福赐与者”② 等。自然是人化的自然，同时，人也是自然化的人，印度艺术家把人和自然物象摆在对等的位置上，审美地表达了人与自然互动互渗的关系。在赋予自然物象人格美的同时借用自然物象美的形象来描写人体、塑造形象，使得“大自然与人的种种感情形式和特征融为一体”。

印度艺术的“似”在美学层面上并不意味着任何表面意义上的自然主义、逼真、图解或幻影，而是观念和感知对象内在的一致性。印度艺术文献强调塑造艺术形象要模仿自然

① 常任侠．常任侠文集．合肥：安徽教育出版社，2002：409、414.

② 魏庆征．古代印度神话．南昌：山西人民出版社，1999：57.

物象的曲线美，采取其真实形态，并不是说直接将自然物象移植到人体中，像“镜子一样地”模仿，而是要在对自然物象感官知觉的基础上进行艺术化、审美化的提炼和意会。比如说，要将人的眼睛画得如莲花瓣，不是将莲花瓣直接画在人的眼睛所在的位置，而是说人的眼睛与莲花瓣所展现的自然曲线在轮廓上和情感上具有某种相似性，这种相似性更多地“是指感情而不是指形态。尽管形不相似，其所引起的感情也必须相符合，同表现我们心中的感受”①。印度艺术家从不满足于表面的肤浅的相似，他们所要寻求表现的是事物之间的内在联系或者内在同一性，因为“自然物象的轮廓和理想的艺术作品的形式美，在物质的存在状态上不可等量齐观，但它们有某种内在的相似性”。泰戈尔曾以画树木为例，阐述这种观点说：“当艺术家观察一棵树的时候，他把那棵树看作是唯一的，而不是像植物学家那样去概括和分类。详细描写那棵树，是艺术家的职责……他不是通过唯一者不协调的特性，而是通过和谐一致的个性去描述。因此，他必须发现一事物与它周围外界万物的内在和谐。”②

从这一意义上说，印度艺术中所采用的人体曲线不是几何学概念上的线，而是与自然生命相一致的造物，它不是模仿说的线条，也不是符号说的线条，而是通感/移情式的线条，是一种升华了的理想化线条，即理念化、观念化线条。它符合我们心中的感受，侧重感情的“物化”，需要靠人的感觉、领悟和想象去把握。它“所要表现的并非物而是情；而且它所要做到的并非表现而是暗示；它所倚赖的不是色彩而是线条；它所要创造的是审美或宗教的情绪而不是复制真实；它所感兴趣的是人与物的‘灵魂’或‘精神’而不是物质的形式”③。它所强调的是在对外界物象的直接观察、直观感受的基础上，对物象的本质特征进行提炼和重新创造，所展现的“似而不似”之美，只可意会，不可言传。

印度艺术的“似”还体现在对造型结构近乎严谨的规定和沿袭上。《梵天尺度论》专设《量度》一章，详尽阐明人体结构及各个部位、器官尺度和比例关系。如“转轮圣王身高度，共有一百零八指”“额、鼻、颚，每一部分四指量”“耳朵横宽为二指，长度则为四指量”“上唇厚度是一指，下唇厚度是半指”等。④ 这种朴素的数学意义上的人体度量关系，是历代印度艺术家在大量的艺术实践之后，对艺术“形似”的经验性、概括性的表达，充分体现了印度艺术家对艺术理论的敏感和自觉。历代印度艺术家相信只有充分发挥个人的聪明才智，严格遵循这些法则，才不会做出有损于艺术的事情，“如果雕塑家按照这些法则不能创作出美好的作品，那是艺术家自身的缺失，而不能归咎于这些造像法则。”现代科学也证明了古代印度的这些人体量度和比例在很大程度上符合人体生理解剖学的要求，具有一定的科学性。以“指”（aṅgula），即所塑造人物的手指为人体度量的单位，并非空穴来风，而是隐含着某种数理关系。“指，这个术语的起源是这样的：在一块木头或石头的高度之内塑像，除去底座之后，这块木头或石头就它的高度平均分成相等的12份，每一份又平均分成9份，这样得到的最小单位就是（所塑人物的）指。”这些经验性的人体度量关系，比建立在精确的解剖学基础上的现代西方人物造型更具有适应性和包

① 金克木．印度文化余论——《梵竺庐集》．北京：学苑出版社，2002：68．
② 泰戈尔．一个艺术家的宗教观．上海：上海三联书店，1989：50．
③ 威尔·杜兰．世界文明史·东方的遗产．北京：东方出版社，1998：413－414．
④ 曹顺庆．东方文论选．成都：四川人民出版社，1996：384－386．

容性。“印度教造像者或雕刻家在人体造型创作上并不像欧洲人那样，依照生活中的模特，完全写实。他们有属于自己的一套更为精致和完善的度量方法。这些人体尺度和比例辈辈相传，它们是古代印度艺术家对自然物象的细心观察之后的经验总结。事实上，这些人体尺度和比例是一系列人体解剖学规则和公式，它比众所周知的欧洲人物造型比例说更具有适用性。印度艺术家更注重的是最基本最普遍的人体比例关系和形式美，而不是要清晰地展示‘科学意义’上的人体肌肉和骨骼筋脉。”

艺术形“似”建立在特定的尺度比例上的观念并非肇自古代印度。“美丽之形，尺寸之制”①，是东西方艺术家在早期艺术实践中不约而同的审美经验。古埃及在古王国时就认识到比例相称的人体是美的，他们在塑造直立的人像时，按照人体从额头到脚底的长度，平均分为 18 个单元（square），脸部占两个单元，与身体的比例约为 1∶8。西方艺术传统更是将人体比例奉为人物造型的圭臬，认为人物形象的“美感完全建立在各个部分之间神圣的比例关系上”②。古希腊艺术家波利克里托斯（Polyclitus）所著《法式》（*Canon*）一书中认为最美的人体比例是头部与全身之比为 1∶7。公元前 4 世纪，雕塑大师莱西普斯（Lysippus）对原先 1∶7 的人体比例进行改造，缩小人的头部，拉长身子，将人体的比例改为人头与全身之比为 1∶8，将符合解剖学的黄金比例应用在人体造型中。③ 早期印度艺术对形“似”的把握和其他民族有某些相同之处。阿育王石柱诏谕的柱头和巴特那附近发现的药叉神的雕像有力证明了印度在公元前 3 世纪左右就已经出现了有关人体比例的范式。“在这一古老的艺术中，躯体各部分的比例，遵循当地印度人的身材和印度雕塑的“纳瓦塔拉”（navatala）原则，脸是圆的，其长宽几乎相等；鼻子略平；脚长约为身高的十分之一。”④ 公元 1 世纪左右的犍陀罗时期，印度的人体比例吸收希腊罗马人体造像美学而略有改变，“脸的宽度为长度的三分之二，称书型或古典型脸；脚长为身高的七分之一”。

在印度，宗教是一切文化形态的旨归，神性是艺术和审美的终极原因，形之“似”不是简单模仿自然，而是受约于宗教之“神”似。印度古代造像手册规定，“在塑造人体雕像时，不能显现人体手脚的筋脉和骨骼。人体的各个部位比例要均匀对称，不能太长或太短；人体四肢要协调，不能太粗或太细。这样塑造出来的雕像才是令人满意的。神像的轮廓既来自对自然物象的模仿，也来自对人体的模仿。只要雕塑家怀着对神的无比虔诚去塑造人物形象，即使他所塑造的形象有些瑕疵，那么，对神力的崇拜足以抵消这些种种不足”。根深蒂固的宗教文化使得印度并没有像西方科学主义那样，朝着解剖学意义上的写实艺术发展。印度艺术更倾向于表现某种超越自然存在的逼真，更执着于对精神和灵魂之美的追求。印度艺术家怀着对神性与生俱来的尊崇，不再精雕细刻自然物象的细节，而是抓住了对象的本质特征，在对精神世界的探索历程中，使艺术展现出神圣的“似而不似”之美。

---

① 陈传席．六朝画论研究．南京：江苏美术出版社，1985：42.

② 达·芬奇．达·芬奇论绘画．戴勉，译．桂林：广西师范大学出版社，2003：5.

③ 刘成林．祭坛与竞技场——艺术王国里的华夏与古希腊．北京：科学文献出版社，2001：148.

④ 穆罕默德·瓦利乌拉·汗．犍陀罗艺术．北京：商务印书馆，1997：58－59.

“似”与“不似”：淮南为桔淮北枳

从以上比较梳理可见，艺术的“似”与“不似”在不同的文化语境中有不同的阐释和演绎。古代印度称造型艺术为“造像学”，艺术直接服务于宗教偶像崇拜，造型审美法则在很大程度上依附于宗教教条。“（在印度）偶像或肖像（icon）这个词指的是绘画、雕刻或镶嵌画等艺术品中的神像和圣人像。这些雕像或画像是为各种各样的神像崇拜而制作的，它们或多或少同宗教惯例相关联。”艺术形象的差异建立在画中人体比例之上。“绘画六支的第二支涉及绘画的量度和规则，画家要根据约定俗成的量度和规则，刻画出人物的外貌特征和身份，塑造出不同的人物形象”，“无论选择新的绘画形象还是遵从传统的形式，都离不开遵照尺度相宜的原则”。流传下来的造像论著无一例外严格地规定人体量度（pramāṇā）。如此不遗余力地强调尺度的相宜性，除了在视觉审美上达到形似的考虑之外，更重要的是要达到宗教传统的“神”似的潜规则，即各种雕像的形象要符合神话传说、宗教传统的描写。

根据《野猪纪事》的记载，早在远古的时代，印度人就认为世界上存在着五种不同类型的人，他们是Haṃsa、Śaśa、Rucaka、Bhadra和Mālavya，相对独立地从属于五大行星：木星、土星、火星 、水星和金星。这五类人种有高低之分，他们的塑像分别是96指，99指，102指，105指和108指。这种等级思想影响了后代的造像理论。印度艺术论著*Bṛhatsaṃhitā*这样规定印度教神像比例：罗摩（Rāma）——十车王（Daśaratha）和伯利（Bali）——毗卢遮那（Virocana）之子，应该被塑造为120指，其余的雕像依12指递减，Pravara、Sama和Nyūna等神的塑像分别为108指、96指和84指。佛教造像手册也不例外，根据神的地位规定各尊神像的尺度。如释迦牟尼和菩萨为120指，世间圣王和出世圣王为108指，忿怒明王和恶相护法神为96指等。[①]“神是用数字表示的概念的原因”，“神是各种有秩序的事物（果）的创造者（因）”。[②] 艺术造型尺度的大小以及由此产生的人物形象的差异成了神界秩序的形象化概括。印度古代艺术家再三被告诫要细心并且忠实地按照传统规定的尺度塑造神像，如果违反这些比例规则，制作出来的作品将是亵渎神灵的“病”塑像（doṣa śilpa）。《那摩精选》《艺术宝典》《佛像量度经》等艺术论著都明确规定何为“病”塑像以及制造“病”塑像的后果：

> 如果没有遵循传统的造像理论中所确定的人体比例和尺度，制作该神像的那个地方将遭受旱灾或战争。
>
> 如果神像没有身体，信徒将会遭受驼背。
>
> 如果神像没有鼻子，信徒将会遭受病痛的折磨。
>
> 如果神像看上去有点左倾，牲畜将会遭受死亡。
>
> 如果神像神情憔悴，庄稼将会遭殃。

---

① 李鼎霞，白化文．佛教造像手印．北京：北京燕山出版社，2001：37、55、63、65.

② 黄心川．印度哲学史．北京：商务印书馆，1989：385－386.

宗教价值同审美价值和艺术价值具有关联性。因为二者“存在价值关系诸形式的结构和功用的某种统一”[①]。遵循相宜的尺度，既是出于宗教的责任也是出于美学的诉求。对“病”塑像的规定具有相当浓厚的宗教“因果报应”色彩，但同时不可否认，与宗教惯例并存的还有美学规范。在印度艺术家看来，对完整、对称、比例协调等形式美的表达和追求，也是造型艺术中不可缺少的因素。“神将和谐、比例与秩序注入了主体和客体两者之中。和谐的组合包括了美的内在价值。每个整体都是由部分组成。整体中各部分之间的和谐关系是美的。”印度艺术在美学和神学的双重规约之下，“神似”的含义更多的是神学之神，在形神两维的拉力中，呈现出“似而不似”的美学景观。

中国艺术所秉承之神似，并非归属于宗教之神，而是对人文精神的呼唤。中国文化精神的本质如上所说，是人伦道德型范式，重人文胜于宗教。中国文化在天人亲和的向往中消解宗教神灵情结，而使得神与人和，神归于人。神在历史文化大浪淘沙之后化为人伦之象与人心之本，成为一个最有品位的美学范畴，成为艺术生命的最高体现。在中国文化语境中，艺术家将远古宗教之神回归为内在的心神，通过艺术的对象化，寻找实现超越形似达到神似的表达方式。无论是顾恺之作人物画之“迁想妙得”，还是宗炳作山水画之“神思”，都是凭借艺术在游心于物之际实现人格意义的“畅神”或“神游”。尤其是文人画的兴起，文人画家高扬逸笔传神的思想，借物遣兴抒情，如倪瓒在《题自画墨竹》中所言：“（张）以中每爱余画竹，余之竹聊以写胸中之逸气耳，岂复较其似与非，叶之繁与疏，枝之斜与直哉!”[②] 文人们将绘画看成是抒写心中之“神”的“墨戏”，是一种心灵游戏，他们致力于在游艺之中实现自己的人文情怀。

中国艺术论形神关系，从先秦到近现代，始终强调艺术的传神、神似。“神”是重要的批评标准，但重视神没有完全否定形的作用，而是提倡在形神两维之间找到最佳的衔接点，协调似与不似的矛盾。中国艺术所寻找的形神之间关系，并非是对立，而是互融互通的。正因如此，中国艺术重视笔墨风韵，简约线条，没有陷入西方自然主义的写实或印度宗教主义的写实，也没有落入西方艺术抽象主义或形式主义，而是一种天人和谐、形神相融的状态，是赏心悦目的心和物齐飞、似与不似皆有的审美境界。

① 斯托洛维奇．审美价值的本质．凌继尧，译．北京：中国社会科学出版社，1984：106.

② 潘运告．元代书画论．长沙：湖南美术出版社，2002：430.

文学本位　回归原典

——重读金克木《梵语文学史》及诗译

深圳大学　黄　蓉

金克木研究印度文学的成果主要集中在20世纪50年代末60年代初及80年代，其中《梵语文学史》是梵语文学研究的巅峰之作，也是一部影响众多学者和社会读者的教科书。该书无论是资料的丰富性、原典翻译的准确性，还是论述的严密性、观点的新颖性，都取得了突破性的进展，它就像是海上的灯塔，直至今日依然指引着年轻一辈航行前进，该书所昭示的印度文学研究路径对当前编写外国文学史、研究印度文学仍然具有启发意义。

一、文学本位，注重美学感悟

《梵语文学史》最初是北京大学东语系印度语言文学专业使用的教材，1963年金克木作了一些修改和补充，次年由人民文学出版社出版，1978年再版，1999年江西教育出版社将其编入《梵竺庐集》甲卷，2011年北京三联书店收入《金克木集》。《梵语文学史》作为教材，又为研究著作，是中国第一部由梵语专家撰写的梵语文学史。那个阶段我国正式出版的国别文学史不多，研究印度文学史的著作也寥寥无几，季羡林先生说："金克木教授写成了《梵语文学史》，利用了比较丰富的材料，表达了自己独立的见解，受到读者好评。这在研究外国文学史的学者中是比较少见的"①，而且该书"很长一段时间是这一领域里唯一的一种文学史著作"②。在此书出版之前，我国对印度文学研究的著作仅有两本，一本是许地山的《印度文学》，一本是柳无忌的《印度文学》。相较这两本，《梵语文学史》无论是在资料上、篇幅上和研究深度上都是史无前例的，是严格意义上的真正的印度文学史著作。郁龙余分析说："许著当属首创，带有较多概述性质，还不是一本印度文学史专著。金著则完全不同，是一本28万余言的大著，不但有自己的观点，而且自成体系。"③

该书出版半个世纪以来，至今仍然是研究者的案头书，这与金克木的研究方式和注重文学本位，注重对作品本身的感悟，不被世俗规则牵绊有关系。新中国成立五十年来，许

---

① 季羡林．季羡林全集：第10卷．北京：外语教学与研究出版社，2009：309.

② 王邦维．北京大学的印度学研究：八十的回顾．北京大学学报，1998（2）：103.

③ 郁龙余，刘朝华．中外文学交流史：中国　印度卷．济南：山东教育出版社，2016：315.

多外国文学史在内容上突出时代、社会、生活对文学的影响，研究者通常以社会历史学的观念去编写文学史，这种研究方法容易忽视文学自身发展和对文学总体研究规律的分析。金克木的《梵语文学史》打破这种单一研究方式，在强调作品历史背景同时，又结合作品自身的美学特点，给人耳目一新之感。对此黄宝生、郭建荣曾给予很高的评价："这部《梵语文学史》是中国梵语文学研究的奠基作。与国外的同类著作相比，它有自己的显著特色和长处。它努力运用唯物史观，将梵语文学的发展置于社会历史发展的背景中。对作家和作品的介绍和分析，采取'历史和美学'相结合的文学批评方法。但是，因印度古代历史本身的研究难度就很大，故采取这种写作方法绝非轻而易举。金克木为开辟梵语文学史的写作新路作出了自己的贡献，联想到五六十年代中国学者撰写的外国文学史著作屈指可数，更显出这部《梵语文学史》的难能可贵。"① 该书以印度文学自身特点和规律出发，解决了许多学界的分歧，构建了科学的文学史研究方法，揭示了印度文学的特色和发展规律，正如何乃英所说："该书的主要贡献有两点：一是建立比较科学的、完整的梵语文学史体系，二是对于梵语作家作品的深入评析。"② 具体表现为以下几方面内容：

第一，以文学为本位，解决梵语文学史分期问题。

过去，学界对梵语文学史的时期划分问题一直都存在分歧，这与古代印度的历史分期存在争议有关。金克木指出："最大的困难是历史方面问题：一是古代印度的历史分期和社会发展情况，一是作家作品的时代和社会背景。文学史按社会发展阶段分期还是按朝代分期，这在写中国文学史时似乎还有不同意见，而在写梵语文学史时两者都很难办到。原因是对古代印度历史情况的研究还不足以解决写文学史中的问题。古代印度历史按社会发展阶段分期的问题，非马克思主义的历史学家是不注意的，宣称用马克思主义观点论述印度历史的人则众说纷纭，莫衷一是。就我所知，大概直到近年来，尽管这样论述古代印度社会的人不少，但是互相争论的各种说法仍然没有趋向一致，而且差别还是不小。究竟印度的奴隶社会起于何时，又在何时发展到封建社会，这个过渡时期有多久，有什么样的特点和过程，各地先后差别如何，这类问题，几乎'言人人殊'；论证较全面和说服力较强的很少，而凭单文孤证或对史料意为去取和解释的却不是没有。当然史料的缺少和复杂是一个客观原因，而其他原因也不能排除。我国古代社会历史分期问题争论了多年，近年来才略有一致趋向，而尚无一致结论。由此可以想到古代印度社会历史分期问题也不会很快解决。"③

为了找到较佳的解决方法，金克木在继承许地山和柳无忌的划分法的基础上，从印度文学自身特点和作品内容出发，将梵语文学史划分成"《吠陀本集》时代""史诗时代""古典文学时代"共三个阶段，颇为成功地解决了写文学史的分期问题。张剑在《槛外有情——金克木和他的〈梵竺庐集〉》中对这种划分方式作出中肯的评价："《梵语文学史》是我国第一部对印度个别语言的文学史研究专著，为印度文学史的整体研究架上了一座桥梁。古代印度学问以口传为主，派别繁多，字体复杂，且带有世代积累性特点，文本及其

---

① 黄宝生．金克木先生的梵学成就——读《梵竺庐集》．北京大学学报，2000（6）：147.

② 何乃英．东方文学研究在中国//王邦维．比较视野中的东方文学．太原：北岳文艺出版社，2005：6.

③ 金克木．梵语文学史//金克木集：第2卷．北京：生活·读书·新知三联书店，2011：124－125.

作者的断代工作很难理出一个清晰线索，金先生打破了传统文学史研究的'时代—作家—作品—评价'的模式，而是按照作品的内容和类型将古代印度文学划为《吠陀本集》、史诗、古典文学三个时代来论述，既避免了将文学史写成烦琐的文献考证史，又使文学史研究直接切入到了文学本身。"①

第二，以文学为本位，《梵语文学史》构建了具有中国特色的文学史研究方法。

众所周知，马克思主义以其理论的科学性成为新中国成立后学术研究的指导思想。中国许多文学史都是以唯物史观为基础，以批判继承为原则，以阶级观点、人民性和历史进步性为主导写成的，这往往造成文学史著作在作品艺术性的分析上总是千篇一律，缺乏独到的审美分析。《梵语文学史》是在这种学术氛围中产生的，无疑也运用了科学的马克思主义文学理论，但与此同时，又具备独特的分析方法。首先，全书各章节的标题体现了马克思主义理论的影响。金克木在梵语文学史分期的划分上与许地山和柳无忌的《印度文学》相似而不同，他的划分法与当时的学术环境有关，与列宁、斯大林的社会阶段划分理论挂钩。他将"《吠陀本集》时代"称为"原始社会解体和阶级社会形成时期的文学"，将"史诗时代"称为"奴隶社会的文学"，将"古典文学时代"称为"奴隶社会和封建社会的文学"。各章节标题也如此，比如第二编第一章的标题是"奴隶制王国中新文学的形成"，三小节的标题分别是"阶级矛盾和斗争的发展""思想战线上的斗争""反映阶级斗争的庞大文献"。除此之外，在每编的第一章里，都论述了各时代的社会、经济、政治、思想等方面对文学发展的影响。王向远指出，金克木不同于其他学者的地方在于"努力体现地体现马列主义的观念和方法"，但"明显地暴露出将这两者结合在一起的生硬痕迹，带有它写作与出版的那个时代的鲜明印记"。其次，除了标题，行文中也运用了马列主义理论来指导写作。金克木的《梵语文学史》"以马列文学理论中的'现实主义'理论作为评价作家作品的主要依据，在论述和评价两大史诗、《五卷书》、迦梨陀娑的戏剧等主要作家作品的时候，作品与现实生活关系是作者的主要的视角，反映出60年代'以阶级斗争为纲'的政治气候的影响。实际上，印度文学（当然包括上述作品）的主导倾向是超越现实生活的、形而上的、冥想性的、神话式的、非现实主义的"。尽管作者（金克木）清楚印度文学的超现实特点，但"没有将这种特点充分地展开来论述，而往往将它们归结为'唯心主义'并加以贬抑"。考虑到作者出于写一本中国人写的印度文学史这一目标，"《梵语文学史》的'时代性'，又是与它的中国的学术特色密切相连的，因而我们似乎还不能简单地视为'缺点'，而应更恰当地视其为'特点'"。何乃英举《梨俱吠陀本集》中因陀罗的形象问题为例，认为金克木提出了自己的新见解。人们历来认为因陀罗只是自然现象的化身，与社会生活没有什么联系。金克木文中提到印度传统历来把他算作雷雨之神，西方学者更多以为他只是雷雨的人格化。但这不能解说许多关于他的神话故事。如果把他看作是人间的英雄与天上的自然威力的结合，这样社会的典型人物就是他的形象和故事的主体，自然现象的描写则是对他的威力与功勋的艺术加工。

关于文学史使用马列主义的观念，金克木是非常清楚、自觉的。这种指导方法，学术界虽有批判的成分，但行文坚持历史唯物主义和辩证唯物主义相结合的原则，应是正确的

---

① 张剑．槛外有情——金克木和他的《梵竺庐集》．中华读书报，2000－11－29.

行文指导方法。其实，金克木并未使用这一单一的研究方式，而是以文学为本位，立足文本原典。金克木说："这本书一望而知是依照当时的教科书规格和指导思想编写的。然而我没有放弃自己原先的原则，一是评介的作品我必须看过和读过，没看到的则从简；二是处处想到是中国人为中国人写，尽力不照抄外国人熟悉而中国人不熟悉的说法。"① 相比之下，这部文学史表现了时代"特点"，表现了优于其他同类著作的特点：在文学批评中，金克木总是注重强调独到的审美感悟的传达，重视对文学现象、文学作品的美学思想和创作风格的分析。虽然言语简短，却意味深厚，切中主题。郁龙余举四点分析金克木考虑如何写好一本中国人的《梵语文学史》的思路，认为理解这四点是理解全书的关键："第一，'以文学为主，非文学部分从略'；第二，'写成一本看出来是我国人自己写的书'；第三，'使本书能为一般读者看得下去'；第四，简略他人'有所未妥之处'，'大胆说一点自己的浅尝臆说'。"②

第三，以文学为本位，行文具有中印比较意识。

为了让读者更深入了解印度文学，金克木除了强调文学本身所体现的特性之外，在评价印度文学时常以中国文学为参照，把比较意识渗透到每一个文学批评中。如"影响研究"方法，讲《伟大的故事》时，他强调该书影响到后来的古典作品《故事海》《大故事花簇》《大故事诗摄》的创作；如"平行研究"的运用，金克木拿《罗摩衍那》故事中国王放逐太子和兄弟争国的事，和我国王位继承的历史相比较，得出中印文化的差异："我国的这类故事很简单，没有发展成为文学作品，这类故事的内容未曾得到充分利用，后来的人也只是主要从政治着眼，赞扬他们的让位以讽刺争权的帝王。印度人却把这样的传说大大发扬，给了它丰富的内容，因而历代直到现在传诵不衰，在印度人民的思想中产生了很大的影响。"③ 再如介绍吠陀语时，拿我国的汉语体系来参照；介绍印度个人祭祀时，拿我国古代的礼来比较。比较法让中国读者感同身受，极富启迪意义。王向远认为："许多地方都可以发现作者有意将印度文学与中国文学作比较，虽然通常是三言两语，却富有启发性。"④ 这种以中国文学、哲学为参照的方法来"平等对话"，不仅促进了中印文化文学的交流，而且有助于增进了解，相互借鉴。

可见，尽管《梵语文学史》在写法上带有当时鲜明的时代特色，但金克木探索了适合中国人阅读的、研究印度文学的方法，力求给中国读者还原一个印度文学的概貌，让读者能更深入地了解印度文学，彰显了一位中国学者应有的立场。

二、注重原典，不作空论和主观臆测

经典体现的是人类智慧的结晶，对于研究文学史的学者来说，回归原典，准确理解原典，是文学批评的首要工作。只有尊重经典著作、注重原典作品，才能获取最真实的思想，并对文学史作出最精当的描述。金克木在研究编写印度文学史时一直注重原典，以实

① 金克木．金克木集：第6卷．北京：生活·读书·新知三联书店，2011：75.
② 郁龙余，刘朝华．中外文学交流史：中国—印度卷．济南：山东教育出版社，2015：279.
③ 金克木．梵语文学史//金克木．金克木集第2卷．北京：生活·读书·新知三联书店，2011：246.
④ 王向远．佛心梵影——中国作家与印度文化．北京：北京师范大学出版社，2007：278.

事求是的态度来治学。

《梵语文学史》由三部分组成：第一编《吠陀本集》时代（原始社会解体和阶级社会形成时期的文学），介绍了吠陀本集；第二编《史诗时代》（奴隶社会的文学），介绍了《摩诃婆罗多》和《罗摩衍那》等作品；第三编古代文学时代（奴隶社会和封建社会的文学），介绍了迦梨陀娑、檀丁、波那、苏般度等的作品，内容包括梵语（含吠陀语）文学作品，时代从上古跨越到12世纪。为了评述有理有据，金克木研读了所有梵语文学中大家的经典之作，秉着尊重原典的治学精神，对每一个作家每一个作品都作深度探索。金克木在《印度文化论集》自序里说："我尽量探寻原始资料，核对本来面目。我对印度古代文献当初一开始涉猎，就感觉到原来自以为知道的多不可靠，而许多常见到的表述又往往同实际情况不尽符合。"① 从众多与印度古代文学相关的著作和论文所引用数据来看，《梵语文学史》从原典出发，着重分析和诠释重点作家作品，在研究的深度和广度上，迄今并未有其他相关著作可以匹敌。目前，我国学者在论述印度古代重要文学作品的时候，内容和观念大都援引自这部经典的文学史著作。许多独家介绍的作家作品就更不用说了，比如对《瑜伽婆私吒》的研究，只有他在其《梵语文学史》中作过简要的介绍。王向远对这种从原典出发写文学史的做法十分敬佩："这是我国第一部专门的梵语文学史，第一部由通晓梵语的人以第一手材料写成的梵语文学史，第一部试图以马克思主义观点写成的印度文学史。它的资料丰富翔实、内容全面系统、论述严谨，分析透彻，建立了比较完善的梵语文学史体系，确立了梵语文学史的基本内容，从阅读原作入手对作家作品，特别是重点作家作品作了透彻的阐释和独立的评价，至今仍不失其学术价值。"② 目前不少文学史研究者在研究文本时醉心于宏观的考察，借用他人研究成果来总结出一套套空理论，却不愿意花工夫深入文本，深入钻研。金克木认为："印度古籍和中国古籍类似，历来解说纷纭，断章可以取义，'六经'可以注我，容易作'各取所需'式的引用和解说。近代和现代的西方人和印度本国人的一些说法各有各的来源和背景，不能一概认为信史和结论。对古文献的研究又随着人类的科学和思想的发展而与时俱进，不会停滞于一点。我依据这一点认识就注意言必有据，据必核对原来情况；重分析而戒笼统；同时又注意到边界的'模糊'，注意各种文献'信息'的复杂性，避免简单化，不轻下论断；要求分析而不割裂，概括而不含糊。当然，这些只算是我心中悬着的目标，自己未必都能做到，不过力求不盲从而已。"③ 金克木是这么说的，也是这么做的，他对文本的研究不囿于其他国家文学研究者的观点的剖析，而是根据自己的阅读经验作出合理的说明和判断。《梵语文学史》的成功和经典性很大程度就在于金克木在翻译原典材料上所下的功夫。

金克木是我国现代翻译和推介印度文学的先锋，在翻译印度诗歌方面做出巨大贡献。金克木翻译和研究印度文学的品类包括诗歌、诗论两个方面，译著和专著有《伐致呵利三百咏》《云使》《通俗天文学》《甘地论》《我的童年》《印度古诗选》《莎维德丽》《梵语文学史》等。作为中国现代文学史上的著名诗人，金克木对文学语言，特别是诗歌语言韵

---

① 金克木．印度文化论集//金克木集：第3卷．北京：生活·读书·新知三联书店，2011：5.

② 王向远．七十年来我国的印度文学史研究论评．外国文学评论，2001（3）：14.

③ 金克木．印度文化论集//金克木集：第3卷．北京：生活·读书·新知三联书店，2011：5.

味的把握，在印度文学翻译中充分地表现了出来，并发挥得淋漓尽致。他不仅为后来人提供了学习印度文学文化原典的中文资料，而且为后来翻译印度文学的译者打开了梵语文学翻译的门径。

首先，金克木是印度梵语文学翻译先锋。1984 年，金克木的《印度古诗选》（湖南人民出版社，1984）面世。这本译诗集所选的印度古诗范围约一千年以前通行于印度的文化语言——梵语。另外有些“俗语”，如佛教文献中用到的巴利语。金克木对所选的古诗也有自己的标准：“并不是在印度古诗中选出最好的精华，而是选其几个重要方面的一些例子。由此‘一斑’还不足以见‘全豹’”，但是印度古诗的面貌特征也可由此见其大概。这些也不能说是代表，只能说是样品，更准确些说，只是诗史的抽样。”① 虽然《印度古诗选》所译出的古诗数量不多，但编选的诗歌范围包括了印度诗歌重要的几个方面，比如印度最古文献《吠陀》的诗篇 20 首，蜚声世界的印度史诗《摩诃婆罗多》中的著名插话《莎维德丽》，巴利语佛教经典之一《法句经》中 15 节较多文学性的诗歌，《伐致呵利三百咏》中 21 首文人作的诗歌，模仿《五卷书》的《嘉言集》中的 23 节格言诗，还有《妙语集》中的 14 首抒情诗。以上诗篇中，其中《吠陀》在此之前我国一直未有翻译，这一翻译对我国研究印度神话、宗教等方面的研究都有极高的参考价值。

1987 年，他和几位学生赵国华、席必庄、郭良鋆合作翻译的《摩诃婆罗多插话选》（人民文学出版社，1987）出版。《摩诃婆罗多插话选》翻译依据的本子是所谓“精校本”，“本世纪有一位印度学者苏克坦迦，集合印度和外国的一些学者，根据现存的各种写本，校勘出了这个本子”。② 这本选集所选插话共十五篇，虽然不能包罗《摩诃婆罗多》中所有优秀的插话，但正如他自己所说：“希望这十五篇插话可以帮助读者增加一点对邻邦印度最流行的古代文学的知识，也扩大一点文学的视野。”1993 年，《摩诃婆罗多》第一卷出版，这卷前四章为金克木亲自翻译，2005 年，该书六卷全译本在黄宝生的主持下出版，全译本的翻译离不开金克木之前所做的示范和严谨的治学精神。

其次，翻译的经典性。1956 年，金克木译出印度古代抒情诗人迦梨陀娑的作品《云使》，由人民文学出版社出版精装本，后来收进《印度古诗选》。“译文所根据的是摩利那特本，同时共参看了六种铅印版本。现在只译出公认为原作的一百一十五节。”③ 关于《云使》的翻译，金克木在题为《印度的伟大诗人迦梨陀娑》的译本序言中说：“他（迦梨陀娑）的译本非常难译；恐怕没有一部语言的翻译能够传达吟咏原作时的情调。例如《云使》通篇用了一种‘缓进’调，一节六十八音，就是以两个三十四音构成一联，其中十七音相当于现在诗的一行，由此表现出夏季雨云怀着电光雷声缓缓前进的情调；这种梵语所特有表现力是不能移植到现代语言中来的。”④ 迄今为止，《云使》的汉译本有三种，金克木译本、徐梵澄译本，还有 2011 年北京大学出版社出版的罗鸿译的全新版本。罗鸿在译本前言赞扬金克木的译本：“采用了摩利那特的梵文注释本为底本。这个译本清新自

① 金克木．《印度古诗选》序//金克木集：第 7 卷．北京：生活·读书·新知三联书店，2011：57.

② 金克木．《摩诃婆罗多插话选》序//金克木集：第 4 卷．北京：生活·读书·新知三联书店，2011（1）：69.

③ 金克木．《摩诃婆罗多插话选》序//金克木集：第 4 卷．北京：生活·读书·新知三联书店，2011（1）：188.

④ 迦梨陀娑．云使．金克木，译．北京：人民文学出版社，1956：9.

然，非常忠实于原文，只对诗中的专有名词作了一些简化的处理。”① 王向远援引《云使》第82、89节诗歌译文评价金克木的翻译水平：“现在看来，在中国的印度文学翻译中，金克木译《云使》是少见的颇为成功的例子。金克木本人就是现代文学史上的重要的诗人，诗人译诗，最为合适。从译文中可以看出，金克木具有非常敏锐的语言审美感受与表现能力，他用标准的现代汉语，很好地、近乎完美地表现了他所说的原诗的‘缓进调’，既保留了原诗的印度风味，也体现出现代汉语诗意特征，读起来酣畅、圆润、流丽。”② 他认为金克木的译文之所以能长风行云，诗趣盎然，是因为将“译文的风格与原文的风格、译文的形式与原文的形式，达成了一种高度的和谐，从而进入了‘化境’”。

金克木还是译诗高手。1982年，金克木翻译出版了一部在印度流传很久、很广的梵语短诗集伐致呵利的《三百咏》（人民文学出版社，1982）。译本是根据印度学者高善必的“精校本”定本翻译的，所译出的是高善必认为确切无疑的最古的200首诗。早在1947年，金克木就译出了《三百咏》中的69首，发表于《文学杂志》1947年第6期。金克木的译诗原则是尽可能的恢复原诗句的格调，“依照原文的词句甚至其先后序列，力求不加增减，但在汉语的选词造句和文体上则又求像古代人的诗，不只是用现代汉语述意”③。可见，金克木是诗人和学者的结合，这种译诗能力不是人人能及的。黄宝生评价说：“金先生是译诗高手……我曾对照梵文读过《云使》译本，对金先生的翻译艺术由衷钦佩。只是国内的翻译理论家们不谙梵语，无法真切体认。我总惋惜金先生翻译的梵语诗歌不够多。梵语诗库中的一些珍品，惟有金先生这样的译笔才能胜任，也不至于辜负印度古代诗人的智慧和才华。”④

正是缘于坚实的国学功底和对印度文学的熟稔，金克木的翻译不仅水平高，而且达到“神似”与“形似”相结合的状态。正是他的经典翻译使我们看到了印度梵语文学的真实风貌，这对“回到原典”的文学史建构提供了最强大的支柱。可见，回归原典，亲近原典，实事求是和无征不信的实证精神，不仅能准确而深化印度文学经典的研究，而且对当前建构中国特色的外国文学史，具有实际的指导意义。

---

① 迦梨陀娑．云使．罗鸿，译．北京：北京大学出版社，2011：3.

② 王向远．近百年来我国对印度古典文学的翻译与研究．北京师范大学学报，2001（3）：66.

③ 金克木．三百咏//金克木集：第7卷．北京：生活·读书·新知三联书店，2011：199.

④ 黄宝生．金克木先生的梵学成就——读（梵竺庐集）．北京大学学报，2000（6）：147.

后 记

2015年，中国比较文学学会成立30周年。

深圳大学是中国比较文学的出发地。1985年中国比较文学学会在深圳大学成立，同时第一届中国比较文学年会暨国际学术研讨会在深圳大学召开。经过30年的发展，中国比较文学已经蒸蒸日上，繁荣昌盛，在国际比较文学学术界也日益展现自己的学术特色与学术力量，发出中国学者的声音。

在此30周年之际，深圳大学文学院于2015年12月25至27日举办了小型高端比较文学学术会议。这也是深圳大学文学院推动深圳大学建设“高水平大学”学术活动之一。与会的50多位学者就“中国比较文学发展与国际比较文学新格局”“中国比较文学30年：进展与挑战”“比较文学中国学派的建构”等三个议题展开了热烈讨论与深入研究。为更好地发展中国比较文学，并为这次会议留下些许足迹，在深圳大学社科处与文学院的共同赞助下，现将本次与会学者的参会论文结集出版。

本次会议在深圳大学由上而下的全力支持下成功召开。深圳大学社科处、文学院、外国语学院的老师和同学们以不同方式参与了会议的筹备，提供了帮助，在此特表示衷心的感谢。

特别感谢在年底繁忙之际仍抽空参加本次大会、致力于中国比较文学建设的杰出学者们。相信通过大家共同的努力，中国比较文学必将在国际比较文学研究的总体格局中走出一条具有特色的新路。

编 者

2016年11月